문학의 모험
─채만식의 항일투쟁과 문학적 실험─

문학의 모험
─채만식의 항일투쟁과 문학적 실험─

문학의 모험
—채만식의 항일투쟁과 문학적 실험—

최 유 찬

도서출판 역락

이 책은 글의 내용을 기준으로 삼아 구분할 때 세 부분으로 나눌 수 있다. 첫 부분은 서론이자 채만식 문학에 대한 기존 연구사 비판인 1장과 2장으로 구성된다. 둘째 부분은 본론을 전개하기 위한 전제조건의 성격을 지니는 것으로서 필자의 텍스트 읽기 방법에 관하여 약술한 3장이다. 셋째 부분은 일제 말기 채만식의 항일문학을 구체적으로 검토한 4장부터 9장까지, 그리고 부록을 포함한다. 필자가 채만식의 항일문학 자체에만 초점을 맞추었다고 한다면 이 책은 세 번째 부분으로만 구성될 수도 있었을 것이다. 따라서 채만식 문학 연구사나 읽기 방법에 관심을 두지 않는 독자라면 이 책의 4장부터 읽어나가도 무방하다. 그러나 실제 책의 편제는 현재와 같은 형태로 만들어졌다. 왜 그와 같은 편제를 갖추게 되었는가 하는 형성의 원인은 책 자체 속에 나타나게 된다는 것이 필자의 기본입장이지만 그에 대해서 궁금증을 가질 독자를 위해서 약간의 직접적 설명이 필요할지도 모른다.

채만식은 종래 일제 강점기의 대표적인 리얼리즘 작가로 평가되어 왔다. 특히 1930년대와 1940년대의 창작활동은 다른 어느 작가보다도 활발했고, 그가 구사한 풍자의 기법은 식민통치를 받는 현실에 대처하는 유력한 문학적 방법이었다고 인정받아왔다. 식민지시대 문학에 관한 학술논문들 가운데 채만식 문학 연구업적이 다른 작가에 비해 상대적으로 많다는 것은 그러한 기존의 평가를 입증해주는 간접적인 증거라고 할 수 있다. 그러나 이 평가는 언제부터인지 반전되기 시작했다. 학문적 연구의 열기가 수그러든 것이 아니라 평가의 내용이 긍정적인 데서 부정적인 쪽으로 바뀐 것이다. 그 원인이 무엇인지 이 자리에서 한 마디로 단정하는 것은 무모한 일이라고 해야 할 것이다. 한 가지 사건에서 초래된 결과라기보다는 여러 가지 요인이 복합적으로 작용하여 조성된 사태이며, 그러한 흐름이 만들어지기까지 여러 가지 우여곡절이 개입되었으리라고 생각하는 것이 어느 모로 보나 합리적일 것이기 때문이다. 그렇긴 하지만 방향이 바뀐 평가의 내용은 현재 매우 위태로운 지점에 도달해 있고, 그 효과는 상식적으로 납득할 수 없는 사태를 빚고 있다. 그 평가내용은 채만식의 전 생애에 걸쳐 이루어진 문학적 업적 전체를 무의미한 것으로 만드는 데 이르렀고, 그 현실적 효과는 채만식을 기념하는 모든 사업을 중단시키고 그의 문학을 사람들의 망각 속에 묻어버리려는 사회단체의 기획활동으로 나타나고 있다. 필자가 이 책의 서술범위를 채만식의 항일문학 활동에만 한정할 수 없었던 이유는 여기에 있다.

채만식의 문학에 대한 학계나 문학계의 기왕의 평가가 모두 부정적이었던 것은 아니다. 몇몇 학자는 지금도 여전히 채만식의 문학이 일제 강점기 문학 가운데 가장 빛나는 부분의 하나라고 평가하는 데 망설이지 않는다. 그러나 이러한 평가는 우리 학계에서 ‘일부’의 작은 목소리일 뿐이다. 그 목소리는 현실적 효과를 산출하는 데서는 아무런 영향력을 발휘할 수 없는 '소수'의 의견으로 돌려진다. 그 소수의 의견이 묵살되면서 많은 채만식 문학연구자들은 지금 현재 채만식 문학의 가치 없음을 학문적으로 입증하는 일에 몰두하고, 그 연구 성과는 채만식 기념사업을 중단시키고 채만식 문학의 존재 자체를 우리의 기억에서 지워버리려는 일련의 활동을 뒷받침하는 데 이용되고 있다. 현재 채만식 문학 연구에서 주류에 속하는 문학연구자들이 일제 말기 채만식의 친일문학행위를 집중 조명하고 그 내용을 작가의 전 생애에 걸친 문학 활동에 대한 판단의 근거로 활용함으로써 채만식의 문학 전체를 가치 없는 것으로 평가하는 데 일역을 맡고 나서는 것은 그와 관련된다. 이와 같은 일련의 움직임과 활동은 수년 전부터 본격화한 친일청산작업과 합세하면서 더욱 힘을 얻고 있다. 필자는 친일청산작업 자체의 역사적 의의를 부정하지 않는다. 그러나 그 범위의 설정이나 작업방식에 대해서는 좀더 섬세한 고려가 필요하고 신중한 접근이 이루어져야 한다고 본다. 이 점과 관련해서 살필 때 채만식의 경우는 친일청산작업의 부정적인 측면이 가장 두드러지게 드러난 사례이다. 그렇게 보는 이유는 두 가지이다. 첫째 채만식은 친일작가가 아니라 항일작가이다. 둘째 채만식을 친일작가로 규정하는 작업은 학문적 검증을 통해서라기보다 세몰이의 방식으로 이루어졌다. 바꾸어 말해서 채만식 문학에 대한 연구는 연구자 집단에서 현재 주류의 자리를 차지하고 있는 사람들에 의해 일로 왜곡의 길을 걸어왔고, 그 왜곡을 통해서 채만식을 친일작가로 규정한 다음, 그 규정에 바탕을 두고 작가의 문학 전체를 친일청산작업의 대상으로 삼은 것이다. 이 책에서 채만식의 항일문학에 관하여 그 내용과 형식을 서술하는 데 그치지 않고 그의 문학적 활동이 어떻게 친일문자행위로 규정되어왔는가를 검토하는 데 많은 지면을 할애하는 것은 그 때문이다. 학계에서 지배담론의 자리를 차지하고 있는 큰 목소리가 채만식 문학 연구의 모든 부면에 깊은 흔적을 남기고 있어서 그것을 제거하지 않고서는 채만식 문학의 본령을 드러내기가 쉽지 않은 것이다. 1장과 2장에서 지금까지 채만식을 친일작가로 규정해온 연구사를 검토·비판하는 것은 채만식 문학에 더께를 얹어 우리의 시선을 막고 있는 그 장애를 제거하기 위해서이다. 또 채만식의 항일문학을 구체적으로 검토하는 과정에서 기존 연구가 지닌 문제점을 끊임없이 지적하고 비판하는 것도 같은 의미를 지닌다. 그 작업을 하지 않는 경우 채만식의 항일문학을 조명하려는 시도는 큰물 진 듯 도도하게 흘러가는 지배담론의 혼류 속에 휩쓸려 눈 녹듯 사라질 것이기 때문이다. 필자가 채만식의 텍스트를 어떤 방법으로 읽었는지 그 일반론을 제시하는 3장을 책에 삽입한 것도 동일한 맥락에서 이루어진 일이다. 작품마다 특색이 있고, 그에 따라 분석하는 방법이 달라질 수도 있는 일이겠지만 하나의 기준을 세워서 동일한 관점과 방법을 적용했을 때 채만식의 문학이 어떻게 읽히는가를 객관적으로 보여줄 필요가 있었던 것이다.

이 책을 쓰는 동안 "비평은 사랑이다"는 생각을 절실하게 가지게 되었다. 작품과 작가에 대한 애정의 크기와 연구나 평론의 크기가 비례관계에 있다는 사실은 도처에 드러나 있었다. 그 체험을 가졌으면서도 이 책을 쓰는 동안 필자 스스로 얼마만한 사랑을 가졌으며 가슴을 열었는지는 자신 있게 말할 수 없다. 모자란 사랑에 대해서는 독자들의 질정을 바랄 뿐이다.

책의 출판을 기꺼이 허락해주신 역락출판사 이대현 대표께 감사드리고 엉성한 원고를 다듬어주신 편집부의 여러분에게도 고마움의 뜻을 전하고 싶다.

2006년 6월 25일

최 유 찬

차례

I. 친일의 논고와 소문의 벽

최근 우리 문학계와 학계에서는 '친일문학'에 대한 논의가 활발하다. 익히 알려진 대로 친일문인 명단 및 친일문학 작품목록이 발표되고, 그 발표에 즈음해서 민족문학작가회의는 「모국어의 미래를 위한 참회」라는 제목의 선언문을 발표했다. 이러한 움직임은 선언서를 발표하고 명단을 작성하는 데서 그치지 않는다. 밖으로는 친일문학인을 기리는 문학상의 폐지, 문학관의 용도변경이나 폐쇄를 위한 시민운동 등으로 이어지고, 안으로는 그들의 작품을 한국문학의 정전에서 배제하여 독자로부터 항구적으로 고립시키기 위한 구체적인 작업이 여러 가지 방면에서 진행되고 있다. 이와 같은 최근의 문학계와 학계의 동향을 문학평론가 류보선은 다음과 같이 정리한다.

한마디로 현재 한국문학은 기존의 정전 체계가 근본적으로 동요하는 상황에 처해 있다고 할 수 있거니와, 그런데 이러한 정전의 급격한 탈정전화 움직임을 이끌어내고 있는 것은 일제 말기 작가들의 친일문자 행위 문제이다. 이제까지 어떠한 탈정전화 움직임에도 불구하고 끄떡없이 한국문학의 중심이라는 자리를 잃지 않았던 작가들이 일제 말기에 행한 그들의 친일행위 때문에 더 이상 한국문학의 정전이라는 위치를 유지할 수 없게 된 것이다. 이들 친일작가들의 작품에 대한 탈정전화의 움직임은 거세다 못해 끓어 넘치는 느낌이다. 분노의 역류라고나 할까. 그 불길이 너무 거세서 어떤 논리도 그것을 막지 못할 기세다. 처음에는 그저 또다시 작가들의 친일 문제에 대한 논의가 좀 있는 듯싶었다. 그러더니 어떻게 된 일인지 친일 문인들에 대한 대대적인 숙청 작업이라도 벌어지고 있는 느낌이 들 정도로 친일작가들의 작품에 대한 비판, 아니 분노가 대단하다. 연일 친일문인들의 친일문학 작품이 자료 발굴의 형식으로 새롭게 소개되고 동시에 그 작품들은 그 작가의 한 시기의 예외적인 작품이 아니라 유일무이한 본령으로 떠받들어진다. 그리고 꼭 그것에 비례해서 그들의 문학사적 위상은 끝 모르게 추락하고 있다. 그런 과정을 통해 너무나 많이 수록되어서 문제라던 서정주의 시가 국정교과서에서 슬그머니 빠지고, 친일작가의 이름을 딴 각종 문학상과 문학관들이 연일 비판의 대상이 되고 있기도 하다.[1]

이 글은 계간지 『문학동네』 2006년 봄호의 기획특집 '문학정전과 이데올로기화' 속에 한 꼭지로 실려 있다. 일찍이 최원식은 "최근 친일문학을 포함한 친일파 논의는 문제점이 없지 않다."[2]라고 지적하고 사실의 차원에서 친일의 행적을 밝히는 일은 필요하지만 "규명된 사실을 놓고 판단할 때는 좀더 섬세한 잣대가 필요할 것이다. 말년의 친일행적을 확대 해석하여 그의 전 인생과 문학을 매도하는 또 다른 마녀사냥 식은 곤란하다."라고 말한 바 있다. 이 말은 선지자의 예언이었던 것처럼 지금 우리 눈앞에서 엄연한 현실이 되어가고 있다. 류보선은 현재 주로 문제가 되고

---

1 류보선, 「정전의 해체와 민족 로망스—최근의 친일문학 논의에 대한 단상」, 『문학동네』, 2006 봄.
2 최원식, 「한국문학의 근대성을 다시 생각한다」, 민족문학사연구소 편, 『민족문학과 근대성』, 문학과지성사, 1995.

있는 작가가 이광수, 서정주, 채만식, 최재서, 최정희, 김기진, 유진오 등이며 이들의 작품은 이제 더 이상 '한국문학의 정수, 정전'이 아니며 '오염된 텍스트'들로 간주될 뿐이라고 서술한다. 실제로 군산시에서 제정하여 3회째 운영되던 '채만식문학상'은 시민운동단체 등의 요구에 따라 2005년부터 시상이 중단되었다. 민족문제연구소 전북지부의 「채만식문학상 반대 활동일지」에 따르면 이 단체는 2003년 9월 「채만식문학상 제정 반대 성명서」를 발표한 데 이어 '채만식 기념사업 반대를 위한 시민연대'를 결성하고, 군산시와 시의회 방문활동, 채만식 기념사업을 위한 예산 삭감 촉구성명서 발표, 채만식 친일작품 전시회와 홍보 활동을 벌였다. 그리고 2005년 4월 19일 친일청산 선포식에서 '채만식문학상 중단을 위한 투쟁'을 선포하고, 동년 5월 5일과 8월 12일 친일청산 전북시민연대 공동대표단을 비롯한 회원 50여 명이 군산시청을 항의 방문한 결과로 동년 8월 30일 채만식문학상 중단 결정이 내려졌다. 민족문제연구소 전북지부는 문학상 시상을 중단시킨 데서 활동을 그치지 않고 앞으로 채만식 문학관의 명칭 변경을 통한 용도변경 또는 폐쇄, 월명공원에 있는 채만식 문학 기념비 제거 등의 남은 과제를 계속 추진할 계획임을 밝히고 있다. 앞서 살핀 문학정전의 문제까지 고려하면 채만식의 삶과 문학에 관한 모든 흔적을 지상에서, 그리고 우리의 기억에서 말끔히 지우는 삭업이 이곳저곳에서 활발하게 진행되고 있는 것이다.

그러나 이 모든 작업에 앞서서 던져야 할 물음이 있다.

채만식은 친일작가인가?

혹시 항일작가는 아닌가?

조선의 내로라하는 저항문인, 지조 있고 절개 있어 청사에 길이 남을 항일작가 그 누구보다도 더 치열하게, 목숨을 걸고, 피를 흘리면서 항일투쟁을 벌였던 작가는 아닌가?

당연히 물었어야 할 이 물음들은 괄호 속에 넣어졌다. 채만식 지우기 작업을 기획하고 그 일에 참여하는 사람들에게 채만식이 친일작가임은 너무나도 명약관화한 사실이기 때문이다. 그렇기 때문에 채만식의 친일 여부를 묻기보다는 친일작가라는 사실을 누구라도 알 수 있게, 한국사람뿐만 아니라 외국 사람도, 동시대인뿐만 아니라 후세까지도 분명하게 알아볼 수 있게 해줄 식별 기준을 만들고 그 기준에 따라 심사표를 작성하는 일이 행해졌다. 그래서 '자발성을 띤 경우에만 친일문학'이라는 규정과 '식민주의와 파시즘의 옹호'라는 표찰, '세 편 이상'이라는 양적 규모가 친일문학가의 식별 기준으로 제시되었고, 그 기준에 따라 친일문학 작품이 한 편밖에 없는 정지용과 김정한, 주로 일본어를 사용해 작품 활동을 한 김사량은 친일문학가의 권역에서 벗어날 수 있게 되었다. 이에 비해 채만식, 서정주는 '친일의 자발성과 내적 논리'가 확실한 친일문학가의 대표로 선정되었다. 그리하여 친일문학 청산작업은 순풍에 돛을 달고 순항할 수 있게 되었다. 그 작업에는 채만식 문학의 친일성을 논리적·학문적으로 입증하기 위하여 작가가 니힐리즘으로부터 주체 부재 상태에 이르는 경로와 친일의 경로를 체계화하는 일도 들어갔고, 일제 말기 검열에 의해 연재가 중단된 『아름다운 새벽』을 해방 후에 발행하면서 작가가 직접 손을 보아 친일 성향의 문구를 뺐다는 사실을 언론 기관이 보도하도록 만드는 일도 들어갔다. 그 신문 보도에 채만식의 친일작품 목록이 훈장처럼 또다시 도표로 만들어져 선명하게 제시되었다는 사실은 새삼스럽게 언급할 만한 가치도 없는 일이다.

그러나 화려하고 빛나는 공적인 듯한 이러한 채만식 지우기 활동 내역들은 얼마나 확실한 근거를 가진 바탕 위에서 전개되고 있는가. 과연 채만식은 친일문학가임에 틀림없으며 그의 이름을 문학사에서 지우려는 현재의 불붙는 듯한 개인 및 사회단체의 활동들은 정당성을 갖추고 있는가.

이 책에서 채만식 문학이 어떻게 친일문학으로 학문적으로 규정되었으며, 지금 이 순간에도 그 친일문학 규정 작업이 어떻게 이루어져가고 있는가 하는 경과를 살피고, 과연 그의 문학 행위가 친일에 해당하는가 여부를 하나하나 따져보려는 것은 그 행동들, 역사적 심판의 정당성을 검토하기 위한 하나의 시도라고 할 수 있다.

1. 『친일문학론』

채만식의 문학적 업적이 '친일문학'이라는 범주 아래서 구체적으로 논의되기 시작한 것은 1966년 임종국의 『친일문학론』이 나오면서부터이다. 일제 잔재의 청산이 해방 이래 우리 민족의 과제가 되어온 것을 생각하면 이 작업은 매우 뒤늦은 것이고, 그런 점에서 온갖 애로를 무릅쓰고 그 작업을 혼자서 수행한 저자의 '노고와 용기'는 높이 평가되지 않을 수 없다. 책의 서문에서 소설가 서기원은 문학이 정신의 영역에 속한 것인 만큼 작가의 모랄 문제는 사회적 책임을 모면할 수 없다는 점을 밝히고 있는데, 그것은 친일문학에 대해 기술하는 저자의 입장을 대변하는 것이라고 볼 수 있다. 서기원은 이렇게 말한다.

> 불란서의 명피아니스트 콜토는 대독협력의 책임으로 말미암아 2차대전 후 장기간 공개연주를 금지 당했었다. 일제 36년은 독일의 불란서 점령과는 비교될 수 없는 성질의 것인지도 모른다. 생존하기 위해서는 다른 도리가 없었다는 말에 냉소를 던질 수는 없다. 그러나 역사를 외면하거나 엄폐해서는 안 된다. 그리고 역사는 올바르게 기술되지 않으면 안 된다. 그리하여 죽은 이나 산 사람이나 역사로부터 도피할 수는 없으리라.[3]

---

3 임종국, 『친일문학론』, 평화출판사, 1966, 2쪽.

오욕의 역사라고 할지라도 숨기지 않고 사실을 사실대로 기록하겠다는 역사가의 정신은 『친일문학론』 전편을 지배한다. 친일문학을 "주체적 조건을 상실한 맹목적 사대주의적인 일본 예찬과 추종을 내용으로 하는 문학"[4]이라고 정의하는 서론은 저자가 어떤 시각에서 친일문학에 접근했는가를 알 수 있게 해준다. 이 서론을 시작으로 하여 저자는 친일문학의 정치·사회적 배경, 문화 기구, 단체 활동, 작가 및 작품에 대해 상세히 서술하고 있다. "1940년을 중심한 전후 약 10년간의 주체성을 상실한 문학을 내 나름으로 일단 정리해보자는" 저자의 의도에 따라 씌어진 이 책은 친일문학과 관련된 모든 사실을 사실대로 기록하려는 노력을 보여주고 있다. 일제하에서 일어난 수많은 사건들과 우후죽순처럼 명멸한 단체들, 여러 작가·작품 이름이 들추어지고 그 활동 내용이 자세하게 기록되고 있어서 저자가 이 자료들을 찾고 정리하기에 얼마만큼 힘이 들었을까 그 노고에 머리 수그리지 않을 수 없게 만든다. 채만식의 친일문학 활동은 이 책 작가·작품론의 한 항목에서 상세히 서술될 뿐만 아니라 문인단체 부분에서도 적어도 세 군데에서 거론되고 있다. 1943년에 조선문인협회 평의원이 된 것으로 이름이 올라 있고, 1944년 2~3월에는 보도특별정신대의 일원으로 황해도에 파견되어 '총후 국민에게 시국의 중대성 및 총후 국민생활의 철저' 등에 관해 강연을 하고, 동년 4월에는 양시알미늄에 파견되어 같은 활동을 한 것으로 나와 있다. 작가·작품론에서는 1941년에 발표한 「시대를 배경하는 문학」을 비롯하여, 「대륙경륜의 장도 그 세계사적 의의」, 「문학과 전체주의」, 『여인전기』, 「홍대하옵신 성은」 등의 작품 및 문필 활동을 하였고 「영예의 유가족 방문기」 등 수편의 르포를 작성한 것으로 기록하고 있다. 작품이나 글에 대한 상세한 설명까지 곁들이

---

4 앞의 책, 16쪽.

고 있는 이 기록들은 채만식이 친일문학가로서 비중 있는 활동을 하였음을 여실히 보여준다. 이 책의 서술 내용이 추후 채만식의 친일문학에 대한 논의가 있을 때마다 반복해서 근거로 제시된다는 점을 고려하면 임종국의 『친일문학론』은 채만식 문학을 친일문학으로 규정한 첫 번째 작업이라고 할 수 있다.

그러나 『친일문학론』은 그 다대한 의의에도 불구하고 '문학론' 또는 '문학사'로서 결정적인 결함을 지니고 있다. 그것은 이 책이 '문학론'도 아니고 '문학사'도 아니라는 사실에 기인한다. '문학론'이 되기 위해서는 친일문학으로 거론되는 작품의 형식과 내용에 대해 엄밀한 검토가 있었어야 할 것이며, '문학사'가 되기 위해서는 사실에 입각하여 사가의 가치평가가 행해졌어야 할 터인데 그 두 가지가 이 책에서는 다같이 소루하게 처리된 것이다. 바꾸어 말해서 『친일문학론』의 한계는 서술자가 친일문학에 관련된 여러 자료만을 제시했을 뿐 그 자료가 지니고 있는 성격, 진실성, 가치 등을 밝히지 못한 데서 비롯된다. 사실은 진실에 입각하지 못할 때 '사실'이 될 수 없다. 현상의 배후를 꿰뚫고 진실을 보려는 역사가의 눈이 있을 때만이 참다운 역사를 기술할 수 있는 것이라면, 『친일문학론』은 사실을 기록하는 첫 단계에서부터 중대한 착오를 범할 수 있는 취약점을 안고 출발한 것이다. 그 착오가 개인의 힘으로 감당하기 어렵도록 많은 자료를 다룬 데서 비롯된 것만은 아니다. 이 책과 관련해서는 문학사, 역사를 바라보는 기본 시각, 역사 서술의 방법에 관한 문제를 제기할 수 있다. 단적인 예로 두 가지를 검토할 수 있다. 첫째 이 책에는 자료를 선별하고 그것들을 엮어서 서술하는 방법론에 관한 의식이 매우 미약하다. 저자는 친일문학을 정리하겠다는 의도를 밝힌 바로 뒤에 "그러나, 필자의 의욕이 그럴 뿐 필자는 이 결과로써 그 전모를 남김없이 규명한 것이라고 주장할 의사는 없다. 즉 과거 어느 시대보다도 문제성에 충만해 있는 이 기간은 따라서 보다 다각적인 검토와 논의가 가해짐으로써만 비로소 그 참된 모습을 발견할 수 있게 되기 때문이다.”[5]라고 말하고 있다. 이 발언은 자신의 저작이 친일의 여부에 대한 엄밀한 검토와 그에 바탕을 둔 확신에 근거하고 있지 않다는 사실을 드러내준다. 그러나 이 책이 지닌 중대성에 비추어볼 때 이 발언은 매우 무책임한 것이다. 이 책을 통해 친일문인으로 낙인찍힌 사람의 명예는 그 한 번의 기재 행위로 다시 회복할 수 없으리만큼 ‘결정적으로 훼손’되기 때문이다. 그것은 이 책에서 자료를 어떻게 검토할 것이며 그것들을 어떻게 엮어서 서술할 것인지에 대한 구체적인 언급이 없다는 사실, 곧 방법론에 대한 자각이 뚜렷하지 않다는 사실에서 비롯된 결함이다.

둘째로 저자가 지닌 가치관과 역사관을 문제삼을 수 있다. 저자는 책의 서문과 결론에서 “끝까지 지조를 지키려 단 한 편의 친일문장도 남기지 않은 영광된 작가”[6]들의 이름을 나열하고 그들의 이름을 이런 책에서 거론한다는 것 자체가 그들에게는 모욕일지도 모른다는 말을 반복해서 써놓고 있다. 이 발언의 취지는 일면 수긍할 수 있다. 우리가 알고 있는 대부분의 저항문인은 순절했거나 친일문자 행위를 하지 않기 위해 한동안 문학에서 아예 손을 뗀 사람들이기 때문이다. 그러나 엄밀히 따질 때 이 관점은 문제성을 지닌다. 더러운 물에는 아예 손을 넣지 않았던, 창랑에서 갓끈을 씻는 맑고 높은 지조를 찬양하려는 것이 『친일문학론』 저자의 발언 취지라고 이해는 되나 그것은 사람에 따라서는 이전투구를 해서라도 진리와 정의를 확보하고자 할 수 있다는 사실을 간과하고 있는 것이다. 그 이전투구를 한 사람들은 지조 높은 사람들에게 이렇게 물을 수 있다.

---

5 앞의 책, 18쪽.
6 앞의 책, 467쪽.

“너는 그때 어디에 있었느냐?”

“너는 그때 무얼 했느냐?”

싸워야 할 때 싸우지 않고 오직 지조만을 보물처럼 간직한 것이 그리 큰 자랑은 아닐 것이다. 목숨을 걸고 싸워야 할 순간에 그 일에는 나 몰라라 하고 음풍영월하면서 유유자적한 것이 영예로운 훈장은 아니기 때문이다. 더욱이 문학에서 손을 떼고 은둔한 것은 시대와 역사의 진실을 밝혀야 할 한 사회의 지성인으로서 문학가의 임무를 포기하고 방기한 일에 속한다. 따라서 이름이 거론되는 것만으로도 모욕이 되는 친일문학의 역사를 사실대로 기록하고자 했을 때, 단순히 자료만을 모아놓는 자료 수집가가 아니라 역사가임을 자임하기 위해서는 진흙탕에 몸을 던져가면서 일제에 항거했던 사람들의 진실, 그 이면의 역사적 진실을 찾기 위해 피나는 노력을 기울여야 했던 것이다. 그 일은 마땅히 채만식 문학에 대해서도 행해졌어야 하는 일이었다. 물론 우리는 아직 국문학 연구가 일천한 상태에서 그 근거를 일일이 밝히는 일은 한 개인이 감당할 수 있는 일이 아니었다는 데 충분히 동의할 수도 있고, 그 일은 차후 국문학계 전체가 떠맡아야 할 일이라는 논리를 납득할 수도 있다. 그렇다고 하더라도 이름이 거명되는 것만으로도 모욕이 되는 책에 객관성이나 진실성이 확인되지도 않은 자료만을 가지고 수많은 사람들의 이름을 진일문학가로 열거한 책임이 결코 면제되지는 않는다.

2. 「민족의 죄인과 죄인의 민족」

『친일문학론』은 민족의 정기를 바로잡고 역사의 대의를 밝힌다는 측면에서 불가피하고 시급한 작업이었다. 열 명의 범인을 놓치더라도 한 사람의 억울한 사람이 있어서는 안 된다는 원칙을 지키지 못한 부분이 있다는 점을 부인할 수는 없지만 누군가가 앞서서 해야 했던 일을 혼자서 떠맡았던 선구적인 작업이었고, 저자가 서론에서 밝힌 대로 "보다 다각적인 검토와 논의가 가해"진다면 그 성과가 더욱 빛이 날 수 있는 성격의 업적이었다. 이 점에서 『친일문학론』 이후의 작업은 친일과 관련된 구체적인 사항들에 대해서 '보다 다각적인 검토와 논의'를 당위적 요구로 받아들여야 했다. 최원식이 이야기한 대로 '규명된 사실을 놓고 판단할 때는 좀더 섬세한 잣대가 필요'했던 것이다. 『친일문학론』이 나온 뒤 10년이 지나서 발표된 김윤식의 「민족의 죄인과 죄인의 민족」[7]은 그런 점에서 처음으로 '다각적인 검토와 논의'를 스스로 떠맡고 나선 작업이다. 『친일문학론』의 뜻을 이어받아 개별 작가, 개별 작품을 구체적으로 다루는 작업이었기 때문이다. 이 논문은 이른바 한국문학 연구의 르네상스기라고 일컬어지는 1970년대 초반을 막 지나서 박정희 정권의 유신 독재가 한창 기승을 부리고 있을 무렵에 나왔다. 국문학 연구의 진흥 기운이 팽배하던 이 무렵에는 이주형, 송하춘 등의 채만식 문학 연구[8]가 학문적 업적으로 이미 나와 있었고, 출간 당시 획기적인 문학사라고 평가받은 김윤식·김현의 『한국문학사』도 간행된 후이기 때문에 채만식 문학의 기본 성격은 거시적으로나 미시적으로나 어느 정도 드러나 있는 상태였다. 이 상황에서 나온 「민족의 죄인과 죄인의 민족」은 그러므로 당연히 '보다 다각적인 검토와 논의'를 진행하고 그 성과를 반영하는 성격을 지녀야 했다. 더욱이 많은 사람을 다루거나 채만식의 전 작품을 대상으로 하지도 않은, 「민족의 죄인」이라는 단일 작품에 관해 심층적으로 고찰하는 논문이었기 때문에

---

7 김윤식, 「민족의 죄인과 죄인의 민족—채만식의 경우」, 『수필문학』, 1976. 3.
8 이주형, 「채만식 연구」, 서울대학교 석사학위논문, 1973.
  송하춘, 「채만식 연구」, 고려대학교 석사학위논문, 1974.

'보다 다각적인 검토와 논의'는 충분히 기대 가능한 것이기도 했고 필수
적 조건이기도 했다. 하지만 이 논문은 매우 거친 논리로 채만식을 단호
하게 친일작가로 규정함으로써 향후의 채만식 문학 연구에 결정적으로
부정적인 영향을 끼치게 된다. 그래서 이 논문은 채만식 문학의 연구사에
하나의 이정표가 된다. 그리고 그 이정표는 방향을 잘못 가리키고 있다는
점에서 채만식에게나 논문을 쓴 당자에게나 다같이 크나큰 불행이었다.
물론 그 빌미는 작가 자신이 문학가의 친일 문제를 다룬 「민족의 죄인」
이란 소설을 쓴 데 있는지도 모른다. 그러나 소설 속의 내용에 작가의 개
인사와 일치하는 일부 대목이 있다는 점을 근거로 하여 채만식은 친일문
학을 했고, 그럼에도 불구하고 진심으로 민족에게 사죄하기는커녕 자기변
명만 늘어놓으면서 조선인은 모두가 다 죄인이라고 죄를 민족 전체에게
들씌운다고 작가를 비난한 책임은 궁극적으로 논문을 쓴 필자의 몫이다.
작가가 자전적 이야기를 썼다고 할지라도 그것을 순수한 전기적 사실로
볼 것인가, 허구가 섞인 이야기로 볼 것인가 하는 판단은 연구자가 내리
는 것이기 때문이다. 비록 자전적 소설이라 할지라도 그 속에 과장과 축
소, 변용과 허구가 개입될 소지가 있다는 것은 문학 연구자에게는 기본
상식이다. 더욱이 「민족의 죄인과 죄인의 민족」 이전에 작성된 이주형의
학위논문 결론 부분에는 다음과 같은 언급이 들어 있다.

> 채만식은 '엄밀한 검열과 가혹한 문화말살 정치 밑에서 그래도 붓끝만
> 은 굴복하지 아니하고'라는 자신의 말처럼 많은 당대의 작가들이 현실을
> 직접적으로 반영·비판하지 않고 '자연'이나 '인생' 쪽으로 시선을 돌리고
> 말았을 때도, 30년대의 사회를 직시하고 그 치부를 파헤쳤다. 그는 '문학
> 이 문학이 아니라 자살용의 양잿물'임을 잘 알면서도 끝내 이를 수행하였
> 다. 30년대 작품을 일관하여 엿볼 수 있는 그의 신념은 '현실이 개인의 자
> 유를 속박할 수 없다'는 것이었다.[9]

이주형은 채만식이 일제의 엄밀한 검열 아래서도 '붓끝만은 굴복하지 아니하'였다는 사실을 작가 자신의 말을 인용하여 서술한다. 이 논문이 1940년대 이후를 다루지 않고 있음을 감안하면 이주형이 '붓끝만은 굴복하지 아니하'였다는 작가의 말의 진실성 여부를 구체적으로 확인하였는지는 불분명하다. 그러나 논자 자신의 말로 '현실이 개인의 자유를 속박할 수 없다'는 작가의 신념을 개괄하고 있는 점을 고려하면 일정하게 그 말에 신뢰성을 부여하고 있다는 점을 알 수 있다. '현실이 개인의 자유를 속박할 수 없다'는 말은 일제의 혹심한 탄압이 가해지는 현실의 질곡과 굴레 속에서도 작가가 자신의 인간적 · 작가적 자유를 실천하였음을 의미하기 때문이다. 그렇다면 작가의 말에 대한 인용의 전거가 논문에 나와 있는 만큼 후대의 연구자가 그 사실을 검토해야 한다는 것은 학문을 하는 사람이면 누구나 갖춰야 할 기본 양식이다. 그럼에도 불구하고 「민족의 죄인과 죄인의 민족」은 이에 대해서는 일언반구도 없이 채만식을 친일문학가로, 그리고 「민족의 죄인」에서 '저질의' 자기변명을 한 것으로 비판한다. 여기서 「민족의 죄인과 죄인의 민족」을 상세하게 검토하고자 하는 것은 이 논문의 비판 내용이 후대의 문학 연구, 문학사적 평가, 사회적 인식에 끼친 영향이 너무나 막중하기 때문이고, 그 판단의 정확성 여부가 채만식 문학의 친일성 여부를 고려하는 데 중요한 잣대가 되기 때문이다. 먼저 논문의 연구 대상이 된 소설, 「민족의 죄인」의 줄거리를 살펴보자.

소설 속의 화자는 얼마 전 P출판사에서 윤이란 친구한테 수모를 당하고 보름 동안 병 아닌 병을 앓았다. 소설가인 화자가 친구의 출판사에서 만난 윤은 평소 안면이 있는, 두어 살 아래 사람으로 중일전쟁이 일어난

---

9 이주형, 앞의 글, 83쪽.

다음 신문사를 그만두고 낙향하여 친일 행위를 전혀 하지 않은 사람이다. 윤은 수인사를 마치자마자 화자가 시골로 소개(疏開) 간 이야기를 꺼낸다. 화자는 전쟁이 막바지에 접어든 1945년 4월 일본의 패전 이후에 닥쳐올 사회의 혼란을 내다보면서 시골로 낙향하여 농사를 지었던 것이고, 그 일이 화자를 아는 한 기자에 의해 대단한 식량증산 활동이나 되는 것처럼 신문에 보도됐던 것인데, 윤은 그 일을 빙자해서 화자의 과거 친일 행위를 비웃는 것이다. 화자가 친일 행위에 나선 것은 독서회 사건으로 경찰서에서 한 달여간 고초를 겪은 다음의 일이었다. 화자는 자신을 찾아오는 젊은이들에게 어떤 책을 읽을 것이며 어떤 작품이 좋은 것인지 이야기해 주곤 했는데, 그 일이 독서회를 조직하여 치안유지법을 위반한 사건으로 입건이 되었고, 경찰서로 끌려가 고생하던 화자는 조선문인협회에서 날아온 엽서 한 장 덕분에 풀려날 수 있었던 것이다. 이 일로 대일협력의 이윤이 무엇인지 알게 된 화자는 조선문인협회에서 주관하는 강연회에 몇 차례 다녀왔고 그들이 요구하는 글도 쓴다. 윤은 바로 그 문제를 꺼내든 것이다. 그는 출판사 주인인 김이 자신이 만드는 잡지에 글을 써달라고 부탁하자 친일 행위를 하던 놈들이 뻔뻔하게 얼굴을 들고 설치는 현실에서는 아무 일도 하지 않겠다고 말한다. 앞에 앉아 있는 화자를 대놓고 비난하는 발언이었던 것이다. 민망해진 화자가 유구무언이 되자 화자를 대신하여 출판사의 김이 나선다. 김은 친일 행위를 한 사람과 안 한 사람의 차이는 종이 한 장 차이일 뿐이며 생존을 위해서 행한 행위를 무조건 비난할 수는 없다고 말한다. 윤은 부친이 자산가여서 신문사를 사직하고 낙향할 수 있었지만 기자직을 버릴 형편이 되지 못했던 자신은 신문사에 남아 친일 행위를 할 수밖에 없었다는 해명이며, 그런 까닭에 신문사를 사직함으로써 친일 행위를 하지 않은 것이 크게 자랑할 만한 일도 못 된다는 논리다. 김은 결국 농민이 세금 내고 공출 낸 것도 친일 행위이긴 마찬가지 아니냐고 논박하지만 윤은 친일 행위자를 가려내 모두 다 숙청해야 한다는 주장을 굽히지 않는다. 꿀 먹은 벙어리가 된 채 논쟁을 지켜보다 돌아온 화자는 그 일로 인해 보름 동안 앓아누운 것이다. 그리고 가족을 이끌고 시골로 내려가려 한다. 하지만 당신은 죄인이니까 모든 걸 잊고 아이들이나 잘 길러 아비어미 노릇이나 제대로 하자는 아내의 설득에 병석에서 일어나 앉는다. 이럴 즈음 조카가 찾아온다. 상급학교 진학 시험을 앞둔 조카는 친일파 선생을 배척하기 위해 동맹휴학을 하는 동무들을 떠나 시험공부를 하러 올라왔다는 것이다. 화자는 친일파 선생 배척을 위한 동맹휴학이 옳은 일이라면 당연히 상급생이자 반장인 네가 앞장서야 하는 것 아니냐고 조카를 설득해 내려보내고 나서 혼자서 뿌듯해한다.

이러한 내용의 단편소설을 놓고 김윤식은 「민족의 죄인과 죄인의 민족」이란 제목으로 단일 논문을 작성했다. 논문은 목가시인으로 알려져 있는 신석정의 시 「꽃덤풀」을 인용하면서 시작된다.

태양을 의논하는 거룩한 이야기는
항상 태양을 등진 곳에서만 비롯하였다

달빛이 흡사 비오듯 쏟아지는 밤에도
우리는 헐어진 성터를 헤매이면서
언제 참으로 그 언제 우리 하늘에
오롯한 태양을 모시겠느냐고
가슴을 쥐어뜯으며 이야기하며 이야기하며
가슴을 쥐어뜯지 않았느냐?

그러는 동안에 영영 잃어버린 벗도 있다
그러는 동안에 멀리 떠나버린 벗도 있다
그러는 동안에 몸을 팔아버린 벗도 있다

그러는 동안에 맘을 팔아버린 벗도 있다

그러는 동안에 드디어 서른여섯 해가 지나갔다.

다시 우러러보는 이 하늘에
겨울밤 달이 아직도 차거니

오는 봄엔 분수처럼 쏟아지는 태양을 안고
그 어디 언덕 꽃덤풀에 아늑히 안겨보리라.

해방 이듬해 처음으로 열린 '조선문학자전국대회(1946. 2. 8-9)에 참석하기 위해 시골서 올라온 시인 신석정의 육성'[10]을 생생하게 전하고 있는 이 시는 목가시인의 작품답지 않게 해방된 조국에서 누리게 될 미래의 삶에 대한 기대와 함께 일제하 36년간 우리 민족이 걸어온 고난의 삶을 반추하고 있다. 김윤식은 이 시의 2연과 3연만을 논문에 인용하였다. 일제하 36년의 세월을 반추하는 내용이 이 부분에 들어 있다는 것을 감안할 때 인용의 의미는 '몸을 팔아버린 벗'과 '맘을 팔아버린 벗'에 초점을 맞춘 것이라고 해야 할 것이다. 곧 채만식은 '맘을 팔아버린 벗'이란 것이다. 글의 제목이 「민족의 죄인과 죄인의 민족」이라는 점을 고려하면 '맘을 팔아버린 벗', 곧 '민족의 죄인' 채만식이 일본 제국주의 치하에서 삶을 영위했던 조선인 모두가 어떤 식으로든 친일 행위를 한 '죄인의 민족'이라고 몰아세우면서 자기변명을 한다는 함축인 셈이다. 신석정은 이무영, 최태응과 함께 두셋밖에 되지 않는 채만식의 절친한 친구라고 알려져 있다. 채만식이 죽었을 때 "작것이 왜 죽어삐리어!"라고 애끓는 조사를 읽은 당사자가 신석정이었다는 점을 고려하면 「민족의 죄인과 죄인의 민족」으로 인해 채만식은 가장 절친한 친구의 작품을 통해 가장 치욕적

---

10 김윤식 · 정호웅, 『한국소설사』, 예하, 1995, 282~283쪽.

인 비난을 받은 사람이 된 셈이다.

그렇다면 김윤식은 어떻게 채만식이 친일작가이고 자기변명만을 늘어 놓은 것이라고 단정할 수 있게 되었는가. 논문의 서두에서 김윤식은 일제 하의 민족문학에서 민족의 모랄과 개인 생존권의 모랄이란 두 개이면서 하나라는 것, 그 문학적 측면을 검토하는 것이 글의 취지임을 밝힌다. 그 작업은 '인간 행동의 모티베이션을 보다 섬세히 검토함으로써 어떤 문제 를 회의적인 세대에도 신용될 수 있는 언어로 다시 설명'하는 것이라는 입장이다. 김윤식은 이 문제가 임종국의 『친일문학론』에서 '객관적 자료 에 의거하여 평가'되었고, 반민특위 활동, 문인들의 좌담회에서도 다루어 졌지만 작가의 '무의식 혹은 심층 구조에 연결된 작품을 통해 진실이 드 러날 때' 문학적 의미가 있는 것이므로 그 유일한 사례인 「민족의 죄인」 을 검토하는 것이라고 설명한다. 이러한 서론을 마치고 본론에 해당되는 2부가 시작된다. 김윤식은 『태평천하』에서 발휘된 채만식의 풍자 수법은 단순한 기법에 그치는 것이 아니라 그의 문학적 방법이라는 것, 그런데 작가가 일제 말기에 친일작품을 썼다는 것은 '객관적 자료'로 드러났고, 해방 후에는 풍자적 경향을 띠는 작품과 '「민족의 죄인」으로서의 자기비 판'이란 두 경향의 작품을 썼는데 자기를 변호하는 후자에서는 '작가의 창작 정신 자체'인 풍자의 수법이 포기된 점이 특징이라고 분석한다. 논 문에서는 이렇게 서술되고 있다.

『태평천하』를 위시 그의 모든 작품이 도저한 풍자적 방법으로 씌어졌고 (수법이 아닌), 그것은 일제하의 훼손된 가치의 세계를 포착하는 가장 확 실한 산문 정신의 일종일 수가 있었다. 해방공간에 있어서의 여전히 훼손 되어가는 가치를 볼 때 「미스터 방」 같은 풍자성이 그대로 유지된다는 것 은 당연한 일이었을 것이다. 그러나 자기 자신을 말하는 작품 「민족의 죄 인」에서는 그럴 수가 없었던 것으로 보인다. 고쳐 말해 자기의 참된 육성을 드러내어 보이려 한 것이다. 만일 예술을 가면이라 한다면, 그리고 광대가 가면이 없이는 춤추지 않는다는 사실을 믿는다면 가면이라는 풍자의 방법을 걷어낸 자리에서 쓴 작품 「민족의 죄인」이 훌륭한 예술의 계보에 들 수 없음은 너무나 자명한 일에 속한다. 따라서 나는 이 작품을 작가 채만식의 위기 의식이라고 생각한다. 그런 위기 의식에 자기를 몰아넣지 않을 수 없는 필연성이란 무엇인가. 그 해답은 작품 「민족의 죄인」이 단순한 픽션이 아니라 자기 자신을 드러낸 「기록」임에서 찾아야 될 것이다.[11]

인용문을 요약하면 채만식은 풍자를 '문학 방법'으로 써왔는데, 자기의 육성을 드러내는 작품에서는 작가의 가면에 해당하는 풍자를 사용할 수 없었기 때문에 예술적 위기를 맞았고, 그 위기의 원인은 「민족의 죄인」이 자기 자신을 드러낸 「기록」이라는 점에서 찾아야 한다는 것이다. 일종의 순환논법을 구사하는 이 대목을 논문 필자는 매우 중시해서 '기록'이라는 낱말에는 꺾쇠까지 표시해두고 있다. 곧 채만식이 친일문학을 한 작가인 이유는 첫째 임종국의 『친일문학론』에서 제시된 객관적 자료가 입증해주고, 둘째 작가의 문학 방법이자 창작 정신 자체인 풍자를 「민족의 죄인」에서 사용하지 않은 점에서 드러나며, 셋째 「민족의 죄인」에서 친일작가를 다루는데 그것이 작가 자신의 '기록'이 된다는 데 있다는 것이다. 임종국의 『친일문학론』에 대한 언급을 빼놓고 생각하면, 이 글은 채만식이 자기 자신의 일에 대한 '기록'이기 때문에 「민족의 죄인」에서 풍자의 수법을 쓰지 않았고, 풍자의 수법을 쓰지 않으니까 「민족의 죄인」은 작가 자신의 체험에 대한 '기록'이라는 논리를 세우고 있는 것이다. 곧 '기록'이기 때문에 풍자를 쓰지 않은 것이라고 하기도 하고, 풍자를 쓰지 않기 때문에 '기록'이라고도 하는 것이다. 이러한 순환논법에 의해서 김윤식은 채만식의 친일문자 행위를 확정했다. 이 순환논법이 지닌 문제성을 깨달

---

11 김윤식, 앞의 글, 176쪽.

왔던지 김윤식은 이 논문을 다른 책에 실을 때는 이 부분을 완전히 삭제한다. 그러나 「민족의 죄인과 죄인의 민족」에서 김윤식은 다시 한번 「민족의 죄인」에 나오는 친일작가의 이야기가 채만식 자신의 이야기라는 것을 재삼 강조해 마지않는데 그 대목은 다음과 같이 되어 있다.

> 나는 이 작품이 매우 진지하고, 또 문인의 자기변명으로서는 거의 유일한 작품이라는 투로 앞에서 적었다. 그리고, 채만식의 가장 엄격한 비판정신으로서의 그의 고유한 풍자적 방법이 이 작품에서는 그림자도 없다는 것, 즉 가면을 벗고는 춤추지 않는다는 경지를 넘어서는 예도(藝道)의 위기임을 지적한 바 있다. 따라서 서투름 혹은 어색함이 도처에서 드러난다. 혹시 이 작품을 읽는 독자 중에, 작품 「민족의 죄인」이 한갓 픽션이지 그 내용이 그대로 작가의 실상(實相)의 고백이 아니라고 생각할까 보아, 일부러 나는 여러 가지 지적을 해둔 셈이다.[12]

하나의 문학 작품이 자전적 사실을 다루고 있을 때 그 내용이 실제의 사실 그대로인지 아니면 문학적 가공이 이루어졌는지에 대해서 일일이 확인하기는 매우 어렵다. 그래서 작가론을 가르치는 사람은 "작가의 발언에 해당하는 자료들을 그대로 믿어서는 안 된다는 점"[13]을 강조하곤 한다. 김윤식도 1967년에 발표한 자신의 논문 「작가론의 방법」에서 "작가의 혼의 모든 비밀은 그 체험의 질의 총화"라고 말하면서 작가론에서 비평의 임무는 "모든 자료·내용의 정확한 검토, 심미적 가치 판단, 작품 속의 보이지 않는 실(연관), 그것을 통한 맥박이 뛰는 창조자의 비전의 파악"과 "기술적인 질서 부여"[14]를 하는 일이라고 언명하고 있다. 이렇게 작가론의 기본 방법에 정통한 지식을 가지고 있으면서도 「민족의 죄인」이 작가의 실상에 대한 '기록'인지 픽션인지에 대해 김윤식은 왜 그렇게

---

12 앞의 글, 179쪽.
13 우한용, 「작가론의 방법」, 『한국근대작가연구』, 삼지원, 1985.
14 김윤식, 「작가론의 방법」, 『한국근대작가론고』, 일지사, 1974.

집착하는가. 그 이유는 3부의 시작 부분에서 곧바로 드러난다. 논문의 3부는 「민족의 죄인」이 어떻게 작가의 자기변명을 실행하고 있는지 그 증거물을 찾는 데 바쳐지고 있기 때문이다. 즉 「민족의 죄인」이 '채만식의 자기비판과 자기변명'이라는 점을 논증하기 위해서는 소설은 반드시 작가 자신의 '기록'이어야지 '픽션'이어서는 안 되는 것이다. 그리고 소설은 '자기변명'이어야 하는 것이다. 김윤식은 '자기비판과 자기변명'이라는 부분의 '자기변명' 위에 동그라미로 방점을 찍어 그 사실을 강조하고 있다. 3부 전체가 소설 속에 나타난 '자기변명'의 내용과 형식을 살피는 작업에 할애되고 있다는 것은 그 사실을 입증한다. 여기서 김윤식이 자기변명의 근거와 내용을 어떻게 파악하고 있는지 살피기 전에 짚어두어야 할 사항이 하나 있다. 그것은 '풍자'가 채만식의 '문학 방법'이냐 하는 문제이다. 앞으로 이 책 전체를 통해 구체적으로 제시할 내용의 일단을 먼저 밝힌다면 채만식 '문학 방법'의 중심 줄기 가운데 한 축은 '알레고리'이고 '풍자'는 다른 여러 가지 문학 방법 중의 또 다른 한 축일뿐이라는 사실이다. 그런 의미에서 풍자가 채만식의 유일한 문학 방법이라는 김윤식의 관점은 채만식 문학의 지엽적인 사실만을 붙잡은 일면적 견해이다. 지금까지 채만식 문학의 의의가 제대로 평가되지 못한 것은 그와 같이 채만식의 작품에서 풍자만을 보고 알레고리를 인식하지 못한 네 따른 결과이다. 채만식의 항일투쟁은 이 알레고리를 통해 해방될 때까지 지속적으로 이루어지고 있었다. 곧 작가는 다양한 문학적 방법, 기법을 실험하면서 식민지 조선의 현실에 치열하게 대응했던 것이다. 그럼에도 불구하고 김윤식은 항일투쟁을 벌이기 위해 사용하고 있는 알레고리의 방법은 아는 체도 하지 않은 채 그 지엽에 속하는 풍자만을 붙잡고서 그 수법을 쓰지 않으니까 「민족의 죄인」은 작가 자신의 기록이고, 그 '기록' 속에서 자기변명만 하고 있다고 비난하고 있는 것이다.

‘작가의 자기비판과 자기변명’의 실상을 확인하는 데 바쳐진 논문 3부는 매우 자상하다. 소설의 줄거리를 순서대로 따라가며 작품 속 사건이 작가의 어떤 체험과 일치하는가를 일일이 설명하기도 하고 작가의 고난의 삶에 대한 넓은 이해심을 곁들이기도 한다. 그러나 그 결론은 항상 냉정, 혹독하다. 1부에서 표현된 작가의 생활난과 고통은 “죄의 표지에 농담이 있을 수 없다는 자기비판의 양해 사항”에 불과하고 “이 양해 사항이 작가 자신의 입에서 나왔다는 것은 일종의 독자를 협박하는 강요 사항으로 파악된다.”[15]는 것이다. 마찬가지로 출판사 주인 김이윤과 논쟁을 벌이는 2부의 내용은 “모두가 민족의 죄인이라면 아무도 죄인일 수 없다는 논법”을 들이대어 “「민족의 죄인」과 「죄인의 민족」이 등질성을 드러내는 아픈 대목”으로서 여기에 이르면 해방공간에서 단 한 번 찬란히 그 모습을 드러냈던 신이 떠나버린 것이며 “이때 「죄인의 민족」 개념이 설정되고 만 것”[16]이라고 서술한다. 소설의 3부에 대해서는 ‘낡아빠진 아내’가 ‘민족의 죄인이라는 명제와 죄인의 민족이라는 명제를 한꺼번에 포착 수용하는 방법’에 동원되고 있는 장면이며, 조카가 등장하는 마지막 장면은 안이한 결말이라는 것이 논자의 평가이다. 결론에서 김윤식은 작가의 ‘발표욕’을 알고 있었기 때문에 처음부터 “채만식의 자기고백이 곧 자기변호 이상일 수 없음을 직감”했다는 사실을 ‘뒤늦게’ 밝히고 “채만식 투로 ‘씻어도 깎아도 지워지지 않는 영원한 죄의 표지’라든가, ‘죄의 표지에 농담이 유난히 두드러질 것은 없다’라고 대수롭지 않은 듯 혹은 달관한 대인풍으로 죄의식을 드러내는 것은 자기변명 중에서도 가장 저질의 것”이라고 비판한다. 즉 “「민족의 죄인」이란 없고 「죄인의 민족」만이 있다는 투의 채만식의 자기변명”은 작가의 모랄일 수 없고 민족이라는 추

---

15 김윤식, 「민족의 죄인과 죄인의 민족」, 181쪽.
16 앞의 글, 182~183쪽.

상의 눈에서나 가능한 모랄이라는 것이다. 김윤식은 사람의 삶에서 관용
이 미덕일 수만은 없음을 말하면서 글을 맺는다. 이런 짓을 한 작가는 결
코 용서되어서는 안 된다는 발언인 셈이다.

　이상 요약한 내용이 「민족의 죄인과 죄인의 민족」의 논지다. 소설 「민
족의 죄인」을 다루면서 이 논문에 언급한 일본의 한국문학 연구자 사에
구사 도시카쓰는 "김윤식의 지적은 충격적이다."라고 개인적 감상을 적
은 다음 이렇게 말하고 있다.

　　물론 채만식은 이 작품 속에서 주인공과 윤이 똑같은 차원에서 민족의
　죄인이고, 결국 민족의 죄인과 죄인의 민족이란 개념이 등질성을 지닌다
　고는 하고 있지 않다. 다만 주인공의 친구 김과 윤의 논쟁을 통해서 윤의
　미시험품(未試驗品)의 문제 등을 제기했을 뿐이다. 그러나 다른 사람이 아
　니라 바로 당사자인 작가 자신이 이런 문제 제기를 했다는 점에 자기 자
　신의 책임 문제를 어물어물 넘기려는 경향을 살필 수 있다는 것이다. 8·
　15라는 새로운 시련의 시작을 맞이하면서 그대로라면 작가로서의 재출발
　을 못 하고 배겨낼 수 없는 위기를 느꼈다는 데 채만식의 모랄의 편린을
　볼 수 있다. 그것은 식민지 시대의 문학을 극복하며 한국문학이 이어지려
　면 꼭 겪어야 하는 과정이었다. 그러나 이 진지한 고백을 남긴 채만식에
　있어서조차 결국 가장 저질의 변명을 하고야 말았다는 지적에 접할 때,
　모랄의 관철이 여간 어려운 작업이 아니며 아울러 과거 극복의 어려움을
　느끼게 된다.[17]

---

17 사에구사 도시카쓰, 「굴복과 극복의 말」, 『문학과 지성』, 1977 여름. 이 글에서 사에
　구사는 「민족의 죄인과 죄인의 민족」의 요지를 다음과 같이 요약하고 있다. "채만식
　특유의 풍자적 방법을 포기한 이 작품은 작가의 위기의식의 산물이다. 그런데 이 작
　품에서 작가의 자기비판 내지 자기변명의 요점은 씻어도 깎아도 지워지지 않는 영원
　한 죄의 표지라든가, 죄의 표지에 농담이 유난히 두드러질 것은 없다는 사항에 있지
　만, 이런 말이 작가의 입에서 나왔다는 것은 일종의 독자를 협박하는 강요 사항이며
　자기변명 중에서도 가장 저질의 것이다. 또 윤에 대하는 미시험품 운운하는 구절은
　결국 모두가 민족의 죄인이 되어버려 아무도 죄인이 없다는 논법에 전락되고 만다.
　이러한 시점은 당사자 채만식의 것이 될 수 없는 것이며, 오직 개념만으로 존재하는
　민족이란 추상의 시점일 수 있을 뿐이다."

사에구사는 소설 「민족의 죄인」과 논문 「민족의 죄인과 죄인의 민족」
에 대해서 차후에도 지속적으로 관심을 표명하고 그 속에서 발전적인 관
점을 보여주는 학자이다. 따라서 그의 관점에 대해서는 다음 기회에 좀더
자세하게 다루기로 하고 다른 연구자들에게 미친 이 논문의 영향을 몇
가지 살펴볼 필요가 있다. 일찍이 「레디메이드 인생」을 분석하기도 하고
풍자문학에 고유한 골계미의 특징을 규명하기도 했던 신동욱은 「민족의
죄인」을 다루면서 "이러한 글에서 채만식은 스스로를 변명한 것이기보다
는 있었던 사실들을 공정하게 다루어야 한다는 것을 일깨우고 있는 것
같다."라고 말하고 "「민족의 죄인」에서 나의 양심의 표백도 반성적 자료
로서 자신을 객관화하여 스스로를 비판한, 뜻있는 이야기이다."[18]라고 작
품에 대한 자신의 견해를 밝힌다. 짧은 글이지만 신동욱은 자신이 김윤식
의 관점과 다르게 작품을 파악한다는 뜻을 분명하게 밝히고 있다. 신동욱
이 말한 '있었던 사실들을 공정하게 다루어야 한다'는 관점은 채만식 문
학의 이해에서 매우 중요하다. 채만식이 친일을 가장하면서 항일운동을
했다면 그 사실들에 대해 공정하게 다룬다는 것은 채만식을 친일문학의
관점만이 아니라 항일문학의 관점에서도 다루어야 한다는 시각을 내포한
다. 곧 친일을 가장한 항일투쟁의 실상에 대한 사실적 검토와 함께 그 행
위의 무게중심이 어느 쪽으로 쏠리는가에 대한 역사적 평가가 이루어져
야 하는 것이다. 그러나 신동욱의 견해와 전혀 다른 입장도 나타난다. 예
컨대 황국명은 이 작품을 작가의 '전략'이라는 측면에서 상세하게 분석하
면서 "속죄의 기록인 「민족의 죄인」도 이런 전략(죄의 보편화 : 인용자 주)과
관계된다. 죄의 표식(지)에 농담이 없다는 죄의 보편화는 대일협력의 역
사적 오류를 비역사적 오류로 변질시키며, 부패 세력에게 방어논리를 제

---

18 신동욱, 『1930년대 한국소설연구』, 한샘, 1994, 310~312쪽.

공함으로써 부정한 상황과의 화해를 방조할 가능성이 있다. 보편적 죄의 논법은 결말 원인론적 관점에서 대일협력의 의미를 변형시키는 자기방어의 전략이다."[19]라고 결론짓는다. 이 견해는 김윤식의 논리를 긍정적으로 수용하는 데서 그치지 않고 '죄의 보편화'라는 새로운 개념을 정식화하여 그 의미를 확대 재생산한 것이라고 볼 수 있다.

이와 같이 상반된 견해들을 똑같이 수용하는 견지에서 염무웅은 "해방 후의 자전적 중편 「민족의 죄인」은 일제 식민주의의 폭압에 대한 그의 굴복과 해방 후의 식민지 잔재 청산 문제에 대한 자신의 태도를 보여주는 홍미 있는 작품이다.",[20] "그는 약간의 친일적인 글을 쓰기도 하고 시찰단이니 위문단이니 하는 데에 끼어 만주에도 다녀왔다."라고 서술하면서도 "그때 채만식은 웃지도 않고 말도 없이 묵묵히 따라다니기만 했다."는 안수길의 증언을 전하고 있다. 염무웅은 「민족의 죄인」이 일본 제국주의에 대한 작가의 굴복을 표현한 것이라는 논리에는 동의하면서도 그러한 행각이 작가의 체질에 맞지는 않는 것으로 본다는 개인적인 느낌을 첨부하고 있다. 염무웅의 경우와는 달리 방민호는 "해방 후의 「역로」와 「민족의 죄인」 등에는 작가인 채만식과 그 주인공 사이에 일치하지 않는 부분이 명백히 포함되어 있다. 그럼에도 그는 이들을 '사소설'이라 하면서 발표하고 있는 셈이니, 그 이유가 궁금하지 않을 수 없다."[21]라고 서술한다. 실증적인 차원에서 「민족의 죄인」이 자전적 내용이라고만 볼 수는 없다는 견해인데, 논자가 날카롭게 의식하면서 궁금증을 갖는 내용, 왜 채만식은 「민족의 죄인」을 자전적 내용인 것처럼 서술하고 있는가 하는 것은

---

19 황국명, 『채만식 소설 연구』, 태학사, 1998, 176쪽.
20 염무웅, 『혼돈의 시대에 구상하는 문학의 논리』, 창작과비평사, 1995, 215~216쪽. 인용한 글은 1985년에 처음 발표되었다.
21 방민호, 『채만식과 조선적 근대문학의 구상』, 소명출판, 2001, 58쪽.

이 책이 해명해야 할 중심적 주제와 연결된다. 하지만 방민호는 「민족의 죄인」의 주인공이 자신을 '양서동물'인 것으로 표현했을 때 "이것은 변명에 가까운 고백으로 들릴 위험성에 노출된다."[22]라면서 다시 김윤식의 논리를 의식선상에 떠올리고 있다. 이런 견해들과는 차원을 달리하여 김윤식의 논리를 다른 방식으로 잇고 있는 경우도 있는데, 한수영은 "장편 『탁류』는 채만식이 풍자를 버렸을 때 거론할 수 있는 최대의 작품이라고 많은 사람들이 이야기했다. 김윤식 교수는 채만식이 풍자를 포기했을 때 이르는 지점은 허무주의의 세계이거나 『탁류』의 후반부처럼 통속의 세계, 두 경우뿐이라고 했다."[23]라고 언급하면서 자신의 연구에서 김윤식의 논리를 좀더 구체화하는 방향을 취하고 있다. 이와 같은 김윤식의 논리에 대한 찬반의 표시를 떠나서 「민족의 죄인」을 독자적으로 분석한 글로 이선영의 「창조적 주체와 반어의 미학」을 들 수 있다. 이선영은 「민족의 죄인」에 나오는 '양서동물'이라는 낱말에 주목하여 주인공이 친일과 반일을 오간 존재라고 파악한다. 그리고 소설의 화자가 친일을 두호하는 출판사 주인 김보다 친일파 숙청을 주장하는 윤의 태도를 긍정하고, 자신의 친일 행위를 잘못으로 인정하면서 시골로 낙향하려 하며, 조카가 친일파를 배척하는 운동 대열에서 빠져 나오려는 것을 꾸짖어서 돌려보내고 후련해 한다고 분석한다. 이 분석의 맺음말은 다음과 같다.

> 그것은 심리적으로 자신의 친일 행위로 인한 열등감을 그런 식으로나마 보충함으로써 얻은 일종의 만족감일 것이다. 비록 자신의 친일 행위를 다소 옹호하려는 듯한 느낌이 전무한 것은 아니지만, 그런 중에도 자신의 행위를 비교적 정직하게 고백하고 성실하게 반성하여 그 열등감을 극복하려

---

22 앞의 글, 124쪽.
23 한수영, 「비판적 리얼리즘의 성과와 1930년대 후반 채만식의 소설미학」, 『채만식문학의 재인식』, 소명출판, 1999, 131쪽.

　　한 점은 그런 고백이나 반성 자체가 거의 전무한 우리 문단의 실정에 비추
　　어 이 작품은 평가할 만한 의의를 지닌다고 하겠다.[24]

　인용문에 나와 있듯이 이선영의 결론에서도 「민족의 죄인과 죄인의 민
족」에 표현된 김윤식의 논리가 일정하게 영향력을 미치고 있는 양상을
확인할 수 있다. 그러나 이 분석이 지닌 의의는 논자가 소설 속의 화자를
친일과 반일을 오간 '양서동물'로 파악하고 그 관점에서 분석을 일관되게
이끌고 있다는 점에서 찾을 수 있다. 익히 알다시피 친일과 반일은 일제
치하에서 삶을 영위해야 했던 사람들에게 나타나는 정반대의 태도다. 이
에 비해서 반일과 항일은 같은 내용이거나 정도의 차이만을 지닌 범주라
고 할 수 있다. 그러므로 이 분석에 비추어볼 때 일제 말기 채만식의 문
학 행위가 항일로 밝혀지는 경우 소설의 의미는 크게 달라진다고 유추할
수 있다. 곧 친일 행위와 항일 행위가 한 개인에게서 동시에 이루어진 경
우 그 사람을 역사에서 어떻게 평가해야 하는가 하는 문제가 제기되는
것이다.

　여기에 제시한 여러 학자들의 「민족의 죄인」에 대한 언급들은 많건 적
건 간에 「민족의 죄인과 죄인의 민족」에 대해 크게 의식하고 있음을 보
여준다. 그리고 최근까지 이루어진 대부분의 채만식 연구들도 그 영향권
에서 벗어나지 못한다. 그 이유는 「민족의 죄인과 죄인의 민족」을 수정
보완하여 수록한 문학과지성사의 작가론 『채만식』(김윤식 편)이 채만식 문
학 연구의 길목을 수문장처럼 지키고 있었다는 사실과 관련된다. 작가론
이나 작품론이 많지 않은 상황에서 유력한 출판사의 간행물인 작가론 『채
만식』이 작가의 문학을 연구하려는 사람들에게 어떤 의미를 지니는가 하

24　이선영, 「창조적 주체와 반어의 미학」, 『채만식문학의 재인식』, 소명출판, 1999,
　　44쪽.

는 문제는 자명한 일이다. 다른 사람의 글을 참조하지 않는 독불장군 같은 사람이나 선행 연구도 살펴보지 않는 게으른 사람을 빼놓고서는 그 문을 통과하지 않은 채 채만식 문학 연구에 다가간다는 것은 상상하기조차 어려운 일일 것이기 때문이다. 따라서 『채만식』에 실려 있는 김윤식의 「채만식의 문학세계」가 「민족의 죄인과 죄인의 민족」을 어떻게 수정 보완하여 수록하고 있는가를 살펴보는 일이 다시금 요청된다.

3. 「채만식의 문학세계」

이 논문은 김윤식의 책임 편집으로 만들어진 작가론 『채만식』의 첫머리에 실려 있다. 채만식의 희곡과 소설을 양식론의 측면에서 접근한 「서사양식과 극양식」[25]이란 논문과 「민족의 죄인과 죄인의 민족」이란 앞에서 우리가 다루어온 논문을 합치고 거기에 서론을 붙여서 만들어진 이 논문에서 주로 수정 보완이 이루어진 쪽은 후자 쪽이다. 양식에 관한 논문에서는 헤겔 미학의 특징이 나타나는 용어들이 제목에서 제거되었고 제목에 표시된 작품의 기재 순서를 바꾸는 정도만 변화된 데 반해서, 「민족의 죄인」에 관한 논문에서는 대폭적인 수정 보완이 이루어졌다. 그 원인은 주로 논문의 체제를 작가론의 형태로 정비한 데도 있지만 해방기에 발표된 채만식 소설에 대한 분석을 새로 써서 덧붙이면서 그 전의 논문이 지니고 있던 문제점들을 보완하기 위해 그런 조처를 취한 데 있는 것이라고 짐작할 수 있다.

먼저, 서론에서 김윤식은 문학사적 평가에 균형 감각이 요구된다는 것,

---

25 김윤식, 『한국근대문학양식논고』, 아세아문화사, 1980, 1장 참조.

그 균형 감각을 유지하는 데 어려움을 주는 문제적 작가의 대표적 인물이 채만식임을 거론한다. 채만식이 문제적 작가인 이유는 그가 "설명을 필요로 하고 또 자칫하면 혹평가에 의해 비난되기 쉬운 부분"[26]을 가지고 있기 때문이다. 이 어려움을 극복하는 방안으로 논자는 리얼리즘론과 모랄론 그리고 양식론을 제기한다. 리얼리즘론이 현실 반영과 작가의 풍자 수법에 대한 이야기이고 양식론이 서사양식과 극양식에 대한 기왕의 논의를 반복하는 것이라는 점을 고려하면 우리의 관심은 '정신사적 과제'로 설정된 모랄론, 「민족의 죄인」에 관한 논의에 쏠릴 수밖에 없다. 하지만 우선은 채만식 문학에 대한 김윤식의 여러 견해를 살펴보기 위해 논문의 순서를 그대로 밟아갈 필요가 있다.

'삶의 태도와 작가적 방법'이란 제목을 달고 있는 2장은 주로 일제 시대 채만식 문학이 거둔 리얼리즘적 성과에 대한 언급으로 김윤식·김현 공저인 『한국문학사』에서 채만식에 관해 서술한 부분을 가져다가 중심 내용으로 삼고 있다.[27] 『한국문학사』의 서론에 나와 있는 집필자 설명에 따르면 이 부분은 김현이 집필한 부분이다. 여기서 논자는 작가의 생애를 간략하게 개관하고 첫 번째로 작가의 아이러니 수법에 주목한다. 주로 부정적 인물을 향하고 있는 아이러니는 작가의 '강력한 비판 정신의 소산'으로 일제의 검열을 피하기 위하여 선택된 방법이라는 것이다. 서술자는 작가가 식민지 교육의 모순, 비정상적인 자본 축적 이동에 비판의 초점을 맞추고 있는데, 그러한 비판 정신은 '진보에의 짙은 신념과 분배의 공정성에 대한 공상적 확신'이라고 파악한다. 그런 점에서 『태평천하』는 작가의 대표작이며 그 주인공 윤직원과 『탁류』의 꼽추 형보는 '발자크의 고리오영감이나 보트랭에 필적할 만한 편집광'이라고 본다.

---

26 김윤식 편, 『채만식』, 문학과지성사, 1984, 12쪽.
27 김윤식·김현, 『한국문학사』, 민음사, 2005, 299~306쪽.

「민족의 죄인과 죄인의 민족」을 수정한 3장은 '민족의 죄인 감각'이란 이름으로 제목이 바뀌었다. 염상섭이 붓을 꺾은 채 9년 동안 만주에 가 있었던 데 반해 채만식은 친일작품 『여인전기』 등을 열심히 썼기 때문에 해방된 뒤에 자의식을 가질 수밖에 없었고 그것이 「민족의 죄인」으로 표현되었으며, 작가는 '죄인의 민족'이란 명제에서 문제의 해결점을 찾았다고 개괄하는 데서 글은 시작된다. 작가의 방법론인 풍자는 일제 시대에는 유력한 방법론이었으나 친일문학에서는 무용한 방법론이 되었으며, 거기에서 '결정적 훼손'을 입은 작가는 해방 후 자의식 극복을 위해 첫째 민족의 죄인 의식을 전면 수용하고, 둘째 풍자를 회복했으며, 셋째 역사에의 진보적 견해 등을 갖게 되었다고 설명한다. 그 다음에 이어지는 내용은 작가의 친일작품 목록, 「민족의 죄인」에 나타난 친일행적에 대한 상세한 고찰, 작가의 자기변명을 구체적으로 입증하는 분석 등으로 구성된다. 이 내용 가운데 「민족의 죄인」이 풍자, 즉 작가의 방법론인 가면을 사용하지 않은 것은 자신의 '기록'이기 때문이라고 주장한 부분이 삭제된 사실은 앞서 이야기한 바 있다. 삭제된 내용 중에는 그 밖에도 논자가 채만식의 생애에 대해서 자세히 알지 못한다는 점, 작가가 폐결핵을 앓았고 적빈 속에서 살았다는 사실도 포함된다. 또 채만식의 자기고백이 자기변호라는 사실을 처음부터 직감했다는 부분도 삭제된다. 그리고 「민족의 죄인과 죄인의 민족」의 결론의 한 부분, "'민족의 죄인'이란 없고 오직 '죄인의 민족'만이 있다는 투의 채만식의 자기변명"은 작가가 할 말은 못 되고 "민족이라는 추상의 눈"에서나 가능한 말이라는 점을 지적하면서 해방 이후의 작품을 고찰하기 시작한다.

김윤식은 해방 후의 채만식 문학을 「민족의 죄인」 계통과 풍자문학이란 두 경향으로 구분한다. 그러나 「민족의 죄인」 계통은 논문에서 다시 다루어지지 않고 풍자문학만이 고찰의 대상이 된다. 논자는 채만식의 풍자 수법의 회복은 해방 후 조선을 다시 식민지 현실로 파악하게 됨으로써 가능하게 되었다고 분석한다. 「역로」가 그러한 인식의 전환 및 풍자 수법의 회복 과정을 구체적으로 보여주는 작품이라면 「논 이야기」, 「미스터 방」은 이후에 나타날 풍자의 두 경향을 대표한다. 전자가 주인공에 대한 작가의 애정에 바탕을 둔 풍자라면 후자는 주인공에 대한 그 애착이 없는 까닭에 '장난같이 되어버'려서 허무주의에 침윤되었다는 것이다. 작가는 그 허무주의를 극복하기 위해 새로운 세대에게 기대를 거는 「도야지」를 짓지만 중학생 신분인 새 세대는 30대 과부의 관능미에서 '감각적 유쾌함'에 젖는 수준에서 더 나아갈 수 없었고, '작가가 전면에 나서서 유치하게 일일이 설명'함으로써 작품은 '주관적인 것'으로 후퇴했다는 것이다. 여기서 세 번째 유형이 나타나는데, 그것은 작가의 마지막 작품 「소년은 자란다」이다. 김윤식은 이 작품이 해방기의 여러 현실을 다채롭게 보여주고는 있지만 주인공 영호가 '이 땅에 뿌리를 박느냐'하는 핵심 문제를 다룬 후반부가 신파 연극투로 변질됨으로써 소설적으로 실패했다고 판단하고 이렇게 말한다.

> 바로 이 참담한 소설적인 모습이 허무주의, 소위 자의식을 극복하려다 실패한 그 도달점이다. 리얼리즘의 패배한 모습인 것이다. 풍자를 온몸으로, 그 작가적 생명으로 했을 때, 『태평천하』를 쓴 채만식은 리얼리스트였다. 엄정한 현실과의 거리감으로써 현실을 관찰, 비판할 수 있었던 것이다. 그러나 해방은 그에게 민족의 죄인으로서의 자의식을 강요하였다. 그것은 허무주의다. 이를 극복하려 할 때 그는 풍자를 버렸다. 그러자 돌연 「소년은 자란다」와 같은 신파 연극투의 작품이 씌어지고 말았다. 그것은 다시 처음부터 시작하는 일인지도 모른다.[28]

다시 시작하는 일은 채만식의 등단작인 「세길로」나 처녀작 「과도기」로

---

28 김윤식 편, 『채만식』, 45쪽.

돌아가는 일이다. 30년 가까운 작가의 문학 활동 전체가 도로아미타불이라는 주장인 셈이다. 김윤식은 채만식이 '해방공간의 식민지적 체질의 연속성과 새로운 역사 인식의 과제'를 창작을 통해 추구한 작가로서, '자신의 실험 속에 뛰어든 문제적 주인공'이지만 '작품이란 언제나 역사 속에 엄숙한 것으로 남기 때문에 실패에서 오는 애착은 의미를 띠지 못한다.'라고 결론짓는다. 채만식의 그간의 작업은 모두가 헛되다는 인식이다.

'서사양식과 극양식의 과제'란 제목을 지닌 4장은 상대적으로 소홀하게 다루어졌던 장편 『탁류』와 희곡 「당랑의 전설」을 주로 다룬다. 헤겔의 양식론에 기대어 채만식의 작품들 대부분이 어떻게 양식적 기준에 미달되고 있는가를 분석하는 이 장에서 김윤식은 상기의 두 작품은 그나마 성과에 해당한다고 본다. 그러나 민족 자본이 어떻게 식민지 자본 속에 분쇄·용해되는가를 다룬 두 작품에서 「당랑의 전설」은 문제를 정면에서 다루는 데 비해 『탁류』는 그에 크게 못 미치는데, 첫 장면에 등장하는 미두장의 주인공 정주사가 단순히 '배경적 요소'로 처리되고, 소설의 후반부는 풍속소설로 떨어지고 있어서 리얼리즘에 값하지 못한다고 평가한다. 이와 관련해 김윤식은 1940년에 발표된 「냉동어」의 허무주의를 언급한다. 『탁류』 이후 『태평천하』로부터 싹트기 시작한 작가의 허무의식이 「냉동어」에 와서는 '극한 상태'에 이르고 '그 의식의 영점 상태에서, 확실한 역사의 방향성보다 세계의 붕괴 자체에 더 많은 관심을 드러낼 경우' 채택할 수 있는 양식이 「당랑의 전설」이란 견해다. 즉 이 희곡의 마지막 장면은 '무너짐 자체의 강렬성'을 표현하고 있는데, 그것은 '하나의 세계의 거대한 뒤틀림, 비극적 붕괴를 표현'하는 것으로 체홉의 「벚꽃 동산」과 같은 형식을 취하고 있다는 것이다. 김윤식은 채만식의 허무의식이 작가를 친일로 나아가게 했고, 그 죄에 대한 자의식이 「민족의 죄인」을 쓰게 했지만, 역사의 방향성을 떠올릴 수가 없었기 때문에 작가는 풍자적 소품만 쓰다가 「소년은 자란다」와 같은 관념적 소설로 문학적 생애를 마감하게 되었다고 보는 것이다.

「채만식의 문학세계」는 60쪽에 달하는 긴 논문으로 작가론『채만식』의 3분의 1을 차지한다. 김윤식의 채만식 문학에 대한 연구 성과를 거의 다 수렴하고 있다고 할 수 있는 이 논문에서 두드러진 점은 논자가 채만식의 전 작품을 하나로 꿰면서 작가의 문학세계의 변화를 설명하려고 한다는 점이다. 그리고 이 설명의 중심에 「민족의 죄인」이 놓여 있음은 물론이다. 채만식의 친일을 기정 사실로 받아들이는 경우 이 논문이 일사불란하게 채만식 문학세계를 들여다볼 수 있게 해주는 조망대가 되는 것은 그에 말미암는다. 논자가 해방 후 작가의 소설을 풍자의 여러 변이와 관련해서 분석한 내용도 그렇거니와,『탁류』로부터『태평천하』를 거쳐 「냉동어」에 이르는 허무의식의 심화라는 '작가의식의 추이'가 일목요연하게 드러나는 것이다. 채만식 문학을 친일문학으로 규정하는 최근의 친일문학가 숙청작업에서 '허무의식의 심화'란 주제를 이어받는 사람들의 공로가 혁혁하다는 점을 고려하면 김윤식의 명료한 도식이 갖는 연구사적 의의는 매우 큰 것이라고 하지 않을 수 없다. 곧 이 논문에서 김윤식은 「민족의 죄인」을 중심축으로 삼아 해방 이전은 말할 것도 없고 해방 이후의 채만식의 전 작품을 허무주의와 연결시키는 선도적 작업을 새로이 시도한 것이다. 그것은 일제 시대부터 해방 이후까지의 채만식의 모든 문학적 성과를 허무로 돌리는 작업에 해당한다. 「민족의 죄인과 죄인의 민족」이 김윤식의 채만식 문학 연구에서 핵심이 되는 이유가 여기에 있다.

그러나 냉동 상태의 사람을 그리는 작가의 의식은 허무주의이고, 패배자를 그리는 작가의 의식은 패배주의인가? 조금만 생각해보아도 그 논리의 허점이 분명하게 될 이런 종류의 인식은 김윤식의 논문에서 처음 모습을 보이기 시작하여 지금도 그 에피고넨들을 통하여 채만식 문학 연구를 지배하고 있다. 채만식 문학을 연구하는 몇몇 사람들에게서 반복해서 나타나는 이 '허무의식의 심화'라는 도식의 명료성이 사실에 근거를 두고 있는 정당한 것인가 혹은 매우 편벽한 주관적 해석에 그치는가 하는 문제에 대한 필자의 의견은 이 책의 6장과 8장에 이르러서야 본격적으로 제시될 수 있을 것이다. 그러나 '허무의식의 심화'라는 정식으로 채만식 문학을 일괄하는 김윤식 논문에 대한 반향은 기왕에도 여러 방향에서 울려 나왔다. 따라서 김윤식의 논문이 국내의 채만식 문학 연구에 끼친 영향에 대해서는 그 덩치가 너무 크므로 다음 장의 논의 주제로 미루고 여기서는 일본에서 채만식 문학 연구를 꾸준히 진행해온 사에구사 도시카쓰의 반향만을 살펴본다.

사에구사 도시카쓰는 「민족의 죄인과 죄인의 민족」 및 그 수정 보완 논문인 「채만식의 문학세계」에 관하여 적어도 세 차례 이상 관심을 보여준다. 「민족의 죄인과 죄인의 민족」이 발표된 지 1년 만인 1977년에 '충격적'이란 감상과 함께 의견을 내놓았고, 「채만식의 문학세계」가 나온 뒤 2년 만인 1986년에 또다시 자신의 의견을 밝혔으며, 그로부터 14년이 지난 2000년에 좀더 정리된 견해를 다시 발표한다. 첫 의견에 대해서는 앞에서 간략하게나마 다루었으므로 두 번째 의견인 「8·15 이후의 친일파 문제」[29]부터 살펴보면, 이 논문은 제목에 나타나 있는 대로 친일 행위를 한 문학인들의 해방 후 동향에 대해 포괄적으로 다루고 있다. 해방정국과 친일파 처벌 문제, 해방 후 소설들을 차례로 다룬 다음 이광수의 『꿈』과 함께 채만식의 「민족의 죄인」을 고찰하고 있다. 사에구사는 이광수에 비해 채만식의 친일 행동이 두드러진 것이 아니어서 '기껏해야 어쩔 수 없이 쓴 글과 강제로 한 강연 정도에 지나지 않는다.'라는 전제에서 출발한

---

29 사에구사 도시카쓰, 『한국문학연구』, 베틀북, 2000. 논문의 원래 발표연도는 1986년.

다. 대표적인 친일작품으로 손꼽히는 『여인전기』조차 '원래부터 전의(戰意)의 고양과는 거리가 먼 작품'이고 작품의 결말 부분도 '허무적인 공허감'을 나타내고 있어서 「민족의 죄인」이라는, 문학가의 친일 문제를 소재로 다룬 작품을 채만식이 쓴 것 자체가 '다소 의외라는 느낌'을 준다고 개인적인 소감을 밝힌다. 그러나 작품을 해석하는 데서는 사에구사도 김윤식의 「채만식의 문학세계」가 내세운 논리를 거의 그대로 받아들이고 있다. 예컨대 "이 작품은 대일 협력에 대한 죄의식을 다루고 있는 것으로서, 작가 채만식의 위기 의식의 산물"이라고 하거나, "풍자적인 작품이 장기인 채만식이 이 작품에서는 일체 풍자적 수법을 배제하고, 자기의 참된 육성을 드러내어 보이려 한 것"이라는 대목은 그 순순한 수용 양상을 잘 드러내준다. 그 맥락에서 사에구사는 채만식의 작품이 '모든 인간을 일률적으로 죄인'으로 만들었다고 하거나 '작가로서의 자기비판과, 자기비판의 소설화를 혼동'한 것이라고 비판한다. 그리하여 그는 「민족의 죄인」이 '작가로서의 모랄을 추구하는 것이 아니라, 문제 추구에 종지부를 찍은 것', '자신의 모랄이 문제되고 있었음에도 그 문제를 회피'한 것이라고 평가한다. 이처럼 김윤식의 논리를 거의 그대로 답습하고 있음에도 불구하고 이 논문에서는 친일문학 문제를 생각하는 데 중요한 시사를 줄 수 있는 관점이 새롭게 나타나고 있다. 그것은 이광수의 『꿈』에 대한 분석을 통해 이루어진다. 『꿈』은 이광수가 해방 전부터 쓰기 시작하여 해방 후에 발표한 작품으로 『삼국유사』에 나오는 '조신의 꿈' 이야기를 변용한 소설이다. 조신은 김흔의 딸 달례에 대한 연모의 정을 용선화상에게 호소하고, 그 가르침에 따라 기도하던 중 꿈속에서 다른 남자와 혼인을 앞두고 있던 달례와 도망하여 혼인하고 자식을 낳으면서 살게 된다. 그러나 원래의 약혼자 모례의 사주를 받아 자신을 추적해온 도반 평목을 살해하게 되고, 그 죄의식으로 인해 불안감에 시달리면서 관헌에게 쫓기다가 결

국에는 붙잡혀 사형이 집행된 다음 꿈에서 깨어나는 이야기다. 사에구사
는 이 작품을 이렇게 해석한다.

> 이 작품은 쫓기는 자가 도망가려 하면서도 점차로 궁지에 몰리는 과정
> 의 절박한 긴장감을 동반한 불안감을 묘사하고 있다. 이런 주제는 이광수
> 소설에서는 흔치 않다. 그런데 해방을 눈앞에 둔 시기에 나온 그의 작품에
> 불안과 관련이 있는 것이 있다는 점은 무시할 수 없다. (…) 이 작품에는
> 종래의 작품에서는 볼 수 없었던 특징이 있다. 그것은 주인공이 자기의 범
> 죄를 부인하려 하거나, 자기만은 구원을 받으리라고 하는 몸부림, 그 시도
> 의 얕음, 비열함, 비굴함이 솔직하게 묘사되어 있다는 점이다. (…) 아마,
> 불안을 드러낸 이 작품의 배후에는 작자 이광수 자신의 내적인 위기가 있
> 었을 것이다. 그 원인이 완전히 개인적인 것이었는지, 혹은 식민지 시대
> 말기에 그가 처해 있었던 상황과 관련되어 있었던 것인지는 확인해볼 도리
> 가 없다. (…) 해방 후 발표된 『꿈』의 창작 동기가 뭐였든지간에, 이 작품
> 이 죄의식에 기인한 불안을 다룬 작품이라는 관점을 부정하지 않는다. 즉
> 작자에게 있어서는 해방 후 자신의 심경을 표명하는 것으로서도 사용할 수
> 있었으며, 변명 대신 사용할 수 있는 것이기도 했다. 이광수가 『꿈』을 해
> 방 후 첫 작품으로 발표했던 의도는 아마 여기에 있었던 것이 아닐까.[30]

이 분석은 작품에 대한 섬세한 감수성을 드러낼 뿐만 아니라 논자가
채만식의 「민족의 죄인」을 새롭게 해석하는 계기를 마련해주었으리라는
점에서도 의미가 크다. 곧 『꿈』에서 작가의 죄의식이 작품의 불안이라는
정조를 해명하는 데 참조 사항이 되는 것과 마찬가지로 「민족의 죄인」에
서는 소설의 화자가 '병들어 앓아누운' 사실이 작품의 해명에 중요한 사
실이 된다는 점이 드러나기 때문이다. 그리하여 『꿈』이 지닌 예술적 장점
을 감식하는 예민한 심미안이 이제 세 번째 논문에 깃들이면서 사에구사
는 「민족의 죄인」과 「민족의 죄인과 죄인의 민족」에 대하여 종전과는 전

---

30 앞의 글, 493~496쪽.

혀 다른 새로운 관점을 보여주게 되는 것이다. 채만식 50주기 기념 심포지엄에서 발표된 「채만식 문학에서 배운 것」은 사에구사의 채만식에 대한 이해가 이전보다 훨씬 더 깊어지고 풍부해졌음을 확연하게 드러낸다. 『탁류』를 일본어로 번역하고 여러 논문에서 채만식을 다루면서 새로 깨우친 부분이 있었기 때문일 것이라고 추측되는 깊이 있는 성찰이 이 논문의 여러 곳에 나타나 있는 것이다. 그 대표적인 사례가 채만식 문학의 방법을 풍자라고 보는 김윤식의 관점을 거부하면서 채만식 문학의 '전체를 통일적으로 일관성 있게 이해할 방법'의 필요성을 말하는 점이다. 이 말 속에는 채만식의 문학 방법이 풍자 기법에 국한된 것이 아니라 다양한 기법들을 포함하고 있다는 사에구사의 새로운 관점이 나타나고 있다. 이런 입장에서 사에구사는 채만식의 해방 후 작품들은 "이제 남(식민지배자 : 인용자 주)에게 책임을 돌릴 수 없게 됐다는 고찰이 풍자를 심각하고 깊이 있게 만"[31]든 결과라고 보고, 그 연원을 「치숙」에서부터 나타나는 '제3자의 시점', '타자의 시점'과 연관시키고 있다. 곧 사소설적 내용에 타자의 시점을 도입한 「집」 같은 작품은 '화자의 자조적 사고와 대조적 시점을 등장'시키고 있어서 채만식 문학의 다양성을 입증해준다는 것이다. 그는 그에 대해 이렇게 말한다.

　　이렇게 본다면 해방 직후의 작품에 「민족의 죄인」 같은 작품이 있다는 것도 그다지 이상한 일이 아니다고 할 수 있다. 다만 채만식의 작품이 『탁류』나 「레디메이드 인생」 같은 것밖에 없다고 생각하는 독자에게는 놀라운 작품일 수도 있다. 풍자에서 가면을 쓰고 등장해야 하는 작가가 그것을 벗고 맨 얼굴로 등장하고 있으니까. 물론 채만식에게 그런 사소설적 작품이 있다는 사실을 아는 독자에게도 이 작품은 여전히 충격적인 작품임에는

---

31 사에구사 도시카쓰, 「채만식 문학에서 배운 것」, 『백릉 채만식 선생 50주기 추모 심포지엄 자료집』, 사단법인 민족문학작가회의 · 대산문화재단, 2000, 21쪽.

변함이 없다. 왜냐하면 해방 후의 한국 사람의 사상 문제, 민족적 윤리 문
제를 이만큼 심각하게 깊이 있게 다룬 작품은 없는 것 같이 보이기 때문
이다.[32]

　풍자가 채만식의 유일한 문학 방법이라고 본 김윤식의 관점을 '독자'라
는 낱말을 사용하여 정면으로 반박하는 사에구사의 논조에서는 일종의
아이러니까지 느껴진다. 그럼에도 불구하고 그는 이 작품이 친일에 가담
한 사람이 '어떻게 민족의 일원으로서 살아나가야 하느냐'라는 과제를 다
룬 것으로 해석하는 측면에서는 여전히 김윤식의 관점에 갇혀 있다. 그렇
지만 그는 작품에 대해서 이전보다도 한결 융통성 있고 열려 있는 태도
를 가지고 접근한다. 그는 이 작품이 일본인인 자신에게까지 충격으로 받
아들여졌지만 조카가 등장하는 마지막 부분은 사족이라고 생각했다는 사
실, 그러나 많은 한국인이 바로 그 '사족'에 해당하는 부분이 작품을 살
리는 것으로 판단하는 것을 보고 작품의 이해에는 '한국적인 감수성이 결
부'된다는 점을 깨달았다는 사실, "마지막 부분이 화자를 구제하는 요소
를 갖고 있는 것을 감안한다면 이 작품의 성격도 다시 고찰"되어야 한다
고 생각하게 되었다는 사실을 솔직하게 표현한다. 곧 "「민족의 죄인」이 작
자의 대일협력에 대한 심각한 고민을 다룬 작품이라는 평가는 재고"되어
야 하며, 실제로 이 작품에서 가장 중심에 놓이는 대목은 친일 행위를 한
사람의 고민이 아니라 출판사 사장과 친일 행위를 하지 않은 사람의 논
쟁에 있으므로, "이 작품은 대일협력을 한 사람을 매개로 해서 친일을 안
한 지조 상으로 깨끗한 사람의 책임 문제를 다루고 있다."고 볼 수 있다
는 해석이다. 이와 같은 판단은 매우 날카롭게 문제의 핵심을 찌른다. 더
욱이 소설이 "등장인물들의 이중 삼중의 목소리로 구성되어 있다는 사실

---

32 앞의 책, 23쪽.

은 어딘가 풍자적 소설과 통하는 면을 갖고 있”다는 분석은 타자의 시점이 가져오는 효과를 주목하는 것으로서 “작자는 역시 여기서도 화자를 비판의 대상으로 하면서도 한편 그에게도 정당성을 주장할 권리가 있음을 제시하고자 했을 가능성이 생긴다.”라는 추론의 근거가 된다. 필자는 사에구사의 이 해석이 지금까지 이루어진 「민족의 죄인」에 대한 분석과 해석들 가운데서 가장 뛰어나다고 본다. 그 내용을 잠시 정리하면 사에구사는 첫째 「민족의 죄인」의 중심 주제는 대일협력을 한 친일문학인의 고민, 자기반성에 있는 것이 아니라 그 인물을 매개로 하여 지조 상으로 깨끗한 사람의 책임 문제를 제기한다는 것, 둘째 비판의 대상인 소설의 화자에게도 정당성을 주장할 권리가 있다는 사실을 제시하고 있다는 것, 셋째 「민족의 죄인」의 마지막 장면은 화자를 구제하는 요소를 가지고 있다는 것을 지적하고 있다. 이 세 가지 요소는 「민족의 죄인」에 대한 김윤식의 견해를 송두리째 전복시킬 수 있는 잠재력을 지닌 것으로 이해할 수 있다. 우선 주제 자체가 작가의 대일협력, 곧 친일문학가의 자기반성 문제에 초점을 둔 것이 아니라 ‘지조 상으로 깨끗한 사람의 책임 문제’를 다루고 있다면 그것은 일제 치하의 친일과 항일의 전 영역에 걸친 문제를 제기하는 것이라고 볼 수 있는 것이므로 사안을 확대된 차원에서 검토할 필요가 있다. 그리고 그 맥락에서 진일의 이력을 지닌 소설의 화사에게 어떤 정당성이 있는지 확인해야 한다. 그 다음에는 작품 마지막에 나오는 장면의 소설적 의미를 다시 점검해야 한다. 이 세 가지 작업만을 수행하더라도 「민족의 죄인」은 김윤식이 파악했던 내용과 전연 판이한 주제 의식과 형식적 특성, 새롭고 드넓은 세계를 우리 앞에 드러낼 수 있다. 그러나 이와 같이 뛰어난 분석과 해석의 단서를 잡아놓고서도 사에구사는 「민족의 죄인」에 등장하는 주인공은 친일문학가인 채만식 당자라는 김윤식의 논문이 심어준 고정관념에서 벗어나지 못한 까닭에 더 이상 앞으로 나아갈 수가 없었다. 그 양상은 소설의 화자가 보름 동안 앓아누운 사실에 주목하여 그것을 '의식 상실의 모티프'라고 개념화하면서 심층적으로 분석하고 해석하는 대목에서 가장 적나라하게 나타난다.

4. 소문의 벽

사에구사는 「민족의 죄인」에 등장하는 화자가 윤의 인신공격을 받고 보름 동안 앓아누웠다는 사실을 '의식 상실의 모티프'라는 측면에서 접근하여 다룬 적이 있다.[33] 김인숙의 「당신」, 모리 오가이의 「무희」 등에 나타난 의식 상실의 사건과 비교하면서 「민족의 죄인」에 표현되어 있는 화자의 '앓아누움'의 의미를 고찰해본 것이다. 지금까지 국내의 많은 채만식 연구자들은 「민족의 죄인」에 나오는 '앓아누움' 또는 '의식 상실'의 의미에 크게 주목하지 않았다. 사에구사는 이 '앓아누움'을 분석하면서 이광수의 「젊은 꿈(어린 벗에게)」과 김동인의 「마음이 옅은 자여」를 끌어들인다. 「젊은 꿈」에서는 난파된 배에서 물로 뛰어든 화자가 애인과 함께 살아남기 위해 널빤지를 같이 붙잡고 있던 서양 여인을 희생시킨 뒤에 정신을 잃고, 「마음이 옅은 자여」에서는 애정 행각을 벌이던 주인공이 병을 앓고 있는 사이에 아내와 아들이 죽는데, 두 작품 모두 윤리적으로 문제가 되는 주인공의 행위를 다루는 중요한 순간에 주인공들이 의식을 잃는다는 모티프를 동원한다는 공통점을 가지고 있다. 사에구사는 「민족의 죄인」에서 화자가 앓아누운 것은 「젊은 꿈」이나 「마음이 옅은 자여」에서와 마찬가지로 "주인공이 그 주변 사회의 통념으로 되어 있는 사회적인

---

33 사에구사 도시카쓰, 「질서 일탈자와 의식 상실의 모티프」, 『한국문학연구』, 베틀북, 2000.

관습으로서는 허용되기 어려운 행동을 할 때 기절이나 병들고 의식을 잃
는” 의식 상실의 모티프를 사용한 것이라고 보는 것이다. 사에구사는 이
렇게 말한다.

> 「민족의 죄인」에서는 격렬한 논쟁을 들은 화자가 앓고 눕게 되는 것이
> 일종의 의식 상실이다. 의식을 잃었기 때문에 문제에 대해서 결론이나 생
> 각을 표시할 필요가 없게 되어 있다. 작품에서는 거기에 대해 아무 주장도
> 하고 있지 않다. 다만 화자가 다시 사회생활을 할 의욕을 회복하는 데에서
> 끝나고 있기 때문에 주제의 방향을 알 수 있기는 하다.[34]

사에구사의 논리는 화자가 대일협력을 한 사람이라는 전제에 입각해
있다. 작가가 다시 작품 활동을 하기 위해서는 의식 상실을 통해 ‘실질적
고난 끝에 구제’를 받는 형식을 거칠 필요가 있었다는 해석이다. 그러나
「민족의 죄인」의 의식 상실 모티프의 성질을 파악하기 위해서는 춘원이
나 김동인의 작품에 나오는 사건들이 아니라 이청준의 「소문의 벽」에 나
오는 사건을 살피는 일이 필요하다. 그 이유는 첫째로 「민족의 죄인」의
화자가 ‘사회적으로 허용되기 어려운 행동’, 곧 친일문자 행위를 한 것인
지의 여부에 대해서 논자들 간에 의견을 다툴 여지가 있기 때문이고, 둘
째로는 「소문의 벽」에 나오는 의식 상실의 주인공이 채만식과 마찬가지
로 작가라는 점은 그 비교·대조 작업의 의미를 훨씬 더 증폭시켜줄 수
있기 때문이다. 「소문의 벽」에서 사건은 잡지사의 편집장인 화자 ‘나’에
의해 진술된다.

‘나’는 10여 일 전 밤에 하숙집으로 돌아가다가 누군가에게 쫓기는 듯
한 사내, 나중에 소설가 ‘박준’으로 밝혀지는 인물을 만나 하룻밤을 재워
준다. 말을 걸어도 제대로 응답하지 않고 자신의 신분을 전혀 밝히지 않

---

34 사에구사 도시카쓰, 「채만식 문학에서 배운 것」, 27쪽.

는 박준과 잠을 자는 동안 이상한 일이 일어났다. 분명히 전등불을 *끄고* 잤는데도 자다보면 불이 켜져 있곤 하는 것이었다. 이튿날 잠이 깼을 때 박준은 사라지고 없었다. 그가 정신병원을 탈출한 미치광이라고 생각한 나는 근처의 병원을 찾아가 그의 신분을 확인하게 되고, 그의 소설 원고가 잡지의 문학면을 담당하는 안형의 서랍 속에 오래 전부터 방치되고 있다는 사실을 상기하게 된다. 병원 원장인 김박사를 통해서 박준이 이상하게 자신의 신분을 명확하게 밝히지 않은 채 미치광이 시늉을 하지만 일종의 노이로제 증세일 뿐이라는 이야기를 듣고 회사에 들어가 박준의 소설 원고를 읽어본다. 소설의 내용은 주인공이 어렸을 때부터 광 속 같은 데 숨어서 잠을 자는 척 하거나 죽은 사람 흉내를 내곤 했는데, 커서도 낭패스런 일만 당하면 그 짓을 반복하다가, 마침내 어느 날인가에는 그 일로 아내의 구박을 받고 다시 죽은 사람 흉내를 내다가 영영 그 가사의 잠에서 깨어나지 않게 되었다는 이야기였다. 그날 밤 박준은 나의 하숙집을 다시 찾아왔고 나는 그를 정신병원으로 데려간다. 박준의 일을 추적하던 중 나는 점차 안형이 편집자의 편협한 태도로 박준의 소설을 잡지에 싣지 않고 묵혔으며, 다른 잡지에 연재되다가 중단된 박준의 소설이 '임금님 귀는 당나귀 귀' 설화처럼 소문을 두려워하는 운전사의 이야기를 다룬 것이라는 사실을 알게 된다. 그날 병원을 찾았을 때 원장은 박준이 전짓불 소동을 일으켰음을 알려준다. 병원 전체에 전기가 나가 간호원이 전짓불을 들고 어둠 속을 비추었을 때 박준이 갑자기 달려들어 간호원의 목을 졸랐다는 것이다. 원장은 전짓불이 박준의 공포를 촉발하는 것을 알게 되었으므로 앞으로 그것을 이용해 치료를 하면 효과를 얻을 수 있으리라는 의견을 밝힌다. 그러던 중 나는 우연히 박준의 소설과 인터뷰 기사를 통해 박준의 전짓불에 관련된 원체험을 알게 된다. 6·25전란으로 인민군과 국방군이 일진일퇴를 거듭하던 무렵, 어머니와 내가 잠을 자고 있던 집에 군인들이 나타난다. 어둠 속에 나타난 그들은 방문을 열어젖히고 전짓불을 비추면서 이쪽이 어느 편인지를 물었던 것이다. 그러나 전짓불 때문에 박준은 군인들이 어느 편인지를 알 수 없었다. 상대방의 정체를 모른 채 자신의 정체를 밝혀야 하는 사람의 공포, 거기에서 겪었던 공포를 박준은 '환상의 심문관 앞에 자기의 과거를 고백'하는 이야기로 소설화한다. 어느 날 갑자기 영문도 모른 채 체포된 주인공은 누군지도 모르는 사람에게서 진술을 강요당한다. 심문관의 정체를 알지 못하는 가운데 어떤 식의 진술을 해야 결백을 입증할 것인가. 그 진술은 실패였다. 심문관은 주인공이 정직하게 진술하지 않고 심문관의 정체를 알아보려고 끊임없이 노력했다는 것 자체가 유죄를 입증하는 실질적인 증거라고 말한다. 이 소설에 관한 인터뷰에서 '작가의 경험 세계와 상상력의 관계', '작가의 자유와 시대적인 요구나 시민으로서의 양심'에 관하여 반복해서 질문하는 기자에게 박준은 이렇게 말한다.

> 작가란 애초에 작품으로 말할 권리를 얻은 사람이다. 대답이 자꾸 불확실해지고 있는 것 같지만 이런 식으로 간단히 한 작가의 말을 빼앗아 버린다면 그것은 결국 그 작가에게 작품을 쓰지 않아도 좋다는 얘기가 된다. 진짜 작가와의 이야기는 소설로만 가능하다. 작가에겐 소설로 말을 하게 하라. 그렇지 않을 경우 문학은 한낱 소문 속익 소문이 될 수 있을 뿐이다. 문학은 적어도 소문 속에서 태어난 또 하나의 소문이 될 수는 없다.

박준은 그 뒤에도 전짓불 앞의 진술이 끊임없이 작가를 어느 편인가로 귀속시킨다는 것, 그 공포를 견디면서 작가는 진술할 수밖에 없다는 것을 말한다. 그는 문학에서 '전짓불'에 해당하는 것이 자신의 정체를 밝히지 않기 위해 소문의 옷을 입고 있는 소문의 벽이라고 보는 것이다. 소설 속의 화자인 '나'는 그 내용을 이렇게 요약한다.

박준은 작가란 괴로운 일이지만 그 정체가 보이지 않는 전짓불의 공포를 견디면서도 끝끝내 자기의 진술을 계속해 나갈 수밖에 다른 도리가 없는 운명을 짊어진 사람들이라고 했다. 그러나 지난 2년 동안 박준은 그만한 각오조차도 지켜내질 못해 온 셈이었다. 그의 독자들이, 안형과 내가, 그의 소설을 내보내주지 않은 교활한(또는 지나치게 용기가 없거나 용기가 없는 체하거나, 그 용기와 관련하여 편집이 심한) 편집자들이, 그보다도 그의 전짓불 뒤에서 끝끝내 정체를 드러내지 않은 채 복수만을 음모하고 있는 모든 사람들이, 그들의 입에서 입으로 건너다니는 정체불명의 소문들이 그것을 지켜내지 못하게 한 것이다. 그래서 그는 자기 내면에 용트림치는 진술욕과 그것을 불가능하게 하고 있는 전짓불 사이에서 심한 갈등과 불안을 느끼기 시작했다. 그리고 그 정체불명의 소문과 갈등을 빨아먹으며 전짓불은 그의 의식 속에서 엄청나게 크게 확대되어 갔다. 한데 바로 그 전짓불은 어렸을 때부터 그의 속에서 은밀히 발아를 시작한 것이다. 그리고 그것은 박준의 마지막 소설 속에서 한 작가로 하여금 정직한 진술을 할 수 없게 만들어 버린 방해요인의 상징으로 훌륭하게 완성되어지고 있었다. 그는 그의 소설 속에서 한 작가가 얼마나 가혹하게 자기의 진술을 간섭받고 있으며 그 때문에 결국은 얼마나 무참한 파국을 겪게 되는가를 극명하게 설명해주고 있었던 것이다. 그가 그런 소설을 쓰게 된 것은 거의 필연적이었다.

「소문의 벽」은 소설 속의 화자인 '나'가 병원을 찾아갔을 때 박준은 이미 탈출하고 거기에 없음을 전하면서 끝난다. 원장인 김박사가 환자를 완전히 굴복시키기 위해 어둠 속에서 전짓불을 비추면서 진술을 강요한 다음 박준은 병원을 탈출한 것이다. 김박사는 박준에게 처음부터 정신분열의 증세가 있었다고 진단을 내린다.

이 소설이 「젊은 꿈」이나 「마음이 옅은 자여」에 나오는 의식 상실보다 「민족의 죄인」을 이해하는 데 더 적합한 성찰의 재료가 되는 것은 작가의 '진술욕'이 다루어진다는 측면에서 찾을 수 있다. 해방 후 많은 문인들이 입을 닫고 있을 때 채만식은 예외적으로 작가의 친일 문제를 하나의 소재로 포함하고 있는 작품을 썼다. 김윤식은 채만식의 '발표욕'을 이야기하고 있는데 그의 창작의 동기가 생화(生貨)를 마련하거나 작가의 발표욕, 명예욕을 충족시키는 데 있다고 하기에는 이 작품이 다루는 사건의 의미가 너무 중대하다. 더욱이 발표욕이나 명예욕과 관련시키는 후자의 경우라면 작가의 의도는 소설의 소재가 되는 작가 자신의 친일 행위와 근본적으로 모순된다. 가급적이면 감추고 싶을 자신의 치부를 드러내놓음으로써 명예가 드높아질 것을 바란다는 것은 천치가 아니면 할 수 있는 일이 아니다. 그러나 「민족의 죄인」의 작가나 「소문의 벽」의 박준은 그 덮어버리고 싶은 과거의 일을 끄집어내어 한사코 문학적 형상의 옷을 입히고 있는 것이다. 그뿐만 아니라 그늘은 다같이 ‘의식 상실’이라는 모티프를 자신의 작품에 도입하고 있다. 여기서 문제의 해답을 찾을 수 있는 단서를 제공하는 작품은 「소문의 벽」이다. 의식 상실 또는 가사의 상태를 흉내내는 인물의 심리적 동기를 드러내고 있기 때문이다. 그 심리적 동기가 낭패스런 일에 있다는 점에서는 이광수나 김동인의 소설의 동기와 마찬가지지만 「소문의 벽」에서는 그 동기가 좀더 구체화되어 있다. 곧 어둠 속에서 비추는 전짓불이 그 원인으로 밝혀져 있는 것이다. 그 어둠 속에 자신의 모습을 감춘 채 비추는 전짓불이 의식 상실 또는 가사의 상태를 흉내내게 만들고 작가 박준을 정신병으로 몰아간다. 이처럼 인물의 의식 상실을 초래하는 전짓불의 의미는 「소문의 벽」에서 정체를 알 수 없는 심문관이라는 상징으로 표현되어 있다. 심문관의 정체를 알 수 없기 때문에 작가의 자기진술은 공포감 속에서 이루어진다. 임금님 귀는 당나귀 귀라고 마음 놓고 외칠 수 있는 ‘구원의 숲’은 작가에게 주어져 있지 않은 것이다. 그렇다면 「민족의 죄인」에서 ‘정체를 알 수 없는 심문관’은 누구인가? 박준은 작가에게서 그 심문관이란 ‘소문의 벽’이라고 말한다. 작가가 아무리 정직한 진술을 하더라도 소문은 그를 어느 편인가로 갈라놓고 가혹한 복수를 한다는 것이다. 여기서 우리는 「민족의 죄인」에 나타난 의식 상실의 모티프가 심문관의 정체성뿐만 아니라 작가의 정체성 문제까지 제기하고 있다는 사실을 깨닫게 된다. 심문관의 정체가 무엇이냐는 문제도 중요하지만 진술을 해야 할 작가의 정체성은 무엇이냐는 문제 또한 중요하기 때문이다. 그렇다면 「민족의 죄인」에서 진술을 강요하는 심문관의 정체는 무엇이고 작가의 정체는 무엇인가. 그리고 소문이란 무엇인가. 이 물음에 대한 대답을 찾으러 나서기 전에 먼저 일제 치하의 상황에서 심문관은 누구였고, 작가의 정체는 누구였는지 돌아볼 필요가 있다.

이선영의 분석에 따르면 「민족의 죄인」에 등장하는 주인공은 '양서동물'이었다. 뭍에서도 살고 물에서도 사는, 친일도 하고 반일도 하는 작가라는 말이다. 그러나 채만식이 친일을 했다는 사실은 구체적으로 알려져 있지만 그가 반일을 했다는 증거는 아직 알려져 있지 않다. 그렇다고 해서 채만식이 마음으로는 반일을 했으나 행동으로는 옮기지 못했다고 한다면 반일이란 말은 무색해진다. 이 문제를 해결하는 한 가지 방안으로 채만식이 친일의 가면을 쓰고 반일을 했거나 반일의 가면을 쓰고 친일을 한 경우를 상정해볼 수 있다. 이 경우 채만식에게 정체 없는 심문관은 누구이겠는가. 그가 일본 제국주의의 검열관일 것이라고 미리 점찍어두는 것은 그리 합당하지 않다. 지하 활동을 하지 않는 한 근대의 작가는 공개된 매체를 통해서 자신의 작품을 발표해야 하기 때문에, 반일을 하는 내용은 검열관이 걸러낼 것이며, 친일을 하는 내용은 대다수의 조선 민족, 독자가 거부할 것이다. 곧 일제 치하의 조선 작가들이 두려워해야 할 심문관은 검열관만이 아니었다. 독자인 조선 민족도 끊임없이 작가를 어느 편인가로 귀속시키기 때문이다. 그런 점에서 일제하의 작가들은 다같이 어둠 속에서 비추는 전짓불 아래에서 자기진술을 해야 했다. 이 과정에서 어떤 벗은 세상을 버렸고, 어떤 벗은 멀리 떠났으며, 어떤 벗은 몸을 팔고, 어떤 벗은 맘을 팔아야 했다. 반일을 하면 검열관으로 대표되는 일제 관헌에게서 가혹한 복수를 당해야 했고 친일을 하면 조선 민중에게서 무언의 징벌을 받아야 했다. 일제의 식민 통치를 받는 기간에 조선의 작가는 끊임없이 전짓불을 비추는 심문관의 정체를 여색이면서 자기진술을 이어나가야 했다. 그 가운데 일부는 진술을 포기했다. 작가되기를 포기한 것이다. 하지만 채만식은 일제하 조선 작가의 마지막 장편소설이 된『여인전기』를 1945년 5월 17일까지 〈매일신보〉에 연재했다. 『탁류』의 신문 연재가 끝나던 날(1938. 5. 17)로부터 딱 7년이 되는 날이었다. 그리고 해방이 되었다. 이 해방된 조국은 일제의 검열관들을 조선 땅에서 추방했다. 그러므로 이제 정체 없는 심문관은 사라졌는가? 작가는 그 해방된 조국에서 의식을 상실하는 인물을 묘사하고 있다. 그 사실은 여전히 심문관이 있다는 증거이다.

「민족의 죄인」에서 의식 상실은 작가의 친일 문제와 관련된다. 곧 그 의식 상실은 주인공이 자기정체성을 밝히는 것을 아직도 두려운 일로 받아들인다는 사실을 반증한다. 「소문의 벽」은 작가가 정직하게 진술하더라도 어느 편인가로 갈라놓고야 마는 소문이 작가의 자기진술을 공포를 불러일으키는 일로 만든다고 설명해준다. 친일문인의 문제를 정면에서 다룬 「민족의 죄인」도 분명히 그 소문의 위협 앞에 놓여 있었다. 그 위협 앞에서, 자신의 정체성을 밝혀야 할 마당에 작가는 의식 상실의 모티프를 도입하여 처리했다. 자기진술은 계속하지만 얼굴 없는 심문관의 정체를 알아보려는 여색임 속에서 자신의 정체를 미지의 영역에 남겨놓은 것이다. 작가는 여전히 어둠 속에 몸을 감추고 있는 소문이 자신을 어느 편인가로 갈라놓고 가혹한 복수를 할 것을 두려워하는 것이다. 「소문의 벽」의 화자는 이 문제와 관련해 박준이 "정말 미친 사람으로 보일 만큼 전혀 자기 이야기를 하려 하지 않은 것은 사실은 누구보다도 많은 이야기를 하고 싶은 욕망을 혼자 몰래 숨겨 놓고 있기 때문인 것"이라고 설명한다.

이러한 관점을 「민족의 죄인」에 적용하여 소설의 주인공은 '누구보다도 많은 이야기를 하고 싶은 욕망을 혼자 몰래 숨겨 놓고 있'었다고 할 수 있을까. 「소문의 벽」에서 주인공 박준은 "작가에겐 소설로 말을 하게 하라."고 말한다. 채만식은 소설로 말했다. 그리고 그 결과로 '소문'에게 가혹한 복수를 당했다. 이청준은 심문관의 '웃음 속에는 잔인한 살기가 숨겨져 있었다.'라고 묘사한다. 채만식도 친일문학가로 낙인찍혀 그를 기념하는 문학상도 폐지되고 그가 살았던 흔적을 보존하는 조촐한 문학관마저도 폐쇄될 처지에 놓여 있으며, 그의 작품들조차 독자들에게서 영원히 격리될 운명을 기다리고 있다. 채만식은 이제 죽어서 더 이상 자기진술을 계속할 수가 없다. 진술의 의무는 이제 그의 문학을 연구하는 사람에게 지워져 있다. 그러나 작가가 소설로만 말해야 하듯이 문학 연구자도 마땅히 연구의 결과로만 말해야 한다.

Ⅱ. 역사의 심판 앞에서

한 작가에 대한 역사적 평가가 단지 문학적 업적으로만 결정되는 것은 아닐 것이다. 그 사람의 사회생활이라든지 문단 활동 등 삶의 외연적 관계도 알게 모르게 평가에 관여된다는 것은 지금 불붙고 있는 '친일문학'에 대한 논의에서도 쉽게 확인할 수 있는 사실이다. 이런 사실을 충분히 인정한다고 하더라도 가장 이상적인 평가의 방법을 찾는다면 그가 작가인 한 우리는 결코 작품의 가치 문제를 배제할 수가 없을 것이다. 이 점에서 지금 역사의 심판 앞에 서 있는 채만식 문학이 어떤 가치평가를 받아왔는지 그 경과를 살피는 일은 필수 불가결한 작업 가운데 하나라고 할 것이다. 가치평가의 결과뿐만 아니라 그 과정이 어떤 것이었는지 알아야 재판정에 서 있는 채만식 문학에 대한 심판의 정당성을 확보할 수 있을 것이기 때문이다. 이 장에서 채만식 문학에 관한 평론, 문학사적 평가, 작품의 해석 등을 간단히 살펴두려는 이유도 그와 관련된다. 일종의 채만

식 문학 연구사라고도 할 수 있는 이 작업은, 그러나 시작하려고 하자마
자 채만식 문학에 대해서 이루어진 연구 작업, 평론, 논문, 단평 등이 5백
여 편이나 된다는 물리적 장애에 부닥친다. 작가가 소설 이외에도 희곡,
수필, 문학평론 등 거의 모든 문학 장르에서 활동을 하였던 까닭에 논의
의 가닥이 한 가지로 모아지지 않을 뿐만 아니라 담론의 수준도 한결같
지 않다. 따라서 여기서는 이 글의 목적에 맞추어 채만식 문학에 대한 평
가의 주요 지점들을 살피면서 최근의 친일문학과 긴밀하게 관련을 맺는
다고 생각되는 연구 경향이나 담론들을 집중적으로 검토하고 조명하는
방법을 사용한다.

1. 채만식 문학 연구의 탄생

　채만식 문학에 대한 담론 가운데 가장 널리 알려져 있는 것은 『탁류』를
박태원의 『천변풍경』과 같은 경향의 자연주의적 소설로 분류한 임화의 「세
태소설론」이다. 『탁류』의 연재가 끝나지 않은 시점에서 발표된 이 글에서
임화는 조각보자기와 같이 작은 단편들을 다닥다닥 모자이크한 『천변풍경』
의 "비심미적 체제를 피하려 한 『탁류』 같은 소설이 불가피적으로 통속
미를 가미하야 '푸롯트'를 굵게 하고 있는 사실"[1]을 지적하고 있다. 일상
생활을 자세히 묘사하고는 있으나 인물과 환경의 역동적 관계를 찾아볼
수 없는 자연주의 계통의 소설이라는 평가이다. 임화는 『탁류』가 어떻게
플롯을 '굵게 하고 있는'지에 대해서는 더 이상의 설명을 하지 않았다.
소설 연재가 끝나갈 무렵 발표된 김남천의 「세태·풍속 묘사 기타」도 「제

---

1 임화, 「세태소설론」, 『문학의 논리』, 학예사, 1940, 358쪽.

향날」이나 「치숙」에 대해서는 호평하면서도 『탁류』에 대해서는 부정적으로 파악한다. 그는 '이론'과 '풍속'이 한데 어우러지는 소설을 희망하면서 이렇게 말한다.

채만식 씨의 『탁류』를 대하면 결혼식 이전까지의 세태 묘사의 아름다움은 실로 그것이 어느 정도까지 이론적 모랄이 풍속과 융합된 결과라고 볼 수 있을 것이며, 하반에서 그의 예술성이 점차로 감퇴된 것은 저조에 빠진 세태 풍속의 지나친 과잉에 비하여 이론적 모랄이 영자(影子)를 감추어 그 것이야말로 글자 그대로의 『탁류』가 범람한 탓이라고 나는 생각하고 있다. 그 뒤 '식욕의 방법론'에서 승재를 재등장시켰으나 좀처럼 어울리지 않아 확실히 이승재라는 인물은 빌려온 의붓자식 같이 주름살을 펴지 못하고 있다. 승재의 세계는 상반이었지 하반이 아니었던 것이다.[2]

임화와 김남천의 평가는 오늘의 『탁류』 연구자들까지도 그 말을 여전히 반복할 만큼 큰 영향력을 발휘해왔다. 『탁류』는 묘사만 남발되는 '세태소설'이고 작품의 전반부는 좋으나 후반부는 '통속'에 떨어졌다는, 근래 나온 저작에서도 반복되는 평가는 그 연원을 임화와 김남천 두 사람에게 두고 있다. 그러나 『탁류』와 『태평천하』 이후에 채만식은 김남천, 김기진, 안회남 등의 작품평에서 지속적으로 언급될 만큼 주목을 받게 된다. 이 양태는 해방 직후에도 그대로 이어진다고 볼 수 있으나 6·25전란이 끝난 다음에는 상황이 바뀐다. 1930년대 초부터 평론 활동을 했던 백철은 임화·김남천과 달리 『탁류』가 세태소설과는 다른 종류의 작품이라는 점을 강조하면서 『신문학사조사』(1955)와 『국문학전사』(1957)에서 똑같이 채만식을 비중 있는 작가로 다룬다.

이 『천변풍경』이나 「골목길」에 비하면, 채만식의 『탁류』는 그와 같은

---

2 김남천, 「세태·풍속 묘사 기타」, 『비판』, 1938. 5.

의미에서 세태소설이라고 불려질 작품은 아니었다. 본래 이 작가는 동반자 작가로서 자처하는 만큼 경향적인 작가이다. 그가 지식인을 주제(主題)하여 현실 비판의 작품을 쓴 것은 기술한 바이며 『탁류』에서도 작자는 다만 현대의 일(一) 풍속세태를 눈앞에 보이는 대로 추묘(追描)하는 데 붓을 맡긴 것이 아니고, 처음부터 시대의 한 현실을 분석하고 비판하려는 데 주제를 작정하고 착수한 작품이었다. 사실 이 작품엔 여주인공의 기구한 생애가 전개되는 그 현실계에서 근대 기구(機構)의 붕괴 분해되는 과정으로서 표현된 모든 탁류적인 장면을 보게 되는 것이다. 『탁류』를 같은 세태소설로서 가산하더라도 그것이 단순한 세태묘사에 그치지 않은 점을 중시해야 할 것이다.[3]

백철은 『탁류』가 다른 세태소설과 본질이 다르며 근대 기구가 붕괴되는 과정을 묘사한 가치있는 작품이라고 애써 강조하고 있다. 이 강조는 백철이 작품의 구조를 임화나 김남천과는 다르게, 부분들의 단순한 집합이 아니라 하나의 전체로 파악했다는 점을 시사한다. 그 내용은 '여주인공의 기구한 생애가 전개되는 그 현실계에서 근대 기구의 붕괴 분해되는 과정으로서 표현된 모든 탁류적인 장면'을 찾아내는 시각을 통해서 나타난다. 곧 근대 기구의 붕괴 분해와 여주인공의 생애가 결합된 형태라는 인식이다. 그러나 1968년에 『한국현대문학사』를 쓴 조연현은 문학사를 서술하는 입장임에도 불구하고 채만식에 대해서 한마디도 언급하지 않았을 뿐만 아니라, 『한국신문학고』에서는 '한국적 체취와 풍자'를 지닌 작가로 김유정과 채만식을 한 항목에 묶어 다루면서 이렇게 언급한다.

한국적 체취와 풍자라는 점에 있어 그(김유정 : 인용자 주)는 채만식과 같은 계열의 작가라고 볼 수 있으나 채만식보다는 이 작가가 훨씬 중요하다. 그것은 묘사력이나 기교가 채만식보다 훨씬 우수할 뿐 아니라 채만식에게는 그 한국적 체취나 풍자가 형식적인 것이었으나, 김유정에게는 이것

---

3 백철, 『신문학사조사』, 신구문화사, 1980, 520~521쪽.

이 훨씬 더 심화된 내용과 정신을 가지고 있기 때문이다.[4]

김유정은 분명히 한국적 토속미가 뛰어난 작가이다. 그의 문학 작품들이 지닌 가치를 폄하하려는 뜻은 조금도 없지만, 조연현의 견해가 김유정과 채만식의 문학이 지닌 중량을 왜곡하고 있다는 것은 한국 근대문학을 연구하는 사람이라면 금세 알아볼 수 있는 사실이다. 단순화해서 볼 때 채만식 문학에 대하여 긍정·부정 양쪽으로 나뉜 백철과 조연현의 상반된 분석과 평가는 관심을 두는 주안점이 다른 데서 비롯한 것으로 볼 수도 있다. 그러나 문학사를 기술하면서 중요 작가를 취급조차 하지 않았다는 것은 어떤 이유에서든 채만식 문학에 대한 조연현의 전반적인 평가가 매우 낮은 것이었음을 입증한다. 이런 점을 감안하면서 1930년대의 임화와 김남천까지 포함하여 고찰하면 1970년대 이전의 평자들 가운데 백철만이 채만식을 매우 적극적으로 평가하는 양태를 확인할 수 있다. 이 긍정·부정의 평가 양태는 1970년대 이후의 문학 연구에도 유사하게 나타난다. 먼저 긍정적 평가를 하는 쪽의 대표적인 인물로는 홍이섭을 들 수 있다. 김윤식·김현의 『한국문학사』가 출간된 해인 1973년도에 발표된 홍이섭의 논문 「채만식의 『탁류』」는 개별 작품론으로서 작품을 파악하는 논자의 매우 탁월한 감각을 보여준다. 홍이섭은 『탁류』의 주인공을 정주사로 보고 거기에 초점을 맞추어 분석하고 있는데, "1937년의 식민지 현실을 뚫고 제작한 이 작품에서 영락해가는 정주사는 그(채만식 : 인용자 주)에게 작품 중의 한 사람이 아니라 망해가는 식민지 한국인의 전형"[5]이라는 점을 강조하고 있다. 이 논문의 태반이 정주사에 대한 언급으로만 이루어져 있다는 것은 홍이섭이 작품을 보는 감각이 어떤 것이었는지를 상

---

4 조연현, 『한국신문학고』, 문화당, 1966, 289~290쪽.
5 홍이섭, 「채만식의 『탁류』」, 『창작과 비평』, 1973년 봄.

징적으로 나타내준다. 홍이섭은 이 작품을 속되다고 평가하는 사람들에 대해서 일본 제국주의가 식민지 조선을 수탈하고 있는 양상을 소설이 어떻게 묘사하고 있는지 모르고 하는 소리라 일축하면서 작가의 역사의식을 다루지 못하는 점을 아쉬워하고 있다. 그는 자기 논문이 '문학적인 평(評)과는 관계 없는 시론으로서, 일제 침략기의 반식민지적 의식을 추적하려는 정신사 구성의 일부'라고 언급함으로써 자신이 정신사에 관심을 둔 역사학자의 입장에서 이 작품에 접근했음을 밝히고 글을 끝맺고 있다.

홍이섭의 논문은 겉으로 볼 때는 평범한 듯해도 그 심층을 들여다보면 작품 전체를 하나의 상(象)으로 포착하여 그 공간적 구조와 시간적 전개를 살피는 방식을 사용하고 있다는 특징이 드러난다. 곧 『탁류』가 하나의 공간 속에서 식민지 수탈 구조를 형상화하고 있을 뿐만 아니라 그 역사적 형성 과정을 보여주는 작품이라는 분석인데, 홍이섭은 자료가 없어 후자를 구체적으로 취급하지 못한다고 애석해한 것이다. 홍이섭의 이러한 관점과 작품 분석 방식은 도저히 평범한 일반 독자의 것이라고 할 수 없을 만큼 수준이 높다. 작품의 핵심을 포착하고 있고 그 내면 구조까지 들여다보고 있는 셈인데, 한학에 토대를 둔 전통적 독서 방식을 익히고 있었기 때문에 가능한 독해 방식이었지 않는지 모를 일이다.

홍이섭의 이러한 관점과 작품 분석 방식은 이듬해에 작성된 송하춘의 『채만식 연구』에서 긍정적으로 계승된다. 송하춘은 채만식 문학 속에서 수직축과 수평축의 교차라는 구조를 읽어낸다. 구체적으로 그는 「인테리와 빈대떡」을 분석하면서 "종식이라는 한 인물을 중심으로 해서 공시적인 사건과 계시적인 이야기의 두 개가 교차된다. 공시적인 사건은 당시의 인테리가 처해 있는 생활난을 그림으로써 인테리가 걸인보다 비참한 현실을 역설(逆說)하지만 계시적(繼時的)으로는 아들을 자기와 상반되는 성장 과정 속에 집어넣음으로써 조상들의 과오를 역설하여 역사를 추궁하고 있는 것이다."[6]라고 파악하고 있다. 그는 이와 같은 분석 방법을 다른 여러 작품에도 적용하고 있다. 그는 이 논문을 수정 보완하여 단행본으로 발행하면서 채만식의 "현실은 어디까지나 역사적 맥락에서 파악된 것", "역사와 현실에 대한 동시 파악"이 채만식 문학의 특징이라고 개괄하고 그의 작품들이 지닌 구조를 다음과 같이 요약해서 말하고 있다.

> 채만식의 시각은 언제나 역사와 현실을 동시에 파악하는 겹시각이다. 그리고 그 겹시각은 다시 이중의 역사와 이중의 현실을 설정한다. 그의 역사는 근대와 전근대가 겹쳐 있고, 그의 현실은 진실과 허위가 겹쳐 있다.[7]

백철이 『탁류』를 세태소설과는 근본적으로 성질이 다른, '근대 기구가 붕괴되는 과정을 묘사한 작품'으로 파악했을 때나 홍이섭이 『탁류』의 정주사를 작품 전체의 전형이라고 했을 때, 또 송하춘이 현실과 역사를 동시에 파악하는 작가의 겹시각을 논하고 있을 때, 거기에는 항상 작품을 하나의 전체로 포착하는 시선이 놓여 있다. 앞의 두 사람은 『탁류』한 작품만을 논한 것이지만 송하춘의 분석은 작가의 주요 작품을 모두 다룬 것이므로 그 관점이나 방법이 긍정적으로 연구자들에게 수용되었더라면 채만식 문학에 대한 평가는 지금과는 전혀 다른 양상으로 이루어지고 있을 것이다. 그러나 필자가 조사한 범위 안에서 이 방법이나 관점은 더 이상 확산되지 못한다. 그 원인이 유유상종, 동종교배만 일삼은 학계의 고질병에서 비롯된 것인지, 작품을 전체로 보는 방법이 지닌 고유의 난점에 있는 것인지에 대해서는 이 자리에서 당장 무어라고 단언할 수 없다. 그러한 관점을 가지지 않고 그 분석 방법을 쓰지 않은 경우에도 작가의 문학에 대한 깊은 애정과 높은 신뢰를 보여주는 연구 성과가 여럿 있기 때

---

6 송하춘, 「채만식 연구」, 고려대학교 석사학위논문, 1974, 35쪽.
7 송하춘, 『채만식』, 건국대출판부, 1994, 45쪽.

문이다. 그 가운데 대표적인 성과로 꼽을 수 있는 저작이 김홍기의 『채만식 연구』이다.

김홍기의 저작이 지닌 특징은 연구자가 작가와 그의 문학에 대한 애정을 갖고 오랫동안 발로 뛰어서 얻은 자료 등을 바탕으로 구축한, 가장 확실한 기반을 갖고 있는 성과라는 점에 있다. 작가가 재직했던 직장과 원고를 발표한 잡지들을 조사하여 수많은 필명을 찾아내고, 알려지지 않은 작품들을 일일이 문체론적인 방법으로 확인하였으며, 작품들 사이의 상호 관계를 꼼꼼히 살피면서 작가의 삶과 문학을 살핀 까닭에 저자는 누구보다도 확실하게 채만식 문학의 핵심을 포착하고 있다. 일제의 발악과 탄압이 극을 향해 치달리던 1940년대 초반에 씌어진 채만식의 자전적 이야기로서의 사소설과 수필, 논설들이 서로 어떤 연관을 지니는지, 작가가 목을 졸라오는 일제의 탄압과 질곡을 극복하기 위해 어떤 전략과 전술을 구사했는지 실증을 통해 구체적으로 밝힌 것은 전적으로 김홍기의 연구가 이룬 성과이다. 저자는 작가의 개인 생활과 시대의 흐름, 작품 상호간의 관계를 꼼꼼히 검토하고 성찰하면서 거기에 들어 있는 관련들을 몸과 마음으로 읽어냈던 것이다. 작가의 문학과 삶에 밀착하여 그 토양에 튼튼히 뿌리를 내리고 있었기 때문에 저자는 채만식 50주기 추모 심포지엄에서 "그(채만식 : 인용자 주)는 문학적 방법과 수법에 있어 다양한 특성을 지닌 작가였으며, 자신의 정신세계를 일관되게 지켜온 정신주의적 작가였던 것이다."라고 종합적으로 평가할 수 있었던 것이다.

그러나 이와 같은 확신과 소신이 채만식 문학 연구자 모두에게 갖춰져 있었던 것은 아니다. 그것은 많은 시간 동안 작가의 문학에 기울인 애정과 노력의 보답으로 획득될 수 있는 인식이었던 까닭에 다른 사람들이 쉽사리 그 경지에 이를 수는 없었다. 그렇기 때문에 많은 사람은 자신의 연구를 통해 독자적인 인식을 갖게 되더라도 자신의 결론이 다른 사람들의 연구와 전혀 다른 방향을 취하고 있을 경우 그에 불안을 느끼고 소신을 펴는 데서 망설이게 된다. 그 이유는 현금의 채만식 문학 연구에서 김홍기의 견해와는 다른 경향, 정반대되는 경향이 지배적인 위치를 차지하고 있기 때문이다. 채만식문학상 시상이 중단되고 문학관 폐쇄를 위한 운동이 공공연하게 전개되며, 한국문학의 정전에서 작가의 작품을 배제하려는 움직임이 다각적으로 전개되고 있는 것은 모두 그 목소리의 장기 독재에 의한 효과이다. 그 목소리는 1970년대 후반의 「민족의 죄인과 죄인의 민족」에서 기본 동력을 얻어 자신의 존재를 세상에 알리기 시작했고, 점차 추종자를 늘려온 까닭에 이제는 채만식 문학 연구의 주류로 자리잡게 된 것이다. 그 주류적인 연구 경향의 첫 마디에 정호웅의 논문 「채만식의 허무주의와 역사 담당 주체의 문제」가 놓인다는 것은 시사적이다.

2. 「채만식의 허무주의와 역사 담당 주체의 문제」

「민족의 죄인과 죄인의 민족」의 수정본인 작가론 『채만식』이 나온 지 5년 만에 발표된 이 논문은 앞에 명기한 김윤식의 논저들이 지닌 논리를 반복하면서, 그러나 더욱 강도 높게 제시하고 있다. 그 핵심 내용은 1993년에 간행된 김윤식·정호웅 공저의 『한국소설사』에서 찾아볼 수 있는데, 그 대강은 다음과 같이 표현되고 있다.

> 해방공간의 작가 중 자기비판 문제를 가장 정면으로 집요하게 다룬 사람은 채만식이다. 「역로」(1946), 「낙조」(1948), 「민족의 죄인」(1948~1949) 등의 주인공은 채만식과 흡사한 인물로서, 말하자면 작가의 분신이다. 모두가 친일의 전력 때문에 괴로워하다가 마침내는 민족적 자기비판론이라는 괴논리로 과거 행적을 합리화하기에 이른다. 그러나 스스로의 양심을

> 속일 수는 없으니, 자책과 번민에서 완전히 헤어나지는 못한다. 이 점에서
> 이 시기 다른 작가들과 구별된다.[8]

인용문의 내용을 다시 정리하면, 첫째 채만식은 해방 이후 자기비판 문제를 가장 집요하게 다루었고, 둘째 그 자기비판은 「역로」, 「낙조」, 「민족의 죄인」 등의 작품에 나타나며, 셋째 이 소설들의 주인공들은 모두 작가의 분신이며, 넷째 그들은 친일의 전력 때문에 괴로워하다가 민족적 자기비판론이란 괴논리를 만들어 자기행적을 합리화했으며, 다섯째 그 합리화에도 불구하고 양심을 속일 수 없어 채만식은 자책과 번민에 빠졌으며, 여섯째 이것이 여타 작가와 다른 채만식의 특징이라는 것이다. 여기에 제시한 내용은 우리가 「민족의 죄인과 죄인의 민족」에서 익히 보아온 논리들이다. 다른 점이 있다면 「민족의 죄인」 이외에 두 작품이 더 증거 자료로 제시되고 있으며, 그 소설들 속에서 자기비판을 하는 주인공들을 모두 작가의 분신으로 파악한다는 것, 작가의 자기비판이 '민족적 자기비판론'이란 이름으로 개념화된다는 것, 또 작가가 합리화 뒤에도 자책과 번민에 빠졌다는 내용이다. 이 가운데 마지막 사항은 「민족의 죄인」에서 소설의 화자가 보름 동안 앓아누운 사실을 작가의 '자책과 번민'으로 파악한 것으로서 정호웅의 논문에서 비로소 새롭게 모습을 드러내는 내용이다. 정호웅이 '자책과 번민'을 낳았다고 하는 소설 속의 사건이 사에구사 도시카쓰의 논문에서 의식 상실의 모티프로 깊이 있게 다루어졌음은 우리가 앞 장에서 이미 구체적으로 살핀 바 있다.

김윤식·정호웅 공저의 『한국소설사』에서 여기에 인용한 글 바로 다음에는 채만식의 『역로』가 해방기 소설 가운데 가장 뛰어난 작품이라는 언급이 나온다. 그렇지만 저자들은 채만식의 문학을 해방기 소설을 다루는

---

8 김윤식·정호웅, 『한국소설사』, 예하, 1995, 313쪽.

가운데 맨 마지막에서 지극히 간단하게 취급하고 있다. 그러한 배치는 인용문 가운데 나오는 '민족적 자기비판론'이란 용어와 관련된다. 정호웅은 「채만식의 허무주의와 역사 담당 주체의 문제」에서 해방 후에 대두된 세 개의 자기비판론을 다루고 있는데, 그 가운데 하나가 채만식의 '괴논리'인 '민족적 자기비판론'이다. 따라서 이 논문의 내용과 논리를 구체적으로 살펴보지 않을 수 없다.

정호웅의 논문은 부제를 '해방공간을 대상으로'라고 붙이고 있다. 논문의 처음은 '가난과 지병, 도저한 허무주의에 시달리며 일제 말기 미망의 시대를 간신히 버티던 채만식'이 해방을 맞던 날에 대해 작가 자신이 쓴 글의 내용을 소개하는 것으로 시작한다. 채만식은 1945년 12월에 발표된 「8·15 전후」라는 글에서 해방을 맞던 때 아무런 동요 없이 차분했던 자신의 심경과 모습을 담담히 기록하고 있는데, 정호웅은 그것을 '낭만적 열정이 지배하던 시기에 채만식이 견지했던 이 같은 냉정함이야말로 그를 이 시기의 문제적 작가로 만들었던 근본 요인'이라고 해석하고, "지식인 작가다운 냉정함 다른 쪽에 우울한 그늘이 드리워져 있다는 사실"에 독자들이 주목할 것을 요구하고 있다. 그 '우울한 그늘'의 원인이 해방기의 "채만식의 삶과 문자행위 전체를 규정했던 것으로 판단"되는 것이므로 그 원인의 규명을 통해 해방기 채만식 문학의 특성과 한계를 알아보겠다는 논지다. 곧 해방기 채만식 문학 전체를 친일문학 행위의 영향권 아래 두려는 배치이다. 이 서론에 이어서 2장은 해방기에 대두된 세 종류의 자기비판론을 다룬다. 그 세 가지 가운데 첫 번째는 일본의 승리를 기대하며 타협하고 싶었던 마음속의 숨은 욕망을 비판하자는 임화의 자기비판론이며, 세 번째는 소시민의 연약성을 자기비판하고 변혁운동에 떨치고 나서야 한다는 한효의 자기비판론이다. 두 번째는 창작 합평회에서 채만식과 김남천 사이에 나누었던 대화 내용에 대한 분석을 토대로 한 것이다. 그 대화는 이렇게 되어 있다.

> 채만식 나 역시 대담하게 쓰고 싶으나 주저하게 됩니다. 역시 죄인이니까
> 나의 죄를 써서 역효과를 내보려고도 했지만 주저하게 되는 것은
> 할 수 없더군요. 그러나 요즘엔 언제까지나 주저하고만 있을 필요는
> 없다고 생각합니다.
> 이원조 그건 채형의 성격상으로 보아 넉넉히 짐작할 수 있는 일입니다.
> 김남천 말하자면 예수가 아니란 말이지요? 십자가를 지고 감람산에 올라갈
> 필요가 어디 있느냐는 이거 아닙니까!

정호웅은 삽입구처럼 중간에 끼어 있는 이원조의 발언 내용은 빼놓고, 채만식과 김남천의 대화 내용만 제시한 뒤 그들 사이에 이루어진 이 대화에 나타난 채만식의 자기비판론의 의미를 다음과 같이 서술한다.

> 우리는 유혹에 넘어가 죄를 지을 수도 있는 허약한 인간이지 예수가 아니라는 것, 그러므로 전날의 과오에서 비롯한 죄의식에 언제까지나 포박당해 있을 수 없다는 주장이다. 문제를 예수에 대비된 인간의 허약성으로 돌릴 때 자기비판은 의미를 상실한다. 허약한 인간이기에 언제 어떤 상황에서도 죄지을 수 있고, 허약한 인간이기에 언제라도 용서받을 수 있다는 괴논리가 성립하기 때문이다. 이 논리의 연장선상에 '개인적이며 소극적이요 퇴영적이기가 쉬운 망국민족의 본성'에 원인을 돌리는 '민족의 자기비판론'이 성립한다. 민족적 자기비판론은 이 시기 광범위하게 유포되어 친일의 죄의식에 시달리던 많은 지식인들에게 자기변호의 논리적 근거를 제공한 것이다. 이 논리가 널리 유포되어 받아들여질 수 있었던 이유의 하나는 박헌영이 집필하고 조선공산당 중앙위원회 명의로 발표된 〈8월 테제〉 속에 규정적으로 제기되었기 때문이다.[9]

정호웅은 〈8월 테제〉가 지주와 부르주아의 반동성을 규탄하고 대중이 혁명적 투쟁을 전개할 수 있도록 '민족적 자기비판'을 할 것을 주장하지

---

9 정호웅, 「채만식의 허무주의와 역사 담당 주체의 문제」, 『외국문학』, 1989 봄.

만 그것은 남로당의 전술적 선전·선동을 매개하는 개념이지 채만식의
'자기변호를 위한 민족적 자기비판론'과는 같은 것이 아니라고 설명한다.
세 번째 자기비판론인 한효의 주장만이 〈8월 테제〉에 입각해 있다는 것
이다. 정호웅은 해방기에 가장 많이 나타난 자기비판은 이 세 번째 것으
로 채만식의 자기비판론과는 근본적으로 성격이 다르다고 설명한다. 정
호웅은 채만식의 경우 『여인전기』 등의 친일문자 행위로 '친일파의 욕된
명부에 이름이 올랐던 경력이 결백하고자 하는 작가의 정신을 짓눌렀던
것'이고 그것이 '우울한 그늘'의 원인이었다고 밝히고 해방기 작품에 나
타난 채만식의 자기비판 양상을 분석한다. 우선 「낙조」에서는 소설의 화
자가 '민족적 정신매음'을 했다는 창녀의 비판에 아무 대답도 못한 것이
자기비판에 해당한다. 타인의 비판에 대한 수긍이라는 것이다. 「역로」에
서는 자기비판이 두 측면으로 나타나 임화와 같이 마음속의 숨은 욕망에
대해 비판하는 것이 그 하나고, 그로부터 '나만은 자기비판에 철저하다'
는 우월감으로 죄의식을 벗어나는 것이 다른 하나의 양상이다. 이에 비해
「민족의 죄인」은 모두가 죄인이므로 죄인은 없다는 '민족적 자기비판론'
으로 순환논법을 드러내며, 이것이 "채만식이 오랜 번민에서 찾아낸 자기
비판론의 완성품"이라는 것이다. 정호웅은 「민족의 죄인」에서 친일문자
행위로 공격을 받고 화자가 앓아누운 것이 민족적 자기비판론이란 괴논
리에 대한 죄의식이라고 보면서 이렇게 서술한다.

> 그러나 이 같은 괴논리로 양심의 문제인 죄의식이 가셔질 수는 없다.
> '나'는 자포적인 울분과 스스로에 대한 불쾌감, 기고만장한 윤에 대한 분노
> 때문에 꼬박 보름을 누워 혹심한 절망을 앓는다. 이 절망이야말로 허구의
> 민족적 자기비판론에도 불구하고 빛나는 작가 채만식의 참된 정신적 면모
> 라 하겠는데, 그러므로 작품 마지막 아내의 위안과 조카에 대한 그의 호통
> 이 공허하게 느껴지는 것은 실로 당연하다 하겠다.[10]

사에구사 도시카쓰가 「민족의 죄인」의 마지막 부분에 대해서 공감을 느끼는 많은 한국의 독자들이 있음을 말했었다는 사실을 상기하면 정호웅의 작품에 대한 감상이 한국인의 일반적인 경향과는 조금 다른 것이라는 것은 쉽게 간파할 수 있다. 그렇기는 하지만 '채만식의 자기비판'에 대한 정호웅의 분석은 소설 속 인물들의 자기비판을 모두 작가의 자기비판으로 환치한다는 점에서, 즉 작중인물을 모두 작가의 분신으로 파악한다는 점에서 김윤식의 논문이 지닌 문제점이 무엇인지를 명확히 보여주는 장점이 있다. 그는 이 분석을 통해 작가의 '우울한 그늘'이 '죄의식과 자기비판의 문제'에서 비롯된 것이었음을 밝혀준다고 보고, 왜 작가가 과거에 사로잡혀 미래의 삶에 대한 의욕을 갖지 않는지 꾸짖으면서 그 원인을 규명하는 작업에 나선다. 곧 작가가 작품 속에 '역사 담당 주체'를 어떻게 설정하는지 살펴보는 것이다. 정호웅은 작가가 해방 후의 혼란상을 이미 예견하고 있었고, 소설 속에서도 그러한 혼란을 다방면에서 보여주고 있는데, 그것은 '역사 담당 주체에 대한 인식'이 결여되어 있었기 때문이라고 단정한다. 채만식이 새로 등장한 외세를 비판하고 환상적인 통일론밖에 갖지 못한 것은 그 때문이라는 해석이다. 정호웅은 이 주체에 대한 인식의 결여는 작가의 진보주의가 '관념적 신념'의 성격을 지녔기 때문에 나타난 현상이며, 거기에서 새로운 허무주의가 탄생한 것이라고 해석하지만, 이내 이 허무주의는 해방 전부터 있었던 허무주의의 연속이라고 부연 설명한다.

5장에서는 해방기 채만식 소설에 '역사 담당 주체'가 어떻게 나타나느냐 하는 문제를 점검하고 있다. 정호웅은 작가의 소설에 해방공간이 '혼란과 분열의 난장판'으로서 냉소와 풍자의 대상으로 등장하는 점을 지적

---

10 앞의 글.

하고, 그것은 일제 시대와 해방공간을 연속성 속에서 보는 것으로서 ‘역사 전개에 대한 채만식의 불만’이 표출된 것으로 파악한다. 이 불만이 가장 뚜렷하게 표출되는 것은 「맹순사」, 「미스터 방」, 「논 이야기」, 「도야지」 등 『잘난 사람들』에 수록된 작품들로서, 거기에서는 모리배, 친일파의 존속, 외세의 침탈이란 주제가 다루어지지만 그것을 비웃는 작가의 풍자는 ‘공허’한데, 그 이유는 “풍자를 뒷받침하는 부정적인 것에 대립하는 긍정적인 것의 성격이 명료하지 않”은 데 있으며, 그 원인은 ‘작가의 고질적인 허무주의의 개입’에 있다고 진단한다. 그러나 잠시 뒤 그는 “미래를 열 수 있는 역사 담당 주체를 발견할 수 없었기에 채만식은 허무주의에 빠져, 냉소와 불완전한 풍자로써 현실을 폭로하고 비판할 수 있을 뿐”이라고 말한다. 앞의 두 문장을 살피면 논자는 허무주의로 인해 작가가 역사 담당 주체를 발견할 수 없었다고 보기도 하고, 역사 담당 주체를 발견하지 못해 작가가 허무주의에 빠졌다고 보기도 하는 순환논법을 구사하고 있다는 점을 엿볼 수 있다. 그러나 그 순서야 어떻든 정호웅은 채만식이 허무주의에 빠졌고 역사 담당 주체를 발견할 수 없었다고 보는데, 그 해결책으로 작가가 제시한 인물들이 ‘어린 세대’와 ‘끼니를 줄이고 누더기를 걸치면서라도’ 교직을 지키겠다는 인물이다. 「낙조」와 「소년은 자란다」에 등장하는 이런 인물들로 인해 채만식의 소설은 선/악의 윤리적 이분법을 도입하게 되었고, 그로 인해 ‘부정적인 것으로서의 과거·현재에 대비된 빛나는 미래만이 존재’하는, ‘구체적 현실의 지반을 떠나 낭만적 열정에 휩싸’이는데, 그것이 바로 ‘허무주의’라는 것이 작품에 대한 정호웅의 최종적 판단이다. 그는 이렇게 결말을 짓는다.

　　채만식의 소설은 전체적으로 보아 ‘정치적인 이념이나 정치적 환경이 전 소설에 걸쳐 지배적이라고 여겨질 수 있는 소설’이란 어빙 하우적 개념에서의 정치소설 범주에 속하는 것으로 판단된다. 역사의 진보를 위해 25년여 구체적 현실의 탐구에 매진했던 것이다. 그러나 진보적 리얼리즘을 가능케 하는 근본조건인 구체적 현실 속에서의 역사 담당 주체 발견에 끝끝내 이르지 못함으로써 그의 문학은 돌연 리얼리즘의 경계를 넘어서 낙관주의로 비약하고 말았다. 그의 문학을 관류하는 도저한 허무주의가 이를 매개했던 것으로 파악되는 바, 해방공간의 작품들에서 그 같은 양상이 제일 선명하게 드러났던 것이다.[11]

인용문은 해방기 채만식 문학이 실패에 그쳤고 그 원인은 허무주의라고 보는 데서 김윤식의 「채만식의 문학세계」에서 내려진 결론과 동일하다. 그 판단 기준으로 '진보적 리얼리즘'이라는 개념이 등장하는데, 그것은 1940년대 후반 진보 진영의 문학인들이 통일전선 전술에 이바지할 수 있는 창작 방법론으로 내세운 개념이다. 채만식이 이 방법을 자신의 창작 방법으로 한다고 공언한 적도 없고 거기에 동의한다고 의사를 밝힌 적도 없음을 상기하면 이 기준은 정호웅 자신의 창작 방법론이거나 신념, 또는 다른 사람의 문학을 평가하는 척도라고 볼 수밖에 없다. 이주형은 자신의 논문에서 "역사의 진보에 바치는 예술가의 봉사란 그가 개인적으로 무엇을 확신하고 어디에 동조하느냐 하는 데 있다기보다 오히려 그가 사회적 현실의 모순을 얼마나 힘차게 제시하느냐 하는 데 있다.", "훌륭한 작가란 많은 것을 암시하는 데 그치고 입을 다물어 독자가 스스로 짐작하고 설명하고 보충하도록 남겨두는 사람이다. 설명의 여지가 많고 뭐라고 정의하기 힘든, 불완전한 작품이 우리에게는 가장 매력적이고 의미심장하며 표현적이다."라고 본 아놀드 하우저의 견해를 거듭 인용하고 있다.[12] 이 견해를 참조하면 역사 담당 주체를 내세워 자신의 신념이나 이념의 방향을 명확히 제시하는 것보다 '혼란과 분열의 난장판'으로서 해방 조선의

---

11 앞의 글.
12 이주형, 「채만식 연구」, 서울대학교 석사학위논문, 1973, 82~83쪽.

현실적 모순을 묘사하는 것이 훨씬 더 의미있는 일이라는 것을 충분히 알 수 있다. 그 난장판을 묘사하는 것이 훨씬 더 문학가의 사업에 어울리는 일인 것이다. 또한 '어린 세대'와 '끼니를 줄이면서'까지 교직에 봉사하겠다는 인물은 역사 담당 주체가 될 수 없고, 혁명가만이 그 역할을 담당할 수 있는 것이냐 하는 질문을 정호웅에게 던질 수 있다. 더욱이 「소년은 자란다」와 같은 작품에서 작가가 내세운 '어린 세대'는 단순히 하나의 어린 아이라고 볼 수 없다. 보호해줄 사람 하나 없이 정글의 법칙이 지배하는 야수들의 우리, 열강의 치열한 세력경쟁 속에 발가벗겨진 채 내던져진 조선 민족을 상징하는 알레고리적 의미를 그들은 지니고 있는 것이다. 정호웅의 결론에서는 이런 문제들이 충분히 고려되지 않고 있다. 그러나 이 논문은 채만식 문학 연구사에서 「민족의 죄인과 죄인의 민족」에 버금가는 큰 의미를 지닌다. 「민족의 죄인과 죄인의 민족」에서 모호하게 암시되거나 그림자만 드리우고 말았던 문제 의식들이 모두 가면을 벗고 나타나고 있기 때문이다. 또한 이후 채만식의 친일문자 행위에 관심을 가진 몇몇 연구자들이 수행하게 되는 연구 주제들이 이 논문을 통해서 명확하게 제시되었기 때문이다. 이 논문은 채만식 문학을 친일문학으로 보는 연구사의 흐름에서 김윤식으로부터 최근 연구자들에게로 이어지는 과정에서 중심 연결고리의 역할을 맡고 있는 것이다. 따라서 이 논문의 취지와 그 속에 함축된 내용들을 정리할 필요가 있다.

먼저 취지를 살펴보자. 제목에 함축된 의미는 작가의 허무주의가 소설 속의 주체 부재를 야기했다는 것이다. 그러나 논문의 중점은 '주체 부재'를 검토하는 뒷부분보다 '작가의 허무주의'를 논하는 앞부분에 놓여 있다. 작가의 '우울한 그늘'로부터 '허무주의'를 도출하는 이 부분에서 문인들의 자기비판론이 상세하게 논의되는 것은 〈8월 테제〉의 민족적 자기비판론과 채만식의 '자기변호를 위한 민족적 자기비판론'이 다르다는 점을 강조하기 위한 일종의 전략이다. 곧 〈8월 테제〉와 같은 집단적 움직임에 동참하기 위해 채만식이 '민족적 자기비판론'을 내세운 것이 아니라 친일 주구 노릇을 한 작가가 순전히 자기변명을 하기 위해서 괴논리를 만들어 냈다는 주장이다. 채만식의 해방 후 작품들 속에 등장하는 인물들의 자기 비판 내용을 모두 끄집어내서 그것이 모두가 다 작가의 자기비판이라고 규정하는 것은 이 주장을 실증적으로 뒷받침할 필요가 있었기 때문이다. 그래서 '민족적 정신매음'을 한 작가는 '친일의 욕된 낙인에 고통스러워 하며 혼란스러운 현실을 냉소하는 장년의 주인공'으로 되기도 하고 '나만 은 자기비판에 철저하다'는 묘한 우월감을 가지면서도 '자포적인 울분과 스스로에 대한 불쾌감'을 갖고 앓아눕는 인물이 되기도 하는 것이다. 이 러한 작업의 의미는 채만식의 친일 행위를 누구도 부정할 수 없는 확고 한 사실로 확립하고 그의 '자기비판'이 '괴논리'를 내세운 '교묘한' 자기 변명임을 명백하게 하는 데 있다. 이 토대 구축 작업이 완성된 다음 정호 웅은 작가의 '죄의식과 자기비판'이 '우울한 그늘'로 나타난 것이며 거기 에서 비롯된 허무주의가 해방공간을 '혼란과 분열의 난장판'으로 묘사하 게 만들었음은 물론 역사 담당 주체를 발견할 수 없게 만들었고, 그로 인 해 작가의 문학은 '리얼리즘의 경계를 넘어 시적 낙관주의'로 나아감으로 써 가치 없는 것이 되었음을 논증하고자 하는 것이다.

이 취지는 한 사람의 논문만으로 달성될 수 있는 간단한 일이 결코 아 니다. 이 논문의 도처에서 산발적으로 제기된 개별 문제들이 좀더 체계적 이고 역사적으로 조명이 되고 규명이 되어야 했다. 그 일들은 다음 몇 가 지의 과제로 정리할 수 있다. 첫째 과제는 일제 말기 채만식의 문자 행위 가 친일이었음을 규명하는 일이다. 둘째 과제는 채만식의 '자전적 소설' 인 「민족의 죄인」이 자기비판이기는커녕 '저질의 자기변명'임을 확증하 는 일이다. 셋째 과제는 채만식의 문학이 일제 시대든 해방 이후든 어느 시대를 막론하고 가치 없는 것이었음을 입증하는 일이다. 넷째 과제는 채만식이 진보적이지도 않았고 민족적이지도 않았음을 그래서 오직 친일적이기만 했음을 입증하는 일이다. 다섯째 과제는 채만식을 모두가 잊게 하는 일이다. 이 과제들은 채만식 문학에 대한 최근의 연구에서 두드러지게 나타나는 주제들 가운데서 확인할 수 있다.

3. 채만식 문학 연구의 최근 동향

황국명은 채만식의 소설에 대해서 오래 전부터 관심을 가지고 연구를 진행해왔다. 그의 문학연구 방법론인 '담론 분석적 변증법적인 연구 방법'은 연구자 자신의 말로 '거꾸로 넘기'와 같은 '반전'의 과정을 통해 '작품의 함축된 의미, 표현되지 않은 현실까지 읽으려는 방법'이고 그런 그의 연구에는 '이데올로기 비판의 성격'[13]까지 가미되어 있다. 채만식의 초기 작품부터 최후의 작품까지 다루고 있는 자신의 저작에서 황국명은 "사실 채만식은 「민족의 죄인」을 쓰면서 소설가로서의 죽음을 기록한 셈이다."[14]라고 말하고 '죽음'이란 말에 각주를 달아 "끝(결말)에서 그 이전의 과정에 있었던 자신의 행적에 의미를 부여하는 것이 자서전일 것이므로, 이것의 상상적 등가물은 죽음이라 할 수 있다."라고 설명을 덧붙이면서 자신이 참고한 외국문헌 서지를 제시하고 있다. 황국명은 「민족의 죄인」이 '표면적으로 보면' '죄인으로서 민족에 대한 속죄의 표현'이지만 속으로 보면 '죄의 보편화를 뜻'한다고 설명하면서 죄의 보편화가 지닌 전략적 의미를 항목별로 나누어 네 쪽에 걸쳐서 자세하게 정리한다. 그

---

13 황국명, 『채만식 소설 연구』, 태학사, 1998, 24쪽.
14 앞의 책, 169쪽.

대강의 내용은 이 저작의 맺음말 가운데 들어있는 한 항목에 이렇게 제시되어 있다.

> 속죄의 기록인 「민족의 죄인」도 이런 전략(자기방어 전략 : 인용자 주)과 관계된다. 이 소설의 핵심은 '죄의 표식'에 농담(濃淡)이 없다는, 죄의 보편화이다. 죄의 보편화에 근거한 속죄의 전략적 의미는 다음과 같다. 첫째, 누구도 보편적 타락에서 면죄될 수가 없기 때문에, 속죄는 대일협력의 역사적 오류를 선험적 오류라는 비역사적 범주로 바꾼다. 둘째, 속죄는 한편으로 내적 가치나 양심을 강조한 것이며, 다른 한편 타인을 위한 사제가 되지 않겠다는 뜻이다. 셋째, 죄의 보편화는 오십보, 백보의 흑백논리와 같은 것으로 부패세력에게 방어논리를 제공할 수 있고 부정한 상황과의 화해를 방조할 가능성이 함축되어 있다. 넷째, 보편적 죄의 논법은 자신을 방어하고 정당화하는 전략적 논리일 수 있다. 왜냐하면, 결말원인론적 관점에서 채만식은 대일협력의 의미를 정화, 변형시키기 때문이다.[15]

황국명은 맺음말의 맨 마지막에서 채만식의 역사의식이 진보적이라고 볼 수 없으며, 작가 자신이나 부르주아에게나 관심 있을 뿐이라고 말한다. 이런 논조는 책의 전편에 깔려 있어 저자가 왜 그다지도 가치가 없다고 생각하는 채만식의 문학을 그렇게 공력을 들여가며 연구했을까 하는 의문을 낳지만, 『탁류』를 분석하는 데서는 "형보는 초봉이가 공유하고 있는 범죄적 요소를 정화하기 위해 전략적으로 이용된 희생양"[16]이라고 독창적인 견해를 내놓기도 한다. 곧 진짜 희생양은 『탁류』의 악당 꼽추 장형보이고 우리의 가련한 여주인공 초봉이는 가짜 희생양이라는 해석이다. 필자가 앞으로 분석할 내용을 조금만 앞서 내보이면 『탁류』의 여주인공 초봉이는 조선 민족의 상징이고 장형보는 일본 제국주의의 상징이다. 이 지식을 황국명의 분석에 적용하면 일본 제국주의가 진짜 희생양이고 조

---

15 앞의 책, 188쪽.
16 앞의 책, 88쪽.

선민족이 가짜 희생양이 되는 셈이다.

황국명의 저작은 규모가 방대하고 고도의 지적 분석이 현란하게 이루어지고 있는 만큼 그 속에 앞서 정호웅의 논문에서 제시된 과제의 상당 부분이 종합적으로 수행되고 있으리라는 점은 세세히 돌아보지 않아도 충분히 짐작할 수 있는 일이다. 그러므로 그 성과를 일일이 검토하면 훨씬 더 많은 논점들을 찾을 수 있겠지만 여기서는 지면과 시간을 아끼기 위해 다른 연구자들의 업적을 살펴보기로 한다.

이경훈의 「근대 주체의 좌절과 초극」[17]은 부제로 '채만식의 친일문학'이란 이름을 달고 있으나 그 한 부분에서 다른 여느 연구자들과는 달리 독창적으로 '채만식의 민족개조론'을 다루고 있어 정호웅이 제시한 넷째 과제를 수행한다고 볼 수 있다. 이경훈의 논문도 예외 없이 「민족의 죄인」에 대한 언급으로 시작된다. 작품의 종반부에 속하는, 병석에 누워 있던 화자가 아내와 대화를 나누다가 자신을 죄인으로 여기는 '낡아빠진 아내'를 고마워하는 대목이 그것이다. 논자는 채만식이 정말 '민족의 죄인이었을까' 하고 물은 다음 그 죄가 어떤 방식으로 성립·구성되었는지에 대해 알아보겠다는 의사를 밝힌다. 이경훈은 임종국에 의해 채만식의 친일 활동의 윤곽이 이미 그려졌음을 말한 뒤, 특이하게도 『친일문학론』에 나오는 임종국의 비판적 서술을 문제로 삼는다. 「민속의 죄인」을 쓴 채만식이나 『친일문학론』을 쓴 임종국이나 '논리보다는 정서적 상태에 휩싸여 있'어 '논리적이고 냉정하게 반성하고 비판하기보다는 자탄이나 지탄 등 일종의 표현 행위에 뜨겁게 매몰'되어 있어 '친일을 위한 자기합리화 과정에 대한 비판 및 이를 통해 획득할 수 있는 식민지 근대에 대한 성찰의 생산성은 크게 불충분하게 될지도 모른다'는 이유에서이다. 이경훈은 채

---

17 이경훈, 「근대 주체의 좌절과 초극」, 『채만식문학의 재인식』, 소명출판, 1999.

만식보다 임종국의 정서적인 '지탄'을 크게 꾸짖고 '이런 식의 친일문학 논의는 이제 우리가 극복해야 할 대상'이라고 보는 입장에서 '채만식의 친일적 자료들이 식민지 근대를 성찰하는 한 계기가 되는 쪽으로 논의를 전개'하겠다는 취지를 밝힌다. '채만식이 어떤 식으로 근대적 주체를 추구 내지 극복'하려 했기에 '민족의 죄인이라는 자기규정을 낳게 되었는가' 알아보겠다는 것이다. 그러면서 자신이 새로 발굴한 '친일소설 「혈전」'이라는 작품도 논문에서 다루겠다는 뜻을 밝힌다.

이경훈의 본론은 '채만식의 민족개조론'이란 문제를 다루는 데서 시작한다. 논자는 작가의 「상경반절기」에 나오는 서술, 이광수의 개조론이 '매우 억울한 시비와 박해를 당한 것'이라고 채만식이 서술한 부분을 화제로 띄운 다음, 「상경반절기」에 나오는 몇 장면을 사례로 제시한다. 그 장면들은 조선인의 너절한 생활 습성을 작가가 사실적으로 묘사하면서 비판한 것들이다. 이경훈은 이 장면들의 의미에 대해서는 설명을 붙이지 않고 계속해서 조선인의 나쁜 생활 습성을 묘사한 채만식의 몇 개의 글과 이광수 및 그의 개조론을 채만식이 옹호한 '듯한' 대목들을 열거한 다음 그것들이 "결국 이광수가 말하는 '민족개조'의 근대적 의의에 대한 동의와 공감을 표현하는 듯하다."고 개괄하면서 '채만식은 주인공의 생각을 통해' '한국인의 전근대적 행위 양태를 본능에까지 순화된 종족근성으로 고착시킨다.'고 결론짓는다. 즉 채만식은 '한국인의 전근대적 행위'를 조선 민족의 '종족근성'으로 만들고 있는데, '그것은 황민화나 생활의 내지화 등 열등한 한국인을 〈우수한〉 일본인에 동화시키자는 내선일체의 근거로 전락할 위험성이 크다'는 것이다. 이 대목에서 이경훈은 다시 「상경반절기」에서 한 대목을 인용하고 거기에 "쯧! 가이사의 것은 가이사에게 돌려보내란 푼수로, 그야 미나미 상이 훨얼씬 다 요량이 있겠지!"란 발언이 있는 것을 들추어 내보인 다음 그것을 "문제의 해결을 오직 미나미 총독의 정책에 맡기며 스스로 무책임에 빠져버리는” 양태로 해석하고, 그것은 자포자기적인 측면을 지닐 뿐만 아니라 채만식의 민족개조론이 지닌 핵심적인 무책임성을 노정하여 다음 단계인 ‘저 악명 높은 내선일체’로 나아가게 된다고 비판한다.

3장은 “국민, ‘종족근성’의 초극”이란 제목으로 되어 있다. 채만식이 ‘일본이라는 국가를 매개로 한국인의 너절한, 종족근성을 초극하려고 하고 있다’는 사실을 논증하기 위해 여러 친일 논설을 인용하는 이 장에서는 채만식이 ‘근대적 주체를 일거에 넘어서라고 촉구’했으며 그 주장은 “일제의 지배를 승인하는 역사적 기만의 한 형식”이라는 논단이 내려진다.

4장은 ‘호국의 영령, 국민의 이상’이란 제목을 달고 있다. 채만식의 여러 ‘친일문장’들의 제목을 열거한 다음 이경훈은 『여인전기』, 「위대한 아버지 감화」, 「혈전」 등 주로 전쟁과 관련된 글들의 한 대목씩을 인용하고 그것들은 ‘호국의 영령으로 미화된 한국인의 소멸’에 해당하며 특히 「혈전」에서는 “이미 한국인(또는 한국인 이름)이 소설 속에 나타나지 않듯이 무심한 시계처럼 째깍거리는 역사의 무대에서 그(채만식 : 인용자 주)는 완전히 발을 빼는 것이다”라고 설명한다. 이경훈의 마지막 결론은 이렇게 되어 있다.

하지만 이런 모습이 한국인의 진정한 주체성에 해당하는 것이었을까. 과연 근대 및 근대성을 초극하는 커다란 역사철학적 과제를 실천하는 새로운 인간형을 묘사하는 것일까. 아니면 근대적 주체에 미달하는 자에 억지로 짐 지워진 초극의 논리 밑에 압사한 자기 파멸의 감상적 수사학에 불과한 것이었을까. 이렇게 보았을 때, 채만식이 스스로를 일러 ‘민족의 죄인’이라고 했다면, 그 죄의 핵심은 이 문제와 관련될 것이다. 왜냐하면 한국인 스스로가 감당해야 할 역사적 과제의 해결과는 상관없이 ‘너절한 백성’인 한국 민족을 제국주의 근대국가 일본의 국민으로 안이하게 초극시키려

했을 때, 채만식은 탈근대와 대동아공영의 포연 속에 한국인이 사라지는
바로 그 모습을 찬미해야 했기 때문이다. '불쌍놈들' 대신 '영령'을 긍정해
야 했기 때문이다.[18]

채만식 문학에서는 어떤 사람이 등장해도 문제, 등장하지 않아도 문제
이다. 그 사람은 말을 크게 해도 문제, 말을 안 하고 조용하게 있어도 문
제이다. 이경훈의 논문에 인용된 몇 개의 글은 작가의 자전적 소설, 논설,
수필 종류에서 발췌한 것들이다. 논자는 그 글들 가운데 채만식의 민족개
조론을 입증하는 데 도움이 될 만한 자료를 따다가 적당한 곳에 군데군
데 배치하고 그 사이사이를 나비가 앉을 듯 날아갈 듯 비행하듯이 '민족
개조론이라고 할 만한 것'을 가볍게 살짝 부드럽게 언급하면서 논의를 진
행한다. 또한 그의 글에서는 "그야 미나미상이 훠얼씬 다 요량이 있겠
지!" 하는, 아이러니가 듬뿍 담긴 구절도 액면 그대로의 사실을 정직하게
서술한 것으로 받아들여진다. 이 양상은 앞부분에서 논자 자신이 '친일소
설'이라고 명명한 「혈전」에 조선 사람이 등장하지도 않고, '내선일체 등
의 친일적인 주장을 제기하지도 않는다.'라고 분명히 서술했으면서도 다
른 장소에서는 그렇게 한국인이 등장하지 않으니까 그것은 작가가 역사
의 무대에서 완전히 발을 빼고 호국의 영령으로 한국인을 호출한 '듯이'
서술하는 데에 이용하고 있다. 결국 '너절한' 한국인의 습성을 작가가 묘
사하니까 그것은 민족개조론이고, 그 '종족근성'을 비판하는 논리는 내선
일체를 주장한 것이며, 그것은 멸사봉공의 자세를 엄숙하게 한 것이라고
강변하는 것이다. 이러한 서술 방식은 간단히 말해서 비유와 인용에 의해
논리를 대체하는 것이라고 규정할 수 있다. 비유와 인용의 힘으로 사실과
논리, 나아가서는 진실 그 자체를 뒤엎는 사태는 우리 주위에서도 얼마든

---

18 앞의 글, 163쪽.

지 쉽게 찾아볼 수 있는 일이다.

한 문학인이 친일작가인지 항일작가인지, 민족개조를 주장했는지 안 했는지를 논단하는 것은 작가의 생명을 죽이고 살리는 일이다. 그 사람이 이미 지상에 없는 사람이라고 해서 그 심판의 무게가 경감되는 것도 아니다. 마찬가지로 채만식이 진보적 작가인가 허무주의적 작가인가 하는 문제를 다룬다고 해서 그 판단의 의미가 가벼워지는 것은 아니다. 이 문제를 다룬 논문의 대표적 사례로는 하정일의 「채만식 문학과 사회주의」[19]를 들 수 있다. '식민지 시대의 작품을 중심으로'라고 부제가 붙어 있는 이 논문에서 하정일은 채만식의 문학 생애에 두 번의 전환이 있었으며 그것은 사회주의 이념과 깊이 관련된다고 설명한다. 그 내용을 하정일은 다음과 같이 요약한다.

> 채만식의 문학적 변화 과정은 이념과 문학의 이중적 관계를 극명하게 보여준다. 초기작들은 사회주의 이념을 '이용'하는 데 그치고 있다. 그 결과 이념의 허위의식을 넘어서지 못하게 되면서 현실의 예술적 재현에 실패하고 만다. 30년대 중후반의 작품들은 사회주의 이념을 '이용하면서 거부하고 거부하면서 이용'한다. 성찰된 사회주의를 매개로 한 식민지 자본주의 비판이라는 성과는 이에 힘입은 바 크다. 30년대말의 작품들은 사회주의 이념을 '거부'하기만 한다. 그 종착지는 요설과 친일이었다.[20]

하정일은 "채만식 문학에서 사회주의 이념이 갖는 중요성은 그것이 작품 전체의 서사를 규율하는 '미학적 조종 중심'으로 기능한다"는 데 있다는 전제에서 출발한다. '미학적 조종 중심'이란 '인물과 사건의 배치에서부터 갈등의 설정이나 디테일의 처리 방식에 이르기까지 두루 관철'된다는 것이다. 이때 '미학적 조종 중심'으로서 이념이란 '이데올로기'란 말의

---

19 하정일, 「채만식 문학과 사회주의」, 『채만식문학의 재인식』, 소명출판, 1999.
20 앞의 글, 101~102쪽.

번역어이자 '세계에 대한 상상적 관계의 표상'이라는 알튀세적 개념으로 받아들여지며, 그 미학적 기능은 사고와 감정의 통일체인 정서의 구조화와 관련된다. 문학은 바로 그 구조화란 것이다. 이 관점에서 하정일은 사회주의 이념이 무매개적으로 개입했을 때가 1930년대 초기 작품의 세계이고, 1930년대 중후반에는 이념의 '이용'과 '거부'가 긴장 관계를 일으켜 문학적 성과를 낳았으며, 사회주의가 포기된 1938년 이후에는 미적 파탄이 나타났다는 것이다. 이 분석은 일견 채만식의 문학적 변전을 이념과의 상관관계 속에서 명쾌한 도식으로 보여주는 듯하다. 그러나 이 논문의 초점은 그 상관관계 쪽에 있다기보다 궁극적으로 1938년 이후의 채만식 문학이 왜 친일로 나아가게 되었는가를 조명하는 데 모아지고 있다. 하정일은 1938년 이후 채만식의 작품에서 나타난 미학적 파탄을 설명하면서 이렇게 말하고 있다.

> 「냉동어」는 더욱 심각하다. 이 소설에서 사회주의는 이제 '아편'으로 격하된다. 사회주의의 포기에서 사회주의의 부정으로까지 나아간 셈이다. 명분은 당시 유행하던 '생활'이다. 말하자면 사회주의를 버려야만 생활의 회복이 가능해진다는 것이다. 사회주의는 생활을 황폐화시키는 아편이기 때문이다. 그러면 사회주의를 부정함으로써 얻은 새로운 삶의 가능성은 무엇일까. 여기서부터 채만식은 친일로 나아가기 시작한다. '일본 민족의 장한 민족정신'을 상찬하고 중일전쟁이 벌어지고 있는 대륙을 동경하는 주인공의 모습에서 친일로의 첫걸음을 발견하기란 어렵지 않다. 이념의 포기는 이처럼 한 명의 탁월한 작가를 돌이킬 수 없는 훼절로 몰고 간 것이다. 문학에서 이념이 차지하는 위상이 얼마나 결정적인가를 말해주는 역설적 사례가 아닐 수 없다.[21]

문학과 이념의 상관관계에 대한 하정일의 도식, 나아가서 이념의 포기

---

21 앞의 글, 101쪽.

와 친일의 관계는 한 마디로 말해서 아무런 근거가 없다. 송하춘은 1930년대 초반에 일어난 채만식과 프로문학파의 논쟁을 상세히 고찰한 논문에서 "그것(채만식의 현실대응 방식 또는 이상 : 인용자 주)이 사회주의 이념과, 혹은 카프의 이념과 일치하는 것인지 그와는 다른 새로운 어떤 것인지는 아직 분명하지 않은 상태이다.", "조직보다는 이념이, 이념보다는 작품이 채만식에게는 언제나 우선이었다.", "채만식이 말하는 이데올로기란 카프가 주장하는 프로문학의 이념과 다른 것을 알 수 있다."[22]라고 말하고 있다. 이러한 인식은 1973년에 석사학위논문을 작성한 이주형의 글에서도 이미 이루어졌다. 황국명은 그 부분을 "이주형은 논의를 다소 수정하여 '경향적 작가'라는 규정이 채만식의 작품 이해에 도움이 되지 않는다 하고, 채만식에게 사회주의는 특정 이데올로기라기보다 항일, 식민지 사회의 개혁 의식을 상징한다고 하였다."[23]라고 요약하고 있다. 이런 연구 성과들이 누적되어 있음에도 불구하고 하정일은 이 시기 채만식의 사회주의 이념을 입증하기 위해 「창백한 얼굴들」의 한 대목을 제시한다. 이 작품의 등장인물들이 '이놈의 세상'을 운위했다고 해서 그것을 바로 사회주의 혁명에 연결시키고 있는 것이다. 그러나 실제 작품을 보면 가난한 두 등장인물이 부자들을 선망하는 것밖에 사회주의와 연결시킬 하등의 직접적, 간접적, 배경적 요인을 가지고 있지 않다. 더 나아가서 이념의 '거부'와 '이용'이 행해졌다고 하는(그렇게 이념이 '이용'되기도 하고 '거부'되기도 하는 손바닥 안의 노리개인가 하는 문제는 차치하고) 1930년대 중후반은, 이 책에서 상세히 다루겠지만, 작가의 관심이 이미 민족 문제로 쏠린 상태였다. 이 시기에는 기껏해야 『태평천하』에 한 사회주의자가 먼 빛으로, 그

---

22 송하춘, 「소설가의 눈으로 본 채만식」, 『백릉 채만식 선생 50주기 추모 심포지엄 자료집』, 민족문학작가회의, 2000, 109~113쪽.
23 황국명, 앞의 책, 15쪽.

것도 그림자로만 존재를 드리우고 있을 뿐, 작가의 대표작으로 손꼽히는 『탁류』 등에서는 사회주의자의 모습은 흔적조차 찾아볼 수 없는데, 그 이유는 작가의 관심이 민족 문제에 쏠린 뒤이기 때문이다. 이주형이 채만식에게 "사회주의는 특정 이데올로기라기보다 항일, 식민지 사회의 개혁 의식"이라고 한 것은 그 점을 명확하게 나타내주고 있다. 또한 1938년 이후 채만식 문학이 파탄에 이르렀다는 것도 「당랑의 전설」, 「패배자의 무덤」, 『여인전기』 등을 볼 때 전혀 사실무근이라 할 것이다.

하정일의 논문을 다룬 것은 그 자체의 의미가 전혀 없다고 할 수는 없으나, 이 논문이 한수영의 『친일문학의 재인식』에 수록된 채만식론의 근거가 된다는 데 훨씬 더 많은 비중이 두어진다. 필자가 접할 수 있었던 채만식의 '친일문학'에 관한 논저 가운데 한수영의 논문은 비교적 진지하고 그런 만큼 연구자로서의 객관적 태도가 가장 견실하게 유지된 것들 가운데 하나라고 생각된다. 따라서 입장이야 서로 다른 것으로 이미 드러났지만 그 거리에도 불구하고 학문적 대화는 가능한 것이라고 판단한다. 이 책은 제목이 보여주듯이 채만식뿐만 아니라 친일문학 전반에 걸쳐서 논의하고 있지만 이태준, 채만식, 박태원 등에 관한 '친일문학'론 이외에도 한설야 등이 다루어지고 있어서 전부가 친일문학론인 것은 아니다. 그러나 책의 서문에서 저자가 밝히고 있듯이 친일문학에 관하여 수년간 지속적으로 연구하고 성찰한 흔적은 뚜렷하고 채만식 문학에 대해서도 여러 차례 논문을 발표한 적이 있어서 그 내용은 상세한 검토를 요구하는 것이다. 여기서는 기왕에 발표한 「1930년대 후반 채만식 소설의 리얼리즘 문제」와 이번 저작에 포함되어 있는 「하바꾼에서 황금광까지─식민지 사회의 투기 열풍과 채만식의 소설」은 다루지 않고 책의 서문과 「주체의 분열과 욕망─「냉동어」와 친일의 정신 구조」를 중심으로 고찰한다.

서문에서 저자는 친일문학을 '더럽고 부끄러운 것'처럼 회피하지 말고 정면에서 다룰 필요성이 있음을 이야기하고 있다. 친일문학가를 단죄하거나 변호하기 위해서가 아니라 그것이 한국 근대문학사 또는 근대사상사에 대한 근원적인 질문이고 그 작업을 통해서 한국 근대문학사 또는 한국 근대사상사의 '무의식'을 탐험할 수 있을 것이라는 논리이다. 한수영은 이 일이 행위의 결과만을 중시하지 않고 '과정'을 살피는 데 더 많은 노력이 기울여져야 할 작업이라고 본다. 그에 따르면 임종국의 『친일문학론』 이후 친일문학에 대한 연구는 두 갈래로 나뉘어 진행된다. 하나는 좀더 '정치하고 제한된' 친일문학 기준을 제시하고 '한국 근대문학사 또는 근대사상사에서 새롭게 탈식민 주체를 확인하려는 흐름'이며 다른 하나는 '친일문학 논의를 모더니티 일반으로 수렴시켜 이해하려는 흐름'이다. 한수영은 이 가운데 전자는 임종국의 『친일문학론』과 '다른 방법과 기준을 적용시키고 있지만, 친일문학에 대한 선별과 규정에 과도한 무게중심을 부여하'여, 그 '기준과 규정의 자의성' 때문에 계속 논란을 야기하고 있다고 보고, 후자는 '친일문학을 서둘러 식민주의 일반으로 확산시켜 버림으로써, 실제로 제국주의와 식민지의 특수한 역사적 관계로 드러나는 개별적 양상과 그 의미를 돌보지 않는 보편주의의 미망에 빠질 가능성을 안고 있다.'라고 서술한다. 여기까지는 한수영의 친일문학에 대한 기본 입장과 연구 현황에 대한 파악이라고 할 수 있다. 친일문학 연구가 단지 누구를 명단에 올리고 내리는 일이 아니라 한국의 근대를 이해하는 데 필수적인 요청이라는 견해라고 할 것이다.

이러한 기본 입장에서 한수영은 채만식의 「냉동어」를 고찰하는데 논문 제목은 '주체의 분열과 욕망'으로 되어 있고 부제는 '친일의 정신 구조'라고 되어 있다. 논자는 자신의 연구가 '친일문학이 급격한 단절이 아니라', '사유 구조에 내장된 일련의 논리적 연속성에 말미암는다'는 대전제 하에서 출발하는 것이므로, 채만식에 대한 연구에서도 '그의 친일에는 분명한 내적 인과율이 작용하고 있다'는 전제를 가지며 그런 차원에서 작가의 '정신 구조의 연속성'을 탐구하는 것이 목표라고 밝힌다. 그는 채만식의 친일 시점을 '신남경정부의 수립'이라는 '사건에 근거한 인과적 계기'에서 찾는 다른 연구자(이 연구자는 다음에 다룰 김재용을 가리킨다 : 인용자 주)의 방법에 이의를 제기하고 자신이 '구조'에 더 주목하는 이유가 채만식의 '신체제' 논리 구조 안에는 '반자본주의적 기획(자유주의와 개인주의의 부정을 포함한)'이 들어 있다는 판단에 있다고 밝힌다. 그러나 그는 신체제의 논리 구조는 '반자본주의적 기획'만으로 독자적으로 설정될 수 있는 것이 아니라 '황도주의(皇道主義)'와 화학적으로 결합되는 것으로, 이태준이 '신체제'에 경사된 뒤에도 '고민하고 갈등하는 모습'을 보여주는 데 반해서 채만식이 일단 신체제를 받아들인 뒤에는 『여인전기』에 이르기까지 일관되게 협력과 동의의 태도를 유지하는 데는 어떤 원인이 있을 것이라고 생각하며, 거기에 자신의 문제 의식이 있다고 밝힌다. 한수영은 '그 원인(遠因)은 어쩌면, 식민지 자본주의 체제에 대한 채만식의 부정 의식과 비판 의식 내부에 잠재되어 있었던 것은 아닌가' 확인하고자 한다는 것이다. 그의 잠정적인 결론, 일종의 가설은 "채만식의 친일은 사유의 내용의 연속성이 아니라 사유의 구조의 동일성에 의한 것"이라는 주장이다. 한수영은 채만식의 '이념'이 '사회주의'라기보다 '마르크스주의'라고 파악하는 입장[24]에서 어떻게 해서 채만식에게서 '마르크스주의'가 '신체제'로 대체될 수 있었는지 궁금한 것이며, '구조'라는 용어를 쓸 경우 '역사의 탈색'이 나타날 가능성이 있다고 해도 작가의 "놀라운 문학적 성과와 통찰에도 불구하고, 그의 사유 구조에 뿌리내리고 있는 모종의 '비역사성'

---

24 정홍섭은 "채만식에게 있어서 '맑스주의'는 단순히 하나의 이데올로기적 지향점이 아니라 현실 속에서의 지식인적 자기 정립의 존재론적 규준을 의미하는 것이었다." 라고 말하고 있다. 정홍섭, 『채만식 문학과 풍자의 정신』, 역락, 2004, 80쪽 참조.

과 '추상성'의 계기를 밝히기 위해서" 분석을 진행하는 것이라고 자신이 연구를 행하는 궁극적 이유를 밝힌다. 채만식의 그러한 사유 구조의 특징이 '친일'과 어떤 연관이 있는가를 밝히는 것이 궁극의 목표라는 것이다. 그가 작가의 '친일문학의 서곡'으로 평가되는 「냉동어」를 분석하는 이유는 이렇게 서술된다.

> 「냉동어」는 채만식 소설의 전개과정에서 하나의 단초(端初)에 해당한다. 이때의 '단초'란 말 그대로 '하나의 끝인 동시에 새로운 시작'을 뜻한다. 익히 알려진 바와 같이 「냉동어」는 1938년 이후 계속된 '자기풍자'와 '허무주의'가 최종적으로 완성되는 작품이기도 하면서, 동시에 '신체제'로의 적극적인 경사(傾斜)를 예감케 하는 풍부한 징후와 조짐들로 가득 찬 소설이기도 하다. 그러므로 「냉동어」가 채만식의 본격적인 '친일'을 알리는 '신호탄'이라는 통상적인 지적이 전혀 그른 것이 아니다.[25]

한수영은 「냉동어」가 이전의 다른 작품과 분명히 다른 것으로서, 그 속에는 니힐리즘으로 인한 '번민과 유혹에 맞선 채만식의 고투의 과정'이 처절하게 드러난다고 파악한다. 그 고투에도 불구하고 작가의 문학에 위기를 심화시킨 것은 '주체의 부재'가 아니라 '주체의 분열'인데, 그 모습이 「냉동어」에 처음 나타나고, 그것은 작가의 '사상'과 관련된다는 것이다. 여기서 한수영은 앞서 다룬 하정일 논문의 결론, '이념을 포기하여 채만식의 문학이 파탄'났다는 주장을 배격하고 작가가 '형이상학의 차원으로 격상된 이 절대 진리를 결코 포기하지 않았다.'는 입장을 취한다. 곧 채만식의 이념은 '마르크스주의가 구체적 현실과 역사 발전 단계에서 실현된 하나의 과정'으로서의 '사회주의'가 아니라 작가의 관념 속에서 신성한 것으로 격상된 '마르크스주의'라는 것이다. 한수영은 이 관념 속

---

25 한수영, 『친일문학의 재인식』, 소명출판, 2005, 56쪽.

의 '마르크스주의'는 채만식에게서 역사적으로 실현될 수 있는 것이 아니고 끊임없이 유예되는 것으로, '신체제의 적극적 수용'이라는 작가의 '친일의 정신 구조'도 그와 관련된다고 주장한다. 이후 한수영은 작품을 구체적으로 분석하기 시작한다. 주인공의 의식이 작가의 것이며 등장인물인 스미꼬가 마르크스주의자라는 것, 두 마르크스주의자들이 '거울 속에 비친 자신을 향해 나르시시즘에 빠지지만' 헤어질 수밖에 없었다는 것, 그래서 「냉동어」의 주체는 '끊임없이 주저하고 머뭇거리는 주체'와 '존재를 확인하고자 하는 주체로 분열되'었다는 것 등이다. 그 결과를 한수영은 이렇게 말한다.

> 이 분열된 주체가 마침내 안착하는 지점이 이른바 신체제의 공간이다. 이 신체제는 주체가 그토록 고수하고자 했던 신념의 대체물이며, 스미꼬가 그토록 버리고자 했던 신념의 새로운 화신이다. 다른 어떤 이유보다도, 신체제가 기존의 절대진리였던 마르크스주의를 대체할 수 있었던 까닭은, 이것이 자본주의적 모든 '악(특히 채만식이 혐오해 마지않았던 자유주의와 개인주의, 이기주의)'을 일소하고 새로운 관계의 지평을 열 수 있다는 전망 때문이었다.[26]

한수영은 작가의 풍자를 이끌어오던 '부정의 주체'가 '신체제'라는 '대체 진리'를 배후로 하여 긍정의 주체로 거듭났다고 설명한다. 관념 속의 '마르크스주의'가 '신체제'라는 새로운 '진리'로 대체되었을 뿐이라는 논리다. 한수영은 이 같은 분석에 바탕을 두고 해방 후에 채만식이 "신체제에 함몰되었던 과거의 자신을 반성하고 '뒤틀린 의식과 행동이 대체로 극복되었다'고 평가"하는 최현식의 주장[27]을 반대하면서 다음과 같이 자신

---

26 앞의 책, 73쪽.
27 최현식, 「문학가의 이상과 생활인의 비애 ─ 채만식의 산문과 평론에 대하여」, 『채만식문학의 재인식』, 소명출판, 1999 참조.

의 의견을 밝힌다.

> 해방 전에 구조화된 그의 '사상'과 '주체'의 관계는 여전히 해방 이후에
> 도 반복된다는 것이 나의 생각이다. 그리고 이 구조화된 그의 의식이 해방
> 이후의 주저(躊躇)와 회의(懷疑), 때로는 '무매개적인 기투(企投)'로 드러난
> 다고 본다. 이는 다른 자리에서 논할 기회가 있을 것이다.[28]

한수영의 의견은 해방 이후의 채만식 소설까지도 문학적 가치가 의문
시된다는 입장이다. 한수영은 일본 제국주의 강점기 채만식의 대표적 친
일문자 행위로 손꼽히는 『여인전기』 속에 나오는 작가의 친일 발언을 인
용하면서 「냉동어」가 작가의 '자가분석'이라는 말로 논문을 마치고 있다.

지금까지 한수영의 논문을 글의 내용 순서에 따라 추적한 이유는 채만
식의 '친일' 행위에 깃들였다고 생각되는 내적 논리가 어떻게 학계에서
'견고한 진리'로 만들어져가는가를 보이기 위해서였다. 연구자가 아무리
선의를 가지고 객관적인 연구의 자세를 견지한다고 해도 주변의 환경이
어떻게 조성되느냐에 따라 그의 시선과 논리의 수립은 왜곡되어버리는
것이다. 대부분의 채만식 문학 연구자가 처해 있는 환경은 한수영이 놓인
자리와 그다지 다르지 않다. 채만식은 사회주의라는 이념을 가졌고, 친일
을 했으며, 그 친일 행위가 1940년부터 본격적으로 시작되었다는 소문은
한낱 풍문의 차원에 머무는 것이 아니라 어느 새인가 진리로 군림하는
것이다. 이 글에서 한수영의 논문이 지니는 논리는, 필자의 입장에서는,
초반부터 충분히 배척될 수 있었다. 채만식의 '이념'이 사회주의라는 설
정 자체가 지닌 문제점을 하정일의 논문에 대한 검토에서 확인했고, 작가
의 '이념'이 사회주의가 아니라 '마르크스주의'라는 한수영의 주장도 근
거가 없는 것임을 충분히 설명할 자료를 가지고 있기 때문이다. 채만식의

---

28 한수영, 앞의 책, 75쪽.

이데올로기가 '항일, 식민지 사회의 개혁 의식'이라는 이주형의 견해는
바로 그런 사례 가운데 하나이다. 이 시기에 채만식이 가장 심혈을 기울
여 대처했던 문제는 조선 민족이 식민지 상태를 극복하는 문제였다는 점
이 여러 부분에서 명확히 드러나고 있는 것이다. 작품에 대한 분석을 세
부적으로 살피지 않은 것은 그런 입장에서이다. 전제가 잘못된 논리의 수
립을 하나하나 따지는 일이 그다지 즐거울 수는 없는 것이다.

채만식 문학의 가치 없음, 친일 행위에 대한 저질의 자기변명, 반민족
적 태도 등을 입증하고 있는 논문은 수도 없이 많다. 그러나 그 경향을
보면 되는 것이지 누가 그 일을 했는지 하나하나 열거하는 일에 힘을 쏟
을 필요는 없을 것이다. 여기서 검토한 논문이나 저작들도 그 수많은 사
례 중에서 경향을 살피기 위해 눈에 띄는 대로 선택된 것들일 뿐이다. 그
렇다고 하더라도 모든 일에는 경중이 있는 것이므로 중요한 사항을 빼놓
고 변죽만 울리는 것은 안 하느니만 못한 일이다. 그 점에서 채만식의 친
일문자 행위를 규명하고 그 책임을 묻는 일에서 중심적인 역할을 해온
사람을 모르는 체할 수는 없다. 친일문학 작품목록을 만들고 친일문학을
식별하는 기준을 제시하고, 채만식의 새로운 친일문학 작품을 발굴하고,
채만식의 친일문학의 내적 논리를 수립하고, 채만식문학상과 관련된 발언
을 하는 등 중요한 역할을 수행한 연구자를 이 책은 아직 다루지 않았다.

4. 역사의 심판

김재용은 2002년 가을 계간지『실천문학』에「친일문학 작품목록」을 발
표한다. 민족문학작가회의가 발표한「친일문인 명단」및「친일문학 작품
목록」이 작가회의, 민족문제연구소,『실천문학』등 세 단체가 공동으로

작성한 것처럼 되어 있으나 그것이 주로 김재용의 정리에 의해 이루어진 것임은 말할 것도 없다. 이 「친일문학 작품목록」에는 '일러두기'라는 항목이 맨 앞부분에 나와 있고 그것은 목록을 작성하는 기준, 곧 친일문학의 기준을 의미한다. 이 '일러두기'에 나오는 친일문학 작품 또는 친일문인 선별 기준이 매우 자의적이고 편파적이라는 사실은 이미 여러 사람에 의해 지적된 바 있다.[29] 그래서 여기서는 다루지 않는다. 그러나 김재용은 '일러두기' 외에도 「친일문학의 성격 규명을 위한 시론」[30]이란 논문을 별도로 발표한다. 이 논문의 첫머리에는 "일제 시대에 친일을 한 작가들의 이름을 건 문학상들이 버젓하게 선보이기 시작하고 있다."라는 서술이 있고, 그 문학상들의 이름, '동인문학상', '팔봉문학상', '미당문학상' 등이 거론되고 있다. 여기에서는 채만식문학상의 이름은 논자가 잘 알고 있을 것임에도 불구하고 이상하게 거론되지 않는다. 그러나 둘째 단락에는 친일 문제가 그리 큰 문제가 아니라는 시각 가운데서 "가장 두드러진 것은 과거 일제하에 친일하지 않은 사람은 어디에 있느냐"는 논리, 「민족의 죄인과 죄인의 민족」에서 이미 우리가 얼굴을 익힌 논리를 비판하는 구절이 들어 있다. 그렇지만 이 논문에서는 다른 친일작가들의 이름, 이광수, 이기영, 김남천, 유진오, 이태준 등 지금 한국에서는 별로 문제될 것 같지도 않은 작가들의 이름은 여러 차례 거론하고 상당한 지면을 할애하여 분석하기도 하지만, 또다시 이상하게 채만식은 한 번도 언급되지 않고 있다. 이 논문은 친일의 양태들을 주로 논의하면서 일본어로 글을 쓴 김사량을 친일문학의 구렁텅이에서 구제하기 위한 상세한 설명을 곁들이고 있을 뿐이다. 그리고 논문의 마지막 부분에는 다시 또 친일작가의 이름을 딴 문학상 제정의 문제점이 언급되고 있다. 이렇게 보면 결국 글의 맨 앞

---

29 류보선, 『한국근대문학의 정치적 (무)의식』, 소명출판, 2005, 407쪽.
30 김재용, 「친일문학의 성격 규명을 위한 시론」, 『실천문학』, 2002 봄.

과 맨 마지막에 문학상이 언급되고 있으므로 이 논문은 친일의 모든 문제를 문학상을 가지고 앞뒤로 감싸고 있다고 할 수 있다. 외양은 '친일문학의 성격 규명'이지만 실제로는 친일문인을 기념하는 문학상의 존폐가 관심의 대상인 것이다. 그리고 논문에서 이름이 거론된 이광수, 이기영, 김남천, 유진오, 이태준 등을 기념하는 문학상은 없으므로 표적은 다른 어디, 우리가 모르는 곳에 있는 것이다. 이 논문이 발표되고 나서 몇 개월이 지난 2002년 8월에는 민족문학작가회의의 '모국어의 미래를 위한 참회'란 선언서가 발표되고 다음달인 9월에는 군산시의 채만식 탄생 100주년 기념 행사를 규탄하는 전북 시민단체들의 성명서가 발표된다. 문학평론가 류보선은 이 시기 친일문학 담론의 대두가 문학 연구에 끼친 영향을 언급하면서 이렇게 말한다.

이렇게 친일문학적 담론에 대한 의미있는 시선의 도입에도 불구하고 친일문학적 담론을 민족국가라는 유일무이한 원리로 규정하려는 시도는 여전하다. 아니, 친일문학에 대한 새로운 시선이 도입되자 민족국가라는 원리는 더욱 절대화되는 경향도 없지 않다. 가령, 지난해 '참여자치 전북시민연대'의 이름으로 발표된 「채만식 100주년 기념행사를 규탄한다」는 결의문은 이러한 경향을 단적으로 보여준다. 각 대학 국어교육(국문)과 앞으로 발송된 이 결의문의 주장은 크게 세 가지이다. 1) 채만식 탄생 100주년 행사는 즉각 중단되어야 한다. 2) 채만식은 일제 시대 대표적인 친일문인 42인 중 한 명으로 문학적 성과와 관계없이 친일 매국자이다. 3) 군산시와 채만식 탄생 100주년 기념 사업회의 채만식에 대한 미화 작업은 중단되어야 한다. 또한 반민족적이며 반역사적인 기념사업회에 대한 시비 지원은 한 푼도 이루어지지 않아야 한다는 것. 자명하고 분명하다. 그래서 채만식의 친일문학 행위가 채만식의 삶과 문학에서 어떤 위치, 어떤 의미를 지니는지에 대해서는 관심조차 가지지 않는다. 또한 채만식 문학의 어떤 빛나는 부분에 대해서도 관심이 없다. 소위 친일 이전도, 그리고 친일 이후의 행적도 그들에게 중요치 않다. 그런 만큼 왜 소위 친일문학 행위를 하게 되었는지는 더더욱 관심 밖이다. 다만 '변절', '훼절', '양심을 등진 행위'

에 대해서만 말하고, 그들을 역사적으로 처단해야(?) 한다고 말한다. 어떤 이유로 민족을 진리의 총화로, 진리의 기준으로 설정했는지 모를 일이나 반민족적인 것은 곧 반역사적인 것으로 규정된다. 그러므로 민족이라는 공동선을 등진 행위는 그것이 어느 정도, 얼마 동안인가에 관계없이 혹은 후에 그것에 대해 충분히 반성하고 극복했는가에 관계없이 지울 수 없는 죄과이다. 한번 민족의 죄인은 그 이전에 혹은 그 이후에 어떤 것을 했건 영원한 민족의 죄인인 것이다.[31]

‘참여자치 전북시민연대’가 언제 채만식의 친일문학을 그렇게 치밀하게 연구했는지는 모른다. 그렇지만 김재용의 친일문학에 관한 연구는 2004년에 『협력과 저항』이라는 단행본으로 묶여 나온다. 한수영은 이 ‘협력’과 ‘저항’이라는 단순한 틀로 친일문학을 보는 것은 문제라고 지적한 적이 있지만, 그런 용어들은 아마추어에게는 도식에 따라 명쾌하게 사실을 인식할 수 있게 해주는 장점이 있다는 것도 부인할 수 없다. 이 책의 서론에서는 저항의 작가로 김사량이, 협력의 작가로 이석훈이 논의된다. 그리고 1장은 제목이 ‘친일문학의 내재적 비판을 위하여’라고 되어 있는 데서 알 수 있듯이 민족주의나 식민지 근대화론을 가지고 바깥에서 비난하거나 옹호하지 말고 친일문인의 자발적 협력에 내재하는 논리를 찾아내자는 주장을 담고 있다. 2장은 친일문학의 성격을 다루는 글로 이 절의 맨 앞에서 우리가 이미 살펴보았던 글이고, 3장은 ‘친일문학과 근대성’이란 제목을 가지고 있다. 여기서는 조선의 문인들이 1938년부터 친일로 돌아서게 되는 이유를 중국의 무한 삼진의 함락과 연결시키는 부분과 1940년의 신체제론이 근대성과 관련을 가지는 문제를 다룬 부분이 중심을 이룬다. 그리고 후자, 즉 ‘동양의 부상으로서의 신체제론—변형된 근대화론의 함정’에서 드디어 채만식이 모습을 드러낸다. 김재용은 일본군

---

31 류보선, 앞의 책, 403~404쪽.

이 중국에서 승승장구하는 것을 보고 '근대 극복의 문제를 들고 나온 작가들이 한둘이 아니었'는데 그 가운데 한 사람인 "채만식은 서구 근대의 개인주의를 극복하는 차원에서 '멸사봉공'을 외치면서 이를 근대 극복의 새로운 경지로 보았"다고 서술한다. 이 3장까지가 일종의 친일문학 일반론의 성격을 띠고 있는 부분이고, 그 다음부터는 이제 친일문인들을 개별적으로 고찰하는 작업이 이루어진다. 그 친일문학인을 다루는 개별적 작업의 첫머리인 4장에 저자가 이제까지 전혀 언급하지 않던 '친일작가' 채만식이 놓인다. 그 글 제목은 '멸사봉공을 통한 근대 초극'이다. 채만식이 일제에 온몸을 던져 협력함으로써 근대를 넘어서려고 했다는 내용인 셈이다. 그 글의 첫 단원의 제목은 '자발성과 내적 논리'이다. 지금까지 일반론에서 그렇게 힘주어 강조했던 자발적 협력과 거기에 깃들인 내적 논리가 무엇인지를 규명하자는 것일 터이다. 그렇지만 이 '자발성과 내적 논리'라는 단원은 채만식과 서정주를 다루는 글에만 들어 있고 다른 친일작가를 다룬 글에는 들어 있지 않다. 아마도 두 사람이 가장 자발적 협력을 충실히 하고 내적인 논리를 확실하게 갖추었기 때문이리라. 아무렇든 김재용은 "자발성을 띤 경우에만 친일문학이라고 할 수가 있고 거기에는 항상 내적 논리가 있다는 필자의 견해는 이전의 친일문학 연구자의 그것과 다른 핵심적인 대목"이라고 강조하여 그러한 내적 논리를 주목하는 것이 자신의 친일문학론이 지닌 특징이라는 점을 다시 한번 상기시키면서 글을 시작한다. 그러면 채만식은 어떤 내적 논리를 가지고 자발적인 협력을 한 것인가.

2단원은 바로 그 궁금증을 풀어준다. 김재용은 1940년까지 한 번도 친일기미를 보여주지 않던 채만식이 그해 7월 들어 갑자기 친일문장을 쓰기 시작했다는 점을 새삼스럽게 지적한다. 왜 채만식은 돌변했는가? 논자는 그 원인을 규명하기 위해 국제 정세를 돌아본다. 그런데 마침 그 당시 중국에서는 무한삼진이 함락되고 신남경정부가 수립되어 국제 질서가 개편되고 있었다. 그리고 그 시기에 발표된 채만식의 친일문장 가운데는 마침맞게 바로 그 사실을 언급한 내용이 들어 있었다. 거기에는 일본을 맹주로 한 새로운 질서 확립을 채만식이 기대하는 내용도 들어 있었다. 김재용은 이 사실에 근거하여 채만식은 '스스로 인식의 전환을 해야 하는 것이 지식인의 책무'라고 판단했다고 추리한다. 김재용은 여기서 채만식이 "현실과 동떨어진 관념의 포로가 되는 것을 내심 두려워하였던 것"이라고 작가의 심층에 있는 내면 의식을 읽어낸 다음, 그래서 작가는 「나의 '백일홍과 병정'」이라는 글을 초하고, 그렇게 한번 발을 늘여놓으니까 '가야 할 길을 선택'하는 것은 문제가 아니었고, 그것이 내면화되어 '외면적 정세 파악'에 그치는 것이 아니라 '작품화의 충동'까지 불러일으켰다고 해석한다. 이것이, 김재용에 의해서 확인된, 채만식을 친일문학으로 이끈 자발적 협력에 깃들인 '내적 논리'이다.

이 내적 논리가 타당하지 않다는 것은 이미 한수영에 의해서 지적되었다. 신남경정부의 수립이란 하나의 단순한 외적 사건을 친일작가가 되는 원인으로 삼는 논리, 논거가 부실한 문제점이 지적된 것이다. 그러나 이 내적 논리는 채만식이 자발적 협력을 한 친일작가임을 입증하는 반석 같은 진리가 되지 않으면 안 될 운명에 놓여 있었다. 그래서 김재용은, 이 내적 논리가 얼마나 근거가 없는 것이든 간에, 이제 채만식에게는 새로운 인간관과 세계관을 갖추는 일이 필요했다고 역설한다. 새로운 세계 질서가 펼쳐지고 있으므로 신체제에의 희망을 드러내는 일은 필연이었다는 주장이다. 그래서 작가가 쓴 글이 「문학과 전체주의」라고 해석한다. 김재용에 의하면 채만식은 자유주의와 자본주의가 종언을 고하고 전체주의가 도래하는 것을 명민하게 파악할 수 있었으므로 국민 전체의 이익을 위해 자신의 온몸을 던지는 이념을 가져야 했다. 그 이념은 멸사봉공의 이데올로기다. 그 이데올로기를 형상화한 작품이 1941년에 발표한 「혈전」이다.
이 소설은 동양인과 서양인이 싸우는 제재를 택한 것이다. 김재용은 이
소설의 의미를 이렇게 말한다.

> 채만식이 멸사봉공의 차원에서 서양과 동아시아를 나누고 이를 기반으
> 로 새로운 인류의 역사 창조를 예감하고 준비하려고 하고 있었기 때문에,
> 그 해 말에 일어난 '서구의 적자'인 미국과의 태평양전쟁은 그에게 별로
> 큰 충격이 아니었으며 오히려 새로운 역사의 창조가 한층 구체화되고 깊어
> 지는 결정적 계기로 받아들여졌을 공산이 크다.[32]

과연 채만식이 "멸사봉공의 차원에서 서양과 동아시아를 나누고 이를
기반으로 새로운 인류의 역사 창조를 예감하고 준비하려고" 하는 생각을
하였는가 하는 것은 여기서 더 이상 구체적으로 논의할 필요가 없을지
모른다. 왜냐하면 채만식의 친일을 확고한 사실로 생각하는 연구자들에
게 확실한 증거가 된다고 받아들여지는 결정적인 사태가 다가오기 때문
이다. 이른바 노몬한 전투에서 전사한 지인태 대위의 유족을 방문하고 작
가가 글을 썼는데 한두 편도 아니고 세 편이나 쓴 것이다. 김재용에게는
친일문장을 한두 편 쓰는 것과 세 편을 쓰는 것은 중대한 차이를 갖는 일
이다. 이 문제를 다루는 4단원의 제목은 그래서 '전쟁동원과 군국의 아버
지'이다. 이 제목은 5장에서 '친일 장편소설'『여인전기』를 다루는 제목
이 '전쟁의 서사시화와 군국의 어머니'라고 되어 있는 것과 짝을 이룬다.
군국의 아버지와 군국의 어머니가 모두 구비된 것이다. 이렇게 지인태 대
위 유가족 방문기사를 세 편 이상이나 쓰고 '군국의 아버지'와 '군국의
어머니'를 문학적으로 형상화함으로써 채만식은 일본 군국주의를 위해
멸사봉공했다는 것이 김재용의 논리다. 그리고 해방이 되었다. 5장은 채

---

32 김재용, 『협력과 저항』, 소명출판, 2004, 107쪽.

만식이 해방된 조국에서 '고독한 반성'을 했지만 김재용의 기대에 크게 미치지 못하는 것이었음을 '분석'하고 있다. 채만식은 김재용의 기대와는 달리 무한삼진을 언급하지도 않고 신남경정부를 아는 체도 하지 않은 것이다.

류보선은 친일문학을 논한 한 글에서 생애 "내내 대단히 매력적인 수많은 환상체계에 둘러싸여 있었음에도 불구하고 그 환상체계들과 거리를 유지하며 자신만의 진리체계를 지켜내곤 했던" 채만식이 1940년대 초반에 갑자기 친일문학의 길을 걷게 된 것을 '가장 치명적인 광기의 이성에 빠져들었던 것'이라고 말하면서 다음과 같이 서술하고 있다.

> 채만식 문학의 한 복판에 놓인 채만식의 이러한 선택은 채만식 문학의 구성 원리에 대한 전반적인 재검토가 필요함을 알려주는 중요한 표지이다. 채만식에게 있어 친일문자 행위는 지금까지 알려진 것처럼 외부의 강압이나 생활고에 따른 어쩔 수 없는 수용 정도에 그치지 않기 때문이다. 물론 지나치게 갑작스러워서, 그리고 채만식의 친일문자 행위에는 그의 고유한 시선이나 어감 등이라고는 전혀 찾아볼 수 없어서 분명 외부의 압력이나 생활고 등이 큰 요인으로 작용하고 있음을 짐작하기에 어렵지 않다. 하지만 외부적 요인은 동기이지 원인이 될 수는 없다. 하여간 채만식이 친일문학이라는 광기의 이성을 스스로 선택하고 적극적으로 실천했다는 사실은 부인할 수 없는 사실인 것이다.[33]

류보선은 인용문에서 채만식의 친일문자 행위로 생산된 문장들이 다른 글들과는 시선이나 어감이 다르다는 것을 날카롭게 짚어낸다. 그 통찰에 기대어서 그는 채만식 문학의 구성 원리에 대한 재검토가 필요하다고 본다. 그래서 채만식이 친일 행동으로 나간 데는 다른 요인이 작용하고 있다고 짐작한다. 그러면서 '외부적 요인은 동기이지 원인이 될 수는 없다'

---

33 류보선, 앞의 책, 430쪽.

고 못 박는다. 그 동기, 외부적 요인을 김재용은 중국에서 신남경정부가 수립된 일이라고 보았다. 이런 종류의 논리가 지금 현재 채만식 문학을 친일문학으로 규정하여 정전의 자리에서 축출하는 근거가 되고 있다. 그러면 류보선이 생각하는 채만식의 친일 행동의 원인은 무엇인가. 류보선은 그에 대한 명확한 답변을 보류한 채 다만 채만식이 친일문학을 한 사실은 부인할 수 없다고 말한다. 그렇지만 류보선이 지적하고 있는 사실은 채만식의 친일문학 행위에 관련된 진실을 아는 데 매우 중요한 단서가 된다. 이 책에서 필자는 채만식이 이 시점에서 친일을 가장한 가면을 쓰고 항일투쟁을 본격적으로 전개하겠다는 자신의 방침을 구체적으로 실행에 옮기기 시작한 것으로 판단한다. 근대 사회의 문학은 매체를 이용하지 않을 수 없고, 발표 지면을 얻기 위해서는 친일의 제스처를 취하지 않을 수 없다. 채만식은 생계를 위해서라도 문자 행위를 계속하지 않으면 안 되었고, 문학을 버리고서 자신의 사회적 행동은 가능하지 않다고 판단한 것이다.

지난 2006년 3월 7일자 〈한겨레신문〉에는 채만식의 친일소설이 새로 확인되었다는 문학 기사가 큼지막하게 실렸다. 그 기사에서 김재용은 채만식의 장편소설 『아름다운 새벽』이 친일소설로 새로 밝혀졌다고 주장했다. 1947년 박문사에서 단행본으로 발간할 때 작가가 원고를 직접 손보아 '친일적 요소'를 완전 삭제했다는 것이다. 그러나 이 사건 보도는 〈한겨레신문〉이나 문학 연구자나 모두가 다 착오를 일으킨 것이다. 2001년에 발행된 김홍기의 『채만식 연구』 이곳저곳에는 이미 이 사실에 대한 자세한 언급이 들어 있고, 그 성격까지 모두 분석되어 있다. 그러므로 그 새롭지도 않은 사실을 새삼스럽게 보도한 것은 단지 채만식문학상의 폐지나 채만식 작품을 정전에서 배제하는 문제에 이용하기 위해서 기왕에 알려져 있는 채만식의 친일문자 행위를 다시 환기한 의의밖에 다른 가치를 갖지 못한다. 이른바 언론플레이를 한 것이다.

　채만식의 친일행위를 연구하는 데 참여한 학자는 손가락으로 일일이 세기 힘들 만큼 많다. 예컨대 군산대의 공종구 교수는 「채만식의 소설에 나타난 친일의 경로와 동기」[34]에서 친일의 경로와 동기를 자상하게 밝혔으면서도 "채만식 스스로가 통절하게 반성할 정도로 심각하게 인식하고 있는 친일에 대해서는 그 동기나 보상 수준을 고려할 때 자신을 포함한 가족들의 보신을 위한 윤리 차원에서의 소극적 협력으로 규정하는 것이 타당하지 않을까" 생각한다고 말하면서 그것은 '신념이나 세계관 차원에서의 적극적 친일'과 구분되어야 한다고 주장하고 있다. 그러나 이것은 작가가 바라지도 않고 원치도 않을 한갓 동정론에 지나지 않는다. 비슷한 차원에서 방민호는 "일견 신체제론에 전적으로 동조하는 듯한 태도를 보이는 와중에서도 그(채만식 : 인용자 주)의 작품은 그의 의식 한켠에 민족의 논리가 작동하고 있음을 보여주고 있다."[35]라고 예리하게 진실의 일단을 포착한다. 그러나 그의 다음 논리는 "결국 「냉동어」에 이르러 채만식의 세대 논리는 식민지 체제의 변화 가능성을 추구하는 방향에서 체제 승인의 방향으로 미묘한 선회를 감행하고 있는 셈이다. 이는 채만식 문학의 본질로 간주될 허무주의의 발현이라기보다는 역사적 가능성이 폐색되어 버렸다는 시대 인식이 낳은 허무주의적인 포즈"라는 해석이다. 방민호의 이러한 분석과 해석에서는 동의할 수 있는 내용은 아니더라도 그 나름대로 논리의 연속성이 유지된다.

　더 이상 시시콜콜 채만식 문학을 친일문자 행위로 규명한 연구들을 나열하는 것은 필자의 의도하는 바도 아니며 연구자들의 원하는 바도 아닐

---

34 공종구, 「채만식의 소설에 나타난 친일의 경로와 동기」, 『현대문학이론연구』 23집, 2004.
35 방민호, 『채만식과 조선적 근대문학의 구상』, 소명출판, 2001, 238쪽.

것이다. 이러한 연구들은 대다수가 이른바 '진리 탐구'를 목적으로 한 학문적 작업으로 수행되었을 것임에 틀림없다. 그럼에도 불구하고 그 작업들에 의해서 한 작가의 삶의 진실과 문학 작품의 가치가 왜곡되고 유린되었다면 그 책임은 누구에게 있는가. 류보선은 앞으로 "친일문학 행위를 했던 작가들에 대한 비판, 그리고 친일문인들의 모든 업적을 지우는 작업은 더욱더 혹독해질 듯하다."[36]라고 내다본다. '식민주의와 파시즘의 옹호를 친일의 기준'으로 제시한 김재용의 논리나 '친일문학인들이 국정교과서에 버젓이 활개를 치고 행세함으로써 진정한 문학의 이름을 호도'한다고 보는 민족문학작가회의의 논리가 그 친일파 숙청 작업을 뒷받침하기 때문이라는 해석이다. 류보선은 이러한 논리들이 문학을 협소한 시각에서 보는 것이므로 '사형선고를 내리기에 앞서 좀더 많은 정황들을 고려해볼 필요'가 있음을 말한다. 구체적으로 채만식의 「민족의 죄인」에 관하여 언급하면서 류보선은 이 작품이 "이제까지 흔히 '죄인의 민족'을 만들기 위한 자기 합리화로만 읽혔으나 사정은 그렇게 단순하지 않다"고 지적하고 이렇게 말한다.

만약 반성이 단지 친일행위에 대한 고해성사에서 출발해 새로운 그리고 의미있는 방향성의 설정에 의해 완성된다고 한다면, 반성에 있어 또 하나 중요한 것은 당시의 현실적 문제들을 얼마나 깊이 있게 읽어내는가 하는 점일 터이다. 그런 점에 착목한다면 「민족의 죄인」만큼 친일문제에 얽힌 복잡 미묘한 연관들을 충분히 제시한 작품도 드문 것처럼 보인다. 굳이 최근의 일상사에서 논의되고 있는 여러 가지 사항을 들지 않더라도, 우리가 삼십육 년 동안 식민지 상황을 겪었던 것은 몇몇 친일분자들만의 책임이 아니라 어떤 이유이건 그 상황 속에서 삶의 안정성을 포기하지 않았던 사회구성원 모두의 책임이라 할 수 있다. 오랜 시간의 식민지 치하를 겪었기 때문에 생존하기 위해서라도 정도의 차이는(만) 있을 뿐 친일로부터 자유

---

36 류보선, 「정전의 해체와 민족 로망스」, 『문학동네』, 2006 봄.

롭지 못할 뿐만 아니라 스스로의 힘으로 민족의 해방을 쟁취한 것이 아닌
만큼 일제시대의 부역자 문제를 해결할 주체나 기준이 불분명했던 것이다.
게다가 일본제국에 협력했던 핵심적인 인물들을 결국 미군정이 보호함으
로써 실질적인 친일문제는 본격적이고도 진지한 논의조차 불가능한 상황
이었다고 할 수 있다. 채만식의 「민족의 죄인」은 그러한 중요한 문제를
'죄인의 민족'이라는 명제로 제시하고 있거니와, 이는 스스로 해방을 쟁취
하지 못했다는 우리 민족의 해방의 특수성을 감안하면 대단히 의미있는 성
찰이자 또 하나의 충분히 의미있는 반성이라 할 만하다.[37]

류보선은 인용문 다음에 채만식의 해방 후 작품의 성과를 간략하게 서
술하고 그 논리의 연속선상에서 현재의 친일문학 논의가 '칠지히 후대의
관점으로 과거를 재구성하고자 하는, 지나치게 민족적이어서 반역사적인
관점'이라고 비판한다. 일제 시대를 산 작가들의 삶과 문학, 그리고 친일
문인들의 반성의 의미를 전혀 고려하지 않은 채 '민족 정기라는 절대정
신'을 앞세워 마녀사냥 식으로 진행되는 현재의 친일문학과 관련된 담론
전개와 사회 운동에 반성이 필요하다는 논지이다. 류보선은 일제 말기 채
만식의 친일문자 행위가 있었다고 인정하는 입장이다. 그럼에도 불구하
고 그는 친일문학과 관련된 최근의 정황에 대해서 문제제기를 하고 있다.
그에 비해서 이 책을 쓰는 필자의 입장은 채만식이 친일문학 행위를 한
것이 아니라 항일투생을 했다는 진실을 밝히는 데 목적을 둔다.

채만식문학상 시상은 지난해에 중단되었다. 그 동안의 문학 연구가 낳
은 결과이자 새롭게 힘을 얻은 시민운동의 성과로 그 중단이 결정되었다.
또 채만식문학관은 규모나 전시물이나 모두가 빈약하기 짝이 없지만 이
제는 그나마 현상도 유지하지 못하고 용도 변경되거나 폐쇄될 그날을 하
릴없이 기다리고 있는 형편이다. 그리하여 이제 우리 후대들은 채만식의

---

37 앞의 글.

그 재미있고 구수한 이야기들을 다시 듣고 볼 수 없게 될지도 모른다. 채만식의 문학 전체가 정전에서 제외될 운명에 놓여 있기 때문이다. 역사의 심판이 눈앞에 다가온 것이다. 이 역사의 심판장은 이미 열려져 있다. 역사의 법정에서 논고는 이미 행해졌다.

피고에 대한 논고는 지엄하다.

그 논고의 목소리는 크고 당당하고 근엄하며 매우 논리적이기까지 하다. 그 목소리는 막강한 힘과 배경을 갖추고 있다. 그리하여 채만식 문학은 그 위세 앞에서 사지를 벌벌 떨고 있다.

이제 우리는 어떻게 해야 할 것인가?

이 책은 그 논고가 부당하고 근거 없는 것이라고 주장하는 변론이다.

Ⅲ. 텍스트 읽기의 방법

　　채만식은 일제 말기 본격적으로 항일투쟁을 전개하였다. 그 투쟁은 총
을 들고 싸운다거나 지하 활동을 하는 형식으로 행해진 것이 아니라 철
저하게 문자 행위를 통해 이루어졌다. 근대 사회에서 문자 행위는 매체를
이용하지 않을 수 없다. 그래서 채만식의 문자 행위를 통한 항일투쟁은
모두가 매체에 기록되어 있다. 이 기록을 놓고 그 동안 많은 학자와 평론
가들이 그 의미를 연구해왔다. 그 결과는 앞의 두 장에서 살핀 것과 같이
대다수의 학자, 평론가, 문학가들이 채만식의 친일문자 행위를 시인하는
내용이었다. 그러한 인식의 과정이 친일행위의 기정사실화와 그 정신 상
태의 허무주의를 부각시키는 데서 시작하여 친일의 내적 논리를 구성하
는 단계로 진행되어왔다는 것은 앞의 두 장의 논의를 통해서 상세하게
살폈다. 채만식의 친일 행위와 허무주의라는 인식의 정당성을 확증하기
위하여 일부 연구자·평론가들은 채만식이 단지 외면적으로만 친일의 모

양새를 취한 것이 아니라 내면의 심정에서도 친일이었다는 것을 입증하려 했고 그 주장을 증빙하는 사실이라 하여 '자발적 협력'의 '내적 논리'를 추적한 것이다. 그 결과는 논자마다 약간의 차이가 없다고 할 수는 없으나 대부분이 이런 저런 내적 논리를 만들어냈다. 채만식은 심정적으로 친일일 뿐만 아니라 그 친일을 정당화하는 내적 논리를 가졌던 작가였다는 최종적 평가가 이루어지고 있는 셈이다. 현재 이루어지고 있는 채만식에 대한 역사의 심판은 그 평가에 근거를 둔다. 이런 상황이기 때문에 채만식의 항일투쟁을 주장하는 필자와 입장을 같이 할 수 있는 연구자는 필자가 아는 한도 안에서는 『채만식 연구』를 낸 김홍기 교수뿐이다. 이와 같이 동일한 텍스트(이때 텍스트 개념에는 작품과 함께 작가의 삶이 포함된다)를 놓고 친일과 항일이라는 상반되는 주장이 가능할 수 있는 것은 텍스트에 대한 해석이 다르기 때문일 것이다.

그렇다면 채만식의 문학을 놓고 친일문자 행위라고 주장하는 쪽은 어떤 방법으로 텍스트를 해석했으며 항일투쟁이라고 주장하는 쪽은 어떤 방법으로 텍스트를 해석했는가. 그 동안 채만식 문학을 연구한 학자, 평론가에게 그 방법을 설명하라고 요구할 수는 없다. 그들의 연구는 이미 상호간에 상대방의 연구의 진리성을 보증해주는 지배 담론의 지위를 획득하고 있는 것이다. 그 진리의 효과가 채만식문학상의 중단과 문학관의 폐쇄, 정전에서의 축출이라는 현실적 효력을 낳는 것이므로 그에 이의를 제기하려면 이의를 제기하려는 쪽에서 먼저 그 방법과 증거를 제시해야 한다. 그러나 아쉽게도 필자에게는 통상적인 의미의 '방법'이랄 게 없다. 다만 여러 학자, 평론가들의 연구에서와는 다르게 텍스트를 파악하게 하는 색다른 느낌이 있을 뿐이다. 이때 사용하는 '느낌'이란 말은 인체의 특정 감각 기관을 이용해 대상을 접촉할 때 생기는 일차적 감각을 가리키는 것이 아니라 화이트헤드의 느낌 이론에 나오는 인식에 선행하는 것으로서의 '느낌'이나 『주역』의 '감통(感通, 寂然不動感而遂通天下之故 : 고요하게 움직이지 않다가 느껴서 온 세상의 이치(까닭)를 통한다)'[1]의 개념에 유사한 것이다. 그 '느낌'의 양태가 어떠한 것인지에 대해서는 이미 필자의 여러 저작을 통해서 공개한 바 있다. 우주 역사화의 장대하고 장엄한 스펙터클로서의 『토지』에 대한 '느낌'은 『토지를 읽는다』에서 태극의 형상으로 비유하여 자세히 설명하였고, 『난장이가 쏘아올린 작은 공』의 공포를 불러일으키는 사진과 『비명을 찾아서』의 알레고리적 지도에 대해서는 『한국문학의 관계론적 이해』에서 설명한 바 있다. 또 문학 작품과 텍스트 일반의 읽기와 관련된 여러 사항에 대해서는 『문학 텍스트 읽기』에서 여러 가지 방식으로 논의했다. 이 밖에 컴퓨터 게임 「삼국지2」란 텍스트가 환기하는 중국 천하의 '느낌'에 대해서는 『컴퓨터 게임의 이해』에서, 도스토예프스키의 『악령』에서 얻었던 태풍의 눈의 '느낌'은 「토지와 악령의 주인공」(『문예미학』, 1999. 6)에서 이미 자세하게 서술한 바 있다. 현재 친일문학으로 몰려 궁지에 빠져 있는 채만식의 작품에서 얻은 '느낌'도 두 차례에 걸쳐 학술 대회에서 발표한 바 있다. 그 하나가 김윤식, 유종호를 대표필자로 하는 『근대문학, 갈림길에 선 작가들』(민음사, 2004)에 실린 「문학사와 민족 그리고 비평」으로, 이 글은 작가 탄생 100주년 기념 심포지엄이 열린 2002년에 발표되었다. 이 글에서는 채만식의 『탁류』가 알레고리를 통해 식민지 조선의 현실을 압축적으로 보여주고 있으며, 친일논설, 친일소설 등으로 손꼽히는 작가의 많은 작품들과 문자들이 알레고리, 아이러니 수법으로 항일을 표현하고 있다는 것을 밝혔다. 또한 이 해에 열린 다른 학술 발표회 석상에서도 「친일과 저항, 한국문학사의 딜레마」란 글을 통해 대표적인 친일작품으로 손꼽히는 작가의 장편소설 『여인전기』

---

1 『周易』, 「繫辭傳」 上 제10장.

가 "한 가족의 고부 갈등을 통해 파시즘의 억압에 대한 항거를 알레고리적으로 표현한 것"으로서 서사무가 「바리데기」에서 『춘향전』으로 이어지는 수난사의 전통을 계승한 "민족 수난의 상징적 표현"이라고 그 의의를 밝힌 바 있다.

이처럼 최근 10년간 필자의 연구나 비평 작업에서 중심적인 역할을 해온 이 '느낌' 또는 '감통'은 필자의 의견으로는 독서 체험으로서는 가장 뛰어난 것이라고 판단되지만 그것을 통상의 '방법' 개념으로 설명하는 데는 많은 어려움이 따른다. 그 '느낌'이나 '감통'은 현대 한국의 문학연구가들 대부분이 사용하는 방법 개념과 일정하게 거리를 두는 독자적인 텍스트 파악 방식인 까닭에 설명이 곤혹스럽지 않을 수 없는 것이다.

1. 서양의 방법과 문학 비평의 패턴이론

'방법'이란 '길 차례'라고 한글사전에 풀이되어 있다. 일정한 목적지에 도달하기 위해서 거쳐야 할 길의 차례를 가리키는 개념이 방법이다. 통상 동서양의 사유 방법을 지성적인 것과 직관적인 것으로 나누고, 직관적인 사유 및 인식을 하는 동양에는 방법이 없다고 한다. 텍스트에서 곧바로 '느낌' 또는 '감통'에 도달하는 것을 최선의 방책으로 여겼기 때문에 동양인들이 방법론을 논의할 계기는 별로 주어지지 않은 것이다. 이에 비해서 서양에는 이 방법이 잘 발달되어 있다. 데카르트의 『방법서설』은 서양에서 방법이 어떤 위상을 차지하는지를 잘 나타내주는 하나의 지표이다. 데카르트가 근대 주체철학의 원조처럼 운위된다는 것을 생각하면 그의 주요 저작에 『방법서설』이 포함되어 있다는 것은 서양의 학문에서 방법이 차지하는 비중을 그 존재 사실만으로도 어느 정도는 짐작할 수 있게 해준다. 그가 제시한 인식 방법의 요체는 명증성, 분석, 종합, 열거의 네 가지로 구성되어 있다는 설명이 있다. 어떤 사물을 보고 그것이 무엇인지 곧 바로 알 수 있으면 인식은 완료된다. 단순한 사물은 이 방법을 통해서 충분히 인식이 가능하다. 그 단순한 인식, 자명한 인식이 가능하지 않은 복잡한 사물의 경우에는 그 성분이나 요소들을 단순한 것으로 분해하고, 그렇게 단순화된 것들을 명백하게 인식하여 종합하고 충분히 열거함으로써 자명한 인식이 이루어진다. 그런데 '느낌'은 이렇게 분해하고, 종합하고 열거하는 일이 불가능하다. 아무리 나누려고 해도 나누어지지 않고 한 덩어리로 있으며, 나누어지지 않으니 종합할 것도 없고, 그러니 열거할 것이 없는 것은 말할 것도 없다. 더욱이 '느낌'은 분석되고 분해되는 순간 그 원형을 잃는다. 그것은 '전체'로서 있을 때 '느낌'이나 '감통'인 것이지 그것을 설명하기 위해 자르고 나누고 해체하는 순간 이미 '느낌'이나 '감통'이라고 말할 수 없는 것이 되어버린다. 유기체에서 어느 한 부분을 떼어내면 그것이 원래 가지고 있던 관계들이 대부분 파괴되어버리는 것과 같은 이치다. 그뿐만 아니라 '느낌'은 다방면에서 총체적인 것이어서 시각적인 자료도 아니고 청각적인 자료만도 아니며 의식의 구성물이라고만 하기도 어렵다. 몸과 마음 전체를 통해서 한꺼번에 감수하는 것이 '느낌'이기 때문이다. 그래서 이 책에 사용된 이른바 필자의 '방법'으로서의 '느낌'을 설명하려면 우회 전략을 사용할 수밖에 없다. 아래에서 동서양의 여러 가지 이론, 경전, 주석들을 제시하고 그것들을 설명하는 방식으로 글을 전개하는 것은 그 우회 전략의 일환이다. 먼저 Robert L, Solso의 『시각심리학』의 한 대목을 인용한다.

Bower, Karlin 그리고 Dueck의 간단한 실험은 미술과 언어의 구조적 특성에 관한 심각한 이론적 문제를 제기한다. 한때는 언어가 적어도 두 가지 구분되는 수준을 가지고 있는 것으로 개념화되었다. 표면적으로는 매개 수단이 있으며—이쪽에 적혀 있는 이상하게 생긴 작은 문자들 또는 음성— 그 기저에는 메시지의 의미를 담고 있는 '심층구조(deep structure)'가 있 다는 것이다. 미술도 마찬가지로 다차원적인 표기시스템을 가지고 있는 것 으로 해석할 수 있다. 한편으로는 미술의 표면적 특성이 있다. 즉, 선, 색 채, 대비, 모양새, 윤곽 그리고 물리적 대상들을 구성하는 세부특징들. 표 면적 특성은, 예컨대 녹색이 펼쳐져 있는데, 부분적으로는 그림자가 지고 부분적으로는 밝게 빛나고 있으며 조그맣고 하얀 네 기둥을 가진 형상이 공간을 차지하고 있거나, 아니면 인간의 머리처럼 보이는 것(남자) 위에 올라앉아 있는 광택이 나는 검은 원통형의 대상일 수도 있다. 이제 심층수 준에서는 이러한 세부특징에 대한 의미적 해석이 일어난다. 목가적인 장면 의 한 부분이거나 높은 실크 모자일 수 있다. 여기서 세부특징들이 의미 충만한 대상으로 결합되는 것이다. 다시 이러한 대상으로부터 보편적인 범 주가 형성되어 예술작품에 대한 추론이 가능해진다. 그러나 미술표현에는 세 번째 수준이 있는데(이 수준은 미술, 음악, 문학, 그리고 과학에 모두 적용될 수 있다), 이 수준이 가장 중요하다(물론 모든 수준은 필수적이며 서로 간에 상호 작용한다). 나는 이 수준을 단순하게 '수준3(level 3)'이라 고 부르고자 한다. 이 수준에서는 대상, 소리, 또는 관념에 대한 세부 특징 적 해석과 의미적 해석이 모두 파악되며, 그 이상으로 나아간다. 수준3의 이해는 세부특징의 일차적 지각과 그 의미를 넘어선다. 미술의 수준3 이해 는 세부특징과 의미의 지각과는 무관하다. 이것은 미술작품이 암시하는 것 조차도 뛰어넘는다. Kandinsky의 Cossacks는 선, 색채, 대비 등의 세부특 징으로 구성된다. 우리는 모두 그 특징들을 본다. 또 다른 수준에서 우리 는 이러한 선들의 몇몇은 전투에 참가하고 있는 병사를 표상하고 있다는 사실, 즉 의미를 이해한다. 우리들 대부분은 이 작품이 의미하는 것을 이 해하는 것이다. 한편 수준3의 이해는 느낌이자 곧 인지이다. 이것은 그림 의 도(道)를 말하는 것이다. Lao Tsu가 지적하는 대로 "진정 도라고 할 수 있는 도는 말할 수 없는 도"인 것처럼, 이것은 그림 작품의 가장 직접적인 의미인 동시에 가장 모호한 의미이다. 도(道)란 미술과 하나가 되는 것이 며, 그림을 마음의 보편적 특성과 뒤섞어 버리는 것이며, 그림 속에서 우리 의 근본적 마음을 보는 것이다.[2]

인용문은 『시각심리학』이란 책의 맨 마지막 장에 실려 있다. 시각 자료를 우리가 지각할 때 우리의 마음에 어떤 일이 일어나는가 하는 것을 체계적·과학적으로 설명하는 인용문의 바로 앞부분에서는 그림을 이해하는 과정에서 언어 표지가 붙어 있는 경우와 붙어 있지 않은 경우를 대조한 분석에 대한 이야기를 전개하고 있다. 그 분석의 결과는 언어 표지가 있는 경우가 그것이 없는 경우보다 그림의 세부 특징을 훨씬 더 잘 기억하게 해준다는 결론이다. 즉 언어 표지가 있으면 그림을 보는 사람은 그림의 세부 특징들을 언어 표지에 표시된 하나의 통일된 주제로 통합하여 이해하고, 그로 인해 기억도 풍부해진다는 실험 결과이다.[3] 저자는 바

---

2 Robert L. Solso, 『시각심리학』, 신현정, 유상욱 옮김, 시그마프레스, 2000, 275~276쪽. 인용문의 다음에는 다음과 같은 내용이 전개된다. "도는 설명될 수 있는 것이 아니지만, 일단 그 수준에 도달하면 전혀 혼란스러운 것이 아니다. 도는 미술의 치열한 지혜이며, 우리를 사로잡는 아름다움이며, 우리의 마음을 꿰뚫는 철학이다. 도는 우리로 하여금 생물학적 원형(archetype)과 직접적으로 만날 수 있게 해준다. 우리 모두를 함께 묶어주는 태고로부터 내려오는 끈이며, 모든 인간본성에 흐르고 있는 것이다. 나를 Van Gogh, Picasso, Mondrian과 연결시켜주고 여러분을 또 다른 누구와 함께 있도록 만들어주는 보이지 않는 끈이다. 수준3 경험은 선사시대의 유적으로부터 Peter Max에 이르기까지 모든 유형의 미술에 대한 반응에서 일어나기는 하지만, 민감한 두뇌구조를 자극하는 미술작품에 반응할 때보다 빈번하게 일어난다. 이것은 마치 그림이 여러분을 이해하고 여러분의 마음을 읽는 것과 같다. 이것은 심오한 정서와 사고를 유발하는 인지수준이라고 말하는 것 이외에 달리 설명할 도리가 없다."

3 이것은 화상(畵像)의 총체적 인지와 관련된 문제다. 에이젠쉬타인의 몽타주 영상의 총체적 인지 메커니즘에 내해서 들뢰즈는 "진체는 논리적 결론처럼 분서적으로 도출되는 것이 아니라… 이미지의 역동적인 효과로서 종합적으로 도출된다. 따라서 그것은 비록 이미지에서 유래하는 것이기는 하나 몽타주에 의존한다. 그것은 '합이 아니라 곱'이다. 즉 보다 높은 단계의 통일이다. 전체는 자신의 부분들을 대립시키면서 극복하여 스스로를 제시하는 유기적 총체성이며, 변증법의 법칙에 따르는 거대한 나선형처럼 구성되는 총체성이다. 전체는 개념이다."(박성수, 『들뢰즈와 영화』, 문화과학사, 1999, 58쪽 참조)고 파악한다. 한편 일본의 菊野春雄은 총체적 인지, 총체에 대한 반성적 판단 행위의 양상을 스키마 표상과 관련하여 여러 차례의 실험을 통해 고찰한 바 있다. 그 핵심적 내용은 다음과 같이 요약할 수 있다. "영상(또는 화상)처리의 첫 단계는 장면을 인식하는 단계로 먼저 장면에 대해서 스키마 표상을 형성하여 영상 속의 사물을 개념적으로 인지하고 거기서 현실과 일치하는 물리적으로 가능한 사물의 관계를 인식한다. 이때 스키마 처리는 개념적으로 처리되고 거기에 포함되지 않은 에피소드의 처리는 지각적으로 처리된다. 두 번째 처리 단계는 스키마를 조작하는 단계의 공간적 위치를 보다 정확하게 인식한다. 이때 화상에 직접 묘사되지 않은 정보를 기

로 그 내용을 이야기하면서 미술 작품이 지니고 있는 '다차원적인 표기 시스템'을 언급한다. 그림 자체에 다차원적인 표기 시스템이 없는 경우에는 할 수 없지만 그것이 있는 경우에 나올 수 있는 해석의 상이한 양상을 단계별로 설명하는 것이다. 저자는 첫 번째 차원으로 '미술의 표면적 특성'을 들고 있다. 작품을 감상하는 사람은 그림이 가지고 있는 선이나 색채, 윤곽, 대비 등을 지각하고 그것이 무엇을 나타내는지 이해하려고 한다. 대상을 확인하는 차원의 이해라고 볼 수 있다. 두 번째 차원에서는 대상을 확인하면서 그림의 세부적 특징들을 서로 연관시켜 어떤 의미를 읽어내는 지각의 메커니즘이 작동한다. 이때 의미는 해석자가 어떤 스키마를 가지는가 또는 텍스트에서 어떤 보편적 범주를 형성하는가에 따라 다르게 파악될 수 있다. 통상 여러 가지 방법을 동원해 이루어지는 문학 작품에 대한 연구는 대부분 이 두 번째 차원에 해당한다고 볼 수 있다. 해석자는 텍스트를 보면서 스키마 표상 또는 보편적 범주를 형성하면서 추론을 행하는 것이고 그 결과에 따라 거기에 의미를 부여하는 것이다. 형식주의나 구조주의, 기호학, 역사주의 등의 서양에서 발달된 비평 방법, 그리고 그것들을 변증법적으로 통합한다고 한 프레드릭 제임슨의 3동위원설 같은 해석 방법까지도 이 차원에 속한다고 할 수 있다.

『시각심리학』이 다른 텍스트 읽기 이론들과 차이를 지니는 가장 중요한 이유는 수준3으로 표시된 차원을 읽기 이론 속에 포함하고 있다는 점에 있다. 저자는 이 세 번째 차원이 미술뿐만 아니라 다른 예술, 심지어

존의 지식이나 인접하는 화상의 정보, 언어정보 등을 이용해서 정치화하는 처리가 이루어진다. 이 처리방식을 통해 스토리화상을 처리하는 경우 지적 능력이 상대적으로 우수하다고 볼 수 있는 대학생은 '화상들 사이의 관계의 처리나 추론 등 화상외 처리에 많은 처리노력'을 행하고 화상의 정보를 무작위적으로 제시해도 그것들의 정보를 자발적으로 재구성하여 통합적 처리를 하며, 연령이 많을수록 통합처리가 발달한다." 菊野春雄, 『畵像の理解についての發達的硏究』, 風間書房, 1996. 최유찬, 『컴퓨터 게임의 이해』, 문화과학사, 2002, 245쪽.

는 과학에까지 적용될 수 있다고 말한다. 과학 분야에 대한 체험은 필자에게 없으므로 가타부타 말할 수 없지만 다른 예술 분야에 대해서는 저자의 언급 내용에 동의할 수 있다. 더욱이 이 수준3은 인간의 상징 형식에 대해서만, 또는 상징 형식 속에서만 나타나는 것이 아니라 자연의 사물과 같은 현실의 텍스트들에 대해서도 실현된다는 점이 특징이다. 저자는 '대상'이란 말 속에 그런 뜻을 내포한 듯하지만 그에 관해서는 구체적 언급이 없어서 덧붙여 이야기하면 『주역』의 괘(卦)나 상(象)은 모두 그와 관련된다. 저자는 이 수준3에서는 대상을 확인할 때 도움이 되는 세부 특징의 지각과 의미를 파악할 때 일어나는 해석이 동시에 포함되며, '암시하는 것조차도 뛰어 넘는다'고 말한다. 그렇게 해서 이루어지는 텍스트에 대한 이해를 저자는 '느낌이자 인지'라고 말한다. 여기서 '사용된 느낌이자 인지'라는 말, 수준3이라는 표현은 자칫 오해를 불러일으킬 수 있다. '수준3'이란 용어는 작품에 대해서 맨 나중에 가지는 인식이란 인상을 줄 우려가 있고, '느낌과 인지'라는 말은 느낌과 인지를 같은 차원의 대상 파악으로 볼 수 있게 하기 때문이다. 그러나 현대의 철학자 화이트헤드는 '느낌'과 '인식' 또는 '인지'를 구분한다. 그에 관해 다음과 같은 설명을 참조할 수 있다.

　느낌이란 있는 그대로의 대상 자체를 총체적으로 또 순간적으로 붙잡는 것이다. 예를 들어, 정원에 '나무가 서 있다'는 것을 안다고 하자. 역(易)은 가만히(=움직이지 않고) 그것을 바라보고 느껴 그것과 통한다고 한다. 그러한 과정에서 물상(物象)이 발견된다고 한다. 파악에서도 그 나무로부터 다가오는 정보와 감각이 직접 감응하고 일치한다. 그러한 감응과 일치를 통해 '나무가 서 있다는 것을 안다'는 새로운 경험계기가 발생한다. 그러한 새로운 경험계기가 곧 하나의 새로운 현실존재가 된다. 그것은 단순히 개념적으로 형상만을 알게 되는 것이 아니라 일치된 경험계기로서의 새로운 하나의 현실존재가 생성된 것이다. 물론 파악에서는 느낌 또는 감각 이

전의 경험만으로 인식이 마무리되는 것은 아니다. 화이트헤드에게 있어서
는 파악과 인식은 구분된다. 파악 즉 감각 이전의 경험을 토대로 하여 또
다른 인식작용이 일어난다는 것이다. 그는 그러한 감각작용 또는 인식작용
을 '파악활동'과 구분되는 '인식활동'이라고 한다. 그가 말하는 인식이란
감각작용 또는 인식작용이라는 2차적인 활동인 것이다. 반성적 사유와 인
식작용이 이루어지는 이 2차적인 단계에서는 감각 이전에 일어났던 경험
계기를 더욱 분명히 알게 해준다고 한다. 그러나 그는 감각 이전과 의식 이
전의 경험이 진정한 인식이라고 주장한다. 그리고 그는 2차적인 인식활동
을 진정한 인식으로 간주하는 근대철학을 거부한다. 즉 인식주체인 '내'가
지각대상인 '나무'를 단순히 '인식'하는 것이 아니라, 다른 현실존재를 자신
안에 '파악(=포용하고 일치시킴)'하는 것이 진정한 인식이라는 것이다.[4]

화이트헤드는 자신의 철학 체계와 관련이 있는 내용을 느낌 이론 속에
포함시키고 있기 때문에『시각심리학』과 똑같은 차원에서 논의를 전개하
는 것은 아니다. 그가 파악으로서의 '느낌'과 '인식' 활동을 구분하는 것
은 '느낌'이 '현실 존재를 자신 안에 포용하고 일치시키는' 작용을 포함
함으로써 자기를 초월하는 창조성을 갖게 되는 것임에 반해서 '인식'에는
그런 작용이 없기 때문이다. 그러나 이러한 미묘한 차이가 있다고 하더라
도 화이트헤드의 관점은 '느낌'과 '인식', 또는 '인지'를 구분하여 이해하
는 데 크게 도움이 된다. 화이트헤드는 '파악으로서의 느낌'이 일차적이
며 사물에 대한 지각과 반성 활동을 통해서 이루어지는 '인식 활동'이 2
차적이라고 본다. 그에 따르면 일차적 활동인 '느낌'은 그 경험이 순수하
고 직접적이며, 통합적인 특성을 지니고 있어서 순수 경험이자 직접 경험
이라고 할 수 있다. 이에 비해서 2차적 인식 활동은 근대 과학의 방법론
을 구사하는 것이다. 그렇지만 이 2차적 활동을 통해 획득되는 인식은 근

---

4 박재주, 「주역의 직관과 하이트헤드의 파악」, 『화이트헤드와 현대』, 동과서, 2002,
  190~191쪽. 이와 유사한 내용은 강성도, 『화이트헤드의 과정철학입문』, 조명문화사,
  1992, 41~43쪽에서도 찾아볼 수 있다.

본적인 한계를 지니는 것이다. 그 이유는 2차적 인식 활동을 통해 보여지는 세계는 일차적 활동에서와 같이 ‘전체에 대한 깨달음’이 아니라 ‘세계의 일부분이거나 잘못 보여진 세계’이기 때문이다. 그렇게 한계를 지니는 원인은 2차적 활동이 인식 활동을 하는 사람의 의식적·무의식적 ‘신념과 기대나 언어를 통해 걸러지는 과정’을 거치며, 그 ‘걸러지는 과정 속에서 실재와 현상 사이에는 왜곡이 있게’ 된다는 데 있다. 화이트헤드는 그 왜곡된 인식 활동을 통해서는 이 세계가 완전하게 규명되지 않는다고 보는 것이다. 이처럼 근대 과학의 방법론을 구사하는 2차적 인식 활동을 열등한 것으로 간주하게 하는 화이트헤드의 ‘파악으로서의 느낌’에 해당되는 것을 설명하기 위해 『시각심리학』은 ‘도(道)’라는 개념을 동원한다. 그 ‘느낌’은 ‘그림의 도’라는 것이다. 이것을 문학에 적용하면 ‘느낌’은 ‘문학의 도’가 된다. 이 ‘도’를 설명하기 위해 도입되는 것이 『노자』의 맨 첫 구절에 나오는 ‘道可道 非常道 : 진정 도라고 할 수 있는 도는 말할 수 없는 도’란 개념인데, 저자는 그 의미를 풀이하여 ‘도’란 ‘그림 작품의 가장 직접적인 의미인 동시에 가장 모호한 의미’ 또는 ‘심오한 정서와 사고를 유발하는 인지 수준이라고 말하는 것 이외에 달리 설명할 방도가 없다’고 부연하고 있다. 이렇게 『시각심리학』은 어찌 보면 스스로 과학의 한계를 인정하는 발언으로 수준3에 대한 설명을 마치고 있다. 물론 인용 부분의 다음 부분에서는 “미술, 음악, 문학, 그리고 과학은 모두 인지의 제3수준에서 우리와 접촉한다. 나아가서 이러한 자각 수준은 두뇌에서 활성화된 복잡한 연결망에 기인한 것일 수 있다.”는 관점에서 ‘마음과 미술의 연결’을 해명하려는 시도를 하고 있기는 하다. 그러나 그것은 인용문의 맨 마지막에 언급되었던 “도란 미술과 하나가 되는 것이며, 그림을 마음의 보편적 특성과 뒤섞어버리는 것이며, 그림 속에서 우리의 근본적 마음을 보는 것”이란 내용을 어떤 식으로든 좀더 설명해보려는 시도로서 과학자의 진지성이란 측면에서는 가긍한 태도이지만 그것이 썩 좋은 해명을 해주고 있다고는 생각되지 않는다. 필자가 자신의 '느낌'에 대한 설명에 곤혹스러움을 느끼는 이유도 이와 유사한 것이리라. 그렇기는 하지만 현대의 과학자가 설명의 한계를 느끼는 문제라고 해서 우리의 탐구를 멈출 필요는 없다.

소설가인 E. M. 포스터는 자신의 저서인 『소설의 이해』 마지막 장의 제목을 '패턴과 리듬'이라고 붙이고 있다. 그는 이 장을 시작하며 그 동안 자신의 저서에서 스토리와 인물, 플롯을 다루어온 경과를 이야기한 다음 "이제 우리는 주로 플롯에서 나오며 인물과 기타 다른 현존 요소가 역시 기여하는 어떤 것에 관하여 고찰"하겠다는 말을 하고 그 '어떤 것'에 해당하는 것을 나타내기 위해 회화의 '패턴'이란 개념과 음악의 '리듬'이란 개념을 원용하겠다는 뜻을 밝힌다. 그는 이 개념들을 문학에 적용하는 경우 뜻이 모호해진다는 점을 지적하면서 그것들이 무엇에 기인하며, 그것들을 파악하기 위해서 독자에게 어떤 특징이 필요한가를 묻는다. 포스터는 "스토리는 우리의 호기심에 호소하고 플롯은 우리의 지력에 호소하지만, 패턴은 우리의 미각(aesthetic sense : 심미적 감각)에 호소하고 우리가 책을 전체로 보게 만든다."[5]라고 말하면서 구체적인 사례를 들고 있다. 그가 든 사례는 아나톨 프랑스의 장편소설 『타이스』와 퍼시 러보크의 『로마 구경』이다. 포스터는 아나톨 프랑스의 작품이 모래시계의 패턴을 지녔고 퍼시 러보크의 작품은 고리 형태의 패턴을 지녔다고 분석하면서 이렇게 말하고 있다.

　　『타이스』와 『로마구경』은 패턴을 보여주는 쉬운 예이다. 자기가 무엇을
　　말하려고 하는지조차도 알지 못하는 비평가들이 제멋대로 곡선이니 뭐니

5 E, M. Forster, 『소설의 이해』, 이성호 옮김, 문예출판사, 1996, 164쪽.

하고 이야기하는 경우가 있기는 하지만 한 작품을 정확하게 회화적인 대상
물과 비유한다는 것은 흔한 일이 아니다. (현재로는) 패턴이란 소설의 미
학적 형상의 하나라는 것과 소설의 여러 요소―인물, 장면, 말 등등―에서
자양분을 섭취할 수도 있지만 대개 플롯에서 받고 있다는 것만을 우리는
말할 수 있다. 플롯을 논의할 때 플롯에는 미가 있다는 것을 우리는 보았
다. 이 미는 미 자신이 나타나면 약간 놀라게 하는 미를 말한다. 그리고
말끔한 플롯에서 무엇인가 간절하게 보고 싶어하는 사람은 시신(詩神)을
볼 수 있다는 것과, 논리는 자기 집을 다 지었을 때 새 집의 기초를 튼튼
히 만든다는 것도 우리는 보았다. 바로 여기에 패턴이라고 불리는 한 형상
이 그 소재와 아주 밀접하게 접촉하는 점이 있으며, 이것이 우리의 출발점
이기도 하다. 패딘은 주로 플롯에서 나오며 구름 속에서 비치는 한 줄기
햇빛처럼 플롯을 동반하여 플롯이 사라진 후에도 그대로 보인다. 미는 종
종 작품의 모양, 전체로서의 작품, 또는 조화이기도 한데, 만일 항상 이렇
다면 우리의 연구는 훨씬 더 쉬워질 것이다. 그러나 가끔씩 그렇지 않다.
그렇지 않을 때, 나는 그것을 리듬이라고 부를 것이다.[6]

포스터는 자기가 이야기하는 패턴이 회화적인 대상물이 아니라는 것,
비평가들이 하강곡선, 상승곡선 등으로 표현하는 것도 아니라는 것, 그것
이 여러 요소를 자료로 하여 형성되는 것이지만 그 가운데 플롯이 가장
중요한 성분이라는 것, 플롯이 완성되었을 때 거기에서 새로 만들어지는
미적 조형물 같은 것임을 말한다. 그것은 구름 사이로 비치는 햇빛처럼
플롯에서 생겨나지만 플롯이 사라진 뒤에도 오래 남는 것이며, 작품을 전
체로서 아름다운 조형물로 만드는 것이라고 말한다. 그러나 그는 패턴이
모든 작품에서 나타나는 것은 아니며, 패턴이 아닐 때의 그것을 자신은
리듬이라고 부르겠다는 의사를 밝힌다. 여기에서 포스터가 서술하고 있
는 내용들이 대부분 필자가 '느낌'이라고 말한 것과 대동소이한 것이라는
사실은 『타이스』의 모래시계를 보았을 때 쉽게 확인된다. 그러나 포스터

---

6 앞의 책, 166~167쪽. 번역문은 인용자가 원문을 대조해 일부분 고쳤음.

는 그것이 무엇인지를 말하고자 할 때 패턴이라고도 하고 리듬이라고도 하는 양상을 찾아볼 수 있다. 헨리 제임스의 『대사들』의 패턴을 이야기하면서 "파리가 처음부터 이 작품을 빛나게 하고, 항상 구체적으로 나타나지는 않지만 이것은 행동체이며 인간의 감수성을 측정하는 저울이기도 하다. 그리고 소설을 다 읽고 나서 패턴을 명확하게 보기 위해 그 사건들을 흐려지게 내버려두면, 모래시계 가운데서 빛나는 것은 바로 파리이다."라고 서술하고 있다. 이러한 독서 체험의 특징은 필자가 컴퓨터 게임 「삼국지2」의 최종적인 느낌이 중국의 전체 지도라고 서술한 것과 동일한 양상을 나타낸다. 수많은 사건들을 포함하고 있는 이야기도 시간의 성분을 제거했을 때, 또는 여러 사건들을 압축했을 때 그 속에서 배경의 공간이 뚜렷하게 드러나는 메커니즘인 것이다. 여기서 포스터가 그 공간적 세계가 '행동체'라고 한 것은 유의해 둘 사항이다. 공간이 행동을 유발하는 메커니즘을 가지고 있으며 그것이 패턴을 형성한다는 관점인 것이다. 포스터는 이 패턴을 창조하기 위해 작가가 의도적으로 개입하는 경우 작품을 망치게 된다는 것을 헨리 제임스를 예로 들어 서술하며, 톨스토이의 『전쟁과 평화』에서는 그 내용이 너무 복잡하고 어수선하여 패턴을 찾기는 힘들지만 그것들이 어울리면서 내는 '거대한 화음이 우리 뒤에서 들리기 시작'한다는 것, 곧 리듬이 있음을 지적하고, 그것들로 인해 작품의 작은 세목들은 시간 순서에 따라 읽을 때 '가능했던 것보다도 큰 존재를 이끌어가지 않는가?'라고 말하면서 글을 끝맺고 있다. 이처럼 포스터가 패턴이라고 하기도 하고 리듬이라고 하기도 하는 것, 시간이 소거됐을 때 나타나는 공간 지도, 세목들로부터 뜻하지 않게 우러나는 '큰 것들'은 포스터 자신이 독서를 마쳤을 때 자신도 왜 그런 것이 생기는지 모르지만 분명히 마주칠 수 있었던 작품의 전체가 주는 '느낌'이다. 그럼에도 그것을 포스터가 여러 가지 다른 용어나 개념으로 표현하는 것은 그 사실을 나타낼 수 있게 해주는 적절한 비평 용어나 개념, 범주가 서양의 학문 전통에는 없었다는 것을 의미한다. 이 양상은 20세기의 대표적인 비평가 중의 한 사람이라고 평가받는 노스럽 프라이의 경우에서도 찾아볼 수 있다. 프라이의 비평은 흔히 신화 비평, 혹은 원형 비평이라고 한다. 그 원형 또는 신화와 '느낌'은 어떤 관계에 있을까? 그 궁금증은 다음 인용문에서 풀릴 수 있다.

> 문예비평의 경우에도 우리는 이따금 시에서부터 '뒤로 물러서서' 그 시를 통일하고 있는 원형을 찾아내지 않으면 안 된다. 만일 우리가 스펜서의 『무상(無常)의 시편』을 '뒤로 물러서서' 보면 둥근 모습을 하고 있는 정돈의 빛이 자리하고 있는 배경과, 낮은 전경(前景) 속으로 툭 튀어나와 있는 불길한 검은 덩어리—마치 「욥기」의 첫머리에 나오는 것과 아주 똑같은 원형적인 모습—를 보게 된다. 만일 『햄릿』의 제5막의 시작을 '뒤로 물러서서' 바라보면 무대 위에서 우리가 볼 수 있는 것은 무덤의 발굴이며, 또한 주인공과 그 주인공의 적과 여주인공이 무덤 속으로 내려가는 것이 보이고, 곧이어 지상에서는 사투가 벌어지는 것이 보인다. 만일 우리가 톨스토이의 『부활』이나 졸라의 『제르미날』 같은 사실주의적인 소설을 '뒤로 물러서서' 바라보면 우리는 이 작품들의 제명(題名 : 둘 다 신생(新生)을 나타내는 낱말임 : 역주)이 나타내는 신화적인 구상을 볼 수 있다.[7]

인용문에서 노스럽 프라이는 '뒤로 물러서서'라는 말에 계속 작은 인용부호를 붙이고 있다. 원형이나 신화를 찾을 때 작품으로부터 '뒤로 물러서서' 보는 것이 필수적이라는 프라이의 암시인 셈이다. 인용문 뒤에서도 프라이는 여러 가지 원형, '이미지의 구조'들을 언급하고 있다. 그러나 '뒤로 물러서서' 바라보는 관점을 강조한 프라이의 방법은 포스터가 이야기하는 패턴이나 리듬보다 작품을 파악하는 방식이 부분에 좀더 비중을 둔다는 점에서 훨씬 더 서양적이다. 우리는 물론 작품을 뒤로 물러서서

---

7 노스럽 프라이, 『비평의 해부』, 임철규 옮김, 한길사, 2000, 277~278쪽.

바라보면 가까이서 볼 때보다는 작품을 전체로서 파악하기 쉽고 패턴들도 쉽게 알아낼 수 있다. 그러나 이렇게 물리적으로 '뒤로 물러서서' 보는 한 포스터가 이야기하는 패턴이나 리듬에 이를 수 없음은 물론 필자가 이야기하는 '느낌'과의 거리도 더욱 멀어지지 않을 수 없다. 그렇기는 하나 프라이의 원형 파악 방법이 '느낌'과 절대적으로 구분되는 것이 아니라 조금만 관점을 달리하면 거의 동일한 내용에 이를 수 있다는 점을 시사하는 경우도 있는데, 예컨대 다음과 같은 발언이 그 사례이다.

> 음악처럼 어떤 예술은 시간 속에서 움직이며, 미술처럼 어떤 다른 예술은 공간 속에서 제시된다. 이 두 경우에 있어서 구성의 원리는 반복인데, 그것이 시간적 반복일 때 리듬이라 불려지고, 공간적인 것일 때 패턴이라 불려진다. 그리하여 우리는 음악의 리듬에 관하여, 그리고 미술의 패턴에 관하여 말한다. 그러나 그 후에 고도의 지식을 보이기 위해, 우리는 그림의 리듬과 음악의 패턴에 관하여 말하기 시작한다. 다시 말해서 모든 예술은 시간적 공간적으로 양쪽 모두 생각될 수 있다. 우리는 작곡의 악보를 한꺼번에 훑어 볼 수 있고, 하나의 그림을 눈의 복잡한 율동의 자취처럼 볼 수 있다. 문학은 음악과 미술 사이의 중간물인 것으로 보인다. 왜냐하면 미학의 언어들은 문학의 경계를 짓는 음악과 미술 중 어느 하나에서 소리의 음악적 반복 진행과 비슷해지는 리듬을 형성하는가 하면, 또 하나에서 상형적 또는 시각적 이미지와 비슷해지는 패턴을 완성하기 때문이다. 이러한 경계들에 가능한 한 가까워지려는 기도가 실험적인 작품들이라 불려지는 것의 주요한 줄기를 이루어낸다. 우리는 문학의 리듬을 이야기 (narrative), 그리고 문학의 패턴을 언어적 구조에 관하여 동시에 이루어지는 지적 파악, 즉 의미 혹은 의의라 부를 수 있을 것이다. 우리는 어떤 이야기를 듣거나 귀 기울이지만, 작가의 전체적 패턴을 파악할 때, 우리는 작가가 의미한 것을 '본다'.[8]

---

8 노스럽 프라이, 「문학의 원형」, 『문학의 구조와 상상력』, 이상우 옮김, 집문당, 1992, 153쪽.

　인용문에서 프라이는 처음에 패턴이나 리듬을 반복의 구성 원리라는 측면에서 말한다. 그래서 그것들은 각기 시간이나 공간과 관계지어진다. 그러나 다음 단계에서 프라이는 그 기계적 인과 관계들을 부정하고 음악의 패턴이나 그림의 리듬을 이야기한다. 그것들을 파악할 수 있는 것은 악보를 한꺼번에 훑어본다든가, 그림에서 율동의 자취를 찾아낼 수 있을 때라고 말한다. 즉 각각의 양식에 고유한 시공간적 전개 형식을 뛰어넘어 텍스트에 대한 전체적이고도 즉각적인 파악이 이루어질 때 그러한 '음악에서의 패턴' 또는 '미술에서의 리듬'을 인지할 수 있다는 것이다. 여기서 프라이는 '뒤로 물러서서' 패턴이나 원형을 파악한다는 인식을 뛰어넘는다. 악보를 한꺼번에 훑어보는 것이나, 그림에서 리듬을 읽어내는 것은 물리적으로 뒤로 물러서서 텍스트를 대하는 것이 아니라 텍스트에 밀착해서, 순간적으로 텍스트 전체를 파악했을 때 가능한 일이기 때문이다. 이러한 사고의 전환, 인식의 전환이 프라이를 한 단계 더 나아가게 한다. 그 진전의 양상은 그렇게 전체적 패턴을 파악하는 경우 "우리는 작가가 의미한 것을 '본다'"고 말하는 데서 드러난다. 앞 문장의 인용 부분에서 작은 인용부호가 붙어 있는 '본다'는 것은 거의 '느낌'과 동일한 내용을 시사하는 것이다. 그 이유는 이 '본다'는 말이 눈을 이용해 어떤 개별적인 사물을 지각한다는 말이 아니라 '맛본다', '들어본다', '생각해 본다'에서와 같이 의미의 전용을 통해 사용되기 때문이다. 더욱이 그 '본다'는 행위는 '작가가 의미한 것'을 대상으로 하고 있으며 '텍스트에 대한 즉각적인 파악'을 통해 이루어지고 있기 때문이다. 동양의 전통에서, 특히『주역』약례 '명상(明象)'에는 '得象而忘言', '得意而忘象'(상(象)을 얻으면 말을 잊고, 뜻을 얻으면 상을 잊는다)이란 말이 있다. 이 말은 의(意)－상(象)－언(言)의 관계를 말해주는 것으로서 우리가 지금 살펴보고 있는 '느낌'을 이해하는 데 중요한 시사를 줄 수 있는 내용을 담고 있다. 『주역』의 '명상'에는 다음과 같이 표현되어 있다.

> 상(象)은 의(意)를 표현하고 언(言)은 상을 나타내는 것이다. 의를 표현하는 데는 상만한 것이 없고 상을 표현하는 데는 언만한 것이 없다. 언은 상에서 생기므로 언을 찾아서 상을 보고 상은 의에서 생기므로 상을 찾아서 의를 본다. 의는 상으로써 다하고 상은 언으로 드러낸다. 그러므로 언은 상을 밝히는 소이이니 상을 얻으면 언을 잊고, 상은 의를 간수하고 있는 것이니 의를 얻었으면 상을 잊어야 하는 것이다. 이는 마치 올가미란 토끼를 잡는 도구이니 토끼를 잡으면 올가미를 잊고, 통발은 물고기를 잡는 것이니 물고기를 얻으면 통발을 잊어야 하는 것과 같다. 그런즉 언은 상의 올가미요, 상은 의의 통발이다. 이런 까닭에 언을 아직 간직하고 있는 이는 상을 터득한 자가 아니요, 상을 여전히 갖고 있는 자는 의를 파악한 이가 아니다. 상은 의에서 생겼으니 상을 갖고 있다면 가져야 할 것은 그 언이 아니다. 그런즉 상을 잊은 자는 바로 의를 터득한 이요, 언을 잊은 자는 바로 상을 얻은 이다. 의를 터득함은 상을 잊음에 있고, 상을 터득함은 언을 잊은 데 있다. 그러므로 상을 세워서 의를 다하되 상은 잊을 수 있고, 획을 겹쳐서(즉 괘를 그려서) 정(情)을 다하되 획은 잊을 수 있다.[9]

인용문에서 '언(言)'의 직접적인 의미는 『주역』의 단사(彖辭)와 효사(爻辭)를 가리키고 '상(象)'은 괘(卦)나 효(爻)와 연관된다. 그러나 여기에서는 언(言)을 언어 구조로 된 작품으로 이해하고 상(象)을 '전체적 패턴'이나 '느낌'과 직접적으로 결부된 것으로 파악하여 논의를 진행할 수 있다. 인용문을 참고할 때 프라이가 말하는 '작가가 의미하는 것'은 의(意)에 해당한다. 프라이는 '전체적 패턴'을 파악할 때 '작가가 의미하는 것', 즉 의(意)를 '본다'고 말한다. 그렇다면 여기서 '의미하는 것'을 볼 수 있게 한 것은, 독자가 보는 것이 말로 이루어진 문학 작품이므로, 상(象)에 해당한다. 다시 말해서 언어 구조로 이루어진 작품과 전체적 패턴, 그리고 작가

---

9 왕필, 『주역 왕필주』, 임채우 옮김, 길, 1998, 630~631쪽.

가 의미하는 것 사이에는 언―상―의의 관계가 성립한다. 그렇다면 '작가
가 의미하는 것'을 파악할 수 있게 한 원동력은 어디에 있는가. 그것을
프라이는 '본다'는 말로 표현하고 있는데, 그 보는 행위를 『비평의 해부』
에서처럼 '뒤로 물러서서' 본다고 하는 것이 아니라 '언어적 구조에 관하
여 동시에 이루어지는 지적 파악'이라고 말하고 있다. 이 '언어적 구조에
관하여 동시에 이루어지는 지적 파악'이란 개념은 '뒤로 물러서서' 보는
것과는 구별이 되는 내용을 함축한다. '동시에'라는 말은 그 함축된 내용
을 깊이 음미할 때 '즉각적으로'라는 말로 바꿀 수 있고, '지적 파악'이라
는 말은 '뒤로 물러서서' 볼 때에 이루어지는 대상 파악의 방식과 구별되
는 내용을 함축한다. 물론 '지적 파악'이라는 용어는 프라이가 이해하는
'전체적 패턴'이라는 개념이 아직 충분히 성찰된 것이 아니라는 사실을
드러내준다. 그러나 서양의 전통에서 이러한 '전체적 패턴'의 '즉각적 파
악'이라는 개념이 낯선 것이라는 사실을 감안하면 프라이가 서양의 방법
론으로 이를 수 있는 거의 최상의 수준에 도달해 있다는 것은 부인할 수
없다. 그것은 풍부한 작품 감상의 경험을 가지고 패턴과 리듬을 이야기한
포스터의 수준을 넘어서 '전체적 패턴'의 파악 방식을 이론화하고 있는
것이라고 평가할 수 있는 것이다. 또한 프라이가 이룬 성취를 더욱 높이
평가할 수 있게 하는 것은 그 '전체적 패턴'의 파악이 '본다'는 행위와
관련된다는 사실을 지적한 점에 있다. 그가 자신의 이론을 더욱 진척시
킬 수 없었던 것은 자신이 파악한 내용을 적절히 표현해 줄 수 있는 개
념이나 범주들을 가지지 않은 지적 전통 속에 그가 있었다는 것, 또한
'본다'는 행위를 사유와 인식의 방법으로 삼지 않은 세계 속에서 살았다
는 데서 원인을 찾아야 할지도 모른다. 그러므로 우리는 이제 계속해서
이 용어와 저 범주 사이를 오가게 만드는 '패턴'이라든지 '리듬'이라든지
'원형'이라든지 하는 개념이나 범주를 벗어나서 우리에게 좀더 낯익고

익숙한 용어와 개념을 사용하여 우리가 생각하는 것들을 이야기할 필요
가 있다.

2. 동양의 직관과 상(象)

한자에서 ‘본다’는 개념은 ‘관(觀)’, ‘견(見)’, ‘시(視)’, ‘찰(察)’ 등의 여러
가지 용어로 표시된다. 이 개념이 구분되어 사용된 사례는『주역』「계사
전」 상 4장에 나오는 ‘仰以觀於天文 俯以察以地理 是故知幽明之故(하늘의
무늬를 올려다 바라보고 땅의 이치를 굽어 살펴서 우주 만물이 변화하는 그윽하고 밝
게 드러난 원리를 알게 되었다)’에서 찾아볼 수 있다. ‘관’이란 하늘을 볼 때
처럼 넓고 그윽하게 바라보는 것이며 ‘찰’은 지상의 사물들을 볼 때처럼
꼼꼼히 자세하게 살펴보는 방식이다. 이 보는 방법이 ‘전체적 패턴’으로
서 ‘상’과 관련하여 언급된 부분은 「계사전」 상 2장 첫머리의 ‘聖人設卦
觀象繫辭焉而明吉凶(성인이 괘를 지을 때 상을 바라보고 말을 매어 길흉을 밝혔
다)’이란 구절에서 찾아볼 수 있다. 이 대목 바로 앞에서는 상(象)을 세워
천하의 이치를 쉽고 간단하게 통할 수 있게 한다는 취지의 말이 개진되
고 있다. 곧 상(象)을 세우는 의의를 말한 다음 그 ‘상’을 얻는 방법을 총
괄적으로 말하는 데 ‘관’이란 말을 사용하고 있다. 그렇다면 이 ‘관’이란
어떻게 보는 것을 가리키는가? 김경탁은『노자』16장에 나오는 ‘萬物竝
作, 吾以觀其復’이란 말을 설명하면서 “왕필(王弼)은 이것을 ‘작(作)’은 동
작생장(動作生長)이라고 하였고, ‘복(復)’은 반복이라고 하였다. 이것은 만
물이 동작 생장하는 현상계에서 반복하는 ‘도’를 직관(칸트가 말하는 직관이
아님)한다는 뜻이다.”[10]라고 말하고 있다. 그리고 그 ‘직관’이 사물을 관찰
할 때에 나타나는 두 가지 심리 작용 가운데 하나로서 사물의 원형을 변

형하는 추상 개념화에 대립하는 '원형대로 취상직관화(取象直觀化)'하는 방법이라고 밝힌다. 그는 서양의 방법인 추상 개념화에 대립하는 것으로서 동양의 취상직관화하는 방법을 쓸 때 주관의 대상이 되는 객체의 성질이 무엇인가 하는 데 대한 물음을 던진 뒤 이렇게 설명하고 있다.

> 노자는 '도'를 가리키어 '吾不知其誰之子, 象帝之先'(나는 그것이 누구의 아들인지 모른다. 왜냐하면 천지만물을 만들어내었다는 신보다도 먼저 형상을 가지고 있기 때문이다)(제4장)이라고 하였고, '大象無狀'(제41장)이라고 하였고, 또 위에서 말한 바와 같이 '無狀之狀 無象之象'(제14장)이라고 하였다. 그러면 '狀'과 '象'은 무엇인가? 狀은 사물의 형상(形相)을 이름이요, 象은 사물의 동작을 이름이다. 狀은 우리말에 있어서 '저 사람의 하는 꼴을 보라'하는 '꼴'에 해당하고 '象'은 '저 사람의 하는 짓을 보라'고 하는 '짓'에 해당한다. 그러므로 '꼴'은 사물의 형상이요, '짓'은 사물의 동작이다. 도를 '無狀之狀 無象之象'이라고 하면, 생성사물은 '有狀之狀 有象之象'이다. 일물(一物)이 있으면 반드시 一狀과 一象이 있다. 직관의 대상은 바로 이 狀과 이 象이다. 사물의 형상(形相)을 관찰하는 것을 관상(觀相)이라 하고, 사물의 동작을 관찰하는 것을 관상(觀象)이라고 한다. 예를 들면 달아나는 개(犬)에 있어서 형체의 대소와 색의 흑백과 같은 것을 감각에 의하여 취형(取形)하는 것은 관상(觀相)하는 것이요, 동작의 운동과 운동의 방향 같은 것을 취상(取象)하는 것은 관상(觀象)하는 것이다. 그러나 노장철학의 경향은 사물의 형상(形相)보다도 변화하는 동작의 면에 더 치중한다.[11]

김경탁은 노장철학이 이와 같이 동작을 중시하기 때문에 '도(道)'도 운행(運行)의 개념으로 파악한다고 설명한다. 그는 이러한 노장철학의 영향을 받아 『주역』「계사전」은 '상(象)'의 사상을 더 발전시켰다고 본다. 그리하여 주자는 일월성신의 운행만을 상(象)으로 보고 산천초목은 형(形)으로 보았지만 산천초목에도 상이 있고 일월성신에도 형이 있는 것이라고

---

10 김경탁, 「노자의 도」, 『노자』, 현암사, 1987, 351쪽.
11 앞의 글, 352쪽.

비판한다. 이렇게 『역전(易傳)』의 근원이 되었다고 하는 노장철학이 형상(形相)보다도 동작을 중시하는 이유는 "하나의 사물은 변역(變易)이 있은 연후에야 동작이 일어나고, 동작이 있은 연후에야 형상(形相)이 나타나게" 되기 때문이다. 그래서 사물의 동작과 변화가 '관상(觀象)'의 대상이라는 설명이다. 근원을 파악해야 겉모양의 의미를 이해할 수 있다는 논리인 셈이다. 그러면 그러한 대상을 어떻게 직관하는가. 김경탁은 이렇게 설명한다.

본래 직관이라는 것은 인식이 의식의 영역에서 사물의 공통되는 성질을 개념적으로 파악하는 데 대하여 이것은 감각의 영역에서 사물의 공통된 동작 즉 '象'을 직각적으로 파악함을 이름이다. 직관이 이 목적을 달성하는 데 앞서서 먼저 사형작용(捨形作用)과 취상작용(取象作用)이 있다. 사형작용이라 함은 우리가 사물을 관찰할 때는 사물의 형상(形相) 즉 사물의 '생김새'나 '됨됨이'를 주의하지 않고 간과하여 버리는 작용을 이름이다. 즉 개개의 사물에서 공간적 속성인 형상(形相)의 대소(大小)와 색채의 흑백과 성질의 강유(剛柔) 같은 것을 간과(看過) 기각(棄却)하는 것이다. 예를 들면 달아나는 개에 있어서 형체의 대소와 색의 황흑(黃黑)과 성질의 난폭 유순(柔馴) 같은 것을 간과하는 것이다. 그 다음 취상작용이라 함은 사형작용의 이면을 말하는 것이다. 위에서 말한 바와 같이 사물의 공간적 속성을 간과 기각한 뒤에 오는 시간적 속성을 주의(注意) 취출(取出)함을 이름이다. 즉 사물의 동작과 방향 같은 것을 주의하는 작용을 이름이다. 이 작용에 의한 중요한 소산(所産)은 대략 세 가지가 있다. ① 개개 사물의 동작을 취상함을 단순취상이라고 한다. 예를 들면 달아나는 개의 동작과 경주하는 마라톤 선수의 모습과 뭉게뭉게 떠오르는 구름의 모습과 같다. ② 2개 이상의 사물의 동작 가운데서 하나의 공통된 동작을 미루어내어 여러 동작을 포괄하는 동작을 일반 동작이라고 한다. 예를 들면 데모하는 군중의 움직임과 장강(長江)의 흐름과 서울의 발전상과 같다. ③ 일반 동작에서 한층 더 취상작용을 진행시키는 것을 복합취상이라고 한다. 예를 들면 만물은 유전한다. 생자필멸(生者必滅) 한다. 또는 모든 사물은 발생, 성장, 쇠퇴, 괴멸한다와 같다. 이와 같이 직관방법에는 사형작용과 취상작용이 서로 수

반한다. 왜냐하면 우리가 사물을 관찰할 때에 공간적 현상에 엄폐(掩蔽)가 되면 사물의 진정한 상(象)을 직시(直視)할 수가 없기 때문이다. 『대학』의 소위 '격물치지(格物致知)'하는 것도 이러한 뜻이다. '격'은 '지(至)'자의 뜻 이니, 격물은 물 자체에 도달한다는 말이다. 그러므로 '치지재격물(致知在 格物)'이라고 한다.[12]

'상(象)'은 원래 경험 세계, 현상 세계를 나타내는 명사이기도 하고 '본 뜬다'는 뜻을 지닌 동사이기도 하다. 그 두 개념을 참조할 때 '상'은 현상 의 전형적인 상태, 만물의 가장 마땅한 상태를 나타내는 것이라는 것을 알 수 있다. 그래서 성인은 '상'을 세워서 복잡한 현상 세계를 관찰하는 수단으로 사용했다. 김경탁은 이 '상'을 설명하면서 직관이 〈감각의 영역 에서〉 사물의 공통된 동작을 파악한 것이라고 서술하고 있는데, 이 표현 에는 약간의 문제성이 있다. 동작을 파악하는 일이 '감각의 영역에서' 일 어난다면 관상(觀象)이나 취상(取象)은 형태를 관찰하는 일과 별로 다를 것 이 없는 것이 되어버리기 때문이다. 이 점에서 김경탁의 서술을 온당하게 이해하기 위해서는 다른 논자의 의견을 참조할 필요가 있다. 『주역』과 화 이트헤드의 사상을 비교한 박재주는 "비교적 넓게 바라보는 것이 관(觀) 이며, 눈앞에서 비교적 좁게 바라보는 것이 견(見)이다. 성인이 온 세상의 움직임을 '보고(見)' 그 모이고 통함을 바라본다(觀)고 했을 때, 보는 것이 나 바라보는 것은 물체를 관찰하는 것이 아니라 움직임과 변화의 미묘함 을 관찰하는 것이다. 움직임의 실마리인 '숨은 낌새(幾微)를 안다'는 것도 같은 의미이다. '바라보고 살핀다(觀察)'고 말할 때의 '살핀다'는 것이 미 묘한 기미를 살피는 것이다. 관(觀)으로써 우주만물을 넓게 바라볼(廣觀) 수 있고 찰(察)로써 우주만물을 좁게 바라볼(微觀) 수 있다. 광관과 미관은 일종의 깨달음(覺醒)을 가능하게 한다. 신비스러운 변화의 낌새를 '알기'

---

12 앞의 글, 354~355쪽.

보다는 '깨닫는' 것이며, 깨달음이란 우주만물의 관계성과 변화성 그리고
총체성을 아는 것이다. 그것은 인식인 동시에 삶 자체이다."[13]라고 말하
고 있다. 이 견해가 중요한 것은 취상 또는 관상이 특정 감각 기관에서
행해지는 '조목조목 따져서 본다는 분석적 의미의 시(視)'와 달리 '조용히
바라보아 천하의 이치를 깨닫는다'는, '고요히 움직이지 않다가 느낀다'
는 뜻의 '감통'이 '관(觀)'을 통해서 가능하다는 점이 확실하게 표현되어
야 하기 때문이다. 박재주는 '관'이 '대상인 만물을 총체적으로 포착한다
는 의미'를 함축하며 그런 의미에서 그것은 '통각'이라고 할 수 있는데,
'통각'이란 개념에는 "총체적으로(=분석된 것을 종합하는 것이 아니라 처음부터
분석하지 않는다는 의미) 깨닫는다는 의미가 포함되어 있"다고 보면서 '느끼
고 통한다는 말(감통)'에서 '통한다'는 말은 그 의미를 함축하므로 "그것
은 단순한 대상 '이해'가 아니라 대상 '포착'이며 대상과의 '일치'이다"고
설명한다.

통각은 인간의 오감이나 의식 가운데 어느 하나의 감각 능력이나 인식
능력에 의지하는 것이 아니라 몸과 마음의 전체를 통해 대상을 총체적으
로 깨닫는 것을 가리키는 개념이다. 그 통각은 특정한 감각이나 분별 의
식이 주도적으로 작용하고 있을 때 일어나지 않는다. '감통'이 '고요히
움직이지 않다가 느끼는 것(寂然不動感)'을 통해 세상의 이치를 통한다고
하는 개념이라는 점은 통각이 어떠한 상태에서 이루어지는가를 엿볼 수
있게 해준다. '고요히 움직이지 않'아야 하는 것은 몸만이 아니라 마음까
지 포함하는 것이다. 감각이나 분별 의식이 작동하면 우리의 몸과 마음은
부지런히 움직이게 되는 것이다. 『시각심리학』에서 그림의 도가 "그림을
마음의 보편적 특성과 뒤섞어 버리는 것이며, 그림 속에서 우리의 근본적

---

13 박재주, 앞의 글, 195쪽.

마음을 보는 것"이라고 한 내용은 바로 이 통각의 조건을 말하는 것이기도 하면서 통각의 내용을 말하는 것이기도 한 것이다. 다시 말해서 통각이 이루어지기 위해서는 그림을 내가 보고 있다는 의식이 있어서는 안 된다. 그림을 보는 나는 없어지고, 그림과 내가 하나가 되어서, 그림이 나에게 말을 건네게 하는 순간 우리는 그림 속에서 우리의 근본적 마음을 보게 되는 것이다. 박재주는 "동양의 직관 작용은 현상계의 사물을 의식체로 끌어들이지 않고, 오히려 자신의 정신력을 현상계의 사물 속으로 투입하여 그것의 형체를 버리고 취상화한다. 인식된 것은 이미 죽은 물건이지만, 직관되는 물건은 그대로 산 물건이다."[14]라고 설명하는데, 대상이 주체에게 능동적 작용을 하는 양상을 표현한 것이라고 볼 수 있다. 이러한 측면에서 직관이 '감각의 영역에서' 생긴다는 김경탁의 표현은 적절한 내용이 아니다. 그러나 이러한 지적은 부수적인 일이고 인용문의 핵심내용은 그 부분보다는 취상을 위한 직관의 방법을 설명하는 데 놓여 있다.

김경탁은 직관이 '사물의 공통된 동작', '상(象)'을 '직각적으로 파악'하는 데 특징이 있다고 지적하고 그 '상'을 파악하는 데 '사형작용'과 '취상작용'이 깃들인다는 점을 말하고 있다. 곧 '상'은 파악의 대상이 된 사물의 모든 요소를 포함하여 이루어지는 것이 아니라 어떤 것은 버리고 어떤 것은 선택하여 이루어진다는 것이다. 그 '버리는 것'이 지닌 공통직 성분은 '상(狀)'이라고 표현되고, 사물의 공간적 속성에 속하는 색채, 크기, 강유(剛柔) 같은 것이 그 구체적 사례로 거론되고 있다. 이에 비해서 '선택하는 것'은 '상(象)'으로 표시되고, 사물의 시간적 속성에 속하는 동작과 변화의 방향이 구체적 사례로 지적되고 있다. 이 관점은 일정하게 직관을 통해 '상(象)'을 얻는 것을 중시하는 사람들이 지닌 세계관의 특징을

---

14 박재주, 『주역의 생성논리와 과정철학』, 청계, 1999, 175~176쪽.

함축한다. 곧 그 관점은 세계의 사물이 관계 속에서 생겨나고, 그 관계의 변동에 따라 끊임없이 변화하는 것으로 파악함은 물론 사물의 현 상태가 그 변화의 움직임에서 생겨난 것이라는 인식을 나타내주기 때문이다. 그러나 이러한 인식, 또는 상의 파악이 인위적으로 생기는 것은 아니다. '고요하게 움직이지 않다가 느끼는' '감통', 통각의 순간에는 저절로 그와 같은 '느낌'이 발생한다고 할 수 있는 것이다. 그러므로 일단 '상'을 직관하는 방식을 익힌 사람의 경우에는 '사형취상'이란 별로 의식하지 않는데도 절로 행해지는 방식이지만 처음 그 방식을 배우려는 사람에게는 그러한 설명이 효과적인 길 안내가 될 수 있다. 그러면 '상'을 얻는 데는 왜 공간적 성분보다 시간적 성분이 더 중요하게 되는가? 그 이유는 일차적으로 "하나의 사물은 변역(變易)이 있은 연후에야 동작이 일어나고, 동작이 있은 연후에야 형상(形相)이 나타나게" 된다는 세계관에서 찾을 수 있다. 그러나 상을 세우는 데 있어서 시간적 성분은 다른 측면에서도 중요한 데 '관(觀)'의 활동이 단순히 사물의 인식에 머물지 않고 가치를 실현하는 과정과도 연결되기 때문이다. 곧 "관을 통해 사실은 가치와 만나고 가치는 사실로 실현된다."는 측면이다. 이 양상은 현대 과학의 성과를 자신의 철학에 반영하고 있는 화이트헤드의 견해에서 찾아볼 수 있지 않을까 생각한다. 그는 『과정과 실재』에서 이렇게 말한다.

느낌이란 우주의 일부 요소들을, 그 느낌의 주체의 실재적인 내적 구조를 이루는 구성 요소로 만들기 위해 사유화(私有化)하는 것(appropriation)을 말한다. 이때의 요소들은 최초의 여건이고, 그것들은 느낌이 느끼는 것이다. 그러나 그것들은 어떤 추상 아래에서 느껴진다. 느낌의 과정은 제거(elimination)를 낳는 부정적 파악을 수반하고 있다. 따라서 최초의 여건은 느낌의 객체적 여건인 〈전망〉(perspective) 아래에서 느껴지게 된다. 이 제거에 의해 복합적인 객체적 여건의 구성요소들은, 느낌의 주체의 구조에 개입하는 〈객체〉가 된 것이다. 수리물리학의 용어로 말하자면, 느낌은 〈벡

터)의 성격을 갖는다. 느낌은 합생 과정에 있는 자신의 한 주체의 구조 속
으로 다른 사물을 짜 넣는 작용인이다. 느낌들은 결합체를 구성하며, 이
결합체를 근거로 하여 우주는, 새로운 합생에 의해 항상 쇄신되는 자신의
통일성을 확보하게 된다. 우주는 항상 일자이다. 왜냐하면 우주는 그것을
통일하는 하나의 현실적 존재를 입각점으로 삼지 않고서는 개관될 수 없기
때문이다. 그리고 직접적인 현실적 존재는 본질적으로 새로운 것들인 느낌
들의 자기 초월체이기 때문에, 우주는 항상 새롭다.[15]

'느낌 이론'은 화이트헤드의 '파악의 이론'의 한 부분을 형성한다. '파
악(prehension)'이란 번역자에 따라서는 '파지(把持)'로 옮기기도 하는 데서
알 수 있듯이 단순한 이론적 인식이나 대상의 감수(感受)만을 의미하지 않
는다. 그것은 대상을 앎으로써 그것을 자신의 일부로 흡수하여 새로운 창
조를 실행하는 메커니즘을 함축하는 것이다. 화이트헤드는 그 양상을 합
생이라는 개념으로 표현하고 있다. 화이트헤드에게 느낌이 단순한 감각
의 차원에서만 의의를 갖지 않는 이유를 여기서 살펴볼 수 있다. 인용문
은 바로 그와 같이 느낌이 우주의 요소들을 느낌으로써 그것들을 '주체의
실재적인 내적 구조'를 이루는 구성 요소로 사유화(私有化)하는 양상을 설
명하고 있다. 이때의 느낌은 그러한 파악의 긍정적인 측면을 나타내는 것
이므로 '긍정적 파악'이 된다. 주체의 합생에 긍정적인 역할을 하는 파악
이란 뜻일 것이다. 이에 반해서 느낌에는 특정한 요소를 배제하는 부성적
파악이란 측면도 존재한다. 주체는 자신의 〈전망〉 아래에서, 다시 말해서
어떤 가치 개념 속에서 어떤 요소는 긍정적으로 파악하고 어떤 요소는
부정적으로 파악하는 것이다. 그렇기 때문에 느낌은 어떤 방향성, 〈벡터〉
의 성격을 갖는다. 그 방향성에 따라서 객체적 여건을 자신에게 결합시키
기도 하고 다른 것들은 배제하기도 함으로써 주체는 끊임없이 자신을 쇄

---

15 A. N. 화이트헤드, 『과정과 실재』, 오영환 옮김, 민음사, 1991, 421쪽.

신하는 것이고, 새롭게 통일체를 이룬다는 이론이다. 우주의 사물이 항시 자기를 초월하는 과정을 통해서 새로운 존재가 되는 것은 이에 말미암는다. 이러한 파악으로서의 '느낌 이론'은 '상'을 세우는 데에 작용하는 '사형취상'의 원리와 매우 흡사하다는 인상을 준다. 긍정적 파악이 '취상'의 측면에 해당한다면, '사형'의 측면에 해당하는 것은 부정적 파악이다. 차이점은 화이트헤드의 '느낌의 이론'이 합생을 통해서 주체가 자신을 끊임없이 새롭게 만들어가는 창조적 과정을 객관적으로 기술하려는 측면이 있다는 점이다. 그러나 우리가 '관'을 통해서 '상'을 세우는 작업의 의미를 엄밀하게 돌아보면 그것이 꼭 차이라고 볼 수만은 없는 특징이라는 것을 알 수 있다.

'상'은 세계의 사물에 대한 인간의 인식 내용의 한 양상이다. 사물에서 하나의 상을 얻었다고 해서 인식의 과정이 끝난 것은 아니다. 『주역』은 사물에서 상을 얻고, 상을 통해서 세계의 사물을 성찰하는 방식을 택하고 있다. 『주역』이 우환의식의 산물이라는 말은 이 '열린 인식 과정'을 염두에 두고 있다고 할 수 있다. 사물에서 상으로, 상에서 사물로 향하는 사유의 활동을 설명하는 다음의 견해는 그 의미를 드러내준다.

> 관(觀) 자체가 항상 이중적인 의미를 지니는 사유활동이다. 하나는 '상의 발견'과 '상의 음미'라는 의미이다. 또 한 가지는 상징으로서의 상을 세운다. 즉 상을 발명한다는 의미이다. 따라서 상을 바라본다(觀象)는 것은 물상과 괘상이 동시적으로 현시하고 대상(객체)과 주체가 물상을 공동 결정하는 과정인 것이다. 이러한 직관적 사유방식에서는 주관주의나 객관주의 또는 관념론과 실재론의 구분은 무의미해진다. 형태로서의 상의 발견은 표상으로서의 상의 발명을 가능하게 하고, 그 표상으로서의 상의 발명은 객관적 형태로서의 상(=가치)의 발견으로 이어진다. 그래서 '성인이 상(물상)을 바라보고 말을 매어(표상) 길흉(=가치)을 판단했다', '그 모습(물상)에 견주어 그 마땅함(가치)을 상징(표상)하였다', '움직임의 모이고 통합(물상)을 바라보고 그 법칙(가치)을 실행했다'고 말한 것이다. (중략) 또한

'성인은 상(표상)을 세워 그의 뜻(=가치)을 다한다(실현한다)'라고 말한다.
즉 관의 활동은 단순한 물의 인식에 머물지 않고 가치의 실현으로 이어지
는 과정이다. 여기서 '자연의 인간화, 인간의 자연화'라는 역을 지은 의도
를 읽을 수 있다. 관을 통해서 사실은 가치와 만나고 가치는 사실로 실현
된다. 즉 물상 (형태) (사실) ↔ 괘상 (표상) (가치)라는 통합의 과정이 관을
통해 일어나는 것이다. 그래서 관을 '포괄적 · 관조적 · 창조적 관찰'로 요
약하여 부르기도 한다.[16]

'고요하게 움직이지 않다가 느끼는 것'으로서의 '느낌'은 '관'을 통한
대상의 파악이다. '관'을 통해 대상을 파악할 때 느낌은 특정한 감각이나
분별 의식을 동원하지 않는다. 그러한 요소의 개입 없이 고요한 상태에
있다가 순간적으로 주체의 인식 능력 또는 본능이 총체적으로 발휘되면
서 대상을 공감하는 것이 '느낌'의 특징이다. 이와 같이 대상과 공감한다
는 것은 주체 객체가 나누어지지 않고 혼융의 상태에 있을 때 가능하다.
이 점에서 동양의 '관'을 이야기할 때 그것을 직관과 결부시키는 데는 문
제점이 없지 않다. 직관이란 주관과 객관이 나누어진 다음의 일이므로,
그것이 나누어지기 전의 혼융 상태 속의 '관'을 이야기하기 위해서는 즉
관(即觀)이란 말이 더 타당하다.[17] '즉(即)'이란 말에는 '곧', '바로'의 뜻이

---

16 박세주, 앞의 글, 197~198쪽. '포괄적 관조적 창조저 관찰'이란 개념이 지닌 인식론
적 특징을 성중영은 다음과 같이 설명한다. ① 그것은 만물을 총체적이고 전일적인
것으로 관찰한다는 의미에서 통합적 관찰이며 ② 변화와 변형의 가능성의 측면에서
만물을 역동적인 것으로 관찰한다는 의미에서 과정적 관찰이며 ③ 만물을 관계들의
맥락 속에 있는 것으로 관찰한다는 의미에서 유기적 맥락적 관찰이며 ④ 만물의 변
화와 변형의 근본적인 동인으로 간주되는 시간적 자리(통합적 의미에서의 시공)의
관점에서 그것을 관찰한다는 의미에서 시간적 변형적 관찰이며 ⑤ 만물은 상호작용
하면서 조화를 만들어나간다고 관찰한다는 의미에서 상호작용적 관찰이며 ⑥ 가치
창조와 새로운 문명의 창조와 관련된다는 점에서 가치적 발명적 관찰이며 ⑦ 존재
우주론적 관찰이며 ⑧ 하나의 관점이 아니라 모든 관점들이고 그래서 모든 관점으로
부터의 관찰이며 자기수정적 자기부정적 자기초월적이라는 점에서 존재 해석적 관
찰이다. 이 특징들을 한 마디로 요약하면 생성논리적 사유방식의 특징이다.
17 김정설, 『풍류정신』, 정음사, 1987. 김정설은 '자연과 우주를 그대로 파악하는 방법'
으로서 음양론을 들고, 그것을 상징적으로 발휘하는 방안을 설명하면서 이렇게 말한

있어 즉각적으로 이루어진다는 뜻이 내포되고, 대상과 밀착 또는 하나된다는 뜻도 있어 주관 객관의 미분 상태를 나타내기에도 적합하기 때문이다. 대상과 공감하는 일은 대상과 하나되거나 밀착하는 일을 필요조건으로 한다. 그 하나됨 속에서 사물의 상을 발견하고, 그 상을 세움으로써 세계의 마땅함을 얻으려는 것이 역의 우환의식이라고 할 수 있는 것이라면, '관'의 인식론적 특징을 '포괄적 관조적 창조적 관찰'로 말할 수 있는 것은 이러한 조건들이 충족될 수 있을 때에만 가능할 것이다. 대상을 포괄적으로 붙잡는 것으로서의 '관'의 의미를 다음과 같이 논할 수 있는 것이다.

그것은 있는 그대로의 대상과 공명(共鳴)을 일으켜 '붙잡는' 것이다. 그런 경우 대상은 객관으로 남아 있는 단순한 대상(그것)이 아니라, 하나의 경험계기로서 새로운 현실 존재로 창조된다. 그것이 바로 '구체적인 자연'이다. 화이트헤드는 그것을 전체적인 지속이며, 사건의 복합체라고 말한다. 그러한 사건의 복합체는 감각적 의식에 대해서도 사유에 대해서도 자기충족성(self-containedness)을 가지며 자연과학의 기초가 된다. 그의 견해는 전통적인 경험론의 입장에 있지만, 경험에 주어진 것을 상호관계가 없는 단순한 감각 인상으로 생각하는 경험론의 견해를 넘어선다. 그는 직접적 의식 속에 시공적으로 어떤 관계를 수반하는 무엇인가가 생기하고 있

다. "직관이라는 어의에 있어 '즉관(卽觀)'이라고 쓰는 것이 더 적합하다고 본다. 즉관은 직관과 다르다. 직관은 주객이 갈라진 것이다. 현대 일반논리학에서의 귀납법은 베이컨이, 연역법은 아리스토텔레스가 창시하였는데, 그것이 인도로부터 갔다는 것이다. 인명학에 비량(比量), 현량(現量)이 있으니 비량은 곧 추리요, 현량은 곧 직관으로 배려할 수 있다. 그러나 직관은 주·객관이 분립된 뒤의 일이지만 즉관은 주객이 갈라지기 전의 인식 그것인 것이다. '상징'이라는 것이 무엇일까. 역(易)의 계사에 '재천성상 재지성형(在天成象 在地成形)'은 오히려 근본이 애매하나 천존지비(天尊地卑)라고 하였으니 그것이 바로 즉관적인 상(象)이다. 실험적으로는 천존지비가 아니다. 천지에 존비, 상하가 있을 수 없는 것으로, 공간에는 원래 상하가 없다. 그러나 상(象)으로는 머리 위는 높고, 발 밑은 낮은 것이다. 그것은 제자리에 두고 보는 것이다. 그것이 바로 즉관의 현상이다. 일호일흡(一呼一吸)이 곧 음양이다. 그것이 곧 상징이다." 김정설은 음양론이 논증과 실증을 종합적으로 실증하는 합증(合證)을 실천하는 방법이라고 설명한다. 앞의 책, 132~134쪽.

다고 본다. 화이트헤드는 '무엇과의 관계'를 직접적 의식을 구성하는 요소들간의 의미지움의 관계라고 부른다. 그 '의미지움' 또는 '관계지움'이 바로 직접 경험이다. 그가 말하는 '의미지움'은 그 자체가 경험이지, 경험을 통해 비로소 의미 지워지는 것이 아니다. 대상은 이미 관계·의미 지워져 있기 때문이다. 인식이란 그 관계를 인식하는 것일 뿐이다. 경험을 통해 의미지움을 하는 것은 대상을 포착하는 인식이 아니다. 파악한다는 것은 바로 그 관계·의미 지워진 대상을 포착하는 것이다. 『주역』에서 '바라본다'는 것도 바라봄을 통해 대상을 구성하는 것이 아니라, '스스로 그러한(自然)' 대상을 포착하는 것이다. 그런 근거에서 관(觀)은 다시 '파악'으로 읽을 수 있다.[18]

'관'은 상을 보고, 상을 세우는 취상 과정의 핵심기제이다. 거기에는 상을 발견하고, 상을 음미하는 이중적인 활동이 개재되어 있다. 지금까지는 주로 사물에서 상을 발견해내는 과정을 중심으로 고찰했다. 그런데 이 발견된 상은 저절로 완성되지 않는다. 발견된 상은 우리의 의식 앞에 어떤 구체적인 표상으로 제시되어야 한다. 이렇게 제시된 상을 『주역』에서는 '괘' 또는 '효'라고 한다. 그러나 '관'의 활동이 『주역』에만 있고 다른 생활영역에서는 없는 것이 아니다. 문학작품을 통해서 어떤 '느낌'을 가졌다는 것, 전체적 패턴이나 원형을 발견했다는 발언들은 '상'의 수립이 생활의 다양한 영역에서 이루어지고 있음을 말해준다.[19] 그렇다고 했을

---

18 박재주, 앞의 책, 69쪽.
19 채만식의 「냉동어」란 작품에는 주인공이 한 여인에 대한 느낌을 갖는 과정이 묘사되어 있다. 그것도 '상'이 세워지는 한 양태라고 할 수 있다. 그 대목을 인용하면 다음과 같다.
건성으로 궐련을 뽑아올려 건성으로 입술에 물었을 뿐, 대영은 이내 박인 듯이 스미꼬를 바라다보고 앉아 여념이 없던 시선이 한참만에야 차차로, 머리털과 모피의 깃 속에 하얗게 묻힌 그 목덜미로부터 이동을 하여, 소곳이 숙인 프로필을 어루만진다. 단명해 보이게 부리가 촉하고 작은 귀, 그 앞으로 하늘거리는 듯 연한 살쩍, 갸름하니 하관이 빨아 약간 나온 듯싶은 광대뼈, 그 위로 길게 팬 눈초리를 지나, 심은 듯이 가조롱하고 촉이 긴 속눈썹, 그리고 유난히 오똑 날이 선 콧대.
이렇듯 제각기 한 부분 한 부분은 말하자면 조각적으로 인상이 또렷또렷했고, 물론 의식하고서의 음미인 만큼 처음 비로소 머릿속에 들어와 박히는 결정적인 인식이었

때 '상'을 음미하는 활동이 지니는 의미는 무엇인가. 『주역』에서는 상을 보는 것과 사물을 바라보는 일을 같은 것으로 본다. 또 『주역』에는 상을 '바라보고 즐긴다'는 말도 있다. 마지막 순간에 이를 경우 점을 쳐서 판단을 하는 것이지만, 그 전에는 상을 통해 세계의 이치를 익히고 변화의 기미를 살피면서 거기에서 즐거움을 찾는 것이다. 그것은 상을 통해 의(意)를 발견하는 과정이기도 하고, 상을 통해 세상을 관찰하는 일이기도 하다. 이 작업들은 문학 연구에서 충분히 가능한 일이기도 하고 필요한 일이기도 하다. 우리는 사물에 대한 보다 분명한 인식을 가지기를 원하고, 그것이 우리의 존재를 창조적인 과정으로 인도할 수 있다고 생각하기 때문이다. 화이트헤드가 의식과 감각 이전의 일차적 활동과 2차적 인식 활동을 구분하여 그것들 사이에 상호 보완적인 의미가 있다고 한 것은 여기에도 적용될 수 있는 관점이다. 문학 작품에 대한 하나의 '느낌' 혹은 '전체적 패턴이나 상'을 가졌다고 해도 그것들의 부분을 좀더 명료하게 인식함으로써 전체의 '상'을 더욱 확실한 것으로 만드는 일은 가치가 있기 때문이다. 그러한 두 단계의 인식을 화이트헤드는 감지(感知 : 느끼고 아는 단계)와 인지(認知 : 분석적으로 아는 단계)로 나누고 이 세계에서 일어나는 사건들은 지나가버리기 때문에 인지의 대상이 될 수 없는 것이지만 그 사건과 유사한 사건들 속에서 그 성질만을 인지할 수 있다고 본다. 그

었다.

　한데, 그러나 이미 한 꺼풀 망막(網膜) 위에 드리운 관념의 베일이란 매우 기묘한 것이어서, 한 부분 한 부분을 차례로 그렇게 한번 씻어보고 난 다음 일순간 후에는 그와 같이 인상적이던 부분부분의 특징이 삽시간에 죄다 해소가 되면서 따로이 전체의 모습만 오래오래 사귀던 친구랄지 혹은 집안 권솔 아무고 누구처럼, 조금도 낯이설거나 어색한 구석이 없는 얼굴로 어느덧 통일 전화가 되어 가지고는 덤쑥 와서 마음에 안기는 것이었었다.

　그러하되 실상인즉 일찍이 친한 적도 없고, 따라서 기대도 상상도 하지를 못한 모습인 것이 사실인데, 그런데 그것이 전혀 의외로운 느낌이 없이, 응당 다 그러한 것인 줄로 여기고 기다리던 기정사실인 것처럼, 지극히 자연스럽게 수감이 되던 것이었었다.

인지될 수 있는 성질을 그는 '대상'이라고 부르는데, 한 논자는 그 인지 (recognition)의 의미를 "마음과 '대상'의 '관계 지움'이다. 그것은 동일성의 지각이며, 사건에서 '대상'을 확인하고 또 재확인하는 이중적 의미의 관계 지움이다."라고 설명한다. 다시 말해서 우리가 '느낌'을 가진 작품에 대해서 여러 가지 방법을 통해서 부분을 좀더 명료하게 인식하고 그 인식에 바탕을 두고 '느낌'을 다시 조명하는 일들은 관계 지움의 작업인 것이다.

3. 관계론의 가능성

화이트헤드는 '느낌'을 감각과 의식 이전의 경험이라고 했다. 그는 이 경험이 대상의 포착에서 일차적이며 감각과 지성에 의지하는 과학의 방법에 의한 인식보다도 우월한 것이라고 보았다. 그럼에도 불구하고 그는 분석과 종합에 입각한 인식 활동이 일차적 경험의 내용을 명료하게 인지하는 데 분명 도움이 되는 작업임을 밝혔다. 그것은 소크라테스가 '순수한 혼에 의해 직접적으로 얻어지는 인식으로서 직관'의 우월성을 알면서도 그것이 손쉬운 방법이 아니기 때문에 차선의 방법으로 로고스에 의지하는 방법을 선택했다[20]는 역사적 사실과 일맥상통하는 의미를 지닌다. 일차적 경험과 이차적 인식 활동은 상호 보완적 관계를 지닌다고 본 셈이다. 이 일차적 경험으로서 '느낌'을 서양의 문학 이론에서는 패턴이나 원형의 개념을 통해 접근하고 있고, 동양에서는 그것과 관련해서 '상(象)'이라든가 '관(觀)'이라는 개념을 일찍부터 계발해 사물 일반의 인식 방법

---

20 플라톤, 『파이돈』, 박종현 옮김, 서광사, 2003, 404쪽.

으로 두루 써왔다. 이러한 상황을 고려할 때 동서양 어느 곳을 막론하고 이런저런 방식으로 '느낌'에 접근하고 있는 것은 사실이지만 그것을 문학 작품의 이해와 연구의 방법으로 체계적으로 발전시키지는 않았다고 말할 수 있다. 이 사정은 화이트헤드의 철학에 대해서도 마찬가지이다. 현대 과학의 성과를 수렴하고 있어 신학에서부터 자연 철학에까지 광범하게 영향을 미치고 있는 화이트헤드 철학도 미학 부분에서는, 필자가 아는 한 도 안에서는, 아직 큰 빛을 발하지 못하고 있으며 문학 이론이나 비평에 끼친 효과도 현재까지는 두드러지지 않는다. 그럼에도 불구하고, 비록 '패턴'이라든지 '원형'이란 그다지 적절하다고 볼 수 없는 용어를 사용하 면서 작업을 하고 있기는 하지만, 포스터나 프라이 등의 사례가 보여주는 것은 '느낌' 또는 '상'을 포착하는 방법이 문학 연구의 방법으로서 현대 학문의 가시거리에 들어와 있다는 점이다. 더욱이 채만식의 『탁류』에 대 한 홍이섭의 논문이 말해주는 것은 문학 연구자만이 아니라 일반 독자 또는 과거 우리의 선조들이 작품에서 '상'을 읽었을 가능성이 매우 크다 는 사실이다. 그것을 방증해주는 또 하나의 사례는 우리 문학사 기술에서 도 나타난 바 있다. 연민 이가원의 『조선문학사』는 한문학에 크게 비중을 둔 저작으로서 장르를 분류하거나 텍스트를 읽는 방법에서 동양의 전통 을 엿볼 수 있게 해준다. 필자가 수년 전 어설프나마 『한국문학의 관계론 적 이해』라는 제목으로 책을 낼 용기를 가질 수 있었던 것은 이런 주변 적인 사실들에서 힘을 얻은 바 없지 않다.

관계론은 사물에 대한 이해에서 서양의 실체론적 사고와 유형을 달리 한다. 헤겔이나 마르크스에게서 관계론의 조짐이 나타나는 것은 사실이 지만, 사람을 '사회적 관계의 총화'라고 인식한 마르크스까지도 여전히 "실체는 관계 속에서 형성되는 것이 아니라 실증될 뿐이다."라는 관점을 견지한다. 화이트헤드가 사물의 "특성은 관계성을 통해서 획득되지만 그 관계성은 특성을 통해서 획득되지는 않는다."[21]라고 파악하는 인식의 단계에 이르기 위해서는 현대 물리학 이론의 발전을 기다리지 않을 수 없었던 것이다. 이에 비해서 동양의 관계론은 그 역사가 매우 뿌리깊다. 불교의 연기설은 그 대표적 양상이라고 할 수 있으며 『주역』의 사상도 실체론보다는 관계론에 훨씬 더 가깝다. 신영복은 『강의』라는 책에서 『주역』이 지닌 관계론의 양상을 구체적으로 분석한 바 있다.[22] 그는 그 밖에 『논어』를 비롯한 동양의 고전들을 관계론이란 측면에서 개괄하면서 "세상의 모든 것들은 관계가 있습니다. 관계없는 것이 있을 수 없습니다. 궁극적으로는 차이보다는 관계에 주목하는 것이 바람직하지요. 수많은 관계 그리고 수많은 시공으로 열려 있는 관계가 바로 관계망입니다."[23]라고 말하고 있다. 한국의 문화에서도 관계론은 생활 깊숙이 스며들어 있다. 그것은, 비근한 예로, 우리가 자주 쓰는 '우리'라는 말 속에서도 찾아볼 수 있다. 한 서양학자는 인간의 인식 양식을 합리적 인식과 신화적 인식, 진화적 인식으로 나누는데, 그 가운데 진화적 인식은 주관과 객관을 나누지 않고 '우리' 속에 포괄한다고 설명한다. 곧 "그것은 인간의 상호작용이 아니라 '자연 즉 인간' '인간 즉 자연'이라는 인식의 차원을 말한다."[24]라는 것이다. 곧 사유의 목적과 방향이 주관과 객관 사이에 공유되고 있는 것이다. 이것은 '나'에 대해서 '그것'을 객관으로 실정하는 합리적 인

---

21 A. N. 화이트헤드, 『상대성 원리』, 전병기 옮김, 이문출판사, 1998, 44쪽. 화이트헤드는 구체적인 것과 전체성의 관계와 관련해 자신의 학설을 다음과 같이 요약한다. "어떠한 요인이라고 하더라도 그것은 전체성 속에서의 제한인 그 자신의 지위에 의해서 필연적으로 그 자신이 아닌 전체성의 요인들에 관련된다는 것이다. 따라서 의식에 의한 파악에 있어서 다른 존재자들과의 관계를 드러내지 않고 그것에 의해서 사실 속에 있는 요인들에 의해 구성되는 어떤 체계적인 구조를 드러내는, 한정된 어떤 것 말하자면 사의식(思意識)에 대한 임의의 존재자를 발견하는 것은 불가능하다. 본인은 유한성의 이 성질을 요인들의 의미관련이라고 부른다." 42쪽.

22 신영복, 『강의』, 돌베개, 2004, 3장 참조.

23 앞의 책, 29쪽.

24 박재주, 앞의 책, 92쪽.

식이나 '나'에 대해서 '그대'를 객관으로 설정하는 신화적 인식에 비해서 훨씬 더 사고의 범위가 넓고 깊을 뿐만 아니라 현재의 지구 생태 위기를 극복할 수 있는 미래적 전망을 확보할 수 있는 세계관이라고 할 수 있다.

이 진화적 인식은 주관과 객관을 나누지 않는 '감통' 또는 '느낌'을 사유와 인식의 방법적 특징으로 한다. 현대의 분망한 사회생활에서 과연 '감통'이나 '느낌'의 방식이 얼마나 인식의 활동에 도움이 될 수 있겠는가 하는 반문이 나올 가능성이 있다. 그러나 '감통'과 '느낌'은 화이트헤드의 과정철학이 잘 보여 주듯이 의식적으로 그 방법을 구사하기 이전에 작동하는 사유와 인식의 기제이며 현대의 학문이 바탕을 두고 있는 사물에 대한 감각이나 분별의식을 거부하지도 않는다. 그것은 일차적 활동이냐 2차적 활동이냐 하는 차이만 있을 뿐 상호 보완적인 관계로 맺어져 있다. 따라서 '감통'이나 '느낌'을 운위한다고 해서 기왕의 문학 비평 활동이나 문학 연구가 위축될 염려는 전혀 없다. 오히려 자신이 느꼈던 것을 좀더 명료하게 알아보고, 그 결과를 다른 사람에게 전달하려고 노력하는 과정에서 문학과 관련된 활동이 증진될 수 있을 것이며 새로운 이론이나 비평 방법에 대해서도 더욱 관심을 가질 수 있게 만든다. '느낌'은 그 이론이나 방법들이 과연 작품에 대한 우리의 이해를 얼마나 더 깊게 만들어주는지 확인하도록 독려할 것이며 그것들이 지닌 한계와 가능성에 대해서도 자신을 가지고 의논할 수 있게 만들어줄 것이다. 더욱이 '감통'과 '느낌'은 대상에 대한 정신적 감응을 기본 기제로 하는 까닭에 '물아일여(物我一如)' 또는 '즉상견성(卽相見性)'을 효과적으로 획득할 수 있는 수단이 될 수 있다. 이 문제를 문학 작품에 대한 연구에 국한시켜 살펴볼 경우, '감통'과 '느낌'은 작품을 전체로 볼 수 있게 하는 외에 작품과 독자가 이상적인 '사랑'의 관계를 형성하게 하는 효과를 낳는다. 작품에 대한 담론을 활성화할 수 있음은 물론 그와 관련된 가외의 활동을 유도하는 것이다. 바꾸어 말해서 이 '관계'의 형성은 독자의 문학에 대한 애정을 이끌어내 다른 문화 활동에 활력을 불어넣을 수 있는 원동력이 될 수 있는 것이다.

『주역』의 우환의식은 '주어진 관계성의 상실에 대한 의식'으로 '새로운 관계에 의한 전체성을 회복'하려는 시도라고 할 수 있다. 자연과 인간을 하나로 보고 너와 나의 관계를 회복하려는 움직임에서 '감통'이나 '느낌'의 체험은 사람들에게 주관 객관의 분리를 극복해본 실제적이고 구체적인 경험을 가지고 나서게 할 수 있다. 또한 하나의 작품이 다른 작품들과 상호텍스트성, 관계성을 가지고 있다는 사실을 인식함으로써 자신의 존재가 지닌 관계성을 새로 깨우치게 할 수 있음은 물론 그 인식을 관계들을 회복하고자 하는 노력으로 전환시킬 수 있게 자극할 수 있다. 작품과 작품을 관계 짓는 가운데 그 속에서 '이치상의 일치성', '하나의 보편적 도리를 공유'하게 하는 관계론의 고유한 방법은 유취(類聚)라는 『주역』의 유비적(類比的) 방법으로 이미 확립되어 있다. 유비에 동원되는 사물은 동일한 종류의 사물이 아니라 원리의 일치성에 입각해 모아지는 것이다. 그러므로 관계를 짓기 위해 대상 작품을 모으는 작업은 낱낱의 작품에 대한 '느낌' 또는 '감통'에 근거하며, 유비의 방법을 통해서 '이치상의 일치성'이나 '하나의 보편적 도리를 공유'하는 것은 현실의 삶에서 단순취상과 일반취상을 넘어 복합취상까지도 그 나름대로 자유롭게 성취할 수 있게 하는 연습이 될 수 있다. 그것은 세계의 원리로서의 도를 파악하는 득도의 경지에 이르게 하지는 못한다고 하더라도 그 나름대로 자신의 인생을 성실하게 가꾸어가는 사람들의 삶의 방편일 수 있다. 서양철학을 전공했으면서도 한국철학자로 불리는 박동환은 "도와 법칙을 파악하고 관통해야지 그것에 대해서 모르겠다하고 그냥 붙어사는 입장이란 비겁한 태도로 보일 수도 있"다는 사실을 지적하면서 이렇게 말하고 있다.

붙음살이는 벗어날 수 없는 인간 삶의 자연형식입니다. 우리는 그렇게 생각하고 살고 있습니다. 이미 알고 있는 것에 준해서 아직 모르는 것을 통분하고 그것을 아는 것으로 수렴시키는 것이 아니라, 오히려 모르는 것에 준해서 기왕에 알고 있는 것을 조정하고 해소시키는 것입니다. 기지로써 미지를 통분하는 것이 아니라 미지로써 기지를 해소, 소화해야만, 우리가 처해 있는 진상에 대해 있는 그대로 잡는 방식이 되지 않겠는가 하는 생각입니다. 이런 생각은 서양문화의 사람들이나 중국문화의 사람들의 생각과는 전혀 유형을 달리하는 것입니다. 이런 생각은 나 개인의 창작이 아닙니다. 나는 우리 주변 사람들의 삶의 양식과 인식을 기술하고 있는 것입니다. 또 서양 사람들이나 중국 사람들도 이러한 붙음살이의 양식을 전적으로 외면할 수 없습니다. 그러나 그들이 주로 표방하는 바가 붙음살이의 양식에서 너무 멀리 떨어져 나왔기 때문에 이렇듯 낯선 유형으로 대비되는 것입니다. 오늘날 우리가 교육받은 서양철학에서는 끊임없이 미지를 탐구에 의해 기지로 수렴시키고 합니다. 또 중국 철학에서 이루어지는 반성이라는 것도 결국은 자기에게서 뭔가를 발견해내는 것입니다. 그러나 지금 내가 말하는 것은 그 반대의 길입니다. 어쩌면 이것을 두고 패러다임의 전환이라고 할 수도 있을 것입니다.[25]

삶에서 마주치는 신비 현상에 대한 태도는 크게 두 가지로 나눌 수 있다. 박동환의 생각은 우리가 미지의 것을 기지의 것으로부터 유추하여 모든 것을 알 수 있다고 하는 태도에 대한 반박이다. 열린 무한으로서의 【 】이나 환경에 대한 생명 개체의 함몰이 자연 생태를 결정하는 최종의 준거라는 것이다. 그는 【 】에의 함몰이 "선사의 샤먼 또는 정인(貞人) 그리고 자연의 사람들로 하여금 불가해의 그물에 빠진 삶과 죽음의 질곡을 이해하고 관리할 수 있도록" 해주었다고 본다. 그 열린 무한을 향한 '진정한 탐구의 모험은 다름 아닌 미지에의 함몰 과정'이라는 생각이다. 우리가 '감을 잡는다'고 말하거나 피부 또는 몸에 '와 닿는다'고 말하

---

25 박동환, 『안티호모에렉투스』, 길, 2001, 128쪽.

는 순간 우리는 【 】에 빠져 있다는 것이다.[26] 필자가 짧은 지식으로 감히 '관계론'을 언급한 동기는 이와 같은 몇 가지의 상념에서 비롯된다.

이런 차원에서 여기서는 그 동안 필자가 가졌었던 '느낌'과 관련하여 그 '느낌'을 가능하게 했던 개인적인 체험의 근원이라고 생각되는 몇 가지 사항을 서술하고자 한다. 그 내용은 앞서 다룬 동서양의 이론 또는 사례와 맞물린다고 생각되는 것으로서 필자가 몇몇 소설 작품에 대한 '느낌' 또는 '상'을 갖게 된 원인에 대한 나름대로의 분석을 내포한다.

첫째, 작품을 하나의 전체로 보려고 했다. 노스럽 프라이는 다양한 구성 성분을 포함한 『성서』까지도 하나의 완결된 작품으로 본다. '전체'라는 개념은 한 덩어리라는 뜻과 함께 그것을 지탱하는 일관된 흐름이라는 뜻도 포함한다. 이처럼 작품을 전체로 보기 위해서는 '뒤로 물러서서' 보는 것도 한 방편이지만 그것은 감각에 의지할 가능성이 크기 때문에 좋은 방법은 못 된다고 판단한다. 특정한 감각에 의지할 경우 '느낌'은 감각의 영역에 매일 가능성이 크므로 몸과 마음을 비우고 작품이 주는 전체적 효과를 순연하게 수용하려고 노력하는 일이 필요하다. 그 전체가 주는 '느낌'에는 시각적인 것만이 포함되어 있는 것이 아니라 리듬과 같이 청각적인 것, 공포나 엄청난 에너지와 같은 특정 감각과 무관한 것 등이 포함된다.

둘째, 작품을 읽는 나의 존재를 잊을 만큼 몰입한다. 사물에서 상을 읽어내는 '관'은 의식의 긴장과 집중을 요구한다. 그 집중 속에서는 자연발생적으로 세부의 특징을 파악하고 의미를 해석하는 작업이 자동적으로 수반되는 것이지만 그 사실을 의식할 필요 없이 작품의 진행 자체에 몰두하다 보면 저절로 새로운 세계가 눈앞으로 다가와 저절로 열린다. 이

---

26 박동환, 앞의 책, 122쪽.

몰입의 가장 극점은 작품 세계와 책을 읽는 주관이 하나가 되는 것이다. 즉관이 가능하게 되는 조건에는 관찰의 대상이 되는 사물과 관찰자가 동일해지는 상태가 포함된다. '즉상견성(卽相見性)'은 사물과 하나가 되어 본질을 본다는 뜻을 나타내고 있다. 이때 내 마음이 대상을 파악한다기보다 대상이 내 마음에 뜻을 전달하는 느낌이 들게 된다.

셋째, 사형취상(捨形取象)의 방법을 의식적으로 시험한다. E. M. 포스터가 패턴과 리듬이 다른 어느 요소보다도 플롯에 관련되고 거기에서 나오는 것이라고 본 것은 사형취상의 방법이 동작을 중시하는 것과 일맥상통한다. 플롯이란 행동의 구성이기 때문에 플롯을 주목하는 경우 동작이 파악될 가능성이 커진다. 그러므로 작품에 등장하는 인물이나 장경의 겉모습에 현혹되지 말고 이 소설에서 일어난 일은 무엇인가를 생각해보는 일이 필요하다. 예컨대『토지』첫머리에 등장하는 인물들의 동선(動線)을 일일이 확인해보고, 그 동작이 점차 어떤 순서를 거쳐 어떻게 확장되었으며 중반부와 후반부로 가서는 어떤 움직임이 있는지를 전부 머릿속에서 그려보는 작업이다. 극이나 마찬가지로 소설은 행동을 재현하는 것이다. 그 행동이 상황을 변화시키는 것이므로 소설의 상은 바로 그 동작에 의해 세워진다. 앞으로 이 책에서 다루게 될『여인전기』에 대한 그 동안의 많은 오독도 형상(形相)에 현혹되어 행동, 동작을 구체적으로 살펴보는 일을 잊은 데서 비롯된 것이라고 생각된다.

넷째, 작품의 기운을 느낄 수 있도록 노력한다. 개개 작품에는 저마다 독특한 색깔과 정조, 분위기, 어조 같은 것이 있게 마련이다. 그 요소들은 사건의 진행 규모나 속도와 결합해서 어떤 색조나 힘을 나타내게 된다. 판소리에 창과 아니리가 혼합되어 있고 그것은 긴장과 이완을 나타내듯이 사건의 진행도 리듬을 가지고 있으며 그 리듬이 동작의 기운을 조절하는 경우가 많다.

다섯째, 언－상－의의 관계를 확인해본다. 표면에 나타나 있는 사항과 그것이 형성하는 전체의 상을 비교함은 물론, 그러한 형상을 제시한 작가의 의도가 무엇인지 생각해보고, 그 생각의 결과를 다시 되돌려서 의－상－언의 전체 관계가 적절하게 맺어지고 있는지 점검한다.

여섯째, 작가 자신의 작품이나 다른 작가의 작품과 비교해보는 일이다. 이때 비교의 작업은 작품들 사이의 차이를 드러내기 위해서 행해지는 것이 아니라는 점을 유의해야 한다. 『주역』에서 주로 사용되는 유비의 방법이 차이보다는 오히려 '이치상의 일치성'이나 '하나의 보편적 도리를 공유'하는 것을 찾는 데 초점을 맞추고 있다는 점을 유의할 필요가 있다. 다른 작품에서 유사한 양상을 찾는 경우 그것은 초점이 되는 작품과 관계가 맺어진다.

이상은 필자가 이 책에서 채만식의 작품을 읽은 방법이기도 하고 다른 작가들의 작품을 읽을 때 동원한 방법을 대강 정리한 내용이기도 하다. 다음에 이어지는 장들에서 제시되는 『탁류』와 「명일」, 「산동이」의 상관 구조에 대한 설명도 필자의 읽기 방법을 구체적으로 보여주는 사례이다. 그 읽기 방법은 필자의 방법일 뿐만 아니라 채만식 자신이 「자작안내」 등에서 언급한 내용을 볼 때, 작가 자신이 자기 작품을 파악하는 방법이기도 했다는 점은 이 자리에서 다시 상기될 필요가 있다.

Ⅳ. 식민지 조선 인식의 지도 『탁류』

알레고리는 그 뒤에 숨어 있는 사유 영역을 알지 못하는 사람에게는 이해되지 않는다.
알레고리는 저절로 열리는 법이 없다.

일본은 1931년에 만주사변을 일으키고, 1937년 7월에는 중일전쟁을 도발했다. 그리고 그들은 1939년 전쟁 상대국을 확장하여 대동아전쟁을, 그리고 드디어 1941년 12월에는 하와이의 신주만을 기습하여 대평양전쟁이라는 파국으로 치달았다. 채만식이 『탁류』를 〈조선일보〉에 연재한 것은 1937년 10월부터 1938년 5월 17일까지이다. 채만식 문학의 대표작은 시국이 전면적인 전쟁 국면으로 치닫는 와중에 씌어진 셈이다. 작가는 이보다 조금 앞선 1934년에 「레디메이드 인생」을 발표하고 나서 약 2년 동안 문학 활동을 중단하고 공백기를 갖는다. 채만식이 왜 이 시기에 문학 활동을 중단하였는가 하는 문제를 살펴볼 수 있는 자료로는 그가 신문사의 설문조사에 응답한 짧은 글 「나의 무력한 펜 한 개」[1]가 있다. 채만식은 이 글에서 창작 중단의 사유를 이것저것 늘어놓을 수는 없으나 그 가운데 하나가 "무엇을? 어떻게 써야 하느냐?"에 대한 자기 자신의 물음에 답을 얻지 못한 점이라고 밝히고 있다. 그는 이 글에서 "'파쇼'란 괴물이전 세계를 횡행하고 있다"는 점, 근래에 들어서 다른 부문과 마찬가지로문단에 대한 통제가 심해진 점, 검열의 단속으로 압력을 받고 있는 점 등에 대한 대응방법을 갖지 못하고 있어 작가로서 속수무책이 된 상태를피력하고 있다. 이러한 이유들로 인해 2년간의 침묵기를 가지면서 앞으로자신이 취해야 할 문학의 방향을 숙고하던 채만식은 1936년 7월에 「보리방아」를 발표하면서 문학 활동을 재개하고, 그 1년 뒤『탁류』의 연재를시작한 것이다. 『탁류』를 연재할 무렵의 심정을 채만식은 다음과 같이 밝혀 놓고 있다.

> 시절의 격동은 심하여 지상의 것이라고는 하나 없이 사개가 버그라지고
> 그부러진 문틈으로 작열한 열풍이 슴여든다. 사람의 이목은 오로지 거기에
> 집중되고 생활은 분류와 같이 용소슴친다. 생리적으로는 이 공기를 호흡하
> 면서도 그 격류와 멀리 떠러진 피안에 물러서서 육체적 실감이 없는 '과거
> 의 행동'에 불과한 문학(행동)을 하고 잇다는 마음은 통곡하고 싶다. 객관
> 적 정세―물론 부득이하다. 이유가 있으니 핑계도 댈 수 있다. 그러나 당
> 연한 이유에 대해서도 순종을 안는 것이 인간의 정이다. 억지일 것이다.
> 그러치만 '억지'도 존재할 제 이유는 가진 자다.[2]

작가는 글 제목을 '통곡하고 싶은 심정'이라고 붙여놓았다. 그러면서시대를 호흡하면서도 그로부터 멀리 떨어져 글자나부랑이나 끄적거리고있는 것을 한탄했다. 그러나 그는 비록 그것이 '과거의 행동'에 불과한것이라고 할지라도 문학을 '행동'으로 파악한다. 그러면서 객관적 정세

---

1 채만식, 「나의 무력한 펜 한 개」, 〈조선일보〉, 1935. 8. 31.
2 채만식, 「통곡하고 싶은 심정」, 〈동아일보〉, 1938. 1. 14.

때문에 부득이하지만, 그래서 평계를 댈 수도 있지만, '억지'를 부려보고 싶은 것이 자신의 심정이라는 뜻을 표현하고 있다. 그렇다면 작가가 부리고자 하는 '억지'는 무엇이었던가. 이 무렵 채만식은『탁류』와『태평천하』를 신문에 동시 연재하고 있었다. 작가가 문학의 행동을 이야기했고, 두 작품이 발표되고 있었으니 채만식의 '억지'가 이 작품들과 어떤 연관을 가지지 않겠는가 생각해보는 것은 자연스러운 일이다. 그러나 몇 개월 뒤 『탁류』의 마지막 부분이 신문에 연재되고 있을 무렵부터 나오기 시작한 문학계 또는 평단의 이 작품에 대한 이해와 해석은 그 '억지'가 무엇인지 전혀 보여주지 않았고, 아예 그에 대해서는 관심조차 보여주지 않았으며, 소설 자체에 대한 평가도 그리 높지 않았다. 구체적으로, 당시 가장 영향력 있는 평론가라 할 만한 인물인 임화는 이 작품을 박태원의『천변풍경』과 같은 '세태소설'이라 논하면서 "작자가 묘사와 주장과의 모순을 다분히 통속적인 줄거리의 발전 가운데서 해결할려고 들었다."[3]라고 분석했고, 그 자신이 소설가이기도 한 김남천은 "이 작품을 처음 구상할 때는 긍정적인 인물을 성격적 전형으로서 파악해보려는 노력을 결코 버리지 않았다고 생각된다. 처음 붓을 들기 전에 쓴 씨(채만식 : 인용자 주)의 제작 노트에는 '승재'와 '계봉'이가 아마도 '고태수'나 '제호'나 악한 꼽추 등과는 다른 자리에 이름이 적히었을 것이라고 나는 생각해본다. '승재'와 '계봉'이를 전형으로서 높혀보겠다는 노력을 버리기 시작한 것은 소설의 후반에서부터는 아닐런가."[4] 하고 논평했다. 이러한 작품 해석은 해방이 되고 세상이 바뀌면서 60년이 흘러간 현재까지 크게 바뀌지 않은 채 지속되고 있다. 채만식 문학에 관한 가장 최근의 연구에 속하는 저작에서 정홍섭은 "『탁류』는 그 전반부에서 다면적인 현실 비판과 풍자의 효과를

---

3 임화,『문학의 논리』, 학예사, 1940, 400~401쪽.
4 김남천,『김남천전집1』, 박이정, 2000, 399쪽.

낳고 있음에도 불구하고, 다른 한편으로는 위에 지적한 요인들로 인해 그 후반부에서는 전반부의 미덕들이 대부분 소멸되어버리는 문제점을 드러내 보이기도 한다."[5]라고 설명하고 있다. 또 방민호는 이 소설의 마지막 장면은 해석의 여지가 남아 있다고 하면서도 "그러나 이곳에서 중요한 것은 이처럼 『탁류』의 전후반부가 완연히 구별된다는 사실이다."[6]라고 강조하고 있다. 이 양태는 다른 연구자나 평론가들에게서도 별반 다를 것이 없다. 그러나 이런 식의 작품 읽기나 해석이 지닌 문제성에 대한 반론은 임화의 「세태소설론」이 나온 지 1년 만에 작가 자신에 의해서 명확하게 제출된 바 있다.

> 「명일」의 방향을 좀더 넓고 세속적인 세계에서 발전시켜 보자던 것이 장편 『탁류』다. 그랬더니 어쩌하다가 알짜는 남의 눈에 안 띄고 일컬어 '세태소설'이 되어버렸으니, 작품이 자식이라면 자식치고는 불효자식이다. 임화 씨는 『탁류』를, 세태를 꼼꼼스럽게 그린 것을 상주고, 그러나 세태를 꼼꼼스럽게 그리는 데 그쳤다고 나무랐다. 그리고 김남천 씨는 세태를 오로지 세태대로 그린 전반이 값이 있다하고 세태소설의 테를 벗어난 후반을 부질없은 사족이라 해서 그것이 작품 전체의 상처라고까지 단평(斷評)을 했었다. 두 분의 설을 나는 일변 사실로 수긍하지 않진 않는다. 그러나 『탁류』가 임화 씨의 소설(所說)대로 종시 세태를 세태대로 그려놓기만 했지 희미하고 미흡하나마 거기에 어떠한 적극적인 작자의 의욕이 과연 보인 게 없었는가? 또 김남천 씨에 의하면 미상불 그 적극적인 작자의 의욕이 보인 게 사실인 듯한데 그것을 갖다가 작품을 잡아 놓은 사족으로 괄시를 해야 할 것인가? 양설(兩說)이 다 나에게는 조금 섭섭했다. 그런 중에도 『탁류』를 박태원 씨의 『천변풍경』과 꼭 같은 유형의 '세태소설'이라는 레테르를 붙이는 데는(박태원 씨는 박태원 씨대로 불평이겠지만) 나는 나대로 또한 불평이다. 세상이 다 용인하는 대로 『천변풍경』이 좋은 예술작품인 데야 틀림없겠지만 가령 『탁류』가 그보다 못한 작품이라고 하더라도 나는 양자

---

5 정홍섭, 『채만식 문학과 풍자의 정신』, 역락, 2004, 204쪽.
6 방민호, 『채만식과 조선적 근대문학의 구상』, 소명출판, 2001, 207쪽.

를 같이 값 치는 데는 단연 불복이다. 그것은 고슴도치도 제 새끼는 곱다
고 하는 그런 심사가 아니요, 문학정신이라고 할까, 그런 것이 다르기 때문
이다.[7]

인용문 다음 단락에서 채만식은 자신의 문학 정신을 피력한다. 곧 "누
구든지 문학을 고려자기나 사군자(四君子)와 같이 치는 사람이면 몰라도
문학이 적으나마 인류 역사를 밀고 나가는 한 개의 힘일진대 한인(閑人)의
소장(消長)거리나 아녀자의 완롱물(玩弄物)에 그칠 수는 없을 것이라고 나
는 목이 부러져도 주장을 하는 자이기 때문이다."라는 것이다. 이처럼 작
가가 자신의 목이 부러져도 '문학을 역사를 밀고 나가는 한 개의 힘'으로
파악한다는 것은 무슨 의미일까? 이 질문에 대해서 지금까지의 채만식
문학 연구는 아무런 답안도 마련하지 못했다. 그러나 답안의 힌트는 이미
인용문 속에 모두 나와 있다. 채만식은 『탁류』가 「명일」의 방향을 '좀더
넓고 세속적인 세계에서 발전시켜보자던 것'이라고 분명하게 말하고 있
다. 그러나 이 대목은 다른 사람들의 주의를 끌지 못했고, 그 사실에 눈
을 돌렸던 김윤식조차도 기껏해야 "이에 대해 작가 자신은 〈명일(明日)의
방향을 좀 더 넓고 세속적인 세계에서 발전시켜 보자던 것이 장편『탁류』〉
라 변명한 바 있으나, 별 뜻이 있는 것 같지 않다. 작가가 말한 〈명일의
방향〉이란 우리가 말하는 역사성의 방향성과 무관한 것이다."[8]라고 했던
것처럼 그것을 또다시 작가의 '변명'으로 돌리고 지나쳐버렸다. 그러나
작가의 발언에 대한 이러한 부주의, 또는 곡해는 채만식 문학에 대한 결
정적인 왜곡으로 치닫는 계기가 된다.

　김윤식은 자신의 논문에서 작가의 발언에 나오는 「명일」을 '내일'을

7　채만식, 「자작안내」, 『청색지』, 1939. 5, 『채만식전집 9』, 창작과비평사, 1989, 519~
520쪽.
8　김윤식, 「채만식의 문학세계」, 『채만식』, 문학과지성사, 1984, 73~74쪽.

가리키는 일반명사로 취급하여 '명일의 방향'과 '역사성의 방향성'을 연관시키고 있다. 그러나 채만식의 글에서 언급된 「명일」은 작가 자신의 작품 이름을 가리키는 고유명사다. 앞의 인용문 다음에 바로 이어서 「명일」에 대한 이런 저런 이야기가 자세히 나오고 있어서 글 내용을 조금만치라도 유심히 살펴본 사람이라면 그것이 작품 이름이라는 것을 모르는 체할 수는 없다. 어떤 식으로든 적어도 그것을 '내일'을 나타내는 뜻을 가진 '명일'이란 일반명사로는 도저히 이해할 수는 없게 되어 있는 것이다. 그런데도 그것을 일반명사로 이해하고 넘어갔으니 채만식 문학에 대한 왜곡과 곡해가 나오지 않는다면 그것도 이상한 일일 것이다.

채만식은 『탁류』의 연재를 시작하기 딱 1년 전에 「명일」이란 단편소설을 『조광』지에 발표했다. 그리고 이 작품은 『탁류』의 구조를 파악할 수 있는 단서를 풍부하게 제공한다. 그렇기 때문에 채만식은 「명일」을 언급한 인용문 첫 문장 다음에 '세태소설'로 분류된 『탁류』의 '알짜'에 대해서 언급했던 것이다. 바꾸어 말해서 『탁류』란 작품을 '세태소설'로 독해하는 것은 작품의 '알짜'를 보지 못하고 껍데기만 본 것이란 비판이다. 그는 『탁류』가 문학 정신에서 『천변풍경』과 근본적으로 다른 것이라고 명확히 밝히고, 그 문학 정신은 "문학이 적으나마 인류 역사를 밀고 나가는 한 개의 힘"이라고 생각하는 것임을 자신의 목숨을 걸어놓고 말하는 것이다. 이렇게 작가의 발언을 이해하면, 그러한 문학 정신이 표현된 작품으로서 『탁류』의 '알짜'가 무엇인지 관심의 대상이지 않을 수 없다. 그리고 그 '알짜'를 알아볼 수 있게 하는 단서가 「명일」에 들어 있다는 작가의 견해가 직접적으로 제시된 것이다. 이 모든 상황을 고려하면 자연히 우리는 『탁류』의 '알짜'를 알아보기 위해서 「명일」을 먼저 살펴보지 않을 수 없다.

1. 「명일」과 사형취상(捨形取象)

「명일」은 채만식의 문학 세계를 이해하는 데 지렛대가 되는 작품이다. 작가는 앞의 인용문 다음에 자신의 문학이 「명일」을 기점으로 해서 한쪽으로는 「치숙」과 『태평천하』의 방향으로 나아가고, 다른 한쪽으로는 「제향날」의 방향으로 나아간다고 말한다. 그리고 작가는 다른 자리에서는 「치숙」의 방향으로도 못 가고 자꾸만 「소망」의 방향으로 나가려는 자기 문학의 경향에 대해 우려를 표명하기도 한다. 그 만큼 「명일」은 채만식 문학의 이해에서 관건이 되는 작품인 셈이다. 작가 자신이 그 작품에 대하여 여러 곳에서 언급하고 있을 만큼 「명일」은 2년간의 침묵기를 거쳐서 새로 출발한 채만식 문학의 원점에 해당하고, 그러한 까닭에 그에 대한 검토가 제대로 이루어지지 않고는 채만식 문학의 특질을 제대로 파악할 수 없는 것이다. 채만식 문학의 특질이 풍자일 뿐이라고 거론하는 연구들은 대부분 이 작품이 채만식 문학에서 차지하는 위상을 확인하지 않았기 때문에 작가의 작품이 지닌 의미나 가치를 온전히 알아볼 수 없었을 뿐더러 작가의 문학이 지닌 다양성도 전혀 파악할 수 없었던 것이다. 그렇다면 기왕에 자신이 걸어온 길을 반성하면서 앞으로 자신이 걸어야 할 문학의 길을 점검하기 위해 2년간의 침묵기를 가지면서 "무엇을? 어떻게?" 쓸까 고민하던 작가가 내놓은 채만식 문학의 원점 「명일」은 어떤 내용을 가지고 있는가?

「명일」의 이야기는 매우 간단하다. 소설은 마포 인근의 한 가정을 묘사하면서 시작된다. 아내 영주는 마루에 앉아 빨래를 매만지고 있고 남편 범수는 방에서 문턱을 베고 낮잠을 자고 있다. 매우 고즈넉하게 여겨지는 이 풍경화는 등장인물들이 꼬르륵 소리가 나는 배를 움켜쥐고 있다는 사실이 묘사되면서 심각해진다. 아내의 시선으로 묘사되는 남편 범수는 앙상한 팔다리를 하고 있고 톡톡 불거진 가슴으로 간신히 숨을 쉬고 있을 뿐이다. 아내는 남편을 깨우고도 싶지만 잠자는 동안만이라도 배고픔을 잊으라고 차마 깨우지 못한다. 이 호젓한 풍경에 문간방에 세 들어 사는 젊은 색시가 등장한다. 색시는 방안에만 있기가 심심하여 말동무 삼아 나온 것인데 자기 남편이 전차 철둑 놓는 공사판에 노무자로 일하러 다니면서 그런 대로 하루벌이는 하고 있다고 새살거린다.

둘째 장면은 잠자던 범수가 깨어나면서 시작된다. 아침에 밀가루로 멀건 수제비를 만들어 한 그릇씩 먹었으나 점심은 말할 것도 없고 저녁거리조차 마련할 방도가 없는 집안 형편, 문간방에 사는 사람들의 하루 벌어 하루 사는 얘기를 부러움 섞어 이야기하면서 부부가 처해 있는 절박한 궁핍의 상황이 드러난다. 범수는 얼마 전까지 직장에 다니다가 사표를 내고 지금은 실업자가 되었지만 불란서의 인민전선 내각의 수립 같은 국제 사회 동향에도 관심을 갖는 인텔리다. 부부는 당장 저녁 먹을거리가 없어 하나밖에 없는 양복을 전당포에 맡길 것인지 말 것인지를 걱정하면서도 아이들의 교육 문제로 아옹다옹 말다툼을 벌인다. 형편이 어렵더라도 교육을 시키자는 아내와 모두 쓸데없는 일이니 공장에나 보내자는 남편의 의견이 맞서는 것이다. 셋째 장면은 꽁초를 찾아 담배를 피우는 범수의 궁상에서 시작하여 부부가 연애하던 시절 등의 과거가 조명된다.

넷째 장면은 종로 네거리에 나선 범수의 모습이다. 고프다 못해 아프기까지 한 배를 움켜쥐고 종로거리를 돌아다니던 범수는 금은상 점포에 들어가 80원 아니면 100원씩이나 한다는 금비녀, 금가락지를 구경한다. 그 가운데 하나만 훔쳐도 네 식구가 얼마 동안은 먹을거리 걱정은 하지 않을 것이란 간절한 생각을 하면서도 그 짓을 할 용기를 갖지 못한 자신을 비웃는다. 다섯째 장면은 길에서 만난 거지를 보면서 자신은 그 거지보다도 못하다는 자탄을 하다가 화신에 근무하는 친구를 만나는 이야기다. 체면 때문에 친구에게 굶주리는 사정 이야기를 하지 못하고 도로 나오다 중학교 동창을 만난다. 장난삼아 주식을 하다 삼백 원을 잃었다는 돈 많은 친구의 두둑하게 배가 부른 지갑을 훔치고 싶은 충동을 가지지만 술까지 실컷 얻어먹으면서도 정작 돈 몇 푼을 꾸어달라는 말은 입 밖에 꺼내지도 못한다. 범수가 술을 얻어먹고 혼자서 얼근히 취해서 돌아오는 동안 집에서는 사단이 벌어졌다. 아내는 간신히 끝마친 바느질삯을 받아 가지고 저녁을 짓기 위해 좁쌀을 팔아오는데 그 사이에 배고픔을 참지 못한 아이들이 두부장사의 목판에서 두부를 훔쳐먹다 붙잡힌 것이다. 범수가 집에 돌아온 것은 매를 몇 개나 준비하여 가지고 방으로 들어간 아내가 아이들의 등과 볼기짝에 실컷 피를 낸 다음이다. 울면서 그 동안의 경과를 이야기하는 아내의 이야기에서 사정을 안 범수는 '흥! 이놈의 자식 승어부(勝於父)는 했구나.'하고 알지 못할 소리를 중얼거린다. 이튿날 부부는 각자의 소신과 고집대로 한 아이는 학교로 데려가고, 다른 한 아이는 공장으로 데려간다.

이러한 줄거리를 지닌 「명일」의 중요성을 강조한 최현식은 그것이 채만식 문학의 한 방향을 이룬다고 설명하면서 다음과 같이 분석한다.

> 「명일」은 그 뼈대만 간추린다면 한 지식인이 '새 세상에서 쓰일 인간을 만'들기 위해 자식을 학교 대신 자동차 서비스 공장에 보낸다는 내용을 담고 있다. 여기에 비추어본다면, 그가 말하는 '문학의 방향'은 자본주의의 안티테제로서 '사회주의'를 향해 있다고 해도 과언은 아니다. 그러나 그 '역사적 방향성'은 그의 주관적인 정치적 신념을 번역한 것이지 '전체성'의 탐구를 통해 포착된 것은 아니다. 그는 이 같은 지극히 추상적이고 낭만적인 전망에 매몰됨으로써 오히려 현실의 본질로부터 점점 멀어지게 되는 것이다. 이것은 곧 작가(작품)적 이상과 그것의 현실이 더욱 벌어지는 과정이

기도 하다. 이러한 딜레마들이 복잡하게 뒤엉키면서 더욱 심화되는 니힐리
즘의 문제를 타자의 시선을 통해 제시하고 있는 작품이 바로 「소망」이다.[9]

최현식은 이 논문에서 채만식이 '자본주의의 초극'이란 자신의 신념,
곧 '사회주의'를 이상으로 가졌기 때문에 민족 해방이란 현실적 과제를
망각했고, 그래서 결국 생존 논리를 내세우면서 니힐리즘에 빠졌다가 친
일로 나아가게 된다는 논리를 펼치고 있다. 그렇게 방향이 어긋나기 시작
한 것이 「명일」에서부터라고 보는 셈이다. 그러나 이러한 논리를 가능하
게 한 텍스트의 분석은 완전히 초점이 빗나가고 있다. 정작 「명일」에서는
'사회주의'의 이념 같은 것은 전혀 모습을 찾아볼 수 없기 때문이다. 아
이를 자동차 서비스 공장에 보내는 마지막 장면을 크게 중요시할 때 거
기에서 '사회주의'가 눈에 띌지는 몰라도 「명일」에서 그 부분은 결코 중
요한 내용이 아니다. 그 이유는 우리가 '사형취상(捨形取象)'의 원리를 적
용해 작품의 구조를 살펴보면 충분히 알 수 있다.

「명일」의 이야기는 먹을 것이 없어 온 식구가 배를 곯고 있는 지식인
가장을 둔 한 가정의 상황을 소재로 하고 있다. 이야기의 핵심은 그 배고
픈 상황에서 벌어지는 가족 구성원의 현실에 대한 대응을 통해 표현된다.
남편은 별로 자랑할 것도 없는 알량한 체면 때문에 금비녀를 훔치지도
못하고 친구한테서 돈을 빌리지도 못한다. 아내는 삯바느질에 허리가 휘
면서도 당장 식구들이 먹을거리를 마련하기 위해 아등바등 한다. 아이들
은 앞뒤를 가리지 않고 눈앞에 있는 먹을 것을 과감하게 훔친다. 지식인
인 범수는 절박한 굶주림의 상황에 대한 자신의 대응과 아이들의 대응을
비교하면서 '승어부(勝於父)'라고 표현한다. '애비보다 낫다'는, '못난 아비

---

9 최현식, 「문학가의 이상과 생활인의 비애」, 『채만식문학의 재인식』, 소명출판, 1999,
214쪽.

보다 자식들이 용감하다'는 표현이다. 이 개괄을 통해, 비록 그 개괄이 없더라도, 소설에 나타난 동작에 초점을 맞추면 작품의 전체 핵심은 아비와 아이들의 행동으로 압축된다. 그것을 뚜렷하게 드러내기 위해서 작가는 '승어부(勝於父)'라는 한자까지 동원해 표현하고 있다. 곧 배고픔이라는 죽음의 현실을 맞아서도 알량한 체면이나 챙기고 있는 못난 아비의 행동과 그 현실에 맞서서 과감하게 싸우는 용감한 아이들의 행동의 대비다. 이렇게 「명일」의 작품 구조는 두 개의 장면으로 요약된다. 작가가 「통곡하고 싶은 심정」에서 언급한 객관적 정세와 그 행동이 불가능한 조건에도 불구하고 행동을 하고자 하는 '억지'가 미약하게나마 이 작품에 표현된 것이다. 「명일」은 이와 같이 두 개의 장면을 대비하는 것으로 구성되고 있는 일종의 알레고리다. 배고픔의 현실이 범수 가족의 것만이 아니라 식민 지배를 받고 있는 조선 민족의 그것이라고 생각하면, 그 일제의 굴레를 벗기 위해 행동하고자 하지만 그것을 할 수 없는 조선인들의 현실적 대응에 대한 알레고리인 셈이다. 그 이야기를 작가는 한 가족의 상황을 통해서 나타내 보인 것이고, 그 내용은 아버지의 행동과 아이들의 행동이란 대비되는 두 장면으로 형상화되어 있는 것이다. 그래서 작품 전체는 잡다한 내용을 포함하고 있지만 근본적으로는 굶주림의 상황을 배경으로 해서 두 장면으로 압축된다. 그것은 배고픔의 현실을 배경으로 이루어지는 인물들의 행동을 표현하는 두 장면에 나타나는 동작을 중심으로 '사형취상'했을 때 나타나는 작품의 구조이다. 곧 주어진 상황에 대해서 아무런 대응도 못하는 아버지의 비행동, 또는 소극적 행동과 그 상황에 대해서 과감하게 대응하는 아들의 적극적 행동의 대비이다. 그 양태를 간단하게 나타내면 다음과 같은 그림으로 표시할 수 있다.

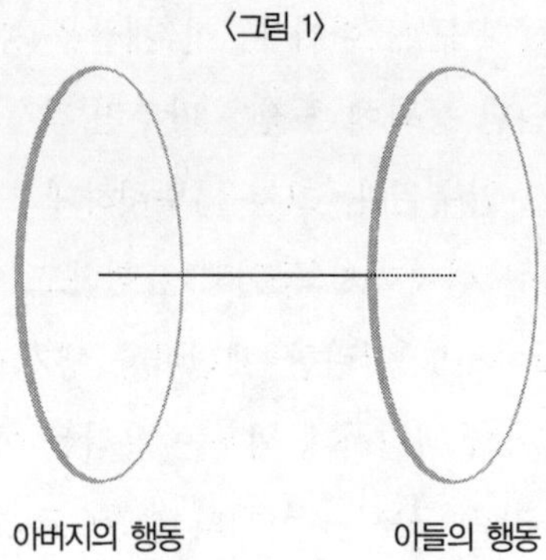

채만식은 「자작안내」에서 『탁류』가 "「명일」의 방향을 좀더 넓고 세속적인 세계에서 발전시켜 보자던 것"이라고 말하고 있다. 그렇다면 '좀더 넓고 세속적인 세계에서 발전'된 것은 무엇인가. 여기서 「명일」을 '내일'을 가리키는 일반명사로 취급하여 역사의 방향성에 대해 운위하는 것은 전혀 텍스트를 객관적으로 보는 것이 아니며, 남의 말을 제대로 알아듣는 것도 아니다. 그렇다면 『탁류』에서 이루어진 「명일」의 발전은 무엇을 가리키는가. 다음의 분석을 살펴보자.

『탁류』는 고태수의 죽음을 분기점으로 해서 전반부와 후반부로 나눌 수 있다. 그의 죽음으로 인한 한 차례의 파국에도 불구하고 이야기는 더 이어져나가 결국 장형보의 죽음이라는 또 다른 파국으로 연결된다. 초봉 외에 전반부에서 주인공과 같은 역할을 하는 인물을 찾는다면 이는 고태수이다. 미두장 앞에서 봉변을 당하고 있는 정주사를 구해주는 데서부터 시작하여 단골기생에 내연의 여인까지 두고 초봉과 결혼하고 마침내 죽음에 이르는 그의 이야기는 작품 전반부의 음습한 이미지를 형성하는 데 결정적인 역할을 한다. 여기에 장형보의 음모가 큰 몫을 하고 있음을 지적할 필요가 있다. 당대의 평론가들이 지적했듯 고태수의 파멸의 이야기가 그만큼 인상적이라면 그를 죽음으로 이끈 장형보의 욕망 또한 결코 무시될 수 없는 성질의 것이기 때문이다. 이에 반해, 작품의 후반부에서 중심을 이루는 인물은 초봉 외에 승재이다. 초봉이 서울을 떠나다 그녀가 다니던 제중당 약국의 주인 박제호를 만나 동거하게 되고 다시 장형보에게 넘겨지고 마침내 그를 죽이기까지 과정이 삽화적인 구성으로 이어지는 가운데 승재는 의사면허를 따서 상경하여 계봉이와 새로운 관계를 맺어간다. 당대 사회의 문제를 바라보는 승재의 시각이 성숙해 가는 과정에 대한 묘사는 이 후반부의 주요한 내용 중의 하나이다.[10]

방민호는 채만식이 「자작안내」에서 『탁류』의 '알짜'와 함께 그것이 「명일」의 '좀더 넓고 세속적인 발전'이라고 언급한 사실을 주목하면서 『탁류』를 이 같이 분석했다. 그 분석의 핵심을 드러내는 인용문은 작품 전반부의 죽음과 후반부의 죽음을 대비하고, 그에 따라 전반부에서는 고태수와 장형보를, 후반부에서는 초봉이와 승재를 주동적인 인물로 설정한다. 그러나 인용문의 저자에게 그런 사실보다 중요한 것은 전후반부가 달라서 후반부는 통속으로 흘렀다는 것이며, 이런 대비의 구조가 발자크의 『고리오영감』에도 나타난다는 사실이다. 그러므로 우리는 인용문에서 '승어부'라는 「명일」의 구조가 '좀더 넓고 세속적인 발전'을 어떻게 이루고 있는지 아무것도 확인할 수 없다. 그 이유는 인용문의 분석이 소설 속의 동작을 취해서 분석한 것이 아니라 형태, 겉모습만을 취해서 고찰하고 있기 때문이다.

여기서 우리는 다시 '사형취상'의 방법을 적용해야 한다. 무엇이 동작이고, 그 동작에서 이들이 아비보다 나은 어떤 행동을 하였는가를 확인해야 하는 것이다. 그러나 이 일은 「명일」에서처럼 간단하지가 않다. 『탁류』는 장편소설인 까닭에 거기에는 수많은 행동들이 묘사되고 있고 그 가운데 어떤 동작을 '취상'의 대상으로 취해야 할지 망설여지기 때문이다. 그래서 앞부분에서 이루어진 행동과 뒷부분에서 이루어진 행동 가운데 아비와 아들이 비슷한 행동을 한 경우를 찾는 것도 한 방편이 된다. 인용문에서처럼 죽음을 초점에 놓으면 한참봉과 초봉이 사이에 부자간의 관계가

---

10 방민호, 앞의 책, 206쪽.

설정되어야 하는 문제가 있는 데다 상대방이 똑같이 죽음에 이르므로 아비보다 나은 아들의 행동을 찾을 수가 없다. 그러나 여기서 조금만 더 유심히 작품을 살핀 독자라면 작품 초두에 나오는 주인공 정주사가 '나이 배젊은' 하바꾼에게 멱살을 잡혀 봉변을 당하고 있는 장면을 떠올리고 작품 끝부분에도 그와 꼭 비슷한 장경이 펼쳐지고 있다는 사실을 상기할 수 있다. 돌아올 시간이 되었는데도 외출에서 돌아오지 않는 초봉이를 기다리다 심술이 난 꼽추 장형보가 '초봉이를 꼭 닮은 아이' 송희의 발목을 잡아 거꾸로 들고 들었다 놓았다 하면서 장난질을 치고 있다가 어미가 나타난 것을 보고 기색이 다 된 어린 것을 저만치 던져버렸던 것이다. 그것을 보고 경악한 우리의 가련한 여주인공 초봉이가 갑자기 날래고 사나운 암범이 되어 악한 장형보에게 비호같이 달려들어 결정적인 일격을 남자의 급소에 가한 것은 누구나 다 아는 일이다. 그 멱살 잡힌 아비 정주사와 꼽추 장형보에게 발목이 잡힌 '초봉이를 꼭 닮은 아이' 송희는 물론 외할아버지와 외손녀의 관계이다. 그러나 아이가 '꼭 초봉이를 닮았다'는 작가의 묘사가 여러 차례 반복된 것을 생각하면 그렇게 닮을 이유가 있는 것이고, 그런 측면에서 송희=초봉이의 관계가 성립된다. 곧 정주사-초봉이=송희의 관계, 다시 말해서 아버지와 자식의 관계가 성립되는 것이다. 뿐만 아니라 정주사는 젊은 놈한테 멱살을 잡혀 캑캑거리기만 했지 그 창피스런 궁경에서 벗어날 방도를 아무것도 찾을 수 없었던 데 반해서 우리의 용맹한 여주인공 초봉이는 지극히 청순가련한 인물임에도 불구하고 자신의 딸 송희가 발목을 붙잡혀 거꾸로 들려 있는 그 순간만은 모질고 날랜 암범이 되어 비호같이 달려들어 악한 꼽추 장형보를 단 일격에 끝장을 내버린 것이다. 그것은 분명 '승어부'의 장면이 아닐 수 없다. 그리고 그것이 「명일」을 확대 발전시킨 장편소설 『탁류』의 '상(象)'의 초벌그림이다. 앞 장면에서는 아버지가 멱살을 잡혀서 봉변을 당하고 있고 뒷 장면에서는 송희가 발목을 잡혀 바야흐로 숨이 넘어가는 장면이다. 그 이야기를 통해서 「명일」보다 확대 발전된 내용을 찾는 것은 결코 어려운 일이 아니다. 우선 정주사는 군산 미두장을 배경으로 등장하는 인물이며, 그것이 한민족이 일제로부터 수탈당하는 대표적인 현장이라는 것은 많은 연구자들이 동의하는 내용이기 때문이다. 다시 말해서 꼽추이자 악한인 장형보를 무지막지한 발길질로 끝장내버린 초봉이의 행동은 한 가정의 부부싸움, 가족 이야기에서 그친 것이 아니라 일제에게 수탈당하는 조선인들의 일본 제국주의에 대한 일대 반격이란 의미를 지니고 있는 것이라고 의미를 부여할 수 있다.

그러나 이렇게 제 멋대로 어머니와 딸을 한 사람으로 합치기도 하고 외손녀와 외할아버지 사이를 부자 관계로 바꾸어놓기도 하는 해석의 자의성에 대해서 합리적으로 문학 연구를 하는 사람이라면 당연히 그 타당성을 의심하지 않을 수 없을 것이다. 더욱이 장편 『탁류』에는 얼마나 많은 행동과 동작이 나오는가? 고태수의 오입행각은 말할 것도 없고, 박제호와 초봉이의 야합, 남승재와 계봉이의 관계, 장형보의 음모 등등 수많은 동작들이 있음에도 불구하고 그에 대해서는 일언반구도 없이 단 두 개의 행동만을 '사형취상'의 대상으로 삼는 데 반론이 없다면 전혀 합리적이지 않을 것이며 학구적이지도 않을 것이다. 적어도 초봉이와 세 남자 사이에 얽힌 이야기를 빼놓고 이야기한다는 것은 전혀 사리에 맞지 않는 것처럼 생각되고, 남승재를 빼놓는 것도 역사의 방향성을 제시해야 할 소설가의 임무를 방기한 것으로 보일 터이니까 말이다. 「명일」을 통해 『탁류』의 상을 사형취상해 보았음에도 불구하고 여기서 채만식의 초기작 가운데 별로 이름도 잘 알려져 있지 않은 「산동이」를 다시 다루어야 하는 까닭은 이러한 의문들에 대하여 제대로 답하기 위해서 빠뜨릴 수 없는 작업 절차이기 때문이다.

2. 「산동이」와 현재의 역사화

일찍이 최원식은 채만식의 단편소설 「동화」를 분석하면서 작가의 영화적 수법에 관하여 언급한 바 있다. 순진무구하여 자신이 팔려 가는 신세인줄도 모르고 전주 제사공장으로 떠나가는 심청이 같이 착한 인물 업순이의 '동화'가 '시간의 불연속성'을 구성 원리로 하고 있다는 분석이다. 그는 「동화」의 구성이 "소설의 처음과 끝을 하나의 고리로 묶고 그 고리의 안을 서로 충돌하는 장면들로 연쇄함으로써 업순이의 떠남을 반복적으로 강조하고 있"[11]는데, 그것은 조선 땅의 '수많은 업순이들에 대한 작가의 고통스런 응시'로서 '영화의 몽따쥬 수법에 근사'하다고 말한다. 이것은 작품이 씌어진 시대나 작가의 정황을 돌아볼 때 충분히 근거가 있는 분석이다. 채만식은 영화를 좋아해서 한두 번쯤 시나리오를 쓰기도 했고, 그 이전에 희곡 작품을 수십 편 쓰기도 했기 때문이다. 『토지』의 작가 박경리는 소설을 쓰는 사람에게 희곡이 얼마나 중요한가를 반복해서 강조하곤 하는데, 채만식은 이런 저런 이유로 단막극에서부터 장막극까지 여러 가지 형태의 희곡을 썼을 뿐만 아니라 입센의 『인형의 집』을 패러디한 『인형의 집을 나와서』라는 장편소설을 쓰기도 했던 것이다. 그런데 이렇게 희곡을 많이 써서 대화하고 논쟁하기를 좋아한 까닭인지 채만식은 평론가들이나 다른 작가들이 자신의 작품에 관하여 뭐라고 해놓기만 하면 꼭 토를 달고 나서는 좋지 않은 습관을 가지고 있었다. 그러나 이러한 좋지 않은 습관이 그의 작품을 연구하는 사람에게는 더할 수 없이 좋

---

11 최원식, 『민족문학의 논리』, 창작과비평사, 1982, 169쪽.

은 이야깃거리, 나아가서는 연구의 결정적인 단서를 제공하는 효과를 낳는다. 「산동이」도 그런 방식으로 이야깃거리를 제공하는 대표적인 작품이다. 그리고 그 이야깃거리로 인해 채만식 문학의 비밀을 푸는 열쇠를 제공하는 작품이기도 하다.

「산동이」는 1930년 『신소설』이라는 잡지에 발표된 단편소설이다. 이 작품이 발표되고 나서 염상섭, 김기진, 함일돈 등이 다 함께 나서서 힘을 합쳐 작품평을 했는데 이에 대해 채만식이 즉각 이의를 제기하면서 작은 논쟁이 시작되었다. 이 논쟁을 전개하면서 작가 스스로 자신의 작품의 줄거리를 요약했는데 그 내용은 다음과 같다.

> 구한국 시절에 시골 군수로 지내면서 국재(國財)와 민재(民財)를 토색질하여 부자—지주—가 되어 가지고 기미 이후에는 권총 청년이 무서워서 서울로 올라와 큰 안동 아방궁을 짓고 술과 계집으로 여년을 보내는 창평영감이라는 부르조아가 있다. 그에게는 나이 어릴 때에 얻어 기른 산동이라는 충실한 하인이 있다. 산동이는 자라 나이 20이 넘고 또 창평영감이 시골서 데려온 산지기 딸 옥섬이라는 계집아이가 그의 생활권 내에 들어오자 개성의 눈에 띄기 시작하였다. 그러나 그것은 한 뿌띠 부르조아 의식에 지나지 못하는 것이요, 따라서 상전에게 언제까지든지 충실하고 그 은혜를 감사하며 그 상전의 비호를 우러러 받들려 하는 것이지 결코 대립과 반항을 하려는 것은 아니었었다. 그리하여 산동이와 옥섬이는 앞날에 올 무풍지대의 자유를 바라보면서 점점 정이 깊어갔다(주인도 그들을 짝을 지어주기로 약속을 하였다). 그런데 호색가 창평영감의 첩이 달아났다. 매우 궁금한 판에 창평영감은 옥섬이를 강간을 한다. 그때에 산동이는 건넌방에 있었다. 그 광경을 눈으로 보는 듯이 듣고 있던 그는 주먹을 부르쥐고 기절하여 넘어진다. 그 이튿날 아침 산동이는 그 집을 나간다. 나가기 전에 그는 옥섬이와 작별을 한다. 옥섬이는 따라가지도 못하고 우물에 몸을 던져 자살을 한다. 산동이는 눈이 째지게 창평영감이 있는 사랑방을 흘겨보고 밖으로 나가버린다. 이런 일이 있은 지 4년 후에 만주에 어떠한 조직의 배경을 가진 산동이가 조선에 들어온다. 들어와서 두 가지의 일을 하였다.

그 나중에 한 것이 즉 안동 아방궁에 가서 창평영감을 쏘아 죽이고 자기는 어쩔 수 없이 ××의 총알에 넘어졌다. 이상이 「산동이」의 내용이다.[12]

작가가 내용을 소개하면서 검열을 의식해 언급하지 못한 산동이의 행적 가운데 하나, 즉 첫 번째 일은 어떤 관공서에 폭탄을 던져 건물을 파괴하고 거기에 있던 몇 사람을 죽인 일이다. 얼핏 『태평천하』의 윤직원 영감의 이미지를 떠올리게 하는 창평영감을 등장시키고 있는 이 작품에 대한 염상섭의 지적은 평소의 그답지 않게 자못 신랄했다. 그는 이 작품이 '양두구육(羊頭狗肉)'으로 플롯을 축조하는 데서부터 실패했으며 주제가 너무 평범하다는 것, 인물의 현실성이 부족하다는 것, 성의 묘사가 너무 노골적이라는 것 등을 그 자신도 소설을 짓는 작가라는 입장에서 날카롭게 지적했다. 또 카프 쪽의 함일돈의 지적은 이 작품이 '연애 혹은 남녀관계를 취급한 부르조아 작품'이라는 매번 똑같이 계급 타령을 하는 의례적인 비판이었다. 그러나 이 작품에 대한 이러저러한 지적과 비판의 타당성 여부를 따지는 것은 여기서는 전혀 중요하지 않다. 채만식이 염상섭의 비판을 "제1절과 그 이후의 절 사이에 연락이 모호하다는 것"으로 요약하고 있는 데서 알 수 있듯이 채만식의 작품 자체에 문제가 있었던 것이다. 채만식과 염상섭 사이에 설전을 낳은 그 문제의 1절은 다음과 같은 모양새를 취하고 있었다.

1

……인공화산……아우성……비명……돌덩이……돌가루……도망질……혼잡 혼잡……피피피피……초산냄새…신음소리……

말굽소리……구보……철그럭철그럭……처벅처벅……줄 내린 모자…누런 각반……

---

12 채만식, 「평론가에 대한 작자로서의 불복」, 〈동아일보〉, 1931. 2. 14~21, 『채만식전집』 10, 창작과비평사, 1989, 21~22쪽.

의사……들것……호외……수배(手配)……수색수색……호외……검거……
긴장 긴장 긴장 긴장

　—셋?

　—넷……허구 부상이 일곱.

　—묘하지?

　—이(蝨)잡듯 헌다지?

긴장 긴장 긴장 긴장……

　탕 탕 ……안동 아방궁……피……포위, 일대 사백(四百)…탕탕탕탕탕탕
탕탕

　……탕탕탕탕탕탕탕탕탕탕……피피피……호령……탕……피……

　—아깝다.

　—장쾌하다.

　—도보로?

　—하르빈에서.

호외

×××× 과 ××××× 의 통일 제휴……주소 씨명 원적 직업 전연 불
명……연령 이십사오 세……소지품 전무……시체 화장……[13]

　「산동이」의 1절은 폭탄 투척과 그로 인한 건물의 파괴, 거기에서 발생
한 혼란, 인명 피해, 경찰의 출동, 신문의 보도, 그리고 창평영감(순천영감)
의 살해, 일본 경찰에 의한 범인의 사살 등의 장면이 몽타주 수법으로 처
리되어 있다. 이러한 최첨단의 영화 수법을 동원하여 만들어진 1절을 끝
내고 2절에서 작가는 4년 전으로 돌아가 안동 아방궁에서 일어난 강간
사건을 다루고 있다. 매우 사실적으로 묘사된 2절 이하는 1절의 첨단 형
상화 방법과는 전혀 다르게 발생시간 순서대로 사건을 제시한다. 창평영
감의 살아온 내력이며 산동이의 삶, 그리고 옥섬이가 등장함으로써 산동
이의 삶에 나타난 변화 등을 서술하고, 옥섬의 강간과 관련된 장면을 ‘꿈

---

13 채만식, 「산동이」, 『채만식전집』 6, 창작과비평사, 1989, 507쪽.

꼼스럽게’ 묘사한 뒤 우물에 몸을 던지는 옥섬을 모른 체하며 산동이가 집을 떠나는 것으로 끝을 맺었다. 염상섭이 이 작품을 ‘양두구육’이라고 한 것은 폭탄이 터져 건물이 무너지고, 인명 살상이 일어나는 등 제법 사회적인 사건을 다룰 듯한 모양새를 취했던 이 작품이 2절에 가서는 완연히 딴판으로 산동이 개인에 관한 이야기로만 시종한 채 1절의 사회적 사건과 연계될 만한 아무 것도 제시하지 않고 사건을 끝내버린 점을 지적한 것이다. 다시 말해서 사건의 연결이 순차적으로 되어 있지 않은 데다 1절과 2절의 연결에 많은 문제점이 있다는 비판이었다. 이에 대해 채만식은 연결이 모호하다는 지적의 타당성을 자신도 수긍하지만 그 연결점을 제대로 표현하기 위해 산동이가 만주의 독립군이나 사회주의 진영과 연계를 가지고 조직 행동을 하는 모습을 묘사했을 때 글이 발표나 될 수 있었겠는가 하는 점을 평자가 충분히 고려하지 않았다고, 식민 지배를 받는 조선의 작가가 처해 있는 현실적 조건을 들어 반론을 전개한다. 또한 함일돈의 ‘부르조아 작품’이라는 비판에 대해서는 잡지사의 잘못으로 1절의 사건에서 폭발 장면이 생략되는 등 사건의 맥락이 잘 파악이 안 되게끔 처리되었다는 것, 검열을 생각할 때 그와 같은 사건을 사실적으로 묘사할 수는 없었다는 것을 다시 설명하면서 산동이가 조직 속에 들어가 조직의 사업을 하다 죽었으므로 자신의 소설을 부르조아 작품으로 평가하는 데 대해 수긍하지 못하겠다는 작가적 입장을 밝혔다. 이러한 논쟁의 전개는 작가의 사상이나 이념, 「산동이」라는 개별 작품에 대한 이해에는 도움을 줄 수 있을지 모른다. 그러나 이 작품이 왜 채만식 문학의 비밀을 풀 수 있는 열쇠가 되는지에 대해서는 별다른 시사를 주지 않는다. 그런 측면에서 최원식의 「동화」에 대한 분석이 작품의 구조와 영화적 수법을 연결시켜 논의한 것은 의미있는 시사를 준다. 그는 「동화」에서 ‘몽타쥬 수법의 기계적 적용으로 서사구조가 상처를 입고 있다.’[14]라고 분석하고 있는 것이다. 이 관점은 「산동이」에 대해서도 적용될 수 있다.

「산동이」는 분명히 개별 작품으로서는 큰 결함을 지닌 소설이다. 몽타주 수법으로 서술된 1절과 사실적인 묘사가 이루어진 2, 3절은 그 연결이 원활하지 않고 그에 따라서 앞의 사건과 뒤의 사건 사이에 큰 단절이 나타나고 있다. 더욱이 1절의 구성은 작가의 말대로 '다다파의 시같이 도막도막 끊어서 전후 연락이나 내용 짐작에 곤란'을 주는 형식으로 되어 있다. 이에 비해서 2, 3절은 저 고전적인 형태의 사실주의적 묘사에 바탕을 둔 연속적이고도 유기적인 구조이다. 이렇게 연속적이고 유기적인 구조와 '다다파'의 단절적 구조가 결합된 작품이 성공하기 위해서는 그 두 구조를 연결시킬 수 있는 특별한 장치가 마련되어 있었어야 할 것이다. 그러나 작가는 검열을 의식해 그것을 마련할 수 없었기 때문에 작품은 전달 자체가 어려운 형태로 고착되고 말았다. 그럼에도 불구하고 작가는 이 작품의 구조에 대한 애착을 가지고 있었다. 그 애착이 못난 자식을 품에 감싸 안으려는 어미의 본능적 집착이었든 그 구조가 가진 장점에 대한 예술가로서의 탁견이었든, 그 방법이 일제의 검열을 회피할 수 있는 이점을 갖는다는 작가의 행동주의적 문학관에 근거를 둔 인식이었든 간에 작가의 애착의 정도는 남다른 면이 있었다. 채만식이 뒷날 장편 『탁류』를 쓰면서 이 작품의 구조를 그대로 원용한 것은 그 구조에 대한 작가의 애착과 신뢰의 강도를 나타내준다. 그렇다면 이 작품의 구조적 특징은 어떤 것인가. 간단히 말하면 「산동이」의 구조는 수평적 공간 구조와 수직적 시간 구조가 교차하는 형태로 만들어진 형식이다. 곧 다다파의 시 같은 형태를 취하고 있는 1절은 현재의 시공간을 나타낸다. 거기에서 사건은 사회적으로 확대되어 있고 시간은 극히 축약되어 있다. 폭파 행위와 창평영

---

14 최원식, 앞의 책, 169쪽.

감 살해사건이 거의 동시에 발생하고 행동의 주역 인물도 일제 경찰과의 총격전 끝에 곧바로 죽어버린다. 이렇게 보면 1절의 구조는 동시성의 형식 속에 현실의 사회공간을 나타낸다는 특징을 지닌다. 이에 비해서 2, 3절의 시공간 구조는 극히 좁은 공간에서 시간적으로만 길게 이어지는 형식이다. 창평영감이 고을살이를 하면서 축재를 한 내력에서부터 산동이와 옥섬이의 인생에 대한 이야기가 일직선의 형태로 차례로 서술되고 있는 것이다. 곧 1절에서 발생한 사회적 사건, 또는 현재의 사회적 공간을 2, 3절에서 그 연원을 추적함으로써 시간성 속에서 설명하는 형식인 셈이다. 이 구조는 다음의 그림으로 표시될 수 있다.

〈그림 2〉

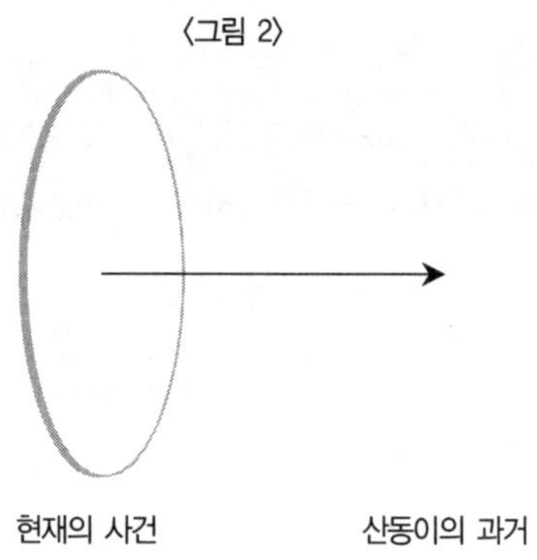

이 구조는 일찍이 송하춘에 의해서 주목을 받은 바 있다. 그는 채만식의 「레디메이드 인생」과 「인테리와 빈대떡」, 「명일」을 식민지 시대 지식인의 빈곤을 다룬 작품으로 함께 묶어 살피면서 이들 작품이 역사적 사건과 현재적 사건을 결합하는 방식의 구조를 갖고 있다고 분석했다. 곧 「인테리와 빈대떡」에서는 부모→종식→아들로 이어지는 시간 축 속에서 역사적 사건이 제시되며, 의사→종식→걸인으로 이어지는 공간 축에서는 현재적 사건이 펼쳐진다는 분석이다. 송하춘은 이 구조를 「레디메

이드 인생」에서도 발견한다. 곧 대원군→P→아들로 이어지는 시간 축에서 역사가 제시되며, 친구→P→창녀로 이어지는 공간 축에서 현재의 사건이 펼쳐진다는 분석이다. 이러한 분석에 토대를 두고 송하춘은 채만식의 눈이 현실과 역사를 동시에 보는 '겹시각'이라고 명명하기도 했다. 그러나 「명일」에 대한 그의 분석은 조금 차이를 지닌다. 송하춘은 이렇게 말한다.

> 「인테리와 빈대떡」, 「레디 메이드 인생」에서 작가는 최악의 경우를 창녀나 거지에 두고 그들과 인테리를 대비시켜 더욱 비참한 자기를 역설한 바 있다. 「명일」에서는 '도심(盜心)'을 들어 그것을 지식인의 양심과 대조시킨다. 문득문득 치솟는 '도심' 앞에 그는 지탱하기 어려운 양심의 위기를 느낀다. '보통학교부터 대학까지 십육 년이나 공부를 한 것이 조그마한 금비녀 한 개 감쪽같이 숨기는 기술을 배우니만도 못하다'고 역설하지만, 사실은 '그러한 재치도 없고 기술도 없으려니와 또는 담보의 단련'도 없는 것이 지식인의 현실이다. 「명일」의 반전은 형태가 약간 다르다. 아버지의 도심을 아들이 직접 실천에 옮겨버렸기 때문이다. 그것은 양심의 붕괴를 의미한다. 교육무용론에 대한 역설적 표현이 현실적인 결과로 나타났을 때, 그 '승어부(勝於父)'는 자못 노골적이고 자학적이기까지 하다. 자기를 일단 부정하고 나선 일련의 이야기가 결국 승어부의 사태를 빚었다는 건 아버지의 잘못이 아들에 와서 더욱 악화되었다는 뜻이요, 결국 시대는 그 순리에 역류하고 있음을 의미힌디.[15]

송하춘은 「명일」에서 남편과 아내가 아들들을 각기 하나씩 맡아 학교와 공장으로 보내는 일이 "이 소설이 처음부터 제기한 역사에 대한 물음이요, 질책의 연장"이라고 설명한다. 송하춘에 따르면 「산동이」 이후에 나온 채만식의 주요한 작품들은 모두가 다 현재적 사건과 역사적 사건을 교직(交織)하는 방법으로 구조화되어 있다. 이렇게 구조화하는 일을 송하

---

15 송하춘, 『채만식』, 건국대학교출판부, 1994, 34~35쪽.

춘은 '외형의 모순을 읽으면서 내면의 진실을 파악'하려는 작가의 의도와 연결시킨다. 이러한 분석은 매우 탁월한 바가 있다. 작품의 구조를 한눈에 꿰뚫어보는 시각을 거기서 살펴볼 수 있기 때문이다. 그럼에도 불구하고 이 시각은 작품을 사형취상하는 데는 이르지 못하는데 그 이유는 연구자의 윤리적 입장이 그것을 방해하기 때문이다. 아버지의 행동은 도덕 윤리를 지키는 것이고 아들의 그것은 패륜에 해당한다고 보는 한 작품에 표현된 동작을 있는 그대로 포착할 수는 없다. 그것은 동작에서 상을 읽어내는 것이 아니라 형(形)을 주목하는 것이어서, 겉모습에 현혹된 상태이기 때문이다. 그리고 그 윤리적 입장에 대해서 이런 질문을 던질 수 있다. 일본 제국주의 강도가 지배하는 현실에서 그들의 윤리 도덕을 지키다가 굶어죽는 것이 마땅한 일인가, 아니면 그 강도의 것을 훔쳐서 목숨을 이어가는 것이 마땅한 일인가? 아무튼 「산동이」는 '외형의 모순을 읽으면서 진실을 파악'하려는 작가의 의도와 관련된 작품이고 그것이 현실의 공간을 제시한 다음 그 역사적 연원을 추적하는 방법을 구사하게 한 원동력인 것은 사실이다. 채만식의 작품이 「산동이」 이후 현실과 역사를 한꺼번에 읽는 방식을 취한다는 사실은 송하춘의 분석에서 충분히 밝혀졌다. 그리고 「산동이」가 발표된 뒤 6년 후에 창작된 『탁류』도 바로 그 구조를 갖추고 있다. 더욱이 『탁류』는 「산동이」의 구조를 거의 원형 그대로 차용한다. 「인테리와 빈대떡」이나 「레디메이드 인생」이 조금씩 구조의 변화를 내포하는 데 비해 『탁류』는 「산동이」의 외형을 꼭 그대로 반복한 것이다. 그 양상은 소설의 처음 부분에서부터 찾아볼 수 있다.

작품의 초두에 묘사된 미두장의 풍경은 「산동이」의 1절과 같이 현재의 현실 공간을 나타내는 기능을 한다. 그 공간이 지닌 특성은 일본의 자본이 조선 민족의 식량과 재산, 간단히 말해서 민족 자본을 합법적으로 수탈해 가는 미두장이란 점에 있다. 작가는 그 공간을 묘사하기 위해 영화의 수법을 도입한다. 마치 비행기를 타고 가면서 사진을 찍듯이 금강의 지리를 조감한다. 맑고 조용히 흐르는 상류의 흐름은 백제 흥망의 자취와 연결시켜 나라가 망한 역사를 환기하고, 탁하고 거세진 하류의 흐름은 조선인의 '깨어진 꿈'과 연결시켜서 식민지가 되어 행복의 꿈을 꿀 수 없는 식민지인의 현실을 환기한다. 작가가 군산이란 항구의 이야기가 마도로스의 정담이나 갈매기를 바라보면서 우는 여인네의 '슬퍼도 달코롬한 이야기'가 못 된다고 새삼스럽게 강조하는 것은 자칫 낭만이나 환상에 젖을 수 있는 분위기를 깨뜨리기 위해서이다. 그렇게 분위기를 조절한 다음에 등장시킨 인물이 '오늘이 아득하'고 '명일이 없는 사람'의 대표주자인 정주사이다. 작가는 정주사 같은 사람이 '어디고 수두룩해서 이곳에도 많이 있다'고 묘사함으로써 이 이야기가 특별하고 유별난 사람을 다루는 것이 아니라 조선 민족 전체를 대표하는 전형에 해당한다는 점을 강조한다. 그리고는 정주사를 구체적으로 묘사하기 시작한다.

> 정주사는 시방 미두장(米豆場 : 미곡취인소, 기미시장) 앞 큰길 한 복판에서, 다 같은 '하바꾼(절(節)치기꾼)'이로되, 나이 배젊은 애송이한테 멱살을 당시랗게 따잡혀 가지고는 죽을 봉욕을 당하는 참이다.
> 시간은 오후 두시 반, 후장(後場)의 대판시세 이절(大阪時勢二節)이 들어오고 나서요, 절기는 바로 오월 초생.
> 싸움은 퍽 단출하다. 안면 있는 사람들이 없는 바는 아니지만, 누구하나 나서서 말리지도 않는다.
> 지나가던 상점의 심부름꾼 아이 하나가 자전거를 반만 내려서 오도카니 바라보고 섰는 것이 그림의 첨경(添景) 같아 더욱 호젓하다.
> 휘둘리는 정주사의 머리에서, 필경 낡은 맥고모자가 건뜻 떨어져 마침 부는 바람에 길바닥을 데구루루 굴러간다. 미두장 정문 앞 사람무더기 속에서 웃음소리가 와아 하고 터져 나온다.
> 미두장은 군산의 심장이요, 전주통이니 본정통이니 해안통이니 하는 폭넓은 길들은 대동맥이다. 이 대동맥 군데군데는 심장 가까이, 여러 은행들

이 서로 호응하듯 옹위하고 있고, 심장 바로 전후 좌우에는 중매점들이 전화줄로 거미줄을 쳐놓고 앉아 있다.

이 장면은 너무나 유명하다. 그 유명한 장면을 새삼 인용하여 제시하는 데는 이유가 있다. 『탁류』의 모든 것이 이 장면 속에 다 들어 있기 때문이다. 그래서 이 장면을 어떻게 보아야 하는지 방법을 알아야 한다. 누구나 다 묘사된 것을 볼 수 있는 눈을 가지고 있다고 생각하는 것은 큰 착각이다. 눈 번히 뜨고 지켜보면서도 아무 것도 보지 못하는 일이 너무나 많다는 것은 작품을 구체적으로 분석하기 위해 애를 써본 문학 연구자는 말할 것도 없고 인생을 조금이라도 살아본 사람라면 누구나 수없이 실제로 겪어본 경험이다. 그 고통스런 체험의 순간을 통해서 뼈저리게 깨달았기 때문에 문학 연구자들은 문학 이론이나 사회 이론, 분석 방법을 너도나도 공부하고 있는 것이 아닌가. 조동일은 그런 관점에서 이 장면을 '보는 방법'을 이렇게 설명한다.

> 민족의 처지, 미두장에서 벌어지는 수탈이 멱살이 잡혀 있는 정주사의 딱한 사정과 안팎을 이루고 있으므로, 전체도 보아야 하고 부분도 보아야 한다. 부분만 보는 독자를 위해서는 전체를 조망하는 눈을 열어주고, 전체만 막연히 알고 있는 독자를 위해서는 부분을 자세하게 들여다보는 눈을 열어주어야 하기 때문에 전체에서 부분으로, 부분에서 전체로 작가의 사진기가 부산하게 움직이는 것이다.[16]

이렇게 작품을 부분에서 전체로, 전체에서 부분으로 볼 줄 알았던 『탁류』의 독자가 역사학자 홍이섭이었다. 그는 남승재가 전형이라느니 계봉이가 건실하다느니 어떠니 하는 말도 하지 않았고, 전반부는 좋은데 후반부는 통속적이라는 말도 하지 않았다. 그가 자신의 글에서 고태수니 박제

---

16 조동일, 『문학연구방법』, 지식산업사, 1982, 96쪽.

호니 장형보니 하는 소설의 주요 인물들을 짐짓 나 몰라라 한 것은 새삼 말할 나위가 없다. 그는 정주사 한 사람만을 딱 붙들고 앉아서 이 사람이 '망해가는 식민지 한국인의 한 전형'이라고 촌철살인의 발언을 하고 그의 꼬락서니가 어떤가를 살피면서 작가가 묘사해주는 대로 금강이며 군산이며 풍경을 두루 관람한 다음에 『탁류』의 의미를 이렇게 개괄한다.

> 아무 힘없는 〈인간기념물〉 정주사는 역사의 흐름 속에서 〈탁류〉에 밀려 궁핍화의 바닥을 허덕인다. 그는 정상적인 자기 사회라 해도 격변하는 시기에 대처할 의식과 행동이 따르지 않는 한 낙후·멸망할 수밖에 없었을지 모르지만, 더욱 식민지적인 상황에 있어서 침략자의 약탈 정책에 휘말리지 않을 수 없었던 것이다. 작가 채만식은 이 점을 또렷이 보고 얘기할 거리를 잡았으나, 작품으로 제작하는 데 식민지적인 제약을 넘어서기 위한 그 장벽의 돌파에는 이제까지 지녀 온 냉랭한 풍자적 필치를 우선 구사하는 것이다. 제1장의 〈인간기념물〉에서 정주사를 묘사하는 데서 식민지민의 몰락의 양상이 충분히 다루어졌다고 할 것이다.[17]

홍이섭은 소설 1장에서 이미 '식민지민의 몰락의 양상이 충분히 다루어졌다'라고 말한다. 그렇다면 나머지 부분은 다 떼어내 버려버리고 1장만을 독립시켜서 단편소설로 만들어야 하는가. 홍이섭이 1장만으로도 충분하다고 말한 이야기를 작가가 길게 사설을 늘어놓으면서 장편소설을 만든 것은 지금까지의 논지로 미루어볼 때 단순히 생화나 발표욕 때문만은 아닐 것이다. 그렇다면 그 이유는 어디에 있는가. 홍이섭은 『탁류』가 미두 취인 문제를 다룬 것은 작가의 현실 인식이 가장 두드러진 점이라고 하면서 소설의 뒷부분이 속된 것처럼 보이는 것은 세속적인 악조건을 뚫기 위해 나타난 경향이며, 이 작품에 작가는 '자기의 모든 이야기를 집약시키려 했던 것'이라고 유추하고, 작가의 역사 의식을 추구하지 못한

---

17 홍이섭, 「채만식의 『탁류』」, 『채만식』, 문학과지성사, 1984, 97~98쪽.

것이 유감임을 언급하고 있다. 이러한 언급을 보면 홍이섭은 뛰어난 독자임에는 틀림없지만 전문 문학 연구자는 아니다. 1장만 가지고 자기 할 이야기는 다 해버리고 나머지 부분에 대해서는 구름 잡는 이야기만 하고 있는 것이다. 이 뒷부분을 이해하는 데 「산동이」가 나서야 하는 것은 그 때문이다. 「산동이」는 1장이 지금 현재, 현실의 공간이고 그 이하가 현실의 공간을 배태한 역사적 연원을 드러내는 부분이란 것을 명확히 알고 있는 것이다. 그래서 2장부터는 주인공 초봉이가 등장한다. 세 남자나 편력하면서 기구한 운명을 삶으로써 많은 독자들로부터 통속적이라는 비난을 받아야 했던 초봉이는, 그러나 소설의 주인공이 아니다. 홍이섭이 이미 지적한 대로 『탁류』의 주인공 또는 전형은 1장에서 한 번 모습을 보여주고 그 뒤에는 존재 자체가 유야무야 사라져버리는 정주사이기 때문이다. 초봉이가 그 많은 활약에도 불구하고 주인공이 못되는 것은 이미 그 자리에 오른 정주사가 자신의 아버지이기 때문인 것만은 아니다. 아쉽게도 초봉이는 정주사의 분신에 불과했던 것이다. 여기서 초봉이가 정주사의 딸이라는 생물학적 사실을 상기하는 것은 아니다. 소설 속에서 초봉이는 정주사의 딸로 설정되어 있지만 그녀의 역할은 정주사가 처해 있는 현재의 식민지 현실이 어떻게 역사적으로 형성되었는가를 형상적으로 보여주어야 할 역사적 사명을 띠고 소설 속에 태어나 있는 것이다. 달리 말해서 초봉이는 정주사의 딸임에도 불구하고 정주사라는 인간이 어떻게 해서 오늘에 이르렀는지 그 역사적 연원을 밝히기 위해 동원된 도구적 존재로서 아버지보다도 앞선 시대를 살기도 하고 그 아버지의 미래를 나타내기도 하는 인물인 것이다. 그러므로 초봉이는 소설의 등장인물이면서 인간이 아니다. 이 양상은 남승재도 마찬가지이고 젊은 피가 끓는 계봉이도 마찬가지이며, 고태수, 박제호, 장형보도 모두 마찬가지이다. 그 이유를 밝혀주는 사람은 「산동이」다.

「산동이」는 자신은 성공적으로 살지 못했지만 『탁류』의 성공적인 삶을 이루어내는 데는 일등공신의 역할을 한다. 「산동이」가 그 자체로 성공할 수 없었던 것은 1절과 2, 3절의 연락 관계가 단절된 데 원인이 있었다. 「산동이」는 주인에게 반항 한 번 못하던 노복이 어떻게 관공서를 폭파하는 임무를 수행하는 사회적 인간으로 변화되는가 하는 문제를 제대로 형상화할 수 없었다. 그 점을 다른 작가나 평론가들이 예리하게 포착해서 비판했던 것이고 그 비판은 어느 면으로 보나 정당했다. 이에 비해서 『탁류』는 정주사가 처해 있는 현실의 역사적 연원이 초봉이의 기구한 운명을 통해서 효과적으로 형상화됨으로써 그 연결 문제를 무난히 해결할 수 있었다. 그것은 초봉이가 새초롬한 미인으로 등장해서도 아니고 승재나 계봉이 같은 조역들의 연기가 뛰어나서도 아니다. 그 성공은 작가가 이 작품에서 알레고리를 '문학적 방법'으로 사용한 덕분에 가능하게 된 일이다. 알레고리가 '다르게 말하다'라는 어원을 가진 데서 알 수 있듯이 이 작품의 형상과 의미의 결합은 작가가 자의적으로 설정한 기준에 따르는 것이다. 그러므로 우리가 『탁류』가 어떤 의미를 지닌 작품인지 알아보려고 한다면 불가불 그 알레고리의 구조를 파악하지 않으면 안 된다.[18]

---

18 『탁류』를 알레고리 구조의 측면에서 접근한 대표적인 경우는 정홍섭외 『채만식문학과 풍자의 정신』을 들 수 있다. 그러나 이 연구는 제목에 나와 있는 대로 작가의 풍자에 초점을 맞추고 있어 작품의 부분적 국면에서만 알레고리 구조를 읽어내고 있다. 다음과 같은 서술이 그 전형적인 사례이다. "작품 후반부에 있어서, 결국 계봉의 긍정성과 초봉의 부정성의 대립적 양상은 그들 각각에 대한 개성적 성격화에 의한 것이 아닌 바 알레고리적 관념의 소산이다. 이 알레고리적 관념의 대립 관계 설정은 곧 작가 자신의 일방적 계몽의도를 드러낼 뿐이다. 초봉의 성격화에 있어서의 이와 같은 알레고리적 변질은 장형보라는 또 하나의 알레고리적 성격의 인물과 짝을 이루며 강화된다. 즉, 장형보라는 인물이 초봉을 대상으로 하여 보이는 수성적 색욕(獸性的 色慾)은 말 그대로, 타락한 현실과 그 현실이 낳은 바 인간성의 극단적 상실을 표현하고자 한 작가 관념의 구성물이다." 『채만식문학과 풍자의 정신』, 역락, 2004. 199쪽. 이러한 분석은 정홍섭 저작의 여러 곳에 나타난다. 작품 전체가 알레고리라는 사실을 파악한 다음에는 이러한 분석들이 작품의 세부를 정확히 이해하는 데 매우 중요한 선구적 작업이 될 것이다.

3. 『탁류』의 알레고리

초봉이는 『토지』의 서희와 똑같은 인물이다. 두 사람 가운데 누가 더 지적이며 누가 더 미인인가를 따질 필요는 없지만 두 인물의 소설 내 역할은 똑같다. 두 사람은 소설의 등장인물이라는 성격을 지니면서도 사건의 진행을 총책임지도록 작가에 의해 일부러 만들어진 존재라는 점에서는 동일한 운명을 지니고 태어난 것이다. 초봉이는 정주사가 처해 있는 현실, 식민지 조선이 어떻게 역사적으로 형성되었는가를 '논증'하는 중차대한 임무를 부여받고 있는 것이다. 물론 초봉이는 정주사의 귀여운 맏딸이고, 그래서 살림 밑천이며, 그래서 박제호의 제중당 약방에 취직하여 어려운 정주사네 살림에 보탬이 될 만큼 돈을 벌기도 하는 살아 있는 인물이다. 그럼에도 불구하고 그녀는 조선이 일본 제국주의의 식민지로 전락하게 되는 초기의 한국 근대사를 재현해야 할 사명을 띠고 소설 속에 태어난 인물이다. 그녀가 아내한테 꼼짝도 못하는 박제호 밑에서 일을 하게 된 것도 전혀 자신의 의지에 따른 것이 아니다. 그녀가 마음으로는 승재를 그렇게 기꺼워하면서도 마치 청혼을 기다리기라도 했다는 듯이 고태수한테 얼른 시집가, 장형보에게 여보란듯이 겁탈을 당하는 것도 전혀 자신의 의사에 따른 것이 아니다. 그녀는 그렇게 운명지어져 있었다. 그렇게 우리의 여주인공을 비참한 삶으로 이끌어가는 운명은 근대 조선의 역사가 마련한 것이다. 곧 초봉이의 첫 번째 남편이 되는 고태수는 '조선'을 나타내는 남성이고 두 번째 남편이 되는 박제호는 '중국'을 나타내며, 세 번째 남편이 되는 '장형보'는 일본을 나타내는 상징적 인물이다. 한국 근대사가 이 세 나라가 엮고 있는 역학적 관계들 속에서 운명지어

졌듯이 초봉이의 운명은 세 남자의 존재와 불가분리의 관계로 맺어져 있는 것이다.

초봉이의 첫 남편 고태수의 이름은 '고+태수'이다. '태수'가 '(조그만 지역의) 왕'이라는 사실을 생각하면 고태수는 '고+왕' 곧 '고종'황제가 된다. 고태수가 근본이 시원찮은 집안의 출신이고 재정 상태가 바닥이 났음에도, 번연히 새로 얻은 마누라를 놓아두고도, 이 여자 저 여자 밝히다가 남의 집에서 운명하게 될 팔자인 것은 아관파천이니 무어니 하면서 남의 나라 영사관으로 주책없이 옮겨 다닌 '대한황제'의 행각에서 이미 운명이 결정된 역사적 사실이다. 이것은 박제호의 경우도 마찬가지이다. 그는 허우대는 크지만 아마 러시아나 서구 제국쯤을 상징할 마누라가 한 소리 뭐라고 지껄이기만 하면 꼼짝 못하고 움츠러들 위인이다. 초봉이가 박제호 밑에서 일을 한다는 것은 중국이 종래 조선의 후견인 노릇을 했다는 사실에 대한 작가의 비판적 인식일 것이고, 그 박제호가 본남편을 잃은 초봉이를 인수한 두 번째 남편이 되는 것은 잠시 동안이나마 조선을 쥐락펴락한 역사인물 원세개를 상징하는 것일 것이다. 또한 자기가 데리고 사는 여자를 다른 사람이 '내것'이라고 주장한다고 해서 덥석 내주는 것도 그의 이름이 박제호 즉 '박제된 호랑이'인 한 불가피한 운명이다. 이렇게 보면 장형보라는 이름에도 깊은 뜻이 있을 터이지만 그가 일본을 상징하는 까닭에 작가라고 해도 대일본제국의 관헌들이 눈을 부릅뜨고 지켜보는 상태에서는 함부로 이름을 붙일 수는 없었으리라. 그래서 작가는 '장형(杖刑)=곤장 100대', '보(甫)=아무씨'라는 두 개의 어려운 개념을 합쳐서 '곤장 100대를 맞아야 할 놈'이라는 뜻, '곤장을 쳐서 죽여야 할 놈'이라는 뜻, 더 간단히 말해서 '쳐 죽일 놈'이란 뜻으로 명명했을 것으로 추정되고, 그래서 장형보는 마지막에 암범으로 돌변한 초봉이의 무지막지한 발에 급소를 걷어채어 쓰러진 뒤 무수히 발로 짓밟히고도 모자라

서 다듬돌로 수없이 짓이겨져 처참하게 죽은 것이다. 채만식이 1943년에
「곤장 1백도(一百度)」라는 수필을 쓴 것을 보면 '장형'이라는 것이 '곤장
일백도'를 나타내는 개념임을 작가가 잘 알고 있었다는 사실은 여지없이
드러난다.

  이러한 '알레고리'의 측면을 유의해서 보면 『탁류』의 구조가 「산동이」의
구조의 원형을 고스란히 간직하되 그것이 좀더 복잡해진 형태라는 사실
이 금세 드러난다. 그 구조는 다음과 같이 그림으로 표시할 수 있다.

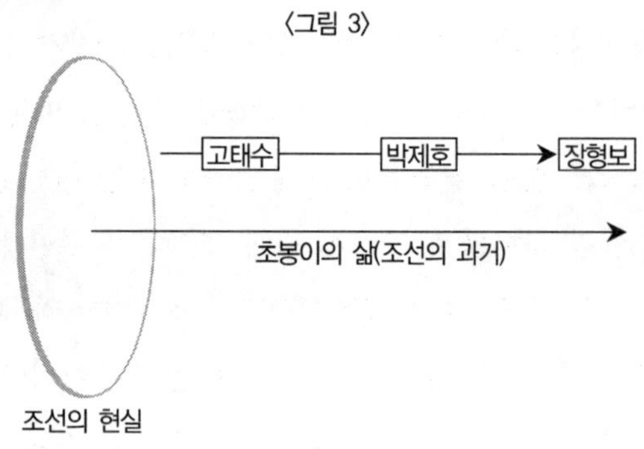

  그림에 표시된 『탁류』의 구조는 정주사가 놓여 있는 식민지 현실과 그
식민지 현실이 초래된 역사적 연원을 밝히는 데는 적절한 구조이다. 고종
이 대한황제가 되었다가 일본과 중국, 러시아 등 주변의 강대국들이 호시
탐탐 노리는 속에서 모든 것을 빼앗기고 파란만장한 생을 마감한 것, 종
이호랑이 중국이 조선의 후견인 노릇을 제대로 한번 해보려고 나섰다가
청일전쟁에서 일본으로부터 코침을 맞고 나서 자라모가지처럼 쑥 들어간
것, 일본이 진작부터 침을 발라놓고 때만 기다리던 조선을 을사조약이라
는 있으나마나 한 계약문서 하나 작성한 다음 홀짝 삼킬 수 있었던 과거
의 조선 근대사가 『탁류』에 비유적으로 잘 형상화되고 있는 것이다. 그러

나 그림으로 표시된 『탁류』의 구조는 작품의 실상과 맞지 않는 부분이 있다. 즉 〈그림 3〉의 구조는 장형보가 초봉이의 세 번째 남편이 되는 데까지만을 표시하고 있어서 첫 장면처럼 승재와 계봉이 등이 다시 등장하는 마지막 장면을 구조 속에 포함하지 않고 있다. 실제 소설 속에서도 14장 '슬픈 곡예사'까지는 초봉이를 중심으로 선분적인 형태의 이야기를 전개하지만 15장 '식욕의 방법론'에 들어서서는 이전과는 다르게 여러 등장인물들을 다시 끌어들여 사건들을 입체화함으로써 확연히 구분되는 장면들을 연출한다는 것을 생각하면 이는 우연한 일이 아니다. 곧 작가는 장형보가 초봉이와 계약서를 작성해서 을사조약을 맺음으로써 셋째 남편으로 정식으로 권리를 가지게 되는 14장까지는 초봉이를 중심으로 한 연속성을 가진 이야기로 이끌어오다가 15장부터는 다시 주요 인물들을 모두 등장시켜 피날레를 준비하는 것이다. 이러한 양상은 『탁류』의 구조가 크게 세 부분으로 나뉘어져 있음을 나타내준다. 첫 장면에서 식민지 조선의 현실, 현재 상태를 정주사를 통해 드러내고, 그 현실이 만들어지는 역사적 과정을 초봉이와 세 남자의 이야기로 형상화한 다음, 마지막에는 다시 식민지 조선의 현실에 대한 이야기로 돌아가는 형태인 것이다. 『탁류』의 구조를 이렇게 파악할 때 「명일」의 이야기를 확장한 것이 『탁류』의 이야기라는 작가의 말이 훨씬 더 납득할 만한 것이 된다. 초봉이와 세 남자가 등장하는 소설 중간 부분의 이야기는 현재의 식민지 현실을 초래한 과거 역사의 재현이므로 현실에는 존재할 수가 없고, 그런 측면에서 멱살을 잡힌 정주사가 등장하는 첫 부분과 발목을 잡혀서 숨이 넘어가는 송희가 등장하는 마지막 부분의 두 개의 장면만이 『탁류』에 묘사된 식민지 조선의 현실을 재현한 모습인 것이다. 그러므로 『탁류』의 전체 구조를 제대로 묘사하기 위해서는 〈그림 1〉과 〈그림 3〉을 결합한 형태로 그림을 다시 그리지 않으면 안 된다. 그 구조는 다음과 같이 표시될 수 있다.

〈그림 4〉

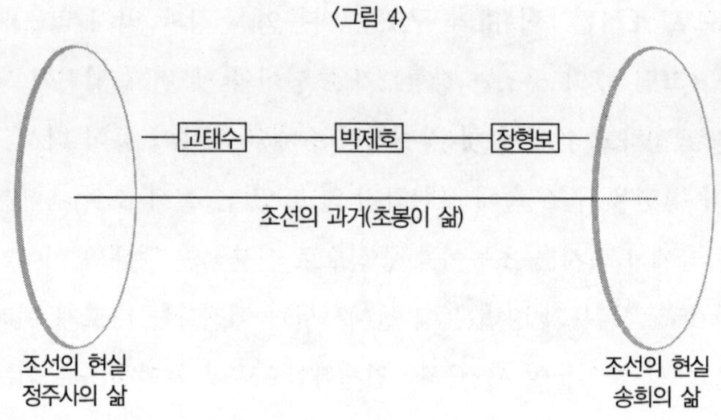

이 그림은 『탁류』의 서술 구조를 있는 그대로 상세하게 드러내준다. 알레고리는 근본적으로 서술 구조에 의지하는 것이므로 이제 우리는 그림에 나타난 서술 구조를 참조하면서 작품의 의미를 해석하는 작업에 나설 수 있다. 중간 부분에 있는 세 남자가 각기 조선과 중국과 일본을 나타내는 것은 누구라도 쉽게 알 수 있는 일이다. 세 남자는 차례로 한 번씩 초봉이의 남편이 되어볼 수 있는 기회를 갖는 것이지만 현재의 소유권은 장형보에게 있다. 여기서 초봉이의 작품 내적 의미가 조선 땅이나 조선 민족, 조선의 주권을 상징하는 존재라는 사실은 쉽게 짐작할 수 있다. 그러나 이 사실은 정주사가 식민지 조선인의 전형이라는 주장과 갈등을 빚게 되고, 송희의 존재와도 마찰을 일으킬 수 있는 내용이다. 장형보에게 발목을 붙잡혀서 숨이 넘어갈 뻔했던 당사자는 초봉이의 딸 송희이기 때문이다. 그러나 이 문제는 길게 끌 것도 없이 분신이라는 개념에 의해서 쉽게 정리될 수 있다. 분신이란 "다른 사람들이 차지하고 있는 지위, 즉 이 세상에서의 그들의 실존을 박탈하고 그들의 자리를 대신 차지하려는 이상한 주장, 비열하고도 환상적인 욕망"[19]을 가진 존재라고 일반

---

19 드미뜨리 치췌프스키, 「도스또예프스키에 있어서 분신의 주제」, 『도스토예프스키』, 르네 웰렉 편, 열린책들, 1987.

적으로 정의된다. 이 분신이 도스토예프스키의 장편소설 『악령』에 많이 나와서 스테판 베르호벤스키 한 사람을 빼놓고는 그 소설의 모든 등장인물이 주인공 스타브로긴의 분신이란 사실은 널리 알려져 있다. 그렇지만 우리의 『탁류』도 세계적인 문호 도스토예프스키의 작품에 못지않게 많은 분신을 등장시키고 있다. 초봉이가 정주사의 분신이고, 송희가 초봉이의 분신이란 사실은 혈연관계뿐만 아니라 정주사–초봉이–송희의 얼굴이 닮은꼴이란 작가의 인물 묘사에서도 쉽게 알 수 있다. 그런데 이 소설의 분신은 그 정도에서 그치는 것이 아니다. 계봉이는 초봉이의 다른 한 측면을 나타내는 분신이고 남승재는 고태수의 다른 한 측면을 나타내는 분신이다. 왜냐하면 계봉이는 초봉이로 상징되는 조선 민족의 적극적인 측면을 대표하는 성질이 있고, 남승재는 고태수와 대비되는 조선 민족의 민중적 건강성을 대표하는 인물이기 때문이다. 곧 정주사의 멱살을 잡은 하바꾼과 박제호, 장형보 정도를 제외하면 소설에 등장하는 대부분의 인물은 정주사의 분신이란 특성을 일정 부분 가지고 있는 것이다. 홍이섭이 『탁류』를 논하면서 정주사만을 가지고 이야기를 전개한 데는 이와 같이 미처 밝히지 못한, 그 나름으로 충분한 이유가 있었던 것이다. 이런 사실들을 고려하면 이제 우리는 〈그림 4〉에 표시된 작품의 구조가 적절치 못하다는 인식에 이르게 된다. 중국이니 일본이니 하는 존재가 인물의 달을 쓰고 있고 민중성이니 건강성이니 하는 추상적 성질이나 관념이 거리를 활보하고 있는 존재로 표상되고 있는 상태를 지양하고 작품에 드러난 현실 인식이 무엇인가를 명확히 파악할 필요가 있기 때문이다. 여기서 「명일」에 나타난 구조를 대안으로 생각해볼 수 있다. 즉 '승어부'의 구조가 현실성을 지니는가 하는 문제를 검토의 대상으로 삼는 방법이다. 이 점에 착안하면 하바꾼에게 멱살을 잡혀 있는 정주사나 장형보에게 발목을 잡혀 있는 송희나 모두 조선의 식민지 현실을 드러내주는 표상임에는 틀림

없다. 그러나 문제는 송희를 대신해서 장형보의 목숨을 거두어버리는 초봉이의 행동이 현실성이 있느냐 하는 점이다. 이 초봉이의 행동이 「명일」의 주인공 범수가 가졌던 행동에의 의욕이고 작가가 '억지'라고 명명했던 행동의욕의 표현인 것은 분명하지만 일본 제국주의가 시퍼렇게 살아 있는 상태에서는 그다지 현실성 있는 존재의 모습은 아니다. 그 점에서 장형보를 살해한 죄로 초봉이가 감옥에 간다는 설정은 '기다리고 기다려도 오지 않는' 그 해방된 조선의 현실이 아직 현재화하지 않았다는 작가의 고백이다. 즉 승재와 계봉이가 아무리 서로 좋아한다고 해도 결코 결합할 수는 없는데, 그 이유는 초봉이가 아무리 남성 편력이 복잡한 여자라고 해도 승재가 결혼할 수 있는 대상은 초봉이밖에 없는 것이고, 그 일은 초봉이가 감옥에서 나오는 뒷날에야 가능한 일이기 때문이다. 작가는 초봉이를 감옥에 넣음으로써 조선 민족이 감옥에 갇혔다는 사실을 강조하는 것이고 그로 인해 조선 민족이 승재와 같은 건강성과 자주적 민족 국가의 수립이란 꿈으로부터 강제로 분리되어 있다는 인식을 드러내고 있다고 해석할 수 있다. 작가가 다른 글에서 꿈에 본 계봉이를 이야기하면서 그녀가 원래 승재와 결혼할 생각이 없었다고 말하는 것[20]도 같은 이유를 가지고 있다. 그녀는 초봉이의 건강성이라는 추상적 성질이나 관념을 대리하는 까닭에 초봉이처럼 육신을 가질 수는 없는 존재인 것이고 자신과 똑같이 추상적 성질이자 관념인 승재와는 아무리 좋아한다고 해도 두 사람은 결코 결합할 수 없는 비운의 주인공들인 것이다. 이처럼 『탁류』의 마지막 장면이 작가의 소망이나 기대를 표현한 것일 뿐 현실적 존재로서의 무게가 거의 없다는 사실을 확인하게 되면 작품의 상(象)은 이제 하나

20 채만식, 「탁류의 계봉」, 『채만식전집』 10, 창작과비평사, 1989, 581~582쪽. 꿈속에서 계봉이를 만난 이야기를 하는 이 글에서 작가는 초봉이가 아직 감옥에 있다는 소식을 계봉의 입을 통해 전하면서 "일찌기 계봉이가 승재를 그렇듯 좋아는 하면서도 결혼할 의사는 좌우간 없었음을 알고 있었기 때문이다."고 말하고 있다.

로 통일될 수밖에 없다. 그것은 맨 첫 장면에 나오는 하바꾼에게 멱살이 잡혀 있는 정주사의 모습이다. 이 장면에서 하바꾼이 장형보와 마찬가지로 일본을 상징한다는 것은 췌언을 필요로 하지 않는 일이다. 그가 미두장에서 먹고사는 하바꾼이면서도 '나이 배젊은' '애송이'인 것은 장형보가 꼽추인 것과 같은 의미를 지니며, 그것은 뒷날 일제 관헌과 검열관의 철저한 감독 아래 쓸 수밖에 없었던『여인전기』에서 맨 나중에 나오는 옥동댁의 일본 태생 이복동생 무일중좌가 아버지 "임중위처럼 후리후리하지 않고 등이 짤막하였다"는 묘사와 상통하는 의미를 지닌다. 그 묘사는 일본을 나타내는 인물들이 다같이 꼽추같이 생긴 '왜놈들'이라는 작가의 의식을 대변한다. 그것은 정주사가 몰락했을망정 문화를 지닌 선비 집안 출신이고 오랜 역사를 지닌, 나이 든 점잖한 사람인 것과 대비되는 형질이다. 곧 일본은 어쩌다가 조금 서양 문물을 일찍 받아들인 덕에 근대화에 앞섰을 뿐 본디 근본이나 문화의 뿌리가 없는 족속이고 그에 비해서 조선은 오랜 역사와 문화를 지닌 존재라는 인식이다. 여기서 작가가 '우수한' 일본 민족이 되지 못해서 안달이 나고 한을 품은 까닭에 민족개조론을 주장했다고 주장하는 논문이 아무런 근거도 없는 것임은 두 말할 여지없이 분명하게 드러난다.

『탁류』가 알레고리 구조라는 사실을 파악하면 그 동안 연구자들이 이 작품에 가졌던 많은 궁금증이 쉽사리 풀리게 된다. 우선 이 작품의 전반부와 후반부가 왜 다른 느낌을 주는가 하는 의문에 쉽게 답할 수 있다. 그 느낌은 각 부분의 현실감, 실재성의 효과인 것이기 때문이다. 또한 알레고리 구조임을 감안하면 박제호와 장형보의 등장이 작품 구조상 필연적이며, 초봉이가 살인죄로 감옥에 가는 이야기 및 승재와 계봉이의 관계가 통속성을 띠는 이유도 쉽게 짐작할 수 있게 되는 것이다. 그들의 행동은 알레고리 구조에 맞추어 인위적으로 조작된 것이고 그들의 존재 자체가 현실에 기반을 둔 것이 아니라 조선 민족의 간절한 소망을 실재로 가공하여 구상화한 것이므로 현실감이 박약할 수밖에 없다. 또한 이 작품이 왜 세태소설이라고 할 만큼 묘사가 많은가 하는 의문에도 쉽게 답할 수 있다. 예컨대 한수영은 "채만식 소설이 우리 근대소설사에 끼친 영향과 족적 중에서, 새롭게 우리가 확인하고 계승해야 할 중요한 항목으로 '디테일'의 문제는 여전히 커다란 비중을 지니고 있는 것"[21]이라고 말하고 있는데 이렇게 채만식 소설이 디테일의 진실성이라는 측면에서 주로 거론되는 이유는 그의 작품 가운데 알레고리 구조를 가진 작품이 많다는 사실과 긴밀하게 연관된다. 알레고리는 직유가 '단 하나의 비교 계기만을 갖는' 데 비해서 '이미지 영역과 사물 영역이 가능한 한 많은 개별적 특성에서 맞아 떨어'져야 성립할 수 있기 때문이다. 쉽게 풀어서 이야기하면 고태수는 고종황제나 대한제국의 특성을 대변하는 성질을 그 형상 속에 풍부하게 갖추어야 하며, 장형보는 일본 민족, 일본 제국, 일본인의 특성을 가능한 한 그 인물 형상 속에 풍부하게 갖추어야 하는 것이다. 그 조건을 만족시키기 위해서 작가는 사물의 디테일을 상세하게 묘사하고 있는 것이다. 따라서 한수영이 채만식 문학에서 디테일이 잘 형상화되고 있는 점을 파악했다는 것은 그가 작품의 알레고리를 다른 사람보다 훨씬 더 잘 이해할 수 있는 조건을 갖추었다는 반증이 된다고도 할 수 있다. 한수영이 지적한 이 '디테일'의 리얼리즘은 알레고리의 영역에서는 '가시적(可視的)인 요인'이라고 하는 것으로서 알레고리의 성립에 '상황'이라는 요인과 함께 필수 요소이다. 그 가시적인 요인들이 확대되고 활성화됨으로써 상황의 역동성과 복잡성이 형성되기 때문이다. 알레고리 형상의 풍부한 의미는 그 가시적인 요인의 활성화에서 근본 동력을 얻는다고

---

21 한수영, 「비판적 리얼리즘의 성과와 1930년대 후반 채만식의 소설미학」, 『채만식문학의 재인식』, 소명출판, 1999, 144쪽.

말할 수 있는 것이다. 알레고리의 해석이 자주 문제가 되는 것도 이와 관련된다.

> 알레고리는 결코 그 자체로서 가치와 기능을 지니지 않고, 언제나 다른 어떤 것을 지시한다. 형상과 의미는 갈라지고, 교체가 가능하다. 알레고리의 합리주의적 성격에 따라 형상의 자리에 관념이 들어온다. 다시 말해 그 의미는 지적으로 잡아낼 수 있다. 심벌이 여러 가지 색채로 빛나며 그 끝을 알 수 없는 것과는 달리, 알레고리는 개별적인 부분까지 규정되고, 해석될 수 있다. 알레고리는 기호적 성격을 지니는 것이어서 주석이나 열쇠를 필요로 한다. 따라서 알레고리는 그 뒤에 숨어 있는 사유 영역을 알지 못하는 사람에게는 이해되지 않는다. 알레고리는 저절로 열리는 법이 없다.[22]

독일의 권터 그라스의 『양철북』의 수용사를 검토하면서 김누리는 이 작품이 아직까지도 표면적 층위에서만 수용되고 있다고 지적하고 이 작품에 쏟아지는 "이러한 비난들은 작가가 알레고리적 형상화 속에 '숨겨놓은' 비판적 의도가 대부분 오해되거나, 간과되거나, 무시되었음을 보여준다."[23]라고 설명한다. 그 이유는 그라스의 작품에 구현되어 있는 알레고리를 알아보지 못한 독자들이 작가를 비난하는 것은 작품을 오독한 데서 비롯된다는 설명이다. 이 양상은 채만식 문학에서도 똑같이 나타난다. 작가의 문학 방법의 중심적 기법인 알레고리의 구조를 파악하지는 않고 표면 층위의 디테일만 가지고 문제를 삼고 있는 상황이 임화, 김남천이 활동하던 시대부터 지금까지 지겹도록 반복되고 있는 것이다. 그 대표적인 사례가 『탁류』에 대한 평론이나 연구에 나타나 있다. 이 소설의 알레고리를 주목할 때 이 작품이 통속에 빠졌다거나 세태 묘사만 꼼꼼하게 한다고 비난할 수는 없다. 작품은 조선 민족이 일본 제국주의에 의해 수

---

22 Elizabeth Frenzel, Stoff-, Motiv- und Symbolforschung,(Stuttgart, 1978), 38쪽, 김누리, 『알레고리와 역사』, 민음사, 2003, 58쪽에서 재인용.
23 김누리, 앞의 책, 63쪽.

탈당하는 현실의 사회 구조와 함께, 그 조선 민족이 힘을 합쳐 일본 제국주의의 숨통을 끊어놓는 이야기를 풀어놓고 있다. 검열관이 그 알레고리를 알아보았다면 작가는 그날로 당장 잡혀가 고문을 당했을 것은 물론 수년 동안 감옥 밖으로 나올 수 없었거나 죽음을 당했을 것이라는 점은 거의 명약관화한 일이다. 실제로 이 작품의 재판이 발행된 직후 일제 검열 당국은 이 소설의 3판 발행을 중지하도록 결정했다. 그것은 표면상 용지난 때문에 발행 중지가 이루어진 것으로 알려져 있지만 달리 생각하면 이 작품의 의미를 검열 당국 나름대로 파악하게 되었기 때문에 그 결정이 내려진 것은 아닌가 생각해볼 수 있다. 이런 점들을 고려하면 작가가 1934년부터 2년간 침묵을 지키면서 "무엇을? 어떻게?" 쓸까 고민한 결과가 무엇이었으며, 그의 행동에의 의욕이 무엇인지 쉽게 파악할 수 있다. 채만식은 문학 행위를 통해 항일투쟁을 전개하기로 결정했고, 검열 당국의 눈을 피하기 위해서 알레고리를 자신의 문학 방법으로 사용하기로 작정한 것이라고 파악할 수 있는 것이다. 그 결과 『탁류』는 당대의 조선인 독자 대중에게 항일과 극일의 뜻을 생생한 형상을 통하여 전달할 수 있었다. 일제에 수탈당하고 핍박을 받는 조선 민족이 흉악한 '왜놈'을 무참하게 짓밟아 죽이는 이야기를 써낸 것이다. 그래서 『탁류』는 책이 나온 지 1년여 만에 재판에 돌입하게 되었지만 일제 검열관들은 그 낌새를 뒤늦게 알아차렸는지 3판 발매중지 처분을 내린 것이다. 그리고 그런 사정들이 개재해 있었음에도 불구하고 우리 문학 연구자들은 작품이 나온 지 반세기가 지나서까지 작가를 친일작가로 몰아세우면서 디테일이나 통속성을 비난하는 데만 골몰하고 있는 것이다.

작품에 대한 해석을 거부한다고 알려진 권터 그라스의 문학을 전체적으로 알레고리로 해석해야 한다고 주장하는 김누리는 알레고리 방법의 원리에 대한 세세한 검토를 거친 다음 그 특징을 여섯 가지로 나누어 정리하고 있다. 그 내용은 다음과 같다.

첫째, 형상과 의미의 관계가 자의적이다. 둘째, 텍스트를 세부 사항까지 이성적 합리적으로 해석할 수 있다. 셋째, 상황과 가시적인 것이 중요한 역할을 한다. 넷째, 서술 구조에의 의존도가 높다. 다섯째, 독자의 성찰을 자극하려는 의도가 숨어 있다. 여섯째, 정신사적으로 보면 한편으로는 현대 미학과, 다른 한편으로는 존재론적 위기 의식과 깊은 관계가 있다.[24]

김누리가 알레고리의 특성으로 손꼽은 이 여섯 가지 특징은 『탁류』의 분석에 그대로 적용될 수 있다. 먼저 형상과 의미의 관계가 자의적이라는 것은 알레고리 일반의 특성이다. 알레고리의 전체 구조와 작가의 사유 영역이 무엇인지 파악이 되고 나면 형상이 어떤 특색을 지니고 있다고 할지라도 그 의미는 쉽게 규정될 수 있다. 따라서 알레고리를 작품의 구조화 방법으로 사용한 작품의 이해에서 제일 먼저 요구되는 것은 작품의 전체를 통해서 그 구조를 읽어내는 일이다. 귄터 그라스와 채만식의 작품들이 제대로 이해되지 않은 가장 큰 이유는 그 전체에 대한 파악이 불충분한 데 있었다고 할 수 있다. 그 전체를 파악하는 데 가장 이상적인 방법이 '느낌' 또는 '감통', 다른 말로 해서 통각이나 '상'을 취하는 방법이라고 하는 것은 앞장에서 길게 설명한 바 있다. 홍이섭 같은 역사학자가 정주사를 작품의 유일한 전형으로 내세울 수 있었던 것은 자기가 익히고 있던 독서 방식에 따라 가지게 된 자신의 '느낌'에 충실했기 때문에 가능했던 일이라고 할 수 있다. 이렇게 일단 '느낌'이 형성되면 작품의 전체 구조, 나아가서 알레고리의 구조를 찾는 것은 그다지 힘든 일이 아니다. 그 파악된 구조를 통해 개별적인 형상들이 어떤 의미를 지니는가 하는 것을 일일이 확인하는 문제는 거의 기계적인 작업에 불과하다. 우리는 고

---

24 김누리, 앞의 책, 61쪽.

태수나 박제호, 장형보의 행동 하나하나를 특정한 역사적 사건이나 사실, 일정한 의미와 연관시킬 수 있다. 예컨대 장형보가 성적으로 초봉이를 학대한다는 것이 무슨 의미를 지니는 것인지, 송희가 고태수나 박제호, 장형보 그 누구도 닮지 않고 초봉이만을 꼭 그대로 빼닮았다는 것이 무슨 의미를 지니는 것인지 거의 직각적으로 설명할 수 있다. 박제호의 행동도 역사적 사실과 관련하여 상세한 해설이 가능하다. 그 이유는 작가가 박제호를 형상화하면서 그 인물을 중국의 역사적 행위와 연관시켜 놓았기 때문이다. 이것은 고태수에 대해서도 적용된다. 고태수는 고종황제라는 개인이 아니라 조선 민족의 상징으로서 형상화되어 있는 것이므로 그 행동이나 모습을 통해서 다양한 의미를 읽어낼 수 있다. '텍스트를 세부 사항까지 합리적으로 해석할 수 있다'는 두 번째 사항은 바로 그 사실을 지적하는 것에 불과하다. 그렇지만 '상황과 가시적인 것의 중요성'을 언급한 세 번째 사항에 대해서는 약간의 설명이 필요하다.

알레고리를 사용한다고 하더라도 소설이 문학인 한 형상성은 기본 조건이다. 이 형상성을 이루는 구성 요소는 상황과 인물, 사물로 구분할 수 있다. 이 세 요소 가운데 인물과 사물은 작가의 사유 영역이 무엇인가에 따라 표면 층위와 전혀 다른 뜻을 나타내게 된다. 그러나 상황은 작가가 자의적으로 아무렇게나 설정할 수 있는 것이 아니다. 작가가 알레고리를 성공시키기 위해서는 원래의 사물이 놓인 전체적 상황과 흡사한 구조를 작품의 상황 속에 구현해야 하기 때문이다. 바꾸어 말해서 알레고리가 '다르게 비유적으로 말한다'는 의미를 지닌다고 했을 때 '말하려'는 원래의 대상이 있고, 그것을 '다르게 비유적으로' 표현하는 대상이 있게 되는데 이 두 개의 대상 사이에는 '닮음'의 구조적 관계가 성립해야 한다. 따라서 알레고리 작품에 설정되는 상황은 원래의 표현 대상과 비교했을 때 그 '닮음'의 구조적 관계가 확인될 수 있는 것이어야 알레고리의 효과를 낳을 수 있다. 그것이 알레고리에서 상황이 결정적인 중요성을 갖는 이유이다. 이 상황에서 인물이나 사물과 같은 '가시적 요인'은 그것들이 지시하는 사물과 한 가지에서만이 아니라 여러 가지 측면에서 공통성을 지니는 존재로 표시되어야 한다. 예컨대 박제호는 중국처럼 허우대가 커야 하고, 행동이 굼뜨면서도 음충해야 한다. 이에 비해서 장형보는 체구가 '왜놈'의 형상을 닮아 기괴하고 작아야 하고 행동도 약삭빠르거나 잔인해야 하고, 거기에다 교활성까지 겸비해야 한다. 알레고리에서 가시적인 것, 디테일은 이러한 요구를 충족시키는 데 필수 불가결한 요소이다. 디테일의 리얼리즘은 상황의 구조적 닮음과 같이 알레고리의 필수적 요소가 되는 것이다.

네 번째 특징으로 거론된 서술 구조에 대한 의존도는 우리가 『탁류』를 분석하면서 이미 검토한 내용이다. 알레고리는 상징이나 비유처럼 특정 낱말이나 문장 단위에서 이루어질 수 있는 기법이 아니다. 작품 전체 구조를 통해서 특정한 대상을 '다르게 말하는 것'이므로 그 비교나 대조의 단위가 서술 구조 차원으로 확대되는 것은 불가피하다. 『탁류』에서 고태수가 초봉이의 남편인 단계, 박제호가 남편인 단계, 장형보가 남편인 단계로 구분되는 것은 알레고리가 서술 구조에 의존한다는 사실을 충분히 입증해줄 수 있다.

다섯 번째 '독자의 성찰을 자극'한다는 내용은 알레고리의 대상을 현재 표현된 형상을 통해서 찾아야 하기 때문에 알레고리 작품에서는 자동적으로 요구되는 사항이라고 할 수 있다. 원 대상과 표현된 대상 사이에서 '닮음'의 관계를 인지하는 데 지성이 관여해야할 뿐만 아니라 개별적인 형상의 요소들이 무엇을 나타내는지 독자는 일일이 확인하지 않을 수 없다. 그 확인이 불충분하게 되면 작품은 풍부한 의미를 함축할 수 없게 된다. 더 나아가서 무엇이라고 특정할 수 없이 모호한 표현이나 대상이 있을 경우 독자는 그것이 왜 그러한 형태를 취하고 있는가에 대해서 성찰하고 전체를 다시금 돌아보면서 의미 해석을 반복해야만 한다. 해석학적 순환을 가장 필요로 하는 것이 알레고리를 내장한 작품인 것이다.

여섯 번째 알레고리의 역사적 의의에 대해 논의한 사항은 채만식의『탁류』가 가질 수 있는 문학사적 의의를 말해주는 의미가 있다. 알레고리는 분명히 고대부터 있었던 문학의 방법 또는 기법임에 틀림없다. 그럼에도 불구하고 페터 뷔르거는 알레고리가 "기호에 자의적인 의미를 장착하고 그런 기호들을 하나의 이질적인 전체로 묶어내는"[25] 현대적 기법이라고 지적하면서 "알레고리라는 카테고리는 두 가지의 생산 미학적 개념들― 그 중 하나는 재료를 다루는 일(요소들을 어떤 맥락으로부터 일탈시키는 일)에 해당된 개념이고 다른 하나는 작품 구성(단편들의 조합과 의미 설정)에 관한 개념이다―을 생산 과정 및 수용 과정에 대한 해석과 결부시키고 있다. 벤야민의 알레고리 개념은 생산 미학적 측면들과 영향 미학적 측면들을 분석적 차원에서는 구분을 하면서도 동시에 통일체로 생각할 수 있도록 해준다는 사실을 놓고 볼 때, 그 개념은 아방가르드적 예술 작품의 이론에 있어서 핵심적 카테고리로서 기능을 갖기에 적절하다."[26]라고 예술사적 의미를 부여하고 있다. 채만식의『탁류』에 구현된 알레고리가 뷔르거가 말한 예술사적 의미를 갖는 것인지에 대해서는 좀더 검토가 필요하다. 그러나『탁류』의 알레고리 구조가 1980년대에 발표된 복거일의『비명을 찾아서』와 마찬가지로 식민지 상황을 포괄적으로 알려주는 알레고리로 성립하고 있다는 사실은 충분히 인정할 수 있는 내용이다. 프레데릭 제임슨은 전지구적 자본주의 체제가 총체적 현실에 대한 인식을 불가능하게 하는 후기 자본주의 현실에서 알레고리가 가진 의미를 주목한 바 있다.

25 김누리, 앞의 책, 61쪽.
26 페터 뷔르거,『전위예술의 새로운 이해』, 최성만 옮김, 심설당, 1986, 120쪽.

알레고리를 통해서 전지구적 자본주의 현실의 중층적 구조를 좀더 명료
하게 즉각적으로 인식할 수 있도록 '인식의 지도'를 그릴 필요가 있다는
주장인 셈이다. 이 점을 고려하면 식민 당국의 엄혹한 검열을 극복하고
조선 민족에게 자신들이 처해 있는 상황, 현실의 총체성과 그 역사적 연
원을 파악할 수 있도록 인식의 지도를 제시한 채만식의 알레고리는 매우
의의 깊은 문학적 실험이라고 평가하지 않을 수 없다. 그것은 채만식의
치열한 항일투쟁의 과정에서 이룩된 최초의 식민지 조선 '인식의 지도'였
던 것이다. 그것은 한편으로는 식민 통치를 받고 있는 조선의 현실을 변
혁하기 위한 행동의 실천이었고 다른 한편으로는 풍부한 상상력을 보여
주는 문학적 실험이었다.

Ⅴ. 알레고리와 방법의 실험

　『탁류』에 나타난 알레고리는 근대 조선의 현실과 역사를 형상적으로 보여주는 '인식의 지도'이다. 그 인식의 지도에 표시되어 있는 근대 조선의 현실과 역사의 구체적인 내용을 해독하는 것은 『탁류』의 심미적 구조가 무엇인가를 해명하는 데 필수적 요소이다. 우선 '멱살 잡힌 정주사'로 표상하고 있는 일본 제국주의의 침탈과 억압이 해명되어야 할 것이며 그 일제가 어떻게 해서 조선을 식민 지배하게 되었는가를 설명하는 역사의 연원에 대한 형상화 작업에도 눈을 돌려야 한다. 그러나 지금 당장 이 자리에서 이 문제를 검토하는 일에 착수할 수는 없다. 『탁류』의 알레고리 구조가 확인되고 나면 자연히 많은 연구 작업이 그 문제에 집중될 수 있을 것이고, 그러한 연구 공동체의 노력에 의해 앞으로 진지하게 탐구가 진척될 것이기 때문이다. 그 보다 여기서 더 중요한 문제는 과연 '알레고리'가 채만식 문학에서 어떤 위상을 차지하고 있으며 왜 그 같은 기법이

작가에 의해서 채택되었으며 그 의미는 무엇인가 하는 점을 규명하는 일
이다.

채만식은 1934년 중엽부터 1936년 중엽까지 2년 동안 문학 활동을 중
단했다. 물론 이 기간에도 문필 활동은 계속되었지만 그것은 대부분 필명
을 사용해 발표한 탐정소설 『염마』와 같이 생화를 위해 필요한 작업이었
지 본격적인 문학 활동이라 할 만한 것은 아니었다. 그 기간에 작가가
"무엇을? 어떻게? 쓸까"하는 문제를 놓고 깊이 고민하였다는 것은 앞장에
서 설명한 바 있다. 그 2년이 지나고 발표되기 시작한 채만식의 작품에는
알레고리를 구사해서 만들어진 작품들이 줄을 잇는다. 정홍섭은 1936년
이후 알레고리를 사용한 채만식의 작품으로 「소복입은 영혼」(1936), 「얼어
죽은 모나리자」(1937), 「생명」(1937), 「두 순정」(1938), 「쑥국새」(1938), 「용
동댁의 경우」(1938) 등을 들고 있다.[1] 이것은 1934년 이전에 씌어진 채만
식의 작품에서 거의 알레고리를 찾아보기 힘들다는 사실과 매우 대조되
는 현상이다. 더욱이 채만식의 일제 말기 창작물 가운데 대표적인 작품들
상당수가 알레고리의 형식을 지니고 있고, 친일작품의 대명사처럼 알려진
『여인전기』를 비롯하여 『어머니』 등의 장편소설조차 알레고리 구조를 채
용하고 있다는 사실을 감안하면 이러한 형식적 특징이 우연하게 나타난
일이 아니라는 것은 쉽게 파악할 수 있다. 곧 2년간의 침묵 속에서 작가
는 향후 자신이 가져야 할 문학 방법의 일환으로 알레고리를 선택하였다
고 짐작할 수 있고, 그것을 일제의 검열을 극복하기 위한 방안으로 사용
한 것이라고 추리할 수 있는 것이다. 그러므로 일제 말기 채만식이 치열
한 항일유격전을 펼치기 이전에 작가가 어떻게 알레고리 형식을 이용하
였고 그것이 작품에는 어떤 성과를 가져왔는지 살펴보는 일이 필요하다.

---

1 정홍섭, 『채만식 문학과 풍자의 정신』, 역락, 2004, 274쪽.

이 작업은 「명일」을 원점으로 하여 새롭게 전개되기 시작한 채만식 문학
이 어떤 문학적 실험들을 하였으며, 그 실험들 속에서 알레고리, 풍자, 자
전적 기법 등이 어떤 역할을 하였는지를 고찰하는 일들을 포함한다. 이
장에서 『탁류』가 발표될 무렵에 나온 여러 작품들을 알레고리와 관련을
지어 일괄하여 살피는 것은 채만식의 문학에서 그 방법이 차지하는 위상
을 확인하기 위해서이다.

1. 『탁류』 전후의 알레고리 작품들

일본은 1935년 8월 국체명징(國體明徵)을 내걸고 각급 학교에 신사참배
를 강요하기 시작하였다. 또 1936년 1월에는 교육자들의 사상 취체를 위
하여 학무국에 '사상계'를 설치하고 8월에는 '조선불온문서 취체령'을 공
포 시행하였다. 이런 속에서 손기정 선수 사진 일장기 말살 사건으로 〈동
아일보〉가 정간을 당했으며 1937년에는 수양동우회 사건으로 150여 명의
인사가 체포되었다. 또한 같은 해 8월에는 총독부 학무국의 주선으로 '조
선문예회'가 조직되었다. 뒷날 '조선문인회', '조선문인보국회'로 발전하
게 되는 이 단체는 이제 문학인들에게도 대일 협력을 할 것인지 붓을 꺾
을 것인지를 선택하도록 강요했다. 중일전쟁의 도발 등 본격적인 침략 전
쟁을 눈앞에 둔 일본은 후방 병참기지가 되어야 할 조선의 내부단속을
강화하면서 문인들에게도 직·간접적으로 압박의 강도를 높여갔던 것이
다. 채만식이 2년간의 침묵을 깨고 다시 작품 활동을 시작한 1936년은
바로 그와 같이 국내외 정세가 긴박하게 돌아가던 시기였다. 문학 활동을
재개한 채만식의 첫 작품은 「보리방아」였다. 작가의 문학 활동 기간 내
내 중심 주제가 되는 『심청전』의 현대판 패러디라고 할 수 있는 이 작품

은 〈조선일보〉에 연재되었으나 검열에 걸려 게재가 중단됨으로써 완결을 볼 수 없었다. 그러나 작가는 검열의 제약을 무릅쓰고 차후 이 작품을 「동화」, 「병이 낫거던」 등의 연작으로 계속 밀고 나갔다. 이런 측면에서 「보리방아」와 거의 같은 시기에 발표된 「소복 입은 영혼—구슬픈 전설의 한 토막」은 채만식 소설 가운데 최초의 완결된 알레고리 작품이라고 할 수 있다.

이 소설은 부제가 말해주는 대로 서당 훈장인 '덕언이 선생'이 구술한 이야기를 전달하는 형식을 취한 일종의 액자소설이다. '덕언이 선생'은 서당 훈장으로 있으면서 순사 시험을 보기도 했으나 나이가 너무 많고 키가 작아 낙방을 한 사람이다. 그가 전한 이야기는 자신의 5대조 할아버지를 주인공으로 하고 있다. 그 5대조는 젊은 시절 여덟 번이나 과거에 장원급제를 하고도 백의정승이 되기 위해 아홉 번째 과거에 응시하러 선비차림으로 서울에 올라갔다. 길이 저물어 예전에 다니던 과천의 주막집을 찾아갔는데 주막집 주인은 선비를 낯선 양반 집으로 안내했다. 저녁을 대접받고 잠자리에 들려는데 한 소복 여인이 방문을 열고 들어와 청혼을 했다. 여인은 집주인 김판서의 무남독녀로 시집을 갔다가 첫날밤에 신랑이 급사하여 처녀과부가 된 인물이다. 김판서는 과천으로 이사하여 지금까지 딸의 신랑감을 물색해왔는데, 오늘 처음으로 딸의 눈에 드는 사람을 발견한 것이다. 선비는 과부와 결합하는 것은 예의가 아니라고 물리쳤으나 여인은 이 일에 자신의 목숨이 걸려 있음을 말하면서 세 번에 걸쳐서 간곡히 요청했다. 결국 '충신은 불사이군이요 열녀는 불경이부'라는 유교 윤리를 완고하게 내세우는 선비의 물리침을 받은 여인은 방을 나가서 목을 매 자살한다. 사정을 알게 된 김판서는 "그대는 들으니 '백의정승'의 자리에 오르려는 사람! 그러면 군명을 대신하여 천하의 백성을 다사릴 큰 그릇이어늘 그다지도 변통성이 없고 인정에 어두어서야 어찌 그러한 대임을 다하겠는가?” 하고 나무랐다. 선비는 이 일로 정신이 혼란하여 과거 시험에도 떨어지고 고향에 돌아와서 얼마 안 되어 죽었다.

이 이야기는 평이한 전설처럼 들리지만 그 속에 알레고리를 포함하고 있다. 그 알레고리는 글방 선생을 하면서 어떻게 출세를 해볼까 하고 순사 시험을 보는 ‘덕언이 선생’의 행실도 비웃는 것이지만 지조만을 앞세워 죽음을 눈앞에 둔 생명을 돌보지 않는 선비에 대한 비판도 내포한다. 두 사례가 대조의 효과를 내게끔 구성되어 있는 알레고리인 것이다. 알레고리가 도덕심에 입각하여 ‘정치적 사회적 문제들을 비교 가능한 역사적 상황들을 보기로 들어 간접적으로 다루는’ 형식이란 점을 고려하면 이 작품은 문학인들의 지조가 시험받고 있는 상황에서 발생할 수 있는 두 가지 극단적 경우를 대비하는 것이라고 할 수 있다. 더욱이 뒷날 채만식이 겉으로 친일을 표방하면서 내면적으로 항일투쟁을 전개하였음을 감안하면 이때에 이미 작가의 시대 현실에 대한 대응의 기본방향은 세워진 것이라고 할 수 있는 것이다. 그것은 단순히 지조만을 지키겠다는 것이 아니라 지조에 흠결이 생기더라도 조선 민족을 위한 행동, 민족의 대의에 따른 항일투쟁을 전개하겠다는 결단이다. 이와 같이 작가는 문학 활동을 재개한 직후부터 알레고리 형식을 빌려 지식인의 지조 문제 등 현실적으로 제기되는 문제들을 검토하였고 그러한 시도는 1937년에 발표된 「얼어죽은 모나리자」에서도 다시 이루어진다.

「얼어죽은 모나리자」는 시골 처녀 오목이의 이야기다. 오목이는 멀쩡하던 눈이 어느 날 갑자기 멀게 된 뒤부터 외출을 삼가고 뒷방에서 신을 삼으며 살고 있다. 그러던 어느 날 객지에 나가 돌아다니다가 돌아왔기 때문에 오목이가 눈이 멀었다는 사실을 모르는 앞 동네 총각 금출이가 찾아왔고, 그 전부터 서로에 대해 알고 있던 두 사람은 어둔 방에서 관계를 맺는다. 그러나 오목이가 눈이 멀었다는 것을 알게 된 금출이는 다시는 오목이를 찾아오지 않았고, 부모들은 말썽이 나기 전에 오목이를 먼 곳으로 시집을 보내버리려 서두른다. 혼인날을 앞둔 전날 밤 오목이는 금출을 찾아 몰래 집을 나섰으나 길을 잃고 헤매다 추운 날씨에 얼어죽고 만다. 이 작품 역시 순정을 지키는 여인의 이야기를 통해 변절이 강요되던 어두운 시대의 지조 문제를 제기한 알레고리 작품이다. 이런 종류의 알레고리는 1938년에 발표된 「두 순정」, 「쑥국새」에서도 찾아볼 수 있다.

「두 순정」은 산골 한 암자에서 노승에게 들은 이야기를 전하는 형식으로 되어 있다. 엄하기만 한 어머니로 인해 마음 붙일 곳이 없던 봉수는 새색시의 부드럽고 다사로운 품에서 정을 느끼고 안온함을 얻는다. 그러던 어느 날 색시가 근친을 간다. 한 달만 있다가 돌아온다는 색시를 부득불 말리며 울기도 했지만 아버지에게 매를 맞고 어쩔 수 없이 혼자 보낸다. 그날부터 즐거움을 잊고 울기만 하는 것을 보다 못해 봉수의 부모는 사흘 만에 아들을 처가에 보낸다. 봉수는 아내를 뒤쫓아 왔다는 것이 창피스러워 처가에 도착하자마자 색시에게 집으로 돌아가자고 조르고, 봉수의 고집을 이기지 못한 처가에서는 이튿날 두 사람을 시집으로 보낸다. 그러나 시댁에 가져갈 이바지를 준비하느라 늦게 출발한 두 사람은 눈보라 속에서 길을 잃고 헤맨다. 색시는 어린 봉수를 업고 죽을힘을 다하지만 길을 찾을 수 없었다. 이튿날 사람들이 두 사람을 발견했을 때 봉수를 끌어안고 있던 색시는 이미 죽은 뒤였고, 새색시의 체온 덕택으로 어린 봉수는 살아남을 수 있었다. 작품은 이야기를 하는 노승이 봉수 자신이라는 사실을 암시하면서 끝난다. 어린 서방의 목숨을 죽음으로 지킨 색시와 그 색시를 잊지 못하고 80 평생을 홀로 산 두 사람의 순정을 통해서 지절의 문제를 제기하고 있는 작품이다.

「쑥국새」도 앞의 두 작품과 비슷한 이야기를 담고 있다. 미럭쇠는 자기가 좋아하는 납순이가 종수와 관계 맺고 있다는 것을 알고 부모에게 납순이한테 혼인 말을 넣으라고 조른다. 납순이와 종수의 관계는 이미 마을에 소문이 파다하게 나 있지만 납순의 부모는 미럭쇠 부모가 납채 30원을 준다니까 혼인을 승낙한다. 그러나 부모의 강요로 혼인을 한 뒤에도 납순이는 계속해서 종수와 관계를 맺고 미럭쇠는 그들을 죽일 듯이 찾아다닌다. 어느 날 미럭쇠는 부엌 서까래에 목을 맨 납순이를 발견한다. 자신이 사랑하는 사람과 살 수 없는 조건에서 더 이상 삶의 의미는 없다고 판단하여 죽음을 택한 순정의 여인을 표상한 것이다. 이러한 이야기들은 다같이 암울한 시대를 사는 사람들의 절조의 문제를 제기한다. 자신이 사랑하는 사람을 배반하지 않기 위해 목숨을 버리거나 자신을 사랑했던 사람을 영원히 마음속에 간직하는 사람들의 순결한 이야기인 것이다. 이러한 이야기가 변절이 강요되기 시작한 시대에 씌어졌다는 데서 알레고리가 성립한다. 개인이 처해 있는 상황과 사회가 처해 있는 상황 사이에 유비 관계가 형성되고 그것이 알레고리를 성립시킨다. 채만식은 이 작품들을 통해서 한결같이 자신의 마음을 변치 않는 사람들의 지조를 찬양하고 있다. 이 양상은 다른 사람에게 팔려 잡아먹히게 된 닭을 구출해오는 아이들과 자기 짝이었던 수탉이 죽자마자 다른 수탉에게 달려가는 암탉의 이야기를 다룬 「용동댁」의 경우에서도 나타난다. 모두가 알레고리를 통해 지조와 변절의 문제를 다룬 작품들인 셈이다.

이상의 작품은 모두 여성의 이미지를 동원한 수난의 이야기를 통해 절조의 문제를 다룬다는 공통성을 지니고 있는 소품들이라고 할 수 있다. 이에 비해 「생명」은 좀더 심각한 문제를 다룬다는 측면에서, 또한 이후 채만식 문학에서 중요한 자리를 차지하는 모티프 하나가 표출되는 작품이라는 점에서 자세히 살펴볼 필요가 있다. 오월이는 아씨의 몸종으로 따라온 지 다섯 해, 지금 서방님의 아이를 포태한 상태이다. 아씨는 한 동안 서방님과 의가 좋았으나 아이를 낳은 뒤부터 공방이 들었다. 어려서 이성을 안 데다 용과 삼을 많이 먹어 정력이 넘쳐 나는 서방님은 아직 기방 출입을 할 처지는 못 된다. 그래서 넘치는 정력을 처치하지 못해 곤란을 겪던 서방님은 사랑방에 잠자리를 보살피러 온 오월이를 범하기 시작하여 이제는 버릇이 되었다. 그렇다고 해서 서방님이 오월이를 예쁘게 생각하는 것도 아니었다. 관계가 끝나면 더러운 것이나 만졌다는 듯이 퉤퉤 침을 뱉으면서 불쾌해한다. 사랑방에서 벌어지는 이런 일들을 눈치 챈 아씨는 오월이에게 사정없이 매를 가하곤 했다. 오월이는 아씨의 징벌이 가혹해지는 데 따라 점차 불러오는 뱃속의 아이의 생명에 대한 위협을 느끼고 서방님에게 어떤 조처를 취해줄 것을 하소연한다. 마침내 서방님은 오월이에게 내일부터 큰댁에 가서 있으라고 말을 하지만 바로 그 광경을 엿본 아씨로부터 오월이는 모진 매를 맞는다. 아씨는 매로 때리다 못해 달려들어서 물어뜯고 꼬집어 뜯고 무릎으로 재긴다. 더욱이 아씨는 만삭이 된 오월이의 옆구리며 배를 유난히 골라 때린다. 아픔을 참고 비명 한 번 안 지르며 견디던 오월이는 배가 아프자 자신도 모르게 비명을 지르고 게거품을 내뿜으면서 기절해버린다.

한참만에 깨어난 오월이는 몸을 뒤틀고 신음소리를 지르면서 쩔쩔매기 시작한다. 아씨는 비로소 그것이 무엇인 줄을 알고 얼결에 건넌방의 침모를 불러댄다.

그 판이 어느 판일 것을 가릴 줄도 모르는 뱃속의 새 생명은 때 아닌 격동에 흔들리어 부득부득 머리를 들이밀고 나오기 시작하던 것이다.

"응애."

이것은 천 마디 만 마디의 말이 머금겨 있는 선언이요 주장이다. 웅장하기로 치면 하늘이 찢어질 듯한 우레 소리보다도 더할 것이고.

마지막 힘을 다 들이고는 정신을 놓았던 오월이는 애기 울음소리에 빠듯이 눈을 뜬다.

"아들이다!"

침모는 처음 이 방에 들어와서 본 놀라운 광경에 정신은 따로 혼란하면서 그래도 손을 재게 놀려 삼을 가르고 하다가 급한 대로 오월이의 치마에 방금 받은 애기를 안아 가까이 대어준다.

오월이는 무슨 의산지 모르게 입술을 가느다랗게 벌리고 짧은 한숨을 내쉬더니 눈은 다시 아씨를 찾는다.

장승같이 우두커니 서서 있던 아씨는 오월이와 눈이 마주쳤다. 그는 이미 싸늘한 사색(死色)이 내려 핼끔해진 오월이의 눈에서 사무치는 원한의 빛을 보았다. 보고는 무서움에 몸을 부르르 떤다.[2]

오월이가 숨을 거둔 뒤 어미의 생명과 맞바꾸어 태어난 아이는 아씨의 젖을 먹고 모락모락 자란다. 이 소설에는 인물들의 여러 가지 보순된 심리들이 표현되어 있다. 능욕을 당하면서도 서방님을 정겹게 생각하는 오월이나, 얼굴은 보기 싫어하면서도 오월이를 자리에 끌어들이는 서방님, 원한의 대상인 오월이의 씨인 줄 번연히 알면서도 아이를 젖을 먹여 키우는 아씨의 모습은 모두가 이율배반적이다. 그러나 이런 모순된 심리를 지닌 인물들이 엮어내는 이야기를 담은 이 소설은 서방님의 노리개가 된 여종과 그녀를 징벌하는 아씨의 잔혹한 폭력, 그리고 어미의 죽음을 딛고 태어난 새로운 생명이라는, 식민 지배를 받고 있는 조선 민족과 관련지을 수 있는 여러 개의 모티프가 복합되어 있는 작품이다. 그런 측면에서 이 작품은 사회적 억압과 생명의 이어짐이라는 소재 그 사체로도 하나의 일레고리라고 할 수 있지만, 채만식 문학에서는 『탁류』, 『여인전기』와 같은 장편소설의 씨앗이 된다는 측면에서 더욱 주목을 요한다. 『탁류』와 『여인전기』의 알레고리는 바로 죽음과 새 생명의 탄생이라는 이야기의 씨앗을 그 안에 품고 있는 것이다. 채만식이 문학 활동을 재개한 뒤 수난 받는 여인들을 소재로 한 작품을 여러 편 발표하고[3] 그에 이어서 『탁류』라

---

2 채만식, 「생명」, 『채만식전집』 7, 창작과비평사, 1989, 225쪽.
3 구체적으로 「보리방아」, 「소복 입은 영혼」, 「얼어죽은 모나리자」, 「젖」, 「생명」, 「정거

는 장편소설을 썼다는 것은 그 씨앗의 발아와 성장에 대한 작가의 관심이 얼마나 지대했는지를 알 수 있게 해준다. 작가가 『탁류』를 발표하기 전에 「심봉사」라는 작품을 쓴 것은 그와 관련된다. 1936년부터 1947년까지 총 네 차례에 걸쳐 작가는 '심봉사'라는 이름을 제목으로 한 희곡과 소설을 짓고 있는데, 그 작품들 속에서는 바로 새로운 생명의 탄생과 죽음의 문제가 심도있게 다루어지고 있는 것이다. 앞에서 살펴본 여러 편의 알레고리 작품이 한결같이 수난의 여인상을 형상화한 작품이고 그 정점에 『탁류』라는 작품이 놓여 있다면 그 중간 단계를 형성하는 것이 바로 죽음과 새 생명 탄생의 문제를 본격적으로 다루는 알레고리 작품 「심봉사」가 되는 것이다.

2. 「심봉사」와 죽음의 알레고리

정홍섭은 채만식의 초기작 가운데 「박명」, 「순네의 시집살이」, 「봉투에 든 돈」, 「팔려간 몸」 등이 '팔려 가는 딸'의 모티프를 가지고 있어 『탁류』와 「심봉사」 군의 원형과 같은 역할을 하고 있다고 지적한 바 있다.[4] 작가에게는 "민중 가운데에서도 민중 여성이 가장 고통 받는 존재로 생각되었고 따라서 그들의 현실이 무엇보다도 가장 문제적인 시대적 상황으로 받아들여졌다."라는 의견이다. 이 '팔려 가는 딸'의 모티프는 1936년에 씌어진 것으로 알려진 희곡 「심봉사」에서 본격적으로 형상화되기

장 근처」 등을 들 수 있다. 이 가운데 「보리방아」와 「정거장 근처」가 주로 생활의 어려움으로 수난 받는 여인을 다룬 작품이며, 「소복 입은 영혼」과 「얼어죽은 모나리자」는 절조와 관련해서 죽음에 이르는 여인들, 「젖」과 「생명」은 수탈과 억압에 의해서 생명의 위기에 부닥치는 존재들의 모습을 다룬다.

4 정홍섭, 앞의 책, 96쪽.

시작한다. 그러나 이 작품은 창작 작업이 끝난 뒤에도 무슨 이유에서인지 발표되지 않았고 몇 년 뒤 새로 창간된 『문장』지에서 게재를 시도했으나 검열에 걸려 전문이 삭제되었다. 그러나 작가는 1944년에 이 「심봉사」를 소설로 개작해 『신시대』에 발표하려 했으나 어떤 이유에서인지 또다시 4회를 끝으로 연재가 중단되었다. 해방 후 채만식은 이 희곡과 소설을 다시 작품으로 만들어 희곡은 「심봉사」라는 이름으로 『전북공론』(1947. 5, 6)에 발표했고 소설은 1949년 『협동』지에 발표하다가 연재가 중단되었다. 곧 일제 말기에 두 차례, 해방 이후에 두 차례 해서 모두 네 차례에 걸쳐서 작가는 집요하게 「심봉사」라는 제목으로 희곡과 소설을 쓴 셈이다.

「심봉사」는 그 제목 자체가 「심청전」의 패러디임을 분명하게 보여준다. 채만식은 우리의 고전 가운데 「흥부전」, 「배비장전」, 「허생전」 등을 패러디한 작품을 지었고, 그 가운데서도 「심청전」은 단순한 현대화나 사건의 부연이 아니라 작품의 골격을 새롭게 짜서 환골탈태를 시도한 대표적인 작품이다. 채만식 문학에서 우리 고전의 패러디 문제에 대해서 고찰한 방민호에 따르면 작가가 지은 「심봉사」는 문장체인 경판본 「심청전」보다 판소리체인 완판본 「심청전」의 계승일 가능성이 높다.[5] 경판본이 심청이를 중심으로 한 이야기이고 완판본은 심봉사의 이야기에 비중을 두고 있는 작품이기 때문이다. 「심봉사」의 원형에 해당한다고 할 수 있는 이 판소리 문학본 「심청전」이 지닌 특징에 대하여 성현경은 다음과 같이 설명한다.

> 판소리 문학본들 가운데서 먼저 지적할 수 있는 것은 적강화소(謫降話素)가 약화·파괴·비유기화되면서 신성성이 따라서 약화되거나 파괴된 것이라고 할 수 있다. 이에 따라 비장미 및 우아미의 일부가 파괴 혹은 약

---

5 방민호, 『채만식과 조선적 근대문학의 구상』, 소명출판, 2001, 180쪽.

화되고, 골계미가 새로이 형성·강화되기에 이르렀다. 이 과정에서 심봉사의 이야기가 확대·부연되어 자연히 주요한 비중을 차지하게 되고, 이로써 청중 혹은 독자의 관심 및 흥미는 심청으로부터 심봉사에게로 옮아가게 되었다. 이러한 결과, 심청과 심봉사는 각각 신성성과 세속성, 비장성과 골계성을 표상하는 전혀 이질적인 인물로서 작품상에 등장하게 되었고, 이들 두 인물의 언어와 행위 또한 각기 전아성(典雅性)과 비속성을 기반으로 펼쳐지게 되었으며, 내용상으로도 또한 세속적인 효가 강조되게 되었다. 모든 판소리 문학작품들은 「심청전」이라기보다는 차라리 「심학규전」이라고 보는 편이 더 타당할지 모른다. 심봉사의 이야기로부터 시작해서 심봉사의 이야기에 더 역점을 두고 있기 때문이다. 즉 이들은 한결같이 심청이 어떻게 해서 빛(자기동일성)을 잃고 고난과 시련의 삶을 살게 되었으며, 또 어떻게 해서 그 빛을 되찾고 있는가를 보여주고 있기 때문이다. 이와 같은 면에서 볼 때는, 이 이야기의 주인공은 '심청'이 아니고, '심봉사'이다. 이와 같은 주인공의 변모·변화는 필연적으로 변질·변화를 수반하게 마련이다.[6]

성현경에 따르면 문장체 「심청전」은 "심청이 천상계에서 죄를 짓고 추방·분리되었다가 입사식을 거쳐 다시 그 천상계에 수용·통합되는 이야기를 형상화한 것"이다. 그래서 이 판본에서는 심청이가 어떻게 빛을 잃어버리고 가난하게 살다가 상황을 반전시켜 빛을 되찾는가에 초점을 맞추기 때문에 심청이가 주역이 되고 심봉사는 부차적 존재가 된다. 그러나 판소리 문학본에서는 "'심봉사'가 어떻게 해서 빛을 잃고, 가난한 삶을 살게 되었으며, 또 어떻게 해서 그 잃어버린 빛을 되찾고 있는가를 보여주는 것"에 초점을 맞추기 때문에 심봉사가 주역이 되고 심청이는 원조자·조력자에 지나지 않는다. 곧 심봉사의 결핍적·부정적 상황으로부터 시작하므로 팔자타령, 가난타령, 신세타령이 주조를 이루고 '목욕 행위'를 통하여 반전이 시작되어 충족적·긍정적 상태로 끝을 맺는 구조인 것

---

6 성현경, 『한국 옛 소설론』, 새문사, 1995, 318~319쪽.

이다. 성현경은 이 구조에서 '맑은 시냇물 목욕', 다시 말해서 '물'이 상징적 기능을 한다고 지적한다. 물에 드는 일은 곧 죽음이요, 물로부터 나는 일은 곧 재생이라는 것이다. 그는 문장체 「심청전」에서도 물은 같은 역할을 한다고 본다. 그렇다면 판소리 문학본을 저본으로 삼은 채만식의 「심봉사」는 어떤 특색을 지니고 있는가.

채만식의 희곡 「심봉사」는 제목 자체가 '심청'이라는 이름을 버리고 있다. 작가는 작품의 끝에 적어놓은 부기를 통해 "이것을 각색함에 있어서 첫째 제호를 「심봉사」라 한 것, 또 「심청전」의 커다란 저류(底流)가 되어 있는 불교의 '눈에 아니 보이는 힘'을 완전히 말살 무시한 것, 그리고 특히 재래 「심청전」의 전통으로 보아 너무도 대담하게 결막을 지은 것 등에 대해서 필자로서 충분한 석명이 있어야 할 것이나 그러한 기회가 있을 것을 믿고 여기에서는 생략"[7]한다고 말하고 있다. 식민 당국의 검열을 의식한 발언이라고 할 수 있을 것인데, 그러나 작가의 석명은 그 뒤에도 이루어지지 않았기 때문에 우리는 작품을 통해서 그 이유를 짐작해볼 수밖에 없다. 여기서 우선 우리가 눈여겨보아야 할 것은 이 무렵에 창작된 작가의 작품들에서 모두 남자 인물이 전면에 내세워진 점이다. 「심봉사」의 심학규, 『탁류』의 정주사, 『태평천하』의 윤직원 등이 바로 그런 인물들이다. 이들의 공통성은 눈을 못 보는 불구자, 무능력자, 왜곡된 세계관의 소유자란 부정적 특징을 지닌 인물들이란 점이다. 게다가 그들은 여성을 희생시키는 존재라는 점에서도 유사성을 지니고 있다. 그 가운데서도 「심봉사」는 그 부정성의 정도가 가장 심하다. 자신의 눈을 뜨기 위해서 딸을 죽음에 몰아넣는 존재이기 때문이다. 제목은 그가 사물을 볼 수도 없고, 사회현실의 진실을 깨칠 수도 없는 '봉사'라는 점을 강조하고 있다.

---

7 채만식, 「심봉사」, 『채만식전집』 9, 창작과비평사, 1989, 101쪽.

「심봉사」는 서막을 제외하고도 7막 20장이나 되는 장막극이다. 채만식의 초기 희곡이 연극의 집단적 수용성과 현장성을 노린 단막극을 중심으로 이루어진 점[8]을 고려하면 이 작품은 기왕의 궤도에서 벗어나 본격적으로 희곡을 제작하려는 의도를 담은 실험작이라고 할 수 있다. 희곡은 곽씨 부인이 아이를 낳는 장면에서 시작한다. 그러나 1막에서 심청이를 낳은 곽씨 부인이 숨짐으로써 살림을 도맡은 심봉사가 아이를 안고 젖동냥을 다닌다. 2막은 심청이가 소꿉놀이를 하며 글을 배우는 내용이고, 3막에서는 심청이 빨래와 삯바느질을 하여 아버지를 봉양하는 이야기가 펼쳐진다. 4막에서는 심청을 찾으러 나왔던 심봉사가 개울에 빠져 탁발승에게 구조되고, 공양미 3백 석을 절에 바칠 것을 약속한다. 이로 인해 심청은 임당수에 바칠 제수를 사러 다니던 선인들에게 자신의 몸을 팔아 공양미를 절로 올려 보낸다. 5막은 길을 떠나게 된 심청이 심봉사와 이별하는 장면이다. 6막은 심봉사의 신세한탄에 이어 장승상 부인이 준 재물을 빼돌린 뺑덕어멈이 심봉사와 함께 장님잔치 가는 길에 황봉사와 달아나는 장면이다. 7막은 장님잔치에 참석하여 왕후와 장승상 부인을 만난 심봉사가 심청이가 살아 있다는 말에 눈을 뜨지만 그것이 거짓이라는 사실을 알고는 자신의 눈을 찔러 뽑아버리고 망녀대(望女臺)를 찾아가는 이

---

8 김재석, 「채만식의 희곡, 혹은 공연을 향한 열정」, 『백릉 채만식 선생 50주기 심포지엄 자료집』, 민족문학작가회의, 2000. 김재석은 이렇게 말하고 있다. "채만식은 희곡이 공연될 때 다수의 관객을 대상으로 강한 전달력을 지니게 된다는 점에 주목했던 것으로 보인다. 희곡이 연극으로 공연된다면 극중의 문제적 상황은 관객들에게 소설에서 느끼는 대리체험으로서가 아니라, 지금 바로 이 시간에 목격된 사건으로 다가가게 되므로 현장성이 가지는 생생한 파급효과가 있어 공명의 폭이 커진다. 일찍이 채만식은 당대의 프로문학가들의 작품이 독자들에게 널리 읽히지 못하고 있다는 측면에서 '조선의 프로작품은 다대수의 지식군의 소일거리'라고 비판한 적이 있으며, '애써 써놓은 작품을 그 정도의 효과 외에는 개밥 신세를 만들다니!'라며 한탄하기도 했다. 기본적으로 문맹은 벗어나 있어야 하며 소설 읽기에 대해 다소간 훈련이 되어 있는 사람만이 독자가 될 수 있는 문학창작의 한계를 벗어나려는 시도가 그를 희곡으로 이끈 셈이다." 125쪽.

야기다.

일제 말기 채만식의 장편소설 『심봉사』를 연재했던 『신시대』의 편집장 박계주의 증언에 따르면 작가는 이 작품을 자기 생애 최대의 비극 소설로 완성코자 했다고 한다.[9] 그 야심이 연재 중단으로 실현될 수 없었던 것은 작가 개인에게나 한국 문학계의 차원에서나 유감이라고 할 수 있지만 여기서 우리의 관심은 그 '생애 최대의 비극 소설'의 씨앗이 희곡 「심봉사」에 들어 있다고 한다면 그것은 무엇인가? 하는 점에 쏠리지 않을 수 없다. 작가는 이 희곡에서 '눈에 안 보이는 힘' 같은 비합리적인 요소를 배제했다. 이에 따라 탁발승은 그 말에 별반 신뢰성이 없는 땡땡이중처럼 묘사되고 심청이 용궁을 갔다가 환생한다는 설정도 사라졌다. 다만 장승상 부인의 주선으로 장님잔치가 열리고 한판의 연극을 통해 심봉사가 눈을 뜨지만 자신을 눈뜨게 한 심청이 가짜라는 것을 알고 심봉사는 스스로 자신의 눈을 찔러 빼버리고 심청이를 기다린다는 뜻의 망녀대(望女臺)를 찾아 떠난다. 곧 심청이의 죽음이라는 현실을 자각하면서도 그녀의 회

---

9 실제로 채만식은 해방 이후 희곡 「심봉사」를 다시 연재하면서 해설을 통해 다음과 같은 발언을 하고 있다. "구소설 심청전에 대하여 나는 일찍부터 미흡감을 품고 있던 자이었다. 구소설 심청전이 효라고 하는 것의 훌륭한 전범이라는 점 즉 그 테마에 있어서는 족히 취힘직한 구석이 있디 히드레도 그러나 한 개외 문학, 한 개의 예술로서는 가치가 자못 빈약하다 아니할 수 없는 것이었다. 구소설 심청전은 제법 문학이나 예술이기보다는 차라리 한낱 전설의 서투른 기록에 지나지 못하는 것이라고 보는 것이 옳을는지 모른다. 소재만은 넉넉 그리샤 비극에 견줄 만한 것이 있으면서도 막상 온전한 비극문학이 되지를 못하고 만 것은 여간 섭섭한 노릇이 아닐 수 없는 노릇이다. 나는 구소설 심청전을 줄거리삼아 「심봉사」라는 이름으로 주장 인간 심봉사를 그려냄으로써 새로운 심청전 하나를 꾸며 보겠다는 야심이 진작부터 있었고 이번이 그 두 번째 기회인 것이다. 물론 나는 범상한 솜씨로써 야심하는 바의 성과를 반드시 걷으리라고 자신하는 것은 아니다. 아마도 실패에 돌아가고 말기가 쉬울는지 모른다. 그러나 이러한 시험은 나 이외에도 다른 작가에 의하여 앞으로 많이 시험이 될 것이고 그러는 동안에 한 사람의 천재적인 작가의 손에서 비로소 대비극문학 심청전은 완성되는 날이 있게 될 것이다. 이 대비극 심청전의 완성의 날을 위하여 토대에 한 줌의 흙을 보태는 의미 정도로 나는 실패를 자감(自甘)하면서 질겨히 시험의 붓을 드는 것이다." 『협동』, 1949. 3, 135쪽.

생을 기다릴 수밖에 없는 심봉사의 존재가 부각되는 것이다. 이 이야기는 충분히 알레고리로 파악할 수 있다. 식민 지배가 이루어지고 있던 시기에 눈이 멀어 빛을 잃었다는 것이나 심청이가 죽었다는 설정은 상징적 의미를 가질 수 있기 때문이다. 그러나 이러한 희곡 「심봉사」에 나와 있는 간단한 사실만을 가지고 알레고리적 해석을 가한다면 입장에 따라서 해석의 내용이 크게 달라질 가능성이 있다. 따라서 해석을 뒷받침할 수 있는 몇 가지 자료들을 추가로 살펴보는 작업이 요청된다. 다행히 작가는 이 희곡을 여러 차례 다른 방식으로 형상화하고 있으므로 그 작품들을 통해 「심봉사」의 알레고리가 무엇을 나타내고자 했던 것인지 좀더 구체적으로 확인할 수가 있다.

작가가 일제 말기에 장편소설로 만든 『심봉사』는 희곡 「심봉사」와 대동소이한 내용으로 구성되고 있고 대강 장막극 「심봉사」의 2막까지를 소화하고 있다. 이 미완의 소설이 지닌 특질에 대하여 방민호는 다음과 같이 서술한다.

> 심봉사는 자식을 얻으려는 욕망 때문에 본의 아니게 아내를 희생시킨 것이 된다. 그렇다면, 그보다 더 큰, 눈을 뜨려는 욕망을 위해서라면 아내보다 더 큰 존재를 '대상(代償)'으로 삼지 않으면 안 된다는 결론이 도출된다. 심청의 죽음은 장편소설의 앞부분에서부터 이미 눈을 떠 입신하고 싶어하는 심봉사의 욕망 실현을 위한 '대상'으로 준비되고 있는 것이다. 그러므로, 연재가 중단되지 않고 완성을 볼 수 있었다면, 이 작품은 눈을 떠 영달을 누리겠다는 욕망으로 말미암아 딸을 희생시킨 심봉사가, 그것이 포한이 되어 마침내 스스로 눈을 찔러 도로 맹인이 되고야 마는, 장대하면서도 비극적인 서사적 드라마가 되었을 것이다.[10]

이 해석은 심청의 죽음이 심봉사의 욕망 실현을 위한 희생이었다는 것

---

10 방민호, 앞의 책, 184쪽.

이다. 심봉사의 욕망은 눈을 떠 과거에 급제한 다음 높은 벼슬에 오르고, 그래서 일신의 영달뿐만 아니라 가문의 영광을 가져오는 종류의 세속적인 욕망이다. 그러나 이 장편소설도 미완이기 때문에 그 해석이 정말로 타당한 것인지에 대해서는 단언할 수 없다. 따라서 채만식의 「심봉사」 가운데 가장 완성도가 높은, 해방 이후에 씌어진 희곡작품을 살펴서 좀더 구체적으로 희곡 「심봉사」의 '씨앗' 또는 '알레고리 구조'가 무엇인지 고찰할 필요가 있다. 해방 후에 완성된 이 작품은 7막 20장에 달하던 첫 작품을 3막 6장으로 압축해서 공연의 대본으로도 쓰일 수 있게 만들어졌다. 희곡의 첫 장면은 심봉사가 과거 시험을 준비하느라『맹자』「공손추장구」의 한 구절을 외우는 데서 시작한다. 이 「공손추장구」 구절은 송나라 사람이 곡식의 싹이 얼른 자라지 않는다고 자신의 손으로 싹의 대를 몽땅 뽑아 놓은 일을 가리키면서 맹자가 "세상에는 싹이 자라는 것을 돕지 않는 사람이 별로 없다"고 말한 대목이다. 공손추가 '부동심(不動心 : 의연하고 흔들림 없이 살아가는 마음)'을 갖는 방법을 묻는 데 대하여 맹자가 한 사례를 들어 설명하는 곳으로서 의로운 일은 그만두지 말고 끊임없이 해야 하며 마음을 망령되게 가져 일을 무리하게 잘 되게 하지 말라는 말의 부연이다. 김홍기는 이 부분을 '자기 논에 싹들이 잘 자랐음을 보이고자 어린 싹을 뽑아올리는 만행에 관'한 것이라 보고, "복에 겨운 심봉사가 넘볼 수 없는 행운을 잡으려다가 심청을 죽인 행동"을 가리키는 것으로 해석하였다. 1막이 시작되면 심봉사가 기억에 떠오르지 않는『맹자』「공손추장구」 다음 대목을 묻기 위해 송초시 집으로 가다가 물에 빠지고, 자신을 구조해준 탁발승에게 공양미 3백 석을 약속하지만, 집에 온 동네총각 송달의 말을 듣고 자신이 실현할 수 없는 약속을 했음을 깨닫는 이야기이다. 공양미를 바치기 위해서 심청이가 자신의 몸을 판 사실을 안 송달이 만류하는 내용은 그 뒤를 잇는다. 2막은 선인들을 따라 떠나간 심청이 돌아올 날만을 기다리는 심봉사가 뺑덕어멈과의 대화를 통해서 심청이가 죽을 길을 간 사실을 알고 통곡하고, 그런 심봉사를 구제하기 위해 송달 총각이 홍녀와 짜고 심청이가 돌아온 것처럼 연극을 꾸미는 장면이다. 3막은 송달 총각과 홍녀가 심청이가 돌아온 것처럼 연극을 해 눈을 뜬 심봉사가 심청이가 돌아온 것이 아니라 그것이 자신의 눈을 뜨게 하기 위한 연극이었음을 알고 스스로 눈을 찔러버리는 장면이다.

송 달 청이의 극진헌 효성이 인제야 비로소 영험이 나타났습니다. 아버님의 먼 눈을 뜨시게 허자구, 임당수 제숙으로 몸을 팔아 (울면서) 공양미 3백 석 시주를 헌 그 정성 그 효성이 인제야 비로소 영험이 나타났습니다. 기뻐하세요. 청이는 없어 섭섭허서두 그 극진한 효성을 여겨, 기뻐하세요. 하늘이 무심할 리가 없지요. 만약, 눈을 못 뜨셨다면 부처님이 야속하지요. 청이는 죽은 혼백이라두 인제는 여한이 없겠습니다. 어르신네, 그 뜨신 눈으로 이 밝은 광명을 맘껏 보세요. 자 싫도록 보세요, 그대지두 뜨시구퍼 허시든 눈을 뜨시잖었어요? 청이가 그대지두 뜨시게 해드리구 싶어 허든 눈을 뜨시잖었어요?
심봉사 (허탈되어) 그럼, 그럼, 우리 청이는 영영 죽구?
송 달 죽었어두 살았으나 다름없습니다. 만대나 살 효성 아네요?
홍 녀 지가 대신 따님 노릇 해 드리께요, 네?
심봉사 (맹렬히) 영영 죽어? 영영 우리 청이가 죽어? 이 늙어빠진, 송장 다 된, 아무 소용두 없는 애비 하나 눈 떠주자구, 그래 (광적으로) 우리 청이가 죽어? 응응? (손가락 두 개를 벌려, 두 눈을 가리키면서) 이 눈구멍 때문에 자식을 죽여? 천하를 주어두 아니 바꿀 내 자식을, 우리 청이를 생으로 죽여? 응응. (이를 뽀도독, 가리키던 손가락으로 사정없이 두 눈동자를 찌른다)
    (송달과 홍녀, 달려 들었으나 미급하였고)
심봉사 (계속하여) 이 눈구멍 하나 뜨자구? (얼굴이 온통 유혈, 피묻은 눈동자를 움켜, 태질을 치면서) 이 원수의 눈구멍 (땅바닥에 가 쓰러진다) 원수의 눈구멍. (송달과 홍녀 좌우에서 부축해 일으키려 애를 쓰고 급히 막)

맨 마지막 장면에서는 지팡이를 짚은 심봉사가 ‘효녀심랑지사(孝女沈娘之祠)’라는 현판이 달려 있는 누각 2층에 서서 바다를 향해 있고, 그 옆에는 송달이 고개를 떨어뜨리고 앉아 있다. 이 「심봉사」의 마지막 장면에 대하여 그 동안 많은 해석이 있었다. 가장 최근에 채만식 문학 연구서를 낸 정홍섭은 이 작품의 심봉사가 『탁류』의 정주사와 대비되는 인물이라는 점을 지적하면서 “비극의 원인을 제공한 것은 심봉사 자신이라 할 수 있지만, 자신의 딸자식을 죽음으로 내몬 것에 대해 자책하면서 스스로를 다시금 앞 못 보는 신세로 만들어버리는 심봉사의 행위는 ‘아비됨’의 의미를 상징적으로 드러내 보이는 대목”으로 “심봉사로 표상되는 바 조선의 가부장 전통의 본질에 대한 직접적인 물음”[11]이라고 결론짓는다. 이에 비해서 방민호는 「심봉사」를 소포클레스의 「오이디푸스왕」과 비교하면서 후자가 ‘인간의 생에 내재된 아이러니를 표현하고자 했’던 것에 비해 「심봉사」는 “그 같은 보편적 운명의 문제를 넘어 근대적 욕망의 문제를 제기하고자 한 것”[12]이라고 본다. 이상의 두 해석은 그 나름대로 충분히 일리가 있다고 할 수 있지만 문제를 전체적으로 파악한 해석이라고 생각되지는 않는다. 그런 측면에서 작품이 발표될 무렵의 다른 작품들과 연관하여 해석한 김홍기의 관점을 참조할 필요가 있다. 그는 작품 맨 처음에 나오는 『맹자』 「공손추장구」의 ‘만행’과 작품 맨 마지막에 나오는 충격적 장면을 연결하여 이렇게 말한다.

이런 충격적 결말로써 만용에의 책임을 분명히 하려는 작가의 의도가 있었음은 말할 나위도 없다. 다만 이런 결말에 관한 분명한 이유를 작가는 직접 밝히지 못했다 하더라도 이 무렵의 다른 작품의 내용은 이를 명시하고 있다. 즉 효녀 심청의 죽음을 부른 아비의 만행은, 조국을 멸망케 하고

---

11 정홍섭, 앞의 책, 205~215쪽.
12 방민호, 앞의 책, 173~191쪽.

파시즘을 부른 일이나, 해방 후에도 계속되는 이념투쟁으로 백성들을 죽음
에 빠트리는 위정자와 지식계층에 대한 문책임을 의심할 여지는 없다. 작
가의 이러한 자세가 「민족의 죄인」도 낳게 하였다.[13]

이 해석은 작품에 대한 대체적인 이해로서는 타당하다고 판단된다. 그
러나 이 작품이 알레고리를 사용했다는 것을 고려하면 각각의 사항이 지
시하는 대상이 비록 추상적 관념이나 성질이 된다하더라도 좀더 구체적
으로 명료하게 파악되어야 한다. 여기서 심봉사의 눈이 의미하는 것을 생
각하면 그것이 빛과 관계되고, 이 빛은 '계몽'의 빛과 관계된다는 것을
유추할 수 있다. 방민호를 비롯한 여러 논자들이 심봉사의 근대적 욕망을
주목하는 것은, 그들이 알레고리를 감안하지 않은 상태에서도, 작품의 디
테일에서 그 근대의 빛을 감지하였기 때문이라고 볼 수 있다. 달리 말해
서 심봉사의 욕망은 작가가 「공손추장구」에서 언급하고 있는 '만행'에 해
당한다. 곧 심봉사는 근대의 빛이라는 허상을 좇아 결과적으로 자신의 본
질, '자기동일성'에 해당하는 '심청'을 죽인 것이다. 그 '심청'이 구체적
으로 지시하는 것은 조선의 주권이라고 해석할 수 있다.[14] 이러한 해석에
따르면 「심봉사」는 조선이 식민 지배를 받게 된 상태를 죽음의 이미지로
알레고리화하고 있는 작품이다. 여기서 심청이와 초봉이의 연계가 가능
해진다. 두 인물 모두 근대적 욕망에 의한 희생자이기 때문이다. 마찬가
지로 심봉사와 정주사, 나아가서 『태평천하』의 윤직원 영감과의 상관성
도 헤아려 볼 수 있다. 채만식이 1936년에 지은 「심봉사」에서는 심봉사

13 김홍기, 『채만식 연구』, 국학자료원, 2001, 331쪽.
14 신동욱은 이 희곡의 마지막 장면이 의미하는 내용을 다음과 같이 설명한다. "이는
  진실이 아닌 허위의 세상일 바에야 눈을 떠본다고 한들 무슨 의미가 있겠느냐 하는
  논리를 보여주는 매우 상징적이면서도 충격적인 의미를 함축시킨 장면이라고 생각
  된다. 즉, 눈을 뜬 것과 장님이라는 양 측면의 대립상을 일제의 억압적인 암흑세계와
  자유스런 민족의 삶이 회복된 광명의 세계와의 두 대립을 극적으로 일깨워 주고 있
  는 작품이라고 하겠다." 신동욱, 『1930년대 한국소설연구』, 한샘, 1994, 305쪽.

가 눈을 뜰 수 있도록 하는 역할을 장승상 부인에게 맡겼다가, 해방 이후 작품에서는 송달이란 동네총각에게 그 역할을 맡기는 것은 『탁류』와 연관해서 살피면 그 의미가 좀더 분명히 드러난다. 그 이유는 초봉이의 고유한 결합 상대가 남승재였던 것과 같이 심청이의 결합 상대는 당연히 송달이 되어야 하기 때문이다. 희곡의 마지막 장면에서 지팡이를 짚은 심봉사와 고개를 떨어뜨리고 있는 송달이 등장하는 것은 남승재가 초봉이에게 '명일의 언약'을 하는 것과 동일한 의미를 지니는 것이다. 이렇게 알레고리를 해석했을 때 「심봉사」의 주제적 의미는 민족 해방에 대한 간절한 소망이라 할 수 있고, 그것은 죽음에서 소생하는 새로운 생명에 대한 희구라고 볼 수 있다. 「심봉사」가 채만식의 문학 활동 재개 무렵의 알레고리 작품들과 『탁류』를 잇는 중간 단계에 놓인다는 것은 이 민족 해방의 소망과 새로운 생명에 대한 희구가 『탁류』에서 좀더 구체화될 계기를 갖는 것과 연관되는 사항인 것이다.

3. 「제향날」과 저항 주체의 알레고리

「제향날」은 작가가 「자작안내」에서 언급한 「명일」로부터 발원한 서너 가지 문학적 경향 가운데 "내 딴에는 가장 건실하게 나가보았다는 것"에 해당하는 작품이다. 이 작품은 채만식의 희곡 가운데 「당랑의 전설」과 함께 대표적인 작품으로 손꼽힌다. 비록 김윤식은 "극양식으로서의 가능성만을 보인 것이지 그 본질에 접근한 것이라 보기 어렵다."[15]라고 비판적으로 평가했지만 황국명은 이러한 폄하의 시각이 "헤겔의 비극 이론에

---

15 김윤식, 「채만식의 문학세계」, 『채만식』, 문학과지성사, 1984, 50~51쪽.

기댄 결과"로서 "최후의 파국을 향한 부단한 전진이라는 헤겔의 비극 이론으로는 조·부·손 3대에 걸친 역사적 대의에 헌신하는 「제향날」을 설명할 수 없기 때문일 것"이라고 비판하고 있다. 또한 같은 논리에 입각해서 신동욱은 이 작품이 민족 수난을 한 가계의 수난을 통해 표현한 작품임을 지적하면서 이렇게 말하고 있다.

> 이와 같은 일가(一家)의 수난의 내력은 곧 민족의 수난과 직접 연결되어 있는데, 종막(終幕)에서 '불'의 이야기는 작품 전체에 흐르는 민족이 생생히 살아 있는 힘의 상징으로 보인다. 즉, 억누름에 대한 버팀과 도전의 정열을 불의 이야기로 대변한 것으로 생각된다. 또 여러 역사적 시기를 거치면서 정의의 불은 꺼지지 않고, 의연한 기개와 항거정신 속에 전통적인 삶 의식으로 줄기차게 내면화되어 있음을 보여준 예가 된다고 하겠다. 한용운의 불이나 박두진의 해와 같이 민족의 삶의 원리를 극문학으로 승화시킨 뛰어난 작품의 하나라고 하겠다.[16]

이와 같이 긍정·부정의 상반된 평가를 받는 이 작품은 작가가 원래 3부작 장편소설로 구상한 것을 희곡 양식으로 푼 것으로 알려져 있다. 그러나 이 희곡은 등장인물들 사이의 대화와 행동에 의해 사건이 전개되는 형식을 취하지 않고 서술자의 이야기와 그 이야기 속의 특정 부분을 회상 장면으로 제시하는 방법으로 구성되어 있다는 점에서 독특한 형태를 취하고 있다. 작품의 첫 장면은 외할아버지의 제향날을 맞아 찾아온 외손자 영오를 상대로 70살 먹은 외할머니 최씨가 자기 집안의 내력을 이야기해주는 것으로 시작한다. 1막은 최씨의 남편 김성배의 이야기다. 선대가 자수성가하여 천 석을 추수할 만큼 돈을 모은 집안의 아들인 김성배는 동학의 접주를 맡아보았고 갑오년에는 동학군에 가담하여 활동했다. 그러나 혁명의 실패로 몸을 숨길 수밖에 없었지만 관군이 자기 대신 아

---

16 신동욱, 앞의 책, 305쪽.

버지를 잡아가 문초하자 죽임을 당할 것을 알면서도 자수한다. 2막은 김성배의 아들인 영수가 기미년 만세운동에 가담하여 활동한 이야기다. 영수는 동지들과 만세운동을 주도한 뒤 도피생활을 하다가 중국으로 망명하여 현재는 소식 두절 상태이다. 3막은 할아버지의 산소에 다녀 온 손자 상인이 영오를 상대로 인류에게 불을 전해 준 프로메테우스의 이야기를 해준다. 프로메테우스는 인류에게 의로운 일을 하지만 그 일로 인해 새들이 눈을 쪼고 살을 파먹는 영겁의 고초를 받던 중 누군가에 의해서 해방되었다는 이야기다. 마지막에는 손자 상인이 사회주의 운동을 한다는 암시와 노구할미가 상전이 벽해 되고 벽해가 상전이 될 때마다 하나씩 뱉어 놓은 대추씨가 쌓여서 큰 산이 되었다는 이야기가 서술된다.

「제향날」은 각 막(幕)마다 주인공이 바뀌고 서술자가 등장하여 이야기를 이끌어 간다는 점에서 규범적인 희곡은 아니다. 소포클레스의 희곡이 인물의 행동에 의해서 사건이 발전하는 고전적 비극인 데 비해 에우리피데스의 희곡이 작가의 사상이나 관념에 의해 사건들을 병치하거나 모자이크하는 방법을 씀으로써 비극의 변혁을 가져온 것과 마찬가지로 「제향날」은 그러한 변화를 도모한 비(非) 극적 형식이다. 이 작품이 이러한 방식의 구성을 갖는 이유는 작가의 주제 의식이 사건들을 결합하는 내적 구성 원리가 되기 때문이라고 할 수 있다. 주요 인물들인 김성배, 김영수, 프로메테우스는 모두 다 자기가 속해 있는 기존 체제에 도전하는 인물들이다. 김성배는 조선조 왕권에 도전한 인물이고, 김영수는 식민 체제에 도전했으며, 프로메테우스는 하늘에 있는 신들의 체제에 도전했다. 이와 같은 주역인물들 사이의 내적 연속성은 현재의 세대를 대표하는 손자인 상인이 사회주의 운동을 한다는 사실에서 다시 확인된다. 그들은 시대와 장소를 달리했을 뿐 체제라는 거대 괴물에 도전했다는 점에서는 동일인이나 마찬가지인 것이다. 따라서 개별 인물이나 행동이 발전하는 국면은 찾아볼 수 없지만 시간이나 세대의 흐름에 따라 연속되는 행위들이 작품의 진행을 가능하게 하는 주동력이다. 그러나 이 작품의 사건 진행을 특성 있게 만드는 것은 그러한 내적 연속성을 지닌 사건들의 병치보다는 서술자의 이야기와 회상 장면의 재현이 반복된다는 점에서 생긴다는 사실을 주목할 필요가 있다. 신아영은 다음과 같이 분석한다.

> 「제향날」의 기본구조는 이야기되는 대상으로서의 극적 장면 재현과 이야기하는 행위로서의 서술의 교체로 이루어진다고 할 수 있다. 그리고 「제향날」을 끌고 나가는 힘인 이 장면재현과 서술의 반복적 교체는 창과 아니리의 교체로 이루어지는 판소리의 서사적 구조와 일치한다. 판소리의 창 부분에서 창자는 작중현실과 분리된 객관적 관찰자가 아니라, 작중인물로서 그 속에 일치된다. 그리고 청중으로 하여금 '극적 환상'을 일으키고 정서적으로 감염되도록 한다. 그리고 아니리는 요약·서술을 통해 작중현실에 대한 거리를 가지게 하여 청중의 정서적 관련을 약화시켜 긴장을 풀어 준다. 판소리는 이와 같이 장면화된 창과 요약·서술된 아니리의 반복을 통해 청중으로 하여금 긴장—이완, 몰입—해방이라는 정서적 미적 체험을 가능케 한다. 「제향날」에서 극적 장면은 이 판소리의 창에 해당하며 화자의 이야기는 아니리의 서술부분과 관련된다고 할 수 있다. 즉 객관적 묘사와 주관적 서술의 교체, 반복이라는 점에서 판소리와 동일한 구조를 가지고 있다고 할 수 있다.[17]

「제향날」은 전경을 제외하면 모든 막(幕)과 장(場)이 서술자의 이야기와 회상 장면이 교체·반복되는 구조로 되어 있다. 여기서 서술자의 이야기는 영오의 외할머니 최씨가 주도하고 회상 장면은 김성배·영수·프로메테우스로 이어지는 저항 주체의 형상화를 통해 이루어진다. 최씨의 이야기가 현재의 시공간에서 일어나는 행위이고 저항 주체의 형상화가 과거 행위의 재현인 점을 고려하면 과거의 행위들을 현재의 시각에서 객관적

---

17 신아영, 『한국연극과 관객』, 태학사, 1997, 323쪽.

거리를 갖고 성찰할 수 있게 하는 구조인 셈이다. 뿐만 아니라 작가는 서술자인 최씨의 태도를 통해서도 과거의 저항 행위에 대한 거리감을 조성한다. 예컨대 최씨는 동학을 "시천주 조화정 영세불망 만사지, 이런 주문이나 웅얼거리"는 세력으로 보기도 하고 동학혁명을 "괜히 허망한 소리들을 하느라고 그랬지만, 뭐 천지개벽을 한 뒤에는 자기네 뜻대로 좋은 세상이 되고, 그런다는 거지"라고 설명한다. 또 3·1만세사건의 선두에 선 아들의 모습을 "네 외삼촌이 맨 앞장을 섰구나! 친구 몇 사람허구 같이… 보고 섰느라니까 꼭 미친놈 날뛰듯 하는구만! 별 말할 것 없이 미친놈 날뛰듯 해."라고 묘사한다. 최씨가 자신의 남편과 아들에 관련된 사건들에 관해서 이런 태도를 갖는 것은 개인적인 입장이나 가족주의적인 입장에 섰기 때문이라고 이해할 수 있다. 체제의 견고한 성벽에 도전하는 저항 주체들의 이야기를 핵심 줄거리로 하는 희곡작품에 그 행위들과 대립되는 듯한 서술자의 태도를 설정한 작가의 의도는 몇 가지 측면에서 고찰할 수 있다. 첫째로 그것은 저항 주체들의 행위가 일상적인 것이 아니라는 사실을 부각시키는 효과를 낳을 수 있다. 그들의 행위가 단순한 영웅심에서 비롯된 것이 아니라 각자의 의지적인 결단에 의한 것임을 표시하게 되는 것이다. 둘째로 그 행위에 대한 상반된 시각이 가능할 수 있다는 점을 보여줌으로써 작품에 극적 긴장을 낳을 수 있다. 이것은 인물들 사이의 대화적 관계를 가능하게 하는 효과를 부산물로 가져올 수 있다. 셋째로 독자나 관객에게 두 가지 관점 가운데 하나를 선택하는 일이 다른 사람의 일이 아니라 바로 그들 자신의 일이라는 점을 깨우치게 할 수 있다. 신아영은 이러한 이중적 관점이 가져오는 긴장과 충돌이 손자인 상인이 복수화자로 등장하는 3막에 이르러서는 더욱 고조된다고 분석하면서 이렇게 말하고 있다.

상인은 2막의 끝 부분에 등장하여 사촌동생인 영오에게 프로메테우스의 영웅적인 신화를 들려준다. 이는 김성배·영수 등 앞선 이들의 행동의 의미를 강화하는 것이며, 따라서 그에 대한 어떠한 의심도 허용하지 않는 것처럼 보인다. 뿐만 아니라 그 자신 그들의 뒤를 이어 시대적 난제를 해결하기 위한 고통을 기꺼이 감수할 것임을 암시함으로써, 그와 동시대인인 관객들에게 억압받는 조선사회에서의 지식인들의 책임과 의무를 고무시킨다. 그러나 이와 같이 상인의 투쟁과 고통의 의미가 강화되면 될수록 최씨의 소박한 기원 또한 그 비극적 깊이를 더해 간다.[18]

「제향날」은 외형상 체제에 도전하는 조·부·손 3대의 인물을 형상화한다. 물론 마지막 세대인 손자 상인의 행위는 구체화되지 않고 그 역할을 프로메테우스가 대신한다. 그러나 상인이 사회주의 운동을 하는 사람으로 암시됨으로써 완전히 과거의 일이 된 김성배의 행동, 현재 진행형으로 아직 미결이라고 할 수 있는 영수의 행동에 이어 손자가 행할 미래의 행동까지 표현된다고 할 수 있다. 그리고 그 행동들은 그들을 뒷바라지하는 최씨의 삶이 비극적이 되면 될수록 더욱 더 비장미를 지니게 된다. 일종의 대조의 효과가 나타나는 셈이다. 이 작품이 『탁류』나 「심봉사」와 비교될 수 있는 특성을 가진다는 것은 이와 관련된다. 이 작품의 주인공은 서술자인 최씨도 아니고 조·부·손 3대의 어느 인물도 아니다. 프로메테우스라는 신화 속의 인물에 3대의 인물들이 겹쳐지고 그 신화적 인물로 상징되는 저항 주체가 이 작품의 알레고리에서 주동적인 역할을 하고 있는 것이다.[19] 이 저항 주체는 채만식의 인물들 가운데서 가장 긍정

---

18 앞의 책, 328쪽.
19 황국명은 이 작품이 가계적 플롯으로 '극의 전방 추진력은 사회사적 변동에 참여하는 3대의 역사적 욕망행위'를 구조원리로 한다고 보면서 이렇게 말한다. "이 극의 플롯은 해결 지향적인 것으로 특히 조(祖 : 김성배를 가리킨다. 인용자 주)를 강조한다. 조대(祖代)는 어엿한 어른다움으로 모든 자(子)에게 남성역할의 모델이 되며 대외 투쟁의 견고한 신념을 보인다. 이런 의미에서, 위 핵심내용은 겨레가 번성하는 좋은 세상, 혹은 부의식(父意識) 회복이라는 과제와 연관된다고 할 수 있다." 황국명, 『채만

적인 성격을 지닌다. 『탁류』의 정주사가 유교 전통에 물든 낡은 인물로서 딸을 팔아먹었으면서도 그 사실조차 명확히 깨닫지 못한 채 어중간한 상태에서 조선 민족을 대변하는 인물의 역할을 했다면 「심봉사」의 심학규는 자신이 눈을 뜨고자 하는 근대성의 욕망에 사로잡혀 딸을 팔아먹은 사실을 뒤늦게 깨달은 가장 비극적인 인물이다. 이에 비해서 「제향날」은 체제의 견고한 아성을 깨뜨리고자 세대를 이어가며 투쟁하는 전형적 인물을 형상화하고 있다. 이 희곡의 마지막 장면에서 상전이 벽해되고, 벽해가 상전으로 될 때마다 한 번씩 노구할미가 뱉어놓은 대추씨가 마침내 큰 산이 되었다고 하는 것은 그 투쟁이 하루아침에 끝날 수 있는 성질의 과업이 아님을 환기하는 의미가 있다. 이 작품의 주요한 기법 가운데 하나가 되는 회상 장면의 현재화가 『탁류』에서 현실과 역사를 동시에 파악하는 방법으로 승화된 것은 그 환기가 가져다준 중요한 성과 가운데 하나이다. 그러나 현실과 역사를 동시에 파악하는 작가의 겹시각이 방향을 달리 했을 때 역사와 알레고리를 정교하게 직조하는 작가 고유의 방법은 전기를 맞게 된다.

4. 『태평천하』와 부정성의 알레고리

「제향날」은 역사의 대의에 헌신하는 긍정적 주인공을 형상화하고 있다. 이 긍정적 주인공이 채만식 문학에서 매우 희귀한 사례라는 점을 고려하면 작가가 어떠한 역사 의식을 가지고 있는가를 파악하는 데 「제향날」은 중요한 참조점이 된다. 그러나 이 긍정적 주인공은 한국 근대사에

식 소설 연구』, 태학사, 1998, 373쪽 참조.

대한 작가의 역사 인식을 보여주는 측면에서는 성공적이지만 그 인물들이 조·부·손 3대로 나뉘어져 있다는 사실에서 드러나듯이 주인공을 현실적 존재로 형상화하는 측면에서는 취약점을 지니고 있다. 작가가 내세운 세 인물보다 신화의 주인공 프로메테우스가 강력한 이미지를 지니게 되는 것은 이 희곡의 형상화를 뒷받침하는 현실적 기반이 취약함을 말해 준다. 그것은 1937년이라는 역사적 시기에 조선의 현실에서 긍정적 주인공이 설자리가 있었느냐 하는 의문을 야기한다. 게오르크 루카치는 "아무리 위대한 작가라 할지라도 긍정적 주인공을 시민 사회에서 찾을 수 없다는 사실은 시민사회의 본질에 속한다."라고 말한 적이 있다. 그가 "소설의 후기 발전에 있어서 비판과 반어와 풍자는 더욱 더 주인공의 긍정성을 약화시켜 버린다."라고 한 것도 동일한 맥락에서 이루어진 인식이다. 시민 사회가 점점 더 지배적인 힘으로 되는 상태와 파시즘의 성벽이 날로 공고해지는 일제하의 상황은 단순히 유비적 관계만을 지닌 것은 아니다. 「제향날」의 내적 구성 원리가 작가의 주제 의식에서 비롯되었다는 것은 이와 관련된다. 강렬한 저항 의식을 배면에 깔고 있었음에도 불구하고 「제향날」이 과거 역사와 신화 속에서 주인공을 찾고 있는 것은 그에 말미암는다. 현실에서 구할 수 없는 긍정적 주인공은 작가의 기억과 상상 속의 인물이라고 할 수 있는 것이다. 채만식이 『탁류』와 「심봉사」, 「제향날」이라는 이 시기의 대표적인 작품들을 통해서 식민지가 된 조선의 현실을 알레고리로 제시한 뒤에도 거기에 만족하지 못하고 『태평천하』로 나아갈 수밖에 없었던 것은 그 현실적 기반의 취약함을 극복하기 위해서 불가피한 일이었다. 물론 『태평천하』는 『탁류』가 연재되기 시작한 1937년에 이미 완성되어 있었고, 퇴고를 거쳐서 1938년 1월부터 발표되었다는 사실을 생각하면 두 작품 사이에 선후 관계를 상정하기는 어렵다. 다만 소설가로서 채만식의 의식의 스펙트럼은 그 현실적 기반을 갖춘 상황

속의 구체적 인물을 형상화하지 않고서는 자신의 작품에 만족할 수 없었다는 사실을 지적하는 것일 뿐이다.

『태평천하』는 채만식의 풍자문학 가운데 대표작으로 손꼽힌다. 다른 어느 작품보다도 풍자의 기법이 완숙한 경지를 보여준다는 많은 연구자들의 평가는 이 소설이 채만식 문학에서 차지하는 비중을 말해준다. 그러나 작가는 이 장편소설이 "「명일」의 발전인 「치숙」의 방향이기는 하나 「명일」과는 전연 다른 세계"를 지니고 있다고 보았다. 뿐만 아니라 작가는 이 소설에 부정적 인물만 등장한다는 김남천의 평가에 대해서 "부정면의 대(對) 긍정면의 관계를 알아볼 줄 모르고 문학적으로 표현된 현실의 '추(醜)'를 문학적 '미'로 보지를 못하고서 '문학적 추'로 여기는 '성자(聖者)'들이 있으나, 그런 분들이 독자의 한 사람인 것을 나는 대단히 폐로와하는" 입장임을 밝히면서 '부정에 의한 역설적인 것'을 언급하고 있다. 이 입장의 타당성이나 작가의 '의도'와 관련된 논의는 다음 기회로 미루거니와, 이 작품이 「명일」과 어떤 점에서 다르고, 「치숙」과는 어떻게 관계되는지 살펴보는 것은 장편소설을 분석하는 데 소요될 노력이나 지면을 절약하기 위해서도 필요한 일이다.

「치숙」은 『탁류』와 『태평천하』가 동시에 연재되고 있던 1938년 3월에 발표된다. 이 소설은 채만식이 2년간의 침묵기를 갖기 전에 쓴 「레디메이드 인생」과 함께 풍자 기법을 사용한 작가의 대표적 단편소설로 일컬어진다. 이 소설은 일본인 상점에서 점원으로 일하는 화자 한 사람의 독백으로 전개되는 회화체 작품이다. 화자는 사회주의 활동을 하다 감옥에 갔다 온 자기 오촌 고모부를 비판하면서 자기가 얼마나 똑똑하고 야무진 사람인가를 떠들어댄다. 화자는 고모부가 대학을 나왔지만 무능하고 올바른 세계관도 갖추지 못한 사람이라고 비아냥거리고 자신의 원대한 꿈은 완전한 일본인이 되는 것임을 내비친다. 그러나 이 수다스러운 독백을 통해서 점차 드러나는 것은 비판받는 고모부 당사자보다도 화자 자신에게 더 큰 문제가 있다는 사실이다. 이 같은 양태는 똑같이 1인칭 화자 시점으로 전개되는 「레디메이드 인생」에서는 볼 수 없었던 특징으로서 그 의미를 사에구사 도시카쓰는 지식인에 대한 서술과 관련하여 다음과 같이 분석한다.

> 「레디메이드 인생」에 없고 「치숙」에 있는 것이 무엇이냐 하면 그것은 타자, 즉 제삼자의 시점이다. 「치숙」에서는 그것이 말 그대로 타자의 목소리다. 그 목소리가 일상생활과 똑같은 말투로 된 회화체란 것은 말할 필요도 없다. 이 타자의 시점의 도입, 타자의 목소리로 된 이야기 진술이란 이 작품을 쓸 무렵에 채만식이 획득한 소설 수법 중의 하나이다. 그 타자의 시점의 도입은 여러 가지 모습으로 나타난다. 「레디메이드 인생」의 후일담인 「명일」은 그런 과도기적인 모습을 보이고 있다. 중심된 사람이 여기서는 삼인칭으로 등장한다. 이 작품에서는 그의 아내도 등장하면서 시점이 복수로 되어 있다. 주인공의 행동에 대한 묘사는 여전히 자조적인 면을 남기고 있으나 여기서 주인공의 아내의 시점을 도입한 것은 이 작품이 「레디메이드 인생」과 같은 단순한 것이 아니라는 것을 시사한다. 그리고 그 후 발표된 「소망」은 바로 그 아내의 목소리로 이야기가 진행된다. 회화체로 씌어진 작품들이 단순히 그 말하는 사람들의 성격을 나타내고 그 생각을 비판하기 위한 풍자만으로 된 것이 아님을 말해주고 있다. 작자는 이러한 복수 시점의 도입과 그 복수의 목소리에 의한 이야기 전달을 통해서 그가 다루고 있는 문제가 단순한 결론을 내리기 어렵다는 것을 제시하고 있다. 예를 들면 「치숙」에서는 화자의 말을 통해서 오촌 고모부가 비판의 대상이 되어 있으면서도 그 화자의 그리 생각이 깊지 못한 말투가 그 오촌 고모부에게도 정당성 있음을 시사하고 있다. 타자의 목소리의 도입으로 인해 작품에 나타난 시점이 다양해지고 넓어진 것이다. 그와 동시에 일방적 주장을 피할 수 있게 되었다. 여기서 풍자와 문체가 밀접한 관계를 맺고 있는 것을 볼 수 있다.[20]

---

20 사에구사 도시카쓰, 「채만식 문학에서 배운 것」, 『백릉 채만식선생 50주기 추모 심포지엄 자료집』, 민족문학작가회의, 2000, 21~22쪽.

사에구사 도시카쓰가 지적하고 있는 제삼자의 시점, 곧 타자의 시점은 일찍이 송하춘에 의해 다른 관점에서 파악된 내용이다. 송하춘은 작가가 『태평천하』와 「치숙」에 와서 시각이 바뀌어 과거처럼 지식인이나 의로운 인물들을 직접 그리겠다고 섣불리 덤벼들지 않는다는 사실을 지적하면서 이렇게 말하고 있다.

> 이제 그는 작중인물들한테 지적인 판단력이나 의로움을 부여하는 게 아니라, 작가 자신이 그 지적 판단능력을 고수한다. 그리고 대신 작중인물들의 허위와 전근대성을 질타한다. 이제 진실과 근대성과 의로움을 지키는 일은 작가의 몫이다. 그 대신 그의 작중인물은 허위와 전근대성에서 헤어나지 못하는 속물덩어리가 된다.[21]

사에구사와 송하춘이 지적한 것은 같으면서도 다른 내용이다. 사에구사는 이 문제를 주로 시점과 관련지어 논의하고 있다. 물론 사에구사도 이 타자의 시점이 풍자가 아닌 사소설 같은 다른 양식에도 적용되며 거기에서 화자의 시점과 대조되는 시점은 작품을 다양한 관점에서 바라볼 필요성을 제기한다고 설명한다. 그러나 송하춘의 견해는 작가의 겹시각을 논의한 맥락에서 나온 결론이다. 그의 견해에 따르면 겹시각은 역사와 현실을 함께 파악하는 시각인 동시에 진실과 허위라는 '이중의 현실'과 전근대와 근대라는 '이중의 역사'를 설정한다. 이에 따라 가난한 지식인과 의로운 인물들은 진실과 허위, 전근대성과 근대성이 혼재된 역사·현실에서 진실과 근대성을 추구하는 인물로 제시된다. 이러한 작가의 형상화 방식이 「치숙」과 『태평천하』에 와서 바뀌었다는 것이 송하춘의 의견이다. 이제 작가는 인물에게서 긍정성을 구하는 것이 아니라 작가 자신이 그 자리에 선다는 판단이다. 이와 관련해서 사에구사가 타자의 시점이 사

---

21 송하춘, 『채만식』, 건국대학교출판부, 1994, 45쪽.

소설에도 적용된다고 본 것은 의미심장하다. 작가를 닮은 정도의 인물이 아니라 작가 자신과 관련된 이야기가 직접적으로 서술되고 거기에 타자의 목소리가 개입된다는 의견은 일제 말기 채만식의 자전적 소설들의 의미를 재고하게 만들기 때문이다. 사에구사는 그 자전적 이야기들이 "작자 자신이 지니고 있는 주제의 원형, 원래 모습을 묘사한 것이라고도 할 수 있다."라고 말하고 있다. 사에구사와 송하춘의 논지는 거의 동일한 듯하다. 똑같이 작가 자신이 자기 작품에 등장한다는 사실을 말하고 있기 때문이다. 그러나 사에구사의 논지에서는 그 자전적 이야기들이 '주제의 원래 모습을 묘사한 것'이라는, 그래서 작중의 화자와 대조적인 시점을 동시에 포착할 수 있는 초월적 시점으로서 작가를 설정하는 데 반해서, 송하춘의 논지는 작품 속에 나타나는 인물들과 대척적인 자리에 놓이는 인물로서의 작가를 생각하고 있는 것이다. 사에구사와 송하춘이 제시하는 견해는 자전적 내용을 가진 문학 작품에 접근하는 연구자라면 누구나 갖추어야 할 기본 견식인지도 모른다. 그러나 채만식의 경우 일제 말기의 소설 속에 등장하는 인물의 의식과 작가의 의식을 등가로 놓고 작가의 친일 행동을 논의하는 평론가나 문학 연구자들로부터 시달림을 받아왔다는 점을 고려하면 그 사실은 결코 간단하게 처리될 수 있는 성질의 문제가 아니다. 일제 말기에 쓴 채만식의 사소설이 단순히 작가 자신의 모습을 그린 것이냐 아니면 그런 인물에 대한 작가의 대타의식에서 형상화된 것이냐 하는 문제는 주어진 사실에 대한 판단을 상반되는 방향으로 이끌게 되기 때문이다. 이런 점에서 소설의 외적 형식으로서 전기적 형식을 설명하는 자리에서 게오르크 루카치가 우연적 세계와 문제적 개인의 삶의 관계를 언급한 다음의 내용은 참고가 된다.

우연적인 세계와 문제적 개인은 서로가 서로를 규정하는 실체이다. 만약 개인이 문제적이 아니라면, 그의 목표는 직접적인 명백성을 지니고 그에게 주어지게 된다. 그리고 이렇게 주어진 목표가 구성하고 있는 세계는 목표를 실현하는 과정에서 그에게 어려움과 방해를 가져다 줄 수는 있지만, 결코 내면적으로 심각한 위협을 가져다줄 수는 없다. 이러한 위험은, 외부세계가 이념과 아무런 관련을 맺지 못하게 되고 또 이러한 이념이 영혼 속에서 주관적인 사실, 즉 이상이 될 때에 비로소 생겨나게 된다. 이념을 실현될 수 없는 것으로 또 경험적인 의미에서 비현실적인 것으로 설정하게 되면, 다시 말해 이념을 이상으로 변화시키게 되면, 개성이 갖는 아무런 문제없는 직접적인 유기체적인 성격은 파괴된다. 이렇게 해서 개성은 그 자체가 목적이 되어버렸는데, 왜냐하면 개성은 자기에게 본질적이고 자신의 삶을 참되게 하는 모든 것을 자기 내에서 가지고 있지만 그러나 소유물이나 삶의 기반으로서가 아니라 찾아야 할 대상으로서 가지고 있기 때문이다. 그러나 개인을 에워싸고 있는 주변세계는, 내면세계가 바탕하고 있는 동일한 범주적 형식의 토대와 질료이지만 이들 토대와 질료는 내용적으로는 다른 양상을 띠고 있다. 따라서 존재하는 현실과 존재해야만 하는 당위적 이상 사이의 극복할 수 없는 간극은, 구조상으로만 서로 상이한 소재의 질료에 상응해서 외부세계의 본질을 이루지 않을 수가 없다. 이러한 차이점은 이상의 순수한 부정적 성격에서 가장 분명하게 드러난다. 영혼의 주관적인 세계에서는 이상은, 비록 체험의 수준으로 전락된 형태로 나타나고 또 그렇기 때문에 직접적으로 그리고 내용적인 면에서도 긍정적으로 드러난다 하더라도 다른 영혼적 실체와 마찬가지로 조용히 쉬고 있는 성격을 띠고 있다. 이에 반해 인간의 주위환경에서는 현실과 이상 사이의 간극은 단지 이상의 부재와 이로 인해 생겨난 단순히 주어진 현실에 대한 내재적인 자기비판, 즉 아무런 내재적 이상도 갖지 않는 현실의 무의미성의 자기폭로 속에서만 그 모습을 드러낸다.[22]

루카치는 이와 같은 현실의 자기비판이나 자기폭로, 자기파괴가 나타나는 방식은 두 가지 형식이라고 말한다. 하나는 '내면성과 내면성의 행동 기반 사이의 불일치라는 형식'이고 다른 하나는 '이상에 대해서는 낮

---

22 게오르크 루카치, 『소설의 이론』, 반성완 옮김, 심설당, 1985, 100~101쪽.

설고 내면성에 대해서는 적대적인 관계 속에서 스스로를 완결시킬 수 없는 세계의 무능력'이다. 이 '세계의 무능력'이란 외부 세계 속에서 자신의 힘으로는 '전체로서의 총체성의 형식을 발견할 수 없는 무능력'이다. 이때 소설의 전기적 형식은 '나쁜 무한성'을 극복하는 유력한 수단이 된다. 자신이 나아가는 방향을 중심으로 낯설고 우연적이며, 이질적인 요소들을 유기적으로 조직할 수 있게 해주기 때문이다. 채만식이 긍정적 주인공의 자리에 자신을 놓고 '허위와 전근대성에서 헤어나지 못하는 속물덩어리'의 삶을 묘사하는 방식을 택했을 때, 또는 파시즘의 진군 앞에서 무력해진 지식인들의 삶을 형상화하고자 했을 때 주체와 세계의 적대적 관계는 극한 상태에 이르고 있었다. 그러한 적대적 관계를 넘어서는 문학적 방법으로 채만식은 긍정적 주인공에 대한 미련을 버리고 자신이 그 자리에 선 것이다. 송하춘은 이러한 작가의 문학적 실험이『태평천하』에서 처음으로 이루어졌다고 보는 것이다. 김남천의 지적대로 이 장편소설에는 부정적 인물만 득실거린다.「제향날」은 말할 것도 없고「심봉사」,『탁류』에서조차 긍정적 주인공의 면영이 미약하게나마 분명히 비쳤던 데 반해 이 소설에서는 그들의 흔적조차 사라지고 작품의 끝에 이르러서야 아득한 풍문으로 사회주의자 한 사람이 소개될 뿐이다. 이렇게『태평천하』에 '속물덩어리'들만 득실거리는 이유는 한편으로는 작가 스스로가 긍정적 주인공의 자리를 차지하여 그들의 판단을 대신하고 있기 때문이며, 다른 한편으로는 그 부정성의 알레고리를 통해 작가가 '역설'을 추구한 것이기 때문이다.

『태평천하』는 1930년에 발표된 희곡「낙일」과 동일한 소재를 다루는 작품이다.「낙일」은 부호 송참봉의 아들들이 낭비적인 생활을 하거나 아버지의 기대를 저버리고 화가, 사회주의자 등으로 활동하여 집안이 망조에 들었다는 이야기를 담고 있다. 단막극임에도 불구하고 송참봉의 졸부

취향과 아들들의 기대에 어긋난 행동을 대조적으로 보여줌으로써 극적 효과를 얻고 있는 작품이다. 이런 측면에서 그 주제 의식을 계승하고 있는 『태평천하』를 극양식이나 무성영화와 비교하는 연구가 있었다. 예컨대 김재석은 이 소설이 영화의 수법을 도입하여 부정적 인물을 희화화하고 있다고 본다.[23] 그는 이 작품이 인물의 부정적인 과거 이력을 끌어내는 독특한 사건 구성 원리를 지녀 시공간 이동을 통해 여러 삽화를 도입하고 있으며, 화자는 영화적인 장면 처리가 되어 있는 그 삽화들을 무성영화의 변사처럼 상투적 표현을 통해 묘사함으로써 독자들의 공감을 얻고 있다고 분석한다. 김재석의 이 견해는 『태평천하』를 판소리의 특성과 관련해서 규명하는 종래의 관행에 대한 하나의 이의제기라고 볼 수 있고 이 작품을 극양식과 관련짓는 논의의 연장선상에 있다고 할 수 있다. 『태평천하』를 극양식과 관련해 분석한 사례는 우한용의 연구가 대표적이다. 담론 분석을 통해 접근한 우한용은 이 소설이 서사성이 약화되어, 전체가 3막으로 이루어진 극에 이질적인 시간의 에피소드 하나가 첨가된 구조라고 파악한다. 곧 "『태평천하』는 작품 전체가 독백적인 발화로 되어 있는 한 편의 담론"[24]이라는 양식적 특성을 지닌다는 것이다. 이러한 독백적 발화의 특성은 인물들 사이의 대화에도 적용돼 등장인물들은 자기의 의욕대로 말을 던질 뿐 다른 사람과의 타협이나 의견 조정은 이루어지지 않는다. 우한용은 작품의 첫 장면인 인력거꾼과 윤직원의 대화가 서로 상이한 판단기준을 가지고 자기 입장만 독백하는 형태로 구성되어 있음을 지적한 뒤, 이와 같이 "가치의 판단 기준이 서로 달라 합의에 이르지 못하는 사회란 양가성(兩價性)이 지배하는 사회"라고 보고, 그런 측면에서 "이 작품은 '혼란의 사회'에 대한 알레고리로 읽도록 담론이 조정되어 있

---

23 김재석, 「『태평천하』의 서사구조와 화자 성격」, 『문학과 언어』, 1994.
24 우한용, 『채만식 소설 담론의 시학』, 개문사, 1992, 183쪽.

다.”[25]라고 분석한다. 그 혼란의 사회는, 내가 가진 가치 판단 기준만 내세우고 다른 사람의 가치 기준은 받아들이지 않는 데서 드러나듯이, 강자의 폭압에 대한 반대 세력의 저항을 용납하지 않는 사회라는 것이다. 그와 같은 상태가 『태평천하』의 전체를 지배하는 분위기라는 관점이다. 이러한 양태는 『태평천하』가 확장된 알레고리 형식을 내장하고 있음을 알려준다. 그 확장된 알레고리 형식의 개념은 “수사학의 영역을 넘어, 서술 양식과 서술 구조 자체를 통제하고, 지배하는 형상화 원리”로서 “패러디나 풍자와 같은 서술 양식적 개념도 포함”[26]한다. 『태평천하』의 담론들은 그 알레고리에 적합하게 전체적으로 조정되어 있다는 것이 우한용의 관점이다. 작품의 고유한 색깔과 분위기, 정조는 그 알레고리의 효과로서 생성된다는 것이다.

이 관점은 『태평천하』의 이해에서 매우 중요하다. 이 장편소설을 읽은 뒤에 독자에게 남는 인상은 하나밖에 없다. 그것은 윤직원의 초상이다. 이 양상은 『탁류』의 정주사, 「심봉사」의 심학규, 「제향날」의 프로메테우스에게서도 비슷하게 나타나지만 유독 『태평천하』에서 더 강렬하다. 그 이유는 이 작품의 서사성이 약하다는 사실과 연관된다. 서사가 자아와 세계의 상호 우위에 입각한 대결을 보여주는 형식이라고 한다면 이 작품에서 그 대결의 구체적 전개는 거의 찾아볼 수 없다. 이 작품의 서사 구조를 “각각의 사건이 서로 충돌되어 독특한 효과를 얻는 몽타쥬에 해당한다.”[27]라고 파악하는 관점은 『태평천하』의 사건들이 연속적, 계기적, 인과적 관계를 가지고 연결되는 것이 아니라 파편들처럼 앞뒤의 사건들과는 분리된 채로 따로 따로 놓여져 있는 상태를 말해준다. 구체적으로 작

---

25 앞의 책, 184쪽.
26 김누리, 『알레고리와 역사』, 민음사, 2003, 62쪽.
27 김재석, 앞의 글.

품에서 사례를 들어보면 인력거꾼과 윤직원의 에피소드는 그 뒤의 다른 어떤 사건과도 관계가 없으며 ‘무임승차 기술’이란 두 번째 에피소드도 다른 어떤 사건과도 특별한 관계를 맺지 않는 독립된 사건이다. 마찬가지로 ‘서양국 명창대회’란 세 번째 에피소드도 윤직원의 취미 생활에 얽힌 사건들을 소개할 뿐 작품의 진행과 긴밀하게 연결되지 않는다. 이러한 양태는 나머지 다른 에피소드들에서도 그대로 반복된다. 한 가지 예외를 찾는다면 ‘우리만 빼놓고 어서 망해라’라는 제목의 네 번째 에피소드를 들 수 있다. 윤직원 영감의 가계라는 시간적 요인이 중심이 된다는 측면에서 공간적 요인을 중심으로 하는 이 소설의 다른 사건들과 차별성을 지니는 이 에피소드는 그나마 『태평천하』에 종심(縱深)을 가지게 하는 부분이다. 바꾸어 말해서 『태평천하』의 사건들은 세로축보다 가로축을 중심으로 전개되어 있다. 이 작품이 말대가리 윤용규로부터 윤직원, 창식, 종수, 경손으로 이어지는 5대의 가계를 포괄하고 있지만 거기에서 시간적 요인은 크게 중시되지 않는다. 어느 세대의 인물이 등장하건 거기에서 묘사된 사건들은 윤직원과 그 인물이 놓인 상황들을 조명하는 데 이바지하게끔 조정된다. 우한용은 이렇게 ‘시간성이 개입되지 않음으로써 작품을 극의 한 장면으로 환원하는 구조’가 이전의 단편 풍자소설에서뿐만 아니라 『태평천하』에서도 ‘가장 잘 활용되어 효과’를 보고 있다고 분석한다.

채만식의 경우 현실에 대한 비판이 언어적 국면으로는 날카롭지만 인물의 현실대응 측면에서는 날카롭기보다는 소극성을 띠는데, 이는 작품의 독백적인 상황이 당시 시대상 어느 한 국면을 드러내 주기는 하지만 근본적인 구조의 파악에는 미치지 못한 결과라 할 수 있다. 독백은 주관적인 심리의 발현에 머물 공산이 크기 때문이다. 거기에는 도전으로서의 대화욕구가 없다. 빈정거림이나 풍자에 머물고 만다. 그리고 작가의 윤리가 작품의 어느 면을 통제함으로써 대상을 뒤집어 볼 수 있고, 그러한 과정에서 역설적인 의미가 찾아진다고 해도 그것은 소극적임을 면키 어렵다.[28]

우한용은 이 소설의 서사성이 약한 원인을 독백과 관련시키고, 그 독백을 통해서 얻어지는 효과가 상황의 한 국면을 드러내주기는 하겠지만 현실의 역동적인 구조를 드러내는 데 이를 수는 없다고 파악하는 관점에서 작가가 노린 '역설'의 의미는 한계가 있음을 지적한다. 이 지적은 작품의 장면 중심 구조와 '역설'을 추구하는 작가의 의도를 이해한 바탕 위에서 이루어지고 있다. 이런 논리에서 그가 『태평천하』에 부정적 세계만 드러나고 이상적 세계가 드러나지 않는 원인이 풍자의 한계라기보다 현실의 구조가 문학의 구조를 결정한다는 사실에 있다고 진단한 것은 매우 정확한 통찰이다. 또한 기본적으로 희극적 정조를 지니고 있는 이 장편소설이 윤직원의 모든 욕망의 붕괴를 통해서 비극으로 전환하며, 그것이 당대 사회의 성격과 구조적인 동일성을 지닌다[29]고 본 것도 적절하다. 그러나 이러한 통찰에도 불구하고 거기에 놓인 한계는 작가의 모든 담론이 '혼란의 사회'에 대한 알레고리로 작품을 읽도록 조정되고 있다는 앞서 이루어진 본인의 인식을 충분히 고려하지 않고 있다는 점이다. 이 작품에서 작가는 분명히 윤직원을 우스꽝스러운 존재로 형상화하고 있다. 그러한 형상화에 의해서 서사의 역동성이 사라지고 부정적 측면만 부각된 것도 사실이다. 그리하여 작품에는 다른 존재는 모두 옆으로 비켜서고 윤직원만이 혼자 남아 '혼란의 사회'를 가리키는 알레고리가 되고 있다. 정홍섭은 이 희화적인 인물에 대한 풍자의 의미를 세 가지로 요약한다. 첫째 윤직원의 형상은 "퇴락한 전통이 이제는 그 일말의 긍정성을 상실한 것은 물론, 그 허위의식마저 완전히 내팽개쳐진 채 희화적으로 타락해버린 상황을 상징화"한다는 것, 둘째 윤직원의 반민족적이고 반민중적인 치부는 "그것을 온존시키는 식민지 자본주의 체제의 모순과 부패에 대한 반어적 공격"이

---

28 우한용, 앞의 책, 225쪽.
29 앞의 책, 219쪽.

라는 것, 셋째 "타락한 '전근대적' 전통을 온존시키는 식민지 '근대성'에 대한 반어적 공격"[30]이라는 것이다. 물론 『태평천하』가 지니는 의미가 이 세 가지에 국한된다고 선을 그을 필요는 없다. 그러나 작가가 긍정적 주인공을 뒤에 머물러 있게 하고 식민지 조선의 부정적 측면을 나타내는 알레고리로서 윤직원이라는 인물을 형상화했다면 작가의 작업은 그 형상의 구체화만으로도 충분히 의의 있는 것이었다고 할 수 있다.

정홍섭은 이 작품이 '채만식의 풍자문학에 나타나는 온갖 주제적 요소'를 농축하면서도 '유독 지식인 문제에 대한 천착만은 직접적으로 이루어지지 않'은 데는 '하나의 비밀이 감추어져 있다'고 주장한다. 그 '비밀'이란 "채만식의 여타 작품에서 등장하는 지식인 주인공의 역할을 이 작품에서는 작중화자가 대신하고 있다는 사실"[31]에 있다는 것이다. 이 견해는 사에구사 도시카쓰의 '타자의 시점'이나 송하춘의 '지적 판단 능력을 고수하는 작가'라는 작품분석 내용에 바탕을 둔 것이거나 거기에 일치하는 인식을 함축한다. 그 인식에 토대를 두고 정홍섭은 이 작품을 알레고리적 측면에 비중을 두어 분석한다. 그 분석 내용의 몇 가지를 제시하면 다음과 같다.[32]

① 윤직원의 억지와 아비한 수단들은 그가 현실 사회에 대해 무지한 것이 아니라 그 메커니즘을 정확하게 파악하고 자신의 물질적 이익을 위해 그 방법들을 구사하고 있다는 사실을 알려주는 알레고리이다.
② 윤용규가 손에 넣은 돈을 '도깨비가 저다 준 돈'이라고 천연덕스럽게 말하는 것은 윤직원의 돈이 뿌리 없음('근지' 없음)을 나타내기 위해 치밀하게 계산된 의도에서 나온 알레고리적 처리이다.
③ 윤용규의 물질적 부가 '육십 년 저 짝'에 형성되었다는 것은 그가 개항

---

30 정홍섭, 앞의 책, 227쪽.
31 앞의 책, 241쪽.
32 앞의 책, 226~237쪽.

   직후의 사회적 혼란기를 틈타 입신했다는 것을 암시한다.
④ 작품의 시간적 배경이 '정축년 9월 열××날'로 되어 있는 것은 그 시
   기에 일제가 중국 침략을 본격화하는 등 '역사적 위기'였음을 알레고리
   적으로 표현한 것이다.
⑤ 알레고리적 요소가 아이러니적 풍자의 효과를 뒷받침한다.

　이상의 알레고리에 관련된 설명 내용은 정홍섭의 분석에서 우선 눈에
띄는 대로 옮겨 적은 몇 가지 사항이다. 곧『태평천하』의 세부에 알레고
리적 요소가 충만하다는 하나의 예증인 셈이다. 이와 관련해서 "이 작품
은 '혼란의 사회'에 대한 알레고리로 읽도록 담론이 조정되어 있다"고 언
급한 우한용의 분석을 다시 상기할 필요가 있다. 곧 우한용은 작품의 전
체에서 알레고리의 양상을 짚고 있고 정홍섭은 작품의 세부에서 알레고
리의 요소를 추출하고 있는 것이다. 이 점을 고려하면서 작품을 면밀히
고찰하면 지금까지 풍자소설의 대표작으로만 알려진『태평천하』가 알레
고리의 구조를 내장하고 있다는 사실이 드러난다. 이러한 뜻밖의 결론은
그러나 우연이 아니다. 채만식은 이 작품을 언급하면서 "「명일」의 발전
인 「치숙」의 방향이기는 하나 「명일」과는 전연 다른 세계다."라고 분명
하게 말하고 있다. 다시 말해서 「치숙」처럼 풍자 기법이 사용된 작품임에
는 틀림없으나 「명일」이 보여주는 작품 세계와는 다른 내용을 표현하고
있다는 언급이다. 이 언급은 우리가 기왕에 「치숙」에서 제삼자의 시점,
타자의 시점을 이용한 풍자 기법이 쓰이고 있다는 사실을 알고 있으므로
절반의 진실은 확인할 수 있다. 그렇다면 나머지 절반의 진실을 확인할
필요가 있다. 이 확인 작업에는 사형취상(捨形取象)의 방법을 이용할 수
있다. 「명일」은 '승어부(勝於父)'의 구조였다. 곧 아비는 상황에 대한 행동
을 하지 못하는데, 아들은 행동을 과감하게 해버리는 구조이다. 이 구조
와 대비했을 때『태평천하』에서는 아들의 행동 국면이 없거나 영(零)으로

수렴하는 구조이다. 뿐만 아니라 이 장편소설에 설정된 상황이나 인물은 「명일」의 그것과 정반대이다. 「명일」이 굶주림을 겪고 있는 가족의 상황인 데 반해서 『태평천하』의 상황은 만석꾼의 집안이고, 전자의 주인공이 지식인 실업자인 데 반해서 후자의 주인공은 식민지 현실을 '태평천하'로 인식하는 인물이다. 곧 상황에 대한 인물의 대응이 소설의 행동이며, 『주역(周易)』에서 사용되는 유비가 사상(事象)들 사이에서 동일한 원리를 파지하기 위해 동원되는 것이라는 점을 상기하면, 『태평천하』와 「명일」에서 동일한 동작이나 원리를 찾아낼 수 없는 것이다. 작가가 두 작품을 '전연 다른 세계'라고 파악한 이유를 충분히 이해할 수 있는 것이다.

채만식 문학 가운데서 『태평천하』는 부정적인 인물을 주인공으로 내세운 알레고리 작품의 대표이다. 이것은 「제향날」이 긍정적인 인물을 주인공으로 내세운 알레고리라는 사실과 대비된다. 전자에서 풍자의 기법이 주도적으로 사용된 데 비해서 후자에서는 전혀 풍자의 흔적이 없다는 것은 작가의 문학적 방법이 다양하다는 것을 말해준다. 채만식이 이 시기에 알레고리 수법을 사용한 작품들을 집중적으로 창작하고, 다른 한편으로는 기왕의 풍자 기법을 쇄신했다는 것은 작가의 방법의 실험이 얼마만한 열도로 진행되었는가를 대변해준다. 작가의 이 실험들은 검열이라는 제도로 상징되는 현실의 질곡을 극복하는 방법의 모색이라는 의미를 지니는 것이다. 이런 의미에서 기본적으로 알레고리 구조를 지닌 『탁류』와 「심봉사」에 풍자와 아이러니의 기법이 섞여 있다는 것은 시사적이다. 이 작품들은 『태평천하』나 「제향날」처럼 양극의 하나를 택한 것이 아니라 중도를 취하고 있는 것이다. 그 작품들에서 역사와 현실의 문제는 하나로 통합되어 있다. 이런 측면에서 송하춘의 '이중 현실'과 '이중 역사'라는 개념을 대입하면 「제향날」의 주인공들은 근대성과 진실을 추구하는 인물이며, 『태평천하』의 윤직원은 전근대성과 허위를 나타내는 인물로 특징

지을 수 있다. 그러므로 송하춘이 『태평천하』의 주제를 '민족주의와 근대화의 문제'로 파악한 것은 윤직원의 초상을 통해서 작품의 '역설'을 읽은 것이다.[33] 마찬가지로 독자들은 윤직원의 여러 가지 면모를 엿볼 수 있게끔 배치된 삽화들을 통해서 주인공이 무식하고 이기적이며 전도된 시각을 가지고 있다는 사실을 차차 깨닫게 되며, 그에 따라 그가 '태평천하'라고 외칠 때마다 현재의 사회가 '혼란된 사회'라는 사실을 새삼스럽게 각성하게 되는 것이다. 작가가 윤직원의 생긴 모습이며, 옷차림이며, 태도며, 행동방식을 자세하게 묘사하는 이유도 그 알레고리를 구체화하기 위한 방안이다. 알레고리의 경우 "서술의 표면에서 진술된 것은 거의 언제나 다른 것을 의미"하므로 디테일은 작품의 의미를 풍부하게 하는 데 필수적인 조건이다. 우리가 시간적 요인이 매우 약화된 『태평천하』에서 창식과 종수, 종학으로 대표되는 윤직원의 후세들을 통해 세대적 의미를 조금이라도 읽을 수 있는 것은 그 디테일 덕분이다. 그러나 이 작품에서 공간성이 비대해진 데 비해 시간성이 현저하게 축소되었다는 것은 작가에게 덮쳐 오는 시대의 압력이 그만큼 절박해졌다는 하나의 징후라고도 할 수 있을지 모른다. 이제 작가는 한 치 앞도 내다볼 수 없이 급박하게 시대를 휩쓸고 가는 거대한 파시즘의 물결을 혼자서 숨가쁘게 헤쳐 나가지 않으면 안 될 절체절명의 위기에 내몰렸기 때문이다. 행동의 가능성이 극단적으로 제약되어 적멸의 세계가 된 현실. 이제 작가는 시간이란 소설의 중심을 확보하지도 못한 채 전쟁 상황에 내몰리는 인물들의 행동을 묘사하지 않을 수 없게 된 것이다.

---

33 송하춘, 앞의 책, 46쪽.

Ⅵ. 항일의 최전선에 서다

　　1939년 9월 1일 독일은 폴란드에 진격함으로써 제2차세계대전을 개막한다. 이에 앞서 독일·이탈리아와 방공협정(防共協定)을 맺은 일본은 7월에 국민징용령을 공포하고 11월에는 조선인의 창씨개명을 법률로 제정한다. 천도교 본부가 20만 신도를 동원하여 정신연맹을 결성한 것도 이 해이고 노동자를 대거 일본으로 공출하기 시작한 것도 이 해이며 친일문학단체 '조선문인협회'가 결성된 것도 이 해의 일이다. 또 이 해에는 경부선이 복선화되었는가 하면 철도국에서 목탄 자동차를 처음으로 시험하기도 했다. 다음 해인 1940년 8월 〈동아일보〉와 〈조선일보〉가 폐간되기에 이른 것을 감안하면 일본 제국주의가 침략전쟁에 동원하기 위해 본국과 식민지의 모든 힘을 모으려고 안간힘을 쓰던 때이며, 그에 따라 조선 민족을 그 뿌리에서부터 말살하려는 책동이 본격화되던 시기이기도 하다. 1941년 1월에는 '신문지 등 게재 제한령'이 공포되었고, 3월에는 '조선사상범 예비구금령'과 '국방보안법'이 공포되었으며, 총독부는 '학도정신대'를 조직하는 일방 주한 미·영 선교사와 그 부인 등 15명을 검거했다. 이런 상황이 국내외에서 펼쳐지는 동안 임시정부는 1941년 11월 '대한민국 건국강령'을 발표하고 12월에는 '대일선전포고'를 한다.

이 같은 시국의 긴박한 전개를 외면하듯 채만식은 1938년 8월 「작가의 한계」라는 글을 발표했다. 한가롭게 부제를 '일반 문화 수준과 문학 수준'이라 달고 있는 이 글에서 채만식은 조선 작가들의 교양이 풍부하지 못한 상태와 문학 수준의 관계를 논하고 있다. 주로 작가의 한계를 질타하는 듯한 이 글이 발표되던 시점은 『탁류』의 연재가 끝난 지 석 달, 『태평천하』의 연재도 거의 끝나갈 무렵이었다. 그러나 작가의 문학 수준에 초점을 맞춘 듯한 이 글에서 채만식은 내면적으로 조선 문단 비평계의 현 수준을 질타하고 있었다. 셰익스피어나 제임스 조이스 등 구름 속의 이야기나 하면서 '세계적 대작' 대망론이나 내놓는 상황에서는 톨스토이나 셰익스피어, 고리끼 같은 작가가 몇 명이 나타나더라도 '조선적인 제약'을 벗어날 수 없으리라는 비판이다. 그러므로 그가 평론 분야에서 텐느, 루나차르스키 같은 평론가가 나오지 못하는 것은 작가의 '문화'가 문제되는 경우와 마찬가지로 비평가들이 '교양'을 갖추지 못한 데 원인이 있는 것이라고 하면서 평론가들을 향해 "그렇다고 하면 하늘에 향하고 뱉은 침이 어디 가서 떨어졌다는 것도 스스로 깨닫게 될 것"이라고 말하고 있는 것은 그 의미가 심상치 않다. 이것은 채만식의 글이 향하는 표적이 무엇인지 잘 말해주고 있다. 즉 자신의 작품 『탁류』를 세태니 풍속 묘사니 하면서 겉모양만 보고 수박 겉핥기로 평가하는 데 대한 불만이었던 셈이다. 이와 같은 맥락에서 채만식이 1939년 5월에 발표한 「자작안내」라는 글에서 자기 작품의 세 경향을 '강화(講話)'하고 있었다는 것은 그로서는 내키지 않았으나 불가피한 일이었다. 앞장에서 우리는 「제향날」과

『태평천하』를 검토하여 세 경향 가운데 두 가지를 살펴보았다. 하나는 저항 주체를 직접 형상화하는 방식이었고, 다른 하나는 부정적인 인물을 형상화하여 일종의 '역설'을 제시하는 방식이었다. 이 두 가지 경향은 지금까지 채만식 문학 연구에서 긍정적으로 평가를 받아왔다. 그러나 세 번째 경향, 작가 스스로 '오늘의 슬픈 상모를 띤' 작품이라고 일컬었고, 그럼에도 「명일」의 방향임에는 틀림없는 작품이라고 지적한 「소망」의 경향은 부정적인 평가를 받은 데서 그친 것이 아니라 친일문학으로 나아간 작가의 정신의 궤적을 보여주는 작품들로 지탄을 받아왔다. 그런 의미에서 채만식 자신이 "내가 시방 통곡하고 싶은 심정은 「명일」이 「치숙」의 방향으로나마도 발전이 안 되고서 「소망」의 방향으로 나아가려고 하는 것"[1]이라고 자가분석하기도 했던 이 세 번째 경향은 일제 말기 6년여 동안의 작가의 문학이 어떤 일을 벌였고 그래서 어떤 의미를 지니는지 알아보는 데 가장 좋은 소재이다. 여기에서는 이 세 번째 경향의 대표적 작품이라고 알려진 몇 개의 소설과 자전적인 내용을 소설화한 작품들, 「당랑의 전설」, 친일논설이라고 알려진 평론들을 고찰한다. 일제 말기의 시대 상황에 밀착되어 있던 이 작품들을 통해서 작가가 어떻게 항일투쟁을 전개했는가를 파악하고자 하기 때문이다.

1. 「패배자의 무덤」과 알레고리

1939년부터 1945년 해방까지 일제 말기의 채만식 문학에서 「패배자의 무덤」은 하나의 이정표가 된다. 김홍기는 이 작품이 "채만식의 소설 가운

---

[1] 채만식, 「자작안내」, 『채만식전집』 9, 창작과비평사, 1989, 518쪽.

데 관념상의 분수령을 이루는 작품"으로 "그것은 분명 한 시대의 삶을 마감하고 새로운 삶을 열어나가고 있"[2]다고 보았으며, 최현식은 "이상과 현실의 지나친 간극에 따른 자기 패배 또는 준거의 상실이 니힐리즘의 전제를 이룬다면, 결국 니힐리즘의 문제는 모든 '확실성(주체에게 마다 내면화되어 있는 삶의 특정한 방향성과 그것의 실현 가능성 : 인용자 주)에 대한 종언'에서 비롯되는 것"[3]이란 관점에서 이 작품이 니힐리즘으로 나아가는 첫걸음이라고 보았다. 이렇게 상반된 해석을 낳는 「패배자의 무덤」은 채만식의 문학에 대한, 또는 그의 '친일문학 행위'에 대한 연구자들의 해석이 분기하는 지점이기도 하다. 따라서 이 작품에 대한 검토는 일제 말기 채만식 문학의 방향성을 판단하는 기준점이 된다. 그러나 우리에게는 이 작품을 구체적으로 살펴보기 전에 작가의 세 번째 경향을 최초로 나타내는 「소망」을 먼저 검토하는 일이 필요하다. 「패배자의 무덤」은 「소망」의 경향을 이어받으면서 논리적 귀결이라는 특성을 지니기 때문이다.

「소망」은 1938년 10월 「조광」지에 발표되었다. 『태평천하』의 연재가 끝난 직후 발표된 이 소설은 주인공의 아내가 의사 남편을 둔 친정언니를 상대로 이야기하는 형식으로 되어 있다. 그러나 이 작품은 언니를 잠정적인 대화 상대자로 설정하고 있으나 실제로는 '대화의 상대자를 텍스트 내적으로 은폐한 대화 형식'[4]으로서, '외적인 서술자를 감추고 독백을 늘어놓는 방식'을 사용한다는 점에서 「치숙」의 한 변용이라고 할 수 있다. 화자는 언니와 인사치레 대화를 나눈 다음 작품의 주인공인 자기 남편에 대한 이야기를 시작한다. 자기 언니의 살림살이에 대한 부러움과 뒤

---

2 김홍기, 『채만식 연구』, 국학자료원, 2001, 160쪽.
3 최현식, 「문학가의 이상과 생활인의 비애」, 『채만식문학의 재인식』, 소명출판, 1999, 195쪽.
4 우한용, 『채만식 소설담론의 시학』, 개문사, 1992, 223쪽.

섞여 전개되는 이야기 가운데서 화자의 남편인 주인공은 정신이 온전치 못한 사람으로 묘사된다. 일년 동안 웃지도 않고 건넌방에만 처박혀 뒹굴던 남편이 삼복더위가 찌던 어느 날 한 겨울 정장차림을 하고 종로까지 외출했다 돌아오더라는 것이다. 그리고 놀라서 바라보는 자신에게는 “천민! 속물! 세상이 곤두서는 데는 태평이면서, 옷 좀 거꾸루 입은 건 저대지 야단이야.”라고 말하더라는 이야기다. 화자는 남편이 실성한 것은 아닌지 자세히 살펴보았으나 전혀 그런 기색은 없고 말쩡하더라고 주절주절 늘어놓는다. 화자가 두서없이 늘어놓는 이야기를 정리하면, 주인공은 잘 다니던 신문사를 1년 전에 그만두었다. 그리고는 일년간을 건넌방에서 하는 일없이 뒹굴며, 말을 붙여도 대답을 않고 마냥 뒹굴기만 하면서 꿈쩍도 않는다. 또한 장인장모가 있는 바닷가 시골에 다녀오라고 해도 “나를 목을 베어봐라, 단 한 발이라두 서울서 물러서나!”라고 말하며, 아내한테 아이 데리고 다녀올 테면 다녀오라고 하면서 “웬만하거든 아주 영영 가버리라구. 시방, 세상이 통채루 사개가 벙그러지는 판인데, 부부구 자식이구 가정이구 그런 건 다아 고담(古談)”같다고 말한다. 그는 신문사에 있을 때에도 “눈동자가 옳게 박힌 놈은 이 짓 못해 먹겠다구” 말하곤 하면서 침울해 했었다. 그리고 사표를 내고 나서는 건넌방에 틀어박혀 꿈쩍도 않는 것이다. 여름철이 되어 건넌방이 한증막 같이 무더워도 방에서 좀 나오라는 아내에게 “이 동물아! 나는 이게 싸움이야, 이래 뵈두. 더위가 나를 볶으니까, 누가 못 견디나 보자구 맞겨누는 싸움이야 싸움!”이라고 고함친다. 그는 왜 여름 양복을 놓아두고 겨울옷을 입고 돌아다니느냐는 아내의 말에 “속 모르는 소리 말아. 이걸 떠억 입구 이걸 푸욱 눌러 쓰구, 저 이글이글한 불볕에! 어때? 온갖 인간들이 더우에 항복하는 백기(白旗) 대신 최저한도루다가 엷구 시언헌 옷을 입구서 그리구서두 허어덕허덕 쩔매구 다니는 종로 한복판에 가 당당하게 겨울옷을 입구서 처억

버티구 섰는 맛이라니! 그게 어떻게 통쾌했는데!”라고 말하는 것이다. 화자가 전하는 남편의 괴상한 행동은 이렇게 한 여름에 겨울 옷 입기, 외상 진 싸전가게 앞을 활보하기 등이다. 화자는 남편이 정신병이나 아닌가 걱정하지만 무슨 내용인지 표현되지 않은 언니가 하는 말을 받아 “옳아, 언니 시방 하는 말이 맞었어. 나두 실상 그렇게 짐작은 했다우. 그러니 말이지, 사내 대장부가 어찌 그대지 못났수? 이건 과천서 뺨 맞구, 서울 와서 눈 흘기기 아니우? 제엔장맞을, 차라리 뛰쳐나서서 한바탕……응? 그럴 것이지, 그렇잖우?” 하고 말한다.

우한용은 이 작품의 “기호론적인 구조가 독백적인 양상을 띠는 것은 소설 외적인 현실이 폐쇄적인 상황이라는 것의 알레고리라는 해석이 가능하다.”[5]라고 분석한다. 대화가 독백의 형식으로 되어버리는 것은 ‘개체가 환경과 교섭 작용을 할 수 없다는 것’, ‘모든 시각을 자아 내적으로 폐쇄할 수밖에 없다는 단념’이 표현된 형식이라는 해석이다. 결국 “대화 상황의 폐쇄성을 드러내어 개인과 사회의 소통이 불가능한 시대의 시대상을 알레고리적으로 보여”준다는 분석이다. 담론의 구조에 대한 이러한 분석은 이 작품의 의미에 대해 많은 것을 시사한다. 일제 말기로 접어드는 이 시기에 채만식이 작품 속에 긍정적이거나 의로운 인물을 형상화하는 것을 포기하고 작가 스스로가 그 지적 판단력을 대신하는 기법을 사용하기 시작하였다는 것은 송하춘에 의해서 밝혀졌다.[6] 그 소통의 불가능성은 모든 사람이 이글이글 끓는 더위에 항복하는 시절이라는 데서 연유한다. 작가는 『탁류』를 통해서 의사소통을 시도해보았지만 ‘교양’없는 문학인들로부터는 아무런 반응도 얻을 수 없었다. 그렇다고 해서 작가 스스로 자기 작품에 대한 해설에 앞장서 나설 수도 없다. 외적 상황은 그와 같은

---

5 우한용, 앞의 책, 235~236쪽.
6 송하춘, 『채만식』, 건국대학교출판부, 1994, 45쪽.

작가와 독자의 명백한 의사소통을 허용하지 않는다. 오직 작품에 은폐된 형식으로만 소통을 시도할 수 있을 뿐이다. 이러한 상황이기 때문에 조선 민족 사이에, 작가와 독자 사이에 이루어져야 할 소통은 이심전심의 방식으로나 기대 가능한 것이었다. 「소망」의 주인공이 아내와 세상 사람들을 '속물', '하등동물', '속충' 등의 용어로 멸시하는 것은 그에 말미암는다. 고등경찰과 검열관의 눈이 시퍼런 엄혹한 계절의 의사소통은 이심전심의 방식으로밖에 가능하지 않은 것인데도 모두 다 명시적으로나 표현해야 겨우 알아먹을까말까 하는 답답한 상대라는 뜻이다. 그러한 상황에서 그는 파격적인 행동을 통해서 자신을 표현하는 것이고, 그 파격적인 행동이 상징하는 일본 제국주의와의 투쟁 속에서야 해방감을 얻는 것이지만 '속물'들은 그것을 망령이나 되는 듯이 여긴다는 의미가 「소망」이란 소설 제목에 표현된 것이다. 채만식은 이러한 「소망」의 이야기가 '오늘의 슬픈 상모'로서, 그런 종류의 형식밖에 채택하지 못하는 자신의 입장을 '통곡하고 싶은 심정'이라고 표현하고 있는 셈이다. 모든 사람이 '더위'에 항복하여 백기를 들고 서 있는 마당에 혼자서 깃발을 세우고 그 '더위'와 투쟁하는 사람의 심정이라는 것이다.

「패배자의 무덤」은 「소망」과 같은 소재를 다룬다. 이 작품의 주인공 '종택'의 행동은 「소망」의 주인공이 처해 있던 상황보다 훨씬 더 부정적인 측면으로 발전된, 다시 말해서 악화된 국면에 대한 주체의 대응을 나타낸 것이라고 볼 수 있는 것이다. 소설은 '패배자' 종택의 아내 경순이 오라비 경호와 함께 남편의 무덤을 찾아가는 데서 시작한다. 경순은 이제 낳은 지 일곱 달되는 어린것을 업고 산마루를 허덕지덕 오르고 있다. 남편의 죽음은 경순에게 큰 충격이었다. 남편 종택은 어떤 잡지의 전임 필자였다. 살았을 당시 종택은 '쇠뿔을 바로잡다가 본즉 소가 말승냥이가 되더라는 등', '불합리의 간접교사를 하고 있을 수가 없다는 등' 암호문자

와 같은 말을 사용하면서 녹록치 않은 소장 논객으로 활동하였다. 그러다
가 잡지사를 그만두었는데, 그 직접적인 원인은 '유의지사(有意之士)와 유
산지민(有産之民)의 대도(大道)'를 언급하고 있는 부친의 편지 때문이었다.
남편은 부친의 편지를 받고 "늙은이들, 죽지도 않는다고, 불측한 소리를"
두런거리더니 그 당장에 사직서를 써서 잡지사에 보냈다는 것이다. 그 뒤
남편은 집안에서만 뒹굴었다. 경순은 남편이 '정신생활의 중대한 난관을
만났'다는 사실을 알고, 그의 고민을 이해했기 때문에 종택에게 불란서
여행을 권유했다. 경순은 자신이 임신한 상태이므로 남편이 외국 여행에
서 돌아올 때쯤이면 아이를 안고 항구에 나가 돌아오는 남편을 맞을 수
있을 것이란 낭만적인 생각을 했던 것이다. 종택은 아내의 재치 있는 뜻
밖의 권유를 받고 망설였다. 양행은 '소극적이긴 할값에, 지금의 이 거추
장스런 자기분열에 대한 준열한 자책이 어느만큼 완화될 수가 있을 성불
렀'고, 후일의 에너지를 비축하는 일도 될 것이므로 2, 3년 돌아다녀 볼
까하는 생각도 했다. 그러나 종택은 그렇게 하는 일이 싫었다. 그는 자신
이 '강풍을 만나 파선을 하고 난 뱃사람'과 흡사하다는 생각을 했고 돛을
올리고 강풍 속에 다시 나서야 할 지금 양행을 하는 것은 일종의 도피라
고 생각했기 때문이다. 그는 지금의 현실이 갈릴레오가 그레고리 13세로
부터 "그래도 지구는 돌지 않는다!"는 말을 들어야 하는 시대로 생각했으
므로 양행을 하더라도 결국에는 자기분열을 극복하는 것은 어찌할 수 없
는 자기 일이라고 보았다. 그러다가 종택은 '마호멧의 초청을 받아 아라
비아 땅'에 갔다. 마호멧은 친절하게 '코란과 또 한 가지 다른 명물'을 내
보이면서 선택하라고 요구했다. 종택은 낙타 한 마리를 주면 세상구경이
나 다니겠다고 대답했지만 허용되지 않았다. 이선영은 '코란'과 '명물'이
각기 '법'과 '무력'을 뜻하며, '낙타'는 자유를 뜻한다고 보았는데 감옥에
갈 것이냐 대일 협력을 할 것이냐는 선택을 강요받은 것으로 이해하고

있다. 이에 비해서 염무웅은 이것이 '사상투쟁과 무장투쟁 중에서 택일하라고 한 내용인 듯싶기도 하다.'[7]라고 보았다. 어떤 것으로 해석하느냐에 따라 작품의 의미는 조금 다른 색조를 띠는 것이지만, 아무튼 마호멧의 강요를 받은 종택은 생각할 시간을 달라고 요구하고 돌아왔는데 사흘 뒤 '어떤 낯모를 신사의 방문을 받'고 나가서 영영 다시 돌아오지 않았다. 그는 달려오는 급행열차를 몸뚱이로 들이받아 산산조각이 나버렸던 것이다. 종택이 경순에게 남긴 유서에는 다음과 같은 내용이 써 있었다.

> 무위와 무능에서 다시 나아가 나의 육체는 나를 멍신되게 하는 것으로밖에는 쓰일 곳이 없는 게 되고 말았다. 프로메테우스의 후손은 불초하여 약행(弱行)할지언정, 불을 도로 빼앗지 않기 위하여서는, 육체를 처분할 강단조차 없지는 않다. 그대에게 미안하다. 그러나 그대의 총명이 결코 그대의 전정을 어리석게 인도하지 않을 것만은 자못 안심이다. 새로이 탄생되는 생명은 그대의 의사에 있는 것이지 나의 간섭할 바가 아니다. 다만 참고로, 그 생명에서 새로운 진리를 하나 창조할 적극적 의욕이라면 모르거니와, 맹목적인 모성애로 쓰잘 데 없는 육괴나 보육하느라고는 청춘의 재건을 묵살할 필요가 없으리라는 말을 해두고 싶다.

자신을 프로메테우스의 후손이라고 자칭한 종택이 죽은 날로부터 몇 개월 뒤에 '여승 종택의 모형 같은 조그만 놈'이 세상에 나왔고 남편의 죽음이 일년 가까이 된 지금 '못난 아비'와 아이의 상면을 위해 경순은 무덤을 찾고 있는 것이다. 경순은 남편의 죽음 뒤에 새롭게 자기 자신을 깨달았다. 생활을 책임지고, 어린것을 돌보아주는 데서 새로운 삶의 의미를 찾았다. 그러한 경순을 오래비 경호는 '진리의 어머니'라고 첩지를 내렸다. 경호는 종택을 '동키호테'라고 부르고 경순은 '바우가 밉다구 발길로 걸어'찬 것이라고 표현한다. 경호는 무덤 주위를 돌아보다 할미꽃이

---

7 염무웅, 『혼돈의 시대에 구상하는 문학의 논리』, 창작과비평사, 1995, 241쪽.

피어난 것을 보고 봄이 오고 있다는 사실에 희열을 느끼고 경순은 어린 것에게 젖을 먹이면서 '진리에 사는 대장부', 프로메테우스로 당당히 키울 것을 다짐한다.

이 작품에는 종택이 사용했다던 암호문자 말고도 몇 개의 암호문자가 등장한다. 바람이며, 돛이며, 마호멧이며, 코란이며, 명물이며, 아라 영감이며, 강아지며, 진리의 어머니며 하는 말들이 그 암호문자에 해당한다. 그러나 그 암호문자들이 그렇게 해독이 어려운 것은 아니다. 종택은 자신이 종사하는 잡지, 언론 등이 세계에 대한 사람들의 인식을 오도하는 것을 참을 수 없어 사직서를 던진 것이고, 양자택일의 압력으로부터 벗어나기 위해 육신을 파괴한 것이다. 채만식은 이 작품이 "작자 자신이 나서서 건드리기에 매우 불편한 무엇이 있는 폐로운 물건"[8]이라고 말한 바 있다. 작가 자신이 직접 언급하기에 불편을 느끼는 것은 이 작품이 알레고리를 사용한다는 사실과 연관이 된다. 염무웅은 그 알레고리적 성격을 언급한 뒤 '종택은 소시민적 생활과 이념적 지향 사이에서의 절망적 갈등에 시달리던 끝에 심한 질책과 모욕을 받고 돌연 자살을 하게 되었는지 모른다'고 추리한 다음 이렇게 말하고 있다.

여기서 우리는 이 작품이 발표된 연대가 1939년임을 상기할 필요가 있다. 이 무렵 일본제국주의는 완전한 군사적 체제로 돌입하여 식민지에 대해서뿐만 아니라 자국 내의 사회주의 · 자유주의를 가차없이 탄압하고 있었다. 민족의식을 가진 지식분자에게 남겨진 길은 지하로 숨거나 침묵하는 것뿐이었다. 종택과 같은 존재의 처참한 자살극은 그런 점에서 일대 반항이라 할 수 있으며, 극히 암시적이고 비유적인 서술방법에 의해서나마 그것을 작품화한 채만식의 업적은 일정한 적극적 의미를 가지는 것으로 평가되어야 한다. 이 「패배자의 무덤」의 후반부는 종택이 자살하고 나서 경순

---

8 채만식, 「사이비농민소설」, 『채만식문학전집』 9, 창작과비평사, 1989, 523쪽.

이 유복자를 데리고 시집살이를 하는 이야기이다. 아마도 작가 채만식은 경순이 안고 있는 어린이에게서 좌절과 시련을 넘어설 민족의 희망을 보고 거기에 기대를 거는 듯하다. 이런 점에서 이 작품은 식민지시대 최후의 저항문학에 속하는 업적일 것이다.[9]

이 작품이 식민지 시대 최후의 저항문학은 아니다. 이 작품 뒤에도 채만식의 저항은 계속되었고 훨씬 뒤에는 식민지 시기 조선 민족 저항문학의 기념비가 될 만한 작품이 따로 발표되기 때문이다. 또한 '코란'과 '명물'을 사상투쟁과 무장투쟁으로 해석한 데 입각한 인용문의 「패배자의 무덤」에 대한 평가는 전후 문맥을 따질 때 좀 맞지 않는 부분이 있다. 두 가지 가운데 어느 것을 택하더라도 종택의 육신이 그를 망신되게 하지는 않을 것이며, 죽음을 택한 그의 선택이 '동키호테'나 '바우에 계란던지기'가 되지는 않기 때문이다. 이런 측면에서 이 작품을 통해 "채만식이 장차 식물인간으로 행세할 것을 선언"[10]했다고 파악한 견해도 그 추론의 정당성이 매우 의심스러운 일면적 견해다. 그보다는 "일제의 법에 순종할 수도 없고, 일제의 무력을 감수할 수도 없고, 그렇다고 자유를 누릴 수도 없는 극한상황에서 식민지 지식인으로서의 양심적 선택이 죽음밖에 없다는 결론에 이르게 된다는 것"[11]이라고 해석한 이선영의 관점이 좀더 설득력이 있다. 이선영은 여기에서 일성하게 작가의 허무주의를 읽어내지만 작품 내에서는 '어린것'의 미래에 대한 기대가 그것을 희석시킨다고 본다. 곧 허무주의의 싹은 텄지만 이 작품 자체의 문제라기보다는 이후의 작품에서 더욱 문제적인 것이 된다는 인식이다. 이에 비해서 김홍기는 "자아의 보존을 위해서 죽는다는 것, 그것은 패배도 비겁도 아니요 자존

---

9 염무웅, 앞의 책, 241~242쪽.
10 이주형, 『한국근대소설연구』, 창작과비평사, 1995, 279쪽.
11 이선영, 「창조적 주체와 반어의 미학」, 『채만식문학의 재인식』, 소명출판, 1999, 37~
  38쪽.

심의 옹호요 용기라”고 보았던 채만식의 이전의 글을 인용하면서 “「패배자의 무덤」은, 리얼리즘의 퇴각이라거나 허무의식의 침윤이기보다는 오히려 새로운 세계의 탄생을 예고하고 있는 것이다. 바꿔 말해서 채만식이 이제껏 문학의 정도라 본 밖에서의 투쟁을 위한 육중한 갑옷을 벗고 경쾌한 옷차림으로 새로운 세계 앞에 나선 것이기도 하다. 정면대결의 기념비를 세워놓았기 때문이기도 하다.”[12]라고 설명했다. 이러한 해석의 근거로 김홍기는 ‘신념의 수호라든가 불의와의 대결에 의미를 담은 말들’, ‘쾌활한 대화’, ‘겨울의 추위를 뚫고 나오는 잔디 속의 희열과 황홀로 가득한 할미꽃’ ‘어린것의 생명력’ 등을 들고 있다.

이와 같이 다양한 해석을 수렴하면서 작품에 대한 보다 온당한 이해에 도달하기 위해서는 앞서 살핀 「소망」과 「패배자의 무덤」을 관련시켜 검토하는 것은 물론 「소망」보다 두 달 뒤, 「패배자의 무덤」보다 한 달 앞서 발표된 「정자나무 있는 삽화」를 함께 살펴보는 일이 필요하다. 「소망」, 「정자나무 있는 삽화」, 「패배자의 무덤」의 순서로 발표된 세 작품은 한두 달 정도의 사이를 두고 연속적으로 발표되었을 뿐만 아니라 작품의 구조가 일정하게 동일한 패턴을 이루면서 다같이 알레고리 형식을 취하고 있기 때문이다. 「소망」에서 주인공은 시대에 거스르는 자신을 표현하기 위해 기행(奇行)을 벌였다. 「패배자의 무덤」에서는 그 기행이 스스로의 몸뚱이를 급행열차에 돌진시킴으로써 목숨을 버리는 일로 발전한다. 「정자나무 있는 삽화」에서는 작품 속의 문제적 인물 관수가 사람들의 온갖 미신 속에 하나의 신화적 존재로 자리 잡고 있는 마을 정자나무의 시커멓고 칙칙한 구멍에 돌멩이를 박아 넣는다. 그 구멍에는 엄청나게 큰 구렁이가 산다는 전설이 마을 사람들에게 신화처럼 전해져 오고 있었다. 이 신화를

---

12 김홍기, 앞의 책, 162쪽.

우스운 지난날의 속신으로 만들어버린 관수는 자신들의 신앙적 존재가 해침을 당했다고 생각하는 마을 사람들에 의해 쫓겨난다. 이 세 작품에서 이글이글 끓는 무더위나 사람들의 허황한 믿음 속에 결코 침범할 수 없는 존재로 자리 잡은 정자나무, 그리고 돌진해오는 급행열차는 다같이 1939년 여름의 시대적 전체성을 나타낸다. 알레고리에서 상황은 결정적인 요소가 된다. 알레고리를 가능하게 하는 것이 상황이기 때문이다. 세 작품에 나타난 상황은 다같이 무력한 한 개인이 맞서기에는 너무나 강력한 존재들이다. 무더위와 마을사람들의 맹신, 달려오는 급행열차는 자연의 현상, 사회의 조건, 문명의 양상이라는 서로 다른 영역의 사물을 비유로 들어 표현되고 있지만 근본적으로 동일한 시대 상황을 나타낸다. 그러나 그 시대적 전체성에 대한 주체의 대응 행동은 각기 다르다. 「소망」의 주인공은 신문사에 사직서를 내고 무더위와 씨름한다. 그 행동은 다른 사람의 눈에 기이한 행동으로밖에 비치지 않는다. 그것은 현실의 삶에 아무런 실제적인 효과를 낳을 수 없는 개인의 현실 인식이자 심리 상태, 의지의 표현에 지나지 않는다. 개별 인간의 개별적인 행위에 불과한 것이다. 이에 비해서 「정자나무 있는 삽화」의 관수가 벌인 행동은 미신에 휩싸인 정자나무의 신화를 깨뜨리는 효과를 가져왔고 마을 사람들의 신념에 일정한 변화를 가져온다. 마을 사람들은 정자나무가 서 있는 한 거기 깊은 구멍 속에 박힌 관수의 돌멩이를 생각하지 않을 수 없다. 관수가 떠나던 날 그를 좋아했던 을녜를 비롯한 마을처녀들이 전주 방적공장으로 떠난다는 설정은 단순한 우연이 아니다. 그것은 시대야 어찌되든 나만 농사 잘 지으면 된다는 생각을 가지고 있는 갑쇠와 같은 농민들의 사고에 충격을 주지 않을 수 없다. 이에 비해서 「패배자의 무덤」은 현실과 역사에 다같이 영향을 끼친다. 프로메테우스의 후손을 자처하는 종택의 처절한 죽음으로 아내인 경순이 새롭게 삶의 의미를 깨우치게 되었으며 그녀의 오라비 경호 또한 생명의 희열과 환희를 발견한다. 그리고 이러한 인식과 깨달음은 종택과 동시대성을 지닌 존재들인 경호, 경순의 오누이의 삶에만 영향을 끼치지 않는다. 종택의 존재는 어린것에 이어지고 있으며, 그의 정신은 어린것을 진리에 사는 대장부로 키우게 되는 동력이 될 것이다. 여기에서 현실과 역사를 겹시각으로 파악하는 채만식의 관점이 다시 구현되어 있는 것을 발견하기는 어렵지 않다. 종택의 무덤이 패배자의 기념비가 아니라 승리의 기념탑이 되는 것은 이에 말미암는다. 김홍기의 지적대로 이제 작가는 죽음까지도 넘어설 수 있는 역사 현실에 대한 투철한 인식을 가지고 경쾌한 행장으로 일본 제국주의와의 한판 싸움에 나설 수 있게 된 것이다.

2. 「냉동어」의 향수

「냉동어」는 1940년 4월부터 5월까지 『인문평론』에 발표된 원고지 550매 분량의 중편소설이다. 이 작품은 4월호에는 제목만 표시되었으나 5월호에는 ‘딸의 이름’이란 부제가 붙었다. 그 부제 아래에는 “……바다를 향수하고, 딸의 이름 징상(澄祥)을 얻다.”라는 구절이 에피그램처럼 적혀 있다. 이 ‘징상’이란 이름은 주인공이 작품 속 인물인 일본여인 ‘스미꼬(澄子)’의 이름에서 한 자를 따고 왕상(王祥)이란 뜻에서 한 자를 따서 붙인 이름이다. ‘징(澄)’은 ‘맑을 징’이다. 또 ‘상(祥)’은 상서(祥瑞) 상으로, ‘왕상’이란 “숙명론적 관념에서 임금이 될 골상 또는 임금의 골상”을 의미한다. ‘상’의 훈(訓)인 ‘상서(祥瑞)’가 사전에서 ‘즐겁고 길한 일이 있을 기미’를 뜻한다고 되어 있지만 작가는 ‘절개’를 뜻하는 글자로 ‘상’자를 선택한다. 그러므로 ‘징상’이란 이름은 ‘맑은 절개’ 또는 ‘맑을 기미’ 정도의 의미를 지닐 것이고 ‘문징상(文澄祥)’이란 성명은 ‘맑은 절개의 글’ 또는 ‘맑은 문화의 기미’ 정도의 뜻으로 해석할 수 있을지 모르겠다. 주인공은 이 이름을 지어놓고 이 ‘뜻있는 이름’을 지은 연유를 묻는 아내의 질문에 “냉동어의 향수는 바다에 있을 테지!……”라고 중얼거린다. 일본 여인 스미꼬를 처음 만나던 날 딸을 얻고, 스미꼬가 중국으로 떠나간 다음날 딸의 이름을 지었으니 거기에 어떤 의미 부여가 있음은 사실이겠으나 더 이상의 부연은 긴치 않은 사설이 될지 모른다. 그러나 ‘냉동어의 향수는 바다’에 있을 것이란 표현은 일본 제국주의의 족쇄에 얽매어 있는 조선 민족의 희망은 자유와 해방에 있다는 뜻을 분명하게 표현하고 있다고 해석해도 무방할 것이다. 이렇게 「냉동어」는 그 제목과 부제와 글 첫머리의 에피그램 속에 과중한 의미 부여가 되어 있는 작품이다.

이 작품에 대한 기왕의 연구들은 다양한 관점을 보여준다. 비교적 이른 시기부터 채만식 문학을 연구한 이주형은 “이것은 식물 인간화된 주인공의 모습과 올바른 가치척도가 사라져버린 당대 사회의 모습을 단적으로 드러내 보인다. 이 작품에서 채만식은 자신의 의지를 드러내지 않는다. 다만 식물인간이 된 지식인을 묘사함으로써, 그를 식물인간이 되게 한 사회, 모든 의미있는 것들이 사라져버린 사회와 식물인간으로 행세하며 살아가는 자신과 같은 지식인들을 무언중에 부정한 것”[13]이라고 보았다. 이에 비해 우한용은 이 소설이 “역사적인 전망이 서는 그러한 시대가 아닌 상황을 살아가는 작중인물의 의식을 알레고리적으로 드러낸다.”는 차원에서 다음과 같이 말한다.

‘대륙의 경륜’은 일제가 내세우던 이른바 ‘대동아공영권’의 실현을 역사의 방향성으로 보는 그러한 역사의 전망이다. 그것이 객관성을 띨 수 있는

---

13 이주형, 앞의 책, 280쪽.

가 하는 점은 달리 검토할 필요가 있을 것이다. 그러나 소설의 맥락에서는 그러한 역사의 방향성이 두 인물에게 서로 역방향에서 부각된다는 점은 두 인물의 기호론적인 체계가 다르다는 의미가 된다. 이는 역사 담당의 주체로 자신을 설정하는가 여부와 관련된다. 스미꼬는 자신이 역사 담당의 주체로 나서는 반면에 문대영은 그러지를 못한다. 이는 식민지인의 의식이 드러나는 한 방식일 것이다. 그러나 역사의 방향은 스미꼬의 방향, 즉 대동아공영권의 실현으로 기울고 있음을 작가는 감지한 것으로 보인다. 앞절에서 본 딸의 이름을 스미꼬를 연상케 하는 징상(澄祥)으로 지은 것에서 그러한 지향성은 담론차원에서 암시된다. 그 결과를 두고 자기 자신을 조롱하는 데서는 작중인물이 설정한 역사 방향성이 어떠한 것인지를 알 수 있게 한다.[14]

우한용은 대동아공영이라는 "역사의 방향을 감지하면서도 그것을 실행으로 옮기지 못한 의식인의 자기패배의 심리"가 이 작품에 표현되어 있다고 본다. 채만식이 역사의 방향을 대동아공영권의 실현으로 보았다는 해석이다. 이런 식의 작품 해석은 최근의 채만식 연구에서 부쩍 늘고 있다. 예컨대 류보선은 "이 절대고립의 상태에서 채만식은 은밀히 '한 사람 한 사람의 인간인 그네 씩씩한 장정들이, 그렇듯 세기적인 사실의 행동자로써 늠름히 등장을 했다가 끊임없이 시뻘건 피를 흘리고 넘어지는 그 핍절하고도 엄숙한 사실'을 '목도'하고픈 욕망에 휩싸인다. 결국 채만식은 절대고독의 상태를 더 이상 견뎌내지 못하고 시대에 순응하는 것만이 위대한 문학을 가능케 한다는 결론에 도달하기에 이른다."[15]라고 본다. 또 정홍섭은 "대영이 스미꼬와의 애정의 도피행각을 상상하면서 허무적 관념에 빠지는 것 역시 허위의식의 소산일 뿐이다. 냉소적 태도가 최소한의 정신적 긴장력을 상실했을 때 대영의 사고를 지배하는 것은 이른바 '사실 수리'의 논리이다. 이 '사실 수리'의 논리는 대영 자신이 직접적인

---

14 우한용, 앞의 책, 88~89쪽.
15 류보선, 『한국근대문학의 정치적 (무)의식』, 소명출판, 2005, 447쪽.

발언을 통해서도 나타나고 대영에게 보내는 스미꼬의 편지 내용을 통해 간접적으로 표출되기도 한다."[16]라고 설명한다. 정홍섭은 스미꼬의 편지를 통해 나타난 대영의 반응이 '채만식 자신의 이후 행보에 대해 암시적 자기변명'을 담고 있다고 판단한다. 방민호 역시 이 작품에 '작가의식의 위기가 전면에 드러나' 있다고 판단하면서 "결국 그의 사실 수리는 인텔리의 대일 협력을 우회적으로 권면한 이상의 의미를 지닐 수 없었다."[17]라고 분석한다. 이런 연구 경향의 최종적 국면은 "하나의 '절대진리'이자 '형이상학'으로 배치되어 있던 '마르크스주의'에 맹목이었듯이(즉, 이념에 대한 역사적 성찰이 불가능했듯이), '구조' 안에서 자리바꿈을 한 '신체제'에 대해 채만식은 맹목에 가까운 태도로 포섭된다. '신체제'의 논리에 포섭된 다른 작가들이, 그 논리 내부에서 모순과 비합리를 발견하고 발을 빼려는 시도를 하는 동안에도, '신체제' 안에서의 그의 행진은 계속된다. 이 중단 없는 행진이 도착한 지점에서 '나는 사람은 조선 사람이라도 마음의 나라는 일본이요, 그러므로 일본을 위하여 충의를 다하되 목숨을 아끼지 아니하노라'라는 진술이 가능해진다. 이것은 그가 애초 '신체제'를 전유하게 되었던 '반자본주의'와 '탈근대'의 세계와도 한참 동떨어진 자리였다. '마르크스주의'와 '신체제'의 자리바꿈, 그 과정에서의 '주체'의 분열, '이념'과 '사실'의 딜레마, 「냉동어」는 이 틈새를 가로지르는 채만식의 정신 구조에 관한 '자가분석'의 기록이다."[18]라는 견해에서 찾아볼 수 있다. 친일문학 행위의 확고한 증거가 이 작품에 나타나 있다는 분석이다.

그러나 이런 관점과 대비되는 견해도 간간이 나타난다. 예컨대 최현식은 채만식이 1940년까지 신념을 버리지 않았다는 발언을 「냉동어」에서

---

16 정홍섭, 『채만식 문학과 풍자의 정신』, 역락, 2004, 136~137쪽.
17 방민호, 『채만식과 조선적 근대문학의 구상』, 소명출판, 2001, 99쪽.
18 한수영, 『친일문학의 재인식』, 소명출판, 2005, 75~76쪽.

찾아내고 있고, 김홍기는 이 작품의 의미가 "이런 큰 틀의 이야기 짜임서 밝혀진 작가의 내심에 있다. 결말에 이른 극적 반전이 있기까지의 정신적 갈등을 실감있게 보여준 것이다. 자기 부정과 배척으로부터의 급선회, 통째로 넘기려던 영혼의 보따리를 다시 부둥켜안은 것이다. 자신과 민족의 수렴, 못난 자신과 민족을 부여안은 것만으로 리얼리즘의 수호는 이루어진 것이다. 이런 관점에서 본다면, 작가의 '의식이 냉동상태'에 이르렀다거나 '니힐리즘의 늪에 깊이 침잠되어 있다'는 견해는 시대적 상황과의 관련에서 피상적일 수밖에 없다."라고 설명한다. 이상의 간단한 고찰을 통해서 연구자들의 의견이 엇갈리는 부분이 있기는 하지만, 많은 사람이 「냉동어」가 친일 논리에 가장 가까이 간 작품이라는 데 동의하고 있다는 사실을 확인할 수 있었다. 그러나 이 같은 분석들은 채만식의 친일문학 행위를 기정사실로 받아들인 바탕 위에서 거꾸로 논리를 엮은 것으로 「냉동어」가 발표된 직후에 나온 작가의 직접적이고 명시적인 발언을 통해서 쉽게 배척될 수 있다.

채만식은 1940년 6월, 그러니까 「냉동어」의 연재가 끝난 다음 달 〈조선일보〉에 「소설가는 이렇게 생각한다」라는 글을 발표한다. 이 글은 '내일의 인간 타입'에 대해 글을 쓰라는 신문사의 요청에 따라 쓴 것이라는 사실이 글의 초두에 밝혀져 있다. 채만식은 이렇게 '내일의 인간형'을 쓰게 하는 일이 '남을 되알지게 한바탕 땀을 내주'는 것이라는 점을 아는 원고청탁자의 '악벽(惡癖)'일지도 모른다는 소감을 피력하면서 글을 시작한다. 곧 '내일의 인간형'에 대해 쓴다는 것은 현 시국의 논리에 대해서 어떻게 생각하느냐란 소신을 드러내는 일이고, 그런 점에서 글을 쓰는 사람에게는 진땀나는 일이란 생각이다. 채만식은 '내일의 인간형'을 쓰는 것은 천당을 분양하는 목사님의 언질(言質) 기술을 필요로 하는 것이지만 자신은 '미(美)'보다 '추(醜)'를 드러내는 데에 익숙해 있으므로 내일의 인간형에 대해서도 그와 같은 측면을 고려하겠다고 밝히고 있다. 곧 '추(醜)'에 속하는 내일의 인물에 대해 고찰하겠다는 입장이다. 그가 맨 먼저 언급하는 것은 오늘을 '사실의 시대'라고 부르는 현상이다. 백철의 '사실수리론' 등을 염두에 두고 있는 이 '사실의 시대'라는 개념에 대해서 채만식은 그 배후에 '오늘이라는 시대를 갖다가 깡그리 역사적으로든지 사회적으로든지 전혀 행위의 시대'라고 하는 생각이 자리 잡고 있다고 보고, 그것을 '민망한 착각', '20세기 제40년대의 미신'이라고 지적하면서 그러한 생각이 "오늘을, 시대가 무원칙 무질서하게 행위하는 줄로 착각하는 데서 출발"한다고 비판한다. 그는 이렇게 말한다.

> 갈릴레오의 불초한 제자들이 판수의 집을 찾아가서 태양의 흑점을 무꾸리하며 이렇듯 밤과 어둠을 기화삼아 온갖 불합리를 감식(甘食)하고 미신(迷信)하고 하는 게 오늘의(오늘밤의) 인간 타입인 것이다.[19]

채만식은 '오늘'이란 낱말 다음에 괄호를 치고 그것을 '오늘 밤'이라고 표시하여 현재의 세계가 '밤'이라고 인식한다는 생각을 내비친다. 그 이유는 진리를 추구해야 할 사람들이 '밤과 어둠'을 빙자하여 빛을 감추고, 불합리를 즐겨 미신하기 때문이다. 이른 바 사실수리론자들이란 시대와 사람들을 속이는 자들이란 비난이다. 이 관점에서 채만식은 갈릴레오를 대망한다. 그는 '밤'이라고 해서 천지의 질서가 뒤집히거나 사물의 이치가 달라지는 것이 아님을 말한 뒤, 그럼에도 불구하고 '밤'은 '사물(邪物)'과 '잡술(雜術)'을 친하기 좋은 시절이며, 그로 인해 과학과 이성과 아름다움이 불합리와 어리석음과 무례와 무책임한 것에 근저당잡히고, 모든 추한 것이 어둠과 인공광선 아래 미화된다고 인정한다. 그는 이 어둠이 언제까지나 영속하며 내일과 광명이 다시 오지 않을 것이라고 착각한 무리

---

19 채만식, 「소설가는 이렇게 생각한다」, 〈조선일보〉, 1940. 6. 14.

들이 그 암흑 속에서 무원칙, 무질서, 미신, 방일을 맘대로 저지르는 어리석음을 질타한다. 그는 그 어리석은 무리들에게 "내일의 광명한 심판 앞에 어둡던 지난밤의 잔해와 그의 추악한 환멸을 본 적은 없는가?" 하고 묻는 것이다. 채만식은 그 무리들을 네온의 백골, 고층빌딩 밑의 거지의 떼들, 신사를 배웅하는 창녀, 그 치마폭에 붙은 꼬노리아 세균이라고 명명하면서 이렇게 말한다.

> 암흑과 인공광선에 숨어 모든 미신하느라고 어리석고 센티하고 비루하고 게으르고 뻔뻔스럽고 그리하여 온갖 추의 정체가 궐(厥) 스스로는 예상조차 못했던 새 날 새 광선 즉 명일의 앞에 폭로가 되는 첫 새벽의 종로 치마폭에 꼬노리아 등의 균을 묻혀 가지고 눈곱을 뜨며 누구씨를 배웅하는 궐녀와 너저분하니 종이가 널려 있는 길바닥과 네온의 백골 같은 꼴새와 빌딩 밑에 잠들었던 거지와 이렇듯 추한 환멸에서 나는 그렇듯 추할 한 타입의 내일의 인간을 감히 상상하고 홀로 얼굴을 찡그리며 한숨짓지 않을 수가 없는 자이다. 그러면서도 요행 나는 정통 갈릴레오가 새벽에 오히려 망원경에 들붙어 앉아서 별을 보기를 자신 잃지 않는 광경을 한편으로 상상하지 못한다면 차라리 자결을 하고 말았을 것이다.[20]

인용문에 나와 있듯이 채만식은 일제의 발악이 정점을 향해 치달리던 1940년에 이미 해방이 된 조국에서 얼굴을 들지 못할 내일의 추한 인간들을 적발하고 있다. 그는 그런 인간들에 대한 연민을 품는 것이다. 그리고 망원경에 붙어서 새벽까지 별을 보는 작업을 하는 사람을 상상할 수 없다면, 다시 말해서 자신이 그 일을 하지 못한다면 차라리 자결하고 말겠다는 심정을 피력하고 있다. 채만식은 원고를 청탁한 사람이 '사랑스런 악벽'으로 자기에게 골탕을 먹이기 위해 청탁했듯이 자신의 이러한 반격에 원고청탁자의 손이 뒤통수로 올라갈 것을 예상하면서 이런 '명일의 추

---

20 앞의 글.

한 인간 타입'을 제시하고 있다. 이 글을 통해 채만식이 1940년 중반의 상황에서 이른바 '사실의 시대'에 대해 어떤 태도를 지니고 있었는지 분명하게 확인할 수 있다. 그러므로 「냉동어」가 친일문학 행위의 시작을 알린다는 분석들이 타당하지 않다는 방증은 이 글을 통해서도 충분히 구할 수 있다. 그러나 그것은 방증일 뿐이다. 정작 소설에 어떻게 형상화되어 있는지는 작품 그 자체의 분석을 통해서 입증을 해야 그 방증도 값있고 효력 있는 것이 될 수 있다. 그래서 다시 소설로 돌아간다.

잡지 춘추사의 편집장 문대영은 직원들과 같이 교정 작업을 하고 있다. 응접 소파에는 문대영을 찾아온 스미꼬가 일본 잡지를 뒤적이고 있다. 스미꼬는 이틀 전 영화 관계자인 김종호의 소개를 받아 초면 인사를 한 여인이다. 김종호는 스미꼬를 자신이 감독하는 영화의 조연으로 출연하기로 한 사람이라고 중언부언 소개했다. 대영은 김종호를 시답잖은 사람이라고 여기고 있었기 때문에 그런 사람의 소개를 받는 스미꼬도 그렇고 그런 인물일 것이라고 지레짐작했다. 그러나 차차 대하다 보니 스미꼬가 의외로 참한 인물이라는 것을 깨닫게 된다. 그리고 오늘 스미꼬는 혼자서 자신을 찾아온 것이다. 대영은 그 스미꼬에 대해 이런 저런 생각을 하다가 한글통일안을 가지고 논쟁을 벌이는 앞자리의 김과 박을 바라보면서 그들에게는 아직 신념과 생활이 있음을 절감한다. 그들에 비해서 자신은 '삐뚤어진 빈집에서 홀로 거주하는 몰락된 귀족의 신세에 지나지 못하'고 '화성을 욕망하는' 유령에 불과하다는 생각을 한다. '좌우에서는 바람소리가 획획 날 만큼 사실이 세찬데, 제 앞은 회색의 안개가 자욱하고, 등 뒤에만 옛 양식의 고성이 구중중 섰을 따름'이라고 인식하는 것이다. 대영은 스미꼬와 몇 마디 나누던 중 아내가 해산했다는 장모의 전화를 받고 함께 회사를 나선다. 스미꼬와 길을 걸으면서 대영은 '생활을 잃어버린 다음부터 문학이 꼭 유령 같'다는 이야기를 하기도 하고 '융케르 시속 육백킬로짜리 전투기 같이' 전진하는 현실의 이 판국에서 문학이 '정통을 캐치할 근력이 있'겠냐는 등의 말을 하면서 보신각 앞을 지난다. '낡은 시대가 새로운 현대와 동거를 하는' 궁상스럽고 초라한 건물을 보면서 "오직 그저, 신념만은 버리질 않구서 있으니 유일한 위안이랄는지!…공기만 먹구 생명을 지탱하면서 봄을 기대리는 양서류의 동면처럼…" 중얼거리는 대영을 향해 스미꼬는 자기 같으면 그 보신각 건물을 '담박 헐어버리겠'다고 말한다. 보신각, 흰옷 등이 '사뭇 못견디게스리 걱정스러 뵌'다는 것이다. 두 사람은 영화를 보고, 술을 마시고 하다가 스미꼬의 집에까지 이르고 그녀의 과거를 이야기한다. 일찍 '아편쟁이(사회주의자)'가 된 조선 남자를 만나 사귀었으나 그가 감옥에 갔다 온 다음 변절을 하는 것을 보고 환멸을 느꼈으며 자신의 '아편'을 털어버리기 위해 조선에 나왔다는 게 스미꼬의 이야기다. 이튿날도, 그 다음날도 두 사람은 만났고, 드디어는 입술까지 나누고, 그 같은 감각적 충동 속에서 두 사람은 이튿날 새벽 3시 46분 부산행 열차를 타고 함께 동경으로 떠나기로 약속한다. 떠나기로 약속한 시간이 다가오는 동안 대영은 가야할지 안 가야할지를 놓고 "가면 가는 것이 좋고, 안 가면 안 가는 것이 좋고, 오늘 떠나도 좋고 내일 떠나도 좋고" 생각하는 것이다. 서술자는 "이것은 유예미결이나 주저가 아니라, 아무렇게 해도 상관이 없다는 하나의 버젓한 결정"이라고 설명한다. 그러나 대영은 떠나지 못한다. 회사의 망년회 자리에서 시간을 대어 차까지 부르라고 해놓고도 한잔 더 한잔 더 하다가 시간을 넘겨버렸고, 시간이 지난 다음에는 독한 술을 억수로 마셔버린 것이다. 이튿날 잠에서 깨었을 때 머리맡에는 스미꼬의 편지가 놓여 있었다. 놀랍게도 스미꼬는 대영과 만나기로 한 약속 시간이 되기 전에 중국으로 떠나는 열차를 타면서 글을 남겼던 것이다. 스미꼬는 자신은 사랑을 아름답게 간직하기 위해 길을 떠나는 것이며, 이렇게 중국에 가서 일본 민족의 유구한 민족적 사명이요, 거대한 역사적 행동을 지켜보고, 그 흥분과 감격 속에서 아편을 잊어버리고 싶다는 생각을 적어놓았다. 편지를 읽고 나서 대영이 가진 고독감은 함께 놀던 동무들이 하나씩 둘씩 헤어져 가고, 마지막 남은 친구마저 온다간다 소리도 없이 사라져버려 "혼자서 으슥한 고샅에 가 호출하니 남아 섰던 그 때의 그 외롭고 고만 울고 싶게 그지없던 마음"이라고 표현된다. 이렇게 쓰디쓴 상념을 씹고 있는데 아내가 들어와 딸의 이름을 지어달라고 한다. 대영은 "문득(진실로 문득) 도저히 그렇지 않을 생각 솔깃한 일이 한 가지 있음을 깨달"아 스미꼬의 이름에서 한 글자를 따고, 절개란 뜻의 한 글자를 합쳐서 딸의 이름을 징상(澄祥)이라고 짓는다. 이때 '절개'란 용어가 일본인의 '셉부꾸'와 관련하여 '전장에 임한 군인의 생명과 의의'를 표현하는 용어로 사용되었던 것을 유의할 필요가 있다. 아무튼 대영의 원념(願念)을 담고 있는 이 이름을 지은 영문을 묻는 아내에게 주인공은 "냉동어의 향수는 바다에 있을 테지!"라고 답하는 것이다.

이 소설에서 제목인 '냉동어'는 어떤 생각을 가지더라도 행동으로 옮기지 못하는 문대영과 같은 지식인, 또는 전시체제 하의 조선 민족의 상태를 표현하는 상징이라고 할 수 있다. 그리고 작품 전체는 알레고리로 되어 있다. '징상'이라는 이름도 그렇거니와 대영이 '삐뚤어진 빈집[廢屋]에서 거주를 하고 있'다는 내용, 주인공이 자신을 '묵은 책력'이라고 표현하고 스미꼬는 자신을 '안 맞는 시계'라고 표현하는 것 등이 모두 겉의 표현과 속의 내용이 차이를 갖는 알레고리적 표현의 한 양태이다. 이 양태는, '생활'이라는 용어, '사실', '절개'의 개념에서도 나타난다. 뿐만 아니라 작품에 등장하는 한글통일안, 보신각, 흰옷 등이 심상치 않은 의미를 지니고 있는 것도 쉽게 엿볼 수 있다. 또한 주인공이 스미꼬와 둘이서 동경으로 가는 것과 스미꼬 혼자서 중국으로 가는 것, 대영이 술자리에 남아 있는 것, 즉 세 가지 선택지로 표현되는 서술 구조의 형태도 이 작품을 알레고리적 구조로 보아야할 필연성을 말해준다. 그것은 '기호에 자의적인 의미를 장착하고 그런 기호들을 하나의 이질적인 전체로 묶어내는' 현대적 기법의 알레고리인 것이다. 김누리는 이러한 '현대적 기법의 알레고리'와 '개인적인 기호의 의미'는 "전망적인 텍스트 분석을 통해서만, 즉 서술 문맥과 서술 구조를 항시 함께 고려하는 분석 방식을 통해서만 밝"[21]힐 수 있다는 의견을 제시한 바 있다. 이 관점을 참조할 때 우선 고려해야 하는 것은 소설이 씌어진 시점이다.

「냉동어」가 발표된 1940년은 조선문인협회가 이미 활동을 시작한 시점이다. 많은 문학인들이 친일로 기울고 그렇지 않으면 붓을 꺾은 상태이다. 작가는 그 상황 속에 있는 자신을 '삐뚤어진 빈집에서 홀로 거주하는 몰락된 귀족의 신세'에 비유한다. 주위에서는 '사실'의 바람소리가 거세어 '화성을 욕망하는' 유령에게는 신념을 생활로 옮길 수 있는 길이 끊겨 있다. 옛 양식의 고성만이 그의 뒤에 구중중하게 남아 있고 앞에는 회색의 안개가 자욱한 것이다. 한편 '아편쟁이' 조선 남자와 사랑에 빠졌던 스미꼬는 자신이 '아편쟁이'가 되어 버림으로써 '안 맞는 시계'라고 자학할 수밖에 없는 조건에서 조선에 와서 새로운 생활을 꿈꾼다. 두 사람 사이에 동류 의식을 가질 수 있는 조건이 있었던 것이다. 소설은 이 동류감을 가질 수 있는 두 사람이 급속히 가까워지게 되는 과정을 길게 묘사한 뒤에 작품의 끝부분에서야 급박하게 사건을 몰아간다. 곧 문대영과 스미꼬가 동경으로 사랑의 도피행을 약속하지만 각자의 사정에 따라 한 사람은 중국으로, 다른 한 사람은 조선에 남아 있는 것으로 결착을 보는 것이다. 이러한 서술구조를 고려할 때 소설의 결말 부분을 제외한 전체는 인

---

21 김누리, 『알레고리와 역사』, 민음사, 2003, 61쪽.

물들의 행동의 원인과 조건을 조성하는 작업에 바쳐졌을 것이라는 점을 쉽게 알 수 있다. 1장과 2장이 인물들을 소개하고 그들 사이에 친화감이 생기는 과정을 묘사하는 것은 그 첫 작업이라고 할 수 있다. 3장은 두 사람 사이에 생긴 친화감이 동류 의식으로 발전하는 곳이지만 거기에는 복선이 깔려 있다. 한글통일안을 놓고 직원들 사이에 현상유지파와 원칙주의자의 대립이 노정된다. 통일안의 질서를 유지하면서 차차 보아가며 잘못된 부분을 바로잡아야 할 것이냐 아니면 근본적으로 뜯어고쳐야 하느냐 하는 의견의 대립이다. 이 논쟁을 뒤로하고 두 사람이 밖으로 나가려고 할 때 장모한테서 아내가 아이를 낳았다는 전화가 온다. 아이의 존재에 상징적인 의미가 부여되어 있는 것이다. 문학 이야기를 하면서 길에 나선 두 사람이 마주친 것은 보신각과 흰옷이다. 이 3장에서 주목을 요하는 것은 한글, 보신각, 흰옷이라는 한민족의 상징들이 차례로 등장하여 두 사람의 의식의 한 쪽을 채운다는 사실이다. 이 사물들에 대한 대영의 감정은 그로부터 위안을 받는 것이지만 스미꼬는 그것들을 불쾌해한다. 대영은 그 심정과 관련하여, 스미꼬의 얼굴이 그 과거의 사물들에 거울처럼 빤히 비쳐져 보이는 게 싫은 것 아니냐고 단정적으로 묻는다. 그들의 대화는 두 사람이 십 년 지기처럼 서로를 이해하게 만들지만 혈통에 따른 차이도 드러낸다.

4장은 신념과 생활의 관계에 대한 이야기와 스미꼬의 과거 생활이 이야기되며 여기서 다시 '혈통에서 오는 편견'의 문제가 거론된다. 이야기 가운데 스미꼬가 만났던 친절한 조선 학생 부부, 장혁주의 소설 『가등청정』 등에 관한 사실들, 스미꼬의 환경 등이 논의된다. 5장은 다시 대영의 '선량한 아내'와 문학에 관한 이야기가 펼쳐진다. 왜 소설을 안 쓰느냐는 김의 질문에 대영은 "내가 어디루 가버리구 없는데, 누가 문학을 하나?"라고 대답한다. 그 대답을 궤변이라고 보는 직원들에 대해서 대영은 이렇게 말한다.

> 노형네들은 오늘날의 사실적인 현실의 담당자인만치 벌써 이 문대영이의
> 인식태도를 병적이요 궤변이라구 보질 않소? 그것까지는 좋아!……그렇지만
> 사실을 갖다가 사실대루만 보구, 사실대루만 받아들여선 못쓰는 법이어든!
> 그건 학문적으로는 상식의 노예요, 생활적으로는 천박한 모리배의 짓이지
> 적어두 세대의 소위 담당자루 앉아서 감히 취할 길은 아니어든!……

인용문에서는 앞의 문맥과 대비했을 때 '사실'의 개념에 묘한 변화가
일어난다. 인용문 이전 대화에서는 문대영이 소설을 안 쓰는 것을 '사실'
이라고 했었다. 그러던 것이 인용문에서는 현실의 전체적 상황을 가리키
는 개념으로서 '사실'이란 용어가 사용되고 있다. 이 인용문 뒤에서는
'전장에 임한 군인의 생명과 의의'를 '절개'와 관련시키는 이야기를 하고
서, '생활이 궁해서 한 노릇'이라는 변명을 내세우며 '천하 괴상망칙한 물
건'을 소설이라고 신문에 연재했던 한 작가를 거론한다. 이 대목의 여러
사항들은 「소설가는 이렇게 생각한다」에 나왔던 '사실의 시대'에 대한 견
해와 연결된다. '사실'이라는 이름으로 오늘에 벌어지는 모든 사태를 정
당화하는 것이 결코 옳은 일은 아니라는 서술자의 태도를 보여주는 것이
다. 이 장에서 김종호를 등장시켜 영화에 대한 이야기를 펼치고 있는 것
은 그 태도의 연장선상에 놓여 있는 배치다. 곧 "백성들에게 마음의 양식
을 주는 데 영화만침 좋은 것이 더 없"는데 그렇지 못한 "조선 영화는 백
성들한테 배임을 한 셈이구, 배임의 형벌 대신 이렇게 악담을 좀 들어야"
마땅하다는 것이다. 이 서술에서 '영화'라는 용어는 바로 '문학'이란 용어
로 바꿔 놓여질 수 있다. '문학의 배임'에 대한 언급인 셈이다. 이 장에서
는 문대영과 스미꼬 사이의 애정이 무르익어 가고, 그래서 동경으로 도피
행을 결정하기까지의 경과가 서술된다.

6장은 마지막 장이자 소설의 중요한 행동들이 집중되는 장이다. 망년

회에 참석한 대영은 스미꼬와 만나기로 약속한 시간에 일어나려고 하지만 사람들이 권하는 술잔을 뿌리치지 못해 주저앉고 만다. 이튿날 눈을 떴을 때 스미꼬의 편지를 받아보게 되고, 그녀가 자신과 약속한 시간이 되기 전에 중국으로 떠났다는 사실을 알게 된다. 대영은 스미꼬의 이름자 한 자를 따서 딸의 이름을 지어준다.

정홍섭은 이 작품을 분석하면서 "'동류감'이라는 말이 이미 상징하듯 스미꼬는 대영에게 그 자신을 되돌아보게 하는 실체적 존재라기보다 대영의 심리가 만들어낸 하나의 허상이자 '환영'에 불과하다."[22]라고 지적한 바 있다. 이 관점은 스미꼬를 일종의 분신으로 여기는 해석이다. 그런데 이 소설의 알레고리 구조를 파악하기 위해서는 이 '스미꼬가 분신'이라는 인식을 좀더 밀고 나갈 필요가 있다. 작품의 전체 구조는 문대영과 스미꼬가 함께 사랑의 도피행을 가려고 하지만 스미꼬는 중국으로 가고 대영은 조선에 그대로 남는다는 이야기로 요약할 수 있다. 그렇게 파악하는 경우 스미꼬의 중국행은 "새로운 건설을 앞둔 무서운 파괴가 중원의 천지에 요란히 전개되고 있는 그 어마어마한 무대와 행동"에 동참하는 것이고, 그것이 대동아공영론이나 신체제론을 수용하는 것이란 사실은 명확하다. 그것은 스미꼬에게 역사가 진전되는 방향이다. 문대영은 이렇게 스미꼬가 떠난 뒤의 상황을 고독감이라고 표현한다. 모두가 그 논리에 휩쓸려버리고 자신 혼자 밖에 남아 있지 않다는 인식이다. 그는 그 고독감 때문에 동류감을 가진 스미꼬와 동경으로 도피할 것을 약속했다. 그것은 작가로서 자신의 책무를 포기하고 감각적 쾌락과 안일을 추구하는 길일 것이다. 그 길이 큰 유혹이었던 것은 그가 스미꼬가 떠난 뒤에도 그녀를 따라서 중국으로 가볼까 하는 생각을 하는 데서 드러난다. 그러나 그는

---

22 정홍섭, 앞의 책, 136쪽.

한글통일안과 보신각의 낡은 종루, 흰옷에 정감을 지닌 존재이다. 그러한 까닭에 스미꼬가 떠난 뒤에 문대영이 "둘이는 역시 길이 합쳐지기 어려운 형편에 피차간 처해 있는 만큼, 오히려 지당한 괴치(乖馳)요 그 귀정임도 알기는 하겠었다"고 사태를 정리하는 것은 필연이다. 그가 스미꼬와 함께 합쳐지는 것을 "미련을 탐하여 환멸과 불쾌한 날을 장만"하는 데 비기는 것은 그 인식에 말미암는다. 채만식은 이미 이때 "내일의 광명한 심판 앞에 어둡던 지난밤의 잔해와 그의 추악한 환멸을 본 적은 없는가?"[23] 하고 물었던 것이다. 그러한 작가의 역사 의식을 생각하면 "「냉동어」의 대영에게 딸의 이름은, 대륙경륜이라는 일본적 포부를 좇아 떠난 스미꼬의 이름자를 딴 데서도 알 수 있듯이 시대적 추세에 대한 승인을 암시하고 있다"고 분석하여 '스미꼬의 이름 자'에 크게 의미를 부여하는 행위가 피상적인 관점이라는 사실은 여지없이 드러난다. 왜냐하면 소설 속에서 작가는 분명하게 '징상(澄祥)'이란 이름에 '맑은 절개'란 뜻을 부여하고 있기 때문이다. 그 '맑은 절개'를 가진 '냉동어'이기 때문에 문대영은 바다에 대한 향수를 갖는 것이고 작가는 그를 소설의 주인공으로 묘사할 수 있는 것이다. 그 소설의 주인공이 '조선의 백성에게 마음의 양식을 주고자 하는 의욕'과 지향을 가지지 못한 영화의 배임 행위를 빌어 한국 문학계의 배임 행위를 비판하는 것은 채만식 자신이 스스로 모습을 드러내어 어두운 시대의 조선 작가의 책무를 환기하는 일에 해당한다. 민족 역사의 암흑기에 처해서 우리 문학의 좌표와 사명은 무엇인가를 물었던 채만식의 이와 같은 투철한 역사 의식과 현실 인식이 해방 뒤 「민족의 죄인」이라는 친일행위 문제를 정면으로 다루는 작품을 쓰게 만들었던 원동력이 되는 것이다.

---

23 채만식, 「소설가는 이렇게 생각한다」, 〈조선일보〉, 1940. 6. 15.

3. 자전적 소설과 항일유격전

채만식은 평생 동안 한 번도 친일문학 작품을 쓰지 않았다. 그의 대표적인 친일문학 작품으로 손꼽히는 『여인전기』가 친일문학 작품이 아니라는 것은 다음 장에서 다룰 주제다. 뿐만 아니라 그의 또 한 편의 친일소설이라고 거론되는 「혈전」도 '전쟁소설'이라는 이름을 지니고 있지만 이 소설을 연구한 이경훈은 "이 작품은 그 대부분이 소련군과 일본군의 전투 과정을 상세히 기록하고 있을 뿐, 한국인이 등장한다든지 하여 내선일체 등의 친일적인 주장을 제기하지는 않는다."라고 말하고 있다. 물론 이경훈은 자신의 논문의 논지에 따라 이 작품에서 작가가 '전장에서 발견될 수 있는 인간적인 면을 약간은 감성적으로 묘사'하고 있는 것을 친일적 요소와 결부시키고 있다. 그러나 그것은 해석의 문제라는 점에서 작품 자체에 친일적 요소가 나타나고 있는 것과는 차이를 지닌다. 한 작품에 나타나는 요소를 다른 사물의 특정한 요소와 관련짓는 것은 얼마든지 다양한 방식으로 행해질 수 있다. 예컨대 「혈전」에 나타난 휴머니즘적 요소는 오리엔털리즘과 연관시킬 수도 있고 부처의 자비 사상과 연관시킬 수도 있는 것이다. 다시 말해서 필자는 「혈전」의 휴머니즘을 친일적 요소와 관련시키는 이경훈의 해석이 타당한 근거를 가지고 있지 않다고 판단하는 것이다. 이와 같이 채만식이 친일문학 작품을 창작하지 않았다는 입장에서 보면 채만식을 친일문학인의 대표처럼 간주하는 것은 천만부당한 일이다. 그러나, 그렇다고 해서 채만식이 전혀 '친일문자 행위'를 하지 않았다고 하기에는 무리가 따른다. 채만식은 논설이나 신문기사 등을 통해서 분명히 친일 요소가 들어 있는 글을 여러 편 발표하고 있기 때문이다.

친일 성향이 나타난 채만식의 최초의 글은 1940년 7월 『인문평론』에 발표된 「나의 '꽃과 병정'」으로 알려져 있다. 이 글을 쓴 뒤부터 채만식은 「대륙경륜의 장도, 그 세계사적 의의」(1940. 11), 「문학과 전체주의」(1941. 1), 「시대를 배경하는 문학」(1941. 1) 등의 친일논설을 계속 발표한다. 뿐만 아니라 채만식은 「추모되는 지인태 대위의 자폭」, 「지인태 대위 유족방문기」, 「위대한 아버지 감화」, 「홍대하옵신 성은」 등의 신문기사를 쓰고 지역 순방이나 강연에 참여하여 「농촌에 이바지한 조합의 지대한 공헌」, 「경금속공장의 하루」 등의 글을 발표한다. 1940년 7월경부터 1945년 5월 17일 『여인전기』의 연재가 끝나는 날까지 5년 동안 채만식이 이러한 글들을 통해 '황도문학(皇道文學)'에 기여했다는 것이 기왕의 친일 문학론의 주장이다. 이 책에서 『여인전기』는 항일문학으로 구분된다는 점을 감안하면 채만식은 적어도 약 3, 4년간 친일문자 행위를 했고 그것은 채만식이 친일문학인이라는 부정할 수 없는 증거가 되는 셈이다. 실제로 앞에서 제목을 열거한 글들을 보면 채만식이 '내선일체', '신체제론', '대동아공영론', '전체주의' 등에 어떻게 동조했는지, 그리고 어떻게 중단 없이 친일문자 행위에 종사했는지를 알 수 있다. 여기서 그 몇 가지 사례를 인용으로 제시한다.

1) 사변(事變) 제3주년!⋯대화(大和)민족의 역사적 오래고 오랜 숙망이요, 그 필연한 귀결로서 일억 총의의 세기적 경륜인 대륙건설이 드디어 그 날 그 시각에 북지(北支)의 일각 노구교에서 일어난 한 방 총소리를 신호삼아 마침내 실제행동의 제일보를 내디딘지도 어느 덧 만 3년에 네 번째의 제 돌을 맞이하게 되었다. 동아의 천지에 새로운 질서가 펴질 전주곡이요, 따라서 역사의 웅장한 분류(奔流)이었었다. 그리고 시방도 그는 같은 방향으로 힘차게 흐르며 있는 것이다.

「나의 '꽃과 병정'」

2) 우리 일본 민족에 의한 지나대륙의 경륜은 한 우수한 민족으로서의 정당한 권리요, 따라서 하나의 세계사적인 필연인 것이다. 바야흐로 달성되어 가고 있는 동아 신질서의 건설이 즉 그 실천이다. 결코 과거의 구라파적인 침략과는 이념에 있어서나 수단방법에 있어서나 결과에 있어서나 전혀 범(範)을 달리한다. 근위(近衛)3원칙이 그것을 명시한 것이다. 동아의 전 민족을 한 뭉치로 하여 영미의 자본주의적 착취를 물리치고 남하하는 공산주의를 막는다. 하되 일본제국이 그 지도적인 지위에 처하는 것이나 주권을 침해치 않는다. 영토의 할양도 요구하지 않는다. 그리고서 서로 돕고 서로 붙들어 공존공영을 꾀한다. 이번의 지나사변은 동아 신질서 건설의 과정상 지나 민족의 불찰로 인하여 부득이한 불행스런 수단에 불과했던 것이다.

「대륙경륜의 장도, 그 세계사적 의의」

3) 국민은 근로에 의하여 국가로 통한 유일한 길을 향해서 제각기 제 직능껏 총력을 총발양시킨다. 직공이 쇠마치를 두드리는 것이나 국무대신이 결재서류에 도장을 찍는 것이나 목적은 한 가지로 국가를 위함이다. 그리고 직공이 그날 치로 받는 공전이나 대신의 연봉이나는 역시 한 가지로 수단에 지나지 못한다. 그렇게 해서 국가에로 총집중이 되는 국민의 총력을 맡아 가지고 국가는 국가 대목적의 달성으로 그것을 인도한다. 국가 대목적은 그러나 궁극에 가서는 총국민의 목적 즉 국민 전체의 행복과 일치가 되는 것이어서 국가에 의한 개체의 부정은 절대부정이 아니요 긍정을 전제로 한 상대적 부정인 것이다. 마치 그것은 눈이 발견한 음식물을 손이 운반을 해나가 입이 저작을 해서 일단 위로 들여보내 가지고 위에서 비로소 몸 공체(公體)에 배합시킨다는 우화와 같다고 할 수가 있다.

「문학과 전체주의」

4) 문학은 그가 서식하는 시대의 시대적인 사회적 현실을 반영하고 그리함으로써 문학 자신의 필요불가무(必要不可無)한 성립조건을 삼는 것인데, 이 사실은 그런 고로 일방으로는 문학이란 건 그가 서식하는 시대에 대하여 반드시 순응을 하지 않지 못하는 생리를 타고 나는 것임을 은연중 스스로 설명하는 것이다. 과연 문학은 그 당시는 시대에 대하여 순응한

다. 그리고 그 당시 시대에 대하여 순응하는 문학이라야 참다운 살아 있는 문학일 수 있는 것이다. 만일 문학이 시대에 대하에 순응을 하지 못한다면 그것은 마치 생선이 물 속에 살아 있는 물고기가 아니고 생선 장수가 팔러 다니는 식료품으로서의 한낱 생선이듯이 그는 생명 있는 문학일 수는 도저히 없는 것이다.

「시대를 배경하는 문학」

이상의 인용문은 채만식의 친일 논설 가운데 대표적인 글 네 가지에서 일부분만을 제시한 것이다. 이 글들 속에서 채만식은 동아시아 역사의 신질서를 찬양하기도 하고 '우리 일본 민족'의 우수성을 자랑하기도 하며, '전체주의적 사고'를 내보이기도 한다. 또한 문학은 시대에 순응해야 한다는 주장을 반복해서 강조하기도 한다. 그것은 어느 모로 보나 일제 말기 식민 지배자들이 내세운 논리를 앵무새처럼 되뇌는 친일의 논설이다. 그런 점에서 채만식의 친일문자 행위를 부정하는 것은 엄연한 사실을 부정하는 일에 해당된다. 그런데 이러한 채만식의 친일문자 행위와 친일논리를 다른 각도에서 보는 사람들이 있다. 예컨대 류보선은 "채만식의 친일문자 행위에는 그의 고유한 시선이나 어감 등이라고는 전혀 찾아볼 수 없어서 분명 외부의 압력이나 생활고 등이 큰 요인으로 작용하고 있음을 짐작하기 어렵지 않다."[24]라고 본다. 뿐만 아니라 류보선은 '채만식의 친일에 이르는 길'이 다른 문인들과는 달리 '과정 그 자체가 명료하지 않'다고 본다. 이전의 세계관이나 문학관을 반성하고 친일문학을 해야 할 텐데 그러한 순차적 과정이 전혀 눈에 띄지 않는다는 것이다. 다른 말로 해서 채만식은 어느 날 갑자기 친일문학을 들고 나왔다는 견해이다. 그가 사용하는 수사도 '우리 대 일본 민족'이란 용어들로 갑작스레 바뀌었으며 그 문장에서 논리적 필연성도 찾아보기 힘든 논의를 펼친다는 것이다. 류

---

24 류보선, 앞의 책, 430쪽.

보선은 채만식의 친일문학론이 갑작스레 '돌출'했을 뿐만 아니라 이전 문학과의 '친연성'도 찾아보기 힘들다고 분석하면서 이렇게 말한다.

> 채만식의 친일문학론은 사회주의를 포함한 서구정신에 대한 비판, 전체주의적 질서를 구현한 동양체제의 옹호, 천황제 중심의 신질서를 통한 세계사 재편의 필연성, 일본제국의 한 지방으로서의 조선의 위상 설정 등 당시의 신체제론에서 동원된 수사나 명명들이 모두 동원되지만, 논의 자체가 일관성이 있는 것도 아니고, 그렇다고 당시의 신체제론 등에서 제시된 권위적인 담론들이 그대로 나열되어 있을 뿐이며, 그래서 채만식의 친일문학론은 상투어들의 진열장이라 해도 과언이 아니다. 일제 말기에 씌어진 소설들인 『아름다운 새벽』·『여인전기』 등에 동양체제론, 내선일체론 혹은 동조동근론 등의 이데올로기가 수시로 표현되고 있는 것은 사실이나 그렇다하더라도 사정은 그리 크게 다를 것이 없다. 이 소설들에서 제시되는 동양체제론 등의 이데올로기들이 소설의 서사와 아무런 유기적 연관성을 지니지 못한 채 다만 몇몇 장면에서만 직설적으로 표현되고 있을 뿐인 것이다. 결국 채만식이 제시하고 실천한 국민문학(론)의 수준이란 한 좌담에서 채만식이 행한 말에서 볼 수 있듯 국민문학은 의미있는 것이므로 열심히 배워서 좋은 국민문학을 만들자는 정도에 불과하다.[25]

류보선은 인용문 다음에 채만식의 국민문학론이 전혀 내적 갈등이 없이 이루어진 것이 아니라는 주장을 펴고 있다. 그러나 이 주장은 채만식의 친일문학 행위를 기정사실로 확정해놓은 바탕에서 이전의 행위들을 그 결과에 맞추어 해석한 것에 해당한다. 채만식은 류보선이 날카롭게 분석하고 있듯이 구호를 잘 외친다. 예컨대 "좋은 국민문학을 만들자", "좋은 소설을 씁시다", "전체주의적으로 행동합시다" 등이 그 구호에 해당한다. 그 구호들은 신문이나 잡지에 나오는 상투어에 불과하다. 그에 반해 친일논설들이 씌어지던 시기에 창작된 그의 작품은 그 구호나 신체제의

논리와는 아무런 상관도 없는 내용과 형식을 지녔다. 이것은 이 시기에 들어와서 채만식이 친일을 가장하고 항일문학을 창작하기 시작했다는 사실을 분명하게 말해준다. 이 사실을 입증해주는 가장 명백하고 전형적인 사례는 신문사와 검열관의 철저한 감독을 받아가면서 창작된 이른바 친일 장편소설 『여인전기』가 바로 일본 제국주의의 패망과 조선의 독립을 형상화한 작품이라는 데서 찾을 수 있지만 다른 작품들이라고 해서 그에 미치지 못한 것은 아니다. 더 나아가서 채만식은 친일의 논설 그 자체 속에 이미 그 논설의 논리를 부정하는 내용을 포함시키고 있다. 구체적인 사례를 들면 「문학과 전체주의」라는 글 말미에는 '자유주의적인 이데올로기의 잔재의 완전한 숙청'을 행하고 전체주의적으로 행동하기 위해서 자신이 잠을 잘 때 전등을 끄기로 했다는 이야기가 나온다. 그것이 '신체제를 살을 가지고 배워가는' 길이며, '이것의 철저가 없이는 작품이 되어 나오지를 않는다고 믿기 때문'이라는 것이다. 그리고 앞으로도 이 노력을 꾸준히 계속할 생각이란 구호성 발언이 나온다. 논설의 사족처럼 끄트머리에 토끼꼬리인양 달랑 붙어 있는 이 이야기는 논설 전체를 아이러니의 대상으로 만들어버린다. 신체제 하에서 전체주의의 현실적 의의를 엄숙하게 말한 뒤끝에 기껏 자신의 잠버릇 이야기를 하는 것은 사람을 한껏 들뜨게 만들었다가 찬물을 끼얹어버리는 행위와 같은 것이다. 더욱이 어둠 속에서는 잠을 잘 못 자는 자신이 전등을 끔으로써 불면증을 겪는다는 이야기는 빛과 어둠의 알레고리를 이용하여 당대 현실이 암흑의 세계임을 암시하는 의미가 있다. 이와 같이 논설문 속에다가 거기에서 제시된 논리를 뒤엎는 이야기를 삽입해놓은 사례는 「시대를 배경하는 문학」에서도 찾아볼 수 있다. 채만식은 문학이 시대에 순응해야 한다는 논리를 펴면서 바로 그 논리에 따라 시대가 완전히 신체제를 구현하기 전에는 문학에 신체제를 반영할 수 없다는 논리를 펼 뿐만 아니라, 조선 민족과 일본 민족은 근본적으로 하나가 되기 힘들다는 구체적 사례를 제시해놓고 있다. 곧 노동에 지쳐서 의자에 앉자마자 잠이든 조선인 노동자의 기울어진 머리를 어깨로 획획 밀쳐버리는 일본인 열차 승객을 형상화하여 보여주고 있는 것이다. 그리고 내선일체가 '이론으로야 그렇지만 실제가 어디 그렇느냐'는 일본인 승객의 논리에 따라 "신체제라는 말이 없어지는 날이 우리 국민 가운데 신질서·신체제가 하나의 육체로서 충실히 생활화"된다는 역설을 펴는 것이다. 곧 '신체제'라는 말은 쓸데없다는 이야기이다.

1940년 이후 채만식의 작품에는 새로운 기법이 등장한다. 작가 자신의 직접적 체험을 형상화의 대상으로 삼는 방식이다. 작가가 왜 이와 같은 기법을 자신의 창작 방법으로 사용하기 시작했는가를 해명하는 데서는 이 시기의 시대 상황이나 검열 문제를 먼저 돌아보아야 한다. 한 통계에 따르면 일제 말기 발표된 소설은 "1937년 및 1938년에 각각 250여 편, 39년에 320여 편, 40년 및 41년에 각각 150여 편, 42년에 70여 편, 43년에 30여 편, 45년에 6편(3편은 전년 계속)"[26]이다. 1940년에 들어서서 발표 편수가 전년에 비해 반절로 줄었고 그 경향은 매년 심화되어 『여인전기』가 신문에 연재되는 1945년에는 단 여섯 편만 발표된다. 이 시기 채만식의 작품 가운데 검열에 걸려 발표가 금지되거나 연재 중단이 된 것은 『심봉사』를 위시하여 「보리방아」, 「젊은 날의 한 구절」, 「종로주민」, 『어머니』 등이고, 『탁류』 3판은 발매금지를 당했다. 조금만 낌새가 이상하면 작품을 발표할 길이 막혀버리는 것이다. 이와 같은 상황에서 채만식은 검열에 걸리면 그 형태를 변용하거나 다른 작품으로 뒷이야기를 이어갔다. 희곡 「심봉사」가 검열에 걸리자 장편소설 『심봉사』를 썼고 『어머니』가 검열로 연재가 중단되자 『여인전기』를 써서 이야기를 완결한 것이 그 전형적인

---

26 이주형, 앞의 책, 288쪽.

사례이다. 단편소설에서도 그 방식이 적용돼, 예컨대 「보리방아」가 검열에 걸리자 「동화」를 썼고 그 뒷이야기를 다시 「병이 낫거든」, 「차중에서」를 통해 계속한 것 등이 그것이다. 이 「보리방아」 연작은 순진한 시골 소녀가 가난을 모면하기 위해 도시의 공장으로 떠나갔다가 병에 걸려서 다시 고향에 돌아오는 이야기를 담고 있다. 일종의 현대판 「심청전」의 주인공과 관련된 사건들을 형상화한 작품이라고 할 수 있다. 그러나 이런 종류의 작품들을 계속 쓴다는 것은 원고료로 생활비를 충당해야 했던 채만식에게 큰 부담이 아닐 수 없었을 뿐만 아니라 표현 자체가 제약되었기 때문에 현실적 효과를 얻기도 힘들었다. 작가가 알레고리적 기법을 이용하여 일상 세계를 묘사하는 작품의 창작과 함께 자전적인 소설 기법을 적극적으로 구사하는 창작으로 나아가게 된 것은 그에 말미암은 것으로 추정된다. 경쾌한 행장을 하고서 항일유격전을 벌이려는 선택이었던 것이다. 1940년 전후의 단편소설의 대다수를 차지하는 이런 종류의 작품 가운데서 전자에 속하는 작품으로는 「모색」(1939. 9), 「홍보씨」(1939. 10), 「이런 남매」(1939. 11), 「순공 있는 일요일」(1940. 4), 「종로의 주민」(1941. 2), 「해후」(1941. 3), 「4호1단」(1941. 2)을 들 수 있고 후자에 속하는 작품으로는 「회」(1940. 12), 「집」(1941. 6), 「삽화」(1942. 7) 등을 들 수 있다.

「모색」은 전문학교를 졸업한 여주인공 옥초가 자신의 진로를 이모저모로 모색하는 이야기다. 여기에는 두 사람의 비교인물이 등장한다. 한 사람은 옥초의 하숙집 할머니이고 다른 한 사람은 옥초에게 청혼하고자 하는 상수다. 할머니는 15년 동안 하숙생의 뒷바라지를 하여 모은 돈으로 불구의 딸을 출가시키고 나서도 예전의 삶을 지속하는 존재다. 이에 비해서 상수는 사회생활을 시작한지 얼마 되지도 않아 읍회의원이 되었고 앞으로 도의원을 바라보고 있다. 한 사람은 현실과 타협하여 출세의 가도를 달리고 있고 다른 한 사람은 본능처럼 권태로운 삶을 지속하는 존재다.

그러나 옥초는 상수의 속물근성을 쉽게 발견하게 된다. 이에 비해서 노파의 생활은 그리 간단하게 무어라 귀결짓기 어려운 삶의 무게를 지니고 있다. 그 의미를 김홍기는 다음과 같이 정리한다.

> 불구의 딸을 키워내어 시집을 보낸 노파의 삶은 권태가 아닌 열정으로서, 청상으로서 일궈놓은 위업으로 격상되기 때문이다. 하여 옥초의 관념적 반추는, 유폐된 공간에서 마치 투명한 얼음에 갇힌 생명체의 울부짖음일 수 있다. 30년대말의 지식인으로서 순응을 거부하고 끝없는 사고의 반추를 계속하는 일이야말로, 두텁고 투명한 얼음 속에서 마음과 눈알을 굴림으로 자의식의 존재를 상대에게 확인시키는 일에 해당하기 때문이다.[27]

일제하의 상황을 살아가는 두 가지 방식에 대한 검토라고도 할 수 있는 이 작품은 평이한 이야기 속에 깊은 뜻을 함축적으로 드러내 보인다. 이 작품과 거의 같은 시기에 발표된 「홍보씨」도 생활 속의 작은 이야기를 통해서 어두운 시대의 삶을 살아가는 방식에 대한 성찰을 표현하고 있다. 심상소학교 소사인 홍보씨는 성실하고 순진한 사람이다. 그는 19년째 학교에 봉직하고 있어 다른 사람들은 그를 '부교장'이라고 부른다. 그러나 그는 집에서는 기독교 전도 부인이자 영악한 아내에게 구박받으면서 살아간다. 이야기는 홍보씨가 교장이 준 정종 한 병과 도시락 하나를 집에 가지고 가는 데서 시작된다. 홍보씨는 불구의 딸 순동이에게 도시락을 얼른 갖다 주고 싶어 시간을 내어 집으로 가는 길이다. 그러나 그는 도시락을 집에까지 가지고 가지 못한다. 도중에서 만난 옆집 사는 순사에게 정종을 주기로 약속하고 그것을 순사 집에 전해주러 갔다가 엉겁결에 도시락까지 빼앗겨버린다. 또 길에서 만난 아이들에게 실현하지도 못할 제의를 하고나서 마음의 부담을 지고, 순동이에게는 도시락을 사다 주겠

---

27 김홍기, 앞의 책, 168쪽.

다는 약속을 한다. 이처럼 마음이 약해 다른 사람들의 의사에 휘둘리는 홍보씨는 도시락을 사 가지고 집에 가다 아는 사람에게 끌려 술집을 가고, 그것을 목격한 아내에게 집에서 쫓겨나 대문 밖에서 강아지와 함께 밤을 새운다. 줏대가 없이 낙지처럼 흐느적거리는 주체성 없는 인간을 형상화한 작품이다. 줏대 없이 조금씩 양보하고 타협하다가 나중에는 영혼마저 내주어버리는 변절의 군상들에 대한 비판으로도 읽히는 작품이다.

「이런 남매」는 '고결한 정신'과 '배고픈 정신', 그리고 '호강하는 정신'을 대표하는 삼남매의 이야기를 다룬다. 교사인 영섭은 항시 학생들에게 '높고 깨끗한 정신'을 강조하면서 비록 밥을 굶을지라도 양심에 어긋나는 일을 해서는 안 된다고 가르친다. 그는 월급을 가지고 자기 식구도 먹고 살기 힘들기 때문에 어떤 제약회사로 옮겨가려고 한다. 영섭이 월급을 받아 집으로 오려고 하는 데 누이인 혜옥의 편지를 가진 사람이 찾아온다. 아이의 약값 1원만 보내달라는 전갈이지만 영섭은 불쾌할 뿐이다. 혜옥은 인력거꾼에게 시집가서 남편이 병들고 아이들이 아파서 죽을 고생을 한다. 남편은 혜옥이 다른 여자들처럼 몸을 팔아서라도 자신의 병을 치료해주기 바라고 있다. 영섭이 보내준 돈으로도 약값이 모자라 혜옥은 카페여급인 헤렌을 찾아간다. 헤렌은 집을 나가 여러 남자들과 관계하면서 돈을 벌고 있고 혜옥이 손을 벌릴 때마다 뭉텅뭉텅 돈을 아낌없이 준다. 마지막에는 이 삼남매가 한 집에 모여 벌어지는 희극적이기도 하고 비극적이기도 한 장면이다. '고결한 정신' 영섭은 헤렌을 경멸하고 '호강하는 정신' 헤렌은 영섭을 경멸한다. 작가는 이 인물들 중에서 영섭에게 가장 냉정한 시선을 보낸다. 허울뿐인 영섭의 '고결한 정신'은 술집에 찾아오는 술꾼들의 주정만도 못하다는 평가이다. 일제 말기 고결한 지조를 내세우며 세상과 담을 쌓고 자기 혼자서만 유유자적하는 지식인들에 대한 비판이라고도 할 수 있다.

「순공 있는 일요일」은 회상을 통해서 소설의 중심 사건이 도입된다. 평소 술자리가 많은 화자는 일요일을 맞아 모처럼 늦잠을 자지만 아내와 아이는 이른 아침부터 동물원에 가자고 성화다. 어렵게 눈을 뜨고 겨우 기동하는데 마침 집 앞을 지나던 순사와 눈이 마주친다. 잠깐 들렀다가라는 화자의 인사말에 집으로 들어온 순사는 양순한 표정으로 아이를 귀여워한다. 아이를 데리고 이런저런 이야기를 나누던 순사가 떠나간 뒤 화자는 까마득히 잊고 있던 일, 과거 서당에서 자신을 가르쳤던 문오선생의 기억을 떠올린다. 문오선생은 어느 날 자기 집에 다니러간다고 가서는 몇 달간 돌아오지 않았다. 그 소식을 궁금해하던 차에 다시 돌아온 문오선생의 머리에는 상투가 없었다. 그 까닭은 할아버지와의 대화에서 밝혀진다. 서당훈장에 싫증이 난 문오선생은 일본어를 공부하여 순사 시험을 보고 임용이 되었다. 다른 사람 뺨 한번 때려보지 못하고 지내던 중 순찰을 돌다가 도박 현장을 발견하고 뛰어들었다. 방 안에 있던 사람들은 대부분 도망가고 한 사람을 잡아 묶었는데, 그는 앉은뱅이였다. 살려 달라고 읍소하는 앉은뱅이를 풀어준 뒤 허탈하게 웃고 나서 문오선생은 사직서를 냈다. 이 소설은 전통 사회에서 지식 계층에 속했던 인물이 식민지 사회의 말단 순사로 전락하는 이야기를 통해서 가치가 전도된 식민 체제를 비판하고 있다.

「4호1단」은 부유한 집에서 태어나 아무런 풍파 없이 한 평생을 편안하게 보내고 있는 박주사를 주인공으로 한 소설이다. 박주사는 하는 일마다 잘 되어 많은 재산을 가지고 이제는 유유자적하며 살고 있는 인물이다. 그는 부모로부터 물려받은 재산을 이용해 헌집을 고쳐 파는 일을 하다가 재미를 보고 본격적으로 집 짓는 사업을 벌여 큰돈을 모았다. 그의 하는 일은 아내가 챙겨주는 보약을 먹으면서 옛것과 최신 상품이 기묘한 대조를 이루는 호사스런 방에서 편안하게 지내는 일이다. 그는 나이 어린 기생 옥진과도 관계를 맺지만 공연히 첩으로 들어앉히거나 하지는 않는다. 그저 잠시 어린 기생의 귀여운 모습을 노리갯감으로 즐길 뿐이다. 옥진을 만나고 온 다음 날 신문에는 기생 옥진이 자살했다는 소식이 4호1단 기사로 보도되었다. 박주사는 그 기사를 보고 좀 안되었다고 생각하지만 그녀를 위해서는 아무런 일도 하지 않는다. 그에게는 옥진의 죽음마저도 그저 덤덤한 일일 뿐이다. 이 소설에 묘사되고 있는 옛것과 현대적인 것의 기묘한 대조 속에 살고 있는 박주사의 생활이 지닌 의미를 정홍섭은 다음과 같이 설명한다.

> 작가가 말하는 기묘한 대조란 바로 앞서 말한 바 전통과 근대적 현실의 기묘한 착종 상태를 의미한다. 이러한 착종상태가 아이러니적인 것임은 말할 필요도 없다. 이때 전통이란 '동한연의'와 '고문진보'의 모습이 상징하듯 생명을 잃어버리고 한낱 호사스런 장식품으로 전락해버린 낡은 전통이다. 또 한편, 박주사의 일상생활로 상징되는 근대적 현실이란 그렇게 전통을 호사스럽고도 우스꽝스러운 장식품으로 만들어버리는 식민지 자본주의 체제의 반(反) 전통성을 말한다. 전통이 한낱 호사 취향에 봉사하는 소비 대상이 될 때 그것은 바람직한 의미에서의 생활 윤리의 기능을 할 수 없기 때문이다. 그런데 박주사의 이와 같은 호사스런 생활은 그 반대편에서 당대 민중들의 심각한 고통을 대가로 얻어진 것이다.[28]

「4호1단」의 제목은 작가의 문제의식이 옥진의 죽음에 대한 박주사의 무감각에 쏠려 있음을 가리켜준다. 박주사의 극단적인 이기주의가 개인과 사회의 유기적인 연관을 파괴하는 식민지 지배 체제와 불가분의 관계가 있다는 점을 고려하면 작품의 의미는 좀더 선명해진다. 「해후」 또한 같은 맥락에서 이해할 수 있다. 이 소설은 삼각관계를 이루는 세 사람의 이야기이다. 화자인 박상근은 온천에 갔다가 고향 선배이자 사회주의자

---

28 정홍섭, 앞의 책, 164쪽.

인 송필훈과 그의 젊은 아내 김영애를 만난 적이 있다. 그런데 송필훈은 자신의 아내를 젊은 박상근에게 떠맡기다시피 여관에 남겨두고 자리를 피해버린다. 뒤늦게 그 행동이 무엇을 의미하는지 깨달은 박상근도 황급히 온천을 떠난다. 그 뒤 십 년이 지나서 박상근은 새로 하숙을 정했는데, 바로 그 집 여주인이 다른 사람의 첩이 된 김영애인 것을 알게 된다. 옛날처럼 다시 자신의 외로움을 달래줄 상대로 여기고 접근하는 김영애를 보면서 박상근은 또 한번 하숙을 옮겨야겠다고 생각한다. 이 작품에 대해서 김홍기는 "하찮은 권위에의 굴복, 부당한 영달, 혹은 저속한 환락에 빠지지 않으려는 지절의 자세를 확인하게 된다."[29]라고 의미를 부여한다.

「종로의 주민」은 검열에 걸려 전문 삭제된 작품이다. 이 소설은 영화감독 송영호가 친구 강선필과 함께 하는 일 없이 종로거리를 배회하는 이야기다. 송영호는 명색만 영화감독일 뿐 뚜렷한 수입도 없고 하는 일도 없다. 그저 백화점에서 담배를 판매하는 아가씨에게 호감을 가져 '이쁜이'라고 이름짓고 담배를 산다는 명분으로 자주 찾아가 지분거리는 외에 그저 거리를 돌아다니는 것을 일과로 삼을 뿐이다. 친구인 강선필과 나누는 대화도 그런 일들을 화제로 삼은 하잘것없는 이야기이다. 그러던 어느 날 송영호가 문화영화를 제작하기 위해 닷새 동안 전주에 다녀온 다음날 백화점을 찾아갔을 때 담배를 팔던 '이쁜이'가 사라지고 그 자리에는 다른 아가씨가 앉아 있었다. 며칠 뒤 송영호는 '이쁜이'가 잘생긴 신랑과 함께 걸어가는 것을 발견한다. 그리고는 또다시 개미 쳇바퀴와 같은 일상생활이 되풀이되었다. 이 이야기에는 검열에 걸릴 만한 아무 것도 없는 것처럼 느껴진다. 그러나 이러한 이야기는 일제의 식민 정책, 전쟁 시국

---

29 김홍기, 앞의 책, 214쪽.

에 정면으로 반하는 생활의 묘사였다. 이주형은 이 작품이 검열에 걸린 사정과 관련하여 이렇게 설명한다.

> 먼저 사건 자체가 문제가 될 수 있다. 목적 없이 거리를 배회하면서 말 놀음과 하찮은 장난이나 하며 소일하는 것, 이것은 일제가 요구하는 긴장 및 '보국활동'과 정면으로 배치되는 지극히 '비국민적'인 것이다. 또한 이들의 대화 속에도 문제가 있다고 할 수 있다. 강선필이 송영호에게 '골낼 줄 모르는 전차 차장'으로 취직하는 것이 어떠냐고 하거나, '꿩을 잡으려는 처음의 목표를 참새를 잡으려는 것으로 낮추었다가 마침내는 말똥이나 뒤적이게 되었다'고 하는 것, 그리고 송영호가 '다아 그렇게 우울할 재료밖에 없으니깐 일부러라두 웃구 살아야지 어떡하나?'라고 말하는 것 등은 현실에 대한 부정과 냉소라고 할 수 있다. 이 작품은 '한잔 먹구 떠들구 할까?'라는 대화와 '자욱한 황혼이 내리는 종로 복판에는 보아야 아무렇지도 않은 사람들만 들끓고 있을 따름이었다'라는 지문으로 끝을 맺고 있는데, 여기에 부정과 냉소·반어 등이 어울려 채만식의 일제에 대한 저항의지를 집약했다고 하겠다.[30]

이주형은 이 작품에 나타난 저항의 정도가 매우 약한 것이고 우회적 암시적으로 표현되었지만 "그러나 발표가 되었다면 이 정도로도 일제강점시대 말기의 최고의 저항소설이 되었을 것이다."라고 부연 설명한다. 이 같은 관점은 홍이섭에게서도 제시된 바 있다.[31] 홍이섭은 "작품 전체에 흐르고 있는 작중 인물들의 생활이 일제의 경관들이, 결기(決氣)를 내서 악을 쓰고 있던 이른바 전시 생활의 긴장을 완전히 풀어헤쳐 놓은 데에 주필(朱筆)과 소인(消印)을 든 검열자의 분(憤)을 건드린 이유가 있는 것 같다."라고 해석한다.

이상의 작품들은 일상생활의 비근한 소재들을 통해서 식민 지배 체제

---

30 이주형, 앞의 책, 302~303쪽.
31 홍이섭, 「채만식의 『탁류』」, 『채만식』, 문학과지성사, 1984, 83쪽.

와 그에 영합하는 인물들, 그 체제의 이데올로기를 비판·풍자한다. 이 소설들에서 이루어진 묘사가 핍진한 것은 작품이 알레고리를 내장하고 있기 때문이라고 할 수 있다. 알레고리는 형상과 의미 사이의 자의적인 결합 관계에 입각하는 것이므로 형상의 구체성은 풍부한 알레고리적 의미의 원천이 된다. 작가는 일상적 소재의 묘사를 묘사의 차원에 그치는 것으로 만들지 않고 시대적, 사회적 문제를 암시하는 '자의적 기호'로 만들고 있는 것이다. 그러나 이와 같은 방법이 적절하지 않다고 판단될 때 채만식은 자기 자신의 내면 세계를 직접적으로 드러내는 작품의 창작으로 방향을 전환한다. 자신의 무의식이나 심리 현상을 드러내는 데 자족하는 내성소설로의 전환이 아니라 자기 자신을 하나의 사회적 전형으로 삼아서 그 생활과 내면 의식을 통해 사회적 담론을 펼치고, 자신의 삶 속에서 시대적 사회적 문제의 원형을 발견하는 방법으로의 전환을 시도한 것이다.

자전적 기법을 동원한 첫 작품인 「회(懷)」는 화자가 서울에 있는 중학에 아들을 입학시켜 달라는 친구의 부탁을 받고 기차를 타고 올라오는 도중 떠오른 생각들을 술회하면서 시작되는 이야기다. 화자는 이전과는 달리 기차 여행에 크게 피로와 지루함을 느끼면서 어렸을 때 일을 회상한다. 일곱, 여덟 살 무렵 학교에서 연천 선생을 따라 기차 구경을 갔고 거기서 선생의 특별 교섭으로 기차를 얻어 탈 수 있었던 것이다. 기차가 신기하기만 하고 속도도 무척 빠르게 느껴졌던 지난 일을 회상하면서 화자는 그 기억의 선상에 떠오르는 연천 선생과 임선생을 비교한다. 평소 자상하고 인자했던 연천 선생은 사립학교를 공립보통학교로 승격시키고 표연히 학교를 떠나 지금은 과수원을 경영한다. 이에 비해서 우둔하고 생색만 낼 줄 알던 임선생은 일본인 교장이 칼을 차고 부임해 온 뒤에도 잘 있다가 승승장구해서 지금은 큰 학교의 교장이 되었다. 이런 회상에 이어

중학교 입학이 예전과 달리 힘들어진 상황, 학교 선생에게 입학을 부탁하는 사람이 줄을 선 상황 등이 이야기되고 그 이야기를 따라서 과거 축구선수였던 자신에게 우동을 사줬던 체육 선생이 환기된다. 경기에 지면 누구보다도 원통해하고 이기면 누구보다도 기뻐했던 선생이다. 학교에서 나와 길을 가다가 옛날 같은 회사에 근무했던 여자를 만난다. 동료들의 선망의 대상이던 여자는 좋은 데로 시집가서 잘 사는 태가 역력했고 처세술도 능란했다. 이 이야기에서 연천 선생은 성실하고 능력 있어 선생의 사표가 되는 인물이었지만 이제는 혼자서 과수원 일을 하고 있을 뿐이다. 이에 비해서 임선생이나 여자는 다른 사람보다도 처세술이 뛰어나 출세도 하고 안락한 삶도 누리고 있다. 화자는 연천선생과 임선생에 대한 회상을 통해서 자신의 현재의 삶을 반추하는 것이다.

「근일」은 작가의 개인 생활이 직접적으로 묘사된 소설이다. 전날 저녁 8시부터 새벽 다섯 시까지 장장 9시간을 꼬박 매달려 앉아서 원고지를 쓰는 생활. 채만식은 이 작업이 금광사업을 하는 넷째 형 가족 6, 7명과 자신의 가족을 부양하기 위해 회피할 수 없는 일임을 서술한다. 그러나 그렇게 막노동이나 다름없이 원고에 매달림에도 불구하고 가난한 살림살이는 어찌할 수 없어 넷째 형은 중병에 걸려 죽어가는 어린것을 병원에 데려갈 엄두조차 낼 수 없다. 없는 돈을 긁어모아 인부들을 부리고자 해도 사람이 없고, 그렇게 죽을힘을 다해도 분광에서는 생철덩어리 하나 나오지 않는다. 작가는 이런 상황 속에서 신변잡사를 소설로 써 내놓는 자신의 상황을 이야기한다. "신변잡사의 사소설이 문학의 정도가 아니요 가히 삼가야 할 것이어늘, 본디 너절한 병폐가 있는 내가 또 한 가지 사도(邪道)에 탐혹"을 한다는 반성이다. 그런 생각을 하면서도 채만식은 병든 몸을 추스르며 원고지를 쓰는 작업을 포기할 수 없다. "무슨 그리 우난 노릇을 한다구!" 몸까지 망쳐가며 그 작업을 하느냐는 형의 말을 반복하면서 작가는 신변잡사가 아닌 "꼬옥 한 가지 나아가고 싶은 길이 있기야 하지만, 넘지 못할 준령을 이미 누차 당해본 나머지"라 "붓을 쉬기가 정히 안되었거들랑 「집」 등속을 그대로 얼마 동안 써도 무방하다. 좌우간 그리고, 저리로 가보는 것"이라고 말한다. 그리고 마지막에는 넷째 형과 집을 팔 의논을 한다. 작가가 쓰고 싶은 것이 있어도 검열 때문에 쉽지 않다는 이야기와 함께 그 준령을 넘을 시도를 계속하겠다는 의지를 암시적으로 드러내고 있다. 이와 같이 작가가 자신의 집필 상황을 작품 속에 서술하는 방법은 일종의 서술과정의 주제화라고 할 수 있다. 이 서술 과정의 주제화가 가지는 의미를 김누리는 귄터 그라스의 작품을 분석하면서 다음과 같이 설명한다.

> 서술과정의 주제화란 다른 말로 하면 메타픽션 영역의 강화를 뜻한다. 1990년대 들어 그라스 문학에서는 메타픽션적 요소가 점차 강화되는데, 이것은 역사적 진실을 형상화하기 위해 적합한 미학적 수단을 찾으려는 고심에 찬 모색의 결과이다. 역사적 진실이란 사실이나 자료의 단순한 나열이나 집적과는 다른 것이다. 르포르타주나 논픽션으로 역사적 진실에 도달할 수는 없다. 진실은 오히려 현실의 복잡한 층위들을 총체적으로 그려낼 때 비로소 드러나는 것이다. 하지만 이때 현실의 복잡한 층위들을 사실들만으로 이루어진 논픽션만으로도, 상상으로 짜여진 픽션만으로도 드러내 보일 수 없다. 그것은 오히려 논픽션과 픽션, 사실과 허구 사이의 이러한 대립과 긴장 자체를 형상화하는 것이 중요하다. 여기서 그라스의 새로운 서술 기법이 생겨난 것이다. 그것은 역사적 사실을 다루는 서술자의 상황, 즉 서술과정 자체를 주제화하는 것이다. 결국 그라스의 메타픽션은 논픽션과 픽션의 한계를 넘어 역사적 진실에 접근하기 위한 수단이다.[32]

채만식이 소설을 쓰는 자신의 상황을 직접 드러내는 것은 일제의 핍박이 극심해진 상황에서 부득이하게 취한 창작의 방법이다. 자신이 소설을

---

32 김누리, 앞의 책, 135쪽.

쓰는, 서술하는 행위 자체를 주제로 만들어서 그 과정을 독자에게 공개함으로써 역사 현실의 한 단면을 드러내고자 하는 것이다. 그것은 작가의 사유가 어떤 대상을 상대로 하여 이루어지고 그것이 취하는 내용과 방향이 어떻게 생겨났는가 하는 데 대해서 정보를 줌으로써 독자의 이해를 일정한 각도로 정향시키려는 시도라고 할 수 있다. 이와 같은 방식을 취한 또 다른 작품으로는 「집」이 있다. 「집」은 작가의 안양 생활에서 얻은 체험을 표현한 작품이다. 작가가 있는 돈 없는 돈을 모아 구입한 집은 살 때부터 물이 걱정스러웠다. 안양천변에 자리 잡은 집은 세 번의 물난리로 주춧돌 밑까지 땅이 패었으며 그 앞으로는 물이 흘렀다. 작가는 그 세 번의 물난리를 겪으면서 체험한 사람살이의 이모저모를 희화적으로 그리고 있다. 당장 먹을 것이 없는데도 일하기를 꺼리고 빈둥거리는 노동자, 동네 구장이라고 위세를 피우는 사람, 수재민을 도와주고도 삯을 받아 가는 사람 등이 묘사된다. 신동욱은 이 작품의 의미를 이렇게 설명한다.

> 화자는 그의 가난과 어려움을 작품 속에서 공개하고 그 초라함과 궁상을 드러내고 독자와 같은 처지로 돌아와 웃고 우는 구경을 하는 객관적 입지를 택하고 있음을 알게 되는데, 자전적 소설이 지니는 중요한 미적 특질을 우리는 여기서 발견할 수 있다. 궁핍에 시달리고 부끄럽고 초라한 자아를 보이며 동시에 정직하게 살아가는 데도 결과적으로는 웃음거리밖에 될 수 없는 궁상과 곤경을 면치 못하는 삶의 고달픔을 아울러 제시한 지적으로 세련된 작품이다. 이 작품 곳곳에 흐르고 있는 안에 있는 나와 밖에 있는 나의 대조적 두 시선의 흐름은 채만식 문학이 이룬 자전적 소설의 높은 성취라고 생각할 수 있다.[33]

인용문에 나와 있는 '안에 있는 나와 밖에 있는 나'는 이른바 '제3자의 시점', 또는 '타자의 시점'을 응용한 것이라고 할 수 있다. 채만식은 이

---

33 신동욱, 앞의 책, 282쪽.

소설에서 자신의 생활을 적나라하게 묘사하지만 그것이 단순한 사소설로 떨어지게 만들지 않는다. 인간 개개인의 삶을 뒤흔들어 놓는 거대한 세력과 거기에 맞서는 사람의 미약한 힘의 대조를 통해서 현실의 알레고리를 제시하고 있다. 작품의 맨 끝에 삽화로 들어 있는 물에 씻겨 나간 자리에 앙상하게 뿌리를 내리고 있는 아사가오 한 포기를 묘사하는 것은 연약하지만 집요하기도 한 한 생명의 삶의 의지를 보여주는 상징이다.

「삽화」는 「집」의 속편이다. 작품은 안양에서 동교로 이사 와서 다시 겪는 집과 관련된 사건을 중심으로 구성되지만 이야기는 안양의 집에 대한 뒷이야기에서 시작한다. 세 번의 물난리를 만나고서도 작가는 어찌어찌 손을 보아 그 집을 판다. 처음에 2백 원에 매매하기로 흥정했지만 사는 사람은 시일을 천연하며 값을 깎아 내린다. 결국 백 오십 원에 팔아넘기고 이사 온 동교의 집은 울타리도 없는 매삭 9원의 집세를 받는 초가집이었다. 비가 오면 지붕에서는 사방에서 빗물이 새고 구들은 손을 대면 댈수록 더욱 무너져 내리는 꼴 아닌 꼴의 집이었다. 주인을 대신해 집을 관리하는 사람은 울타리를 해주기로 하고 몇 달치 집세를 먼저 받아갔음에도 불구하고 몇 차례나 미룬 끝에 얼기설기 '부지깽이만씩한 울지렁을 십리 가다 하나씩 꽂'아 놓고는 그만이다. 이 집에서는 잠자던 아이 머리맡에 돌처럼 단단해진 흙덩이가 떨어져 큰일 날 뻔하기도 했다. 천정에 바른 흙덩이가 떨어진 것이다. 어느 비 오는 날 화자는 고향과 거기에서 펼쳐졌던 명절날을 생각한다. 그 회상 속에서 추석이야 칠월 백중이야 보름날이야 명절에 있었던 씨름과 민속들이 묘사된다. 그렇게 고향을 그리면서 살던 어느 날 초가집이 팔린다는 풍문이 나돈다. 그리고 관리인이 나타나 살고 있는 사람한테 조금 싸게 팔 테니까 집을 사려면 사라고 권한다. 화자는 ×× 3판 인세며 소설원고료며 모두 긁어모아서 집을 살 궁리를 한다. 그러나 닷새 뒤 시내에 들어갔던 아내가 코가 **빠져서** 돌아왔다. 애써 써 보낸 소설원고는 '불급불요'하다는 이유로 검열 취하되었으며 ×× 3판은 용지난으로 당분간 발행이 불가능하다는 통지였다. 이 작품 역시 작가의 개인적 삶에서 취재했으되, 그 개인의 삶이 시대의 흐름, 사회적 전체성에 의해서 어떻게 휘둘리는가를 핍절하게 형상화하고 있는 셈이다. 이 소설에서는 검열이란 제도로 구체화한 일본 제국주의의 폭력이 작가 개인의 생활과 삶의 의지, 그 개인의 삶으로 표현된 조선민족 전체의 삶을 어떻게 핍박하고 있으며 궁핍의 상태로 몰아가고 있는지 상징적으로 보여주는 것이다.

4. 「당랑의 전설」

「삽화」는 1942년 7월에 발표된 작품이다. 1943년 3월에는 근대 조선의 역사를 총체적으로 형상화하려 했지만 검열에 의해 연재가 중단된 『어머니』가 발표되기 시작했고, 그 정신을 이은 『여인전기』가 1944년 10월부터 신문에 연재되기 시작한 점을 고려하면 채만식의 항일문학은 일제말기 전 기간에 걸쳐 중단 없이 지속되었다. 「당랑의 전설」은 1940년 10월, 「냉동어」보다 6개월 뒤에 발표한 희곡으로 작가의 현실 인식과 저항 정신을 유감없이 보여준 작품이다. 「냉동어」가 허무주의에 침윤되었다거나 작가의 의식의 냉동 상태를 보여준다는 일부 연구자들과 평자들의 논리가 근거없는 것임을 사실로 입증해주는 이 작품은 채만식의 희곡 가운데서 그 극적 구성이 가장 뛰어난 것으로 평가받는다. 김윤식은 "극양식은 하나의 세계의 거대한 뒤틀림, 비극적 붕괴를 표현할 수 있다"는 관점에서 "「당랑의 전설」의 끝 장면은 무너짐 자체의 강렬성"을 표현하는 있는 것으로서 "이 작품은 전환기에 놓인 사회상을 가족의 붕괴를 통해 드러내고 있다. 당연히 그것은 회고도 아니며, 역사에의 뒷걸음질도 아니고 현재성, 현장성을 동시에 드러낸 행위의 갈등이다.”[34]라고 그 극적 특성을 인정했다. 그는 이 작품이 장편소설 『탁류』가 지닌 주제를 극적으로 표현한 채만식 희곡의 대표작으로서 ‘극양식의 총 집성이자 가장 높은 단계에 이른 것’이라고 평가한다. 그러나 김윤식의 평가는 「냉동어」에서 표현된 ‘의식의 영도 상태’에서 채만식이 ‘대동아공영권의 세계관을 선택’했으며, 이에 따라 작가는 ‘역사의 방향성’을 표현하기보다 ‘세계의 붕괴 자체에 더 많은 관심을 드러’냈고, 그 결과가 「당랑의 전설」이라고 본다는 관점에서 내면적으로 부정적인 어조를 드러낸다. 이러한 평가에 대해서 황국명은 그 분석은 희곡의 문학성에만 주목한 것으로서 극적 효과를 해명하지 못했고, 헤겔의 장르 이론을 작품에 기계적으로 적용한 것이라고 비판한 바 있다.[35] 그는 ‘작품에 대한 처방적 접근을 자제’하고, ‘작품의 구성요소가 주제 표출 그리고 관객에 대한 극적 효과의 창출과 어떻게 상호 연관되어 있는가를 분석적으로 검증’해야 한다고 보는 것이다.

「당랑의 전설」은 그 제목을 통해 사마귀가 길에서 수레바퀴를 막으려 했다는 ‘당랑거철(螳螂拒轍)’의 고사를 환기한다. 거대한 힘으로 전진하는 세력에 대하여 가당치도 않은 자가 겁도 없이 저항을 시도한다는 함축을 지니고 있는 고사이다. 이 희곡에서 압류된 재산의 경매를 집행하려온 집달리에게 도끼를 들고 달려드는 박진사는 바로 그 사마귀의 이미지를 지니고 있다. 박진사는 슬하에 원석, 형석, 정석의 세 아들과 딸 하나를 두고 있는 시골의 소지주이다. 며느리, 손자까지 열댓 명의 식솔을 거느린 박진사의 집안은 수입보다 지출이 많아 점차 빚에 쪼들리고, 그 사태를 극복하기 위해 시도한 투기들이 실패로 돌아감으로써 모든 재산이 날아

---

34 김윤식, 『한국근대문학양식논고』, 아세아문화사, 1980, 1장 참조.
35 황국명, 『채만식 소설 연구』, 태학사, 1998, 316쪽.

가고, 가장집물까지 경매에 붙여질 위기에 직면해 있다. 3막으로 구성된 이 희곡의 1막에는 박진사와 맏아들 원석만을 제외하고 모든 식구들이 등장한다. 첫 장면에는 집안의 여인들 여럿이 나누는 대화를 통해서 점차 상황이 드러난다. 그 동안 빚 때문에 전답이 날아가고 남에게 담보로 잡혀 있는 상황, 그 빚을 갚지 못해 압류가 집행이 되어 광에 있는 살림에는 손도 댈 수 없는 상황, 그래서 저녁 식량도 없는 처지가 드러나고 그 속에서 아낙들은 우왕좌왕할 뿐이며 아이들은 철없이 수박만 사달라고 조른다. 이 장면에서 들일을 하다가 들어온 둘째 형석의 질문을 통해 대책을 마련하기 위해 밖에 나간 맏아들 원석이 돌아오지 않고 있다는 사실이 알려지며 낮잠 자다 불려나온 셋째 정석은 지금의 형편이 분수 모르고 헤프게 돈을 쓴 가족 모두에게 있다고 투덜댄다. 정석은 이런 상태를 초래하지 않기 위해서는 진즉 집안을 핵가족 형태로 여러 개로 쪼갰어야 한다고 주장하는 것이다. 각자가 살림의 책임을 지면 가용도 줄고 그래서 몇 사람만은 그래도 살아남았을 것이지 않느냐는 의견이다. 이렇게 농사일을 하는 형석과 고등교육을 받은 정석이 아웅다웅하고 있는 사이에 서울서 학교를 다니다가 학비와 하숙비가 없어서 쫓겨 온 박진사의 손자들이 등장하여 고학을 하러 집을 떠나겠다고 고집을 부린다.

2막 1장은 장소가 바뀌어 인천 미두취인소가 무대가 된다. 여러 사람이 아우성을 치며 복작대는 상황이 제시되고, 그 속에서 미두로 손해를 본 사람과 이득을 본 사람의 엇갈리는 표정들이 비친다. 뭇 군중의 아우성으로 인한 소음과 투기의 열기로 소란이 벌어지는 장면이다. 2막 2장은 그 미두취인소에 연결되어 있는 한 점포 사무실의 광경이다. 사무원들은 여전히 전화로 사고파는 일로 분잡을 떨고 손님들은 상황에 따라 희로애락의 표정을 연출한다. 이득을 보아 얼굴이 환한 사람과 돈이 떨어져 울상인 사람의 대조적인 표정이 엇갈리는 속에 박진사 가족의 기대주 원석이 추레한 모습으로 등장한다. 원석은 차 시간을 걱정하며 주인을 찾는다. 주인이 언제 들어올지 모른다는 사무원의 말에 원석은 자신에게 30원만 빌려달라고 부탁한다. 그 옆에서는 쌀을 구매하라는 뜻으로 '쌀을 판다'고 말했다가 몇 천 원의 돈을 날린 미두손님의 어처구니없는 비극이 연출된다. 박진사 가족의 기대주 원석에게도 경매를 막을 방도가 없음을 묘사하는 것이다.

3막은 1장과 2장이 같은 무대에서 동시에 펼쳐진다. 1장에서는 원석과 형석이 등장한다. 아무 대책을 마련하지 못한 원석은 한숨만 쉬다가 집으로 가지 않고 군산으로 가겠다는 뜻을 밝힌다. 가족들 볼 면목이 없다는 이야기다. 형석은 '어떻게 하나!' 란 한탄만 늘어놓고, 두 형제의 넋을 잃은 모습이 비추이다가 무대가 어두워진다. 2장은 집달리가 들이닥친 박진사의 집이다. 박진사는 집달리에게 맏아들이 돈을 가지고 곧 도착한다며 기다려 달라고 사정하고 집달리는 더 이상 시간을 지체할 수 없다는 입장을 밝힌다. 결국 경매를 집행하려고 경매인과 인부들이 베틀을 비롯한 살림살이들을 들어내는 순간 박진사는 도끼를 들고 나와 휘두르면서 살림을 깨부순다.

이 작품은 1막의 길이가 2막과 3막을 합친 길이와 같다. 곧 박진사 가족 대다수가 등장한 1막에서 인물들의 대화를 통해 극의 상황이 제시되는 데, 그 상황에 대한 각 인물들의 반응이 자세히 묘사되는 것이다. 농사를 책임지고 있는 형석의 다급해 하는 심정과 큰일을 하기 위해 집을 떠나겠다는 정석의 무감각한 태도, 며느리들과 시어머니 고씨의 각기 서로 다른 성격, 철모르는 아이들의 동작과 학업을 마치기 위해 고학을 하겠다는 큰 아이들의 거조가 대조적으로 부각되는 구성이다. 이러한 위기 상황의 제시는 2막의 무대가 되는 미두취인소의 사회적 의미를 생각하게 한다. 박진사 가족의 구성원들이 '하눌같이', '태산같이' 믿고 있는 원석은 추레한 모습에다 사무원에게 돈 30원을 빌리기 위해 아쉬운 소리를 하는 변변치 않은 인물에 지나지 못한다. 그 사무원들이 근무하는 미두취인점이 미두취인소의 작은 하부기관에 지나지 못한다는 사실을 상기하면 1막에서 '담 큰 어른'으로 묘사된 원석의 이곳에서의 위상은 극히 하찮은 존재에 지나지 못한 것으로 드러난다. 곧 식민 지배 기구의 중추에 해당하는 미두취인소와 그 중개점인 미두취인점, 그리고 거기에 목들 매고 있는 원석의 모습을 중점적으로 형상화함으로써 작가는 조선 민족에 대한 일제의 착취기구가 갖추고 있는 빨판의 모세혈관 구조를 보여주고 있는 것이다. 일단 그 빨판에 걸려들면 개인이나 한 가족의 운명은 그 속으로 빨려들지 않을 수 없다. 더욱이 이 빨판은 미두장에만 갖춰져 있는 것이 아니다. 1막에서 삼남 정석이 들고 있는 가족들의 소비 형태, 양복, 구두, 담배 등으로 구체화되는 일상용품과 그와 결부된 일상생활은 사람들의 삶이 식민 기구와 떼려야 뗄 수 없는 관계를 지닌 것임을 입증해준다. 그러므로 그 소비 형태, 생활 방식을 버리지 않는 한 조선 민족의 삶은 식민지배기구의 영향력에서 벗어날 수 없다. 2막에서 미두취인소가 무대로 설정된 것은 이러한 함축을 담고 있다.

3막은 식민 지배 기구의 말단 집행자인 집달리와 박진사의 대결을 형상화한다. 이 대결에서 집달리의 성격이 어떤가 하는 것은 아무런 의미가 없다. 그는 다른 사람으로 얼마든지 교체될 수 있다. 박진사가 도끼를 휘두를 때 집달리가 주재소와 순사를 찾는 것은 그 메커니즘을 보여준다. 집달리가 안 되면 순사가 등장하고, 순사가 안 되면 군대가 동원되는 것이다. 이 점에서 이 희곡작품에 주인공이 뚜렷하지 않은 이유를 짐작할 수 있다. 「당랑의 전설」에서 박진사와 원석, 정석, 또는 형석은 모두가 주인공으로 볼 수 없는 인물들이다. 그들의 작중 내 역할은 모두가 다 한 부분에 국한되어 있다. 그런 점에서 박진사 집안의 가족 구성원은 전체가 집합적으로 극의 주인공이 된다고 할 수 있다. 그 집합적 주인공이 대결하는 세력은 미두취인소로 상징되는 일제 식민 기구이다. 「당랑의 전설」을 단순히 '하나의 세계의 거대한 뒤틀림'이나 '비극적 붕괴'로만 볼 수 없는 이유가 여기에 있다. 그 양상은 체홉의 「벚꽃동산」과 비교해보면 쉽게 알아볼 수 있다. 「벚꽃동산」에서 벚꽃을 찍는 도끼 소리는 한 시대가 가고 새로운 시대가 도래함을 알리는 신호이다. 관객은 그 소리를 들으며 사라져가는 시대에 대한 아쉬움을 가질 수 있으나 새로운 시대가 도래하는 것을 거부하지는 않는다. 그러나 「당랑의 전설」에서 도끼소리는 주어진 상황에 대한 저항 의식을 고취한다. 그 양상을 작가는 "가족들 주춤 멈춰 서서는 불의에, 안도 그리고는 통쾌한 얼굴들"이라고 묘사한다. 도끼질 소리는 극한 상황에 몰린 가족들을 하나가 되게 하고 뜻밖의 변화 가능성을 암시하는 소리가 되는 것이다. 이와 관련하여 황국명은 다음과 같이 분석한다.

> 「벚꽃동산」의 끝에 들려오는 나무 찍는 소리는 구귀족, 구시대의 붕괴가 이 극의 논리적 결말임을 암시한다. 그래서 그 청각적 요소는 정지, 정태, 휴식의 정서를 환기하는 것처럼 보인다. 그러나 「당랑의 전설」에서 무대 중앙의 베틀이 관객에게 시각적 충격을 주는 재료라면, 도끼를 내려찍을 때 들려오는 굉음은 청각적 충격을 준다. 마지막 장면에서 들려오는 거칠고 난폭한 굉음은 음울하고 격렬한 동요와 공포를 불러일으킬 것이다. 그러니까 이 장면에서 관객은 베틀'보기'에서 소리'듣기'로 주목의 초점을 변화시킨다고 할 수 있다. '보기'가 관객의 개별적 의식을 촉진시킨다면, '듣기'는 집합성을 고무한다고 할 수 있다.[36]

황국명은 박진사의 도끼질이 '죽음을 향한 무모한 자폭'으로 간주될 수 있다고 분석한다. 그 도끼질로 현실이 바꾸어지는 것은 아니라는 논리이

---

36 황국명, 앞의 책, 344쪽.

다. 그러므로 도끼소리를 들으며 '통쾌해하는' 가족들의 행동은 '집단적 자멸을 감행한다고 할 수 있다'고 보는 것이다. 그러나 이러한 해석은 현실 논리로 맞을지는 몰라도 극적 효과를 분석한 것으로는 타당하지 않다. 극의 현실이 벗어날 수 없는 질곡임에는 틀림없지만 그에 대한 박진사의 격렬한 행동은 일시적일지라도 그로부터 정서를 해방시키는 것이고, 그것이 '집합성'을 지닐 때 관객은 그로부터 희망의 소리를 듣고 행동의 힘을 얻는 것이다. 사마귀가 수레바퀴에 도전하는 것은 무모한 일이라는 사실을 모르는 사람은 없다. 그렇지만 그 고사를 환기하는 사건을 통하여 현실에 대한 도전을 꿈꾸는 작가의 의식은 「패배자의 무덤」을 통해서 미래의 희망을 엿볼 때와 동일한 것이다. 「당랑의 전설」이 1940년대 전반기 일제의 극한적 억압 상황에 대한 조선 민족의 항거의 상징이 되는 것은 이에 말미암는다. 채만식이 이러한 이야기를 희곡으로 만든 것은 극이 지닌 집단적 감염성이란 특징을 고려한 것으로 볼 수 있다. 무덤 속처럼 모든 행동이 소멸하고 적막한 세계에서 현실의 억압과 모순을 극복하기 위해 격렬한 행동을 펼치는 주인공을 보여주는 것은 그 행동에 대한 기대와 소망의 표현이자 강한 유혹이라고 할 수 있는 것이다.

Ⅶ. 조선민족항일투쟁지혈사 『여인전기』

    채만식은 자신의 문학적 행로를 점검하기 위해 일시적으로 문학 활동을 중단하고 2년 동안 모색기를 가졌다. 그 모색을 거친 다음 『탁류』를 시발점으로 하여 전개되기 시작한 채만식의 항일투쟁은 해방되는 날까지 계속된다. 이 기간의 채만식 문학은 한편으로는 항일투쟁이었고 한편으로는 문학적 실험의 연속 과정이었다. 채만식의 문학적 실험은 아방가르드의 전위적 실험과는 조금 맥락을 달리한다. 자신이 표현하고자 하는 대상을 가장 정확하게 제시하고자 시도하는 작업으로서 실험이 이루어진 것이 아니라 일본 제국주의 검열자의 눈을 속이고 조선 민족에게 작가의 뜻을 전달하기 위해 문학적 기법을 계발하는 실험이었다. 채만식이 자신이 익숙하게 알고 있던 풍자의 방법을 옆으로 밀쳐두고 '알레고리'라는 색다른 기법을 시험하기 시작한 것은 그것만이 검열관의 눈을 피해 독자들에게 자신의 뜻을 제대로 전달할 수 있는 방법이라고 생각했기 때문일 것이다. 그가 여러 편의 단편소설을 통해 알레고리를 만들어본 다음 『탁류』라는 장편소설을 쓰기 시작한 것은 어느 정도 그 기법의 구사에 자신이 생긴 다음의 일이었으리라고 생각된다. 그러나 천신만고 끝에 만들어놓은 그 작품에 대한 문학계의 반응은 기대한 수준에 이르지 못했다. 그럼에도 불구하고 채만식은 그 수법을 「제향날」, 「심봉사」 등에 사용하여 상당한 성과를 이루었고 군소 단편소설에서도 일정하게 작품을 완결시키는 데 도움을 받을 수 있었다.

그러나 채만식은 거기에 만족하지 않았다. 기왕에 익히고 있었던 풍자의 수법에 제3자의 시점을 도입하여 그 기법이 가진 가능성을 최대한 발휘할 수 있는 방법을 모색하였다. 그것은 단순히 기법만의 문제가 아니었다. 세계를 어떻게 이해하는가 하는 문제와 긴밀하게 관련되는 사항이었다. 더욱이 채만식에게는 기왕의 수법만으로는 해결할 수 없는 문제들을 제기하는 상황이 눈앞에 펼쳐지고 있었다. 일제는 검열의 끈을 죄어왔고, 시국은 전쟁의 한 가운데로 돌입하고 있었다. 채만식이 「소망」, 「패배자의 무덤」과 같이 상식적으로 납득하기 어려운 행동을 펼치는 주인공을 등장시켜 자신의 뜻을 작품 속에 구현하고자 한 것은 옥죄어 오는 현실의 굴레를 어떻게 해서라도 벗어나고자 한 시도였다. 1940년에서 1943년까지의 시기에 씌어진 채만식의 작품은 그와 같이 목을 졸라오는 일제의 검열의 압박 속에서, 그 치밀하게 전개되는 전시 동원 체제의 틈바귀를 뚫고 행해지는 작가의 항일유격전이었다. 거기에는 작가가 안도의 숨을 몰아쉴 수 있는 공간이 없었다. 이른바 '한 발 재겨 디딜 곳조차 없는' 서릿발 칼날 위에서 채만식은 일본 제국주의에 대한 싸움을 전개해야 했다. 상대는 철조망과 장애물을 사이에 두고 멀찍이서 서로 총부리를 겨누고 있는 그런 존재가 아니었다. 숨소리가 들릴 만큼 가까운 바로 옆에서 작가의 일거수일투족을 지켜보고 여차하면 고문과 감옥으로 몰아넣기 위해 독사 같은 눈알을 휘번득이고 있는 존재가 일본 제국주의의 관헌과 검열관이었다. 이 전선 없는 전선, 사방이 적들에게 포위되어 있는 항일의 최전선에서 작가가 계발한 항일투쟁의 문학적 방법이 알레고리이고 자전적 기법이고 제3자적 시점을 사용한 풍자였다. 채만식은 기행을 벌이는 인물을 등장시키기도 했고, 하는 일없이 빈둥거리는 사람을 등장시키기도 했다. 나중에는 하다못해 자기 자신을 소설의 등장인물로 쓰기도 했다. 이렇게 수단 방법을 가리지 않고 항일의 정신을 표현할 수 있는 길을 찾으면서도 작가는 시대의 전체성과 역사의 방향성을 정확하게 파악하기 위한 노력을 게을리 하지 않았다. 그 노력을 통해서 채만식은 일본 제국주의의 패망이 눈앞에 다가왔음을 누구보다도 일찍 알았고, 그 다가오는 역사와 현실을 문학적으로 형상화하는 회심의 대작을 오래 전부터 준비하고 있었다. 1943년이 되어서 작가는 시기가 무르익었다고 판단했던 것으로 보인다. 작품을 쓰기 위한 준비는 모두 갖추어졌고 검열의 준령을 어떻게 넘느냐는 문제만이 남아 있었다. 작가는 자신의 자전적 소설인 「근일」 가운데서 '비록 현재는 문학의 사도(邪道)의 길을 가고 있지만 때가 되면 어떤 어려움이 있더라도 그 일을 해 내겠다.'는 의지를 밝힌 적이 있었다. 그렇게 해서 씌어지기 시작한 작품이 1943년 3월부터 『조광』에 연재된 장편소설 『어머니』였다. 그러나 우려했던 대로 그 소설은 검열에 걸려 연재가 중단되었다. 작가는 일년 동안 기회를 엿보면서 작품의 구상을 다시 정비했고, 그렇게 하여 발표하기 시작한 작품이 바로 그 말썽 많은 『여인전기』였다.

채만식의 대표적 친일문학 작품으로 세상에 알려져 있는 『여인전기(女人戰記)』는 1944년 10월 5일부터 1945년 5월 17일까지 101회에 걸쳐 〈매일신보〉에 발표되었다. 작품의 연재가 끝난 1945년 5월 17일은 공교롭게도 『탁류』의 연재가 끝난 1938년 5월 17일로부터 만 7년이 되는 날이다.

두 작품의 연재 종료가 해만 다를 뿐 같은 날에 이루어졌다는 사실은 기묘한 우연의 일치처럼 보인다. 그러나 두 작품의 본질을 이해하는 사람에게는 그 우연처럼 보이는 사실이 결코 우연만은 아니라는 심증이 생긴다. 그것은 『여인전기』의 모태라고 할 수 있는 『어머니』를 작가가 『여자의 일생』으로 개작하면서 주인공의 이름을 '숙히'에서 '진주'로 바꾼 것만큼 우연으로만 볼 수가 없는, 분명하게 작가의 의도가 개입된 일이다.

여기에 서술한 바와 같이 채만식이 1943년 3월부터 10월까지 『조광』지에 『어머니』라는 장편소설을 연재하다가 검열에 걸려 더 이상 발표를 하지 못하고, 그로부터 일년 만에 〈매일신보〉에 『여인전기』를 발표하기 시작하였다는 것은 누구나 다 아는 일이다. 이 장편소설을 발표하면서 작가가 미리 작품의 줄거리와 내용을 신문사에 제출하고 그 줄거리와 내용에 충실하게 형상화를 한다는 약속 하에 창작을 하였다는 것도 누구나 아는 일이다. 그 혹독한 검열 당국의 철저한 감독을 받으면서 신문에 연재한 이 소설이 완성된 작품으로는 일제 시대 최후의 근대적 장편소설이 되었다는 것도 아는 사람은 다 안다. 〈매일신보〉가 1944년 10월 4일 이 소설을 예고하면서 "전쟁을 익여 나가기 위해서는 무엇보다도 굿세인 병정을 만히 길러내야 하고 굿세인 병정을 길러내는 것은 오로지 어머니의 손에 달렷다.… 채씨의 이번 소설은 가진 고난과 곤궁을 겪으면서 그 아들을 훌륭하게 길러서 충성스러운 황국군이 되게 한 국군어머니의 피눈물나는 일생을 그린 것이다. 채씨의 이번 이 소설에서 반도의 어머니들은 다시금 대단한 감격을 느낄 것이며 크게 감분흥기(感奮興起) 됨이 잇슬 것이다."[1] 는 뜻에서 '군국의 어머니의 일대기'라고 선전했다는 것도 아는 사람은 누구나 다 아는 일이다. 그 '군국의 어머니'와 대조해서 지인태 대위의

---

1 「소개의 글」, 〈매일신보〉, 1944. 10. 4.

아버지가 '군국의 아버지'라고 명명되었다는 것도 아는 사람은 다 아는 일이다. 그러나 이렇게 아는 사람은 누구나 다 아는 이 소설이 정작 어떤 성격의 작품인가에 대해서는 지금까지 제대로 알려지지 않았고 충분한 검토조차 이루어지지 않았다. 더욱이 작가가 이 작품을 쓰는 작업을 통해서 친일문자 행위를 확실하게 한 것인지 아니면 그 친일의 가면을 쓰고 항일투쟁을 전개했는지에 대해서도 면밀한 고찰이 행해지지 않았다. 그저 일제가 망하는 그날까지 생화(生貨)를 벌고 발표욕을 충족시키기 위해서 작가가 더러운 친일문학 행위를 했다는 '소문'만 무성하게 나돌고 있는 게 한국 근대문학 연구의 현실이다.

『친일문학론』을 쓴 임종국은 채만식의 친일문학 행위를 설명하는 글의 한 가운데에서 이 작품의 줄거리와 문학적 의의를 상세하게 설명했다.[2] 그 내용은 "『여인전기』는 그렇게 키운 아들을 군문에 바친, 소위 군국의 어머니의 일대기이다. 그리고 임중위의 유복자인 육군중좌를 등장시킴으로써 내선일체를 말하고 있"다는 설명이다. 김윤식은 이 작품이 대동아공영권이라는 사이비 역사의 방향성을 내장한 친일문학이라고 규정하고 이 작품의 의의란 기껏해야 옥동댁의 이야기나 하는 그저 그렇고 그런 소설일 뿐이라고 평가했다.[3] 이 밖에도 무수한 사람이 이 작품은 친일문학의 성격을 갖는다고 논했다. 채만식 문학에 관해서 많은 이해를 가진 사람까지도 이 소설이 친일문학 작품이라는 사실을 부인할 수 없었기 때문에 자신이 기왕에 전개해온 논리를 이 작품의 친일문학이라는 성격에 맞추어 수정해야 했다. 그와 같은 상황 속에서 오직 김홍기의 『채만식 연구』만이 간신히 이 작품의 가치에 대해서 긍정적 평가에 이른다. "『어머니』

---

2 임종국, 『친일문학론』, 평화출판사, 1966, 399~400쪽.
3 김윤식, 「채만식의 문학세계」, 『채만식』, 문학과지성사, 1984, 76쪽. 「민족의 죄인과 죄인의 민족」, 『수필문학』, 1976. 3월호 참조.

의 뒤를 이은 이 작품의 줄거리는, 한 남편을 위해 '절과 의'를 지켜 영광을 차지하는 내용"이며 그런 의미에서 "『여인전기』는 작가 체험의 진솔한 기록이자 수난의 민족사이기도 하다."[4]라는 견해이다. 이 견해는 채만식의 문학에 대한 깊은 애정에 바탕을 둔 연구자의 직감이자 분석의 결과로서 도출된 것이다. 그러나 이러한 의견만으로는 채만식이 친일문학인이고 그 대표적인 문학 작품이 『여인전기』라는 세간의 평가를 구축하는 데는 힘이 미치지 못했다. 작품에 대한 치밀하고도 객관적인 분석을 통해서 이 소설이 친일소설이 아니라는 것을 입증하기 전에는 수많은 사람의 의견이 형성하는 여론의 힘을 이겨낼 수 없을 뿐만 아니라 오히려 역공을 받기가 쉽다. 김홍기의 『여인전기』에 대한 평가에 대해서 "이 작품의 주제를 진주의 '의(義)'를 중심으로 해서만 찾는 일은 매우 위험하며 작품의 성격에 대한 중대한 오해를 범할 소지가 있다. 주제라는 면에서 보면 이 작품에 내재된 체제 협력의 의도는 너무나 명백하다"[5]라는 반격이 나오는 것은 그 때문이다. 이 소설을 본격적으로 분석하기에 앞서 작품에 대한 기왕의 연구 성과들을 참조할 필요가 있는 것은 그에 말미암는다. 그 연구들이 작품에 관하여 어떤 시각에서 접근했으며, 그 분석과 평가의 내용은 무엇인지 구체적으로 확인하는 일은 『여인전기』에 관해서 우리가 무엇을 분석해야 하며 무엇을 강조해야 하는 지 방향 감각을 갖는 데 도움이 되는 것이다.

---

4 김홍기, 『채만식 연구』, 국학자료원, 2001, 224쪽.
5 방민호, 『채만식과 조선적 근대문학의 구상』, 소명출판, 2001, 313~314쪽.

1. 『여인전기』의 줄거리

『여인전기』는 친일문학이라는 연구자들의 고정관념 때문에 그 동안 학문적 조명을 많이 받지는 못했다. 비교적 최근에 들어서야 작품을 구체적으로 분석하는 작업이 이루어졌고 그에 따라서 작품의 성격에 대한 평가도 다양하게 나타나기 시작했다. 그 성과들을 일일이 여기서 전부 다 소개할 필요는 없을 것이다. 작품에 대한 연구의 대표적인 경향과 성과만을 살펴보는 것으로 충분할 것이므로 이 절에서는 먼저 줄거리에 대한 연구자들의 견해를 살펴본다. 그동안의 연구 경향을 개관하는 데 연구자들이 작품의 기본 골격을 어떻게 파악했는가를 고찰하는 것보다 더 좋은 방안은 없다고 생각하기 때문이다.

① 일제의 한국인 굴종화 정책의 정점은 역시 '임전보국'이다. 그들은 '팔굉일우(八紘一宇)'를 내세우면서 아시아를 삼키려는 침략전쟁을 벌였고 젊은이에게는 지원·징병제로 전쟁에 나갈 것을, 그 가족에게는 '총후지원(銃後支援)'을 강요했다. 채만식은 『여인전기』를 통해 '임전보국'과 '반도 부인의 총후지원'을 그렸다. 이 작품은 이전에 쓰다가 중단된 『어머니』의 개작 속편이다. 『어머니』의 주인공의 친정 조부와 아버지는 한말의 애국지사였으나, 『여인전기』에서는 일본과 관계있는 인물로 되어 있다. 『여인전기』의 주인공 옥동댁의 할아버지는 갑신정변에 참여했다가 일본으로 망명 가서 죽은 인물이고, 아버지는 일본 육사 출신의 일본군 중위로, 일로(日露)전쟁에서 일선돌격대 '지휘를 자원하여' '장렬히' 전사했다. 그녀의 아들은 지금 학도병으로 나가 '지나(支那)'전선에서 전투에 참여중이다. 여기서 일본 군대의 임무와 용맹성, 한국인의 일본 군인으로서의 마음가짐과 활약, 일본 출신 군인의 한국 출신 군인에 대한 애정과 보호, 일본 군인의 어머니로서의 자세 등이 미화되어 그려진다. 옥동댁의 아버지 임중위의 용

맹과 전사 경위, 그의 상관인 내목희전(乃木希典)장군의 사랑과 군인정신 등은 특히 장황하게 그려진다. 학도병인 아들은 편지에서 "전사를 상팔자"로 알고 "늠름하고 영광되고 자랑스럽고 아름답고 황홀한 전사"의 결의를 다지면서도 "미국서 만든 탄환을 지나 병정이 쏘는 것에 맞아서 목숨을 버리고 말 철이가 아니며" "뛰어난 공을 세운 후 자랑스러운 개선"을 할 것을 다짐한다. 옥동댁은 "나라는 개인보다 중하니라"는 생각에 투철한 '내지 어머니들'과 같은 장한 어머니가 되겠다고 다짐한다. 작품의 끝은 일본 여인이 낳은, 일본군 중좌가 된 임중위의 아들이 나타나 옥동댁에게 '누님'이라 부르면서 감읍하는, '내선일체'의 한 장면을 이룬다.

이주형, 『한국근대소설연구』, 312~313쪽

② 『여인전기』의 줄거리는 다음과 같다. 대동아전쟁에 참여한 외아들 철(哲)의 소식을 기다리던 진주는 딸 문주와 함께 그로부터 온 편지를 읽고는 감회에 젖어 딸에게 자신이 이야기를 해준다. 진주는 나면서 어머니를 여의고 아버지 임중위는 여순공격전에서 잃고 할머니 손에서 성장했다. 임경식 중위는 명치 37년 12월 5일 여순 203고지 전의 지휘를 자청하면서 길전(吉田) 소장에게 자기는 조선 사람이나 자기의 마음의 나라는 일본이라고 말한다. 그리고 오늘 자기의 행동이 후일 조선 동포들에게 무엇인가를 가르쳐 주리라 한다. 이 진주의 아버지 임중위는, 우정국(郵政局) 사건이 터진 후 망명한 개화당 인사였던 아버지를 따라 일본에 와서 육군사관학교를 다녔던 바, 사랑하는 일본 여인과의 사이에 아들이 하나 있었다. 한편, 진주는 열두 살 먹은 준호에게 시집을 갔으나 병든 홀시어머니에게 구박과 오해를 당한 끝에 쫓겨난다. 그러나 서울로 유학을 갔다가 다시 준호를 만난 진주는 그와의 사이에 아들 철을 낳고 다시 문주를 가진 상태에서 남편을 폐결핵으로 잃는다. 홀몸으로 아이들을 키우면서 갖은 고생을 다한 진주였으나 그녀는 몸을 흐트러뜨리지 않았고 마침내 시어머니는 임종에 이르러 진주를 며느리로 받아들인다. 이 대목에서 이야기는 다시 현재로 돌아온다. 진주는 문주와 함께 한 일본군 중좌의 방문을 받는데 그는 뜻밖에도 진주의 계모(季母)뻘 되는, 즉 임중위의 일본인 아내로부터 생겨난 진주의 의붓동생('이복동생'의 오기 : 인용자 주)이다. 이름이 무일(武一)인 그는 임종에 임한 외할아버지로부터 자기의 내력에 관한 이야기를 듣고는 지나 방면의 제일선으로 전출 가면서 진주를 방문한 것이다.

방민호, 『채만식과 조선적 근대문학의 구상』, 114~115쪽

③ 이 작품의 주인공(『어머니』에서 친가로 쫓겨 간 숙히)은, 50의 중년기를 넘은 옥동댁 진주가 되어 딸에게 지난 30년 동안의 일들을 들려준다. 30년 전, 추석에 쫓겨난 며느리는 시모의 생일에 시가로 복귀하는데, 그날은 마침 남편 준호의 거창한 재혼 날이었다. 이에 복귀를 포기하고 상경하여 신교육을 받았다. 졸업 후, 화가 추영산과 의전을 나온 오영원('오영달'의 오기 : 인용자 주) 중 하나와 재혼을 꿈꾸던 차에, 신교육을 받던 남편 준호가 나타난 것이다. 이들의 돌연한 만남은, 어머니의 강압을 뒤바꾼 재결합이 되었다. 그로부터 아들 철 그리고 딸 문주를 낳자, 이를 안 시모로부터 남편의 학비도 생활비도 끊기고 친정마저 몰락하여 남편은 폐병으로 죽고 만다. 진주의 파란은 다시 시작이었다. 행상, 삯바느질, 침모 등을 전전하면서 수차의 위기에도 지절로써 아이들을 성장시킨 것이다. 위기 뒤에 행운, 곧 죽음 직전 시모로부터 막대한 재산을 넘겨받은 것이다. 오욕과 수난은 끝났는데 아들 철의 방탕은 지절을 하늘로 삼아온 진주에게 정신적 고통이 된다. 이런 철이 입대하여 결전이 임박했다는 편지를 받은 것이다. 아들의 죽음을 예감하는 어미의 심정은 제시만 되어 있다. 이들 사건 역시 추석을 배경으로 상징적 의미를 주고 있다. 곧 삶의 자유와 화합과 정화의 계기를 잃게 되는 것이다. 즉 30년 전의 축출의 계기였던 추석은, 아들을 잃는 계기가 될 것이다. 청일전쟁에 일본군으로 참전해 죽은 아버지의 제향날도 추석이다. 진주의 조부로부터 4대 가족의 추석은 즐거움보다 슬픔의 계기인 것이다. 이렇게 볼 때 이 작품은 희곡 「제향날」과 같은 모티브 위에 있다. 후자의 화자인 조모가 목격자로서 집안의 불행을 외손자에게 술회한다면, 전자의 진주는 사건의 참여자로서 딸에게 자신의 이야기를 들려주고 있다. 그리고 두 작품의 공통된 주제는 '의와 질'의 수호에 있다. 곧 갑신정변에 민족의 '의'를 지키려다 죽은 조부의 유훈을, 진주는 '절'로써 남편의 가문을 지키는 이야기인 것이다. 이런 이야기의 골격에 작가는, 서두부터 서너 차례의 체제옹호 이야기들을 첨가시켰다. 전체 13장인 이 작품에서, 신체제에(의) 옹호는, 첫장 '계절의 젊은이들', 6장 '이령산', 끝장 '혈육' 이렇게 세 부분이다. 첫 장 서두에서 옥동댁 진주가 입대한 아들을 생각하는 대목에 갑자기 뛰어든 작가는 다음과 같이 술회한다. "일본 여성은 사랑하는 아들을 나라에 바첫스되 미련거워 하여 슬퍼하는 등 연약한 거동이 업시 가장 늠름하기를 잇지 아니하는 천품이"이 있는데 반하여 조선여성은 "자아본위, 가정본위, 오직 일가족 본위로만 살아온…빈약한

편이 만핫다.”(5회)는 등의 일본여성 찬양론을 편다. 또 6장의 ‘이령산’에 서는 청일전쟁(노일전쟁의 오기 : 인용자 주)의 혈전장이던 203고지의 치열한 전투가 9회에 걸쳐 연재되는데, 당시 일본 유학 중이던 진주 아버지의 무용담이 소개된다. 그는 일본인 사령관의 만류를 뿌리치고 “소관은 조선 사람이지만 마음의 나라는 일본이라 자신의 죽음이 후일 조선동포에게 가르쳐 주는 무엇이 있을 것이라”면서 돌격대에 자원하여 장렬한 죽음을 맞는다.(53회) 그리고 끝장의 ‘혈육’에서는 추석송편을 빚는 모녀의 이야기가 끝날 무렵 무언(‘무일(武一)’의 오기 : 인용자 주)이라는 일본군 중좌가 들어서는데, 그가 아버지와 일본 여인 사이의 유복자라는 것, 이 청년을 처음 맞는 진주는 ‘어색스러함이나 생소함 조심스러움 등이 전혀 없이, 마치 가치 자란 남매가 만나는 것처럼 음성 표정, 모든 하는 양들이 지극히 자연스럽고 친밀하였다’(101회)라 하여 피의 ‘내선일체감’처럼 만들었다. 그러나, 실상 이런 이야기는 사건의 주류와는 거리가 있다. 임중위의 죽음이 전체의 맥락으로부터 돌출되어 작위성이 짙을뿐더러, 13장 ‘혈육’의 이야기 또한 사건전개의 필연성보다는 사족에 불과한 첨가물로 떨어져 나올 수 있다. 다시 말해서 실제의 이야기는 숙히로부터 진주로 이어진 여주인공의 수난에 관한 이야기로 ‘불여의(不如意)’라 제한 12장에서 이미 끝맺었기 때문이다.

김홍기, 『채만식 연구』, 221~222쪽

④ 이 무렵 채만식의 주체 동요는 식민지시대 말기에 갈수록 올바른 역사의식과는 상반되는 방향으로 기운다. 그 가장 대표적인 작품으로 우리는 『여인전기』를 지목하게 되는데, 그러면 그 동요의 핵심 이유는 무엇인가. 그것은 다름 아닌 주인공 임진주, 즉 옥동댁의 전통적 부덕(婦德)과 친일적 혈통문제 그리고 그것들에 대한 작자의 시각과 관련된다고 하겠다. 진주는 노일전쟁 때 일본 편에서 헌신적으로 싸우다 죽은 임경식 중위의 딸이다. 임중위는 진주 어머니와 사별하고 나서 일본여자와 재혼하여 아들 무일(武一)을 두고 있으며, 일본인의 “머언 조상은 우리와 한 조상”이라 하고, “나는 사람은 조선 사람이라도 마음의 나라는 일본이요, 그러므로 일본을 위하여 충의를 다하여 목숨을 아끼지 아니하노라.”고 하며, 노일전쟁 때 여순 전투에서 결사대의 돌격대장으로 싸우다가 전사한 열렬한 친일청년이었다. 그의 딸 진주는 결혼 후 옥동댁으로서 온갖 악조건 속에서도 시어머

니를 '어여쁜 부덕(婦德)'으로 모시고, 남편에게는 그와 별거 중에나 사별
후에도 굳게 정절을 지키며, 자녀에게는 최대의 자애를 베풀고, 서로 민족
이 다르고 배가 다른 남동생에게는 오히려 깊은 우애를 나타내 보인다. 히
스테리가 있는 과부 시어머니가 갖은 구박을 가하고 화를 내어도 옥동댁은
거기에 무조건 대죄(待罪)하고 오히려 섬김을 다하는 '어여쁜 부덕'을 지니
고 있다. 그녀는 그런 시어머니에 의해서 남편과 강제로 헤어져 있을 때도
다른 남자의 유혹을 뿌리쳤고, 남편과 사별 후에는 재혼할 뜻도 없지 않았
으나 스스로 그것을 물리쳐서 정절을 지켰으며, 생활 난 때문에 딸을 한때
남의 집 개구멍받이로 버린 일도 있지만 물감장사 · 내재봉소 경영 등으로
생계를 유지하면서 두 자녀를 위해 정성과 노고를 아끼지 않았다. 한편 임
중위의 딸로서 옥동댁은 일본을 위해 몸을 바친 아버지에 대한 변함없는
그리움으로 그 혼령과 마음속으로 다정한 대화를 교환하는가하면, 처음으
로 배다른 남동생 무일을 대하게 되자 "둘이는 마치 같이 자라던 남매가
한동안 만에 만난 것처럼, 말씨하며, 음성, 표정, 모든 하는 양들이 지극히
자연스럽고 친밀하였다"는 표현으로 작자는 이 남녀가 같은 핏줄임을 강조
하고 있다. 『여인전기』는 이처럼 주인공의 행적을 중심으로 하여 전통적이
고 보수적인 미덕과 더불어 민족말살론에 기초한, 조선민족과 일본민족의
동조동근사상을 미화하여 강조하고 있는 것이다. 분명히 친일문학의 한 전
형으로 꼽히기에 부족함이 없으며, 이를 두고 달리 변론할 여지도 찾아내
기 힘들다.

　　　이선영, 「창조적 주체와 반어의 미학」, 『채만식문학의 재인식』, 39~40쪽

　이상의 네 가지 줄거리 요약은 『여인전기』라는 작품에 대하여 연구자
들이 얼마만큼 서로 다른 시각으로 접근하고 있는가를 명확하게 보여준
다. ①의 요약은 작품에서 친일적 요소만을 골라서 줄거리를 제시한 내용
이다. 소설의 중심적 이야기인 옥동댁의 시집살이 30년, 조선민족 수난사
는 빼버리고 오직 이 작품이 어떤 친일문학의 형태를 지니고 있는가 하
는 데만 관심을 기울이고 있다. 이 같은 접근법을 가지고 작품을 좀더 상
세하게 분석하여 거둔 연구 성과는 황국명의 『채만식 소설 연구』에서 찾
아볼 수 있다. 황국명은 채만식의 『어머니』, 『여자의 일생』, 『여인전기』

를 동일 계열의 작품으로 파악하여 그 개작(改作)의 실상을 검토하고 있는데, 『어머니』를 개작한 『여자의 일생』이 실제로는 『여인전기』를 개작하는 데 더 주안점을 둔 것이라고 추정하면서, 그 추정의 근거를 네 가지로 열거한다. 첫째 여주인공 이름이 '숙히'에서 '진주'로 바뀌었다는 것, 둘째 일본을 '오랑캐 왜놈'이라고 호칭하여 일본에 대하여 적극적 공격 자세를 보인다는 것, 셋째 개화꾼 창수의 경제적 몰락을 중시한다는 것, 넷째 『어머니』가 검열에 걸렸다고 하나 그 내용의 대부분이 『여인전기』에 실렸으므로 '검열로 인한 연재 중단이 특이한 사항'일 수 없다는 것이다. 이상의 네 가지 추정에 근거하여 황국명은 채만식의 일제 말기 세 장편 소설이 가지는 의미를 다음과 같이 요약한다. 첫째 모성적 삶의 완결성이란 세 소설의 공통점이 '파시즘의 남성 숭배 사상을 우회적으로 지원할 수 있'는 성격을 지니고 있어 대일협력의 논리를 제공한다. 둘째 해방 후 『여자의 일생』에서 개작된 내용은 내선일체라는 대일협력을 상쇄시키기 위해 혈육의 연속성을 강조한다. 셋째, 제목만 바꾸어서 작품의 변별성을 드러내려고 했다. 넷째 채만식은 상황이 악화될 때는 억압에 순응하여 개작하고 억압이 풀렸을 때는 친일소설 『여인전기』를 다른 성격의 소설로 개작했다. 다섯째 개작을 통해 자기해명을 시도했다.[6] 이상의 의미 부여를 통해 볼 때 황국명이 채만식의 도덕성을 심각하게 부패한 것으로 인식하고 있다는 것은 분명하게 드러난다. 황국명이 "채만식은 「민족의 죄인」을 쓰면서 소설가로서의 죽음을 기록한 셈이다."라고 한 것은 단순히 한 작품에 대한 인상을 가지고 내린 평가가 아니라 일제 말기부터 이루어진 채만식의 개작이 자신의 추악한 과거 행위를 어떻게든 덮어버리려는 간교한 시도로 이루어졌다는 심증에 바탕을 두고 있는 것이다. 그러나

---

6 황국명, 『채만식 소설 연구』, 태학사, 1998, 164~168쪽.

황국명은 일제 말기의 세 작품의 관계와 그 개작 과정에 대한 인식에서 결정적인 오류를 범하고 있다. 첫째 채만식은 『여인전기』의 개작을 전혀 시도하지 않았다. 그 작품은 자체로 완결된 것이기 때문에 해방이 되었다고 해도 전혀 개작할 필요성이 없었다. 그러므로 『여자의 일생』이 『어머니』보다 『여인전기』의 개작에 비중을 둔 작업이라는 비판은 전혀 근거가 없는 비난에 불과하다. 둘째 『어머니』가 검열에 걸린 것이 '특이한 사항'이 아니라는 발언은 연구자로서 해서는 안 될 추론이고 발언이다. 연구자가 검열관은 아니기 때문이며 거기에 의미를 부여하는 많은 연구들[7]을 외면하는 처사이기도 하기 때문이다. 셋째 『어머니』의 주제를 제대로 이해한다면, 더 나아가서 『탁류』 이래의 알레고리 작품들을 이해한다면 『여자의 일생』에서 작가가 '오랑캐 왜놈'이란 말보다도 더 심한 용어를 썼다고 할지라도 작가가 일제 시대의 태도를 바꾼 것은 하나도 없는 것이라는 사실을 알 수 있다는 것이다. 따라서 이러한 잘못된 사실 판단과 논리의 비약에 근거하여 이루어진 채만식의 생애 또는 채만식 문학에 대한 황국명의 비난은 매우 형평성을 잃은 것이라 하지 않을 수 없다.

②는 『여인전기』가 '파시즘 논리에의 적극적인 동조라는 포즈를 취하게 된다'는 입장에서 이루어진 줄거리 요약이다. 따라서 작품의 실상에 비해 여인수난사는 간략하게 다루고 친일적 요소는 상세하게 다루는 양상이 나타난다. ①에 비해서 비교적 균형감을 갖추고 있고 작품의 형식을 완결된 것으로 이해하는 데서도 진전이 있으나 바로 그러한 이해를 바탕

---

7 방민호는 『어머니』의 연재를 중단시킨 총독부의 근거를 다음과 같이 추정하고 있다. "이 작품이 더 이상 연재되어서는 안 된다고 본 총독부측의 근거는 아마도 상당한 분량을 두고 전개되는 조선 풍속의 묘사에 있었을 것이다. 당시 전세의 반전을 겪고 있던 상황에서 총독부의 정책에 반하는 내용이 들어 있는 작품은 물론 일선융화(日鮮融和)를 이완시킬 만한 소지가 있는 작품을 허용할 만한 여유는 일제에게는 없었다고 보는 것이 합리적이다. 「종로의 주민」이 전자의 이유로 인하여 발표될 수 없었다면 『어머니』가 중단된 이유는 후자에 있었다." 방민호, 앞의 책, 311~312쪽 참조.

으로 ③과 같은 작품의 인식을 공격하고 나선다는 점에서 문제가 심각하다. 논자는 『여인전기』가 「제향날」과 같은 구도를 지니고 있고, 작가가 오랫동안 구상한 3부작의 구조를 지니고 있다는 점을 지적하면서도 "너무나 오랫동안 구상해온 것을 그 구조만을 변형시킨 것에 불과하기에 작가는 무척이나 익숙한 솜씨로 체제협력의 이데올로기를 육화된 것으로 표현할 수 있었을 것"[8]이라고 추정하고 있다. 곧 작품 구조에 대한 분석에서 작품에 대한 새로운 이해로 나아가는 것이 아니라 채만식은 친일작가라는 고정관념, 외부에서 가져온 틀에 맞추기 위해 작품 구조의 분석을 조절하는 데서 멎고 있는 것이다.

③은 작품의 중심 주제에 대한 파악에 가장 근접한 줄거리의 요약이다. 그러나 이 요약은 객관적이고 분석적이기보다는 주관을 앞세우기 때문에 객관적 구조를 제시하여 다른 사람을 설득하는 데서는 요령을 잃었다. 다만 작품의 부분들에 대한 통찰이 뛰어나고 작가의 의식이 향하는 지향점을 정확하게 파악한 점은 높이 살 수 있다. 논자가 '의와 절'을 계속 강조하는 것은 일제 말기 작가의 자전적 소설에 나타난 의식을 이 작품에서도 찾아내고자 했기 때문에 얻은 소득이라 할 수 있으며 '수난의 민족사'와 '작가 체험의 진솔한 기록'을 동일시하는 결과로 논리를 발전시키는 계기가 된다.

④는 채만식의 문학을 전체적으로 검토한 바탕에서 『여인전기』를 이해한 결과이다. 다른 많은 사람들처럼 이 작품이 '친일문학의 한 전형'이라는 결론에 이르고는 있지만 그 결론이 연구자 스스로 납득할 수 없는 것이기 때문에 다음과 같은 질문을 던지고 있다. "그런데도 우리는 잠깐 채만식의 이러한 주체의 변모가 과연 어디에 기인하는지는 살펴보아야 할

---

8 방민호, 앞의 책, 314쪽.

것 같다. 우선 의심되는 것은 그가 상당한 기간 그토록 굽히지 않고 견지해왔던 반제국주의적 민족 의식을 불과 몇 해 사이에 청산해버리고 그 대신 반민족적 친일론을 강력히 내세운 것은 무슨 이유, 무슨 논리에 의한 것이냐"[9]는 것이다. 이 물음에 대해서 논자는 그 대답을 작가의 '보수적이고 전통적인 덕목의 예찬'과 결부시킨다. 곧 "권위를 존중하는 태도라는 면에서, 그가 일본의 국가주의나 전체주의를 수용 찬미하고 있는 것과 서로 연결된다."는 해석이다. 이 해석이 "이전의 현실 비판을 위한 반어와 풍자의 미학은 사라지고 식민지 지배자에 굴복하고 그들을 찬미하기만 하는 굴욕적이고 아첨스러운 '찬송가의 미학'을 만들고 만 것"이라는 결론에 이르는 것은 그 논리의 정해진 발전 경로이다. 이 해석이 다른 연구들과 다른 점은 『여인전기』가 이전의 작가 의식과 단절을 이루고 있다는 인식을 확실하게 하고, 그 단절은 어디서 연유하는가를 질문한다는 점에 있다. 모든 연구자가 작품의 구조를 완전하게 파악할 수는 없는 것임을 감안하면 그 연구의 진정성이나 성실성은 바로 이런 질문을 던지고 있느냐 하는 사실에서 찾을 수밖에 없다.

2. 『여인전기』의 원형으로서 『어머니』와 『여자의 일생』

채만식은 1933년 9월부터 새롭게 강화된 잡지 검열 제도하에서 특히 주목받는 대상이 되었다.[10] 그가 여러 사회주의 계열 잡지에 관여했고 '불온성'이 두드러지는 많은 글을 쓴 데 원인이 있는지 모른다. 그러나 채만식은 자신의 작품이 검열에 걸렸다고 해서 자신의 문학행위를 그만

---

9 이선영, 「창조적 주체와 반어의 미학」,『채만식문학의 재인식』, 소명출판, 1999, 40쪽.
10 이종수, 「조선잡지발달사」,『신동아』, 1934. 6.

두어본 적이 없다. 「보리방아」 연작이 보여주듯이 검열에 걸린 작품들을 다른 이름으로, 다른 장르로 형태를 바꾸어 끊임없이 발표를 시도했다. 이 양태는 「심봉사」가 네 번이나 씌어졌다는 데서도 나타나고 『어머니』에서도 나타난다. 『어머니』의 연재가 중단된 지 1년 만에 채만식은 미리 창작 의도를 설명하고 줄거리를 제시하여 그 줄거리의 윤곽을 끝까지 준수한다는 검열의 원칙을 승인하면서까지 『여인전기』의 연재를 시도했다. 그 『여인전기』가 1년 전의 『어머니』의 내용 태반을 수용하여 이루어진 작품이라는 것은 잘 알려져 있다. 그렇다면 작가는 왜 똑같은 작품을 형태를 바꿔가면서까지 신문연재를 시도했는가? 이에 대한 대답으로 '생화와 발표욕'을 제시하는 것은 작가를 원고장사로 여기는 것이거나 허영에 들뜬 사람으로 간주하는 것과 다름이 없다. 또 이렇게 만들었다 저렇게 만들었다 하는 일을 반복하는 것을 작가의 부도덕성과 관련지어 논의하는 것도 작가의 진정성을 의심하지 않고서는 할 수 있는 일이 아니다. 그렇다면 작가는 왜 『여인전기』를 지어 『어머니』를 기필코 완성하고자 했는가? 그 이유를 알아보기 위해서 우리는 『어머니』와 그것의 개작본인 『여자의 일생』을 먼저 살펴보지 않을 수 없다.

『어머니』는 1943년 3월부터 『조광』에 연재되기 시작한다. 이 소설 발표 이전에 채만식은 뒷날 '군국의 아버지'로 불리게 되는 「위대한 아버지 감화」를 비롯하여 「지인태 대위 유족 방문기」, 「추모되는 지인태 대위의 자폭」, 「간도행」 등의 친일문자 행위를 했다. 그 행위의 대가로 발표 기회를 얻은 것이 『어머니』라고 할 수 있을지 모른다. 그와 같이 더러운 이름을 감수하면서까지 채만식이 발표하고자 한 『어머니』는 어떠한 작품인가? 이 작품은 완결이 되지 않았기 때문에 그 주제 사상이나 의미를 온전히 해명할 수는 없다. 더욱이 황국명이 지적하듯이 이 작품이 검열에 걸렸다고 해서 거기에 뚜렷하게 '불온한 사상'이 나타나는 것도 아니다. 그렇다고 해서 우리까지 황국명처럼 검열에 걸린 것이 '특이한 사항'일 수 없다고 그 의미를 묵살하고 지나칠 수도 없다. 잡지에 발표된 이 작품의 이야기는 시어머니와 아들, 며느리의 세 인물이 엮는 사건으로 구성된다. 며느리 숙히는 18살의 나이로 12살의 준호에게 시집왔다. 준호는 청상과부이면서도 억척으로 재산을 모은 어머니의 엄한 단련을 받으면서 살아가고 있었다. 그러다가 맞은 새색시는 생활의 유일한 즐거움이었다. 아침 여섯시에 일어나 글공부를 하고, 학교에 갔다가 오면 다시 서당으로 가서 밤늦게까지 공부하다가 귀가하는 다람쥐 쳇바퀴와 같은 생활에 시달려오던 준호는 색시가 반가이 맞아주는 웃음과 극진한 보살핌에서 큰 위안을 받을 수 있었다. 어머니가 준호를 그와 같이 가혹하게 공부로 내모는 것은 그녀의 '생의 철학'과 관련되는 사항이었다. 억척으로 재산을 모은 과부의 생활경험은 아들에게 철의 법칙을 준수할 것을 강요하는 방식으로 표출되었다. 준호가 나이에 비해 신체의 발달이 늦은 것은 그 '철의 법칙'을 수행하는 데 극도로 시달렸기 때문이다. 그 상황에서 새색시 숙히는 고달픈 생활에 감로수이자 삶의 보람이었다. 그러나 그 며느리는 점차 시어머니의 눈 밖에 나기 시작했다. 시어머니는 아들을 위안하고 부드럽게 대하는 며느리의 방식이 마음에 들지 않았을 뿐만 아니라 그렇게 한 번 눈 밖에 나자 하는 짓 하나 하나가 미운 털이 박혔다. 그래서 며느리는 자신의 생의 철학을 깨뜨리는 이방인이자 이물질에 불과하다고 느끼게 되었고, 어린 서방 대신 나이든 총각에게 꼬리나 치는 요물로 생각되었다. 깊은 밤에 샘에 나가 물을 긷는 것도 그 요물의 음탕한 짓거리였다. 그 트집을 잡아서 시어머니는 숙히를 친정으로 내치려고 했다. 그러나 혐의가 확실하지 않고 주변의 만류도 있고 해서 참아두었다. 하지만 며느리를 쫓아 보낼 기회는 이내 다가왔다. 추석을 맞아 시어머니가 약수터에 다니러간 사이 사단이 벌어진 것이다. 숙히는 명절을 맞아 동무들처럼 읍내로 놀러가고 싶어하는 준호의 청을 거절할 수가 없었다. 나들이 차림을 갖추어주고 먹거리까지 들려주었지만 준호는 읍내의 신기한 풍물과 놀이를 구경하느라 식사도 제대로 하지 못한데다가 지쳤다. 지치고 배고픈 참에 음식을 급히 먹은 준호는 토사곽란을 일으켰고, 그 광경이 며느리의 음행의 증거를 잡기 위해 집에 일찍 돌아온 시어머니에게 목격된 것이다. 시어머니는 며느리가 아들에게 독약을 먹인 것이라고 해석했다. 친정으로 가지 않으면 준호에게 비상을 먹이겠다는 시어머니의 협박에 숙히는 쫓겨가지 않으면 안 되었다. 그렇게 쫓겨난 다음에 숙히는 다시는 시집으로 돌아갈 수가 없었다.

이 줄거리는 황국명의 지적대로 아무런 '불온한 사상'도 찾을 수 없는 이야기임에 틀림없는 것처럼 보인다. 그러나 김홍기는 이 이야기에서 두 개의 사실을 적출한다. 하나는 시어머니의 학대논리이고 다른 하나는 추석명절의 풍속과 읍내의 풍물이다. 전자에 대해서 김홍기는 이렇게 서술한다.

> 여기까지의 이야기에서 시어미의 학대는 논리를 초월한다. 시대는 논리적 서술의 한계를 넘었기 때문이기도 하다. 자신의 의지에 따라 어떤 일이건 마음먹은 대로 할 수 있는 시대요 국가임을 부각시키고 있다. 이런 '어머니'는 단순히 '고부간의 갈등'의 대상일 수는 없다. 더구나 '대중취향의 소설'도 아닐뿐더러 '개화기의 세태소설적 범주를 벗어나지 못하는' 소설은 아닌 것이다. 그보다는 예로부터 전승된 아름답고 가치있는 생활습관, 그리고 그 안에서의 자유롭고 조화롭던 삶의 상을 드러낸 반면에, 숨막히는 위압의 시대와 그 아래 살아가는 무기력한 지식인들, 또 그 안에서 희생당하는 선량한 백성들의 참상들을, 세 전형적 인물로 구체화하므로 현실 앞에 도전한 작품이라 말할 것이다.[11]

---

11 김홍기, 앞의 책, 219쪽.

김홍기의 논지는 시어머니의 학대 논리가 전시체제 하의 일본 제국주의의 시대 논리를 상징한다는 것이다. 따라서 세 인물은 그 시대상을 압축적으로 보여주기 위해 형상화된 전형이라는 견해다. 한편 두 번째 요소에 대해서 송하춘은 준호가 읍내에 가서 목격한 갖가지 풍물의 의미를 분석하면서 이렇게 말하고 있다.

> 그 '불량스럽기만 한' 사실들 앞에 준호가 오히려 힘을 얻는 것은 주목할 사항이다. 그것은 새로운 것에 대한 자각이요, 새로움을 추구하고자 하는 의지이기 때문이다. 그 명절, 하루가 준오한테는 '운명의 날'이 된다. 그것은 변천하는 조류와 처음 접하는 모든 것이 희화화되면서 독자들에게 강한 불빛을 던져준다. 채만식의 근대화에 대한 의지는 자못 무모하기조차 하다. 그만큼 전근대적 보수의 벽이 두텁다는 사실에 대한 인식 때문이다. 채만식의 근대적 인물이 희화화되어 나타나는 이유가 거기 있다. 채만식은 근대성을 강조하기 위하여 상대적으로 전근대의 두터운 벽을 제시한다. 그 두터운 벽안에 갇힌 근대적 자각은 그만큼 무모하거나 희화화될 수밖에 없다.[12]

읍내의 풍물을 곧바로 근대화의 문제와 연결시키고 있는 송하춘의 해설은 『어머니』를 개작한 『여자의 일생』의 논리를 일정하게 반영하고 있다. 그런 측면에서 『어머니』의 추석 풍속과 읍내의 풍물의 의미는 "고래로 민족의 명절 추석은 삶을 정화하는 계기였다. 풍족한 음식과 즐거운 놀이로 삶의 자유와 조화를 통하여 새로운 힘을 얻는 계기였다. 안으로 가족과 친척, 밖으로 이웃과 민족 전체가 동질성을 회복하고 지속적인 발전을 이룩하는 계기였던 것이다. 문제는 이런 추석을 시어미는 며느리와 아들로부터 송두리째 빼앗고 있는 것"이라고 설명한 김홍기의 분석에서 적절한 해석을 얻었다고 할 것이다. 이렇게 『조광』에 연재된 『어머니』에

---

12 송하춘, 『채만식』, 건국대출판부, 1994, 42쪽.

나타난 문제 의식을 짚어두는 것은 해방 후에 작가가 손을 보아 단행본으로 발행한 『여자의 일생』은 말할 것도 없고 『여인전기』의 이해를 위해서도 매우 긴요한 일이다. 곧 작가는 이 작품들 속에서 일본 제국주의의 강압을 상징하는 존재로서 시어머니의 형상을 창조하였고 준호를 통해서는 근대화의 문제를 제기한 것이다. 이런 구도에 비추어보면 여주인공 '숙히'가 조선 민족을 상징하는 의미를 지닌다는 것은 누구나 쉽게 짐작할 수 있다. 물론 이러한 알레고리 구조는 작품이 완결되지 않았기 때문에 확실한 것으로 단정할 수는 없다. 그럼에도 불구하고 연재본만으로도 이러한 작품의 구도가 읽힌다는 것은 작가가 저 『탁류』이래 지속해온 식민체제 하의 조선의 근대화 문제에 대한 사유를 이 장편소설을 통해서 일정하게 정리하고자 했다는 사실을 알 수 있게 해준다. 『여자의 일생』이 그 구도를 좀더 명확하게 드러내고 있다는 것은 그러한 해석의 정당성을 입증해주는 증거이다.

　『여자의 일생』은 해방 뒤인 1947년 3월에 발표되었다. 『조광』에 연재된 『어머니』의 내용에다가 3분의 1정도의 분량을 덧보태 단행본으로 발행한 이 작품의 말미에는 '제1부 종(終)' 이라고 씌어 있고 작가는 부기(附記)에서 이 소설의 3부까지를 계획하고 있다는 말을 하고 있다. 작가가 예전부터 말해오던 3부작의 1부인 것이다. 이 소설에서 『어머니』에 덧붙여져 있는 내용은 6장 '따르는 정' 이후이다. 주인공의 이름을 '숙히'에서 '진주'로 바꾸고 있는 이 소설에서 진주가 친정으로 쫓겨가고 색시를 그리워하는 준호가 처가로 찾아가는 내용이 6장이며, 7장은 '혁명가의 후예'라는 제목 아래 진주의 가계를 소개하고 있다. 진주의 할머니 강씨 부인의 시점으로 서술되고 있는 이 장에서 진주의 할아버지 남진사는 갑신정변에 참여하기도 한 인물로 나중에 동학혁명에 자진 가담하였다가 목숨을 잃는다. 또 남진사의 아들 병수도 동학혁명에 참가하기도 하고 독립협회 활동을 하기도 하다가 붙잡혀 죽임을 당하는 것으로 묘사되어 있다. 곧 동학—3·1운동—현재의 사회운동으로 이어지는 3부작의 첫 부분이라는 특색을 드러내고 있는 것이다. 이 대목에 이르면 '특이한 사항'이 없는 것처럼 보였던 『어머니』가 자못 심각한 조선 역사의 문제를 껴안고 있는 작품으로 변화되기 시작하지만 작품이 더 이상 진척되지 않았기 때문에 그에 대해서 가타부타 길게 거론하는 것은 그다지 적합하지 않다. 이 두 작품의 상당 부분을 흡수하여 자체로 완결을 짓고 있는 『여인전기』만이 발언을 할 수 있는 권리를 가지는 것이다.

3. 조개껍데기 속의 영롱한 진주

우리는 앞에서 『여인전기』의 줄거리에 대한 여러 연구자들의 요약을 살펴보았다. 동일한 작품을 대상으로 했음에도 불구하고 서로 간에 전혀 초점이 다르게 줄거리를 요약하고 있는 모습을 보면 과연 우리가 텍스트를 공정하고 객관적으로 바라볼 수 있는 능력을 지니고 있는가 하는 의문을 가지게 된다. 그러나 그 각각의 요약은 한국 근대문학 연구자들 가운데서도 그 나름대로 신망 있고 발언권을 가진 비중 있는 학자들에 의해 이루어진 내용이다. 그리고 각 학자들의 일정한 방향성이나 관점으로 인해 우리가 작품을 서로 다른 측면에서 바라보게 되는 것도 사실이지만 바로 그 사실로 인해 작품의 특정한 측면을 좀더 깊이 있게 파악할 수 있다는 것도 예기치 않은 역설적 진실이다. 그러나 『여인전기』의 전체 구조를 파악하려는 현재의 입장에서 다른 연구자들의 요약을 이리저리 합치고 뜯어고쳐서 종합판을 내는 일은 결코 바람직하지도 않고 원치도 않는 일이다. 그 이유는 이미 3장에서 밝힌 바 있다. 텍스트를 어떻게 읽어야 할 것인가 하는 문제에 대해서 필자는 자신의 입장을 여러 이론을 원용하면서 설명하였다. 그림의 제3수준이나 패턴, 원형 등이 필자의 텍스트 읽기 방식을 설명하는 데 동원되었고, 그 가운데서도 특히 텍스트에 대한 '느낌'과 상(象)을 읽는 방식에 대해서는 상론하였다. 즉 상은 사형취상(捨形取象)의 방식으로 얻을 수 있고, 그렇게 상을 파악하는 것은 동양의 전통적인 '감통(感通)'이나 화이트헤드의 '느낌'에 해당한다는 것을 설명하였다. 물론 작품에 따라서는 필자의 텍스트 읽기 방식이 잘 적용되지 않는 경우도 있을 수 있을 것이라고 생각한다. 그러나 채만식의 주요한 작품의 경우 대부분이 그 텍스트 읽기 방식에 잘 적응하고, 『여인전기』의 경우는 『탁류』와 함께 그 읽기 방식이 가장 탁월한 효과를 얻는다는 것이 필자의 독서 체험에 입각한 견해이다. 그 이유는 『여인전기』를 읽었을 때 작품의 전체 구조가 한 눈에 들어왔음은 물론 그 형상이 심미적으로 매우 아름답게 파악되었기 때문이다. 그 아름다운 모습을 한마디로 표현하면 바로 진주조개의 상이었다. '진주조개'는 진주가 일정한 크기로 클 동안 수년 동안 바다에 있어야 하기 때문에 그 껍데기에 다른 패류나 해초, 이물이 부착되어 겉모습이 지저분하다. 그러나 그 지저분한 조개껍데기가 감싸고 있는 속에는 조갯살과 함께 영롱한 진주알이 들어있다. 『여인전기』는 바로 그 지저분한 껍데기와 영롱한 빛깔의 진주를 함께 지니고 있는 진주조개이다. 이렇게 텍스트의 전체상을 파악하고 나면 서로 다른 초점을 가지고 있는 『여인전기』의 줄거리 요약들이 어떤 의미를 지니고 있는지 분명하게 드러난다. 예컨대 『여인전기』를 친일문학으로 해석하여 소설 속에 들어 있는 친일적 요소만 잔뜩 설명해 놓은 ①의 요약은 진주조개껍데기에 대한 묘사로 일관한 것으로 볼 수 있다. 거기에는 조개껍데기의 본래 모습에 대한 설명도 들어 있지만 그 껍데기 위에 더께를 얹은 다른 패류들, 모래, 해초, 뻘 등이 묘사되어 있다. 이에 비해서 ②는 조개껍데기와 그 속의 조갯살은 비교적 충실히 묘사하고 있지만 정작 진주에 대한 설명은 들어 있지 않다. 이와 대조적인 설명이 ③의 경우이다. ③의 줄거리 요약은 진주의 영롱한 빛깔에만 정신이 쏠려 진주조개 전체의 구조를 파악하는 데는 미흡한 부분이 있다. 이 ③의 요약은 잘못이 없지 않느냐는 의견이 있을 수 있다. 그러나 그렇지 않다. 그 이유는 작품의 전체 구조를 제대로 파악하지 못하면 작품의 사회적 기능, 소설의 효과에 대한 설명은 적절하게 이루어질 수 없다는 데 있다. 지저분한 조개껍데기를 둘러쓰고 조갯살과 더불어 진주를 품고 있는, 그리하여 살아 있는 진주조개의 모습이 표현되어야 작품의 구조에 대한 올바른 파악이 될 뿐만 아니라 작품이 발휘하게 될 효과, 사회적 기능에 대해서도 적실한 설명을 가할 수 있다. 이렇게 살필 때 ④의 줄거리 요약은 조개껍데기와 조갯살과 진주를 포착하고는 있지만 진주를 조개 속에 잘못 들어간 모래알로 오인한 경우에 해당한다. 곧 진주를 덮고 있는 흐레 때문에 영롱한 빛깔의 보석을 제대로 알아보지 못한 경우에 속한다.

　『여인전기』가 진주조개의 상을 지녔다는 것은 작가가 주인공의 이름을 ‘진주’라고 붙인 데서도 금방 알아챌 수 있다. 작가가 『어머니』의 주인공 이름 ‘숙히’를 ‘진주’로 바꾼 것은 이미 작품 전체의 구조를 진주조개로 만들겠다는 복안이 선 다음에 행한 일일 것이다. 그랬기 때문에 작가는 이 소설의 구조를 진주조개로 알아보지 못할 독자를 위해서 소설의 여러 곳에다가 작품의 진짜 모습을 알아보게 하는 장치를 마련해두고 있는 것이다. 그 대표적인 것이 ‘진주’의 이야기가 끝난 부분에다가 송편 이야기를 잔뜩 해두고 있다는 점이다. 그것은 작가가 의도적으로 삽입한 부분으로 독자가 결코 놓쳐서는 안 될, 작품의 알레고리 구조를 해독하기 위한 장치이다.

> "내일로 임박한 추석 송편을 모녀가 앉아 빚는 자리에서 이야기는 끝이
> 났었다."
> "네 개의 손끝에서 이쁘장스럽게 빚어지는 뽀얀 송편이 깜장 소반으로
> 관병식하는 군대처럼 가지런히 놓여나간다."
> 오랜 침묵. 그러나 문득 어머니가 벗겨논 풋밤을 한 알 집어 송편 속을
> 넣으면서 혼잣말로
> "송편을, 송편두 밤송편을 퍽두 질겨허드니…"
> "그래두 이거 깨소곰 속 넣은 거래야 한다우."

작가는 이렇게 송편 이야기를 두 세 차례에 걸쳐 반복해서 제시한다.
그 내용은 송편 속은 밤이 좋으니 깨소금이 좋으니 풋밤이 어떻니 하는
것으로 모두가 다 송편의 '속'에 관련된 이야기이다. 즉 송편 속과 송편
껍데기를 구분하라는 암시인 셈이다. 이렇게 작가는 송편에 관한 이야기
를 잔뜩 늘어놓고도 모자라서 다시 꿈 이야기를 하고 있다.

> "정녕 꿈이었다. 그러나 멀쩡한 생시인 걸 어찌하랴."
> "아버지 임중위인 줄 착각하고서 꿈이 아닌가 한 진주는 이번에는 현실
> 이 하도 신기하고 의외여서 또 한번 꿈이 아닌가 싶었다."

송편은 쌀로 만든 껍질보다도 그 속에 들어간 밤이나 깨소금, 콩, 콩고
물, 설탕 등이 맛을 낸다. 그래서 어린아이들의 경우에는 속만 먹고 껍질
은 남겨두는 일도 있다. 마찬가지로 꿈 이야기를 하는 몽유록은 입몽(入
夢)과정과 꿈속 이야기, 그리고 각몽(覺夢) 과정이란 세 부분으로 구성되어
있는 것이 통례다. 『여인전기』는 바로 이 꿈 이야기의 구조를 이용해서
작가가 조선 민족에게 전달하고 싶은 이야기를 형상화해 놓은 작품이다.
그 양상은 옥동댁이 이야기를 시작하는 대목에 잘 나타나 있다.

> "그때두 마침 요때처럼 추석머리였드니라……"

하고 이야기를 내기 시작한다. 이리하여 한 팔자 기박한 여인이 삼십
년의 기나긴 세월을 두고 그의 운명과 싸워 오던 설화는 마침내 풀리어 나
오던 것이었었다.

인용문에 나오는 옥동댁은 문자 그대로 팔자 기박한 여인이다. 그녀는
삼십 년 동안 '그의 운명'과 싸워왔다. 그 '운명'이 시집살이 이후의 삶이
라면 그녀의 싸움의 대상은 바로 시어머니가 되고, 그 시어머니의 철의
법칙과 가학의 논리가 옥동댁과 남편 준호에게 생활의 질곡이었다는 점
을 상기하면 시어머니가 제국주의 일본을 상징한다는 것은 누구라도 쉽
게 알 수 있다. 그 이야기를 전달하면서 화자는 "…싸워 오던 설화는 마
침내 풀리어 나오던 것이었었다."라고 '…것이었었다'라는 설화체를 사용
하고 있다. 바로 이제부터 설화의 세계로 들어간다는 것을 표나게 드러내
는 장치를 사용하고 있는 것이다. 그 이야기의 첫 대목에서 시집살이와
관련하여 서술하면서 "만일 우리의 일생을 싸움이라고 부른다면 결혼은
정녕 제이진(第二陣)이라고 일러야 옳을 것이다. 하되 여자는 그의 제이진
이야말로 앞으로 전 생애를 좌우하는 중대한 출진(出陣)일 것이다."라고
군사용어를 사용하는 것을 주목할 필요가 있다. 아무리 시집살이가 어렵
다고 하더라도 그것을 '싸움'이라고 표시하는 것은 예사롭지 않은 일이
다. 시집살이에서는 시어머니의 학대나 구박이 있다하더라도 기본적으로
가족으로서의 인간관계가 형성되는 것이기 때문이다. 그럼에도 불구하고
작가는 그것을 '싸움'으로 규정하고, '제이진'이니 '출진'이니 하는 군사
용어를 사용하여 그 정황을 묘사하고 있다. 이 양태는 작가가 이 작품을
쓰는 정신을 엿볼 수 있게 하는 징표이다. 곧 시어머니와 진주의 관계를
싸움을 벌이는 적대적 관계로 파악하는 것이다. 따라서 기왕에 여러 연구
자들이 요약한 내용에 구애받지 않고 작품의 구조를 면밀히 고찰하는 일

이 필요하다.

『여인전기』의 전체 구조는 진주조개의 표상을 지니고 있다. 이 진주조개의 표상은 '사형취상(捨形取象)'의 방법을 통해서 얻어진다. 버리는 형태, '꼴'은 조개껍데기이고 취하는 상, '짓'은 옥동댁의 삶이다. 『여인전기』가 『어머니』로부터 이어받은 내용은 진주의 삶에 해당하는 부분으로 그것은 이 작품에서 취상하는 데서 결코 배제될 수 없는 부분이다. 그러나 채만식이 일제의 검열과 감독의 눈을 피하면서 속 알맹이인 진주의 삶에 관한 이야기를 독자들에게 전달하기 위해 눈속임 장치로 동원한 조개껍데기란 형태는 버릴 수 있는 부분이다. 『어머니』가 『여인전기』로 쉽게 변이될 수 있는 것은 작가가 겉모습과 서사의 알맹이가 되는 행동을 구분할 수 있었기 때문이다. 곧 진주의 선조가 『어머니』의 남진사냐 『여인전기』의 임중위냐 하는 것은 '꼴'에 해당하는 것이므로 그것을 바꾼다고 해서 작품의 의미가 근본적으로 바뀌는 것은 아니다. '짓'에 해당하는 진주의 '동작'이 그대로 유지된다면 소설의 '상'은 같은 것으로 나타나게 되는 것이다. 작가가 사형취상의 방법을 알았든 몰랐든간에 『어머니』와 『여인전기』란 두 작품의 관계에서는 그러한 인식이 나타나고 있다. 그 양상은 「명일」과 『탁류』의 관계에서도 나타나고 있는 것이므로 채만식은 이러한 '꼴'과 '짓'의 차이점에 대해서 익숙하게, 또는 무의식적으로 알고 있었다고 해도 무방하다. 그리고 작가는 일제 관헌의 눈을 속이는 데 자신이 창작 과정에서 획득한 그 지식을 이용한 것이라고 할 수 있다. 그러나 진주조개의 표상을 지니고 있는 『여인전기』의 전체구조에서 껍데기는 불필요한 것이 아니다. '진주'란 작품의 알맹이는 껍데기를 전제하고 만들어져 있는 것이므로 그 껍데기가 있음으로 해서 작품은 살아 있는 구조가 된다. 그 껍데기를 떼어버리고 '진주' 부분만을 남겨 놓는다면 '진주'의 영롱한 빛깔과 생동감은 많이 죽을 수밖에 없다.

『여인전기』의 껍데기는, 김홍기의 분석에 따르면, 1장 ‘계절의 절믄이들’과 6장 ‘이령산’, 13장 ‘혈육’으로 구성되어 있다. 진주조개의 모습을 참조할 때 1장과 13장은 조개의 껍데기를 형성한다. 이에 비해서 6장과 거기에 이어져 있는 7장은 위아래의 껍데기를 연결하여 하나의 조개를 살아 있게 하는 조갯살에 해당한다. 채만식은 일본의 패망을 증언하는『여인전기』를 어떻게든 완성하고자 했으므로 이런저런 이유로 연재 중단을 당하는 사태를 막을 필요가 있었다. 그래서 맨 처음 부분과 맨 마지막 부분을 친일문자로 메꾸어 놓았고, 혹시 있을지도 모를 검열의 간섭과 제재를 막기 위해 중간 부분에도 지주를 세워놓은 것이다. 그 지주는 위아래의 껍데기를 벌려서 속에 있는 진주의 영롱한 모습을 세상에 드러낼 수 있게 하는 장치인 셈이다. 이렇게 해서 만들어진 진주조개의 껍데기는 위아래 각각 여섯 줄의 보라색 띠가 방사상으로 존재할 뿐만 아니라 왼쪽 부분이 조금 넓게 퍼져 있는 데 비해서 오른쪽은 움푹 패어 있다. 이것은 입몽과정이 각몽 과정에 비해 긴 형태를 갖는 몽유록의 구조와 흡사하다. 그 구조는『여인전기』에서도 나타난다. 작품의 전반부는 옥동댁이 자신의 파란만장한 생애의 이야기를 할 수 있는 조건을 갖추기 위해서 길게 늘여서 여러 가지 삽화를 도입하고 있다. 이에 비해서 소설의 중심 이야기가 끝난 뒤의 사건을 서술하는 끝 장면은 급히 막을 닫기 위해 짧게 서술되는 형태를 지니고 있다. 이와 같이『여인전기』의 서사는 작가의 치밀한 계산 아래 짜여져 있다. 그러므로 작품의 구체적인 내용과 형식을 알아보기 위해서는 전체와 마찬가지로 각 장을 세밀히 분석하는 작업이 필요하다.

1장은 ‘계절의 젊은이들’이라는 제목 아래 옥동댁 진주의 딸 문주와 그가 만난 젊은 학생의 이야기를 서술하고 있다. 문주는 논에서 새를 보다가 발을 다쳐 절뚝거리면서 길을 가던 젊은 학생을 치료하기 위해 집으로 데리고 온다. 그 학생을 본 옥동댁 진주는 그의 얼굴이 매우 낯익다는 인상을 받고 과거를 회상하게 된다. 이 회상과 함께 전선에 나가 있는 아들 철의 편지를 통해서 전쟁이 진행되고 있는 일제하의 사회 정세가 묘사되고 친일발언이 행해진다. 이곳에서는 현재의 상황에 대한 묘사와 함께 서사의 배경 묘사가 이루어지고 있기 때문에 14절에 이르기까지 긴 호흡으로 이야기가 전개된다. 이 장은 『탁류』의 첫 장면처럼 『여인전기』의 과거 사건들이 전개되어 끝나는 지점, 곧 현실의 상황을 나타낸다. 이 장에 젊은이들이 등장한다는 것은 『탁류』의 중늙은이 정주사가 하바꾼에게 멱살을 잡혀 있는 것과 대조된다. 정주사가 오랜 역사를 지닌 조선을 상징하는 것처럼 이들 젊은이들은 일제 패망의 역사를 목격하고 증언하는 존재들이다. 미두장 앞에서 봉변을 당하는 『탁류』의 정주사와 같은 기능을 하는 인물들이다. 2장은 '모시에 어린 추억'이란 제목으로 되어 있다. 젊은 학생에 의해 과거를 상기하게 된 옥동댁 진주가 자기 어머니의 유품인 모시를 만지면서 문주에게 자신의 생애를 회상하면서 이야기하기 시작하는 대목으로 매우 짧게 구성되어 있다. 3장은 '인생 제2관'이란 제목으로 진주가 시집살이를 하던 시초의 이야기를 전달한다. 여자에게 결혼은 싸움의 시작이라는 서술에서 시작된 이 장에서는 시어머니 박씨의 며느리에 대한 구박과 학대가 그녀의 '생의 철학'이 된 '철의 법칙'과 관계된다는 사실이 드러난다. 박씨는 일찍 과부가 되어 재산을 모은 억척이다. 그러한 삶에서 생긴 그녀의 생활 철학은 "홀어미 자식일수록 다잡고 엄히 길러 행실과 처세범백이며 학문이 빠짐없고 단정하여야만 남에게 후레자식 소리를 아니 듣고 가문에 욕을 아니 끼치는 법이다."는 것이다. 이러한 생의 철학에서 나온 훈육 방침은 진주의 남편 준호를 시달리게 했다. 아침 6시에 일어나서 글을 읽다가 학교에 가고, 갔다 와서는 다시 서당에 가서 한밤중이 되도록 한문공부를 해야 하는 고달픈 생활로 인해 준호는 같은 나이 또래의 다른 아이들보다도 발육이 늦다. 이처럼 어머니의 엄한 훈육 방침에 기를 펴지 못하던 준호에게 새색시 진주는 삶의 기쁨이자 보람이다. 항시 밝게 웃으면서 자상하게 보살펴주는 진주로 인해 준호는 새롭게 생활의 즐거움을 가지게 되었다. 그러나 시어머니 박씨에게 진주의 행동은 자신의 생의 철학을 정면으로 위반하는 것이었다. 그래서 눈 밖에 난 진주를 친정으로 쫓아버리려는 것이 박씨의 뇌리를 지배하는 생각이었다. 4장과 5장은 진주의 시집살이와 시집에서 쫓겨나기까지의 과정을 그리고 있다. 박씨는 남편 준호를 기다리다 밤이 깊어서 우물에 나간 진주의 행실을 부정하다 하여 쫓아내려고 했지만, 증거가 불확실하고 주위에서 만류하여 그만두었다. 그러나 박씨가 진주를 쫓아낼 기회는 금세 다가왔다. 추석이 되어서 박씨는 약수터에 다니러 갔다. 명절인데다 어머니가 하루 동안 집을 비운다는 사실을 아는 준호는 남들처럼 읍내에 나가고 싶어서 진주에게 부탁한다. 나들이 차림으로 먹거리까지 갖추어 읍내에 간 준호는 그곳의 풍물과 신기한 광경에 놀라서 실컷 구경하고 돌아온다. 그러나 지친 데다 배고픔을 참지 못해 급히 먹은 음식으로 토사곽란을 일으키게 되고, 바로 그 광경이 며느리의 행실을 의심해 예정보다 일찍 집에 돌아온 박씨에게 목격된다. 거기다가 바느질을 하다가 잃어버린 바늘이 진주의 몸에 꽂혀 있는 모습까지 발견되었다. 박씨는 그런 일들이 며느리가 준호를 독살하려던 증거라고 하여 진주를 쫓아 보낸다. 자신이 가지 않으면 준호에게 비상을 먹이겠다는 박씨의 엄포와 협박을 이기지 못한 진주는 친정으로 갈 수밖에 없었고, 그러고 나서는 다시 돌아오지 못한다.

6장은 '이령산'이란 이름으로 노일전쟁 당시 전사한 진주의 아버지 임중위의 전공에 대한 묘사다. 7장은 임중위에 대한 앞장의 이야기를 계속하다가 진주의 이야기로 돌아온다. 진주가 '새 출발'을 위해 공부를 시작하게 되는 경과에 대한 서술이다. 6장과 7장은 국면전환에 이용된 막간극이라고 할 수 있다. 8장은 그로부터 5년 뒤 진주가 중등학교를 졸업하고 장래를 모색하는 장면이다. 이 장의 제목이 '위기'로 되어 있는 것은 진주가 오영달이라는 의사와 추영산이라는 화가의 구애를 받고 자신의 진로를 선택하기 위해 궁리를 하는 것이 준호와 진주의 결혼에 닥쳐온 위기라는 뜻이라고 해석된다. 준호와 진주의 삶이 운명적으로 결합되어 있는 것이라면 진주가 재혼을 생각하는 것은 조선인이 대일 협력이나 친일노선, 또는 다른 삶의 방식을 고려하는 일에 해당한다. 9장의 제목이 '의(義)'로 되어 있는 것은 그 위기를 극복하고 진주와 준호가 다시 결합한 것을 의로운 일이라고 의미부여하는 서술자의 평가이다. 우연하게 하숙을 구하러 왔다가 자신을 보고 달아나던 준호를 뒤쫓아 가서 다시 결혼생활을 시작하는 진주의 행동을 '의'라고 본 것이다. 10장은 '낙상(落傷)'이다. 재결합한 준호와 진주는 그동안 아들 철을 낳았고 둘째를 진주가 임신한 상태이다. 그러나 준호는 병에 걸렸고 두 사람의 재결합을 안 박씨는 이들의 살림집을 찾아와 분탕질을 친 뒤 생활비와 학비 일체를 끊어버렸다. 이로 인해 두 사람의 살림은 심히 쪼들리지 않을 수 없었다. 결국 진주는 남편을 어머니 박씨에게 가도록 한다. 폐결핵이 중증이 되었을 뿐 아니라 살림이 어려워 약 한 첩 쓸 수 없는 형편이었기 때문이다. 이렇게 진주 곁을 떠난 준호는 며칠 되지 않아 숨을 거둔다. 이것이 '낙상'이다. 그로부터 슬하에 두 남매를 둔 의지가지없는 진주의 고생살이가 시작된다.

11장의 제목은 '시련'으로 이 고생살이를 하던 진주에게 닥쳐온 시련들을 나타낸다. 추위와 굶주림, 병고가 겹치는 생활, 그런 시련들을 견디는 과정에서 진주는 문주를 남의 집 개구멍받이로 버렸다가 되찾기도 하고 돈 많은 남자의 유혹을 받기도 한다. '불여의(不如意)'라는 제목을 단

12장은 온갖 시련을 이겨내고 겨우 숨 돌릴 여유를 되찾은 진주가 시어머니 박씨의 부름을 받고 시집으로 낙향하는 이야기다. 박씨는 임종에 이르러서야 진주를 시집으로 내려오도록 연락한다. 진주를 맞은 박씨는 "이미 다 뉘우치고 마음은 풀어졌으며, 지금엔 도리어 용서를 바라는 처량한 근경임을 짐작하기에 어려울 것이 없었다." 그 장면은 이렇게 묘사되어 있다.

> 그러나 진주는 도리를 차리었다. 먼저 빌었다.
> "어머님, 동촉하세요. 전시가 다 제 잘못 제 허물인 줄을 깨달았으니, 어린것들을 보세서 그만 동촉하세요."
> "……."
> 아마도 오 분은 넘겨 침묵이 흘렀으리라. 박씨 부인은 여지껏 그대로 감았던 눈을 어렵사리도 다시 뜨고는 진주와 철과 문주를 차례로 본다. 그러더니 눈은 처음에서처럼 천장에 가 멎으면서 혼잣말로
> "놈은 아범만 닮었구나. 승밀랑은 닮지 말드냐?"
> 잠깐 숨을 돌리고 나서, 손이 베개 밑을 더듬으려고 하는 것을 친정조카 며느리가 뜻을 알아채고 얼른 열쇠 꾸러미를 꺼내어 손에 쥐어준다. 그것을 받아 가까스로 진주에게다 전하면서 조용히
> "옛다, 다아 맡아라……나는 가겠다!"
> 그리고는 조금 있다
> "하나두 뜻과 같은 것이 없었고나!"
> 인하여 가벼운 경련과 더불어 운명이었다.
> 여기에도 불여의가 있었다. 불여의하고도 큰 불여의가.

인용문 앞부분에서는 박씨 부인이 "무엇허러 왔느냐, 들?" 하는 말을 했었고, 그에 대해서 서술자는 그 말이 진심과는 달리, 박씨 부인의 무기력해진 '처량한 근경'을 나타내는 것이라고 해설했다. 이 맥락을 고려하면 "나는 가겠다!"는 말은 '나는 죽는다'는 뜻보다 "나는 일본으로 돌아가겠다"는 뜻을 나타낸다고 해석할 수 있다. 개인적인 말이기보다 사회적

차원의 발화로서의 의미가 더 짙은 음영을 드리우고 있는 것이다. 이와 같은 양상은 "하나두 뜻과 같은 것이 없었고나!"하는 말에서도 똑같이 드러난다. 그 발언 내용도 박씨 부인 개인의 인생에 대한 총괄이기도 하면서 일본 제국주의의 침략 행위 전체가 실패로 돌아갔음을 의미하는 말이기도 하다. 그렇기 때문에 "불여의하도고 큰 불여의가"라고 했을 때 '큰 불여의'가 직접적으로 표상하는 것은 일본 제국주의의 패망에 대한 선언이다. 채만식은 이 선언을 『어머니』를 통해서 하고 싶었지만 뜻대로 되지 않았기 때문에 온갖 불리한 조건을 감수하면서 『여인전기』를 다시 쓸 수밖에 없었다. 『어머니』가 1943년 3월부터 연재되기 시작한 것을 고려하면 작가는 제2차세계대전 종전 3년 전에 침략자 일본 패망을 내다보고 그 역사를 장편소설로 형상화하기 시작한 것이다. 그것은 「냉동어」에서 "내일의 광명한 심판 앞에 어둡던 지난밤의 잔해와 그의 추악한 환멸을 본 적은 없는가?" 하고 물었던 때로부터 3년 뒤의 일로서 작가의 투철한 역사 의식이 낳은 현실 인식이라고 해야 할 것이다.

13장은 다시 조개껍데기를 조성하는 데에 바쳐지고 있다. '혈육'이라는 제목은 내선일체를 부르짖는 친일문자라는 인상을 주지만 이 속에서도 채만식은 작품에 대한 독자의 이해를 돕기 위해 '송편' 이야기를 삽입해 놓기도 하고 꿈 이야기를 늘어놓고 있기도 하다. 작가가 진주의 이복동생을 "키가 임중위처럼 후리후리하지 않고 등이 짤막하였다"고 '등이 짤막'한 것을 강조하여 묘사한 것은 무일이란 육군중좌가 『탁류』의 장형보와 같이 꼽추처럼 생겼거나 '왜놈'으로서 키가 작달막하다는 사실을 강조하는 일에 해당한다. '흉악한 왜놈'이라고 일본인을 인식하는 조선민족의 통념을 반영하는 묘사인 것이다.

4. 알레고리와 역사

　『여인전기』의 형상이 진주조개와 같다는 사실을 확인하고 나면 이 소설이 일본 제국주의의 검열을 피하기 위해 그와 같은 의장을 하고 있다는 점은 누구나 쉽게 간파할 수 있다. 그 껍데기들을 제거하면 진주라는 보석만 남고, 그 보석이 알레고리로 만들어져 있다는 것은 누구라도 쉽게 짐작할 수 있는 일이다. 따라서 작품의 구조에 대한 분석이 끝나고 나면 알레고리의 비밀을 풀어서 작품의 의미를 해석하는 작업을 할 필요가 있다. 이 해석은 작품의 구조에 대한 분석 속에서 어느 정도 이미 이루어진 부분도 있다. 시어머니의 가학과 추석명절의 풍물에 대한 준호의 인상이 시대사적 의미가 있다는 해석은 그런 사례라고 할 수 있다. 곧 군국주의로 일컬어지는 파시즘의 횡포 속에서 어려운 삶을 살아야 했던 조선 민족이 일제의 탄압 속에서 살면서도 한편으로는 근대화의 작업을 수행해야 했었다는 인식이 그 해석 속에 내재해 있다. 그러나 알레고리는 좀더 합리적이고 지성적인 방식으로 개별 사상(事象)과 그것의 의미를 추론할 수 있는 구조를 갖추어야 한다. 『탁류』의 주요 인물들이 특별한 관념이나 추상적 성질을 나타내고, 서사 구조 자체가 일정한 단위로 분절되어 있다는 것은 그 추론을 가능하게 하는 요소이다. 그러나 『여인전기』는 식민 당국의 엄격한 감독과 제약 속에서 창작이 진행된 작품이다. 그렇게 생산된 작품에서 알레고리의 형상과 그 의미 사이에 명확한 대응 관계가 나타나기를 기대하는 것은 무리에 가깝다. 작가는 일본 관헌의 눈을 속여넘기기 위해서 분명한 알레고리적 구조보다는 형상과 의미 사이에 미묘하고 모호한 대응 관계를 설정하고 있다고 볼 수 있는 것이다. 예컨대 『어머니』에서 근대화와 준호 사이에 설정되었던 관계는 『여인전기』에서는 거의 취소되었다고 할 수 있다. 또한 준호와 진주의 삶에 미치는 긍정적 인물 윤석의 영향도 『어머니』에 비해서는 훨씬 약화되었다. 그와 동시에 진주조개의 형상을 빌어야 한 까닭에 새로운 요소들도 첨가되었다. 그 대표적인 것이 진주가 이야기를 전달하는 화자의 역할까지 맡게 되었다는 점이다. 이와 관련하여 김홍기는 『여인전기』가 「제향날」과 같은 모티브를 사용하고 있다고 분석했다. 두 작품에서 화자들이 하는 역할이 자신의 이야기를 한다는 점에서 동일하고, 그들의 행위가 '의와 절'의 수호에 있다는 점에서 공통성을 지닌다는 견해이다. 이 견해를 이어받아 방민호는 채만식이 "근대적 시간의 관념으로는 식민지 조선의 활로를 찾을 수 없다는 사실을 감지하면서 언제부터인가 역사를 포괄하는 거대한 스케일의 시간 개념을 구상해왔고, 그것이 노구할미의 이야기로 나타난 것"[13]이 「제향날」의 3부작 구도로서, 그 구도를 완전하게 작품으로 실현하려 했던 것이 일제 말기의 장편소설이라고 본다. 그러나 작가의 이러한 시도는 외부의 조건 등에 의해서 좌절되었기 때문에 『여인전기』가 그에 가장 근접한 작품이라고 보면서 이렇게 설명한다.

> 3부작은 본래의 구상대로 장편소설의 연작의 형태로서가 아니라 3대에 걸친 이야기를 진주라는 한 여인의 삶으로 응축시킨 『여인전기』를 통해서만 형식상의 완결을 볼 수 있었고 그것도 신체제론의 전면적 수용이라는 중대한 희생을 치르고서야 가능했다. 여성주인공이 겪는 수난의 유사성이 『어머니』와 『여인전기』사이의 연속성을 확연하게 드러내고도 남음이 있다. 『여인전기』를 살펴보면, 이 작품은 그 형식상의 완결성에도 불구하고 『탁류』에서와 같은 부패한 시대를 조감하는 냉철한 시선의 존재란 찾아볼 수 없다. 하물며 '노구할미'의 달관과 여유를 찾아볼 수 없음은 물론이다.

---

13 방민호, 앞의 책, 310쪽.

그 자리를 대신 차지하고 있는 것은 신체제론이라는 시대적 주조의 공식화
된 논리이다. 이는 구체적으로 민족의 결합이라는 내선일체론의 형태로 작
품 속에 구조화되어 있는 바, 이 속에서 작가 특유의 세대의 논리는 식민
지 조선의 활로를 위해서가 아니라 일선일체론이라는 공식을 위한 도구로
희생된다. 그 결과 이 작품은 러일전쟁에서 전사한 임중위와, 지나 방면의
전장에서 이미 목숨을 걸고 싸우고 있는 그의 외손자 철과, 그곳으로 전출
을 가는 그의 일본인 아들이 되는 무일이 모두 일본을 위해 헌신한다는 이
야기가 되고 있다. 3대가 모두 군국 일본을 위해서 목숨을 바치고 있다는
것, 그 이면에 임중위를 매개로 철과 무일이 혈연관계로 맺어진다는 것인
데, 이 관계를 현실적으로 매개하는 인물은 험난하고 외로운 인생을 살아
가면서도 남편에 대한 정조를 잃지 않은 진주라는 것 등으로 해서, 이 작
품의 주제는 두 민족의 혈연적 결합과 변치 않는 신뢰와 공동의 운명을 내
건 투쟁에 있음을 확인할 수 있다.[14]

방민호는 『여인전기』가 친일문학 작품이라고 보는 관점에서 「제향날」
의 구도를 정반대로 바꿔놓은 것이 이 장편소설이라고 분석한다. 그러나
조개껍데기 속에서 빛나는 진주의 이야기에 초점을 맞추는 김흥기는 시
어머니의 기별을 받고 시집으로 내려가는 진주의 회상을 제시하고 이렇
게 설명한다.

시가로부터 쫓겨난 21년의 삶. 수난 중의 '오점'에 대한 회한과 만만치
않은 '성과'에 대한 자족감. 이것이 숙히로부터 임진주로 이어진 삶에의
결산서이다. 공교롭게도 이 대목이 쓰여질 무렵의 작가는 소개령으로 귀향
중이었다. 곧, 21년 전 「과도기」를 들고 득의양양한 상경으로부터 쫓겨 내
려가는 낙향까지 작가로서 삶의 투쟁에 대한 감회라 말할 수도 있다. 이렇
듯 이 작품의 골격은 채만식의 자전적 요소와도 일치한다. 다시 말해서 자
유와 조화를 향한 삶의 이상을 실현하고자 나섰던 화자는, 21년 간 오딧세
이의 여행에서 지킨 지절에의 자족감을 갖게도 하지만, 오점들로 인하여 개
선장군이 되지 못함을 참회하고 있었던 것이다. 달리 말하자면 자신의 변절

---

14 앞의 책, 312~313쪽.

에 대하여 「민족의 죄인」에 앞서 이미 참회의 글을 쓰고 있었던 것이다.[15]

『여인전기』의 진주 자체에만 초점을 두었던 김흥기 역시 이 대목에서는 작가의 친일 행위를 기정사실로 받아들인다. 그 관점에서 김흥기는 『여인전기』의 이야기를 작가의 자서전과 연관시킨다. 진주의 삶은 채만식의 삶과 일치한다는 것이다. 이러한 견해가 일리가 있음은 사실이다. 진주가 한때 다른 사람과의 재혼을 생각했고, 딸을 유기한 것은 채만식이 지인태 대위에 관한 기사를 쓰고 지방 강연을 다니면서 대일 협력을 한 행적과 마찬가지로 오점이고 흠집이다. 그러나 『여인전기』를 창작한 목적이 자전적 이야기를 서술한 것이라고 보는 것은 무리이다. 진주의 삶과 채만식의 삶의 유사성은 일종의 비유에 그칠 수 있는 것일 뿐 작품의 해석에 도입할 수 있는 사항은 아니다. 그러므로 작품의 형상이 어떤 알레고리적 의미를 지니는가하는 것은 플롯을 비롯한 소설의 구조에 대한 천착을 통해 풀어야 할 문제이다. 이 작업을 수행하는 데 도움이 되는 것은 「제향날」보다는 『탁류』이다. 『탁류』는 현재-과거-미래의 시간 구조를 가지고 있고 식민지 조선의 현실에 대한 구조적 파악에 근거하여 형상화한 작품이고, 이 양상은 『여인전기』에서도 유사하게 나타나기 때문이다.

『여인전기』의 첫 장면을 이루는 문주와 젊은 학생, 추영산의 아들 이야기는 시간적으로 소설의 맨 뒤에 놓여져야 할 내용이다. 이 작품의 사건들을 시간 순으로 배열하면 임중위-진주-문주로 이어지는 구조이기 때문이다. 그것은 『탁류』의 정주사-초봉이-송희의 구조와 상응한다. 『탁류』와 『여인전기』의 구조에 차이가 생기는 것은 두 작품의 발표연대가 7년의 간격을 둔 것과 관련된다. 『탁류』에서 주인공이 초봉이인 것처럼 보이지만 그녀는 정주사의 분신일 뿐이고 작품의 상(象)은 멱살 잡힌 정주

---

15 김흥기, 앞의 책, 223~224쪽.

사를 소설의 주인공으로 삼게 한다. 그러나 『여인전기』에서는 어느 모로 보나 진주가 주인공이다. 곧 『탁류』가 정주사의 형상을 통해 조선이 어떻게 일본의 식민지가 되었으며 식민지 현실의 수탈 구조는 어떠한가 하는 데 초점을 맞추는, 과거−현재의 시간을 중심축으로 하여 짜여진 작품이라면 『여인전기』는 일본 제국주의에 대한 진주의 투쟁은 어떻게 전개되었으며 그 결과 어떤 일이 일어났는가 하는, 현재−미래의 시간을 중심에 놓는 작품이다. 『탁류』에서 장형보의 죽음에 현실성이 크지 않았던 데 비해서 『여인전기』에서 시어머니 박씨 부인의 죽음에 큰 무게가 실리는 것은 이 시간중심의 이동과 관련되는 것이다. 따라서 『탁류』의 알레고리가 정주사를 중심으로 조직되는 것과 대조적으로 『여인전기』의 알레고리는 진주를 중심으로 조직된다. 다시 말해서 『탁류』의 정주사가 작품의 맨 앞에 내세워진 것과 같이 『여인전기』에서는 문주와 추영산의 아들이 맨 앞에 내세워졌고, 정주사의 과거에서 현재에 이르는 역사가 초봉이의 이야기로 서술된 것과 마찬가지로 『여인전기』에서는 이 젊은이들의 현재가 가능하게 된 과거에서 현재에 이르는 역사가 진주의 이야기를 통해서 서술되는 것이다. 이에 따라 『여인전기』에서는 진주가 시어머니와 벌이는 싸움이 플롯의 구조를 결정하는 사건들이 되는 것이다. 이렇게 보면 『탁류』의 구조를 조직하는 시간 중심은 과거−현재라고 볼 수 있고 『여인전기』의 구조를 조직하는 시간 중심은 현재−미래라고 할 수 있다. 『탁류』로부터 『여인전기』까지 걸린 7년이란 시간이 그러한 시간 중심의 이동을 가능하게 한 것이라고 해석할 수 있는 것이다. 『탁류』가 창작되던 1937년의 시점에서 역사의 전망이 과거와 현재에만 머물러 있었던 데 비해서 대동아전쟁, 태평양전쟁으로 치달은 일본 제국주의의 침략 전쟁은 이제 역사의 전망을 현재−미래를 중심으로 구축할 수 있게 해준 것이다. 『여인전기』에서 진주와 박씨 부인의 갈등과 대립은 그 역사의 전망을 구체화하는 형태로 이루어진다.

진주와 시어머니의 싸움은 박씨 부인이 아들과 며느리에게 자신의 생활 철학, '철의 법칙'을 강요하는 데서 시작된다. 기왕에 준호는 시어머니의 엄한 훈육 방침에 고달픈 나날을 보내고 있었다. 여기에 진주가 끼어들면서 상황이 바뀐다. 준호는 어머니 옆에 펴놓은 자리에 '꼬부리고 누워 고달픈 꿈'을 꾸는 것이 아니라 진주가 마련해 놓은 '사랑의 둥우리'에서 기를 펼 수 있게 된 것이다. 박씨 부인이 이를 못마땅하게 생각하고 진주를 내쫓으려 하는 것은 자신의 훈육 방침을 관철하기 위해서 불가피하다. 그런 의미에서『여인전기』의 전반부가 진주가 친정으로 쫓겨가는 데서 끝나는 것은 그 부분이 조선 민족이 주권을 잃는 상황의 알레고리적 표현이기 때문이다. 진주와 준호가 주체적으로 자신들의 삶을 영위할 수 없게 되었다는 사실을 표현하는 것이다. 진주가 시집으로 복귀하는 것을 포기하고 신교육을 통해 새 출발하는 것은 조선 사회의 근대화 과정을 가리키는 것이면서 식민 지배에 저항하는 주체의 등장을 가리킨다. 그러나 신교육을 받는 것과 저항 주체가 되는 것은 동일한 사안이 아니다. 진주가 오영달이라는 의사와 추영산이라는 화가의 구애를 받고 재혼의 가능성을 심각하게 고려하는 것은 근대화의 길이 바로 주권을 되찾는 길로 이어지는 것을 의미하지는 않는다는 점을 가리켜준다. 그 선택의 기로에서 진주가 추영산에게 마음이 기울어지는 것은 작품의 첫머리에서 문주가 만난 젊은 학생이 추영산의 아들이라는 사실과 연관된다. 미래의 세계는 그들 젊은이의 것이다. 진주는 두 사람을 놓고 저울질하지만 과거에 결혼한 적이 있는 자신의 기억 때문에 선택이 자유롭지 못하다. 운명적으로 진주는 준호를 자신의 신랑으로 맞아야 했지만 그 운명을 자신이 선택할 수 있는 조건이라면 진주는 추영산을 자신의 배우자로 선택하고 싶었던 것이다. 그것이 작품 첫 머리에 문주와 추영산의 아들을 등장시키는 작가의 역사 의식이다.

진주는 준호와 결혼 생활을 다시 시작한다. 거기에서 철과 문주가 태어난다. 그러나 이 결혼 생활은 박씨 부인의 개입으로 다시 위기에 놓인다. 생계비와 학비가 끊긴 것이다. 이것은 일제의 식민 통치에 의해서 조선 민족 전체가 궁핍한 상황에 놓이게 된 역사적 사실의 알레고리이다. 준호는 생활을 책임질 수 있는 능력을 갖추지 못했고 자신의 건강마저 유지하지 못한다. 생계의 유지와 남편의 간병, 아이들의 생육에 대한 책임은 몽땅 진주에게 지워진다. 결국 남편을 박씨 부인에게 보내고 진주는 생활일선으로 나서지 않을 수 없다. 한겨울에 불도 넣지 못한 방에서 어린것들을 추위에 떨게 하는 생활, 게다가 허기진 아이들은 병에 걸려서 생명이 위태롭다. 세상에 외톨로 남은 듯한 외로움 속에서 그나마 위안이 되는 것은 준호의 친구 윤석이 때때로 도움을 준다는 것이지만 근본적으로 생활을 바꿀 수 있는 도움은 아니다. 결국 모두를 잃느니 하나라도 건지자는 생각에서 문주를 남의 집 개구멍받이로 버린다. 그렇게 해서 생활을 유지하는 데서는 조금 부담을 줄일 수 있었지만 이제는 자식을 버렸다는 죄책감이 마음을 짓누른다. 딸의 유기에 대한 죄책감은 극도의 궁핍 상태에서 대일 협력이나 친일 행동을 한 데 대한 죄책감에 상응하는 것이다. 문주의 생일선물을 가지고 딸을 버린 집을 찾았던 진주는 천행으로 딸을 되찾을 수 있었고 생활의 대책도 마련할 수 있게 된다. 문주를 딸처럼 키우던 여인이 진주를 자기 집의 가정부로 있게 한 것이다. 이 집에서 진주는 성심껏 일한다. 그 생활은 "모든 것이 주인인 남(他人) 중심이요 남 표준이었다. 나(自我)라는 것이나 나 표준 내 맘대로 라는 것이 없"는 생활이었다. 작가는 그 생활의 의미를 "자연 독립성이 없었고 자주적인 것이 못되는 한 소극적이요 추수적인 생활이기는 하였다. 이것이 미흡하다면 미흡이요 결함이라면 결함일 것이었으나 그렇더라도 아사의 지경에서 방황하거나 자식을 남의 집 개구멍받이로 들여보내던 생활에는 비길 바가 아니었다"고 서술한다. 이것은 대체로 1930년대 조선의 상황에 비유될 수 있다. 그러나 이렇게 일시적으로나마 안온했던 생활도 오래가지는 못했다. 진주에게 마음이 기운 주인집 남편이 유혹의 손길을 뻗친 것이다. 진주는 다시 아이들을 데리고 거친 세상 속으로 들어가지 않으면 안 되었다. 진주는 삯바느질, 물감장사, 내재봉소 등으로 죽을힘을 다하였다. 그런 생활에서도 유혹은 그치지 않았다. 이런 저런 사람들이 혼담을 주선했고, 그 가운데서는 진주의 마음을 흔들리게 하는 사람도 있었다. 그러나 진주는 자식들을 의붓자식을 만들지 않기 위해서 그 유혹들을 뿌리쳤다. 자식을 개구멍받이로 버리고 혼담에 마음이 흔들림으로써 '정신적인 순결이 한귀퉁이가 이지러졌음을 스스로 거부키 어려웠'으나 자식들을 부끄럽지 않게 키웠다는 자랑도 있었다. 그러나 그 고난의 과정에서 진주의 '손실한 인생이 미련겨울 적이 없'었던 것은 아니었다. 그렇게 자신의 인생에 대한 생각으로 마음 한 구석이 공허감을 느낄 무렵 시어머니로부터 연락이 왔다. 박씨 부인은 임종에 이르러서야 진주와 그 자녀들을 부르고 지금까지 자신이 부정한 며느리 진주에게 열쇠 꾸러미를 전달한 다음 숨을 거둔 것이다. 사에구사 도시카쓰가 『여인전기』에 대해 "그것이 원래부터 전의(戰意)의 고양과는 거리가 먼 작품"이며 "작품의 결말부분에서는 허무적인 공허감"[16]이 나타난다고 지적한 것은 이 부분을 주목한 것이라고 할 수 있다.

이렇게 진주와 시어머니 박씨 부인의 싸움은 끝이 났다. 시어머니가 진주의 생활 하나하나에 간섭한 것은 아니었다. 그녀의 직접적인 개입은 진주를 내쫓고 생활비를 끊은 데서 끝난 것으로도 볼 수 있다. 그러나 진

---

16 사에구사 도시카쓰, 『한국문학연구』, 베틀북, 2000, 498쪽.

주와 그 자녀의 고생살이의 제일 원인은 박씨 부인에게 있는 것이 분명하다. 박씨 부인의 생의 철학과 그에 입각한 '철의 법칙'은 자식을 학대하는 데서 그친 것이 아니라 그들의 삶을 구렁텅이와 진창 속에 몰아넣는 질곡이 되었고, 그런 의미에서 그들 가족이 겪는 불행의 직접적인 원인이었다. 이것은 식민 지배를 받는 조선 현실의 전체성과 개인의 관계에 비유할 수 있다. 그 식민지배 하의 현실이 가져다 준 질곡으로 인해 진주의 인생은 상실로 가득 찬 것이 되어 버렸다. 남편을 잃는 슬픔과 아이를 버렸다는 죄책감, 정신적 지조가 허물어졌다는 느낌은 박씨 부인이 원했든 원하지 않았든 간에 시어머니가 강요한 철의 법칙으로 인해 생긴 고통이었다. 진주의 삶이 일본 제국주의의 식민 지배를 받은 조선 민족의 수난의 삶에 대한 상징이 되는 것은 그 유비 관계에 근거를 두고 있다. 며느리에 대한 시어머니의 구박과 학대. 그 행위는 무고한 사람에게 죄를 둘러씌우는 것이었으며, 생활의 근거를 빼앗고 남편을 죽음으로 내모는 행위였다. 그것은 한 사람의 존재 자체를 지상에서 지워버리려는 간악하고도 흉악한 행동이었다. 그 관계가 일본 제국주의와 조선 민족 사이에도 성립된다. 일제 36년간 조선 민족은 생활의 근거를 잃고 낯선 땅으로 쫓겨가거나 유리걸식하는 고통스런 삶을 살아야 했다. 일제는 그렇게 생활을 핍박한 데서 그치지 않고 조선 민족의 언어와 문자를 빼앗았으며 소상으로부터 물려받은 성을 갈게 했다. 그리고 그들의 아들과 딸들을 이역의 전쟁터와 사창가, 탄광으로 내몰았다. 이러한 직접적인 착취와 탄압 이외에도 일제는 조선 민족의 분열과 갈등을 조장함으로써 민족 정신에 지울 수 없는 상처를 남겨 놓았다. 그들은 대일 협력을 강요함으로써 조선인 상호간에 분열 반목하게 만들었으며, 그들의 영혼 속에 굴욕감과 패배감을 심어놓았다. 그리고서도 그들은 자신들이 조선의 근대화를 촉진했다고 세계에 자랑했다. 채만식은 『여인전기』를 통해서 그러한 일본 제국주의의 주장과 선전이 완전한 허구임을 증언한다. 조개껍데기 속의 진주는 바로 그 증언이다. 『여인전기』는 자신의 존재를 통해서 일본 제국주의가 침략 전쟁에서 패배했을 뿐만 아니라 정신적으로도 황폐한 존재임을 선언한다. '조개 속의 진주'라는 형상은 그 자체가 고난을 이겨낸 조선 민족의 독립 자존을 엄숙하게 선포하는 의미를 지니는 것이다. 그것은 어떤 민족의 자주권도 다른 민족이 침해할 수 없는 것이며, 인간의 자유는 어떤 억압과 굴레, 어떤 장벽을 둘러치더라도 막을 수 없는 인간의 절대 권리이자 각인이 자신의 삶 속에서 실현해야 할 의무임을 실증하고 있는 것이다.

채만식은 1942년 2월 『아름다운 새벽』이라는 작품을 〈매일신보〉에 연재하기 시작하면서 '밤의 종말이자 아침의 출발'이라는 내용의 소개 글을 실었다. 그리고 1943년에 『어머니』를 발표하기 시작했으며 그것이 검열로 인해 중단되자 1944년 10월에 『여인전기』의 연재를 시작했다. 그리고 『탁류』의 연재가 끝나던 날에 맞추어서 『여인전기』를 끝냈다. 『탁류』가 식민지 조선의 인식의 지도로써 조선 민족이 어떻게 해서 일본 제국주의의 식민지가 되었으며, 어떻게 일제로부터 수탈당하는가를 알레고리를 통해 보여줌으로써 조선의 독립과 해방을 기원한 항일소설이라는 점은 4장에서 자세하게 설명했다. 채만식이 『여인전기』를 『탁류』를 끝낸 날자와 똑같은 날에 끝낸 이유는 여기에서 찾아볼 수 있지 않을까 생각한다. 『탁류』에서 일본의 패망은 아직 현실성을 가지지 못했다. 그러나 『여인전기』에서 일본의 패망은 기정사실이나 다름없는 것이 되었다. 그 일본의 패망으로 인해 가능하게 될 조선의 독립, 식민 지배로부터의 해방에 대한 조선 민족의 간절한 염원이 이제 드디어 성취되는 순간임을 작가는 만천하에 큰 소리로 외치고 싶었던 것이리라. 그러나 그 목소리는 검열관에게는 들리지 않고 조선 민족에게만 들려야했다. 아직은 일본 제국주의의 관헌과 군인들에게 총칼이 들려 있기 때문이다. 채만식은 진주조개라는 형상을 이용하지 않을 수 없었다. 『여인전기』가 세계문학사에서 유례를 찾아볼 수 없는 독특한 형태를 가지는 저항문학 작품이 된 것은 그에 말미암는다.

채만식은 문학이 고고한 존재로 남아 있는 것을 원하지 않았다. 그가 식민지 시대 소설가로서는 드물게 여러 편의 희곡을 지은 것은 독자나 관객과 직접 만나고 싶은 욕망과 관계된다. 그는 문학이 '한인(閑人)의 소장(消長)꺼리나 아녀자의 완롱물'에 머물러 있기를 바라지 않았고, "적으나마 인류 역사를 밀고 나가는 한 개의 힘"이 되어야 한다고 '목이 부러져도' 주장하기를 마지않았다. 채만식의 희곡을 연구한 김재석은 작가가 희곡에 계속 관심을 가졌던 것은 "현실 문제를 드러내는 강렬함과 연극 공연의 광범위한 전파력에 매력을 느꼈던 것"[17] 때문이라고 보았다. 채만식이 일제 말기 다른 사람의 지탄을 받는 친일문자 행위를 감수하면서도 창작 행위를 계속한 것은 어떤 상황 속에서도 문학의 힘을 발휘할 수 있게 하는 것이 작가의 임무라고 생각했기 때문일 것이다. 이 시기 채만식은 극도의 가난과 폐결핵이란 병고에 시달렸다. 그가 친일문학 행위에만 매달렸다면 어느 정도 가난은 모면할 수 있었을지도 모른다. 그러나 채만식은 문학 작품의 창작에서만은 결코 친일문자를 허용하지 않았고, 그러한 까닭에 몇 차례에 걸쳐 검열에 걸려 작품의 발표가 원천적으로 봉쇄되거나 연재가 중단 당하는 어려움을 겪어야 했다. 작품 발표 전후의 발언으로 볼 때 채만식의 야심작이라고 할 수 있는 『어머니』가 '불온사상'도 없고 '특이한 사항'이 없음에도 불구하고 검열에 걸려 연재가 중단되는 사태를 만난 것은 작품의 배면에 깔려 있는 작가의 사상이나 감정, 창

---

17 김재석, 「채만식의 희곡, 혹은 공연을 향한 열정」, 『백릉 채만식 선생 50주기 추모심포지엄 자료집』, 민족문학작가회의, 2000, 124쪽.

작 의도를 검열관이 명확하게 인식했건 어렴풋이 짐작했건 간에 어느 정도 간파한 때문이라고 할 수 있다. 그러나 채만식은 그와 같은 난관과 장애에 좌절하지 않았다. 그 작품 그대로에다가 조개껍데기를 붙여서 검열관의 눈을 속이고 작품을 완결 지은 것이다. 그리하여『여인전기』는 조개껍데기를 뒤집어쓴 영롱한 진주라는 세계문학사상 유례를 찾아보기 힘든 형태의 장편소설로 완성되었다.

『여인전기』는 여인의 투쟁 이야기라는 이름을 달고 있다. 여기서 여인은 옥동댁 진주이기도 하면서 조선 민족 전체를 가리키기도 한다. 진주의 생애를 통해서 표현된 조선 민족의 투쟁은 가히 피눈물나는 이야기가 아닐 수 없다. 자식을 버리기도 하고 남편을 잃기도 하며, 추위와 굶주림, 외부 세상의 갖은 유혹에 시달리는 한 여인의 이 세상에 살아남기 위한 투쟁은 식민지 시기 조선 민중 대다수가 겪었던 실제 생활 경험이 농축된 상징이다. 그 핏빛 선연한 조선 민족의 투쟁을 표현하기 위해 벌인 작가의 식민 권력에 대한 싸움도 다른 조선민중의 투쟁과 마찬가지로 가혹하고도 지난한 것이었음은 말할 것도 없다. 『어머니』의 완곡한 알레고리조차 허용하지 않는 검열관을 바로 눈앞에 앉혀 놓고 일일이 그의 감독을 받아가면서 작가는 일본 제국주의 패망의 역사, 그리고 조선 민족 승리의 역사를 써나가야 했던 것이다. 그것은 작가가 자신의 피를 한 방울한 방울 찍어서 원고지 한 칸 한 칸을 메꾸어 쓴 소설이었다. 그 소설은 일본제국주의의 탄압이 가장 가혹하던 시절에 창작된 작품이자 조선 민족의 처절하고도 피 어린 항일투쟁의 전 역사를 형상화한 작품, 아니 그 자체가 바로 피로 물들은 항일투쟁을 생생하게 보여주는 작품이다. 그래서『여인전기』는 친일문학 작품의 대명사가 아니라, 작가가 온갖 모멸과 고통을 감수하면서 자신의 피를 방울방울 찍어서 쓴 조선민족항일투쟁사, 조선민족항일투쟁지혈사(朝鮮民族抗日鬪爭之血史)인 것이다.

Ⅷ. 해방기의 현실과 역사의 전망

1945년 8월 15일 조선은 해방이 되었다. 일제 강점 36년, 그 길고 긴 악몽 같은 압제의 사슬을 끊고 조선은 독립이 되었다. 그것은 깊은 암흑 속에서 발견한 한 줄기 빛살이었고, 조선 민족 한 사람 한 사람이 하나같이 오랜 세월 동안 간절하게 기구하던 소망으로서의 '빛의 회복[光復]'이었다. 그것은 재만식이 『여인전기』에서 일제의 패망을 선언한 지 3개월 만의 일이자 소개령을 빙자하여 시골로 낙향한 지 4개월 만의 일이다. 그 해방의 소식을 처음 접하던 당시의 모습을 채만식은 다음과 같이 묘사하고 있다.

> 석양인데 이 날도 채전에서 벌레를 잡고 있느라니까 읍에 들어갔던 중형이 가쁜 걸음으로 달려오면서 "소화(昭和)가 항복했다더라!" 하는 것이었었다.
> "소화가 항복이라뇨?"
> 나는 그렇게 반문하였다. 일본의 제위(帝位)란 유명무실이 아니었던가.

칼 찬 군벌이 친천자이영국민(親天子以令國民)하고 있지 않았던가. 항복을
하면 그냥 항복이지 뒷방 영감을 내세울 멋이 있었을까.

그러나 나중 알고 보니 그 입술 두텁고 오랜 혈족 결혼으로 인하여 치상
(痴相)이 완구한 그 샌님이 직접 마이크 앞에 서서 항복을 선언하였더라고.

"일본이 졌으니깐 우리 조선은 독립될 테지?"

중형이 묻는 말이었다.

"글쎄요……"

아직 카이로회담이나 포츠담 선언을 나는 알 길이 없었기 때문에 자신
있는 대답은 할 수가 없었다. 그러나 연합국이 일본으로 하여금 영구히 전
쟁이라는 것을 생의치 못하게 하기 위하여서는 대륙에로의 발전을 끊어버
려야 할 것이고, 그러기 위하여서는 대륙에로 놓여진 다리를 끊어버리지
않아서는 아니 될 것이었었다.

"어쨌든 일본의 식민지는 면하게 될 테죠."

그 뒤 다시 사흘이 지나서야 나는 조선이 해방되었을 뿐만 아니라 또한
독립까지 약속이 된 소식을 들었다. 여승 꿈에서 깨난 것 같았다. 그리고
그날 밤에야 우리는 동네 사람이 모여 막걸리를 마시며 해방을 축하하는
조촐한 자리를 배설하였다.[1]

채만식은 해방의 소식을 처음 접하던 장면을 특별한 감회 없이 담담히
서술하고 있다. 이러한 담담한 서술에 대해 정호웅은 거기에 '지식인 작
가다운 냉정함 다른 쪽에 우울한 그늘'이 드리워져 있다고 분석했다. 그
리고 그 '우울한 그늘의 원인'이 해방기 '채만식의 삶과 문자행위 전체를
규정'했다고 판단했다.[2] 그 '원인'이란 것이 일제 말기에 이루어진 채만
식의 친일문자 행위를 가리키는 것임은 두 말할 나위가 없다. 그러나 우
리가 앞장에서 살펴보았듯이 채만식은 종전 3년 전에 일본의 패망을 내
다보고 장편소설 『어머니』를 통해 그 역사를 형상화하려 했으며, 일제의
발악이 절정을 향해 치달리던 1940년에 '새로운 광명 아래 비루하고 추

1 채만식, 「8·15 전후」, 『채만식전집』 10, 창작과비평사, 1989, 468~469쪽.
2 정호웅, 「채만식의 허무주의와 역사 담당 주체의 문제」, 『외국문학』, 1989 봄.

악한 모습을 드러내게 될' 친일군상을 경계한 바 있다. 채만식에게 일본의 패망은 기정사실이었고, 뜻밖의 일에 해당되는 것은 항복 선언을 한 주체가 일본 군부나 수상이 아니라 천황이라는 사실 정도였다. 그리고 일본이 조선 땅에서 물러가게 될 때 한민족에게 어떤 상황이 펼쳐질까 하는 것이 그의 새로운 생각거리였다. 그에게 해방은 '감격에 겨워 환희의 만세를 부르며 얼싸안고 춤추며 눈물 흘리던, 낭만적 열정에 휩싸여 시간 개념조차 상실'할 격정의 순간은 아니었다. 그 '낭만적 열정'은 일본의 패전과 조선 민족의 해방을 전연 뜻밖의 일로 생각하는 사람에게서나 찾아볼 수 있는 일이었다. 그 낭만적 열정이 휩쓰는 속에서 역사의 진실이 파묻히고 내일의 전망이 어두워지는 결과가 초래되었다는 것은 우리가 익히 아는 사실이다. 채만식이 해방 직후의 창작에 대하여 논하는 좌담에서 "8·15 이전의 현실을 그리는 데 항일주의자(抗日主義者)가 많이 나옵니다. 나는 그때 항일주의자를 그리 많이 보지 못했습니다. 그러던 것들이 어데 숨었다 뛰어나오는지 참 신기스럽던데요."[3]라고 말하는 것은 바로 그 사실을 적시하는 의미가 있다. 모든 친구들이 다 흩어져 가고 고샅에 혼자만 남아 있다는 느낌을 가졌었던 작가이기에 너도나도 항일의 경력을 자랑하며 자신이 자주 국가 수립의 주체가 되어야 한다고 자임하고 나서는 풍토가 가증스럽지 않을 수 없는 것이다. 이 상황은 문학계도 일반이었다. 임화, 김남천, 이원조, 이태준 등이 해방 다음날 한청빌딩에 '조선문학건설본부'라는 간판을 내걸었고, 그것은 이틀 후 '조선문화건설중앙협의회'라는 더 큰 단체가 결성되는 바탕이 된다. 이 양상은 한 달 뒤 '조선문학건설본부'에 대해 비판적인 입장의 좌파문인들이 결성한 '조선프롤레타리아문학동맹'이나 우익문인들이 결성한 '중앙문화협회'에서도

---

3 채만식·이원조 외, 「창작 합평회」, 『신문학』, 1946. 6.

반복된다. 그러나 채만식은 이러한 단체 어디에도 가담하지 않았다. 조선
문학가동맹이 탄생하고 조선문필가협회가 결성되는 1946년초까지도 이
사정은 마찬가지였다. 물론 조선문학가동맹은 안회남이 위원장을 맡은
소설부문의 평임원에 채만식의 이름을 올렸고, 조선문필가협회는 최태응,
조연현 등이 '채만식 선생을 뫼시고자' 찾아오기도 하였다. 그러나 잠시
서울에 다니러 왔던 채만식은 이러한 문학계의 흐름을 지켜보다가 낙담
하여 상경한 지 얼마 되지 않아 다시 낙향하였다. 이렇게 채만식이 중앙
문단의 흐름에서 스스로 외떨어져 나온 것을 과거의 친일문자 행위가 문
제되어 해방 문단에서 설자리를 찾을 수 없었던 데 기인하는 것으로 해
석하는 것은 망발에 가깝다. 채만식은 민족문학의 수립을 제창하는 문학
인들이 겸허하지 못함은 물론 자신의 과거 행적에 대해서 반성하지는 않
고 뻔뻔스럽게 제 세상을 만난 듯이 나대기까지 하는 현상을 목도하고
자신이 지니고 있던 일말의 기대를 접었던 것이다. 그가 해방된 조국의
서울에 와서 무엇을 보았고, 무엇에 실망을 느껴 분노했으며, 나아가서는
증오감까지 가지게 되었는가 하는 것을 굳이 여기서 이모저모 추리할 필
요는 없다. 무엇보다도 이 시기의 작품이 그의 현실에 대한 인식과 대응
의 양상을 대변해주기 때문이다.

1. 틀어져가는 현실과 풍자

일제 말기 채만식은 자신의 문학에서 장기의 하나로 간주되었던 풍자
의 수법을 버렸다. 현실의 모순과 부조리를 비판하는 풍자의 수법이 전쟁
을 수행하기 위해 후방단속을 강화하는 일제의 관헌이나 검열관들에게
용납되지 않았기 때문이기도 하지만, 그 현실에 대한 작가의 대응에 적합

한 방법이 되지 못한다고 판단했기 때문이기도 하다. 그 상황에서 작가가 채택한 것은 알레고리와 자전적 기법이었다. 알레고리를 통해 자신이 표현하고 싶은 의미를 그와는 전혀 다른 형상 속에 감추었고, 자기 자신의 삶과 창작 과정 자체를 작품 속에 노출함으로써 독자가 그 사실들 속에 숨겨진 진실에 주목하기를 바란 것이다. 해방된 현실에서는 이런 의장을 구태여 뒤집어쓸 필요가 없었다. 작가들은 이제 검열의 속박을 의식하지 않고 자유롭게 표현을 추구할 수 있게 되었다. 그러나 이렇게 주어진 표현의 자유 속에서 채만식이 다시 들고 나선 것은 저 「레디메이드 인생」과 「치숙」을 통해 잘 알려져 있는 풍자의 수법이었다. 채만식이 이렇게 1930년대의 낡은 풍자 수법으로 돌아간 이유는 그 자신의 발언 속에 잘 설명되어 있다.

> 역사는 같은 것을 되풀이하지 않느니라고 일러왔다.
> 그러하건만 세상은 바야흐로 옛 그 「치숙」의 시절을 방불케 함이 없지가 못하다. 저 무력이 강하고 문화가 앞서고 물화가 풍성 화려한 침략외세를 승인하고 그를 숭배하고 찬미하고 그에 자진 굴복 아부하고 그에 동화되고 함으로써 일신의 영달을 꾀하고 하는 것이 당당히 신념화하였고 한 「치숙」의 주인공 '나'…이 '나'류의 인물이 위로는 일부 지도자라는 사람네로부터 아래로는 주둔 외군의 심부름꾼에 이르기까지 1948년의 오늘에 또 다시 이 땅에 충만하여 있음을 무엇으로 설명하여야 할 것인가. 생각건대 역사는 같은 것을 되풀이하지 않는다는 말이 빈 말이기 아니면 역사가 정녕 아직도 「치숙」의 시간에서 벗어나지 못하였음이리라.[4]

인용문에 나와 있듯이 채만식이 풍자의 수법을 다시 채택하게 된 동기는 첫째로 해방 조선의 현실이 틀어져 간다는 인식과 관련된다. 어찌 보면 도둑같이 온 해방이었고 남의 불에 게를 잡는 행운이었다. 그러나 그

---

4 채만식, 『잘난 사람들』, 민중서관, 1948 후기 참조.

해방된 현실에서도 사람들은 주둔 외세에 아부하거나 자신의 잇속을 차리는 데 여념이 없었다. 거기에는 침략 외세에 대한 아부를 주둔 외세에 대한 아부로 바꾼 것밖에 아무런 차이가 없었다. 일제 강점기에 민족을 팔아 자신의 잇속을 채웠던 친일파가 해방된 조국에서도 다시 득세하는 불의가 세상에 만연하였으므로 그것은 정녕 「치숙」의 시대가 복귀한 세계였다. 이렇게 왜곡되어 가는 세계의 여러 가지 면모에 대해서 채만식은 예의 풍자의 칼을 들이대었다. 해방 후 첫 작품인 「미스터 방」(1945. 11. 16)을 비롯하여 「맹순사」(1945. 12. 19), 「논이야기」(1946. 4. 18)가 바로 그 풍자 수법을 동원한 작품들이었다.

「미스터 방」은 방삼복이라는 건달이 영어 몇 마디 나불댈 수 있었던 덕에 출세한 이야기다. 시골 농투성이 출신인 방삼복은 일제 시대에 외지를 돌아다니면서 몇 가지 외국어 단어를 주워댈 수 있는 견문을 쌓았다. 해방 뒤 구두 징을 박으면서 신기료장수를 하던 그가 미군 소위의 통역을 맡게 된 것은 미군들이 조선인과 의사소통을 하지 못하는 광경을 목격하고 나서였다. 방삼복은 모든 재산을 투자하다시피 하여 양복을 갖춰 입고 가게에서 물건을 사려고하는 한 미군 장교에게 접근한다. 영어단어 몇 개 주워섬김으로써 상인과 의사소통을 가능하게 해준 방삼복은 그날 당장 미군 소위의 통역이 되었다. 방삼복이 미스터 방이라는 외제 이름을 얻고 발신을 하게 된 것은 그로부터였다. 미군에게 줄을 대려는 사람들이 그의 집 앞에 줄을 서고, 그들이 들고 온 양과자 상자 밑에는 두둑한 봉투가 들어있는 것이 통례였다. 그의 집이 일제 시대 때 은행 중역이 살았던 적산가옥으로 바뀐 것은 그가 미군 소위의 통역이 된 직후의 일이다. 미스터 방은 미군소위에게 경회루를 임금이 기생 데리고 놀던 곳이라고 소개하고, 한국 여자들이 양장을 하는 것은 서양 사람한테 시집가고 싶어 하기 때문이라고 설명한다. 또 그는 미군 소위에게 탑골공원의 사리탑이

2천년 된 것이라고 설명하고, 한국의 대표적인 소설은 「추월색」이라고 추천한다. 이런 미스터 방이지만 그의 권세는 하늘을 찌를 듯하여, 지금 자신의 저택에서 같은 고향 출신 백주사의 청탁을 받으면서 느긋하게 술자리를 벌이고 있는 중이다. 백주사는 양반가문 출신으로 일제 때만 해도 아들이 일본경찰 경제계 주임을 지낸 세력가다. 그는 미스터 방에게 해방되던 날 자신의 집을 습격하여 모든 재산을 빼앗아간 군중을 처벌해주면 자신의 재산 가운데 절반을 주겠다고 청탁하는 것이다. 백주사 앞에서 거들먹거리며 청탁을 받은 미스터 방은 금방이라도 헌병부대를 풀어서 일을 처리해줄 수 있을 듯이 호언장담하다가 마침 양치한 물을 뱉는다는 것이 자기 집 대문으로 들어서던 미군 소위 얼굴에다 쏟아버렸다. 방삼복이 미군 소위로부터 어퍼컷을 얻어맞은 것은 그 다음 일이다.

이 이야기는 미군정 치하 조선 사회의 세력 구도와 생활 세계의 풍속도를 풍자한다. 해방이 되었다고 하지만 외세가 권력을 장악하고 있는 것은 일제 강점기나 마찬가지다. 그 속에서 당치도 않은 사람이 시세에 편승하여 세도를 부리고 거기에 부화뇌동하는 군상들이 생겨난다. 그 현실은 주인과 손님의 자리가 뒤바뀌고, 가치가 전도된 완연한 「치숙」의 세계다.

「미스터 방」에 이어서 두 번째로 창작된 「맹순사」도 가치가 전도되고 질서가 문란해진 사회를 풍자하기는 마찬가지다. 맹순사는 일제 시대에 순사를 팔 년 간이나 지낸 인물이다. 그는 8·15 직후에 칼을 풀어놓았다. 순사를 다닐 동안 다른 사람들처럼 큰 재산을 모으지는 못했으나 맹순사 역시 자신의 직책을 이용해 생활의 편의를 많이 본 것이 사실이다. 그가 칼을 풀어놓은 것은 순사 다닐 적 일로 보복을 당하지 않을까 두려웠기 때문이다. 그는 다른 동료들처럼 횡포를 부리며 심하게 남의 재산을 갈취하지는 않았고, 그래서 스스로는 청백하다고 생각하지만 자신에게 원한을 품은 사람이 밤길에서라도 보복을 할지 몰라 두려웠던 것이다. 그러나 순사 일을 내놓고 나니 당장 생활이 어려워지고, 후취로 맞은 젊은 아내 서분이의 바가지를 이겨내기가 힘이 든다. 서분이는 다른 순사부인과는 달리 자신에게는 유똥치마 하나 없는 것을 불평하며 남편을 박박 긁고 볶아댄다. 맹순사는 순사로 복귀했다. 달라진 것은 아무 것도 없었다. '모자도 정복도 패검도 다 옛것이요, 완장 한 벌로써, 해방 조선의 새순사'가 될 수 있었다. 그가 근무처로 지정 받은 파출소를 찾아가니 일제시대 건달로 지낸 행랑아들 노마가 순사가 되어 있었다. 문서 하나 제대로 만들 수 없는 그 노마를 사환 부리듯이 데리고 편하게 지내던 중 노마가 다른 파출소로 옮아가고 후임자가 오게 되었다. 자리에 앉아 신문을 뗘들어보고 있다가 파출소에 온 후임자를 쳐다본 순간 맹순사는 기절초풍하였다. 자신이 유치장 간수로 있을 때 살인강도로 유치장에 들어와 있던 인물이 순사가 되어 노마의 후임자로 온 것이다. 맹순사는 그 후임자가 자신의 배를 칼로 찌를 것만 같은 착각에 시달리다 그날 오후에 다시 사직원을 내고 만다.

이 소설은 '낮에 나온 도깨비'라는 부제를 달고 있다. 또 맹순사가 동양의 성현이라는 맹자, 또는 명재상 맹고불이 정승과 어떤 관계를 지니는지에 대해서는 짐짓 모르겠다고 서술하는 서두부터 풍자적인 언사를 뚜렷하게 드러내고 있다. 「미스터 방」이 해방기 조선의 지배 권력이 된 외세와 그에 빌붙는 군상을 풍자한 것이라면 「맹순사」는 국가의 사법기구가 일자무식의 건달과 살인강도들에 의해 전단되는 세태를 풍자한다. 그러나 이 작품의 풍자는 「미스터 방」에 비해 좀더 복잡한 층위를 지니고 있다. 겉으로 볼 때 풍자의 대상은 맹순사다. 그가 맹자나 맹정승 같은 인물과 비교되는 데서 일차적으로 풍자가 발생한다. 그는 자신이 다른 동료들처럼 큰돈을 갈취하지는 않았기 때문에 청백하다고 생각한다. 비록 소소한 뇌물을 받고 적당히 재물을 챙기기도 했지만 아내에게 유똥치마 한 벌 마련해주지 못한 무능이 청백의 근거가 되는 셈이다. 두 번째 층위의 풍자는 그가 순사가 된 건달을 자기 집 하인처럼 부리면서도 살인강도가 순사가 되는 상황에서는 더 이상 견디지 못하고 사표를 쓰는 데서 발생한다. 맹순사의 소심한 성격만이 비웃음의 대상이 되는 것이 아니라 국가 기구라는 제도 질서 자체가 웃음거리의 소재가 되는 것이다. 그러나 이 소설에는 또 하나의 풍자가 들어 있다. 그것은 서분이와 관계된다. 서분이는 다른 순사 부인들과 대비해서 자신의 처지가 열악하다고 불평하고 남편을 들볶는다. 그녀의 불평과 불만에는 이기주의와 속물주의만이 팽배해 있다. 그것은 일상성 속의 사람들에게 보편화된 가치관을 대변한다. 해방의 역사적 의미나 공동체의 윤리적 규범은 그 이기적이고 속물적인 가치관 앞에서는 아무런 의미를 지니지 못하는 것이다.

「논이야기」는 앞의 두 작품과는 약간의 시차를 두고 씌어졌다. 이 사실은 앞의 두 작품이 주로 해방 직후의 세태에 대한 외면적 관찰에 기인하는 풍자인데 반해서 「논이야기」가 해방 조선의 현실에 대한 구조적 파악에 근거한 풍자라는 차이로 나타난다. 해방 이후 채만식의 문학이 세태의 풍자로부터 점차 현실의 구조적 인식, 그리고 역사에 대한 알레고리로 변화해 간 것은 서사의 본질과 관련되는 현상이다. 서사는 서술되는 대상으로부터의 일정한 거리를 요구하고, 대상 자체의 완결성을 전제조건으로 한다. 따라서 이제 막 해방이 된 시점에서 소설의 형상화는 현실의 외면적인 양상을 묘사하는 데서 그칠 수밖에 없었다. 그러나 일정한 시간이 경과하게 되면 작가는 외면적 현상을 낳는 현실의 근본구조를 사유할 수 있게 되고, 그에 따라 서사에는 깊이가 갖추어질 수 있는 조건이 마련된다. 「논이야기」는 바로 그러한 구조적 인식을 내장하고 있는 풍자소설이다. 채만식은 일제 시대부터 농민 문제에 깊은 관심을 가지고 있었다. 「보리방아」 연작을 위시하여 수많은 작품이 농민과 농촌 생활에서 취재되고 있다. 채만식이 해방된 현실에서 농민 문제를 본격적으로 다룬 「논이야기」는 그 총결산이라고 할 수 있고, 그런 의미에서 그가 꿈꾼 사회 체제를 엿볼 수 있는 작품이다. 이 소설이 씌어지던 1946년 4월 무렵에는 북한에서 토지개혁이 실시되었다. 북조선임시인민위원회는 1946년 3월 5일부로 일본인이 소유했던 토지와 5정보 이상의 토지를 소유한 지주가 소작을 내준 토지를 무상 몰수하여 농민에게 무상으로 분배하였다. 그리고 이 해 말부터는 토지개혁의 성공을 외부 세계에 자랑하게 된다. 이 시점에서 남한에 살고 있던 채만식은 「논이야기」를 창작하였다. 그것은 작가에게는 토지개혁을 회피하는 남한의 정치지도자들과 사회 세력들을 향한 직접적 발언이라는 의미를 지닌다.

「논이야기」는 구한말 탐관오리에게 농토를 빼앗기고, 일제 시대에는 일본인에게 토지를 팔아넘긴 한생원을 주인공으로 한다. 한생원의 선친은 품삯으로 번 돈을 한 푼 두 푼 모으고 악의악식하면서 스무 마지기의 논을 장만했다. 그러나 이 가운데 열세 마지기는 논을 산 지 5년 만에 고을 원(군수)에게 빼앗겼다. 고을에 새로 부임한 원은 동학 잔당을 잡아들인다는 핑계로 한생원의 부친을 감옥에 가두었다. 동학 근처에도 가보지 못한 한생원 부친은 날마다 주리를 틀리고 문초를 받아 죽을 지경에 이르렀고 고문에 이기지 못하여 동학에 가담했다고 자복하고 연루자들의 이름을 생각나는 대로 불어야 했다. 그러던 어느 날 이방이 한생원을 찾아왔다. 부친을 살리려면 열세 마지기짜리 논문서를 가져오라는 것이었다. 그리하여 논을 빼앗긴 한생원네는 구한말 때부터 다시 소작농이 되었다. 고을 원에게 빼앗기고 남은 나머지 일곱 마지기로는 가족의 생계 유지가 안 되었기 때문에 남의 소작지를 경작할 수밖에 없었던 것이다. 그리고 경술년 한일합방이 이루어진 다음해 한생원은 나머지 일곱 마지기

마저 일본인에게 팔아야 했다. 부친과는 달리 술과 노름을 좋아한 한생원은 빚에 쪼들린 데다 일본인 길천이 논값을 많이 쳐준다는 말에 홀려 덥석 논을 팔아버린 것이다. 그리고는 일제 강점기 내내 소작농으로 살았다. 그러다가 해방이 되었다. 한생원은 일본인이 자기네 나라로 돌아가니 이제 길천에게 팔았던 자신의 논을 되찾을 수 있으리라고 기대했다. 그래서 동네 친구에게 술도 한잔 냈다. 그러나 길천의 논은 이미 잇속 빠른 다른 조선인들이 소유권을 차지하고 있었다.

이 소설에서 풍자는 한생원의 어리석음과 치기 어린 행동에서 발생한다. 일본인에게 높은 값을 받고 자신의 논을 팔아 빚을 갚은 다음 나머지 남은 돈으로 다른 사람의 논을 싸게 사서 벌충할 수 있다고 생각하는 어리석음, 해방이 되면 일본인이 소유했던 논이 원래의 조선인 소유자에게 돌아오리라고 생각하는 어리석음과 거기서 비롯되는 우둔하고 욕심 사나운 행동이 웃음을 유발한다. 하지만 이 소설이 다루고 있는 제재의 기본 성격은 비극적인 것이다. 탐관오리에게 논을 빼앗기고, 일본인에게 논을 팔아야 했던 것은 조선 농민 대다수가 과거의 역사현실 속에서 겪어야 했던 전형적인 비극이다. 그러나 그러한 소재를 이용해 만들어진 「논이야기」가 비극이 아니라 풍자로 전화되는 것은 그 전형적인 농민의 비극이 한생원이라는 인물의 성격을 통해 형상화된 데서 나타난 효과이다. 한생원은 술과 노름을 좋아하는 개인적 약점을 지녔고 자신이 돈을 받고 팔아먹었음에도 불구하고 일본인이 쫓겨가면 논이 원래의 소유자에게 돌아오리라는 엉뚱한 기대, 비루한 욕심을 갖고 있는 인물이다. 그래서 이 작품은 농민과 토지의 문제라는 해방기 현실에서 가장 중요한 사안이 되었음 직한 문제를 웃음 속에 흘려버리게끔 가볍게 처리한 듯한 인상을 준다. 그러나 그 풍자의 이면에는 조선의 농민문제에 대한 작가의 심도있는 인식이 깔려 있다.

독립이 된 이 앞으로도, 그것이 천지개벽이 아닌 이상, 가난한 농투성이가 느닷없이 부자장자 될 이치가 없는 것이요, 원·아전·토반이나 일본놈 대신에, 만만하고 가난한 농투성이를 핍박하는 '권세 있는 양반들'이 생겨날 것이요 할 것이매, 빼앗겼던 나라를 도로 찾아 다시금 조선백성이 되었다는 것이 조금도 신통하거나 반가울 것이 없었다.

원과 토반과 아전이 있어, 토색질이나 하고 붙잡아다 때리기도 하고 교만이나 피우고, 하되 세미(稅米 : 納稅)는 국가의 이름으로 꼬박꼬박 받아가면서 백성은 죽어야 모른 체를 하고 하는 나라의 백성으로도 살아보았다.

천하 오랑캐, 애비와 자식이 맞담배질을 하고, 남매 간에 혼인을 하고, 뱀을 먹고 하는 왜인들이, 저희가 주인이랍시고서 교만을 부리고, 순사와 헌병은 칼바람에 조선사람을 개 도야지 대접을 하고, 공출을 내어라 징용을 나가거라 야미를 하지 마라 하면서 볶아대고, 또 일본이 우리나라다, 나는 일본 백성이다 이런 도무지 그럴 마음이 우러나지를 않는 억지춘향이 노릇을 시키고 하는 나라의 백성으로도 살아보았다.

결국 그러고 보니 나라라고 하는 것은 내 나라였건 남의 나라였건 있었댔자 백성에게 고통이나 주자는 것이지, 유익하고 고마울 것은 조금도 없는 물건이었다. 따라서 새나라는 말고 더한 것이라도, 있어서 요긴할 것도 없어서 아쉬울 일도 없을 것이었다.

이것은 한생원의 생각이다. 구한말 이전의 사회 체제나 식민 지배하의 사회 체제나 농민에게는 하나도 득 될 것이 없었다는 인식이다. 이 인식이 비록 피해를 본 입장에서 가지게 된 생각이라 할지라도 그 곤경을 치른 농민 개개인에게는 절실한 것이었음에는 틀림없다. 해방된 조국은 이와 같은 현실적 모순을 바로잡았어야 할 것이다. 북한에서 토지개혁을 과감하게 밀어부쳤던 것은 그들의 체제 이념에 입각한 것이기도 하지만 역사적으로 누적되어온 농민 문제를 해결하기 위한 하나의 시도적 행위라는 성격도 지닌 것이었다. 그러나 남한사회에서 그 역사적이고 현실적인 농민 문제를 근본적으로 해결하려는 시도는 전혀 이루어지지 않았다. 일본인과 가까운 관계를 유지하던 사람들이나 기회를 포착하는 데 능숙한 사람들이 일본인 소유의 토지와 재산을 모두 자기들의 것으로 만들어버리는 데도 사회적으로 아무런 통제가 가해지지 않는 풍토에서 농민 문제의 근본적 해결은 기대할 수 없는 것이었다. 「논이야기」는 이와 같이 심각한 문제를 다루고 있기 때문에 풍자소설임에도 불구하고 작품 전편에 무거운 분위기가 깔려 있다. 이 무거운 분위기가 시사하는 의미는 사에구사 도시카쓰의 견해를 참조하여 살필 수 있다. 그는 이렇게 말한다.

> 우선 같은 풍자적 단편만 가지고도 그 작품 분위기나 성격이 다르다는 것을 주목해야 한다. 해방 후의 작품은 그 날카로움이나 세련도에 있어서 발달된 양상을 보이고 있다. 그 배후에는 해방 후의 상황이 이제 일본이란 이민족이 지배하는 사회가 아니라 자기들이 스스로가 책임을 질 수 있게 되었다는 사실과 관련 있는 것으로 보인다. 이제 남에게 책임을 돌릴 수 없게 됐다는 고찰이 풍자를 심각하고 깊이 있게 만들었을 가능성이 있다.[5]

채만식은 자기가 살고 있는 시대의 지성으로서 책임 의식을 가지고 현실을 좀더 넓은 시각에서, 그리고 역사적이고 구조적인 관점에서 바라보고자 했다. 해방 직후의 소설들은 생활 속에서 직접적으로 부딪치는 사건들에 대한 단순한 인상에 기초할 수밖에 없었다. 그러나 시간이 지나면서 현실의 구조적인 모순에 눈을 돌리게 되었을 때 채만식에게 풍자의 기법은 더 이상 만족할 수 있는 창작 방법이 아니었다. 일제 말기 『탁류』나 「패배자의 무덤」, 『여인전기』같은 작품에서 풍자를 포기한 것과는 다른 조건이지만 해방기의 현실에 대하여 진지하게 대결하고자 했을 때 풍자는 더 이상 유력한 도구가 아니었다. 「논이야기」 이후 채만식이 점차 풍자를 버리고 다른 문학적 방법을 시험하기 시작한 것은 그에 말미암는다. 그는 자신의 시선을 현상의 배후로 향하게 하고, 거기에서 현실에 대한

---

5 사에구사 도시카쓰, 「채만식 문학에서 배운 것」, 『백릉 채만식 선생 50주기 추모 심포지엄 자료집』, 민족문학작가회의, 2000, 20~21쪽.

구조적 인식을 확보하고자 한 것이다. 「논이야기」와 거의 같은 시기에 발표된 「역로」에서부터 풍자의 빛깔이 약해지는 것에 비례하여 자전적 기법이 강화되고 소설적 구성이 정밀해지는 것은 작가의 역사에 대한 책임 의식과 현실에 대한 구조적 인식이 본격적으로 표출되기 시작한 징표이다.

2. 자전적 기법과 소설적 진실

'역로'란 '거쳐서 지나가는 길'이란 뜻이다. 채만식의 「역로(歷路)」 역시 화자가 여행을 하는 동안 보고 겪은 일을 순서대로 서술한 이야기다. 해방 직후 채만식이 쓴 풍자소설은 작가와는 구별되는 제3자적 입장에 있는 인물을 거리를 두고 관찰하여 객관적으로 형상화한 작품들이었다. 이에 비해서 「역로」는 1인칭 화자에 의해서 사건이 서술되고, 그 화자가 작가와 동일성을 가진 인물이라는 특징을 가진다. 소설은 서울역에서 표를 사기 위해 사람들이 길게 늘어서 있는 장면을 묘사하는 데서 시작된다. 기차를 타려는 사람들은 매표소 앞에 길게 줄을 서 있고, 그들 곁에는 사람 수보다도 더 많은 보따리들이 놓여 있다. 화자는 기차여행의 심난함을 서술하면서 자신에게 담뱃불을 빌려 가는 젊은 여인에 대한 불편한 심기를 드러낸다. 그 광경을 지켜보았던지 김군은 화자의 결벽증을 놀리고, 그들은 잠시 다방으로 자리를 옮겼다가 한 시간 가량 지나서 돌아온다. 매표소 앞은 여전히 장사진을 이루고 있는데 김군은 잠깐 어디인지 갔다 오더니 기차표를 구해왔다. 차비의 다섯 배를 주고 야매표를 샀다는 것이다. 표를 사기 위해 화자처럼 이틀을 기다리느니 그 정도의 비용이면 오히려 야매표가 싸다는 논리다. 이 장면에서 이런 저런 당대 현실의 부정적 세태가 언급된다. 차표를 구매하기 위해 늘어선 사람들의 무질서며,

차표를 파는 사람들의 비리, 거기에서 시작된 대화는 나라를 망쳐먹고 친일 행위를 한 기성세대의 책임 문제로까지 비화된다. 김군은 화자가 다른 사람들처럼 약삭빠르게 굴지 못하고 죄의식에 사로잡혀 있는 것을 '철두철미 귀족취미'라고 조롱하고, 그에 대해 화자는 다음과 같이 말한다.

요새 난 절절히 생각인데 사람이 어떤 사회적인 죄랄지 과오를 범을 했을지면 고즈너기 일정한 형식을 통해서 공공연하게 작죄의 경위를 밝히구 죄에 상당한 증계를 받구 그래야만 떳떳하구 속두 후련한 법이지, 걸 불문(不問)을 당하구서 남의 뒷손꾸락질만 받구 살아야 한다는 것은 견델 수 없는 불쾌요 고통이요 슬픔이요 한 거야. 마치 몸에서 고약한 체취(體臭)가 나는 사람이 늘 마음에 남의 앞에 나가면 남들이 돌려세워놓구 얼굴을 찡기리구 코를 쥐구 하려니 하여 우울해하구 비관하구 해야 하는 것처럼.

이런 대화를 나누는 가운데 개찰이 시작된다. 달음박질을 쳐서 차에 오르지만 언제부터 타고 있었는지 열차에는 이미 사람들이 가득하다. 옆자리의 승객들과 나누던 대화는 자연스레 시국이야기로 바뀌고 정치적 입장에 따라 이승만을 지지하는 사람과 여운형을 지지하는 사람 사이에 논쟁이 벌어진다. 현실의 좌우대립을 축도로 보여주는 듯한 논쟁이 열을 띠며 진행되는 한 편에서는 쌀을 사들고 열차를 타려는 사람들로 아비규환을 이루는 징황과 일본으로 쌀을 몰래 내어다 파는 밀수꾼들의 이야기가 서술된다. 화자는 호남선으로 갈아타기 위해 대전역에서 내린다. 수많은 사람이 콩나물시루처럼 빽빽이 들어찬 대합실, 새벽 다섯시 반에 출발하는 호남선 열차는 달랑 객차 세 칸을 달고 나타난다. 열차 지붕에까지 사람이 감나무에 감 열리듯 줄줄이 매달려 있는데 미군전용차 다섯 량이 거기에 연결된다. 그 미군전용차 객실에는 한 객차마다 서너 명의 미군이 앉아 있을 뿐이다. 용기를 낸 중늙은이 한 사람이 굽실거리면서 객차에 태워달라는 뜻을 표시하자 미군병정 하나가 손가락으로 객차 지붕을 가리킨다. 이 광경을 지켜보던 김군과 화자는 각기 이렇게 중얼거린다.

> "옛날 상해 공동조계의 공원 문 앞에다 '지나인과 개는 들어오지 마라'
> 쓴 푯말을 세운 것하구 상거가 어떨꾸?"
> "마마손님은 떡시루나 쪄놓구 배송을 한다지만 이 프렌드나 저 북쪽 따
> 와라시 치들은 어떡하면 쉽사리 배송을 시키누?"

두 사람은 그 호남선 열차를 타지 못하고 음산한 정거장에서 다음 차를 기다려야 했다.

「역로」는 화자가 기차여행을 하면서 목격한 장면들을 사실적으로 묘사한다. 그 장면들은 우연히 목격된 것일 수도 있지만 해방기 조선 사회의 혼란상이나 부패관료들, 사회적 무질서를 효과적으로 부조해줄 수 있는 광경들이다. 그 부정적 현실을 묘사하는 작가의 문장에서는 「미스터 방」이나 「맹순사」와 같은 이전의 작품에서 찾아볼 수 있는 것과 같은 풍자의 기운이 그다지 느껴지지 않는다. 다만 화자와 김군의 대화에서 사태를 보는 지식인의 비판적 시각이 뚜렷하게 드러날 뿐이다. 이 양태는 작가가 더 이상 풍자의 수법에 의지하려고 하지 않는다는 사실을 드러내주는 징표이다. 이 작품의 전체 구조는 작가가 왜 풍자에 더 이상 의지하려고 하지 않는지 알 수 있게 해준다. 소설의 첫 대목에서는 서울역의 무질서와 표를 파는 역원의 비리 같은 상대적으로 무게가 가벼운 부정적 사회 현상이 묘사된다. 그러나 열차 안에 타고 있는 승객들의 당시 정치 상황에 대한 대화와 쌀을 사기 위해 이리저리 몰려다니는 서민들의 모습을 묘사하는 중간부분에서는 시야가 한층 넓어져서 사회 현실이 구조적으로 포착되어 형상화된다. 이승만, 여운형, 박헌영에 대한 승객들 각자의 선호와 지지가 '한 폭의 축도(Just a reduced drawing!)'라는 언급은 그 속에 해방기 조선의 사회 현실이 구조적으로 포착된다는 발언이라고 할 수 있다.

그 다음에 쌀을 사기 위해 부산에서 천안까지 왕래하는 수많은 사람들과 번연히 일본으로 밀수출하는 것임을 알면서도 더 많은 값을 받기 위해 밀수업자들에게 쌀을 내다 파는 농민들에 관하여 언급하는 부분에서는 서민들의 생활 상태와 조선 사회의 구조가 맺는 관련이 드러난다. 곧 개인의 작은 이익을 위한 행동이 종국적으로는 조선인 전체의 기아현상을 초래한다는, 미시적인 것에서 거시적인 구조를 파악하는 관점이다. 이 양태는 호남선으로 갈아타기 위해 대합실을 가득 메우고 있는 조선인과 넓은 객차에 여유 있게 타고 있는 미군의 상황을 대조하는 데서 가장 극명하게 표현된다. 그것은 단순히 민간열차와 군용열차의 대비가 아니다. 본디 조선 땅의 주인이면서도 주인 대접을 받지 못하는 한국인과 그들 위에 지배자처럼 군림하는 미군을 대비적으로 부각시키는 것이다. 이러한 인식은 한반도의 남과 북에 미군과 소련군이 주둔하고 있다는 사실을 환기하는 데서 정점에 이른다. 곧 주둔군이 식민 지배자의 자리를 차지하고 있는 조선의 총체적 현실의 모순 구조를 부감하는 것이다. 이처럼 「역로」는 자전적 소설의 형태를 취했음에도 불구하고 실제로는 당대 사회의 미시적인 현상들로부터 사회적 총체성을 읽어내게끔 하는 소설 구조를 내장하고 있다. 그러한 구조적 인식을 드러내는 데 풍자는 더 이상 효과적인 방법이 될 수 없는 것이다. 바꾸어 말해서 작가는 풍사 수법 내신에 자전적 기법을 원용하여 사회 현실의 총체적 구조에 대한 인식을 추구하고, 그로부터 소설적 진실을 확보한 것이다.

　「민족의 죄인」은 「역로」보다 한 달 늦게 창작된 작품이다. 해방기 채만식 문학을 이야기할 때면 항상 빠지지 않고 등장하는 이 소설은 그 자전적 내용으로 하여 작가의 친일문자 행위를 입증하는 부정할 수 없는 증거로 채택되곤 하였다. 그 대표적인 사례가 최초로 이 작품을 본격적으로 다루었던 김윤식의 관점으로, 그에 대해서 우리는 1장에서 자세히 살

퍼보았다. 또한 김윤식의 관점을 따르는 수많은 연구들에 대해서는 그 계통을 몇 가지로 나누어서 2장에서 다룬 바 있다. 이런 견해들이 지닌 문제점과 한계에 대해서 필자는 1장과 2장에서 문제제기를 해두었다. 이 작품의 내용이 채만식의 친일문자 행위를 확실하게 입증해주는 증거로 채택될 수 없다는 관점에 입각한 문제제기였다. 그 이유는 크게 두 가지로 제시할 수 있다. 하나는 채만식의 친일문자 행위로 알려진 행동들이 항일투쟁을 위한 가면에 불과한 것이고 작가는 해방되는 날까지 문학을 통해 치열한 항일투쟁을 전개했다는 데 있다. 이 책의 4장부터 7장까지는 바로 이 목숨을 걸고 행해진 항일투쟁을 작가의 일제 말기 작품 속에서 실제로 확인하기 위해 서술된 내용이다. 작가는 점차 가중되는 일제의 탄압을 극복해가면서 어떻게 문학 행위를 지속할 수 있을 것인가를 고민하느라 1934년부터 1936년까지 2년 동안 침묵했다. 그 침묵을 깨뜨리고 발표하기 시작한 작품들은 채만식이 일제 말기에 벌인 항일투쟁의 구체적 증거였다. 채만식은 이때부터 알레고리를 자신의 창작 방법으로 도입했으며, 그도 여의치 않을 때는 자전적 기법을 통해 자신의 뜻을 독자들에게 전달하려고 시도했다. 이와 같은 문학적 실험의 결과 일제 말기 채만식의 대표적인 작품은 대부분이 알레고리 형식으로 만들어졌다. 『탁류』에서 『여인전기』까지 알레고리는 채만식의 작품을 이해하는 데 빼놓을 수 없는 가장 중요한 요소였다. 그러나 불행은 일제 검열관만이 아니라 많은 독자들, 당대의 평론가들, 최근의 문학 연구자들까지도 작가의 알레고리를 제대로 알아보지 못하고 제 눈의 안경에 의지해서 작가를 친일작가로 규탄하는 데 앞장섰다는 사실이다. 『탁류』를 세태소설로 치부하는 관행이 1930년대부터 지금까지 지속되고, 『여인전기』를 친일작품으로 분류하는 관행이 1960년대부터 지금까지 이어지고 있는 것이다. 이 양상은 알레고리 수법을 즐겨 사용한 독일의 노벨상 수상 작가 귄터 그라스의 많은 작품들이 아직까지도 오해의 그늘에서 벗어나지 못한 사정과 유사하다고 할 수 있다. 그렇다고 해서 채만식의 작품이 전적으로 이해 불가능한 작품인가 하면 그렇지도 않다. 『탁류』의 주인공을 정주사로 파악한 홍이섭의 견해와 『여인전기』를 진주의 삶을 중심으로 파악한 김홍기의 관점이 그 증거이다. 그 사례들은 채만식의 알레고리가 독자에게 충분히 이해될 수 있는 성질의 것이었으며 실제로 이해되고 있다는 사실을 분명하게 입증해준다. 그리고 그 알레고리를 이해하는 입장이나 관점을 가지는 경우 「민족의 죄인」이 채만식의 친일문자 행위에 대한 반박할 수 없는 증거라고 보는 견해는 터무니없는 것으로 쉽게 배척될 수 있다.

「민족의 죄인」을 채만식의 친일문자 행위를 입증해주는 증거로 보기 곤란하다는 두 번째 이유는 이 작품이 소설이라는 사실과 연관된다. 허구로서의 소설이 자전적 내용을 다룰 때 그것이 작가의 진술한 자기고백인가 아닌가 하는 문제는 여러 측면에서 검토되어야 할 필요가 있다. 이 문제를 검토하는 데서는 다음과 같은 우한용의 견해를 참조할 수 있다.

> 자신의 과거를 반성하는 내용을 소설로 쓴다는 것은 한 작가에게 특별한 의미를 지닌다. 자기반성이 소설의 형식으로 드러날 때 일인칭서술 혹은 고백형식을 취하게 된다. 그리고 고백을 하는 경우 소설의 허구성이 본질적인 것일 수 없다는 원본적인 문제에 봉착하게 된다. 이는 고백형식을 빌어 만든 허구의 경우와는 사정이 다르다. 허구이면서 내용은 사실을 기록하는 것이 고백형 자기반성의 소설이기 때문이다. 그런 뜻에서 소설의 작중인물과 작가는 분리되지 않는 것이 원칙이다. 소설담론의 주체가 허구성을 띠지 않는 경우, 그것은 소설 일반과는 다른 기호론적인 구조를 이루게 된다는 점은 쉽게 예상할 수 있다.[6]

우한용은 자기반성 소설은 고백 형식을 취하게 되고, 이 고백의 경우에

---

6 우한용, 『채만식 소설 담론의 시학』, 개문사, 1992, 71~72쪽.

는 허구성이 본질적일 수 없다는 논리를 편다. 고백 형식을 빌어 만든 허구와 고백형 자기반성의 소설은 다른 것이고, 후자의 경우 소설의 작중인물과 작가는 분리되지 않는다는 것이다. 그러나 이런 논리를 전개하는 데서 우한용은 '고백형식을 빈 허구'와 '고백형 자기반성 소설'이 어떻게 구분될 수 있는가 하는 문제를 구체적으로, 엄밀하게 검토하지 않는다. 그러나 그것이 구분되지 않는 상태에서 소설에 표현된 자전적 내용이 허구인지 사실인지는 분별할 수 없다. 논자는 '고백형 자기반성 소설'은 소설 일반과 다른 기호론적인 구조를 가지게 된다고 보고, 담론분석은 '작가의 행적과 작품을 일대일로 대응시키는 방법을 벗어나고자 하는 것'이라 말하고 있지만 실제 분석의 과정과 결과는 채만식이 친일문자 행위를 했고, 그것을 반성하는 소설에서 자기변명만을 했다는 김윤식의 결론을 그대로 수용·답습한다. 그러나 그러한 한계에도 불구하고 우한용의 논의 내용은 「민족의 죄인」을 다룰 때 무엇이 문제의 관건이 되는가를 드러내주는 장점을 지닌다. 곧 자전적 내용의 작품을 다룰 때 소설의 허구성과 진실의 관계 문제가 핵심적 논제임을 가리켜 주고 있는 것이다. 채만식의 경우에도 바로 이 문제가 엄밀하게 검토되어야 한다. 그에 따라 이 책의 앞부분에서 우리가 기왕에 확인한 일제 말기 채만식의 문학 행위가 지닌 성격에 대한 파악에 근거하여 작품의 허구성과 그것이 이룬 진실의 효과를 다시 면밀하게 고찰할 필요가 있는 것이다. 「민족의 죄인」 첫머리는 이렇게 되어 있다.

> 그동안까지는 단순히 나는 하여커나 죄인이거니 하여 면목 없는 마음, 반성하는 마음이 골똘할 뿐이더니 그날 김(金)군의 P사에서 비로소 그 일을 당하고 나서부터는 일종의 자포적인 울분과 그리고 이 구차스런 내 몸뚱이를 도무지 어떻게 주체할 바를 모르겠는 불쾌감이 전면적으로 생각을 덮었다. 그러면서 보름 동안을 머리 싸고 누워 병 아닌 병을 앓았다.

　　이 소설이 자전적 내용이라고 할 때 화자는 채만식 자신이다. 그는 자신이 죄인이라고 생각해서 면목이 없었고 그래서 반성하는 마음이었다. 작가 자신이 쓴 글과 그의 행적에 대하여 서술하고 있는 여러 자료들을 돌아볼 때 해방 직후의 채만식이 실제로 일제 말기 자신이 행한 친일문자 행위에 대하여 죄의식을 가졌던 것은 분명하다. 사람들이 그를 '정신적 귀족주의자'라는 별명으로 부른 것도 채만식의 죄의식이 남다른 것이었음을 나타내주는 한 가지 지표이다. 그러나 우리가 앞에서 살펴온 바와 같이 채만식의 친일문자 행위는 문학 작품보다는 논설이나 신문기사, 르뽀 등에 국한되고, 그것도 문학 활동을 계속하기 위해 필요한 방패를 마련하기 위한 겉치레에 그치는 것이었다. 일제 말기 채만식의 문학 전체가 조선민족의 저항 정신을 표현하는 것이었음을 감안하면 그것은 항일투쟁을 위한 친일이었다. 그럼에도 불구하고 채만식은 그 겉치레의 친일문자 행위에 대해서조차 민족에게 사죄하는 것이 마땅하다고 생각하고 있었던 것이 여러 정황을 통해서 드러난다. 그것은 정지용이 일제 말기의 자신을 '친일도 배일도 못한 나'[7]라고 표현하면서 부끄러워한 것과 유사한 자의식이라고 할 수 있다. 그러나 그 죄의식은 채만식 자신의 도덕적 염결성에 말미암은 것이지 객관적으로 비난받아야 마땅한 죄과에서 생긴 것은 아니었다. 채만식이 소설에서 자신을 '양서동물'이라고 표현한 데서 드러나듯이 그의 일제 말기 행위는 친일과 항일이란 이중성을 지니고 있었고 그것의 저울추가 어느 쪽으로 기울어지는가에 대해서는 제3자적 입장에서 공정한 판단이 요구되는 사항이었다. 작가 스스로도 그 문제에 대해서 일정하게 자기 자신의 정당성을 의식하고 있었다는 것은 인용문 속에 나타나 있다. 자신의 전비(前非)를 반성하는 바로 그 대목에서 작가는 '하여

---

7 정지용, 「조선시의 반성」, 『산문』, 동지사, 1949, 85~86쪽.

커나'란 수식어를 사용하고 있는 것이다. 작가는 자신을 죄인이라고 규정하는 문제와 관련하여 일단 그 규정을 받아들이면서도 달리 할 말이 있으나 잠정적으로 그것을 덮어둔다는 뜻을 '하여커나'란 말로 표현하고 있다고 볼 수 있는 것이다. 그러한 배경을 지니고 있기 때문에 소설의 주인공은 P사에서 당한 일로 '자포적인 울분'과 '내 몸뚱이를 도무지 어떻게 주체할 바를 모르겠는 불쾌감'을 느끼게 되는 것이다.

주인공이 P사에서 당한 일은 일제 시대의 친일 행위로 윤이라는 사람한테서 비난을 받은 일이다. 그 비난이 어떤 성격의 것이든 간에 그것을 자기가 당연히 받아야 할 문책이나 벌이라고 생각하면 울분이 생길 이유는 없다. 그러나 화자는 윤의 비난과 공격에 대해 울분을 느끼고 있고, 그로 인해서 자기 몸뚱이까지 어떻게 처치해야할지 모르는 극단적인 자포적 흥분 상태에 내몰린다. 이러한 반응양태는 윤의 공격과 비난에 대해서 화자가 그 정당성을 인정하지 못하지만 그에 대해서 정면으로 반박할 수도 없는 상태임을 시사한다. 그리하여 화자는 그 울분과 불쾌감 속에서 보름 동안 '병 아닌 병'을 앓았다는 것이 첫 장면의 서술 내용이다. 이 병을 앓는 내용이 작품의 끝 부분에 다시 나온다는 것을 생각하면 소설은 작품의 중심 사건의 앞뒤를 보름동안 앓아눕는 내용이 감싸고 있는 구조로 파악된다. 여기서 이 앓아눕는 내용이 사에구사 도시카쓰에게서 '의식 상실의 모티프'로 규정되었음을 상기할 필요가 있다. 사에구사는 이 '의식상실'을 이광수와 김동인의 작품에 나오는 사건들과 비교하면서 '주인공이 그 주변 사회의 통념으로 되어 있는 사회적인 관습으로서는 허용되기 어려운 행동을 할 때' 일어나는 사건이라고 설명하고 있다. 채만식이 병을 앓아누운 것은 '사회적인 관습으로서는 허용되기 어려운 행동'과 관련된다는 해석인 셈이다. 이에 대해 필자는 「민족의 죄인」에서 화자가 앓아눕는 사건을 이청준의 「소문의 벽」과 관련지어 전짓불 앞에서 자

기진술을 강요당하는 작가와 연관지었다. 작가 앞에서 전짓불을 비추면
서 자기진술을 강요하는 심문관으로서의 소문의 정체도 문제지만 진술을
해야 할 작가의 정체성도 문제적이라는 관점이었다. 여기서 「소문의 벽」
의 화자 ‘나’와 문학담당 편집자 안형이 나누는 문학의 방법에 대한 다음
의 대화는 채만식의 ‘병 아닌 병으로 앓아 눕는 사건’의 의미를 살피는
데 도움이 된다.

> “아무래도 안형의 편집만 같군요. 그 사람들에게는 박준의 소설이 또
> 어떤 다른 형식으로 완성되어 있을 수도 있지 않을까요? 한데 안형은 끝끝
> 내 다른 사람의 해석방법은 용납하지 않으려 하거든요.”
> “편집이라도 할 수 없죠. 저로서는 이 시대의 요구라는 것을 일단 그런
> 식으로 받아들이고 있으니까요. 사실을 말씀드리자면 전 그 소설이 어떤
> 식으로 완성되어 있느냐 아니냐 하는 그런 것은 별로 관심을 두어보지 않
> 았어요. 제겐 소재 해석만이 문제였죠. 작가가 어떤 소재를 만나 그것을
> 해석하는 방법은 그 작가가 자기의 시대양심에 얼마나 투철해 있느냐 하는
> 문제가 결정지어주는 거라고 생각되기 때문이죠. 한데 박준의 소설은 바로
> 그런 점에서 저의 기대를 외면해 버렸지요. 제가 박준의 소설이 충분히 완
> 성되지 못했다는 것은 그런 저의 관심 속에서지요.”
> 안형의 이야기는 결국 박준의 소설이 무의미한 한 개인의 비밀 쪽으로
> 독자의 관심을 끌고 감으로써 자기 시대의 요구를 배반했고, 그리하여 소재
> 해석과 작품 완성에 다 같이 실패를 하고 말았다는 것이었다. 박준이 이 시
> 대의 작가인 이상, 그는 절대로 자기 시대양심의 가장 우선적인 요구를 배
> 반해서는 안되며, 그것을 제외한 모든 창작행위는 가혹하게 매도당해 마땅
> 하다는 투였다. 이를테면 안형의 시대관이 그렇게 되어 있는 모양이었다.
> “하지만 그 역시 안형의 편집이 아닐까요? 가령 모든 작가들에게 자기
> 시대의 요구나 압력을 꼭 안형과 같은 정도로 받아들여야 한다고 고집하는
> 것이나, 또는 그것을 똑같이 받아들이고 있는 경우라 해도 어떤 일정한 방
> 법 속에서만 그 시대정신에 투철해 질 수 있다는 식의 생각이 말입니다.
> 박준의 소설이 그런 식으로 쓰여졌다고 해서 그 소설이 전혀 우리 시대를
> 외면해 버렸다고 장담할 수는 없지 않을까요?”

이 대화에 나오는 안형의 논리를 채만식의 경우에 적용해보자. 여기에는 두 가지 경우의 수가 있다. 하나는 일제 말기 채만식의 현실에 대한 대응이고 다른 하나는 해방 후 현실에 대한 작가의 대응이다. 첫 번째의 경우, 일제 말기 식민 지배자의 압제와 탄압이 극점을 향해 치달릴 때 우리의 지조 높은 작가들은 붓을 꺾었다. 안형의 관점에 의하면 그 시대를 살았던 작가들의 시대양심은 그렇게 붓을 꺾는 것으로 표현되어야만 했다. 그것이 그 시대 문학의 방법으로서 가장 정당한 것이기 때문이다. 그런데 이 무렵에 채만식은 친일문자 행위를 하면서 그 행위를 방패로 삼아 문학을 통한 항일투쟁을 벌였다. 이것은 안형의 관점에서 볼 때 정당한 시대 양심의 표현도 아니고 적절한 문학 방법도 아니다. 그 시대에는 붓을 꺾는 것만이 유일하게 가치있는 시대양심의 표현이자 문학의 방법이기 때문이다. 그러므로 붓을 꺾지 않은 다른 작가들의 문학 행위는 '가혹하게 매도당해 마땅'하다. 더욱이 채만식은 친일문자를 썼다. 그것은 시대양심을 정면에서 위반한 것이 아닐 수 없다. 그가 그 친일문자 행위로 항일투쟁을 벌일 수 있는 조건을 마련했느냐 생활비를 벌었느냐 하는 것은 별로 관심을 둘 사항이 아니다. 그가 작품을 통해 어떤 항일투쟁을 했으며 어떤 성과를 거두었는지도 고려할 필요가 없다. 오직 붓을 꺾지 않은 사실만이 매도당해야 마땅한 일이다. 그런 의미에서 항일투쟁을 위한 알레고리의 도입이라든지 자전적 기법의 사용여부는 작가의 문학의 방법으로서 고려할 하등의 가치도 없다. 채만식의 문학 방법은 풍자이니 오직 풍자를 구사했는가 하지 않았는가 하는 문제만을 검토하면 된다. 이것이 안형이 가진 세계관이자 가치관이고 문학관이다. 더군다나 그 당시 채만식의 항일투쟁을 뚜렷이 인식한 독자나 평론가가 있었다는 증거는 아직 발굴되지 않았다. 그저 김기진, 김남천, 한설야, 안회남 등이 채만식을 좋아하고 그 문학적 성과를 높이 평가했다는 간접적 증거만 남아 있을 뿐이다.

두 번째의 경우, 대부분의 작가들은 해방이 되고 나서 일제 치하에서 이루어진 친일 행위를 의식적 무의식적으로 잊어버렸다. 이에 비해서 채만식은 일제 치하에서 이루어진 친일 행위를 소설의 소재로 다루었고, 구체적으로 자신의 친일문자 행위와 관련된 작품을 썼다. 그런데 자신의 대일 협력을 솔직하게 털어놓고 반성해야 할 그 자리에서 작가는 엉뚱하게 친일 행위를 하지 않은 사람의 문제를 끄집어내어 논전을 펼치게끔 하고 있다. 그것은 자신의 죄과에 대한 정직한 자기반성도 아닐 뿐더러 조선 민족 전체를 죄인으로 모는 파렴치한 행위로 볼 수 있다. 이러한 양태는 안형의 관점에서 보았을 때 자기의 시대 양심에 투철한 것도 아니고 적절한 소재 해석도 아니다. 자신의 대일협력 문제를 소설로 형상화하면서 작가가 일제 치하 친일 행위와 관련된 문제들을 조명할 수 있는 장치를 마련했는지 아니면 친일 행위를 하지 않은 사람의 책임문제를 꺼냈는지는 고려할 대상이 아니다. 자기의 전비를 뉘우치는 소설에서는 오직 자신의 과거 행위를 사실대로 기록하고 그에 대해 자기반성하는 내용만 표현되어야지 다른 요소가 끼어들어서는 안 되기 때문이다. 그것은 안형의 관점에서는 '시대 양심의 가장 우선적인 요구'이자 문학의 정도인 것이다.

해방된 뒤 친일작가라는 오명으로부터 채만식을 변호해 주는 사람은 없었다. 또 그를 친일작가라고 적극적으로 공격하는 사람도 없었다. 일제 잔재의 청산이 주요한 시대적 과제로 제기되는 시기였음에도 불구하고 과거의 문제를 심각하게 고려하거나 진실과 허위를 가리려는 구체적 작업은 진행되지 않았다. 이 문제에 가장 관심이 있었던 작가는 누구보다도 채만식 자신이었다. 그의 작품에서는 다른 어느 작가의 작품에서보다도 이 문제에 대한 천착이 구체적으로 진행되었고, 「민족의 죄인」도 바로 그런 작업의 한 성과였다. 채만식은 「민족의 죄인」보다 한 달 앞서 발표한

「역로」에서도 친일 문제에 대한 당사자의 자기반성과 사회적 차원의 정리 작업의 필요성을 언급하고 있다. 그러나 이렇게 문학자의 자기반성과 사회적 차원의 정리 작업과 관련된 문제 의식 속에서 창작된 「민족의 죄인」은 채만식의 친일문자 행위를 결코 부정할 수 없는 사실로 확증하는 증거로 문학 연구자들에 의해 채택되었다. 그러한 소설을 썼다는 것은 작가의 위기 의식을 나타내주는 것이며, 그 위기 의식 속에서 작가는 자기 가면을 벗고 나서야했기 때문에 풍자의 방법을 쓰지 않은 것이라고 분석되었다. 그리고 그 작품 속에서 성실하게 자기반성을 하지는 않고 조선 민족 전체를 죄인으로 만들어 자기변명만 꾀했다는 것이 문학 연구자들이 행한 연구의 결론이었다. 채만식이 일제 시대에 『탁류』에 대한 평론가들의 견해에 대해서 항의한 것과 마찬가지로 해방된 뒤에도 자기 작품에 대한 독자들의 이해 부족을 또다시 한탄하고 개탄한 것은 그런 사정에 기인한 것이거나 지금과 같이 자신이 친일문학자의 대표로 매도되는 사태를 예견했기 때문이었는지 모른다.

> 문학작품이라는 것은, 보는 사람에 따라 보는 초점이 다른 것이어서, 이 작품에 대하여서도, 가령 윤직원 영감의 그런 점잔하지 못한 행사만을 가지고 그것이 작품의 중심테마인 것처럼 말을 하는 편이 없지가 아니한 모양 같으다. 그러나 그렇다고 작자로 앉아서 독자에게 작품을 강화한다는 것도, 허락지 않는 노릇, 차라리 재주가 미급하여 만 독자에 고루 작자의 옳은 뜻을 전하지 못한 것이라고 부끄러히 여기기나 할 따름이다.[8]

1948년에 발행된 『태평천하』의 「재판서문」에 들어있는 이 내용은 정작 『태평천하』보다 다른 작품들에 대한 독자의 몰이해를 답답해하는 작가의 심정을 피력한 것이라고 보는 것이 타당할 것이다. 특히 알레고리를 사용

---

8 채만식, 「재판을 내면서」, 『한국문학전집』, 민중서관, 1948.

한 『탁류』와 『여인전기』에 대한 독자, 평론가의 몰이해는 그의 문학 행위가 지닌 성격상 매우 치명적인 것이지 않을 수 없었다. 일본 제국주의에 대한 투쟁을 제창하고, 일본 제국주의의 패망을 선언하는 작품을 써놓아도 평론가와 연구자들은 세태소설이니 친일작품이니 엉뚱한 이야기만 하고 있었기 때문이다. 그렇다고 해서 해방이 된 상황에서 작가 자신이 나서서 자기 작품을 해설하며 자신의 항일문학 행위를 선전하는 것도 양식 있는 작가로서는 결코 할 수 있는 행동이 아니다. 채만식이 '하여커나' 하는 수식어를 사용하고, P사에서 당한 모욕에 울분을 느낀 것은 그에 말미암는다고 해석할 수 있는 것이다. 그가 의식 상실에 해당하는 병을 앓는 것은 자신의 정체성을 곧이곧대로 말할 수 없는 조건에서 자기진술을 강요당했기 때문이다. 그렇지만 채만식은 그와 같이 자신의 과거에 대해 진실을 말할 수 없는 열악한 조건에서 친일문학가의 문제에 대한 자기진술, 「민족의 죄인」을 쓰기 시작한 것이다. 자기진술이 작가의 의무이기 때문이다.

2절은 화자가 P사를 찾아가 윤을 만나는 장면이다. 다니던 신문사에 사표를 냄으로써 친일문자를 하나도 쓰지 않고 일제 말기를 살아온 인물인 윤은 화자의 친일 행위를 꼬집기 시작한다. '식량증산활동'이라고 신문에까지 났던 화자의 소개 생활을 빌미로 면전에서 화자에게 모욕을 가하는 것이다. 여기서 화자는 자신이 친일 행위에 나서게 된 동기를 서술한다. 독서회 사건으로 구금되었던 일, 거기서 대일 협력의 단맛을 보고 친일 행동에 나섰으나 "결국 본심도 아니면서 겉으로 복종이나 하는 용렬하고 나약한 지아비의 부류에 들고 만 것"이란 설명이다. 여기에 소개된 화자의 친일 행위는 채만식의 전기적 사실과 일치되는 부분이 많다. 3절도 시국강연을 다니면서 젊은이들을 만난 이야기와 신문에 소설을 연재하던 당시의 양서류동물(兩棲類動物) 같은 행동이 묘사된다. 4절은 해방 직전에 소개를 가게 된 사정이 서술되고 5절에서는 다시 P사의 응접실에서 펼쳐지는 현재의 장면으로 돌아간다. 윤은 계속해서 화자를 친일 행위로 공격한다. P사의 주인인 김은 화제를 돌리려고 하지만 윤은 공격을 멈추지 않는다. 결국 P사의 김은 묵묵부답인 화자를 대신해 싸움을 맡고 나선다. 그는 윤의 지조라는 것이 대단치 않은 것이며 결백을 횡재한 것이라는 논리를 편다. 어쩌다가 먹고사는 데 걱정할 것이 없는 집안 출신이어서 지조를 더럽히는 일을 피할 수 있었을 뿐 지조의 경도(硬度)를 시험받은 것은 아니라는 논리다. 일제 치하에서 생산 활동을 한 것이나 세금을 낸 것도 친일 행위이지 않느냐는 공격은 그 논리의 연장선상에 놓인다. 「민족의 죄인」이 '죄인의 민족'이란 괴논리를 유포했다는 비난은 이렇게 P사의 김이 윤을 공박하는 논리를 가리킨다. 곧 김의 논리는 작가 채만식의 논리라는 등식이다. 이 장면에서 화자는 논쟁에서 빠져 있는데 이것의 의미를 우한용은 다음과 같이 설명한다.

> 어떤 문제를 제기하고 그 문제를 해결하는 과정을 통해 주제를 형상화하는 소설에서는 논전은 중요한 의미를 띤다. 결국 소설이라는 것은 작중 인물들의 논전을 통해 의미를 조정하고 교섭하면서 의미작용을 하는 장이기 때문이다. 이러한 논전의 구조에서 주체가 자신은 거리를 유지하면서 빠지게 하는 구조는, 자기반성이 아니라 자기변명으로 기울게 된다. 그 변명의 근거가 '생활'이라는 것으로 돌려짐으로써 정신적 결단을 요하는 장을 삶의 차원으로 끌어내리는 것이다.[9]

인용문은 「민족의 죄인」이 작가의 자기변명이라는 김윤식에 의해 기왕에 만들어져 있는 논리를 충실하게 따르면서 부연하고 있는 설명이다. 이 설명에서 논자가 놓치고 있는 것은 논전의 구조가 이 장면에서 그치는 것이 아니라 조카가 등장하는 마지막 장면으로 이어지고 있다는 사실이

---

9 우한용, 앞의 책, 276쪽.

다. 소설의 화자는 직접적으로 윤의 공격 논리에 대응하지 않고 있지만 작가는 조카에 대한 화자의 설득을 통해서 윤의 논리에 반격을 하고 있는 것이다. 그 사실을 파악하고 나면 소설에서 화자가 자신의 친일 행위에 대한 윤과 김의 논쟁을 들은 뒤 '검사의 논고는 옳고, 변호인의 주장은 아모 소용도 없어'라고 말한 이유를 충분히 이해할 수 있다. 화자 스스로 자신을 변호한 김의 논리를 부정하는 이유가 조카의 사건 속에 제시되고 있기 때문이다. 이 논쟁과정을 묘사하는 서술자의 어조에는 화자의 친일 행위를 비난하는 윤에 대한 아이러니가 포함되어 있다. 이 아이러니는 '결백을 횡재한 사람'으로서 윤을 내면적으로 비판하는 것이자 '청백한 지조'에 대한 작자의 비판적 시각을 시사하는 의미가 있다. 6장은 집으로 돌아온 화자가 보름 동안 앓아누운 이야기다. 화자는 병을 앓다가 아내에게 시골로 내려가자고 이야기한다. 아내는 남편을 이해하면서도 아이들의 교육과 같은 현실적인 문제를 제기한다. 이런 상황이 펼쳐지고 있을 때 조카가 찾아온다. 조카는 친일파 선생을 몰아내기 위한 학생들의 동맹휴학을 피해서 상급학교 진학시험 공부를 하기 위해 찾아온 것이다. 화자는 공부보다도 옳은 일을 하는 것이 더 중요하다고 조카를 설득해 돌려보낸다.

이상의 고찰을 바탕으로 하여 「민족의 죄인」의 플롯을 분석하면 화자의 '의식 상실'이 소설의 중심 사건인 윤과 김의 논쟁을 감싸고 있는 구조에다가 조카의 사건이 꼬리처럼 붙어 있는 양상을 쉽게 알 수 있다. 사에구사 도시카쓰가 이 소설에서 조카가 등장하는 대목을 작품의 사족과 같은 존재라고 본 것은 그 구조를 정확히 파악한 것이라고 할 수 있다. 그러나 조카의 사건은 이 소설에서 결코 사족이 아니다. 그것은 '의식 상실'로 감싸져 있는 전체 사건의 핵심 내용을 집약적으로 보여주기 위해 도입된 부분이다. 그것은 「명일」의 아버지 행위와 대조를 이루는 아들의 행위에 해당한다. 사건의 규모는 작지만 그 삽화를 통해서 '의식 상실'로 감싸져 있는 작품의 주요사건의 의미가 조명되게끔 고안되어 있는 것이다. 따라서 '의식 상실'로 감싸져 있는 사건과 조카의 사건에 나타나 있는 행위들을 세밀하게 살펴볼 필요가 있다.

'의식 상실' 내부의 사건은 화자의 과거 행위에 대한 서술이 한 부분을 이루고 P사의 주인 김과 지조를 지킨 윤 사이의 논쟁이 다른 한 부분을 이룬다. 이 구조를 시간적인 순서에 따라 배열하면 화자의 과거 행위—그 행위에 대한 논쟁—의식 상실 부분으로 구성되어 있다고 파악할 수 있다. 그것은 행동과 그에 대한 반응이 연속되는 구조이다. 곧 화자의 과거 행위가 가장 중심에 놓인 행동이라고 하면 윤의 공격과 화자의 의식 상실은 그 행동으로부터 발생하는 연속된 반응이 된다. 그러나 이 구조는 좀 더 근원적으로 파악될 필요가 있다. 화자의 과거 행위는 일제 강점이라는 현실에서 이루어지고, 그런 측면에서 화자의 친일문자 행위와 지조를 지킨 윤의 행위는 동일한 상황에 대한 서로 다른 반응 동작이 된다. 그러므로 논쟁은 단순히 화자의 행위만을 논란의 대상으로 삼은 것이 아니라 신문사에 사표를 내고 친일문자 행위를 하지 않은 윤의 행동도 검토의 대상으로 삼고 있는 것이다. 그럼에도 불구하고 윤은 일제 강점 현실에 대한 자신의 대응만이 정당하다고 보는 입장에서 화자의 대응을 부도덕한 친일 행위라고 비판한다. 하지만 외면적으로 친일을 가장하면서 내면적으로 항일투쟁을 벌인 화자는 윤의 공격이 부당하다고 생각하고 그에 대해 반박할 수 있는 충분한 근거를 가지고 있으면서도 그에 대해 반격할 수가 없다.[10] 그 이유는 화자의 항일투쟁에 대한 인식이 공유되어 있

---

10 사에구사 도시카쓰는 「민족의 죄인」을 해석하는 문제와 관련하여 세 가지 사실을 지적한 바 있다. 첫째는 이 소설의 주제는 대일협력을 한 사람의 고민에 있는 것이 아니라 지조 상으로 깨끗한 사람의 책임문제를 제기한다는 것, 둘째는 비판의 대상인 화자에게도 정당성을 주장할 권리가 있다는 것, 셋째는 이 소설의 마지막 장면이 화

어야 윤의 논리에 대한 반격이 성립될 수 있는데 화자는 윤에게 자신의 항일투쟁을 설명할 수가 없는 조건에 놓여 있기 때문이다. 따라서 논쟁은 윤과 화자 사이에 이루어지는 것이 아니라 화자의 행위를 친일 행동으로 알고 있는 김과 윤 사이에 이루어진다. 김이 펼치는 논리는 화자의 친일 행위를 기정사실로 인정하는 바탕 위에서 '생활'을 근거로 전개되는 것이기 때문에 궁색하지 않을 수 없다. 윤리적인 문제를 생존의 차원으로 끌어내리게 되면 일제 치하에서 산 모든 조선인은 친일행위를 한 사람이 되고 마는 것이다. 윤에 대한 김의 공격이 그나마 힘을 갖는 것은 그가 자신을 변호하는 것이 아니라 다른 사람을 대신해 논쟁을 벌인다는 도덕적 우월성을 갖기 때문이다. 소설의 화자가 논고는 옳고 변호는 아무 쓸모도 없다고 발언하는 것은 작가가 이 관계를 파악하고 있다는 사실을 나타내준다. 채만식은 출판사 주인 김의 논리에 의해서 윤의 논리에 대응하는 것은 정당하지도 않고 적절하지도 않다고 보고 그 반격의 논리를 마지막 장면에 함축적으로 제시하고 있는 것이다.

'의식 상실'로 감싸져 있는 소설의 주요 사건에 나타나는 행동과 반응의 구조는 작품의 말미에 토끼꼬리처럼 달려 있는 조카 사건에도 그대로 재현되어 있다. 사건의 원인은 친일파 선생이다. 이 친일파 선생의 문제에 대해서 학생들은 동맹휴학을 결정했다. 이것은 주어진 상황에 대한 하나의 반응 동작이다. 그러나 조카는 이 반응 동작이 자신에게 적절하지 않다고 보고 시험공부를 하러 화자의 집을 찾아온다. 그것은 그 나름의 반응 동작이다. 동일한 상황에 대한 이 두 개의 반응 동작은 소설의 주요 부분인 '의식 상실' 속의 사건 구조와 똑같다. 일제 강점의 현실에서 항일투쟁이 조선 민족의 가장 중요한 행동이라면 조카의 학교에서 벌어진 친일

자를 구제하는 요소를 가지고 있다는 것이다. 이와 관련해서는 이 책의 1장에서도 언급하였다. 사에구사 도시카쓰, 앞의 글, 23쪽 참조.

파 선생의 사건에서 동맹휴학은 그 항일투쟁에 해당한다. 그러므로 시험 공부를 위해 그 동맹휴학에서 빠져 나온 조카의 처신은 사태의 중심으로부터 벗어나 개인의 안위를 도모하는 일에 해당한다. 그것은 일제의 압제가 극심해지는 상태에서 개인의 지조를 지키기 위해 현실에서 물러나 은둔하는 것과 같은 행위다. P사의 주인 김이 윤을 공격하는 논리가 '결백을 횡재한 사람'에 초점이 맞추어진 것은 이와 관련된다. 화자의 행동을 친일 행위로 인지한다는 점에서 김의 입장은 화자를 정당하게 대변하고 있지는 않지만 윤의 행동이 지닌 의미와 한계를 지적하는 점에서는 타당한 논리다. 그런 측면에서 소설의 화자가 공부하러 온 조카를 동맹휴학하는 동무들에게 돌려보내고 흐뭇해하는 것은 친일을 가장한 항일투쟁이라는 자신의 과거 행위를 긍정한다는 의미를 지닌다. 결국 작가는 자신의 정체성을 사실대로 털어놓을 수 없는 상황에서 자신에게 들이대어진 전짓불 앞에서의 자기진술을 의식 상실의 모티프를 통해 헤쳐 나가고, 자신의 행위를 친일 행위라고 공격하는 윤의 논리에 대해서는 조카의 사건을 통해 반론을 펼치고 있는 것이다. 그 구조를 도표로 제시하면 다음과 같다.

〈그림 5〉

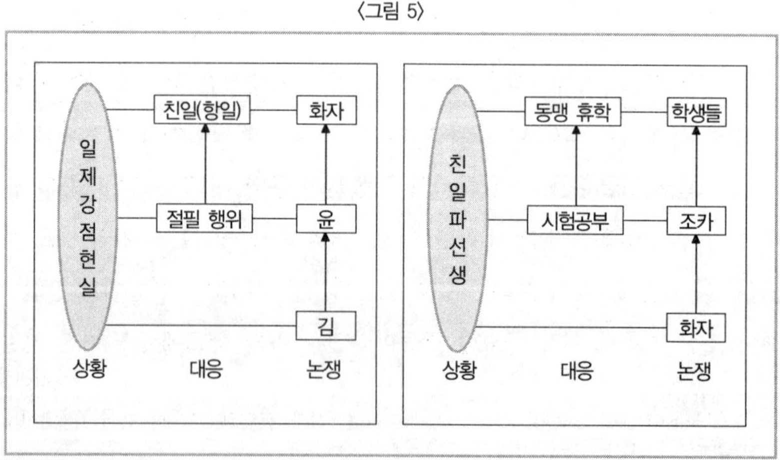

자전적 소설의 기법을 사용한 『민족의 죄인』은 이러한 소설적 구성을 통해서 해방기 조선의 현실에서 중요한 시대적 과제로 등장한 친일문학 행위에 대한 자기반성을 행함과 동시에 그 사실을 객관적으로 조명할 수 있게 하는 거울, 상황과 그에 대한 반응동작의 객관적 구조를 파악할 수 있게 하는 현실인식의 모형을 사회에 제공하고 있다. 채만식은 항일투쟁을 위해 필요했다고 할지라도 친일문자 행위를 한 자신의 과거행적에 대해 죄의식을 가졌다. 그 죄의식을 가졌기 때문에 친일문학인의 자기반성이 필요하다고 보고 「민족의 죄인」을 썼다. 그러나 소설은 개인의 대일협력이란 죄상에 대한 자기반성에만 머무르지 않았다. 과거의 자전적 소설인 「역로」에서와 마찬가지로 개인의 행위를 사회적 차원으로 확대하여 그 의미를 성찰한 것이다. 그러므로 그것은 단순히 자신의 행위를 괴논리를 동원해 정당화하는 자기변명도 아니요, 자신을 이상화하는 선전도 아니었다. 일제 강점기를 산 조선 사람이면 누구나 마주쳐야 했던 친일 문제와 관련된 사안의 복잡한 관계들을 제시하고, 그 복잡한 관계들 속에서 이루어진 각인의 삶을 올바로 평가할 수 있는 여러 가지 척도를 객관적으로 검토할 수 있게 하는 문학적 형상을 제공하고 있는 것이다. 식민 체제의 질곡과 물리적 탄압이 가혹해지는 현실에서 붓을 꺾은 사람들의 지조만이 높은 가치를 지닌 것은 아니라는 새로운 인식은 그 객관적 검토에서 나오는 결론이다. 그 결론은 일제 강점의 상황에서만이 아니라 지금이 시대를 사는 사람들의 삶에서도 정확한 현실 인식과 그에 입각한 주체적 결단이 끊임없이 요구된다는 주장을 담고 있다.

「민족의 죄인」 이후 채만식의 창작 활동은 잠시 침체된다. 일년 만에 희곡 「심봉사」를 쓰고 그로부터 반년쯤 뒤에 역사소설 『옥랑사』를 낸 것이 이 시기 작가의 작업 내용의 전부다. 그 2년의 침체기를 몇 개월 지난 1948년 8월 15일 채만식은 「낙조」를 완성한다. 이 날 미군정청의 하지중

장이 미군정의 폐지를 발표하고 상오 0시에 대한민국 수립이 선포되었다
는 사실을 감안하면 작가가 '낙조'라고 이름 붙인 이 작품에는 예사롭지
않은 의미가 부여되어 있음을 어렵지 않게 알아볼 수 있다. 1인칭 시점
화자를 등장시킨다는 점에서 「역로」, 「민족의 죄인」과 같은 계통을 이루
는 이 소설은 그러나 이전의 자전적 기법을 사용한 작품과 비교할 때 여
러 가지 차이점을 보여주고 있다. 우선 화자가 일인칭 시점임에도 불구하
고 작가 자신으로 볼 수 없는 인물로 설정되어 있다는 점을 주목할 수 있
다. 이 소설에서 화자는 자기 자신의 일을 보고하기보다는 황주아주머니
일가에게 일어난 일을 묘사하는 중도적 주인공의 역할을 맡는다. 화자는
일제 시대부터 국민학교 교원으로 일해 온 사람으로 성격이 편벽되고 꼬
장꼬장한 아버지와 모든 일에 원만한 어머니를 모시고 사는 인물이다. 황
주아주머니는 어머니 쪽의 먼 일가이다. 일찍 남편을 여의고 먹고살기 위
해 네 아이를 데리고 상경했을 때 어머니가 비빌 언덕을 마련해준 인연
으로 오랫동안 화자의 가족과 가까운 친척처럼 지내고 있는 사이다. 황주
아주머니는 어머니가 마련해준 방 다섯 개짜리 전셋집에서 하숙을 치며
살았다. 한 지게에 1전 하는 물을 머리로 여 나르고 열 명 하숙생의 빨래
를 죄다 빨아가며 억척스럽게 일한 덕에 황주아주머니는 네 아이를 굶주
리지 않게 하고 교육도 시킬 수 있었다. 그래서 큰아들 재춘은 중학을 졸
업하자마자 순사 시험을 보아 경찰서에 근무하게 되었고, 맏딸 송자는 고
등여학교를 마친 뒤 은행원과 결혼하여 서울서 살고 있다. 맏아들 재춘이
자리를 옮겨 황주에 근무하게 되면서부터 황주아주머니 일가는 그곳으로
이사 가서 살았다. 재춘은 전문학교에도 들어갈 수 있는 실력이 있었으나
집안 형편을 고려하여 일찍 순사가 되었던 만큼 자신의 능력을 발휘하여
쉽게 승진하였다. 경찰 간부가 된 그는 부잣집 딸과 결혼하였고 직위를
이용하여 악착같이 갈취질을 한 덕에 일제 말기에는 떵떵거리고 살만큼

재산도 모았다. 그는 집안에서도 일본말을 쓰고 동생 영춘을 일본인 학교에 보낼 정도로 철저한 일본인이 되기 위해 안간힘을 썼다. 그러나 그는 자신이 행한 악행으로 말미암아 해방이 되던 날 아내와 함께 사람들에게 참혹하게 살해되었고 황주아주머니의 집도 군중의 습격을 받았으며 종국에는 재산도 모두 적몰되었다. 황주아주머니는 숨겨두었던 돈 10만원을 가지고 둘째 아들 영춘과 함께 월남하여 아직껏 그 돈을 이리저리 굴려가면서 살아가고 있다.

이와 같은 가족사를 지닌 황주아주머니는 공산당이라면 무조건 이를 갈았고, 이승만 대통령을 온 국민이 지지하여 북진통일을 이루어야 한다는 확고한 신념을 갖고 있다. 아주머니가 아무런 일도 하지 않고 곶감 빼먹듯이 있는 돈만을 쓰면서 사는 것은 통일이 이루어지면 황주에 있는 자신의 재산을 되찾을 수 있으리라는 기대 때문이다. 그러나 황주아주머니는 국방경비대 장교로 있는 둘째아들 영춘에게는 빨리 제대하라고 졸라댄다. 북진통일 과정에서 자신의 아들이 죽는 일은 막아야 했기 때문이다. 황주아주머니의 이러한 이기주의에 대해 영춘은 매우 비판적인 시각을 가지고 있다. 영춘은 통일을 위해서는 전쟁이라도 치러야 하지만 어느 쪽으로 통일되건 그 정부는 외세의 지배를 벗어나 자주독립국가를 이루어야 한다는 소신을 지니고 있다. 한편 황주아주머니의 둘째 딸 춘자는 미군을 상대하는 양공주 노릇을 하다가 애를 배어 지금은 만삭이 된 상태이다. 한때 화자가 마음의 연인으로 생각하기도 했던 춘자는 혼담이 깨진 데다 화자에게 건넨 연애편지가 봉투도 뜯기지 않은 채 돌아오자 모욕을 느끼고 집을 나가 타락의 길을 걸은 것이다. 황주아주머니 집을 찾았던 화자는 우연히 춘자를 만나고, 무심코 '차라리 죽어버리구 말지!' 하는 말을 흘린다. 이에 대해 춘자는 자신은 정조는 팔았어도 정신적 매음을 하지는 않았다고 화자를 격렬하게 공격한다. 화자가 교원으로 근무하던 일제 말기 어린 학생들에게 친일을 조장한 행위를 비난하는 것이다. 화자는 자신이 잘못 했음을 솔직하게 사죄하고 돌아서는데, 화자의 앞을 막아선 춘자는 눈물을 글썽이면서 "당신은 더럽다구 죽으라구 했지만, 난 부끄러서 죽어야 해요, 당신이 부끄러서."라고 말하고 쓰러진다.

해방을 맞은 지 3년이 지난 시점에서 씌어진 이 작품은 당대 현실의 여러 가지 복잡한 문제들을 끌어안고 있다. 해방기 채만식의 문학에서 가장 포괄적인 문제 의식을 보여주고 있는 이 작품의 주제에 관하여 이선영은 다음과 같이 정리한다.

> 「낙조」는 좌익과 우익의 이념적 갈등 속에서 통일국가 건설의 이념설정 문제를 중심주제로 다루고 있으나, 부차적 주제는 민족의 주체성 상실을 반성하는 데 모아지고 있다. 이에 따라 인물의 설정도 우익과 좌익으로 나누어, 우익에는 황주 아주머니를, 좌익에는 황주 아주머니의 둘째아들 영춘을 각각 배치하고 또 이들과 연관된 인물들을 추가하여 설정하고 있다. 여기서 우익은 반민족적인 극우보수의 입장이고, 좌익은 민족 의식적인 친사회주의 노선을 취하고 있다. 그리고 작자의 입장을 대변하는 '나'는 이념상으로 후자에 가깝고, 민족의 주체성 문제는 '내'가 주로 황주 아주머니의 둘째딸 춘자와 콤비를 이루어 풀어나간다.[11]

인용문에 나와 있듯이 「낙조」의 중심주제는 '통일국가 건설의 이념 설정 문제'라고 할 수 있다. 1948년 8월 15일은 남한 단독 선거에 의해서 대한민국 정부가 출범했던 날이다. 곧 이어 북한에서도 선거가 치러지고 사회주의 정권이 공식적으로 들어서게 되는 점을 고려하면 이 날은 조선 사회가 분단국가로 나누어지는 시초가 되는 셈이다. 채만식은 남북분단이란 민족의 불행이 시작되는 이 날 조선 민족이 어떻게 하면 통일국가

---

11 이선영, 「창조적 주체와 반어의 미학」, 『채만식 문학의 재인식』, 소명출판, 1999, 45쪽.

를 건설할 수 있는가 하는 문제를 소설로 형상화한 것이다. 이 문제를 검토함에 있어 채만식은 역사와 현실을 동시적으로 포착하는 겹시각을 이용한다. 남북분단이 단순히 상이한 이념 체계에 따라서만 이루어진 것이 아니라 사람들의 생활의 역사 속에서 형성된 감정과 논리와 연관된다는 인식이다. 황주 아주머니의 이승만 대통령에 대한 무조건적 지지, 공산정권에 대한 끝없는 증오는 남북한사회를 지배하는 이데올로기에 대한 인식에 근거한 것도 아니고 남북의 체제가 사람의 삶을 어떤 방식으로 규율하게 될 것인가에 대한 정확한 이해에 바탕을 둔 것도 아니다. 그럼에도 불구하고 그 감정과 논리가 남북의 체제를 형성하는 힘으로 작동하는 것이 현실이다. 그와 마찬가지로 통일을 위해서는 전쟁이라도 감수해야 한다는 박영춘의 논리와 감정은 장차 미래의 역사를 추동하는 힘이 될 것이다. 화자가 박영춘의 소신과 경직된 논리에서 불안을 느끼는 것은 개별 인간의 파토스가 역사 현실의 실재로 전화하는 이치를 막연하게나마 깨우치고 있기 때문이다. 여기서 채만식은 통일국가의 주체를 생각하지 않을 수 없다. 박영춘처럼 국가의 주체가 좌가 되든 우가 되든 상관없이 통일만 되면 된다는 생각을 작가는 받아들일 수 없었고, 예견되는 전쟁의 참화를 무릅쓰고 통일을 이루어야 한다는 관점에도 동의할 수 없었던 것이다. 통일국가 건설의 이념 설정 문제가 민족의 주체성 문제로 이어지는 것은 그 때문이다.

「낙조」에서 소설의 화자와 박춘자는 마음속의 연인이기도 하면서 일제시대와 미군정 시대의 훼손된 민족 주체성을 상징하는 기능적 역할을 맡고 있기도 하다. 화자는 교원으로서 어린 학생들에게 일본이 조선을 침략한 정당성을 말하기도 하고 황국신민서사를 외우게 하기도 했으며 천황 폐하 만세를 외치고 일본말을 쓰도록 강제하기도 했다. 춘자의 말처럼 화자는 일본 제국주의와 정신적 매음을 한 것이다. 더욱이 해방이 되었다고 해서 앞으로는 그런 일이 없을 것이라고 장담할 수도 없다. 이와 대비적으로 춘자는 미군에게 정조를 팔아서 먹고살고 있다. 만삭이 된 그녀가 혼혈아를 출산한다면 그 미래 또한 현재의 삶이 남긴 흔적으로부터 자유로울 수 없다. 한 사람은 과거에 정신적으로, 또 한 사람은 현재에 육체적으로 매음을 함으로써 민족 주체성의 훼손을 상징하는 것이다. 이들은 한때 서로를 연모한 사이로 순결한 부부로 결합될 수도 있었다. 그러나 시간의 흐름은 이들의 삶을 훼손된 정신과 육체로 만들었으며 그 끝을 보여주지 않는다. 이처럼 외세에 의하여 훼손된 정신과 육체는 어떻게 회복될 수 있는가? 이 문제는 통일국가를 이끌 주체의 문제에 대한 성찰로 이어진다. 채만식은 민족 주체성의 문제를 이 훼손된 정신과 육체의 회복 문제와 연결시킨다. 방민호는 사회구성원의 존재성이 자기 외부로부터만 규정되는 상태에서는 그 회복이 불가능하다고 생각했기 때문에 작가가 훼손된 정신과 육체가 서로를 비추도록 하는 기법을 사용했다고 설명한다. 곧 서로에게 소중한 존재인 두 사람이 각자의 훼손을 서로에게 부끄러워하는 상황을 설정했다는 것이다. 이 부끄러움과 관련하여 방민호는 다음과 같이 분석한다.

> 자기의 죄를 의식하는 문제가 궁극적으로는 부끄러움이라는 내성적인 차원으로 환원된다는 것, 이때 이 부끄러움이라는 감정은 최초의 죄의식과는 다른, 자기가 소중하게 생각하는 존재 앞에 드러난 스스로의 부끄러운 모습을 의식함으로써 생겨난 결과라는 점이 의미심장하다. 그 소중한 존재란 춘자에게는 짝사랑의 대상이었던 '나'이겠으나, 작가 자신에게는 민족일 수도 있고 문학일 수도 있다. 그것이 무엇이든 부끄러운 죄를 범한 자의 내적 정신의 문제를 드러내고 그 구제를 추구했다는 점에서 이 작품은 중요하게 다루어져야 할 필요를 갖는다. 그리고, 이는 채만식이 이 작품에 와서야 비로소 '사소설' 형식의 맹점을 직시하고 극복할 수 있었음을 의미한다. 이 같은 시점의 극복으로 말미암아 이 작품은 당대 현실의 문제점을

날카롭게 진단하는 능력을 보여줄 수 있었던 것이다. 특히, 영춘과 '나'의 대화장면을 통해 드러나는 남선(南鮮)과 북선(北鮮)의 전쟁의 위험성에 대한 작가의 예견력은 해방 직후의 풍자적 단편소설들이 보여주는 현실풍자의 시각을 근본적으로 극복한 것이라 할 수 있다. 그것은 단순한 풍자로서는 획득될 수 없다.[12]

방민호의 분석은 「민족의 죄인」과 관련하여 작가의 친일 행위에 대한 자기반성을 염두에 두고 행해졌다. '죄의식'이라는 표현은 거기에 연원을 둔 것이다. 「민족의 죄인」이 지닌 성격에 대한 인식이 채만식 문학 연구의 모든 부면에 영향을 끼치고 있는 구체적인 사례라고 할 수 있을 것이다. 그러나 민족 주체성 문제에 국한해 살필 때 채만식이 소설의 화자와 춘자의 관계를 통해 이야기하는 것은 민족 구성원 각자가 상대가 자신에게 소중한 존재임을 자각하는 일의 중요성이다. 그러한 인식과 태도에서만이 조선 민족은 상대의 훼손을 자신의 훼손으로 간주할 수 있게 되고, 그럼으로써 상대에 대한 증오가 아니라 애정을 회복할 수 있다는 관점이다. 민족 주체성은 그와 같은 상호 이해와 포용에 의해서만이 가능하게 되지 않겠는가 하는 설득인 셈이다. 이 내용을 '두 사람의 균형있는 화해의 결말'이라고 본 이선영은 "해방 전의 일본과 해방 후의 미국에 대해서 민족의 주체와 긍지를 상실한 것을 각자 부끄럽게 생각하는 동시에, 우정을 잊지 않고 있는 상대에게 진실된 인간적 자세를 취함으로써 서로 신뢰를 회복하게 된다는 이 소설의 마무리는 단순한 정서적 승화작용에 그치지 않고 그 이상의 인간적이고 이념적인 발전방향까지 암시하고 있다."[13] 라고 평가했다.

앞에 제시한 인용문의 분석에서 방민호는 채만식이 이 작품에 이르러

---

12 방민호, 『채만식과 조선적 근대문학의 구상』, 소명출판, 2001, 130쪽.
13 이선영, 앞의 글, 47쪽.

서야 '사소설' 형식의 맹점을 극복할 수 있었고, 예견력을 갖추었다고 진단한다. 그러나 필자가 판단할 때 역사의 추이를 파악하는 작가의 예견력이란 일제 말기의 작품에서 이미 드러난 것이고, 풍자적 시각의 극복도 2년 전에 씌어진 「역로」에서부터 조짐이 드러난 사실이다. 이 작품에 이르러서 작가가 이룬 성취는 방민호가 '사소설' 형식이라고 표현한 자전적 기법의 한계를 돌파한 점이다. 그 돌파는 채만식이 일인칭 시점을 사용하면서도 소설 속의 화자와 작가 자신을 분리하고, 작품 속 인물들 간의 대화적 관계를 열어놓은 데 기인한다. 이러한 소설적 기법은 「민족의 죄인」에서 작품 속의 일인칭 화자와 작가 자신이 결합되기도 하고 분리되기도 하는 데서 징후가 나타나기 시작했던 것으로 「낙조」에서는 소설 전편에 삼투되어 있는 것으로 드러난다. 예컨대 소설의 화자가 제자인 최군이나 영춘과 대화하는 과정에서 상대방의 의견을 수긍하고 자신의 의견을 바꾸는 데서나, 각 인물들의 성격적 특징을 표현하기 위해 상호적인 시각을 제시하는 데서 그 대화적 관계는 충분히 입증된다. 정홍섭은 이 작품에서 황주 아주머니나 화자의 아버지에 대한 묘사가 긍정성과 부정성을 동시에 포착하고 있음을 지적하고 그것이 화자의 반성적 자기성찰에 의한 비판적 거리의 조성에 의해 가능했음을 설명하면서 이렇게 말한다.

> '나'는 자신이 가르쳤던 제자 최군과의 대화 속에서 자신이 교사로서 행한 부일(附日)행위를 직시하면서 자기반성을 할 줄도 안다. 즉, 이렇게 '나'는 자신의 외부에 대해 대화적인 관계를 열어 놓는다. "나는 어젯밤, 겸이포의 요정에서 이름 드날리는 경부보 박재춘의 앞에서와는, 한 다른 의미에서, 이 최군의 앞에서도 나 자신의 하잘 것 없은 위인임을, 또한 뼈저리게 느끼지 아니치 못하였다."는 자책이 단지 소극적 냉소로 받아들여질 수 없는 것도 이러한 열린 자세 때문이다. 이러한 '나'의 대화적 자기성찰은 황주 아주머니의 딸 춘자와의 관계에서도 나타난다. '양갈보'가 된 춘자가 '나'의 부일행위에 대해 '나'에게 내뱉는 격렬한 질책, 그리고 자신이 그렇

게 타락할 수밖에 없었던 것이 자신에 대한 '나'의 무심하고도 무성의한
태도 때문이었다는 고백을 통해 '나'의 지식인적 허위의식은 노출되고 만
다. 이와 같이 이 작품에서는, '나'가 다른 인물들과 맺는 다양한 대화적
관계를 통해 '나'를 포함한 각 인물들이 지닌 양면적 본질에 대한 성찰이
이루어진다. 따라서, 예컨대 춘자의 질타를 듣고 "망연자실, 아무런 대꾸도
하지 못하는 '나'의 묵묵부답"을 "해방이 되어도 '나'의 변모는 없다"는 판
단의 근거로 삼는 것은 온당치 못하다. '나'의 '망연자실'은 오히려 이제까
지의 자기 성찰의 심도가 역으로 표현된 것으로 받아들일 수 있다. 그런
의미에서 이러한 '나'의 '우유부단함'은, 단순한 소극적 무기력증의 발로라
기보다 올바른 자기 처신의 곤란함에 대한 성찰에서 배태된 것이라 할 수
있다. 이러한 '나'의 모습은 '나'와 영춘의 대화에서도 나타난다. 동족간
전쟁을 예감케 하는 위기상황에 대한 통찰 속에서 '나'의 자의식이 더욱
심화되는 것 역시 자기폐쇄성이나 소극성의 발로라기보다, 당대의 역사적
위기상황을 어떻게 헤쳐나가야 하는가에 대한 '나'의 복잡한 사고가 투영
된 것으로 봄이 온당하다.[14]

소설 속의 화자는 통일을 위해서라면 전쟁도 불사해야 한다는 박영춘
의 논리에 대해 뚜렷한 자신의 의견을 제시하지 못하고 "그런 수단 아니
군, 달린 남북통일을 할 도리가 없을거나?" 하고 묻곤 한다. 이런 식의
대응을 '우유부단함'으로 해석하는 방식은 「민족의 죄인」의 소설적 화자
가 병을 앓는 것을 죄책감 때문인 것으로 해석하는 방식과 상통한다. 복
잡한 사정이 깔려 있는 사안에 대해 간단하게 대처하는 것은 단호함을
보이는 일일 것이다. 그러나 그러한 단호함은 복잡한 것이 지닌 복잡한
관계를 인정하지 않는 독선일 수 있다. 신동욱은 「낙조」의 화자가 취하는
태도를 설명하면서 "채만식은 정복과 투쟁의 정치론보다는 평화적으로
이상적 목표에 도달하는 견해를 보임으로써 타협과 논의의 민주적 정치
론을 더 존중했던 것"[15]으로 유추 해석했다. 풍자적 기법이 대상에 대한

---

14 정홍섭, 『채만식문학과 풍자의 정신』, 역락, 2004, 154~155쪽.

주체의 우월성에 바탕을 두는 형상화 방법이라면 채만식이 「낙조」에서 보여주는 대화적 관계와 열린 자세는 주체 객체 간의 상호 우위적 관계를 인정하는 태도에 입각한다. 그것을 신동욱은 민주적 정치론이라고 요약하는 것이다.

「낙조」에 이르러서 채만식은 풍자 기법의 한계와 자전적 기법의 한계를 동시에 넘어선다. 황주 아주머니의 근면 성실함과 동시에 이기적인 속성이 파악되고, 박영춘의 통일을 향한 열정과 함께 그 논리의 위험성이 포착된다. 그와 같이 사물의 양면성을 파악하는 관점에서 풍자는 일면적인 진실만을 포착하는 편협한 태도일 수 있다. 마찬가지로 「낙조」의 자전적 기법은 여러 인물의 시선이 교차하고 서로를 비추는 거울이 되는 방식으로 구사된다. 여기에서 한 인물이 겪는 체험은 개인사에 그치는 것이 아니라 사회적인 차원으로 확산되지 않을 수 없다. 「낙조」가 자전적 기법을 도입했으면서도 남북분단 현실의 총체적 구조에 대한 인식과 예견되는 미래의 사태에 대한 불안감을 표현하는 작품이 되는 것은 그 확산의 양태를 보여주는 의미를 지닌다. 채만식이 「소년은 자란다」에서 남북분단 체제하 조선 민족의 역사에 대한 전망을 형상화하려고 시도할 수 있었던 것은 「낙조」에서 이루어진 이러한 현실인식의 성과에 토대를 둔다.

3. 역사의 알레고리 「소년은 자란다」

채만식은 1950년 6월 11일, 6·25동란이 일어나기 2주일 전에 별세했다. 1920년대 초반 집안이 기울어진 뒤부터 가난과 병고에 시달리기 시작

---

15 신동욱, 『1930년대 한국소설연구』, 한샘, 1994, 320쪽.

한 작가는 끝내 지병인 폐환으로 50년의 짧은 생애를 마친 것이다. 그의 마지막 작품인 유작「소년은 자란다」를 처음으로 독자 앞에 공개한『월간문학』편집자는 이 소설을 소개하면서 이렇게 적고 있다.

「소년은 자란다」는 채만식 선생이 타계하기 전전해인 1948년 초엽, 와병 요양 중이던 이리시 고현동 백씨댁(伯氏宅)에서 착수하여 일개 성상을 헤아리는 투병기간에 병상에서 집필한 200자 원고지 665장에 달하는 전작 중편소설이며 또한 선생의 최후의 절품(絶品)이기도 하다. 선생이 말미에 기록해 둔 바와 같이 탈고 일자는 1949년 2월 25일. 이 작품은 선생의 차남인 채계열 씨가 한 장의 낙장과 파손됨도 없이 13년 간을 소중히 보관해 온 것으로 밝혀졌다.[16]

「소년은 자란다」의 원고는 유족들에 의해 원형대로 보관되었지만 발표된 작품은 손상을 입지 않을 수 없었다. 발표 당시의 시대상황으로 말미암아 미국과 소련을 비판한 부분, 친일파를 매도하거나 항일 빨치산 부대, 김일성을 언급한 부분들은 삭제되었다. 이렇게 수난을 겪으면서 세상에 모습을 드러낸「소년은 자란다」는 발표 이후에도 적지 않은 신고와 풍상을 겪었다. 소년을 주인공으로 삼고 있는 작품의 성격으로 인하여 평론가나 문학연구자들로부터 비난과 혹평을 받은 것이다. 예를 들어 김윤식은 이렇게 직품을 평가하고 있다.

작가는 여기서 해방 공간의 민족이동, 귀환동포의 애환과 그 정착과정을 소년의 눈을 통해 보여주려 한 것 같다. 물론 작가는 처음부터 오씨의 '지워버린 고향'을 설정하고 있다. 뿌리뽑힌 인간이 아니라 스스로 뿌리박기를 거절한 사람이다. 따라서 땅으로 향한 어떤 귀소본능을 갖지 않는다. 작가는 부질없이 또 어지러울 정도로, 부조리라든가 세태 풍속을 늘어놓고 있다. 그 모두는 지나간 것이다. 문제는 소년 영호가 어떻게 이 땅에 뿌리

---

16 채만식,「소년은 자란다」,『월간문학』, 1972 9월호, 123쪽(편집자 주).

를 박느냐가 이 작품의 핵심인 것이다. 그런데, 이 후반부로 올수록, 즉 소
년 영호가 선명히 부각될수록 소설은 노골적인 신파 연극투로 변하고 있음
을 발견할 수 있다.[17]

김윤식은 이 소설의 신파조가 소년 주인공을 염치도 없이 미화 찬양하
는 것임을 지적하면서 그 원인을 작가의 허무주의와 자의식, 그리고 풍자
의 방법을 버린 데서 찾았다. 곧 친일행위를 함으로써 '민족의 죄인'이
되었다는 자의식이 허무주의를 낳았고, 그것을 극복하기 위해 풍자를 버
림으로써 참담한 문학적 결과에 도달했다는 평가이다. 풍자를 자신의 문
학방법으로 삼았을 때는 '엄정한 현실과의 거리감으로써 현실을 관찰, 비
판할 수 있었'지만 그것을 버림으로써 신파조에 떨어져 자신의 문학적 생
애를 허무한 것으로 만들어버렸다는 결론이다. 그러나 이 작품에 대한 평
가가 이와 같이 부정적으로만 이루어진 것은 아니다. 예컨대 류보선은 거
의 같은 시기에 창작된 「낙조」와 이 작품을 견주면서 "「낙조」에서는 불
의의 상황이나 부조리의 상황 앞에서 아무런 행동을 옮기지 못하는 지식
인에 대한 비판, 그러니까 채만식 특유의 '레디메이드적 존재감'에 대한
자기부정이 이루어지는가 하면, 「소년은 자란다」에서는 현존재들 속에서
미래를 향한 잠재적 가능성을 찾아내기도 한다. 특히 화려하고 휘황찬란
한 권위주의적 담론에 자신을 내맡기고 싶은 충동을 놀랄 만큼 냉정한
시선으로 이겨낸다."[18]라고 긍정적으로 평가한다. 두 평론가의 평가를 대
비할 때 견해의 차이를 빚어내는 핵심적인 사실은 소년 주인공과 그를
묘사하는 문체의 상관관계에 대한 인식이라고 할 수 있다. 한 사람은 그
것을 '신파 연극투'라고 하는 것이고 다른 한 사람은 '권위주의적 담론에
자신을 내맡기고 싶은 충동을 놀랄 만큼 냉정한 시선으로 이겨낸다'고 보

17 김윤식, 「채만식의 문학세계」, 『채만식』, 문학과지성사, 1984, 44쪽.
18 류보선, 『한국 근대문학의 정치적 (무)의식』, 소명출판, 2005, 461쪽.

고 있는 것이다. 이 점에 착안하면 「소년은 자란다」와 「낙조」의 문체가 지니는 차이와 함께 두 소설이 보여주는 세계관을 논점으로 제기할 수 있다. 작가의 날카로운 역사 감각과 현실의식이 표현된 「낙조」의 원숙함에 대비할 때 「소년은 자란다」가 포용하고 있는 세계는 유치한 단계에 머물고 있다는 인상을 주기 때문이다. 그것들은 정녕 서로 다른 사유의 단계와 세계관을 표현하고 있는가? 이에 대한 필자의 답은 이 절의 제목에 일정하게 나타나 있지만 여기서는 직답을 피하고 우회하는 방법을 선택한다. 작품에 대한 좀더 많은 정보와 지식이 갖추어져야 그 물음에 대한 대답을 시도할 수 있기 때문이다. 이 소설에 대하여 정홍섭은 그 주제의식을 다음과 같이 요약한다.

> 채만식이(의) 최후의 작품에 속하는 「소년은 자란다」는 역사소설의 범주에 드는 작품은 아님에도 불구하고, 당대의 역사적 상황에 대한 작가의 시각이 확연히 드러나는 작품이다. 생존을 위해 고향을 등지고 간도로 이주했던 영호 가족이 해방 이후 우여곡절 끝에 다시 고국에 돌아오게 되나 어린 영호, 영자 남매가 갈 곳 없는 고아가 되어버린다는 줄거리의 이 작품은 작가의 도저한 비관주의를 다시금 떠올리게 한다. 고국에 돌아오게 되는 과정에서의 영호 엄마와 영호 동생 영수의 극도의 비참한 죽음, 고국에 돌아와서도 영호네가 찾아갈 고향 없음, 그리고 해방된 고국을 찾아온 영호네에 대한 동포들의 냉대, 그리고 당대 사회의 극심한 혼란과 부패 등 영호, 영자 남매를 둘러싼 거의 모든 것들이 비관적인 색채로 그려진다. (…) 「소년은 자란다」에서 영호, 영자에 대해 이처럼 가혹한 상황을 부여한 이면에는 작가의 중요한 의도가 있다고 판단된다. 즉 이는, 어머니와 아버지 모두를 잃은 영호, 영자의 실존적 상황을 설정함으로써 당대 사회의 주류로 군림하고 있던 기성 세대의 부패와 타락에 대한 의도적인 '단절'을 시사하고자 한 것이라 보아야 한다. 실제로 이 작품의 상당 부분에서 당대 사회 현실에 대한 신랄한 비판이 이루어진다. 이렇게 극도로 혼란스럽고 부패한 사회 현실 속에서, 영호와 영자는 비록 고아가 되어 자신들의 삶을 직접적으로 후원할 사람들을 잃었지만, 적어도 이들의 기억 속에

는 양심적 지식인 오선생과 같은 정신적 사표가 있고, 또 어린 시절 그들
을 부양한 그들의 부모에 대한 기억 역시 살아 남아 있다. 자신과 운명을
함께 할 사람들은 바로 오선생이나 그들의 부모와 같은 민중들이라는 것을
영호는 의식적·무의식적으로 깨닫고 있다.[19]

정홍섭은 「소년은 자란다」에서는 영호 남매가 고아가 되었다는 사실이
중요한 것이 아니라 기성세대와 철저한 단절을 이루어야 미래 역사에 대
한 긍정적 전망이 가능하다는 역설이 표현되어 있다고 본다. 이것은 어린
남매가 수난의 한국사를 상징하는 인물이자 미래 역사의 전망을 체현하
는 역할을 소설 속에서 맡고 있다는 일반적 관점과 상통하는 해석이다.
그러나 이러한 해석만으로는 이 작품이 신파 연극투에 그친 것인지 권위
주의적 담론에 대한 욕망을 냉정하게 이겨낸 것인지 분명하게 가늠할 수
없다. 작품에 좀더 밀착하여 세부요소들의 의미를 음미하고 있는 황국명
의 분석은 그런 점에서 참고가 된다. 황국명은 「소년은 자란다」가 "해방
의 감격이나 민족의 미래에 대한 희망찬 설계보다 혼란과 무질서, 가진
자의 오만함과 힘센 자의 폭력을 비판하고, 남북권력자에 의한 분단고착
을 예견한 것"[20]으로, 그러한 시각은 현재까지도 유효하다는 입장에 서서
분석을 시작한다. 그는 우선 '잃어버린 아버지'에 주목한다. '국권상실은
아비상실에 비유될 수 있'는 것으로서 "'잃어버린 아버지'는 주체적인 해
방이 아니라는 작가의 날카로운 시대의식을 반영"한다고 설명한다. 이렇
게 부모를 잃은 고아는 '가족의 가치나 이념으로부터 자유'로울 수 있는
대신에 자본주의 사회의 물신, 돈과 시장가치에 무방비로 노출될 위험이
있다. 다행히 소설의 주인공 영호는 돈보다도 공부를 통해서 훌륭한 사람

---

19 정홍섭, 앞의 책, 266~267쪽.
20 황국명, 「채만식 문학의 재음미」, 『백릉 채만식 선생 50주기 기념 심포지엄 자료집』,
   민족문학작가회의, 2000, 97쪽.

이 되고자 하는데, 여기에는 '자라는 소년을 통해 민족의 희망을 보고자'
한 작가의 의도가 개입되어 있다. 황국명은 그 희망이 무엇인지 확인하기
위해서 몇 가지 추론을 전개한다. 그가 맨 먼저 주목하는 것은 영호의 부
모가 만주로 간 연유이다. 영호의 부모 오윤서 내외는 일제시대의 많은
유이민과는 달리 '극히 사적인 이유'로 만주에 갔다. 아버지는 부정한 아
내가 하이칼라를 따라 가출했기 때문에 고향을 떠났고 어머니는 전남편
의 폭력에서 도망쳐 나왔다. 그래서 그들에게 고국은 '지워버린 고향'이
다. 이 '지워버린 고향'이 영호 남매의 불행을 초래하게 될 것이라는 사
실은 작가 자신이 직접 표현하고 있는 내용으로 소설에서는 어린 남매가
아버지를 잃는 중요한 원인이 된다. 그러나 이 '지워버린 고향'은 좀더
의미심장한 내용을 갖는데, 황국명은 그것을 이렇게 설명한다.

> 부모를 잃었다는 점에서 영호는 그의 성장과정을 통제할 계보적 엄숙성
> 을 결여한다. 그에게는 조상 대대로 내려오는 의무감이나 가계의 전통에 의
> 해 규정된 미래의식도 있을 수 없다. 또 영호 남매는 기차역에서 아버지와
> 생이별을 하게 된다. 수많은 종류의 사람들이 이합집산하고 삶의 다양한 층
> 위가 겹쳐 놓이는 역은 고향과 같은 국지적 장소가 오랜 세월에 걸쳐 형성
> 하고 있는 장소의 정체성, 폐쇄적인 인정세계를 구성할 수 없다. 어떤 논자
> 에 따르면, 폐쇄적인 국지적 맥락에서 해체되어 있다는 점에서 역은 일종의
> 비공간이다. 이는 귀국과 함께 아비(나라)를 잃어버린 영호 남매에게 민속
> 지적 장소개념이 있을 수 없음으로(을) 증폭시켜 드러낸다고 할 수 있다.
> 아이의 성장과 완성을 도울 부성적 권위가 부재하고, 국지적 장소의 정체성
> 으로부터 해방된 영호는 개체로서의 자기정체성과 운명을 강조할 수밖에
> 없을 것이다. 한 개인의 자기형성에서 지역이나 장소와의 영향관계가 극도
> 로 축소될 때, 그의 성장은 물질에 매개될 수밖에 없을 것이다. 따라서 돈
> 보다 배움이 중요하다고 하지만, 영호는 각박하고 험난한 세파에서 살아남
> 기 위해 빨리 성인이 되어야 한다. 그것은 환멸체험 위에서 이루어진다.[21]

---

21 황국명, 앞의 글, 98쪽.

영호는 아버지를 기다리기 위해 정거장에 머무는 동안 세상의 인심을 알기도 하고 돈의 힘을 체험하기도 한다. 뿐만 아니라 여관의 심부름꾼 노릇을 하면서 '훌륭한 사람의 세계'가 그다지 훌륭하지도 않고, 아름답지도 않으며, 신통하지도 않다는 사실을 알게 된다. 황국명은 이렇게 영호가 자본주의 사회의 삶의 방식을 터득하는 것을 이중적으로 평가한다. 한편으로는 그 환멸체험에서 이 세상을 살아가는 데는 '신중한 관찰과 인식이 필요함을 깨닫지 않을 수 없'을 것이지만 다른 한편으로는 미성숙 상태를 빨리 넘어서기 위해 '청년 혹은 젊음의 가치에 대한 평가절하'를 하게 된다는 것이다. 그와 같이 '위험한 세계를 가능한 한 빨리 통과'하여 미성숙의 단계를 넘어서는 경우 영호의 공부는 '사실에 대처함으로써 자기를 보존하는 지식'에 그칠 것이며, 그 '세계가 가르치는 방식대로 욕망하며 살아갈' 경우 '그 세계는 이미 낡은 미래'일 것이라는 예측이다. 이러한 분석은 아직 성숙하지 못한 소년의 세계를 그리고 있는 이 작품이 남북분단이 기정사실로 굳어지고 있는 해방기 현실이 지니고 있는 여러 가지 문제들을 사유의 시야 속에 포함하고 있다는 사실을 알려준다. 따라서 기왕에 여러 사람이 행한 작품에 대한 개괄적인 평가를 떠나서 좀더 치밀한 분석 작업을 수행하는 일이 더욱 요청되는 것이지만 그보다 더욱 시급한 일은 작품을 전체적으로 파악하는 일이다. 그 이유는 세부적인 사실에 대한 분석만을 토대로 작품의 의미를 추구하는 경우 어떤 사실이 어떤 시각에서 취택되느냐에 따라 그 해석의 결과는 천차만별의 양상을 빚을 것이기 때문이다.

「소년은 자란다」는 전체가 17장으로 구성되어 있다. 첫 장은 '용상보다 더한 것'이라는 제목으로 아버지를 잃은 영호 남매가 정거장에서 아버지를 찾는 모습이 표현된다. 이 장에서 영호 남매가 부모를 차례로 잃은 사실과 함께 혼인날까지 받아놓은 딸을 되놈들에게 궂힌 전재민이 묘사되는 것은 소설 속의 사건을 해방기 조선 민족의 보편적 경험으로 형상화한다는 뜻이라고 해석할 수 있다. 이 첫 장을 기준으로 삼을 때 소설의 나머지 부분은 전체가 두 가지 내용으로 나뉜다. 2장에서 12장까지는 영호 남매가 현재의 처지에 이르기까지의 과거에 대한 이야기며, 13장부터 마지막 장인 17장까지는 영호 남매가 현재 살아가는 모습에 대한 서술이다. 이러한 구성은 「소년은 자란다」가 기본적으로 『탁류』의 구조와 동일한 패턴을 가지고 있다는 사실을 알려준다. 전체가 세 부분으로 나누어지는 이 작품에서 1장이 한 부분을 이루고 13장 이후가 또 한 부분을 차지하는 것으로서 현재의 시점에서 벌어지는 사건을 서술하는 것이며, 2장부터 12장까지가 다른 한 부분을 형성하면서 그 현재를 성립시킨 과거 역사를 서술하는 구조인 것이다. 이렇게 파악할 때 「소년은 자란다」와 『탁류』는 기본적으로 동일한 구조이면서 차이점 또한 지닌 것으로 드러난다. 곧 동일성은 현재-과거-현재라는 구조로 나타나고 그 차이는 『탁류』에서는 첫 부분이 소설의 중심이 되는 데 반해서 「소년은 자란다」에서는 세 번째 부분이 중심장면이 된다는 것이다. 이러한 구조상의 차이점은 작품의 성격과 긴밀한 관계가 있다. 『탁류』는 정주사를 작품의 전형적 주인공으로 삼아 조선이 일본 제국주의의 식민지가 된 역사와 현재의 식민 지배 구조를 형상화하는 데 조점을 맞춘 작품인 데 반해서 「소년은 사란다」는 영호 남매를 중심인물로 삼아 조선 사회의 현재와 미래를 조망하는 데 역점을 두고 있는 것이다. 이렇게 작품의 구심점이 바뀌게 되는 것은 『탁류』에서는 첫 부분이 1장에서 9장까지 소설의 거의 절반을 차지하고 세 번째 부분은 15장에서 19장까지로 되어 있어서 분량부터가 첫 부분에 비중이 주어지고, 「소년은 자란다」에서는 첫 부분은 1장만으로 구성되고, 세 번째 부분은 13장에서 17장까지 다섯 장으로 되어 있는 것과 관련된다. 곧 분량이 많다는 것은 소설을 읽는 독자의 작중현실에 대한 실재감이 증가된다는 것을 의미하기 때문에 그 힘과 현실성이 작품의 다른 부분을 압도하는 것이다.

「소년은 자란다」에서 첫 장은 일종의 작중현실의 기본상황을 설정하는 내용이라고 할 수 있다. '비공간'인 정거장에서 '잃어버린 아버지'를 찾는 어린 남매를 보여줌으로써 식민지에서 해방이 되었지만 외세가 지배자로 군림하는 현실이 조선 사회의 현재이며, 거기에서 조선 민족은 이념의 혼류와 생존경쟁의 각축이 벌어지는 살벌한 세계에 알몸으로 내던져진 고아라고 인식하는 것이다. 여기서 어린 남매는 조선 민족의 상징이다. 어린 남매가 이후 여관의 심부름꾼과 '단속곳'의 아이를 돌보아주는 몸종 비슷한 일을 하게 된다는 것은 남과 북에 주둔해 있는 외국군을 상기시키는 것으로서 이 소설 전편이 알레고리적 구조로 되어 있다는 사실을 알려준다. 영호의 이복형인 영만이 일제 말기에 김일성의 빨치산 부대에 합류했다는 사실을 상기하면 오윤서의 세 자식은 남과 북으로 갈려 있는 셈이 되고, 그것은 남북분단 현실의 알레고리다. 이 알레고리를 일단 의식하게 되면 점차 작품 속에서 각각의 세부적 요소들을 알레고리로 읽을 수 있다. 소설이 작품의 기본 상황을 제시한 뒤 영호네 가족의 과거 역사로 돌아가는 것은 그 알레고리를 구체화하는 작업의 일환이다.

만주의 척박한 토양에서 삶을 일구어가던 영호네와 그들의 정신적 지주가 되었던 오선생의 이야기를 중심으로 구성되어 있는 작품의 두 번째 부분 역시 현재와 과거를 번갈아 가며 사건을 제시하고 있다. 그 첫 장면인 2장은 해방의 소식이 전해지는 광경을 묘사하면서 오선생의 반일적 태도와 주체적 면모를 부각시킨다. 3장은 만주와 간도에 사는 사람들의 생활과 그 내력을 보여주고, 4장에서는 해방을 맞는 그들의 태도를 형상화한다. 5장은 고국으로 떠나는 사람들의 상실감과 기대감이 뒤엉킨 미묘한 심리를 드러내고 6장에서는 소설의 중심적 인물들인 영호 가족의 역사, 곧 오윤서와 그 아내의 생애를 묘사한다. 하이칼라를 선망한 부정한 아내의 가출로 맏아들 영만과 함께 고향을 등진 오윤서, 첫 남편의 무자비한 폭력에서 벗어나기 위해 도망친 영호 어머니가 남대문의 여관집 주인의 주선으로 부부의 인연을 맺고 만주로 떠나온 이야기다. 두 사람 모두 '지워버린 고향'을 가진 인물로 형상화된다. 7장에서는 십여 년 간 애써 이룬 살림을 버리고 귀국을 해야 하는 영호네 사정과 오선생의 상반된 입장이 묘사되고 8장에서는 귀국 길에 나섰다가 되놈들에게 집단윤간을 당하여 목숨을 잃는 영호 어머니와 그로 인해 생명을 잃는 젖먹이 영수의 이야기가 전개된다. 9장은 '무너져가는 것'이란 제목으로 전재민 수용소에서 해방에 대한 기대가 무너져 가는 영호 가족의 이야기며, 10장은 '이상한 민주주의'라는 제목으로 해방기 현실의 풍속을 스케치한다. 11장과 12장은 자신들이 정신적으로 의지하고 있던 오선생이 경찰에 잡혀간 다음 살아갈 방도를 찾아 전라도로 떠나가는 영호 가족의 이야기다. 여기서는 어리석은 행동으로 기차를 잘못 타서 자식들과 헤어지는 오윤서와 아버지를 잃고 이리에 내리기까지의 영호 남매의 행동이 묘사된다. 이와 같이 현재의 사건에 대한 묘사와 과거에 대한 회상을 섞어서 영호 남매의 과거를 조명한 다음 소설의 중심 사건인 세 번째 부분이 시작된다.

세 번째 부분의 첫 장면은 1장의 시점에서 보름이 지난 뒤의 영호 남매의 생활이다. 가진 돈이 떨어지고 아버지를 찾을 가능성도 희박해져 가는 상황에서 어린 남매는 차츰 굶주림이란 현실적 문제에 봉착하게 된다. 영호는 자신들의 처지를 '양복 입은 신사'는 결코 이해하지 못하며 떡 파는 할머니 같은 사람들만이 마음속으로 깊이 동정한다는 사실을 알게 된다. 14장은 '물고기가 사는 세상'이란 제목을 달고 있다. 영호가 살아갈 방도를 찾아 여관 심부름꾼을 자청하는 이야기로, 거기에서 주인공은 여관집 주인여자와 그 친구인 '단속곳' 같은 인물이 물고기와 같이 차가운 사람들이어서 자신과는 결코 한 무리가 될 수 없는 존재라는 사실을 깨 닫는다. 그들은 자기들의 편의를 고려하여 어린 남매를 하나씩 맡아서 떼 어놓고 일을 시킴으로써 공동의 이익을 도모한다. 이것은 미소공동위원 회의 존재와 결부시켜서 소설의 알레고리적 의미를 살펴 볼 수 있는 대 목이다. 15장은 부모를 잃은 데다 영자까지 떼어놓게 된 영호의 외로운 생활이다. 16장은 여관에서 목격한 '훌륭한 사람의 세계'에 대하여 영호 가 환멸을 느끼는 내용을 묘사한다. 그 훌륭한 사람들은 협잡질을 하기도 하고, 관리에게 뇌물을 주고 일본인이 남기고 간 물품을 불하를 받아 더 많은 이익을 남기기도 하는 사람들이다. 작가는 그 훌륭한 사람의 세계를 이렇게 묘사한다.

> 이 여관의 단골 손님에, 고무신과 광목을 쳐 이북으로 넘기고, 이북에서 다른 물자를 넘겨오고 하는 세 사람 한 패의 잠상(潛商)이 있었다.
> 역시 돈을 굉장하게 잘 버는 모양이었고, 그래서 돈을 쓰기도 물쓰듯하였다.
> 같은 조선 사람끼리니, 물건을 이북으로 가져가고 이북 물건을 이남으로 가져오고 하는 것이야 상관이 없을 것이었었다.
> 그런데 이 사람들이 노상 입버릇같이 하는 소리가 무엇이냐 하면, 38선이 터지지 말고 십 년만 이대로 있어 달라는 것이었었다.
> 조선 사람이라고 생긴 사람은 누구나 다 38선이 터지기를 바라고, 터뜨릴 공력을 들이고, 하루바삐 터져야만 하겠고 하다는데, 이 사람들은 자기네들 장사 해먹자고, 38선이 십 년만 터지지 말아다고 하고 있으니, 세상에 그런 불측한 맘보가 있을 데가 없었다.
> 이것이 역시 그 훌륭하다는 사람들의 맘보였다.

이런 '훌륭한 사람들'의 행태를 보면서 영호는 가능한 한 빨리 이 여관 의 세계를 떠나야 하겠다고 결심한다. 17장은 '소년은 자란다'는 제목으로 영호가 찾아가 본 전재민 수용소의 참상과 '훌륭한 사람들'의 세계를 대비한다. 영호는 자신이 머물고 있는 여관의 세계를 떠나 영자와 함께 살아갈 방도를 구체적으로 생각한다.

작품의 첫 부분인 1장과 대비했을 때 세 번째 부분은 주어진 상황에 대한 주인공의 대응이 진척되는 양상을 하나씩 단계적으로 형상화한다는 특성을 지닌다. 그 첫 단계는 정거장이란 공간에 적응하는 것이며, 두 번째 단계는 삶을 꾸려갈 장기적인 방안을 찾는 일이다. 세 번째 단계는 그 생활 속에서 세계에 대한 깨달음을 얻어 가는 과정이며, 네 번째 단계는 그러한 깨달음에 바탕을 두고 영호 남매가 이루어가야 할 삶의 방향을 모색하는 일이다. 그 내용은 방을 하나 얻어서 하꼬방 장사를 하는 것이다. 이 행동들 하나하나가 작품의 알레고리적 구조에 의해 의미 부여된 것이라고 할 때 각 행동의 의미는 구체적으로 파악되어야 한다. 그 의미를 파악하기 위해 쉬운 것부터 풀어 보면, 우선 영호 남매가 여관집과 단속곳 여자 집에 인질처럼 나뉘어 있는 상황을 미소공동위원회나 남북한에 외국군이 주둔해 있는 외세 지배하의 현실에 대한 상징으로 알레고리적으로 해석할 필요가 있다. 여기에서 영자가 '단속곳'으로부터 매를 맞는 상황이 가장 시급하게 해결되어야 할 문제이다. 남북분단이 되어 있는 현실에서 영호가 방을 하나 얻어 남매가 함께 살아가야 한다고 생각하는 것은 조선민족이 통일국가를 건설해야 한다는 인식이라 할 수 있고, 거기에는 필연적으로 자주독립과 경제적 요건이 갖추어져야 한다. 이 두 가지 요건을 갖추는 데는 '훌륭한 사람의 세계', 다시 말해서 근대 사회 또는 자본주의 사회나 사회주의 사회에 대한 인식이 선결요건이다. 영호 남매가 서 있는 정거장이나 여관이란 공간은 지나치게 많은 규정요소들이 개입을 하는 장소라서 오히려 '비공간'적인 특성을 지니게 된 곳이다. 따라서 영호는 세계에 대한 자신의 인식과 지향에 따라 자기들의 삶의 방향과 방법을 결정해야 한다. 영호가 아버지를 잃었다는 것은 그의 선택이 낡은 세대의 세계관이나 이념에 제한되지 않고 자유로울 수 있는 조건이라는 점을 말해준다. 그러나 영호의 선택이 자의적으로 행해질 수 있는 것은 아니다. 그는 이미 오선생의 훈도를 받은 사람이고 가족을 위해 헌신하는 아버지와 어머니의 삶을 지켜보았다. 영호가 민족주체성과 역사의식을 지녔던 오선생에게 의지할 수 있는 조건이라면 자신의 삶의 방향과 방법을 선택하는 데 좀더 좋은 조건을 가졌을 것이다. 그러나 작가는 아버지와 어머니뿐만 아니라 오선생까지도 영호 남매의 곁을 떠난 것으로 상황을 설정하고 있다. 이러한 상황 설정의 의미는 알레고리와의 상관관계 속에서 좀더 음미되어야 한다.

「소년은 자란다」를 다룬 연구자들은 이 소설에서 영호의 부모가 만주로 간 이유가 당대 현실의 전형적인 사례가 아니라는 사실을 자주 지적해왔다. 예컨대 황국명은 다음과 같이 말한다.

> 그들의 탈향은 토지에서 유리된 빈농층이 남부여대하고 살길을 찾아 이국을 떠돈 역사적 사실과 무관하다. 그들이 간도(만주)로 떠난 것은 극히 사적인 이유 때문이다. 즉 부정한 아내의 가출이나 포악한 남편의 학대를 못 이겨 이들은 고향을 떠났던 것이다. 그러니까 이들은 자신의 의지와 관계없이 떠났거나 삶의 공동체를 공격함으로써 추방된 것이 아니다. 그래서 그들에게 고향을 떠난 것은 행운이거나 새로운 삶의 기회가 된다.[22]

이와 같은 분석은 통상 사실주의의 기율을 지킨 작품의 결함을 말할 때 사용되는 서술방식이다. 실제로 「소년은 자란다」를 사실주의와 관련지어 논의하는 경우 영호 부모의 탈향 이유는 부정적으로 평가될 소지를 다분히 지니고 있다. 그러나 「소년은 자란다」는 알레고리 작품이다. 그렇

---

22 황국명, 앞의 글, 97~98쪽.

기 때문에 그 의미도 전혀 다른 것이 된다. 오윤서의 첫 아내는 '양복을 입고 하이칼라(머리)를 한 것만은 분명한, 타관에서 굴러 들어왔던 읍내 이발소의 이발직공'을 따라 가출한다. 그 '양복'과 '하이칼라'는 그녀가 평소에 선망해 마지않던 것들이다. 이것은 그녀의 '근대적인 것'에 대한 선호를 나타낸 것이라고 해석할 수 있다. 마찬가지로 영호의 어머니가 첫 남편에게서 도망한 것은 폭력 때문이다. 그녀는 '사나운 것'이라면 기가 질리는 사람이다. 여기서 영호 어머니가 기피하는 폭력이 일본 제국주의의 조선 민족에 대한 폭력과 연결되는 것이라고 하면 영호 부모는 외래의 근대문명과 식민지배 권력의 폭력을 피해 만주로 이주한 한민족의 상징이다. 이 양상은 오선생에게서도 찾아볼 수 있다. 오선생은 후줄근한 넥타이를 맨 '틉틉한 막걸리' 같은 사람이다. 그렇지만 그는 협화복도 안 입고 협화회에도 안 든, 일본 경찰이 '불온한 인물'로 낙인찍은 사람이다. 독립운동을 한 사람들이 해방 조선에서 일등공훈을 세운 사람이 될 것이라고 보는 점에서 그는 자주정신과 역사의식을 가진 인물이다. 영호네 가족의 정신적 지주인 오선생이 38선을 넘나들며 무슨 일인가를 하다가 경찰에 체포되었다는 것은 그의 활동이 남북분단을 극복하는 일과 관련 되어 있을 것이라는 점을 시사한다. 이와 같은 맥락에서 '비싼 해방'의 대가로 목숨을 잃은 영호 어머니의 죽음에도 알레고리적 의미가 부여되어 있다고 볼 수 있다. 그녀는 폭력을 피해서 만주로 갔던 것이지만 끝내는 또 다른 폭력에 의해서 목숨을 잃는다. 그녀가 '되놈 집단'에 의해서 죽었다는 것은 그녀의 목숨을 빼앗은 세력이 복수(複數)라는 것을 가리켜 주는 것으로서 "호랑이 한 마리를 내쫓군, 사자허구 곰허구 두 놈이 앞마당 뒷마당에 들앉은 형국"이란 사실과 연관시켜 볼 수 있다. 이렇게 보면 영호의 어머니는 『탁류』의 초봉이와 마찬가지로 외국세력의 약탈 대상이 되는 조선의 상징이다. 이런 논리는 영호의 아버지 오윤서에게도 적용할 수 있다. 그는 조선으로 돌아오는 과정에서 아내를 잃고 서울에서는 오선생이란 정신적 지도자를 잃었다. 자신에게 소중한 것들을 모두 잃고 막다른 골목에서 전라도로 가는 길을 택하지만 그 행로에서 그는 행방이 묘연해진다. 소설의 인물구조를 보았을 때 그는 영호가 성장하기까지는 가족의 중심 역할을 맡아야 했던 인물이다. 그런 인물이 '묵서' 같은 어리석은 행동으로 사라져버렸다는 것은 해방기의 혼란 속에서 조선의 주권이 그와 같이 오리무중으로 되었다는 암시라고 할 수 있다. 이상의 알레고리적 요소들은 작품의 전체 구조를 통해 서로 연결된다. 최초의 장면은 소설의 주인공이 놓여 있는 기본 상황이다. 그 상황이 초래된 과거 역사를 보여주는 두 번째 부분에서는 조선이 근대화 과정에서 일본 제국주의라는 폭력 세력에게 주권을 빼앗겼으며, 해방이 된 다음에도 외세에 의해 지배되는 상황은 근본적으로 변화되지 않았음을 서술한다. 세 번째 부분은 작품의 핵심적 내용에 대한 서술로서 작가는 주인공이 민족적 정체성과 역사적 연속성을 갖지 못하고 이념과 가치가 혼돈상태를 보이는 공간에 놓였다는 것, 그리하여 조선 민족은 생존경쟁과 이념대립이 극한 상태에 이른 세계에서 남북의 통일을 이루어 외세로부터 벗어나 자주 통일국가를 수립해야 할 현실적이고 역사적인 과제를 떠안고 있다는 사실을 알레고리적으로 형상화하고 있다.

이처럼 「소년은 자란다」는 식민지시대의 역사와 해방기의 현실을 겹시각으로 포착하고 있다. 그리고 고아가 된 어린 남매를 통해서 조선의 미래를 역사적으로 전망하는 알레고리를 만들고 있다. 이 소설에서 형상화에 사용된 문체가 「낙조」 같은 작품의 그것에 비해서 투박하고 감성적인 수준에 머물러 있는 것은 소년을 주인공으로 삼고 있다는 사실과 불가분의 관계를 갖는다. 그러한 이해를 바탕으로 우리는 소년이 전망하는 미래의 역사가 정밀한 현실인식이나 심원한 역사의식, 원대한 이상을 갖춘 것으로 제시되기는 어려웠다는 것도 불가피한 일로서 받아들일 수 있다. 권위주의적 담론의 형태를 작가가 냉정하게 이겨냈다는 것은 이 사실을 적시하는 의미가 있다. 작가는 남북분단이 민족역사의 앞날에 어두운 그늘을 드리우고 있다는 것을 분명하게 예견했으면서도 소년 주인공을 비공간에 해당하는 정거장에 세워둘 수밖에 없었다. 그것은 리얼리즘을 추구하는 작가로서는 거부할 수 없는 현실인식이다. 그 현실에서 작가는 양복 입은 신사보다 민중에게 보다 많은 신뢰를 보낸다. 소년이 민중들과 함께 조선 민족의 역사를 열어나가리라는 기대와 염원을 가지고 있기 때문이다. 소설의 마지막 장에서 작가가 전재민 수용소의 비참한 장면과 '훌륭한 사람'의 술주정을 대비적으로 배치한 것은 소년 주인공이 깨우쳐 나가야 할 현실세계의 양극을 비춰주는 거울이다. 주인공은 그 속에서 슬픔도 느낄 것이고 분노도 배울 것이며 삶과 행동의 방법도 찾아낼 것이다. 자신에게 주어진 시간이 얼마 남지 않았다는 것을 알고 있었을 채만식은 그 불확실성의 미래를 열어가야 할 소년 주인공들에게 무한한 신뢰와 애정을 보내지 않을 수 없었다.

IX. 문학의 모험

    채만식은 일본 제국주의의 세계 침략 야욕이 노골화되고 그에 따라 식민지에 대한 탄압과 압제가 가혹해지던 1934년 중반부터 1936년 중반까지 약 2년 동안 "무엇을, 어떻게 쓸까?" 하는 문제를 고민하며 잠시 문학 활동을 중단한다. 이 2년의 모색 기간을 가진 다음 그가 내놓기 시작한 작품에는 이전의 작품에서 볼 수 없었던 새로운 기법이 나타나기 시작하였다. 채만식이 문학 활동을 중단하기 직전에 쓴 작품은 「레디메이드 인생」이란 풍자소설이다. 채만식 문학의 대표적 특징으로 세간에 알려진 이 '풍자'의 기법은 문학 활동을 재개한 다음에도 여전히 작가의 유력한 수법의 하나로 이용되지만, 이 시기에 그보다도 더 중요한 수법은 '알레고리'였다. 알레고리는 1936년 이후 채만식 문학에서 부차적인 기법의 하나가 아니라 가히 중심적인 창작 방법이라고 할 만한 것이었다. 이 시기를 대표하는 장편소설인 『탁류』를 비롯하여 거의 모든 작품이 알레고리를 도입하여 이루어졌고, 그 양상은 일제 강점기 최후의 장편소설이라고 할 수 있는 『여인전기』에까지 지속적으로 나타난다. 이와 같이 일제 말기의 채만식 문학에서 알레고리가 유력한 문학적 방법으로 채택된 것은 결코 우연이 아니다. 작가가 "무엇을, 어떻게 쓸까?" 고민한 이유는 주로 검열과 철창행으로 상징되는 일본 제국주의의 탄압과 압제를 이겨내면서 진정한 문학 행동, 문학적 실천을 할 수 있는 방법을 찾는 데 있었다. 채만식은 풍자도 그 하나의 방법이라고 생각했지만 그것은 여러 모로 한계가 있는 방법이었다. 우선 풍자는 부정적 대상이나 현실에 대해서는 효과적인 방법이었지만 긍정적인 대상에는 적용하기 어려운 폐단이 있었고, 역사 현실의 총체성을 드러내는 데에도 많은 약점을 갖는 방법이었다. 더욱이 풍자는 일제 검열관이 작품의 의미를 속속들이 들여다볼 수 있는 방법이었다. 이런 방법으로 일본 제국주의에 대한 비판, 나아가서 항일투쟁이나 항일정신을 표현한다는 것은 우선 창작물의 발표 자체가 이루어지지 않을 뿐만 아니라 작가 자신이 자진해서 감옥 안으로 걸어들어가는 것이나 다를 바 없는 일이었다. 따라서 조선 민족에게 작가의 뜻과 정신을 전하되 검열관의 눈을 속일 수 있는 방법이 요청되었다. 여기에서는 조선 독자의 독서 수준도 고려해야 할 문제였다. 기껏 만들어 놓은 작품이 독자에게 이해가 되지 않는다면 작가와 독자의 의사소통은 제대로 이루어질 수 없었다. 고도의 상징성이나 추상 수준을 갖는 작품은 독자의 이해 영역에서 벗어나는 것이다. 채만식이 알레고리를 일제 말기 자신의 문학 방법으로 채택한 것은 이러한 여러 가지 조건을 고려한 바탕 위에서 이루어진 치밀한 전략적 선택이었다.

알레고리는 '다르게 비유적으로 말하다'라는 말뜻처럼 겉에 드러난 형상과 그 뒤에 숨은 의미 사이의 차이를 근거로 하여 이루어지는 문학적 기법이다. 따라서 알레고리의 의미는 '그 뒤에 숨어 있는 사유의 영역을 알지 못하는 사람에게는 이해되지 않는다'. 다시 말해서 일제 강점기의 현실에 대한 조선 사람의 사유와 감정을 가진 독자에게만 의미가 열리고 그렇지 않은 사람에게는 표면의 형상만 보이는 구조를 알레고리는 내장할 수 있는 것이다. 채만식이 알레고리를 자신의 문학 방법으로 채택했을 때 그 전제 조건은 이와 같은 의사소통의 구조에 대한 인식이었다. 일제 검열관의 눈을 속이고 조선 민족에게만 의미를 전달할 수 있는 문학적 방법의 선택이자 고안인 셈이었다. 채만식은 일제 강점하의 현실에서 항일투쟁을 하는 것이 작가의 기본 임무라고 인식했다. 그는 '목이 부러져도' 문학이 역사를 밀고 나가는 하나의 힘이라고 주장하기를 마지않았다. 그리고 일본 제국주의의 지배가 장기화되고 작가의 문학 행위에 대한 검열과 감독이 혹독하게 실행되는 현실의 조건에서 '역사를 밀고 나가는 하나의 힘'으로서 문학적 실천을 해나가기에 가장 적합한 문학적 방법이 알레고리라고 본 것이다. 문학 활동을 재개한 직후 채만식이 여러 편의 단편소설에서 알레고리의 수법을 사용한 것은 그 자체 변절이 강요되는 현실에 대한 발언으로서의 문학적 실천이기도 했지만, 알레고리의 방법을 자신에게 익숙한 수법으로 만들기 위한 연습과 실험의 과정이기도 했다. 그 몇 차례의 실험을 거쳐서 처음으로 알레고리 방법을 본격적으로 장편소설에 적용한 작품이 『탁류』였다.

　『탁류』는 이전의 「명일」과 「산동이」 같은 단편소설에서 실험한 방법을 종합한 채만식 문학의 한 절정이자 본격적인 항일투쟁의 신호탄이었다. 채만식은 이 작품의 제목을 통해 현재가 혼탁해진 역사적 상황임을 말함과 동시에, 그 현실이 어떻게 해서 초래되었는가 하는 문제를 시간을 거슬러 올라가서 확인하였다. 여기서 '혼탁해진 역사적 상황'이라는 것은 일제가 조선을 강점하여 한민족을 착취하고 탄압하는 당시의 식민 지배 구조를 가리킨다. 채만식은 이 식민지 현실의 착취 구조를 정주사를 내세워 형상화하는 동시에 그 현실이 초래된 조선 근대 역사를 초봉이를 등장시켜 재현하고 있다. 세 남자를 편력하는 초봉이의 기구한 운명은 그 자체가 조선 근대 역사의 알레고리이다. 초봉이의 첫 남편인 고태수는 고종황제를 가리키는 것으로서 조선 민족을 나타내고, 두 번째 남자인 박제호는 '박제된 호랑이'로서 중국을 나타내며, 세 번째 남자인 꼽추 장형보는 '곤장 100대를 맞을 놈'이라는 뜻의 이름을 가진 것으로 보아 일본 제국주의를 상징하는 인물이다. 장형보는 자신의 친구인 고태수의 아내인 초봉이를 겁탈하여 정조를 유린했을 뿐만 아니라, 박제호의 아낙이란 신분에서 초봉이를 협박하여 빼앗아낸 악의 화신이다. 그런 의미에서 초봉이가 장형보와 맺은 동거 계약은 을사늑약에 해당하는 것이다. 이처럼 작가는 초봉이의 기구한 운명을 통해 조선 근대 역사를 알레고리적으로 표현하고, 미두장에서 봉변을 당하는 정주사를 통해 식민 지배 현실의 착취 구조를 알레고리적으로 표현한다. 이 소설의 마지막에서 초봉이가 장형보를 죽이는 사건은 조선 민족의 일본 제국주의에 대한 투쟁을 주창하는 알레고리라고 할 수 있는 것이다. 이런 작품임에도 불구하고 당시의 평론가들은『탁류』를 '세태소설'이라고 비판했고 그 통속성을 비웃었다. 작가가 이 소설은 문학 정신에서『천변풍경』같은 작품이 아니라고 항변한 원인은 거기에 있었다. 단순히 시정의 세태를 묘사한 소설과 조선 민족의 처절한 항일투쟁을 형상화하는 소설은 문학 정신에서 다르다는 항변이었다.

『탁류』가 씌어질 무렵에 창작된「생명」,「소복 입은 영혼」,「얼어 죽은 모나리자」등의 단편소설은 모두 알레고리 구조를 내장한 작품들로서, 변절을 강요당하는 시절에 지조를 지키는 정신을 찬양하거나 가혹한 현실 속에서도 끈질기게 목숨을 이어가는 생명의 모습을 형상화하여 항일정신을 나타내고 있다. 이러한 알레고리 작품으로서 작가가 검열에 의해 의도가 좌절되는 속에서도 몇 차례나 창작을 시도했던 작품이 희곡 「심봉사」
이다. 눈을 뜨기 위해 자신의 딸을 죽음의 길로 보낸 심봉사를 형상화하
는 이 작품은 근대화와 자주 독립 국가의 수립이라는 근대 조선 사회의
핵심적 과제가 착잡하게 얽혀 있음을 보여준다. 작가는 그 관계를 심봉사
와 심청이의 관계를 통해 형상화하고 있다. 심봉사는 오직 눈을 뜨는 데
만 관심이 있고, 그 욕망을 달성하기 위해 심청이가 죽음의 길로 팔려가
는 현실을 방치한다. 그러나 그렇게 해서 집을 떠난 심청이가 다시는 돌
아오지 못한다는 사실을 뒤늦게 알고 심청이가 없는 세상에서 자신의 눈
뜸이란 아무런 가치가 없다고 깨닫는다. 즉 심청이의 죽음을 근대화 과정
에서 뜻하지 않게 주권을 상실한 조선의 처지로 알레고리화하여 자주 독
립에 대한 조선 민족의 간절한 희구를 형상화한 것이다. 심봉사가 자신의
눈을 뽑아버리고 망녀대로 가서 죽음의 길을 간 심청이가 돌아오기를 기
다리는 것은 바로 그 조선의 독립과 회생에 대한 간절한 희구를 나타내
는 장면이다.

채만식은 알레고리 방법을 여러 방면으로 시험하였다. 예컨대 현실의
억압 체제에 대한 저항의 주체들을 형상화한 「제향날」과 부정적인 인물
을 형상화한 『태평천하』는 서로 다른 양식을 통해 표현되고 있기는 하지
만 당대 현실의 모순 구조를 보여준다는 점에서는 동일한 의미를 지닌다.
그러나 형상화되는 대상의 성격이 다르기 때문에 작가는 각각의 작품에
상이한 표현 수법을 적용하였다. 「제향날」이 할머니의 회상을 통해서 저
항 주체를 제시하는 것은 직접적 표현의 위험을 회피하면서 저항의 연속
성을 보여주는 동시에 그 현재적 의미를 부각시키기 위한 불가피한 선택
이었다. 이에 반해서 『태평천하』에서는 식민 지배 현실을 긍정적인 시각
에서 바라보고 거기에서 편안함과 만족을 얻는 부정적 인물을 공격하기
위해 풍자의 기법을 사용하였다. 대상의 성격에 따라 작가는 상이한 수법

을 사용하면서 현실에 대한 발언을 감행한 것이다. 채만식이 1940년 7월경 갑작스럽게 친일문자 행위를 공공연하게 표방하기 시작한 이유는 이런 맥락에서 검토될 필요가 있다. 1940년 8월에는 〈동아일보〉와 〈조선일보〉가 폐간되었다. 이 폐간은 '신문지 등 게재 제한령'이 1941년 11월에 공포된 것과 일관된 맥락을 이룬다. 조선의 작가들에게는 점차 발표 지면이 줄어들었고 그 표현도 극히 제한된 영역만이 허용되었다. 그것은 조선 민족에게 표현 수단이 점차 사라져간다는 사실을 의미한다. 그 제한되고 축소된 공간에서 문학 행동을 계속 하기 위해서 친일문자 행위는 작가가 갖춰야 할 기본 조건이었다. 채만식은 그 전제 조건을 받아들이기로 작심하고 친일성을 표나게 드러내는 문자 행위를 수행하는 한편 독자들에게 자신의 본의를 은밀히 전달할 수 있는 문학적 방법을 찾으려고 고심했다. 그런 점에서 이 시기에 씌어진 「패배자의 무덤」이나 「냉동어」의 알레고리는 작가가 부심하여 찾아낸 고안물들이었다. 8월 염천에 겨울 정장을 차려 입고 나가서 더위에 허덕거리는 사람들을 향해 '나는 항복하지 않았노라'고 고함치고 싶어하는 「소망」의 주인공이 벌인 기행(奇行), 「패배자의 무덤」에서 달려오는 열차에 돌진하여 생명을 산화시켜버리는 지식인의 자살 행동은 다같이 입에 재갈이 물리고 발에 족쇄가 채워져 있어서 살아 있다는 표시조차 할 수 없는 상태에 내몰린 조선의 뜻있는 사람들이 마지막 수단으로 선택한 행동 방식들이었다.

「냉동어」에 이르면 이제 그만큼의 행동의 가능성도 주어지지 않는 적멸의 현실이 표현된다. 작가는 이제 의식만이 깜박깜박하는 상태에서 바다의 자유를 향수처럼 간직한 주체를 묘사한다. 그러나 그 주체는 대동아공영의 허구적 논리에 휩쓸리지 않고 맑은 절개를 대망하는 존재이다. 조선 민족 전체가 '냉동어'가 되어 있다는 인식, 그리고 그 속에서 의식을 잃지 않고 항일의 정신을 지켜나가는 것만이 주체가 죽지 않고 살아 있다는 사실을 표시하는 유일한 방식이었다. 이와 같이 행동의 영도 상태에 있는 주체를 형상화하기 위해서 작가는 알레고리나 풍자 이외의 새로운 문학 기법을 다시 고려해야 했다. 알레고리조차도 더 이상 유력한 방법이 될 수 없는 현실이라는 상황 판단에 따른 것이다. 채만식이 자신의 생활 체험을 곧바로 소설의 형식으로 옮기는 자전적 기법을 채택한 것은 행동의 적멸 상태에서 그것만이 현실을 그려낼 수 있는 유일한 방법이라고 생각했기 때문이다. 바로 작가 자신의 삶을 통해 조선인이 겪고 있는 생활 체험의 전형적인 사례를 형상화할 수 있다고 인식한 데서 나온 선택이라고 할 수 있다. 이처럼 작가 스스로 문학의 사도(邪道)라고 생각한 자전적 기법, 사소설로 연명하면서도 채만식은 검열을 극복할 수 있는 방법을 계속 궁리했다. 그렇게 해서 1943년부터 씌어지기 시작한 작품이 『어머니』였다. 그러나 겉보기에 아무런 '불온성'이나 '특이한 사항'이 없는 것 같은 이 작품마저도 몇 개월 되지 않아서 검열당국에 의하여 연재가 중단되었다. 채만식이 미리 제출된 작품의 내용과 경개에 따라 소설을 쓴다는, 작가로서는 모독이 될 수도 있는 검열의 원칙을 받아들이면서까지 『여인전기』를 쓴 것은 이런 상황하에서이다.

『여인전기』는 채만식의 대표적인 친일문학 작품으로 알려져 있다. 소설의 첫머리에서부터 작품의 마지막까지 친일문자가 석혀 있어서 채만식의 문학을 옹호하고자 하는 사람까지도 이 소설이 친일문학이라는 것을 부정할 수는 없었다. 그러나 이와 같이 친일문자로 가득 채워져 있는 이 소설에서 채만식은 일본 제국주의의 패망을 선언하고 조선 민족의 승리를 선포했다. 검열관의 엄격한 감독을 받으면서 친일문자를 도처에 깔아 놓은 작품을 가지고 일본 제국주의의 패망과 그들의 침략 행위가 모두 실패로 돌아갔다는 선언을 할 수 있었던 것은 작가가 알레고리의 방법을 익히고 있었던 까닭에 가능한 일이었다. 채만식은 일제 검열관이 강요한 친일문자를 모두 다 조개껍데기를 만드는 데 사용하고 그 안에다가 영롱한 진주를 빚어놓은 것이다. 친일문자들의 홍수 가운데 들어 있는 여인의 수난사, 시어머니의 학대로 모진 시집살이와 갖은 고생을 하는 며느리 진주의 이야기는 바로 일제 식민 지배의 압제와 수탈 속에서 고통스러운 삶을 영위해야 했던 조선 민족의 이야기였다. 그 이야기는 비록 친일문자의 더러운 껍데기를 둘러쓰고 있지만 그 껍데기가 지저분하면 할수록 더욱더 영롱한 빛을 내뿜는 진주의 모습이었다. 그 진주는 작가가 자신의 피를 찍어 쓴 조선 민족 수난사이자 조선 민족의 피에 젖은 항일 투쟁사였다. 따라서 『여인전기』를 읽는 사람은 관점에 따라 거기에서 조개껍데기를 볼 수도 있고 안에 들어 있는 진주를 볼 수도 있다. 일제 검열관은 껍데기의 친일문자에 만족했고, 조선의 독자는 시어머니의 학대로 인해 모진 시련과 고통 속에서 살면서도 남편에게 절개를 지키고 아이들을 훌륭하게 성장시킨 여주인공 진주에게 환호를 보낼 수 있었던 것이다. 이 작품을 쓰고 나서 작가가 시골로 내려간 것은 소개령 때문인 것처럼 알려져 있으나 작품의 진실이 드러났을 때 작가에게 닥쳐올 위험을 고려했다고 보는 것이 더 진실에 가까울 것이다. 침략자의 반인륜성을 고발하고 그 패망을 선언한 식민지 작가의 존재란 패전을 눈앞에 두고 독이 오른 일본 관헌에게는 파리 목숨만치도 가치가 없을 것이기 때문이다.

일본이 항복을 선언하는 마지막 날까지 채만식은 항일투쟁을 전개하였다. 그리고 해방이 된 조국에서도 현실을 엄정하게 직시하고 민족의 장래를 염려하였다. 해방 직후의 도착된 현실의 모습을 풍자한 소설은 그의 비판적 시선이 여전히 건재함을 과시하는 것이며, 친일문학을 비롯한 일제 잔재의 청산 문제나 해방 조선의 분단 가능성에 대한 깊이 있는 투시는 그의 사유가 사물의 근본을 성찰하는 것이었음을 알려준다. 자전적 기법을 이용한 「역로」와 「민족의 죄인」, 「낙조」는 그 대표적인 작품이었다.

「역로」에서 작가는 부정적 세태를 비판하는 동시에 외세의 지배와 같은 당시의 현실이 지닌 모순을 구조적으로 파악하여 형상화하였다. 「민족의 죄인」은 친일의 이력을 지닌 작가를 등장시키고 있다는 점에서 일제 잔재의 청산 문제와 관련되는 작품이라고 할 수 있다. 이 소설은 종래 친일 문학가의 자기반성만을 다룬 작품으로 오해되어왔다. 그러나 작품의 구조에 대한 분석을 통해 드러나는 것은 소설의 주요 논점이 친일을 한 사람과 하지 않은 사람 양자에 걸쳐 형성되어 있을 뿐만 아니라 조카의 이야기를 통해서 표면적으로 비판의 대상이 되는 화자의 정당성이 시사되고 있다는 점이다. 채만식은 이 소설에서 전혀 친일을 하지 않은 인물이 표면적으로 친일문학 행위를 한 문학가에 대해 공격하는 것을 아이러니를 섞어 표현한다. 그 이유는 조카의 사건에서 밝혀진다. 이 삽화를 통해 친일파 선생에 대한 학생들의 동맹휴학에서 빠져나와 시험공부를 하려는 조카의 행위는 지조를 지키기 위해 현실에서 발을 뺌으로써 전혀 친일을 하지 않은 사람의 행위와 동일성을 지닌 것으로 시사되고 있다. 곧 작가는 일제 치하에서 있었던 사실들, 친일과 항일, 변절의 행위와 지절을 지키는 행위의 거리를 절대화하지 않고 역사적으로 공정하게 다루어야 한다는 입장을 소설을 통해 표명하고 있는 것이다. 바꿔 말해서 작가는 친일 행위에 얽힌 여러 사항들을 객관적으로 성찰할 수 있도록 친일문자 행위의 전력이 있는 문학가가 등장하는 이야기를 형상화하여 독자에게 반성의 자료로, 역사의 거울로 제시하고 있는 것이다. 이 양상은 「낙조」에서 이루어진 남북 분단의 역사적 현실에 대한 파악에서도 나타난다. 작가는 남북 분단을 현실로 만들어가는 역사 과정을 개인들의 삶에 밀착하여 포착하고 그들의 감정과 논리가 가져올 미래 역사에 대한 불안감을 보여주고 있다. 남북이 분단되는 상황에서 조선 민족에게 주어진 근본 과제가 자주 통일 국가의 수립이라고 파악하여 그 일을 수행하기 위한 민족 주체의 형성을 위한 조건을 검토한 것이다. 채만식이 훼손된 정신과 육체를 지닌 민족 성원간의 상호 이해와 포용을 이야기한 것은 자주 통일 국가를 염원한 작가의 비판적 지성이 도달한 결론이었다. 채만식의 이러한 비판적 지성은 조선인과 조선 민족에 대한 뜨거운 사랑에 바탕을 두고 있었다. 작가의 마지막 작품인 「소년은 자란다」는 그 뜨거운 사랑을 실제 작품으로 보여주는 예증이다. 작가는 이 작품에서 해방이 되기까지 과거의 역사를 조감한다. 그리고 조선 민족은 해방된 상황에서도 주권을 남의 손에 내맡기고 있는 상태이기 때문에 통일 국가를 이루어 자주성을 확립해야 할 과제를 떠맡고 있음을 알레고리를 통해 표현한다. 작가의 유작이 된 이 소설에서 채만식이 조선인과 조선 민족을 바라보는 시선은 어린 남매를 고아로 남겨두고 세상을 하직해야 하는 아버지의 자애롭고 슬픈 눈길이다. 엠마누엘 레비나스는 "아버지가 된다는 것은 아들 안에서 아버지가 다시 한 번 등장하는 것일 뿐 아니라 아들과 하나가 되는 것이다. 그러면서도 아들에 대해 아버지는 바깥이다. 아버지됨은 단수가 아닌 복수로 존재하는 사건이다."[1]라고 말한 바 있다. 레비나스는 이 관계의 의미를 '가능성을 넘어'가는 관계에서 찾았다. 채만식이 「소년은 자란다」에서 제시하고자 한 것도 조선 민족의 새로운 가능성이었을 것이다. 작가는 한 공개모임에서 "민주적 민족주의 만세!"를 외쳤다고 한다. 생애의 마지막 고비에 선 작가의 신념과 사상이 압축된 이 외침은 일제 강점기를 항일투쟁으로 일관하여 살아왔고, 해방 조선의 분단 현실을 예견하면서 안타까워한 채만식의 간절한 염원을 있는 그대로 보여준다. 채만식의 마지막 소설에 붙은 '소년은 자란다'는 제목은 그와 같은 작가의 절절한 염원을 상징적으로 보여준다.

---

1 엠마누엘 레비나스, 『윤리와 무한』, 양명수 옮김, 다산글방, 2005, 93쪽.

　채만식의 항일투쟁은 문학가가 취할 수 있는 가장 강도 높은 형태의 저항이었다. 단순히 붓을 꺾고 자신의 맑고 높은 지조를 지키기에 급급한, 손에 더러운 것을 묻히지 않은 데 만족하는 소극적 저항이 아니라, 식민 지배 구조의 현실을 정확하게 제시하고 거기에서 일본 제국주의가 조선 민족을 어떻게 수탈하고 탄압하는가를 보여주며, 그에 대해 조선인들이 어떻게 싸우는가를 보여주는 적극적 저항이었다. 채만식은 작품을 통해 일본인을 흉악한 존재로 묘사하며 조선 민족이 그들을 타도하는 모습을 보여준다. 초봉이가 꼽추 장형보를 발로 짓밟고 다듬돌로 쳐서 죽이는 장면은 자신의 삶을 고통의 수렁으로 몰아넣은 악의 존재에 대한 강렬한 응징이자 증오의 표현이다. 「소망」의 주인공은 세상의 모든 사람이 무더위에 항복하고 있을 때조차도 굴복하지 않는 의인의 모습을 보여주며, 「패배자의 무덤」의 주인공은 돌진해오는 열차에 자신의 몸을 던져 산화해버린다. 대동아공영의 논리로 세계 침략의 야욕을 드러내는 제국주의 일본에 대한 정면도전인 셈이다. 그 '패배자'의 아들이 진리의 아들로 성장하고 있다는 설정은 암흑기의 가장 깊은 절망 속에서도 작가가 결코 좌절하지 않았다는 증거이다. 그러나 채만식의 가장 빛나는 항일투쟁은 『여인전기』를 통해 이루어진다. 작가는 자신의 야심작 『어머니』를 통해 근대 조선의 전체성과 역사의 전망을 표현하고자 했다. 이 시도는 가장 완곡한 형태의 묘사를 통해 시도되었다. 일본 제국주의의 패망이 선언되는 순간까지 작품의 연재가 지속되기를 바랐기 때문이다. 그럼에도 불구하고 검열관은 소설의 연재를 중단시켜 버렸다. 보통 사람이라면 자신의 시도를 포기했을 수도 있는 이 시점에서 작가는 또다시 매우 혹독한 검열의 원칙을 수락하면서 『여인전기』를 쓰기 시작하였다. 이 소설에 친일적 요소가 가득한 것은 검열의 요구에 따른 것이다. 그러나 작가는 그 요소들을 작품의 본질과 무관한 군더더기로 채우면서 따로 소설의 알맹이를 만들어내었다. 친일적 요소는 조개껍데기에 해당하는 부분에 배치하고 그 속에 들어 있는 알맹이 부분에는 일본의 침략과 수탈, 조선 민족에 대한 학대와 탄압, 그로 인한 조선 민족의 피눈물나는 수난사를 형상화하였다. 그리하여 종국에는 일본 제국주의가 스스로 "하나두 뜻과 같은 것이 없었고나!" 하고 패망의 선언을 내뱉게 하였다. 이 패망의 선언과 조선의 근대 역사에 대한 작가의 조망이 『어머니』의 완성을 통해 이루어졌다면 우리는 오늘날 좀더 풍부한 소설적 의미를 만날 수 있었을지 모른다. 그러나 온갖 제약과 위험을 감수하면서, 작가가 목이 부러질 각오를 하고 쓴 『여인전기』는 그 풍부한 의미들을 농축하고 있기 때문에 『어머니』보다도 한층 더 영롱한 광채를 발할 수 있게 되었다. 어둠이 깊을수록 한 자루의 촛불조차도 더욱 밝게 보이는 것과 같은 이치이다. 이 영롱한 빛은 모든 빛이 사라진 일제말의 암흑 속에서 채만식이 조선 민족과 일본 제국주의 침략자, 나아가서는 세계 만방의 온 인류 앞에 들어올린 저항의 횃불이었다.

채만식은 풍자 기법을 습득한 데 그치지 않고 그 기법을 한층 원숙한 경지로 발전시켰다. 「레디메이드 인생」에서 「치숙」에 이르는 거리에서는 제3자의 시점이라는 새로운 요소가 등장하고 일제하 풍자소설과 해방기 풍자소설 사이의 공간에서는 대화적 관계라는 새로운 요소가 등장한다. 그러나 채만식은 항일투쟁을 위해 자신의 손에 익은 풍자의 수법을 뒤로 밀쳐놓았다. 그리고 알레고리의 기법을 손에 들었다. 이 알레고리는 『탁류』에서 『여인전기』를 거쳐 해방 후의 「소년은 자란다」에 이르기까지 작가의 후반기 문학에서 창작의 중심적인 방법에 해당한다. 그러나 작가는 이 알레고리 수법에도 만족하지 않았다. 어떤 하나의 문학 방법이 지니는 의미란 채만식에게는 그 자체로 가치가 있는 것이 아니었다. 작가의 문학적 실천을 가능하게 해줄 수 있으면 기법이란 얼마든지 바꿀 수 있는 것이었다. 그렇기 때문에 알레고리에 익숙해져 있는 상태였음에도 불구하고 그 기법이 현재의 과제를 수행하기에 적합하지 않다고 생각하면 채만식은 기법을 바꾸었다. 그래서 1941년부터 1943년까지의 작가의 작품에는 자전적 기법이 도입된다. 풍자도 알레고리도 거기에서는 부차적인 의미밖에 지니지 못하는 것이다. 그리고 일제 말기의 최후의 작품인『여인전기』에서는 다시 알레고리의 방법을 치켜들었다. 그러나『여인전기』의 알레고리는『탁류』의 알레고리와 같지 않다. 달라진 상황에 따라 채만식은 알레고리와 사형취상(捨形取象)의 방법을 결합하였다. 친일적 요소는 조개의 껍데기 부분을 형성하도록 배치하고 알맹이들은 진주를 형성하는 부분에 응결하도록 조처하였다. 이 모든 기법의 변화, 문학 방법의 선택은 모두가 작가의 문학적 실천, 항일투쟁과 관련된다. 항일투쟁에 필요하다고 생각되면 사도(邪道)라고 생각되는 사소설적 방법도 사용하였고, 친일의 가면을 둘러쓰는 데도 망설이지 않았다. 채만식은 자신의 행각을 비웃는 외부의 시선보다도 자기의 문학에 진정성이 있느냐는 자기 자신의 반성과 성찰에 더 무게를 두었다. 그가 「민족의 죄인」에서 자신을 '하여커나' 죄인이라고 생각하는 것은 그 관심의 방향을 알려주는 의미가 있다. 그는 세상의 이목을 두려워하지 않고 작가로서 나아가야 할 길을 정확하게 걸어가는 데 온 정신을 모았다. 그 길이 난관이 첩첩한 험로였다는 것은 우리가 익히 아는 바이다. 그는 저녁거리를 걱정해야 하는 생활고 속에서도, 피를 토하는 병고 속에서도 오직 문학의 정도를 실현하는 데 온몸을 던졌다. 그 점에서 채만식 문학은 한 작품 한 작품이 시대의 문제와 대결하는 투쟁이었고 자신과 민족과 인류의 꿈을 실현하고자 하는 문학적 실천이었다. 그것은 작가의 심혼을 불태운 '문학의 모험'이었다.

문학사와 민족, 그리고 비평

"문학은 문학사의 문제라기보다는 민족의 문제이다."
카프카

1. 체험의 문학과 관찰의 문학 — 나도향과 주요섭

탄생 백주년을 맞은 작가들의 삶과 문학을 돌아보는 일은 유구한 시간에 마디를 내어 삶의 질서 속에 통합하는 문화 행위의 하나이다. 또한 그것은 새로운 척도에 따라 그들의 업적을 다시 해석하고 평가하는 비평의 작업이다. 여기에서 관건은 비평의 방법이다. 나는 방법을 여행자가 일정한 목적지에 도달하기 위해서는 반드시 밟지 않으면 안 되는 일종의 '길차례'라고 생각하는 터이지만 어느 한 가지에 매일 필요 없이 사정에 따라 항시 융통성 있게 구사될 수 있는 것이라고 본다. 이 글에서 취상법(取象法)과 역사주의란 대척적인 방법을 이용하는 것은 그 때문이다.

역사주의 방법은 인문학의 연구 일반에 통용되는 것으로 그 핵심은 '항상 역사화하라'는 프레드릭 제임슨의 구호에 잘 나타나 있다. 그는 "최선의 상태에 있는 그러한 비평에서 '삶' 그 자체는 동일 작가에 의한, 그의 다른 작품 이상의 적지 않은 특권이 있는 또 하나의 텍스트가 되며 작품들과 함께 연구 자료에 첨가돼야 할 것"이라고 말한 적이 있다. 이에 비해서 취상법은 텍스트로부터 '뒤로 물러서서' 일정한 거리에서 바라보왔을 때 파악되는 대상의 상(象)을 중시하는 노스럽 프라이의 원형비평에 근사한 방법이다. 이 두 방법은 분명히 이론적 입각지가 다르고 그에 따라 용처가 다른 것처럼 보인다. 그러나 이 글에서는 두 방법을 일정한 원칙이나 순서에 따라서 기계적으로 적용할 수 있는 것이 아니라, 서로간에 상대의 성과에 입각하여 새로운 차원을 개척할 수 있는, 감싸기 구조 속에서 상호 간섭 효과를 낳는 관계에 있는 것으로 파악하여 작업에 응용하고자 한다.

올해 탄생 백주년을 맞는 작가 가운데 시기적으로 제일 먼저 두드러진 문학활동을 펼친 사람은 〈백조〉의 동인이자 요절한 천재 작가로 알려진 나도향이다. 〈백조〉 창간호에 「젊은이의 시절」을 발표하기도 했던 도향은 1922년 〈동아일보〉에 장편 『환희』를 발표함으로써 일찍이 문명을 얻는다. 도향 스스로 자신의 처녀작이라고 손꼽은 『환희』는 헝크러진 실타래처럼 복잡하게 얽혀 있는 젊은이들의 애정문제를 다루고 있다. 삼각관계의 애정 갈등에 돈 문제를 끼워 넣은 통속 드라마라고도 할 수 있지만 사건의 결구는 나름대로 짜임새 있는 모습을 갖추고 있어 미숙한 대로 작가의 솜씨를 엿보여 준다. 또한 「옛날 꿈은 창백하더이다」나 「별을 안거든 우지나 말걸」 등의 초기 단편에 나타났던 누이에 대한 근친애적 상상력이 수면 아래로 잠복하면서 인간의 욕망에 대한 작가의 인식이 심화된 점은 이후의 문학적 성취를 이해하는 데 도움이 된다.

도향의 대표작으로 손꼽히는 「뽕」, 「물레방아」, 「벙어리 삼룡이」는 모두 1925년부터 26년 사이에 발표된 작품이다. 『환희』에 이어서 「여이발사」, 「행랑자식」, 「전차 차장의 일기 몇 절」 등을 발표한 뒤이므로 세 소설은 작가의 수법이 어느 정도 난숙한 경지에 이른 무렵의 작품이다. 세 작품의 특징은 에로티시즘이 삶의 문제와 긴밀히 결합되고 있다는 점이다. 「뽕」의 안협집이 남편의 부재나 가난과 결부된 문제들로 인해 성의 풍문을 일으킨다면, 「물레방아」나 「벙어리 삼룡이」의 주인공들은 똑같이 남의 집 머슴이란 신분적 제약을 안고 있다. 이와 같은 인물설정은 이 시기에 신경향파 문학이 대두된 사실과 일정한 연관을 갖는다고 할 수 있다. 실제로 이 세 작품보다 약간 뒤늦게 씌어진 중편 「지형근」에서는 빈궁이란 환경적 조건과 성적 충동이 주인공을 타락시키는 주요요인으로 제시되고 있다. 작가가 다분히 신경향파 문학을 의식하고 있었다는 점을 엿볼 수 있게 해주는 사실이라 하겠다. 그러나 도향의 소설에서 성은 훨씬 더 근원적인 인간문제로 자리잡고 있다. 후기 소설에서 에로티시즘이 삶의 문제와 긴밀하게 결합하고 있는 것은 욕망의 사회석 의미에 내한, 나아가서는 인간 자체에 대한 도향의 인식이 심화된 사실을 반증하는 것이지만, 그것이 곧 근본적인 문학경향의 변화라고는 할 수 없다. 이런 측면에서 도향의 문학 전체는 작가의 자기 표현, 표현적 특질이 두드러진 체험문학이라고 할 수 있다. 낭만주의적 상상력의 한 예중이라고 할 수 있는 마왕을 등장시키며 근친애를 표현한 초기의 문학에서부터, 타오르는 불꽃 속에서 웃음으로 죽음을 맞음으로써 이승의 신분적 질곡과 갈등을 정신적으로 승화시키는 벙어리 삼룡이에 이르기까지, 도향은 자신의 체험적 진실에 근거한 하나의 주제를 일관되게 추구한 것이다.

주요섭은 조장기 조선문난에서 득이한 존새이다. 쿠로 중국에 국한되었더라도, 그는 이국의 현실을 여러 차례 소설로 형상화한 작가이다. 이는 작가의 생활무대가 외국이었던 것도 한 원인이라고 하겠으나 작가의 기질과도 일정한 관련을 지닌다. 주요섭의 소설은 초기부터 뚜렷한 경향성을 띠고 있었다. 실제 등단작이라고 할 수 있는 「추운 밤」은 극도로 가난한 가정에서 일어나는 부자간의 갈등을 그리고 있다. 얼음장처럼 차가운 방에서 병든 어머니가 죽어 가는 가난한 집안의 정경이 사실적으로 묘사되고 있는 이 소설에서 빈궁으로 인해 빚어지는 부자간의 갈등은 거의 직설적으로 서술된다. 곧 자기 가족의 비극이 아버지의 술로 인한 것이라고 인식한 소년이 술집을 찾아가 여러 사람이 지켜보는 가운데 술독을 깨트려버리는 것이다. 이 양태, 곧 사실적인 묘사와 그에 입각한 교훈적 주제의 제시라는 이야기방식은 작가의 다른 작품 속에서도 반복해서 나타난다. 작가가 중국에 유학하던 시절에 쓴 「살인」과 「인력거군」, 「영원히 사는 사람」 등은 다같이 중국인이 등장한다는 점 외에도 「추운 밤」에서 선보였던 이야기 틀을 거의 그대로 이용하고 있다는 공통성을 지닌다. 창녀가 포주를 살해하는 사건이나 인력거꾼이 돈 몇 푼 더 벌기 위해 악착같이 뛰어다니다가 죽어 가는 이야기, 마적들의 약탈에서 급행열차를 구해내고 죽는 역무원의 교훈적 이야기가 사실적인 묘사와 함께 반복되는 것이다.

주요섭 소설의 두 번째 특징은 관찰자적 시점이 많이 등장한다는 점이다. 이는 주로 1930년대 이후의 작품에 두드러진 특징으로 작가의 대표작은 대부분 이 계열에 속한다. 「사랑 손님과 어머니」, 「미완성」, 「아네모네의 마담」 등 남녀의 사랑 문제를 다루고 있는 이들 작품에서 관찰자의 시점은 인물들의 미묘한 감정구조를 포착하는 데 효과적으로 작용하고 있다. 사랑 손님과 어머니의 사랑은 나이 어린 옥희의 순수한 시각과 감수성을 통해서 지극한 아름다움을 얻게 되며, 화가 박병직의 인생과 예술의 중첩된 미완성, 아네모네 마담과 손님인 대학생의 잇따른 미완의 사랑은 관찰자의 효과적인 배치와 부조에 의해 우리 앞에 선연하게 모습을 드러낸다. 주요섭의 소설 가운데는 이밖에도 「진남포행」, 「할머니」, 「대서」, 「봉천역 식당」과 같이 관찰자의 시점을 효과적으로 사용한 작품이 여러 편 있다.

이야기의 계몽성과 관찰자 시점은 해방 이후 주요섭의 소설에서도 그대로 이어진다. 변화가 있다면 빈궁현상에 대한 묘사가 사라지면서 계급적 관점이나 사회비판의 치열성이 희석되고 정밀한 관찰의 시각도 자취를 감추었다는 점이다. 이에 따라 주요섭의 소설은 「대학교수와 모리배」, 「여대생과 밍크 코우트」, 「세 죽음」과 같이 당대 사회의 풍속을 담담하게 묘사하고 꼬집는 비판적 아이러니의 특징을 지니게 된다. 그때그때 눈에 띄는 사회의 비리와 부조리에 대한 작가의 윤리적·도덕적 관점이 반영된 비판과 풍자가 주류를 이루게 된 것이다.

나도향과 주요섭의 출발점은 낭만주의적 경향과 사실주의적 경향이라는 대극되는 지점이었다. 그러나 자신의 체험이란 확고한 바탕 위에서 문학의 길을 개척한 도향은 점차 여러 사회적 사실들을 자신의 소설 속에 끌어들이지 않으면 안되었다. 그것은 자기의 고립된 세계로부터 사회세계로 나아가는 길이었다. 이에 반해서 오랜 동안 외국생활을 해야했던 주요섭은 이국의 생활을 관찰하는 데서 얻은 방법을 자신의 문학에 도입하여 성공을 거두었다. 소재와 방법이 적절히 융합했을 때 가장 완성도가 높은 작품이 씌어진 것이다. 그로 인해 나도향과 주요섭의 문학은, 체험문학과 관찰문학이란 대조적인 이름으로 부를 수밖에 없다고 할지라도, 그 정상 부근에서 서로 매우 가까워지는 모습을 보이고 있다.

2. 리얼리스트의 방법과 실천―채만식

채만식은 소설 이외에도 희곡, 수필, 비평 등의 여러 분야에서 활동하였다. 따라서 그의 문학 행위를 한 가지 장르만을 대상으로 하여 규정하는 데는 무리가 따른다. 또한 그를 풍자작가로만 간주하는 것도 그의 작품이 지닌 다양한 양상을 외면하는 것이기에 적절한 처사가 되지 못한다. 1923년에 씌어진 「과도기」에서 마지막 작품인 1950년의 「소년은 자란다」에 이르기까지 여러 차례 경향이 바뀐 것도 그에 대한 논의를 어렵게 한다. 첫 작품인 「과도기」와 프로문학의 영향을 받아 창작된 「산동이」 사이에 어떤 관점의 변화 또는 방법의 변화가 있으며, 『탁류』와 「패배자의 무덤」 사이에 어떤 간극이 있는지를 모르고서 그의 문학을 정당하게 평가할 수는 없다.

그럼에도 불구하고 채만식의 문학에서 일관성을 찾는 것은 어렵지 않다. 그의 문학은 일괄해서 리얼리즘이라고 말할 수 있는 조건을 갖추고 있는 것이다. 물론 시기에 따라 심리주의가 우세한 경우도 있었고 자연주의적 경향이 농후한 시절도 있었지만 그의 문학이 전반적으로 리얼리즘의 경역에 놓인다는 것은 많은 사람의 동의할 수 있는 내용의 평가일 것이다. 그러나 여기서 채만식을 리얼리스트의 방법을 구현했던 작가로, 리얼리즘을 실천한 작가로 평가하는 것은 약간 다른 의미를 함축한다. 곧 그의 문학이 리얼리즘의 성과를 거두었을 뿐만 아니라 그의 문학 행위 그 자체가 리얼리스트의 전범이 된다는 함축인 것이다. 이러한 평가는 사전에 그 평가를 뒷받침할 만한 충분한 근거가 제시되지 않으면 공허한 주장이 되기 십상이다. 그러나 여러 가지로 제약을 받는 현재의 여건에서 그 일을 수행할 수는 없으므로 여기서는 그 근거에 해당될 수 있는 핵심적인 사항만 지적하고 상론은 후일을 기약하기로 한다.

오랜 동안 채만식 문학을 연구해온 김홍기는 최근에 발표한 저작[1]에서 "그는 글쓰는 일을 생명을 내건 투쟁으로 삼았다"고 말하기도 하고 "채만식은 항거로 일관한 작가"라고 평하기도 한다. 이러한 진술이 정당성을 획득하기 위해서는 적어도 일정 말기 채만식의 친일문학행위에 대한 석명이 이루어져야 함은 물론 그의 문학 행위 전반에 대한 재평가가 전제되어야 한다. 그런 의미에서 김홍기의 저작이 수행한 재평가 작업의 결과

---

1 김홍기, 『채만식 연구』, 국학자료원, 2001.

는 앞으로 면밀한 검토의 대상이 될 필요가 있다. 발표자는 김홍기의 재평가 작업의 유의미성을 인정하는 기본 입장을 갖는데 그 입장에서 채만식 문학의 근본적 재인식을 위해서는 다음의 사항들이 새롭게 고려되어야 한다고 본다.

첫째 장편 『탁류』의 알레고리 구조에 대한 인식이다. 이 소설은 기왕에 채만식의 대표작으로 간주되어 왔으며 식민지 조선의 현실을 잘 형상화하고 있는 작품으로 평가되었다. 그러나 그 평가의 대부분은 이 소설이 "미두를 통해 미약한 민족 자본의 파편이 어떻게 일제 식민지 자본 속에서 분쇄되는가를 일부 보여주지만, 작품 후반부로 갈수록 풍속 소설의 범주에로 전락한다"[2]는 매우 제한된 것이다. 이 장편소설이 전반부에서는 미두나 수형할인 등 자본주의 사회의 특성과 착취구조인 식민지의 현실을 잘 반영하고 있지만 작품 후반부는 통속 애정물에 지나지 않는다는 관점이다. 하지만 이 작품에서 미두 이야기는 작품 초두에 잠깐 등장하는 부수적인 사항에 지나지 않고, 작품의 상당 부분이 부실한데도 그것을 좋은 소설이라고는 할 수 없을 것이다. 그러므로 이 소설에 대한 정당한 이해는 "초봉이의 일생, 정주사의 딱한 처지와 같은 개인적인 문제를 민족의 수난이라는 전체적인 문제와 함께 그리려는 것이 작품의 설정이다"[3]고 보는 쪽일 것이다. 이 견해는 전자와 달리 작품의 전체 구조를 고려한다는 장점을 지니기 때문이다. 그리고 이 관점에서 보면 "작품 후반부로 갈수록 풍속소설의 범주로 전락"한다는 견해는 『탁류』의 전체구조, 곧 알레고리 구조를 파악하지 못한 데서 기인한 것이라는 사실이 분명하게 드러난다. 조동일은 『탁류』의 소설기법과 알레고리의 연관을 이렇게 설명한다.

---

2 김윤식, 『한국근대소설사연구』, 을유문화사, 1986, 372~373쪽.
3 조동일, 『문학연구방법』, 지식산업사, 1982, 94쪽.

　　"민족의 처지, 미두장에서 벌어지는 수탈이 멱살이 잡혀 있는 정주사의 딱한 사정과 안팎을 이루고 있으므로, 전체도 보아야 하고 부분도 보아야 한다. 부분만 보는 독자를 위해서는 전체를 조망하는 눈을 열어주고, 전체만 막연히 알고 있는 독자를 위해서는 부분을 자세하게 들여다보는 눈을 열어주어야 하기 때문에 전체에서 부분으로, 부분에서 전체로 작가의 사진기가 부산하게 움직이는 것이다"[4]

　이 설명은 기법을 통해 작품의 구조를 읽어낸 점에서 탁월하다. 그러나 작품 첫 부분만 분석했기 때문에 작품 후반부가 풍속소설로 떨어진다는 주장에 대해서 이 설명은 아무런 대답을 제공해줄 수 없다. 이와 같은 기왕의 작품해석들을 종합하면 『탁류』는 전반부는 기막히게 잘 짜여진 알레고리 구조에 근사한 것인데 후반부는 형편없는 멜로드라마가 되고 만다. 이 불균형을 시정하기 위해 작품을 좀더 꼼꼼히 살피면(그래서 텍스트에서 취상(取象)을 하면) 이 소설의 수평적·수직적 구조가 드러난다. 많은 사람이 주목해왔던 군산 미두장의 장면이 수평 구조인 데 반해 초봉이의 전변하는 운명은 수직적 구조로 되어 있다(이 수평적·수직적 구조는 1930년대 초반에 평단의 논란의 대상이 되었던 단편소설 「산동이」에서도 시도된 바 있다). 그리고 초봉이의 기구한 운명의 변전은 각각의 변화 마디가 대응물을 가지는 알레고리 구조가 되는 것이다. 곧 초봉이의 성의 결합이 일정한 사회 세력의 등장과 관계를 지니는 배치이다. 좀더 구체적으로 말하면 본남편인 고태수가 저절로 다 망해가는 대한제국에 비유될 수 있다면, 박제호는 종이 호랑이인 청나라쯤에, 장형보는 극악한 일본세력에 해당한다고 볼 수 있는 것이다. 이와 같은 성적 결합의 알레고리 구조는 프레드릭 제임슨이 발자크의 『노처녀』를 분석하는 데 사용한 바 있으며 우리 문학에서도 이광수의 『무정』, 박경리의 『토지』, 복거일의 『비명을 찾아서』를 분석

---

4 앞의 글, 96쪽.

하는 데 매우 유용하게 쓰인 바 있다. 그리고 이 알레고리 구조가 한번 확립이 되면 작품의 모든 요소는 새로운 의미를 지니고 작품의 중심으로 재적응 된다. 예컨대 박제호가 자기가 데리고 사는 여자를 순순히 장형보에게 넘겨주는 일이나 계봉이가 남승재를 좋아하는 하면서도 결혼할 의사가 없는 이유, 초봉이가 자수하기 전에 남승재에게 '명일의 언약'을 받는 이유 등등이 납득될 만한 의미를 가지게 되는 것이다.

　『탁류』가 알레고리 구조를 지닌다는 사실을 아는 것이 채만식 문학의 재인식을 위해 중요한 이유는 어디에 있는가? 채만식은 『탁류』를 발표한 직후에 『태평천하』를 발표한다. 이 때는 1937, 8년 어름으로 일제의 발악이 절정을 향해 치달리던 무렵이다. 곧 작가가 문학행위를 계속해야 할 것인가 말아야 할 것인가를 결정해야했던 시점이다. 이 선택의 기로에 서 있던 순간에 채만식은 아이러니와 알레고리의 수법을 익히고 있었다. 익히 알려져 있는 대로 아이러니는 "겉으로 나타난 말과 실질적인 의미 사이에 괴리가 생긴 결과"이다. 『태평천하』를 예로 들어서 말하면 겉의 표현은 일제치하의 현실이 '태평천하'라는 것이지만 실제 의미는 그렇지 않다는 인식이다. 이 아이러니는 보통 말의 아이러니와 극적 아이러니로 구분되는데 채만식의 소설에는 이 양자가 모두 등장한다. 「치숙」 같은 작품은 극적 아이러니로 볼 수 있는 것이다. 뿐만 아니라 채만식의 친일문학 행위가 시작된 시점의 대표적인 평론으로 거론되는 「문학과 전체주의」 (1941. 1)에서는 신체제에 협력해야 한다는 이야기를 죽 펼친 다음 작가 자신은 그 논리에 따라 20와트 짜리 전등을 끄고 잠을 자기로 결심했다고 적어놓고 있다. 이것은 거룩하고 엄숙한 이야기를 하다가 갑자기 전혀 엉뚱한 이야기를 펼치는 일종의 낭만적 아이러니로서 독자의 씁쓸한 웃음을 낳게 하는 수법이다. 이것이 우연하게 그리 된 것이 아니라는 사실은 비슷한 시기에 발표된 평론 「시대를 배경하는 문학」(1941. 1)에서도 똑같은 수법이 사용되었다는 데서 드러난다. 즉 작가들은 '신체제에 순응하는 방향'으로 나아가지 않을 수 없으리라는 이야기를 하던 끝에 기차의 한 좌석에 앉은 일본인 청년이 고단한 잠을 자느라 자신에게 기대는 조선인 노동자 청년을 매몰차게 밀어내더라는 작가의 목격담을 늘어놓고 있다. 이것이 일종의 아이러니 수법이라는 것은 길게 설명을 하지 않더라도 누구나 알 수 있다.

그러나 일제 당국이 눈먼 봉사나 어린 아이가 아닌 다음에야 이 수법이 언제까지나 통용될 수는 없다. 작가에게는 일제의 탄압을 이겨낼 새로운 대처 방안이 요구되었던 것이다. 여러 가지 사정상 문학행위를 포기할 수 없다고 결론내리고 있던 채만식이 강구해 낸 대처방안은 아이러니의 표면적 발언과 실질적 의미를 각기 다른 글로 분리하는 방법이었다. 예컨대 친체제적인 발언을 담은 글을 발표하는 한편으로 왜 그와 같은 글을 발표할 수밖에 없었는지 그 이면을 밝히는 글을 쓰는가 하면, 친체제 발언과 상치되는 의미를 담은 작품을 동시에 발표하는 수법이다. 일제 말기 채만식의 소설에 사소설적인 경향이나 심리소설이 나타나는 이유를 여기서 찾을 수 있다. 작가는 이 사소설적인 경향이 문학의 정도가 아니라 '사도(邪道)'라고 인식하면서도 '당분간만 이에 몰두하리라'고 밝히는가 하면, '사도의 길까지 막혀' '최소한의 의식(衣食)'마저 해결할 수 없는 상황을 이야기하고 있다. 이와 같이 속사정을 이야기함으로써 자기 발언의 의미를 뒤집는 소극적 대응과 함께 채만식은 체제의 논리를 거부하고 정확한 현실 인식을 담보하는 작품을 쓰기도 했다. 이런 종류의 작품에서는 직설법이 불가능했기 때문에 작가는 대부분 고전을 차용하여 패로디하거나 우의적인 수법을 사용하지 않을 수 없었다. 이런 방법을 사용해 창작된 작품으로는 「4호1단」, 「차중에서」, 「삽화」 등의 단편소설과 『배비장』, 『어머니』, 『심봉사』 같은 장편소설이 있다. 이와 같은 사실을 감안하면 일제 말기 채만식의 문학을 올바로 이해하기 위해서는 알레고리 구조에 대한 파악이 필수요건이 되는 것이다. 이 알레고리 구조를 의식하고 살펴보면 채만식의 대표적인 친일작품으로 거론되는 『여인전기』의 의미조차 다르게 해석할 수 있다. 흔히 『여인전기』의 끄트머리에 나오는 일본군 장교인 임중위에 대한 긍정적 묘사가 친일의 증거로 들먹여지지만 이 부분은 작품의 사족이어서 의미를 형성하는 데 별다른 기능을 하지 못하고 그 부분을 떼어내더라도 소설의 완결성에는 아무런 문제가 없다. 임중위의 묘사는 일종의 입막음 장치에 해당되는 것이다. 다시 말해서 『여인전기』의 작품 의미는 시어머니의 폭압에 의한 여인 수난사라고 할 수 있고, 그것은 바리공주 이야기와 『춘향전』으로 이어지는 수난 문학의 전통을 잇는 의미를 지니는 동시에 일제의 폭압을 알레고리를 통해 비판한다고 볼 수 있는 것이다.

　아이러니와 알레고리 구조에 대한 이상의 언급은 일제 말기에 창작된 채만식의 수십 편에 달하는 장·단편소설과 희곡 작품에 대한 기존 문학사의 편견이 시정되어야 할 것임을 말해준다. 그 작업은 당연히 작가의 문학적 실천에 대한 가치판단을 포함하지 않을 수 없다. 그렇지만 민족문학도 문학의 한 가지일 뿐이란 견해와 함께 문학도 민족생활의 한 부분일 뿐이란 서로 다른 입본이 가능하다는 섬을 생각한나먼 어느 한쪽의 손을 들어주는 일이 쉽지만은 않다. 해방 후 친일문학행위를 반성한 유일한 소설로 간주되는 「민족의 죄인」에 대해서도 판단은 어렵다. 그것을 구차스런 변명으로 치지도외시할 것인가 아니면 가치 있는 작품으로 평가할 것인가. 일본학자 사에구사 도시카쓰(三枝壽勝)는 이 작품의 주인공이 동맹휴학에서 혼자만 빠져 나오려는 조카를 나무라는 마지막 대목이 소설을 맥빠지게 만든다고 판단한 자신의 느낌을 이야기하면서, 그 대목이 필요하다고 보는 한국인 독자들의 '한국적 감수성'을 거론하고 있다. 그렇지만 그것은 감수성의 문제만이 아니다. 거기에는 친일의 문제에 대한 일본인과 한국인의 상이한 이해와 함께 작가의 문학적 실천에 대한 사실 판단을 어떻게 내리는가 하는 문제가 관련되어 있다고 보는 것이 온당할 것이다.

채만식은 카프에 가입하지 않은 채 프로작가를 자임했다. 「산동이」에 대한 논쟁도 그의 독특한 문학관 내지 처신과 긴밀한 관계를 갖는다. 이 소설에서 그는 일제의 감시를 피하여 사회모순을 표현하는 방법을 찾았다. 그 추구는 그가 소설을 쓰기 시작하면서부터 해방되기까지 20여 년간 지속된 것이었고 그 결실의 한 양태가 아이러니와 알레고리의 방법이었다. 그러나 풍자문학의 특성 때문에 아이러니의 특성이 일찍부터 관심을 끈 것과는 달리 채만식 문학에서 알레고리가 차지하는 비중은 거의 주목을 받지 못했다. 대표작으로 손꼽히는 『탁류』의 후반부가 풍속소설로 떨어졌다는 평가가 정설로 굳어지는 속에서 일제 말기에 발표된 채만식의 장·단편소설의 알레고리 구조는 관심의 사각지대에 방치되지 않을 수 없었다. 일제의 엄혹한 검열의 눈을 피하면서 문학행위를 지속하기 위해 작가는 아이러니와 알레고리의 방법을 시험하는 외에 제재를 다루기에 적합한 여러 장르·양식의 가능성을 타진했다. 채만식의 희곡이 근래에 들어서 주목받는 것은 그의 문학적 실험이 일부분이나마 보상을 받는 것이라고 할 수 있다. 그러나 희곡보다도 훨씬 더 많은 장·단편소설의 알레고리 형식은 아직껏 제대로 조명을 받지 못하고 있다. 이것은 작가의 문학적 실천, 생명을 건 투쟁이 빛을 보지 못하고, 보상을 받지 못하고 있음을 의미한다.

채만식은 문학을 계속 해야 할 것이냐 말아야 할 것이냐를 고민하던 시점에서 「패배자의 무덤」이란 작품을 썼다. 이 소설에서 '패배자'는 달려오는 기차에 머리를 부딪쳐 스스로 목숨을 끊는다. 시대 상황으로 말미

앉아 자신이 다니던 잡지사에 사직원을 던지고 나서의 일이다. 그런 의미에서 채만식의 끊임없는 문학적 실험은 끝까지 문학행위를 지속하고자 하는 노력의 일환이었다고 할 수 있다. 그는 발표가 중단된 작품을 다른 이름으로 완성시키기도 하고 장르를 바꾸어 효과적인 표현의 방도를 모색하기도 했으며 풍자나 알레고리의 방법을 동원하기도 했다. 그 갖가지 실험을 통해서 작가는 『탁류』나 『태평천하』, 「제향날」, 「당랑의 전설」 같은 성과를 얻기도 했으나 더 많은 경우는 실패를 맛보았다. 그러나 그가 이룬 성과 가운데 무엇보다도 더욱 값진 것은 어떠한 난관 속에서도 문학을 실천하고 문학을 위해 살아온 그의 문학적 삶 그 자체인지도 모른다.

2002년

친일과 저항, 한국문학사의 딜레마
-채만식의 삶과 문학을 중심으로-

지난 8월 14일 민족문학작가회의와 민족문제연구소는 공동으로 기자회견을 갖고 친일문학인 42명의 명단을 발표했다. 이 발표는 특정한 문인이나 작품에 대한 부분적 개별적 연구가 아니라 식민지시기의 친일문학행위 전체에 대한 역사적 심판이란 점에서, 그리고 신망 있는 여러 단체의 공동명의로 이루어졌다는 점에서 각별한 의미를 지닌다. 그것은 그 동안에 이루어진 친일문학에 대한 조사 연구에 바탕을 두고 심의절차를 거쳐 이루어진 문학사적 평가일 뿐만 아니라 친일문인에 대한 역사적 단죄의 성격을 지니는 것이다. 그렇기 때문에 발표를 주도한 사람들은 "광복 57주년을 맞아 우리 문학인들은 제 아비를 고발하는 심정으로 일제 식민지시대의 문학작품 목록을 공개하고 민족과 모국어 앞에 머리 숙여 사죄한다"는 착잡한 내용의 입장 표명을 함으로써 많은 사람을 숙연하게 만들었다. 그것은 한 사회의 지도자 또는 지식인이 된다는 사실의 의미를 깊이 성찰하게 하는 계기를 제공하는 것이었다. 이번 발표가 일과성의 행사로 간주될 것이 아니라 우리 문학사의 근간을 확립하는 정초사업, 나아가서는 민족정기를 바로잡는 행위로 자리 잡아야 할 이유가 있는 것이다.

그러나 이번 발표는 그 문학사적 평가와 역사적 단죄의 성격에 걸맞은 엄밀성과 공정성을 갖춘 것일까? 보도에 따르면 발표 주최측은 친일여부의 판단기준을 "식민주의와 파시즘 옹호여부"로 삼았으며 그 기준에 따라 "항일의식을 드러낸 김사량, 일제의 폭악성을 고려해 한두 편의 글을 남긴 정지용과 김정한은 친일작가 목록에서 **뺐다**"고 한다. 판단기준의 타당성 여부에 대한 논의를 일단 뒤로 미룬다 해도 일부의 작가에 대해서는 "일제의 폭악성을 고려"하는 예외사항을 두고 있다는 사실을 알 수 있다. 곧 친일문학인 명단은 친일의 흔적이 있는 모든 사람을 마구잡이로 쓸어 넣은 것이 아니라 여러 정황을 참조하여 선별기준을 정하고 개별 사안에 대한 일정한 해석의 과정을 거쳐 작성된 것이다. 그렇다면 그 '해석의 과정'은 공개적인 논의절차를 거치거나 학술적 연구 성과를 성실하게 반영한 것일까? 반민족 행위에 대한 역사적 심판의 의미를 지닌 이번 명단 공개가 아흔아홉 명의 도둑을 놓칠지라도 한 명의 억울한 사람이 없도록 배려하는 '정의'의 정신을 바탕으로 한 것일까?

필자는 지난 봄 우연하게 올해 탄생 백주년을 맞는 문학인들을 기념하기 위한 학술 심포지엄에서 세 명의 소설가에 대한 연구 발표를 떠맡게 되었다. 그 가운데 한 사람이 이번에 친일문학인으로 지목된 채만식이다. 30년대의 대표적인 리얼리즘 작가로 손꼽히면서도 친일문학행위로 지탄받아온 문인. 그로 인해 기존의 연구들은 채만식의 문학에 대해 상반된 평가를 내려왔다. 일부 연구자들은 채만식의 문학이 이룬 성과를 언급하면서도 결국에는 그의 친일문학행위를 비판하는 방식을 취하고 있다. 구체적으로 김윤식은 채만식의 풍자가 "식민지적 현실의 모순 기능을 포착하는 가장 확실한 방법론"이었음에도 불구하고 "대일협력에 임함으로써 이 방법론이 무용하게 되었다는 점이야말로 채만식 문학의 결정적인 훼손에 해당된다"[1]고 논단한다. 이러한 평가는 기왕에 몇몇 연구물에서 반복되어온 것으로 그에 대한 근본적인 비판이 최근에 이루어진 바 있다.

---

1 김윤식, 『한국근대소설사연구』, 을유문화사, 1986, 343쪽.

십수 년 동안 채만식 문학을 연구해온 김홍기는 지난해에 간행한 『채만식 연구』에서 단호하게 채만식을 "불의와 부정 부조리에 대한 저항과 거부로 일관하여 지절을 지켜온 정신주의적 작가"[2]라고 평가했다. 또 그는 식민지 말기에 채만식이 "항거로 일관한 작가"였으며 "글 쓰는 일을 생명을 내건 투쟁으로 삼았다"[3]는 사실을 입증하기 위해 1940년 무렵부터 해방 직전까지 채만식의 문학행위가 어떻게 파시즘과 대결하고 있는지 구체적인 사례를 들면서 수십 페이지에 걸쳐 일일이 실증하고 있다. 그는 채만식이 외면적인 친일의 발언을 아이러니로 처리하여 진실을 드러내는 방식을 썼으며 '심리주의 소설'이나 '사소설'로 비난받은 1940년대 초반의 많은 소설이 일제의 억압현실을 드러내는 한 방편이었다는 사실을 치밀하게 분석하고 있다.

필자는 김홍기의 실증작업이 채만식 문학의 연구에 일대 전기를 마련했다고 본다. 이제까지 어둠 속에 묻혀 있던 일제 말기 채만식의 문학에 대해서 적극적인 해석을 할 수 있는 비전을 제시한 연구인 것이다. 그리고 거기서 한 걸음 더 나아가 채만식의 문학을 제대로 조명하는 관건은 그의 작품에서 아이러니와 알레고리가 어떻게 결합하여 작동하는지 규명하는 일이라고 본다. 그 작업이 이루어질 경우 일제 말기 채만식의 문학행위는 암흑기로 불리는 1940년대 초반의 한국문학사의 공백을 채우는 매우 중요한 업적이 될 것이라고 판단한다. 그 이유는 일제 말기 채만식의 문학이 일제 식민체제에 대한 치열한 항거였을 뿐만 아니라 식민지 현실에 대한 탁월한 인식을 보여주는 일종의 '인식의 지도'로 작용한다고 보기 때문이다. 예컨대 작가는 겉으로 식민지의 현실이 '태평천하'라고

---

2 김홍기, 『채만식 연구』, 국학자료원, 2001, 44쪽.
3 김홍기, 「채만식 문학연구의 현황과 과제」, 『백릉 채만식 선생 추모 심포지엄 자료집』, 민족문학작가회의, 2000.

말하면서 내면적으로 그렇지 않다는 발언을 아이러니의 수법으로 표현함과 동시에 알레고리 구조를 통해 현실의 억압구조를 형상화했던 것이다. 즉 채만식은 일제에 대항하기 위한 방법으로서 아이러니와 알레고리 수법을 채용하고 있는데 종래의 연구에서는 아이러니 수법에 대해서는 여러 가지로 논의가 이루어졌지만 알레고리 형식이 도외시됨으로써 그의 작품의 의의가 제대로 인식될 수 없었다. 더욱이 알레고리 수법은 작가의 대표작으로 거론되는 『탁류』에서부터 사용되기 시작하여 친일문학의 상징물로 손꼽히는 『여인전기』까지 지속된 수법으로서 그 구조가 정당하게 인지될 경우 채만식 소설의 의미는 새롭게 평가될 수 있다. 우선 작품의 주제사상에 대한 평가가 달라질 수 있음은 물론 소설의 형식에 대한 문학사적 평가가 달라질 수 있기 때문이다. 그와 함께 새로운 인식에 바탕을 둘 경우 희곡을 비롯한 여러 장르를 전전한 채만식의 문학적 실험의 의미가 재평가될 수 있으며 한국문학사에서 알레고리가 차지하는 비중도 재고될 수 있는 것이다. 그러면 구체적으로 채만식 문학의 알레고리 구조는 어떤 것이며 암흑기의 현실을 형상화하는 데 어떻게 작용하고 있는가?

　채만식의 대표작 『탁류』에 대해서 조동일은 이 소설이 "부분만 보는 독자를 위해서는 전체를 조망하는 눈을 열어주고, 전체만 막연히 알고 있는 독자를 위해서는 부분을 자세하게 들여다보는 눈을 열어수어야 하기 때문에 전체에서 부분으로, 부분에서 전체로 작가의 사진기가 부산하게 움직이는"[4] 구조로 되어 있다고 분석한다. 이것은 주로 소설의 초반부에 대한 분석인데 작품의 전체 구조도 똑같이 부분과 전체를 동시에 파악하게 하는 알레고리 구조로 되어 있다. 고태수, 박제호, 장형보의 품을 차례로 전전하는 초봉이의 운명은 대한제국, 청나라, 일본의 핍박을 받는 조

---

4 조동일, 『문학연구방법』, 지식산업사, 1982, 94쪽.

선에 대한 알레고리가 된다. 이처럼 『탁류』를 알레고리 구조로 파악하는 경우 작품은 몇몇 연구자들이 되뇌듯이 전반부는 좋지만 '후반부에서 통속 멜로드라마'로 떨어지는 시원찮은 소설이 아니라 식민지 조선의 현실을 체계적 역사적으로 나타내는 탁월한 인식의 지도가 된다. 이 양상은 『여인전기』에서도 동일한 방식으로 나타난다. 태평양전쟁이 막바지에 이르렀을 무렵 씌어진 이 장편소설은 6장에 나오는 임중위의 행위를 찬양한 대목으로 인해 친일문학의 대표작으로 거론되곤 한다. 그러나 이 소설에서 임중위 부분은 없어도 좋은 사족에 해당하는 대목으로서 작품의 전체적 의미 형성에 별다른 영향을 끼치지 않는다. 더욱이 이 소설의 주제는 파시즘의 억압에 대한 항거를 알레고리적으로 표현한 것이라고 할 수 있다. 그것은 채만식이 『심청전』을 패러디한 네 편의 『심봉사』에서 집요하게 추구했던 주제와 똑같이 억압으로 인한 여인수난의 문제를 다룬다는 특질을 지닌다. 이런 맥락에서 보면 『탁류』에서 『여인전기』에 이르는 채만식의 일제 후반기 문학은 서사무가 「바리데기」에서 『춘향전』으로, 그리고 박경리의 『토지』로 이어지는 우리 문학의 한 전통인 여인수난사를 다루고 있고 그것은 곧 민족수난의 상징적 표현이라고 볼 수 있는 것이다.

결국 채만식은 일제의 폭압이 가중되는 현실에서 끝까지 문학행위를 지속하기 위한 방편으로 아이러니 수법과 알레고리 구조를 채택했고 그것은 일제에 대한 치열한 항거로서 우리 문학의 오랜 전통을 계승하는 혁혁한 성과를 낳았다. 그처럼 일제의 폭압에 굴하지 않고 끝까지 문학을 실천하기 위한 방편을 마련하기 위해 고심했던 작가는 해방이 되자마자 과거의 친일행위를 반성하지도 않고 뻔뻔스럽게 활동을 재개하는 문학인들에게 분노하여 아예 낙향했으며 「민족의 죄인」을 지어 그 문제를 문학적으로 형상화했던 것이다. 그러나 작가의 문제의식은 이번에도 철저하게 유린되었다. 「민족의 죄인」은 채만식의 친일행위를 입증하는 증거로서 채택되었으며 자신의 친일에 대한 '구차스런 변명'을 담고 있는 소설로 매도되었다. 일제의 억압 속에서 문학을 실천하기 위해 심혼을 기울인 모든 노력이 외면당했을 뿐만 아니라 친일문학행위에 대한 반성의 의식도 자신의 과오를 호도하기 위한 낯간지러운 행위로 지탄받은 것이다. 그리고 이번에는 유수한 문학인들과 단체의 이름으로 역사적으로 단죄되었다.

친일문학행위는 분명히 역사의 심판을 받아야한다. 그러나 심판은 공정해야 하고 단 한 명의 무고한 희생자도 있어서는 안 된다. 역사의 어둠을 밝힌 불빛과 그 불길 속에 뛰어든 불나방을 분간하시 못하는 맹목과 나타가 더 이상 우리의 표지가 되어서는 안 될 것이다.

2002년

작품 찾아보기

인명 찾아보기

저자 최유찬

1951년생
연세대 국문과 및 대학원 졸업

저서 〈리얼리즘이론과 실제비평〉, 〈문예사조의 이해〉, 〈토지를 읽는다〉,
〈한국문학의 관계론적 이해〉, 〈컴퓨터 게임의 이해〉,
〈컴퓨터 게임과 문학〉, 〈문학텍스트 읽기〉

공저 〈한국근대문학비평사연구〉, 〈문학과 사회〉, 〈세계 속의 한국문학〉,
〈토지의 문화지형학〉

편역서 〈리얼리즘과 문학〉, 〈박경리〉, 〈컴퓨터게임과 문화〉

현재 연세대 국문과 교수

문학의 모험
－채만식의 항일투쟁과 문학적 실험－

초판 인쇄 2006년 8월 4일
초판 발행 2006년 8월 15일
저 자 최유찬
펴낸이 이대현
편 집 권분옥
펴낸곳 도서출판 역락
주소 서울 성동구 성수2가 3동 301-80
전화 3409-2058, 2060
팩스 3409-2059
등록 1999년 4월 19일 제303-2002-000014호
홈페이지 http://www.youkrack.com
e-mail youkrack@hanmail.net

값 22,000원
ISBN 89-5556-489-9-93810

*잘못된 책은 바꿔 드립니다.